中本研究《ちゅうほんけんきゅう》

滑稽本と人情本を捉える

鈴木圭一
SUZUKI Keiichi

笠間書院

はじめに

現代では、一般に別々のジャンルと考えられている後期滑稽本と人情本は、江戸時代には「中本《ちゅうほん》」という名前を共有していた。そもそも、書型が共に美濃半裁、すなわち中本であることに起因するが、内容も共に日常的なことを描く性格を持つことにもよるのだろう。つまりは、内容面でも、例えば、読本が時代物中心であるというイメージが持たれるのとは対照的に、これら後期滑稽本（以下、滑稽本）と人情本を一括りにした「中本」は、言わば現代物（世話物）を描いているという共通項を有することにもよるのだと思われる。その内容の共通性を考察するのに格好の材料となるのが、文政初年からおおよそ天保末年まで執筆活動があった為永春水のグループで、このグループのもと、おもに男女の仲を描く為永春水を代表作者名とする人情本と、その「兄」と呼ばれる瀧亭鯉丈らの滑稽本が執筆された。これらの世話的な世界が描かれた中本を中心に、滑稽本人情本を考察することにより、江戸時代人の当代感の一端を理解するのが本書の狙いである。例えば、瀧亭鯉丈名義で文政六年刊行された滑稽本『浮世床』三編が、前年から刊行されはじめた、為永春水作の人情本『軒並娘八丈』と同じ世界を描いていたり（第一章「中本」第二節「瀧亭鯉丈の『浮世床』」）、人情本『春色辰巳園』には、幇間の座敷芸の実際が描かれたり（第四章「人情本の各論（板本）」第十節「実在幇間と文学の関わり研究のすすめ」）する。これらを読まれれば、おのずと近代以降の理解とは異なった姿が現れるだろう。以下、中本としての共通項を論述し、滑稽本の考察では、鯉丈作品について、ブランドとしての「鯉丈」など、人情本の考察では人情本の基底・

成り立ちから、板本作品・写本もの人情本の何点かの考察に及んでいる。

以下、各章・節の概略を記す。

第一章「中本」では、春水のグループの作品を中心に滑稽本・人情本の共通項を探る。

第一節「中本について」では、瀧亭鯉丈の滑稽本『花暦八笑人』初編（文政三刊）の冒頭部の主人公設定を題材に、じつは人情本『春色梅児誉美』の主人公も同じような設定であることを述べ、二ジャンルの中本としての共通項を指摘する。

第二節「瀧亭鯉丈の『浮世床』」　式亭三馬作品として有名な『浮世床』の三編は、瀧亭鯉丈名義で文政六年刊行された。前年から刊行されはじめた為永春水作の人情本『軒並娘八丈』と比較すると、口絵の利用など前者にも後者の世界「お半長右衛門」が使われ、きわめて近似している。これらから、鯉丈が人情本作家の春水と密接な関係を持ち、実は彼らのグループ（為永工房）で多くの作品を制作している事、また、後期滑稽本の書型が美濃半裁の「中本」で、その点も人情本と同一であることを述べ、滑稽本人情本は、同一要素が非常に色濃い事を具体的に論じた。近代以降の解釈と違う現実が当代に有ることを述べたものである。

第二章「滑稽本」では、『花暦八笑人』など、鯉丈作品を中心に滑稽本の何点かを考察し、中本の中の滑稽本の位置づけを考察する。

第一節「『栗毛後駿足』から『花暦八笑人』へ——江戸周辺の膝栗毛物との関わり」　瀧亭鯉丈作『花暦八笑人』（初編文政三刊）は、従来茶番小説として有名であるが、野外での滑稽という点にも力点が置かれている。特に初編では、主人公たちが池之端の主人公左次郎隠居所から、茶番を行う飛鳥山へ向かう道々の描写に、膝栗毛の手法が用いられている。これを鯉丈の処女作『栗毛後駿足』から論じた。膝栗毛物も文化年刊になると江戸近郊の行楽を描くようになる。『栗毛後駿足』も江戸より大山詣での滑稽を描く。『花暦八笑人』初編もこの時期、次第に現れた近郊への散策・旅行風景の描く膝栗毛物の影響を見いだすものであることを論じた。

第二節「『花暦八笑人』早印本」では、『八笑人』初編の成立事情について報告する。『花暦八笑人』四編追加序に『八笑人』初編が、狂歌集の景物として書かれたと成立事情が書いてある。このたび見いだした本には、果たして流布本に載らない狂歌の丁が二丁有り、四編追加序に載る成立事情が裏付けられるので、ここに報告する。

第三節「瀧亭鯉丈――実像とブランド」では、鯉丈に関し、彼の実像面で既に説かれている以外の点のうち、遊芸人であることを人情本・滑稽本の記事から、狂歌師との交流を『狂歌續伊勢海』文政七序刊（二世浅草庵守舎編）入集の実態から記した。一方、虚像面を、天保四年刊『人間萬事虚誕計』後編の序文から、「鯉丈」という名前が為永工房制作滑稽本の作者名（ブランド）として使用されていたのではないかということを述べた。

第四節「「鯉水」著『傳労俚談旅寿々女』出板の意味」は、中本『旅寿々女』の考察である。従来、瀧亭鯉丈の著作に『旅寿々女』という作品があることになっていた。しかしこれは、文政八年刊の「鯉水」著の過ちであることを述べ、本書の書誌事項を記した。また、本書は棹歌亭真楫作＝国学者林国男の著す『鄙通辞』（文化七刊）という滑稽本の修板であることを示した。そして、この原著に基づき、方言への興味などをはじめとする作品の性格を述べた。さらに、これらの動きから滑稽本にも国学の影響が生じていることを三馬作品なども例示しつつ論じた。また、『旅寿々女』は、柳山人＝駅亭駒人という為永春水の門人が序文を記していて、「鯉水」とはあるものの、春水に近しい鯉丈を意識した為永工房による編集であることを考証し、文政期の滑稽本の動向に触れた。

第五節「売文者の戯作――桃山人の中本より」では、桃山人という、各地に移り住み多分野の書籍を執筆して生計を立てていたとして有名な、この人物の作品から、文政十・十一年の浅草開帳にちなむ『滑稽繕の綱』という滑稽本、文政十三～天保四刊『庭訓塵却記』という人情本をとりあげた。共に中本であるこれらのジャンルは、文政・天保年間には内容的にも、それぞれのスタイルが出来上がっており、売文の徒と称される桃山人が、それに沿って執筆していることを述べた。また、本来、余技的であった戯作も、時代が下ると、商業的産物として生産されてゆくようになることを考察した。

第三章「人情本（総論）」では、「人情本」の根底となるものを考察する。

第一節「人情本の型」では、人情本全体としての類型を考察する。人情本は若旦那と芸者などの三角関係を中心に描いたものとして読まれてきたようであるが、それをも包み込む型がある。町家の嫡子が、家督や婚姻問題で悩み、わざと放蕩し勘当を受けるなどして家を出、他の女性とも関係を持つ（三角関係）けれども、それなりの経済活動をし、一方の許嫁も苦労を重ねるが、その誠意などで二人は元の鞘にもどり、家督を継ぎ家栄え子孫繁栄めでたしという骨格を持つという、「商家繁栄譚」ともいうべき型である。江戸時代当代ではこのように、商家の跡取り息子と許嫁を中心に作品が作られていたことを、写本『江戸紫』を核として、刊本からは春水作品から『明烏後正夢』（文政期代表作）、『春色梅児誉美』（天保期代表作）、『春告鳥』（天保期爛熟作）、および鼻山人作品から『実之巻』（類型の顕著な作品＝文政年間）をあげ、総合的に論証した。なお、管見の人情もの写本一覧を付した。

第二節「写本『江戸紫』諸本考」では、内容：人情本の祖型たる写本『江戸紫』で、管見に及んだ三十六本を紹介、比較検討し諸本の特徴をのべた。

第四章「人情本の各論（板本）」では、論文化することの出来た板本の何点かの作品についてあげる。

第一節「春水初期人情本『貞烈竹の節談』考―畠山裁きを中心に」文政七年刊の本作品は、一筆庵主人（＝渓斎英泉）作画文政三序同四刊『松の操物語』という人情本の祖型「商家繁栄譚」に準拠した作品の続編である。講釈師為永正輔でもあった作者春水の持ちネタ畠山重忠の裁きをモチーフに使っているという、舌耕文芸に結びつきのある作品である。後の『梅暦』は、丹次郎お蝶を中心とした商家繁栄譚を底流に据えた展開と、畠山裁きによる趣向が融合した一作品が成立するに至る。本作品が前編『松の操物語』と共に、初期作品で短編ながら、その祖型を示していることを述べた。

第二節「文政十三年涌泉堂美濃屋甚三郎板『明烏後正夢』」では、人情本の板木の移動における改刻の問題を扱った。当初青林堂越前屋長次郎（＝為永春水）から刊行された『明烏後正夢』シリーズは、文政末に美濃屋甚三郎に譲渡された。この一部改刻を含む涌泉堂板を中心に、初板本、天保期の丁子屋平兵衛板、明治期の大阪前川源七郎板を比較検討した。同時に、少なくとも『明烏後正夢』シリーズは、全面改刻されていないことを証し、通常人情本の板木は、読本と同じように、全面改刻されることは少ないことを述べた。

第三節「人情本の全国展開――洒落本・中本の出版動向より」では、このジャンルが当初より全国向けの出版物であったことを述べた。洒落本は描かれる場所はいうに及ばず、出版のされ方もローカリテイを有していた。恋愛小説として次代のジャンルにあたる人情本も、ややもすると、江戸など都市中心の享受を考えがちなのだが、初期の『明烏後正夢』シリーズ当初から、全国展開の出版であった事を述べた。

第四節「人情本などで半紙本型の中本が存在する一理由」では、半紙本型の書型に余白を残した形で、元来中本型の板面が刷られたものが出回る理由の一つをあげた。人情本や滑稽本の書型は中本である。ところが読本などに多い、一回り大きい半紙本に、余白を残し刷られて出回ることが少なくない。筆者は『明烏後正夢』五編に奥付が残っている一本を発見した。そこには「右は中形よみ本半紙ずり上本仕たて両用にいたし賣出し置申候」と書かれていて、従来より、半紙本は上方向けという推定がなされていたが、その証拠となったので、諸理由はあろうが、一理由として提示した。

第五節「『五三桐山嗣編』考――『契情買虎之巻』二度の人情本化」では、『五三桐山嗣編』を中心に、文政期と天保期の春水の人情本の作風の比較をした。洒落本「契情買虎の巻」は、人情本流行期に読まれた作品であった。為永春水もその世界を利用して、後編に当たる作品を二度刊行している。文政期には、春水作品とは明言できないが深く関わること明らかな『当世虎の巻』二・三編（文政九）、天保期は『五三桐山嗣編』（天保二）である。この二作品を比較し、文政期が筋立てを大切にすること、天保期が場面描写を中心にすることなど、作風の違いを具体的に検証した。また、『五三桐山嗣編』が、『梅暦』の前年刊行であることからの、この作品の場面描写の特徴も考察した。

第六節「『萩の枝折』と『眉美の花』」では、同一材料の文政期と天保期人情本の比較をした。すなわち、文政末年刊の人情本『萩の枝折』と、天保末年趣向も新たに『眉美の花』として、この物語を再度執筆した事を述べた。また、本作品は中国白話小説「喬太守乱点鴛鴦譜」という、夢に見た年の離れた娘との婚姻譚に依拠するが、作者為永春水は、これを式亭三馬の絵双紙『婚礼三組昔形福寿盃』より題材とした事を明らかにし、春水も白話小説に興味があった事を述べ、末節では『萩の枝折』の板木が、上方にもたらされ修正を加え『笑顔の梅』として刊行された事に触れた。

第七節「『風流脂臙紋』の解体と『以登家奈喜』四編」では、神保五彌が鼻山人作の『風流脂臙紋』について、未見ながら、金幸堂菊屋幸三郎刊で為永春水作の人情本『以登家奈喜』四編（天保十三年頃刊）の口絵及び挿絵に、前年頃に刊行された同書林刊のこの作品のものが流用されていることを指摘されている（『為永春水の研究』昭和三九）。このことにつき、筆者の管見に入ったので板木利用の実際を報告した。『以登家奈喜』は、あわただしい編集作業のもと、構成など不首尾な状態で刊行され、この四編も内容とは無関係に、この鼻山人作品が解体され、その口絵と挿絵が利用され、本文はあらかじめあった春水ものを使い編集されていることを実証した。これは直接には、金幸堂菊屋幸三郎の行為であろうこと、ここには作家の存在がなくなっていることを述べた。

第八節「建久酔故傳」では、本作品が、中本型読本の一作品である、振鷺亭主人作寛政六年刊『教訓いろは水滸伝』を、文政四年ころ、自身が一時期「二世振鷺亭」を名乗った為永春水により修（板の一部が改刻）され、文政三年に『時代世話建久酔故傳』として刊行されたことを、向井信夫旧蔵本で具体的に紹介した。

第九節「『正史實傳いろは文庫』備忘録」では、江戸時代後期の忠臣蔵の代表的読み物としてあげられる『いろは文庫』（初編天保七年為永春水作、渓斎英泉画で始まり、十八編明治五年作者二世春水?・画工歌川虎種で終了）につき不明な点が多いものの、諸本の確定事項につき整理した。また、長年にわたる流布より表紙のデザインをはじめとする着目事項を示し、今後、整理すべき点を展望した。同時に、当初より関わっていた上方出版界との関わりについても言及した。

第十節「実在幇間と文学の関わり研究のすすめ」では、『春色辰巳園』の実例を中心に、桜川由次郎など深川の当時の幇間の様子を追ってみた。江戸時代の幇間の座敷の取り持ちや、副業としてどういう身過ぎ世過ぎをしているかを記した。また、『春色辰巳園』の中で、幇間が計画的に配置されていて、人情本の「恋愛」以外の「当代」を描く格好の例となっていることを述べた。

第五章「人情本の各論（写本）」では、第三章第二節で扱った写本『江戸紫』に見られた写本での流布の他の例示と板本化について述べた。

第一節「『珍説恋の早稲田』と『梛の二葉』——実録を底本とした人情本」では、刊本『梛の二葉』が、写本『珍説恋の早稲田』をもとにした人情本であることを実証し、かつ二作品を比較することで、原写本を「商家繁栄譚」という型で包み込む形で人情本化されていることを論証した。

第二節「写本『古実今物語』・『当世操車』考」では、宝暦十一刊清涼軒蘇来作『古実今物語』同人作明和三年刊『当世操車』が、ロングセラーであったことを、まず、人情本『操車彩色染筆』や『教草操久留満』や、先学の指摘された草双紙、幕末の長編合巻山東京山作『教草女房気質』初編に翻案されていることから指摘した。同時に、これら出版作品が、写本小説として受容されていたことを述べ、従来言われた如く、必ずしも刊本化できないものが写本で流布するものでもない事実を述べ、近世における写本の意味を考察した。

第三節『お千代三十郎』では、同書名の写本もの人情本が、写本『江戸紫』ほどではないにせよ、連綿と書承されていたことを延べ、一方、刊本でも、人情本の代表作『梅暦』が刊行された天保三年、同じ為永春水により『応喜名久舎』として、また、違う脚色により明治初年山々亭有人により『春色玉襷』が刊行されたことを述べた。また、本作品は、主人娘お千代と利発な手代三十郎の恋愛譚という手代出世話でもあるが、同時に、三十郎は結末で上方本家筋の隠し子と判明することになっていて、型どおり商家繁栄譚におさまっていることを述べた。

中本研究《ちゅうほんけんきゅう》——滑稽本と人情本を捉える

目次

第一章　中本

第一節　中本について

爰《こゝ》に下谷《したや》のかたほとり何屋誰《なにやのたれ》が総領《そうれう》に甚六《じんろく》ならで左次郎《さじろう》とて生《むま》れついての呑太郎《のんたらう》年中《ねんぢう》續《つゞ》く夕部《ゆうべ》けにうくる家業《かぎやう》もうるさしと弟《おゝと》右之助《みぎのすけ》に相續《さうぞく》させおのれは隠居《ゐんきよ》の身《み》となりて心《こゝろ》のまゝに不忍《しのばず》の池《いけ》のほとりにに寓居《かりすまひ》同氣《どうき》もとむる呑會所《のみぐわいしよ》。

人情本作家の代表である為永春水が「兄」と呼ぶ、瀧亭鯉丈の滑稽本『花暦八笑人』初編（文政三刊）の冒頭部の主人公の設定である。自分は好き勝手に生きる、その代償として隠居し家督を弟に譲ると言っている。人間は自分の思うがままに生きれば良いのだという考えを、落語の世界から出た言葉で「業《ごう》の肯定」（立川談志師匠、また、柳家つばめ師匠に「人間の弱さの肯定」という言葉がある）というが、『花暦八笑人』という滑稽本の上で「業の肯定」を実践することを可能にするために、主人公はこのように設定されているのである。

一方、人情本にも、恋愛およびそれに敷衍する遊びを中心とした「業の肯定」が十分描かれている。しかし、全体の結構としては、これを肯定していないという、一見矛盾する構成になっているようだ。そこには、やはり家督が関わる「商家繁栄譚」という枠組、すなわち、人情本の型があることに留意すべきであろう。くわしくは

第三章第一節「人情本の型」で述べるが、商家の長男が異母弟に家督を譲るためにわざとの放蕩。その結果、許婚と浮気相手との三角関係になり、主人公男女ともども悩む。最後は許婚が本妻、浮気相手が妾になり、家督は結局主人公が継ぎめでたしという型である。こう書いてしまうとご都合主義の筋立てのようだが、春水の人情本一作目『明烏後正夢』にせよ、同じく春水が天保期人情本のスタイルを決定づけた『梅暦』にせよ、人情本のほとんどがこの型に当てはまってしまう。この型が如実に顕れている人情本が写本『江戸紫』で、文化末年ころ成立し明治初年まで（ということは刊本の人情本が書かれていた時期と一致する）、連綿として写され読まれた作品である。一名「おくみ惣次郎」と呼ばれるごとく、主人公惣次郎に許婚おくみ、浮気相手の智清というさる大名家の妾を配し、家督相続を絡めた作品である。その刊本化が『清談峰初花』で、『花暦八笑人』初編とおなじ文政三年に刊行されはじめている。滑稽本の主人公左次郎は「業の肯定」のために弟に家督を譲ってしまっている。惣次郎はたまた丹次郎といった人情本の主人公は、「業の肯定」を少しくあきらめ試練を受け結局家督を自分で継ぐ。左次郎は芝居や茶番に興じ、人情本の男主人公は恋愛にのめり込む。その差異はある。しかし『花暦八笑人』初編冒頭部の主人公の紹介に、「何屋誰が総領に」とすでに類型となっていることを示す表現が使われていることは注目に値しよう。ここから理解できるように、「商家繁栄譚」という恋愛と家督相続問題を絡めた世話物小説の型が、文政三年という、人情本という一応のジャンルが成立した時期に、春水周辺に理解されていたことは判然としている。

さて、「人情本」という言葉は、実は文政期には定着していなかった。あるにはあったが（『婦女今川』『萩《はぎ》の枝折《しおり》』、『花暦八笑人』四編序など、共に文政十一、但『萩の枝折』は推定。また、武藤元昭『人情本の世界』第十三章「人情本ノート㈡」・二「『人情本の称』」参照）、一般には天保期に入ってから普及した呼称である。人情本は、その発生の文政期から江戸時代を通じ、その書型から、一般に「中本《ちゅうほん》」と呼ばれていた。読本など半紙本よりひとまわり小さい大きさの本である。しかも、そのころ「中本」といえば、男女の仲を多く描く「人情本」だけではなく、笑いを中心とした「滑稽本」（厳密には後期滑稽本、「滑稽本」という言葉も実は、江戸時代当代には稀である）をも指していた。ともに世話小説（いまで言う現代を描く小説）としての共通の性格を持つ。その意味で、江戸時代当代「中本」という言葉が使われていたことは重要である。

いま、滑稽本『花暦八笑人』の主人公左次郎の人物設定から説き起こしたが、滑稽本が笑い、人情本が恋愛を中心とするにしても、「世話」ものとして重なる部分が多いから、左次郎の人物設定が、人情本の主人公と、家督を相続するかしないかは一致を見ないものの、特に春水周辺で書かれた作品であることも理由として加わり、同じようなものとなっているのは当然である。作品制作上の他の一例を挙げると、文政六年刊鯉丈作『浮世床』三編（滑稽本）は、初編文政五刊の春水作『軒並娘八丈』（人情本）を踏まえ、本文冒頭に「昔八丈」と記し、口絵の髪結床の暖簾に、お半長右エ門を英泉が描き、同一空間であることを示したりすることがあった。

以上、「人情本」「滑稽本」を「中本」という視点から捉えてみたい。

第二節　瀧亭鯉丈の『浮世床』

文化末年、後期滑稽本の作者に瀧亭鯉丈が登場する。彼はこの分野で、一九・三馬に続く代表作家として、文政・天保年間に活躍する。この人が登場した時期は、人情本が刊行されはじめた時期とほぼ同じである。また、彼の活動は、人情本作家為永春水と同じ年代である。

滑稽本（以下「後期滑稽本」をこう呼ぶ）と人情本が縁の深いことは、先学の指摘されるところである。両者は体裁上、同じく美濃半裁の中本である。内容も共に日常の場面、いわゆる世話場を扱い、会話が中心である。

さらに鯉丈は、春水の「兄」であり、作家活動もつながりがあった。

以上のように、滑稽本と人情本は、作品作家共に近い関係にある。

一方、これらの共通項がありながら、滑稽本が「滑稽」を人情本が「男女」をというように、それぞれ異なる性格のものを扱っていることも否定できない。

そこで、以下にこれらの疑問や問題点を考察する。

まず、瀧亭鯉丈作『柳髪《りうはつ》新話《しんわ》浮世床《うきよどこ》』三編（文政六刊・渓斎英泉画・板元堺屋國蔵、鶴屋金助・越前屋長次郎＝春

水、合梓）を取りあげたい。この作品は、三馬作の初・二編を継ぐものであるが、春水が編集したものである。全体の構成に統一性がなく、いわゆる「切り継ぎ文章」といえる。草稿をよせあつめて一冊の本としたものである。これは春水の人情本の構成に似かよる。この意味を考えたい。また、本作品に先行する春水作の人情本『軒並娘八丈』の影響が大きく、その口絵が『浮世床』三編に流用されたり、両作品とも主人公が髪結だったりしている。この二作品の比較も行いたい。

これらの作業によって、彼ら二人を中心とする滑稽本や人情本の性格の一端がつかめるのではなかろうか。

一　鯉丈と春水

鯉丈を「兄」と呼ぶ春水は、『浮世床』三編に序を贈っている。その原文を引いてみよう。

文好《ふみこの》む幼《をさな》き人を心當《こゝろあて》に。風雅《ふうが》でもなく洒落《しやれ》でもなく。繪師《ゑし》と作者《さくしや》と板元《はんもと》と。三人寄《さんにんよれ》ばいつとても。正月《しやうぐわつ》心《ごゝろ》の新板三味《しんばんざんまい》。久《ひさし》い物《もの》の傍《かたはら》の。人さへ笑《わら》ふ門松《かどまつ》も。東錦絵画本《あずまにしきゑゑほん》の類《るい》。鬻《ひさ》ける店《みせ》は他《た》の軒《のき》より。春《はる》めく事の勝《まさ》れりと。思《おも》ふも己《おの》が好《すき》の道《みち》。いらざる世話《せわ》の口入《くちいれ》して。画工《ぐわこう》と筆者《ひつしや》の取次《とりつぎ》は。まだしもの事板木《はんぎ》の催促《さいそく》。作者《さくしや》へ仲人其上《なかうどそのうえ》に。摺《すり》も仕立《したて》も頼《たの》まれて。請取頃《うけとるころ》は夏《なつ》の日の。永《なが》いを憑《たのみ》に由断《ゆだん》して。何《いず》れ盆過月見過《ぼんすぎつきみすぎ》と。一日遁《のがれ》の昨日今日《きのうけふ》。我拙著《わがせつさく》の草紙《さうし》だに。前後揃《ぜんごそろ》はぬ其中《そのなか》へ。他《ほか》の作者《さくしや》の懈怠《ずるける》まで。かてゝ加《くわ》へて浅草《あさくさ》の兄貴《あにき》はいつも尻《しり》くらひ。観音薩埵《くわんおんさつた》の利益《りやく》を尊《たつと》み。作料取《さくれうとつ》た其跡《そのあと》では本文《ほんもん》さへも書《かく》がうし。まして序文《じよぶん》や跋文《ばつぶん》は。垣根《かきね》の外《そと》の心地《こゝち》ぞすると。とつてもつかれぬ挨拶《あいさつ》を。聞《き》けば板元《はんもと》やつきとなり。忽腹《たちまちはら》を橘町《たちばなちよう》。南仙笑《なんせんしやう》が投遣《なげやり》から。起《おこ》つた事《こと》だと幾度《いくたび》か。無理《むり》な小言《こゞと》も朝夕《あさゆふ》に。馴《なれ》ては易《やすき》き卑作者《やすざくしや》。文栄堂《ぶんえいどう》に頼《たの》まれて。柳髪新話《りうはつしんわ》の三編目を。本丁庵《ほんちやうあん》へ言入《いひい》れしは。三年已前《いぜん》のことなりしが。近来先生多病《ちかごろせんせいたびやう》にして。風呂《ふろ》の加減《かげん》も床髪《とこがみ》も。

暫《しばら》筆《ふで》を留置《とめおく》のみ。何《なん》なら今年《ことし》は下剃《したぞり》で。束《たば》ねて貰《もらつ》て置給へと。教《おしへ》の侭《まゝ》に筆採《ふでとり》は。瀧亭鯉丈《りうていりじやう》が床預《とこあづか》り。其《その》証人《しようにん》に罷立《まかり》。序文の一礼如件《くだんのごとし》と。〓《さる》に似寄《により》の花押《かきはん》を曲《まが》りくねって誌《しる》すものは。三馬先生の門下《もんか》に連《つらな》り。三鷺《さんろ》と呼《よば》れしなまけもの。師匠《ししよう》の進《すすめ》に随《したがひ》て。未熟《みじゆく》ながら二世楚満人《そまひと》。本丁庵の硯《すゞり》をかりて。教訓亭《きやうくんてい》に筆《ふで》を採《と》る。

癸未の春　　南仙笑〓

この序文にもあるように、春水（この時期、二世南仙笑楚満人であるが本論では春水に統一した）は鯉丈を「兄」と呼んでいる。その詳細には諸説あるが、ともかく、二人が一連の作品でつながりを持つことは確かである。両者の活動期は、ほぼ同時期（文政―天保）である。そして春水は鯉丈作品に序を寄せる、狂歌を贈る。また、春水は書肆青林堂として鯉丈作品の板元あるいは出資者であった（文政十二年の倒産まで）。このように春水は、表面に顕れるかたちで鯉丈作品に関与する。さらに春水は、表野黒主作・翁斎蛭成校『三宝荒神』初編（文政十三）、作者名などを「瀧亭鯉丈校・瀧野登鯉述」と改竄し刊行するように鯉丈の名を利用したりもする。▼(1)また、後編は天保三年に春水（狂訓亭）の序を付して刊行。鯉丈の名は消えるが、やはり『瀧野登鯉述』とする。なお、初編序は「文政十三寅葉月瀧亭鯉丈」（以上架蔵本による）。これなどは、春水鯉丈の親密な関係を如実に物語るものである。

ここで『浮世床』三編刊行の文政六年までの鯉丈作品をあげ、春水の関与が表面化した事項を示す。

刊年	作品名	編数	春水の関与―表出するもの
文化十四	栗毛後駿足	初編	？（種彦の序は春水に係るか）
十五	栗毛後駿足	二編	？
文政三	花暦八笑人	初編	狂歌・讃文（署名を為永正輔とする）

四	花暦八笑人	二編	？
四	明烏後正夢	初編	合作者
五	栗毛後駿足	三編	序文
六	明烏後正夢	二編	合作者（刊年は推定）
六	花暦八笑人	三編	狂歌（他に春水門下が多く狂歌などを寄せる）
六	滑稽和合人	初編	青林堂として出資
六	浮　世　床	三編	青林堂として出資・序文
六	明烏後正夢	三編	合作者

処女作『栗毛後駿足』についても、春水は種彦に弟子入りしていたから、その関係で種彦が春水の「兄」鯉丈に序を贈ったのではないか。後に『明烏後正夢』三編（文政六）に種彦が序を贈ることが▼(2)証左となろう。春水は鯉丈作品に処女作の時から係っていたのであろう。**表**にあげた通り、春水の関与が『八笑人』初編、『明烏後正夢』初編刊行の文政三・四年には顕在化し、『浮世床』三編の密接な関係を裏付けるものとなっている。

二　『浮世床』三編の特徴

この鯉丈と春水の関係を前提に、本編の内容を考えたい。その梗概・特徴・体裁などを**別表**とした。**別表**に掲げたとおり、上・中・下巻はそれぞれ内容上の特徴を持つ。体裁上も、挿絵が各巻画風を変え、狂歌についても違いがある。また上・中巻では、末尾が次巻に読み進めるべく落し咄（上巻—身投げの女、中巻—喧嘩咄）が組み込まれる。挿絵にもその場面を描き、狂歌も詠みこまれる。決して末尾の咄が付け足しでないように読ませようとする編集態度が伺われる。それに対し下巻は、冒頭に作品の書き出しでも通用するものが置かれるなど、ちぐはぐな点を見せる。体裁面でも匡郭・本文などの点で上・中と下巻が若干違う。上・中・下の統一を取ろうとしたのであろうが、このような差異が残ってしまっているのだ。

	梗概	内容：中心となるもの	内容：類似の他作品	内容：備考	体裁：丁数	体裁：本文の匡郭・字数（半丁あたり）	体裁：その他
上巻	親方が留守で剃出《すりだし》が客の応対。一方で隠居を中心に口上茶番の相談。最後に親方が帰り、両国橋で女を身投げと間違えたことを話し、一同大笑いとなる	口上茶番の相談	『八笑人』三編（文政6・鯉丈）	女を身投げと間違える咄も『八笑人』三編と同工。	○序二丁半・口絵三葉目前半まで「一〜（三）」（四・五にあたる部分墨塗）／口絵三葉目後半、本文二十三丁半「柳上一〜（廿四了）」	○ヨコ151mm×タテ197mm ○八行十八字内外	挿絵は、各巻の画風が違い、付される狂歌が、上巻は英賀や仲間、中巻は英賀のみ、下巻は皆無といった違いがある。
中巻	一同の様々な話。隠居の信心の話、茶番の相談、下駄の歯を欠いたこと、手紙の無筆、仙女香のこと喧嘩咄。	髪結床での会話	『浮世床』初・二編（文化10・11三馬）	前編までの性格をよく受け継ぐ。	本文二十二丁「柳中一〜（廿二了）」	○ヨコ151mm×タテ197mm ○八行十八字内外	
下巻	勤番武士の女郎買の話。最後に茶番の相談をおえた隠居らが奥の間から出てきて結末となる	勤番武士の女郎買の話	『稽古三弦』上巻（文政9・三馬遺稿楚満人＝春水校正）	『稽古三弦』は後出。	本文二十四丁「柳下一〜（廿四）」／出版目録および奥付二丁（丁付なし）	○ヨコ152mm×タテ199mm ○八行十八字内外	

〈慶応義塾図書館蔵本による〉

本編は、もともと計画的に執筆されたものではない。各巻独立したものを、一冊の本に仕立てたものである。『浮世床』三編の特徴として、鯉丈の茶番趣味が指摘されている。[3] 一読すると、作品が茶番の話題でまとまっているかのように思われる。しかし、梗概に示したように、茶番を中心の話題としているのは上巻だけである。中巻では、髪結床での主人と客たちの会話が主題である。茶番についてはその相談をする連中が、奥の間に引っ込む場面を描写するのみである。下巻は、勤番の武士の女郎買の話が多く語られ、結末に茶番の相談を終えた連中が出てくるだけである。つまり、茶番という話題は、「浮世床」という舞台を時間的に構成付けることと、上・中・下巻をまとめるために使われていることが理解できる。

このことは、春水が本編序文で述べたとおり、「我が拙著の草紙だに、前後揃はぬ其中へ。」と引き受けた編集作業の結果であることを物語っている。この態度は、『軒並娘八丈』初編序にある「(この作品の) 継《つ》ぎ〳〵は、夜延仕事《よなべしごと》の手不調法《てぶってう》」といった彼自身の人情本執筆作法と同じである。

この「継ぎ〳〵」とは、同四編末尾にあるように、春水は書肆経営のかたわら少しずつ著述をし、筆工に原稿を渡すので草稿を推敲しなかったり、門人に実際の執筆を委ね筆削しなかったりすることを指すのだろう。そこに出来上ったものは、構成力の弱いものになる。また、門人の使い方は歌舞伎の立作者の如くで、各部分を門人に書かせ、[4] それを「継ぎ〳〵」したのが彼の作品である。

この「継ぎ〳〵」という作法は、『浮世床』三編の場合、本文だけでなく、口絵にも現れる。口絵は、初・二編の画風と変り、人情本風のものであった。それは『軒並娘八丈』でも使えるものであった。

そこで『浮世床』三編は、『軒並娘八丈』とどのようなかかわりを持つかを考察してみよう。

三　『軒並娘八丈』とのかかわり

この人情本は、「お半・長右ェ門」「お駒・才三郎」の世界のないまぜにより成り立っている。確認のため、本作品の梗概を簡単に記す。

鎌倉柳原の帯屋長右ェ門は、信濃屋お半と結ばれる。また長右ェ門妻お絹の妹白木屋お駒は髪結才三郎と通じている。才三郎実は京都今出川家の臣尾花才三郎で、貫之筆の古今集を紛失し詮義のため身をやつしている。長右ェ門も元は武士で才三郎をかばう身であった。紛失の古今集は同家中の片岡幸左ェ門が盗み、白木屋の悪番頭丈八が預かることを知る。幸左ェ門と仲間の秋月大八にからまれた長右ェ門は二人を斬ってしまい自害を覚悟。一方、丈八は古今集のことを白状する。お半を伴い六浦川に向った長右ェ門、勧進の法師の占いで心中を止める。一同かけつけめでたし。

以上を骨格に、世話場を多く盛り込んだものであった。

本作品の初編は、文政五年である。▼(5) これまで同七年とされていたのは、改修本による誤りであった。今、五年版の序文末尾および奥付を示す。これによって、『浮世床』三編に先行することが確められるはずである。

時《とき》は文政四年《ぶんせいよつのとし》神無月《かんなづき》中院《なかのとほか》
二代目《すゝめにまかせて》
文政四辛巳十月稿成　（序末尾）

同　五年午正月發行　　楚満人
楚満人作（奥付）
渓斎英泉画
文政五壬午初春新鐫
新乗物町
鶴屋金助
麹町平河二丁目
伊勢屋忠右衛門
江戸書林　同所
角丸屋甚助

（架蔵本による）

この人情本が刊行された背景には、浄瑠璃と芝居があった。春水は処女作『明烏後正夢』でわかるように、新内節など人口に膾炙した浄瑠璃を題材にして人情本を多く執筆している。また「世《よ》の人情《にんじやう》を好穿《よくうがち》て居《ゐ》ながら戯場《しばゐ》を看《みる》が如く」（『軒並娘八丈』二編跋・駒人）と芝居も意識されていた。本作品には「桂川連理柵」と「恋娘昔八丈」という浄瑠璃と、それをもとにした芝居が踏まえられていた。

前者の「お半長右ェ門」の芝居は、文政五年当時よく上演されていた。それは次のような次第である。

年月日・劇場	外題	配役	作者
○文政二年正月 中村座	曽《そ》我《が》模《も》様《よう》妹背《いもせの》門《かど》松《まつ》	お半（松之助＝七世半四郎）長右ェ門（三世三津五郎）	櫻田治助 ※助作者に松島半二
○文政三年正月 河原崎座	帯《おび》屋《やの》贔《ひ》屓《き》札《ふだ》	お半（五世半四郎）長右ェ門（七世団十郎）	瀬川如皐 奈河篤助
○文政四年七月 中村座	仇《あだの》浪《なみ》縁《えにしの》帯《おび》屋《や》	お半（二世粂三郎）長右ェ門（七世団十郎）	（※助作者に如皐・半二・治助 ―同座五月狂言番付による推定）

※『続年代記』『劇代集』による。

人情本の読者層が一般の大衆を中心としたものであるとき、このような演劇性はきわめて有効だと思う。春水はこれを念頭におき、本書の刊行を進めたのであろう。

一方の「お駒才三郎」は「お半長右ェ門」ほど、それを主題にしたものが上演されていないようである。文化年間後半まで見わたして**次表**のようなものが得られるぐらいである。「お半長右ェ門」ほど、上演をタイムリーに当て込んではいない。ただし、四番目の「恋娘昔八丈」は、この作品の知名度からして、読者側からすれば有効な演劇性を持ったことは確かである。そして、これは翌六年刊の『浮世床』三編の刊行とかかわっていく▼⑥。

さて、『軒並娘八丈』は、人情本ゆえ世話場が中心になっている。ここで注目したいことは、才三郎を髪結として強調していることだ。

これについて、合巻の諸作品と比較してみよう。

年月日・劇場	外題	配役	作者
○文化八年正月 市村座	仕《し》立《たて》莅《ばこ》昔八丈	お駒（五世半四郎）尾花甚三郎（三世三津五郎）	勝俵助※助作者に櫻田治助
○同年同月 中村座	東都名物錦絵始《おえどのめいぶつにしきえのはじまり》	お駒（二世田之助）才三郎（二世松助＝三世菊五郎）	奈河篤助
○文化十一年六月 中村座	褄《つま》重《がさね》噂《うわさの》菊《きく》月《げつ》	お駒（二世松助）才三郎（五世幸五郎）	〔本屋宗七※助作者に花笠魯助——同座五月番付による推定〕
○文政五年閏正月 中村座	恋娘昔八丈	お駒（二世粂三郎）才三郎（初世三桝源之助＝四世三桝大五郎）	櫻田治助※助作者に松島半二

※『続年代記』『劇代集』による。

『恋娘昔八丈』を題材としたのは次の通りである。

○文化六　『敵討賽八丈《かたきうちまがいはちじやう》』馬琴
○同　九　『今昔八丈揃《いまむかしはちじやう》』京伝
○〃　『其俤昔八丈《そのおもかげむかしはちじやう》』京山
○〃　『美人膚雪城木屋《びじんのはだえゆきのしろきや》』東西庵南北
○同　十一　『当世織縞八丈《たうせいおりまがいはちじやう》』三馬
○文政三　『仕立機昔八丈《したておりむかしはちじやう》』関亭伝笑
○文政五　『新織縞八丈《しんおりまがいはちじやう》』種彦校柳菊作
○同　七　『女帯糸織八丈《おんなおびいとおりはちじやう》』東西庵南北

※なお、馬琴の読本『八丈奇談』は文化十年刊。

これらには髪結才三の印象が薄い。『敵討賽八丈』『新織繽八丈』は髪結才三にやつすことがない。武士のままである。（読本『八丈綺談』でも同じ。）『当世織繽八丈』では、城木屋の手代となるが髪結にはならない。やつすことのある四作品でも、例えば、『女帯糸織八丈』で「これより見世のだん」と明示されるように、浄瑠璃の一場面をはめこむのみである。全体として武士の印象を前面に出す、これが合巻での著しかたであった。それに比べ、人情本では髪結の印象を持つ。先の梗概には武士であることも述べた。しかし、古今集の詮義も髪結にやつしたうえで行われた。武士であるとの説明は、初編下でようやく記される。口絵（**図4**）の武士の姿も「髪結才三郎」と書かれている。このように『軒並娘八丈』では、才三郎を髪結として表すことを第一とする。

この才三郎は、『浮世床』三編の親方鬢五郎となって現れる。まず、『浮世床』三編の口絵を御覧いただきたい。同じ英泉により、『軒並娘八丈』の世界が描かれている。**図1**（三ウ―四オ）が髪結床ののれんにお半・長右ヱ門、**図2**（五ウ―上一オ）は髪結と娘・女児（才三郎とお駒・お半）が向い合っている構図である。**図1**はまさに『軒並娘八丈』の世界をあらわす。**図2**は、床内の貼紙《びら》「竹本綾太夫」とあり、「恋娘昔八丈」を覗かせる。これらにより、口絵における利用はあきらかである。また、本書の丁付は、口の部分にある、いわゆる隠し丁である。**図2**の「五」にあたる部分が、管見によれば当初から、墨塗されている[7]こともその証左である。

もちろんこの口絵は、単に流用されたわけではない。**図2**の床の障子は「浮世」となっている（『軒並娘八丈』の才三郎の障子は「龍」―初編下・扉）。また、「あいさつも浮世の床やつや油きゝながしにはなさぬ湯あかり」という琴通舎英賀の狂歌が付される。もとの人情本の口絵を利用し、さらに『浮世床』の印象を付け加えている。

こういった口絵があり、本文に入ると冒頭は、「浮世《すぎはひ》は実《げ》に剃刀《かみそり》の刃《は》をわたるとは。昔八丈《むかしはちぜう》の昔風俗《むかしかたぎ》にして。

図１　『浮世床』三編口絵

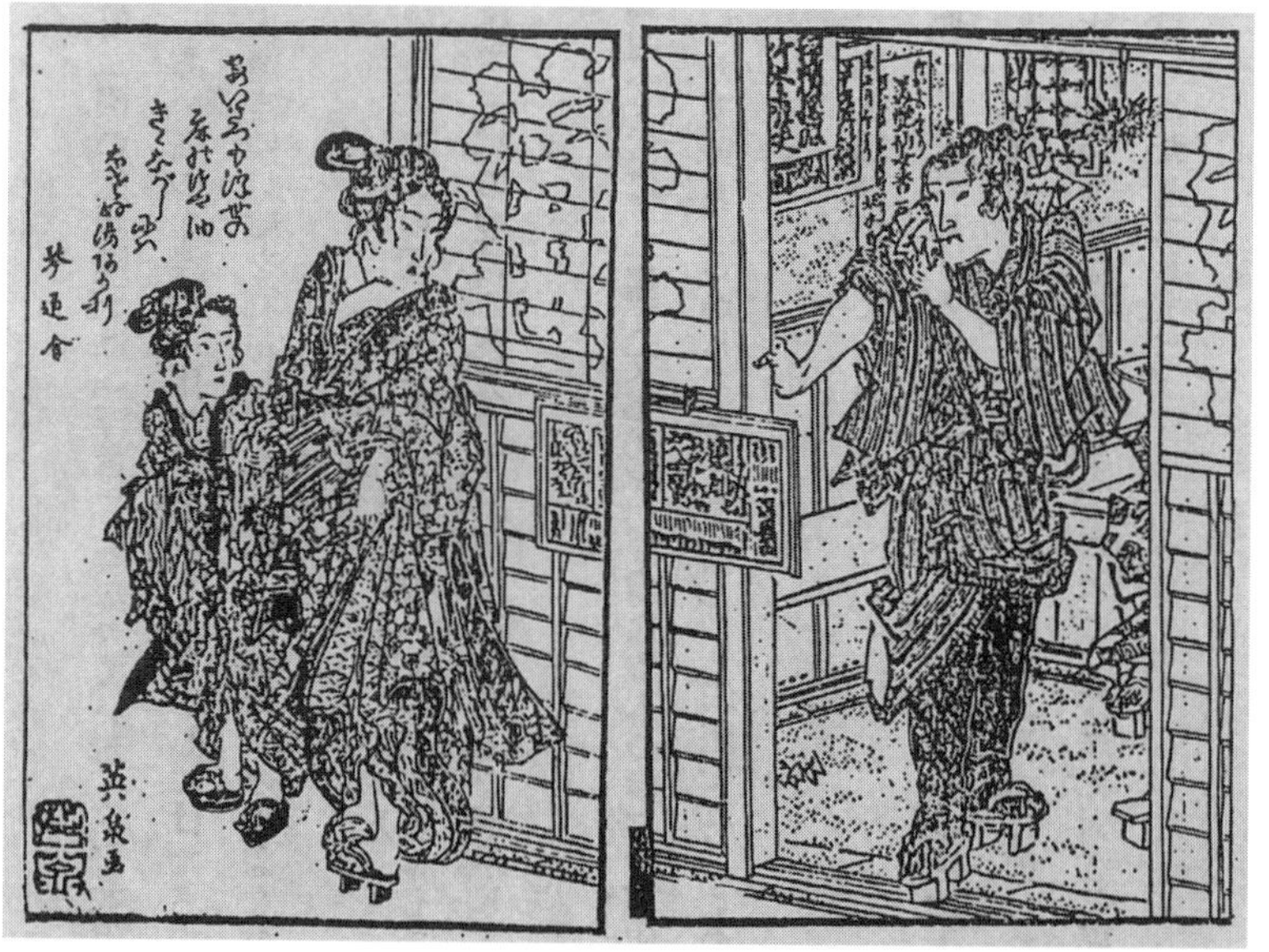

図２　『浮世床』三編口絵

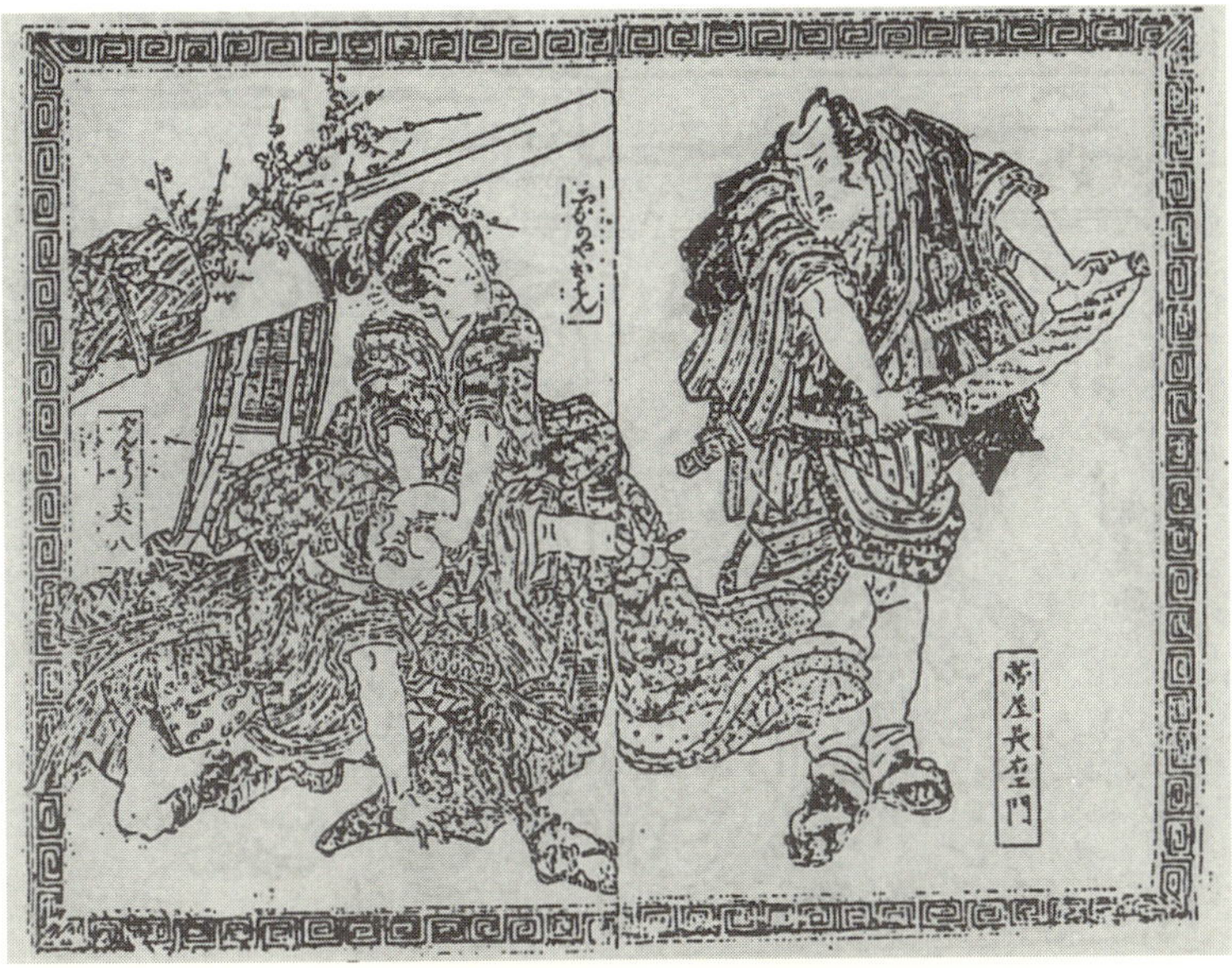

図３ 『軒並娘八丈』初編口絵

図４ 『軒並娘八丈』初編口絵

図５　『軒並娘八丈』二編口絵

図６　『軒並娘八丈』初編下挿絵

○『浮世床』三編は、慶応義塾図書館蔵本、『軒並娘八丈』初・二編は架蔵本によった。
○『軒並娘八丈』や『浮世床』三編口絵についてこれといった役者の似顔は見当らない。但、長右衛門は三津五郎風（図3）、才三郎は菊五郎風（図2、4）だそうである。——鈴木重三の御教示による。

今《いま》はすいなる浮世床《うきよどこ》」と書かれる。ここには、『浮世床』三編の髪結の親方が才三郎であることを明示している。三馬にも似たようななぞらえがないわけではない。『四十八癖』二編（文化十）「浮虚《うはき》なる人の癖并ニ不実者《ふじつもの》の癖」に「廻《まは》りの富《とみ》どん」を「音羽《おとは》やの才三」となぞらえている。[8] しかし、『浮世床』初・二編では、この容易な連想を行っていない。

これに比べ、鯉丈作の三編では、わざわざ冒頭で才三郎と結びつけている。人情本や滑稽本の冒頭は、他の小説類同様、一種気取った文章にする約束になっている。[9] だから『浮世床』三編の冒頭文を、それほど重要視しなくてもよいのかもしれない。しかし、本作では口絵に人情本に使われる画風を用い、男達ての髪結を描き、本文冒頭に「昔八丈」という語を出している。これは、読者に対する働きかけとして、滑稽の中にいやがおうでも髪結才三の印象を持たせてしまう。

滑稽を主眼とする作品の主人公に、男達の印象があること、これが『浮世床』三編の大きな特徴である。上巻末に、親方鬢五郎が、女を身投げと間違い抱き止める場面は、[10] その好例といえる。

四　『軒並娘八丈』の滑稽

『浮世床』三編について、今度は『軒並娘八丈』の滑稽描写から考えてみよう。この人情本の中で、銭湯と髪結床の場面は、『浮世床』三編を考えるうえで大切であろう。銭湯の場面は、三編上巻のほとんどが費される。そのあらましは次のものである。

蛇骨長屋の銭湯では出放節《でたらめ》の浄瑠璃が語られている。女郎買戻りの男たちの会話。仏壇屋才右ェ門（お半の実の父）来たり、番頭と女浄瑠璃の噂。次に片岡幸左ェ門、秋月大八遊び帰りに来る。そして番頭に難題を言う。二階が描かれ、狂歌師ら将棋を指すところへ階下の騒ぎ。風呂場の喧嘩である。才右ェ門、片岡に捕えられるが、勘当中の息子八重櫛才三に助けられる。

筋立て上、最後は愁嘆場になるが、全体としては、『浮世風呂』の世界により同質の滑稽が描かれる。そしてまた、滑稽本に使えるものをそのまま投入している。それは春水の人情本が、前述のように草稿を「継ぎ〳〵」したものであれば、当然ありうることである。例えば、『浮世風呂』の後版本の一つに、春水が深く係わる丁子屋平兵衛が美濃屋甚三郎と合資したものがある。その初編奥付に「浮世風呂五編 来午春開板」という予告が載る。未刊に終ったが、『軒並娘八丈』初編刊行時に、このような計画がなされていた。いまあげた『軒並娘八丈』の銭湯の描写は、あるいはそのための草稿だったのかもしれない。

一方の髪結は、主人公才三郎ゆえ当然の設定である。原作の浄瑠璃にも、城木屋の段で、髪を結う才三郎がお駒を見かけ、誤って番頭丈八の片小鬢を落してしまうチャリ場がある。前述の合巻でも才三郎が髪結になる場合には、約束事のようにこの場面が用いられることが多かった。芝居・浄瑠璃を基底とする春水の人情本だから、当然描かれている（初編中）。ところが『軒並娘八丈』では、原作では廻り髪結であった才三郎が店を持つことになる。今述べた城木屋の場面に続き、下巻ではその店が舞台になる。まず、挿絵に髪結床の入口が描かれる。時刻も八ツ過ぎで仕事も閑な時分である。客には按摩と手代のみ、その客と才三郎の会話が展開する。そして手代が落した密書を才三郎が拾い、ひと騒動となる。こういう筋の上での進展はあるが、客との会話で、林屋正蔵の落し咄が話題となる。これは一つの髪結床風景である。『浮世床』の影響が否めない。先の城木屋の段を利用したものでも、基本的には浄瑠璃によるが、才三郎と才八の会話には、紫文や土佐鶴といった女浄瑠璃の噂がある。これもその証左である。

このように『軒並娘八丈』初編には、『浮世床』という滑稽本を利用した描写がある。これは先の銭湯の描写と違い、滑稽本をそのまま流用できるものとは違う。しかし、春水が『浮世床』の影響を受けていることは理解できる。『浮世床』三編が翌年刊行される、一つの土壌が出来ていることがわかる。

なお、『浮世床』三編と『軒並娘八丈』の内容上の交錯は、編集を一任されていた春水の行為であったろう。両作品の板元は別々でありその意向はないと思われる。

一方、『浮世床』三編が初・二編の内容を受け継ぐ点は、板権の移動の点から、板元の意向があったかもしれない。『浮世床』初編の板元は柏屋清兵衛である。二編の柏屋半蔵とは同族（具体的関係は『瀧沢家訪問往来人名簿』より知り得る―鈴木俊幸御教示）間だから自然である。第三編の堺屋国蔵が、いかなる書肆であるか知り得なかったが、柏屋半蔵からの板権移動には興味深い事実がある。それは、三馬の弟子岡山鳥の作品がいくつか、同じ本屋間の移動をしている点である。そのうえに岡山鳥による『浮世床』の序が存在する。この序がいつ付されたかは不明である。[11] しかし、『浮世床』が岡山鳥に縁が深く、同時に三編刊行時、彼や版元堺屋國蔵の拘束力は否めない。春水もその点の意向は受けているだろう（岡山鳥については髙木元の御教示を受けた）。[12]

以上、鯉丈作『浮世床』三編は、春水の編集にかかるものであった。春水はこの作品を他の人情本と同じように、草稿を「継ぎ〳〵」する方法でまとめた。また、前年刊の『軒並娘八丈』初編は、『浮世床』三編に影響を与えている。この人情本は才三郎を髪結であることを強調したが、『浮世床』三編では、その口絵の利用や本文冒頭の表現等、髪結を才三郎として読ませようとしている。さらに『軒並娘八丈』の滑稽描写に、『浮世床』（初・二編）の影響があり、同三編刊行の土壌となっている。このように両作品は密接である。それにしても、現代の文学史では、二分野に別れる滑稽本と人情本が、どうしてこのように容易に結びついてしまうのだろうか。

五　中本の意味

瀧亭鯉丈の滑稽本も、為永春水の人情本もその書型は共に美濃半裁、すなわち中本である。「中本」という呼称は両者を指す言葉として用いられていた[13]。本論は便宜上、文学史用語をそのまま使うのだが、周知のように「滑稽本」なる名称は近代の命名であり[14]、「人情本」も天保年間に定着する言葉である[15]。本論で問題としている文政年間では「中本」が一般的であったといえよう。

さて、この「中本」という名称は、元来滑稽本や人情本だけを指すものではなかった。書型から出来た名称であるから、洒落本でこの形のもの（いわゆる「大蒟蒻」）や、中本型読本も「中本」であった。この「中本」は書型のみならず、内容面から言っても「世話中編小説の定まった書型[16]」である。出版も容易で「中本ハ本残多からぬ貸本屋にも刊行しやすきをもて近来そのもとから春毎に開板發兌しぬるがいと多かりと聞く」ものであった（『近世物之本作者部類』小津桂窓[17]）。この性格は寛政の改革以来永い間保たれる。

しかし、文政年間にはこの書型の洒落本は人情本に吸収された。また、中本型読本もこの時期人情本の姿をとっている[18]。よってこの時期の「中本」といえば、滑稽本と人情本を指す言葉なのである。そして、それらを刊行した中心が、春水や鯉丈たちなのだ。

ここで、鯉丈・春水たちの「中本」意識を考えよう。すなわち、滑稽本・人情本の同一概念および差異についてである。

この二分野が、「中本」として同一視されている典型例は、天保七・八年ごろ成った[19]丁子屋平兵衛『東都書林文渓堂蔵版中形絵入よみ本之部目録』（以下『中本目録』と呼ぶ）である。これは読本を中心とした『書林文渓堂蔵販目録[20]』の後半部にあたる。読本と中本が対比されていることも示している。

この『中本目録』では、現在人情本に分類される書物の他に、『大山道中膝栗毛』『滑稽和合人』『浮世風呂』『人心覗機関《ひとごころのぞきからくり》』という滑稽本も掲っていて、滑稽本と人情本が「中本」として均一に扱われている。

同様の大嶋屋傳右衛門『書林文永堂蔵版目録』[21]には、『花暦八笑人』や『明烏後正夢』などが同じく「中本」と記されている。また、多くの序跋類にのぼる中本という言葉は、双方に見える。さらに、春水門人の駅亭駒人は自作『真侭草紙《そのままそうし》』（文政十一）の序で「人情《にんじよう》もの、泣本《なきほん》も第一不吉《だいいちふきつ》なそのうへに至《いた》れり尽《つく》せり些《さゝいの》うるさいと去《さ》るおんかたの仰《おゝせ》をさいはひ今歳《ことし》は気《き》を転《かへ》本町腹《ほんちようばら》の滑稽《こつけい》もの」と述べる。安易な執筆も可能であった。以上のように、滑稽本と人情本を「中本」として同一に扱っていることが理解できる。

もちろん滑稽本・人情本は、差異を意識されもした。先の駒人の序で「人情もの・泣本」「滑稽もの」と名称上の区別が指摘できる。さらに内容面についても差異は述べられる。『軒並娘八丈』三編奥付に載る『三日月阿専』の広告に「いちばんうがちの人情《にんじよう》ものなかしゃんせ〳〵其泣泪《そのなくなみだ》が板元《はんもと》のうるほひとなり申候」とあり、人情本に泪を勧めている。一方『八笑人』各編の序には、例えば、三編の駒人による序に「石部金吉頤《いしべきんきちあぎと》をはづしてにこはこと笑《わら》ふ門《かど》には福来《ふくきた》る」とあるごとく、この作品が滑稽であることを説いている。

以上は板元・門人の言であるが、春水自身も差異を述べている。『貞操小笹雪』（梅暮里谷峨・文政五）の序では、自身の人情本感を述べる。また、『牛島土産』（鯉丈・文政七）の序では、昨今の滑稽本の低調を歎いている。春水自身もこれらを意識していることが確認できる。

むろん、以上述べたような、滑稽本と人情本が「中本」として収まり、同時に別個の性格を持つと意識していたのは、鯉丈・春水たちだけではない。言うまでもなく、この時代の作家は、現在の文学史で細分化されている草双紙・読本・「中本」などを、分野に係らずに書くのが普通であった。同時期の「中本」に限っても、一九や鼻山人が人情本を書き滑稽本を著した。やや先行する三馬や初世振鷺亭もそれに類するであろう。実際、鯉丈も

『明烏後正夢』の合作者であり、文政年間には二・三の人情本の作者であった（春水には、これといった具体例はないが、『稽古三弦』を「三馬遺稿・楚満人校正」とするなど皆無とは言えないだろう）。ところがこの二人の場合、鯉丈の滑稽本、春水の人情本という印象がある。これは現代の文学史上だけでなく、当時においても同様である。『浮世床』三編刊行の文政六年当時の彼らに対する評価を見よう。『軒並娘八丈』二編の駒人跋では、中本という語ではあるが、春水が『明烏後正夢』ほか数編を著す人情本の代表作家とする。一方、『和合人』初編（文政六）の英泉序では、鯉丈を当代の滑稽本作家の第一とする。さらに、『八笑人』四編（文政十一）の序で東船笑登満人は、二人の著述を「方函」と「円蓋」と区別する。この評価は春水に近い人々のものである。

春水作品の背景には、為永工房が指摘されている[22]。前述のように、春水の作品は、門人が実際に執筆し編集されたものである。その工程から為永工房という言葉が出来た。この工房で作りだされたのは人情本だけではない。前述の鯉丈と春水の係りから、鯉丈作品にもこの工房が関与すると言える。

彼らの作品は同じ「中本」という土壌から、「滑稽」「男女」いずれかを主題として描かれていった。

このことについて、人情本での滑稽本的要素という点からの指摘は、中村幸彦[23]はじめいくつかある。すなわち、『梅暦』（天保三）にいたって、未消化に使われていた滑稽本の要素が、ある程度渾和してきたというものである。『梅暦』三編で主人公丹次郎が、『八笑人』の主人公左次郎のような生活をしたりする[24]のはそのあらわれであろう。また、諸作品にみられる酒宴の描写など滑稽本の人情本への融合が見られる。初期作品では、前に例とした『軒並娘八丈』の滑稽など、素朴なかたちで表出する。これらの交錯は「中本」という同一概念から起きるものである。つまり、世語場を双方共が描くのである。『浮世床』三編という滑稽本に人情本的要素が混入するのも同じことである。

このように、同じ土壌から「滑稽」「男女」いずれかの性格を強調した作品は、鯉丈・春水といった作家名を付せられた。このことにより、さらに印象を強められて世に送り出されたのである。『浮世床』三編の作者名が鯉丈であったのに対し、女髪結を扱った『青柳新話 玉櫛笥』（文政九）の著者が春水である。まさに象徴的な事例といえよう。

以上、文政期以降中本は、滑稽本と人情本を指すものとなった。この時期、「中本」を著していた中心は、春水や鯉丈たちであった。彼らは「中本」としての同一概念をもとに、「滑稽」と「男女」いずれかの性格を中心にした作品を作り出した。さらに作者名による印象付けもしたのである。

六　むすび

本論は、滑稽本と人情本についての同一性および差異を考察したものである。その具体例としたのが、瀧亭鯉丈作『浮世床』三編という滑稽本である。鯉丈は春水と近い関係にあり、しかもこの作品の編集は、春水が行っている。だから、春水の人情本と同じく、この『浮世床』三編も、構成が一貫したものではなくなっている。草稿を寄せ集めた感がある。春水の影響はそれだけではない。先に刊行された春水の人情本『軒並娘八丈』初編が大きく係わる。『浮世床』三編では、『軒並娘八丈』の口絵を利用したり、主人公才三郎を「浮世床」の亭主と同一視させようとする。また、両作品の滑稽描写に共通点も多い。これらから、『浮世床』三編が春水のもとで作られた滑稽本と考えた。

瀧亭鯉丈は実在の人物である。諸々の証拠もある。だが春水は、総体として、この兄貴分の名前を滑稽本作家の代名詞にしていたようである。『浮世床』三編の三者名瀧亭鯉丈は、後年の釜屋又兵衛板では削られる。それが逆に春水の作為を物語っているかにも思われる。

春水を中心とする為永工房の活動期は、文政初年から天保末年（或はもう少し後）までである。この間、「中本」

と呼ばれる書物—人情本・滑稽本—を多く出版し、この分野で第一位を占めた。「中本」とは、従来より一般大衆を読者の中心に据え、主に世話場を描くものであった。春水たちはこの概念を枠組みとし、その中で鯉丈を代表とする「滑稽もの」と、春水を代表とする「人情もの」という二律を和合させるかたちで、作品を作り出していったのである。

以上のように、滑稽本や人情本は「中本」として一括りするのが懸命だと思う。この分野の第一等にある春水・鯉丈は、その集団の大きさから、「滑稽」「男女」を別々に売り出すことが出来た。しかし、実態は同じものが核となっている。『浮世床』三編は初期の作品であるから、その証拠が多く表面化している。現代から言うと奇妙なつなぎ合わせであるものも多い。しかし春水は、営利を念頭におくだけかえって、成功失敗は別として、そのつなぎ合わせにより、読者に奇妙な印象を与える気は毛頭なかったはずである。

『浮世床』三編冒頭では、その髪結床を「すい」と表している。このような空間は、春水・鯉丈たちの考えた「中本」という概念による時、はじめて読むことが出来るのではあるまいか。

【注】

（1）中村幸彦「滑稽本の書誌学」（『ビブリア』83）参照。
（2）おおさわまこと「人情本『明烏後正夢』第三編初版本」（『季刊浮世絵』七五号）。
（3）ここでは口上茶番が描かれる。口上茶番とは、品物を幾つか用い、その名前を織り込みながら話を作りあげるものである。現代でいえば、落語家が行う「お題咄」と同じである。なお、口上茶番は『八笑人』でも同年刊の第三編で始めて用いられた。

（4）中村幸彦「為永春水の手法」（『中村幸彦著述集』第六巻）。

（5）第二編文政・第四編同八年刊。また、架蔵の別本（後摺本）の二編奥付に「前編三冊去巳冬出版」とある。仮りに初編が文政四年冬刊としても論旨には影響しない。本論では五年正月刊として考える。

（6）なお、本編の序文の日付は文政六年春であるが、内容的に三馬の存命中（彼は五年閏正月六日没）のこととするという矛盾がある。あるいは、『軒並娘八丈』と同時刊行を予定したかも知れない。ただ本論に述べたように、上記の利用は明らかでその点前後関係は変らない。

（7）ここには掲げなかったが、五条大橋の弁慶・牛若丸の図の丁付「四」も同様。なお、後年の釜屋利兵衛版では付される。

（8）文化八年正月中村座「東都名物錦絵始《おえどのめいぶつにしきえのはじまり》」の髪結才三。新潮古典集成『浮世床　四十八癖』二七七頁参照。

（9）『中村幸彦著述集』第二巻「近世的表現」第七章二六五頁。また神保五彌『為永春水の研究』九六頁参照。

（10）本作と同年所演の「恋娘昔八丈」では「道行別涙橋」が付く。この道行を踏まえたものかもしれない。後年の黙阿弥作「髪結新三」にある如く、『浮世床』三編と同年刊の合巻『新織繽紛八丈』では、才三郎が橋上であらそう。この世界も芝居では橋上が一つの見せ場であろう。

（11）内容は三馬を讃えるものである。管見は以下二本のみ。一つは初編上のみの端本（蓬左文庫蔵）。三馬の自序の前に付す。匡郭も初・二編に一致し、初編時に付された観もある。しかし、もう一本の別本（同文庫蔵で三編のみ三冊）では下巻末尾に付く。三編の版権移動の点からは、こちらが自然とも考えられる。また、初二編には元来三馬の自序があり岡山鳥の序を必要としただろうかとの疑問もおこる。

（12）春水は堺屋國蔵から『藤枝恋情柵《ふじかつらこいのしがらみ》』（初—三編・文政七）を出版している。後年（天保末？）『浮世床』や岡山鳥の諸作の板木が美濃屋甚三郎を経て、釜屋利兵衛へと移動するのに比べ、春水のこの作品は丁子屋平兵衛に移った（『東都書林文渓堂蔵版繪入よみ本之部目録』による）。春水とこの版元とのその後のかかわりが薄いことを示す。

(13) 岩波書店『日本古典文学大辞典』「人情本」の項参照。

(14) 小学館『日本古典文学全集』「洒落本・滑稽本・人情本」解説八頁（近世でも例えば『地廻武士《ぢまはりぶし》』（万亭応賀・天保十二序）の自序に「人情滑稽冊《にんじょうこっけいほん》の透《ひいで》あるが中に」とあり、ないわけではなかろうが、ここでは通説に従う）。

(15) 第一節「中本について」参照。

(16) 岩波『日本古典文学大辞典』「滑稽本」―「中本の滑稽本」の項参照。

(17) なお、中本型読本に関しては大資本の書肆も刊行していたらしい。内田保廣「中型読本と馬琴」（『叢書江戸文庫』第二十五巻「中本型読本集」月報5）、高木元「中本型読本書目年表稿」（『近世文芸』四十四号）参照。

(18) 中村幸彦「人情本と中本型読本」（『中村幸彦著述集』第五巻）参照。なお、『増補外題鑑』には、現在中本型読本に分類されるものがいくつか載せられている。すくなくともここでは、それらが「中本」と区別されていると考えてよかろうか。

(19) 小高恭「資料報告『風月花情春告鳥』の刊行年代」（『文庫』―阪大国文大学院研究誌―第十一号）参照。

(20) これは後年刊行された春水編『増補外題鑑』のもとである。「中本目録」と共に、『読本研究』四下に影印と解説を付した。

(21) 丁子屋平兵衛の十丁の目録同形式同付綴方式だが、これは中本主体。なお、東大総合図書館に「文永堂蔵販目銀／文渓堂蔵販目録」として所蔵される。また、その内容は神保五彌の『為永春水の研究』、前田愛の関係論考に引用される。

(22) 中村幸彦「為永春水の手法」（『中村幸彦著述集』第六巻）、神保五彌『為永春水の研究』参照。

(23) 『中村幸彦著述集』第四巻「近世文学史」（「人情本と為永春水」）、日本古典文学大系『春色梅児誉美』解説参照。

(24) 内田保廣「江戸っ子の〝いき〟なセンス」（『別冊太陽』―江戸の粋）参照。

【付記】本論をなすに当り御教示賜った山杢誠氏はじめ各位に、また、資料の閲覧を許された各図書館、研究室に深謝申し上げます。

第二章　滑稽本

第一節　『栗毛後駿足』から『花暦八笑人』へ

――江戸周辺の膝栗毛物との関わり

瀧亭鯉丈の代表作『花暦八笑人《はなごよみはつしようじん》』は、処女作の『栗毛後駿足《くりげしりうま》』という膝栗毛物に続く第二作目で、文学史上、一九の膝栗毛物・三馬の『浮世風呂《うきよぶろ》』『浮世床《うきよどこ》』に続いて、茶番を題材に扱ったものとして、後期滑稽本の中でも見るべきものとされている。[1] 膝栗毛物から出発した鯉丈は、茶番物で成功したのであるが、本論では『栗毛後駿足』が『花暦八笑人』にどのような形で膝栗毛物の影響を与えたかという点を中心に、とくに初編について考察を加える。

一　栗毛後駿足

『花暦八笑人』初編出版までの経緯は、

文化十四　栗毛後駿足　初編　歌川国直画　連玉堂加賀屋源助刊
文化十五　同　二編　同画　同刊
文政三　花暦八笑人　初編　歌川美丸画　板元不明[2]

の順で鯉丈の作品は他にはまだ出ていない。[3] 右を前提として『栗毛後駿足』の性格を述べる。この作品は、浅草八丁堀九丁目の百福屋徳郎兵衛と子分の福七が、相模の大山参りを思い立ち、六月二十八日の山開きを前にして出発したのを発端として、街道に沿いつつ両名の滑稽を藤沢まで描き、三編で中絶したものである（二編までに神奈川の台まで至る）。

この作品は一九の影響下にあり、初編の柳亭種彦の序に「こいつ馬爪《ばづめ》の偽物《くはせもの》」とか「畢竟《つまるところ》は、往年《せんねん》より、雷足《らいそく》千里《せんり》に轟《とゞろ》きし、かの膝栗毛《ひざくりげ》の驥尾《きび》につく、蝿《はい》シイ道中《どうちう》、紀行《きこう》の滑稽《こつけい》、其名《そのな》に因《よつ》たおかげにて。」とあり、一楊軒玉山の跋の「瀧亭主人《りうていしゆじん》が著《あら》たるこの小冊題《なづけ》て栗毛《くりげ》のしり馬《うま》といふ豈《あに》これ流行《りうこう》におくればせのものならんや」という創作意図とともに、二編の鯉丈の自序で、

夫驥《それき》は一日而千里《いちじつにてせんり》す、駑馬十駕《どばしうが》するときは、則《すなはち》亦及之《これにおよぶ》とやらん高學《ものしり》の、おしえに浮話《ふわ》と乗掛《のりかけ》も、ほんまにあらぬ空尻《からしり》は、売無躰《からむ(ママ)たい》には似《に》たれども、其本《そのほん》たいは十編舎《じつぺんしや》の大人《うし》、黄金《こがね》の腹《はら》より巻《まき》の駒《こま》、彼《か》の膝《ひざ》くり毛《げ》なる驥《しゆんそく》にチョット一ト鞍後馬《くらしりむま》と、心《こころ》の駒《こま》の楽行《だく》を乗《のり》、す丶むに難《かた》き大山《おほやま》ながら駑馬《どば》のたとへを力革《ちからかは》、及《およぶ》としにはあらねども、往《ゆき》が二日《ふつか》に還《かへり》が二日《ふつか》四度路《しどろ》に歩行足拍子《あゆむあしなみ》を、鐙踏張《ふんばり》諸《もろ》かく合《あはせ》、打《う》テども引《ひ》ケども弱腰《よわごし》の、異雅珍案も新駒《あらごま》ながら、せめて乗馬《ぜうめ》にならずとも、練馬大根《ねりまだいこ》の附《つ》ケ出《だ》しにもと、綴置《つなぎおき》しを（傍線引用者）

とあって、傍線部のごとく一九を意識していること明白である。具体的に、百福屋徳郎兵衛の住居が浅草八丁堀であり、それは「神田八丁堀栃面屋弥次郎兵衛」のもじりだろうし、『栗毛後駿足』のタイトルも『東海道《とうかいどう》中膝栗毛《ちゆうひざくりげ》』七編（文化五）の「述意」に、

近比此書《ほん》に類《るゐ》せし版本さま〴〵出たりしを、予悉《ことごと》くもとめ得《え》て閲《けみ》するに、おの〳〵滑稽《こつけい》の花実《くはじつ》を備《そな》へて、

其おもむき尤《もとも》ふかし。恐《おそ》るべし予が家《いえ》の膝栗毛既《ひざくりげすで》に七編の老馬《ろうば》となりて他《た》の駿足《じゅんそく》におくれんことを（傍点引用者）

という言に関わっていると考えてよいだろう。

享和二年、『東海道中膝栗毛』初編出版から『栗毛後駿足』初編出版の文化十四年まで、江戸のみならず、上方に於いても、また三部以外で出されたいわゆる郷土本でも、多くの膝栗毛物が出ている。一九は『膝栗毛』五編（文化三）の「付言」で模倣作が出たことを非難し、先にあげた七編の「述意」でも類似作に意を向けているのだが、自身もまた続編的なものを出して行った。つまり文化六・七年の『江の島土産《えのしまみやげ》』、八年より十年の『六阿弥陀詣《ろくあみだもうで》』、九年の『大師《だいし》めぐり』、十年よりの『金草鞋《かねのわらじ》』シリーズ、十三年の『堀の内詣《ほりのうちもうで》』などである。『東海道中膝栗毛』が遠距離のものであるのに比べ、これらは近距離化し、寺社参詣を表向きにして、近郊及び郊外への道々を扱っている。その種の膝栗毛物は、尾崎久弥が「郷土本概説」（『近世庶民文学論考』所収）の中で指摘されているように、三都以外で書かれた郷土本に多く見ることができ、『近世文芸叢刊』四巻「上方滑稽本集」解題にも、上方の膝栗毛物がその傾向を示していることが判るのである。江戸におけるものも、一九の作を中心として、その他の模倣作も、やはり近距離のものを扱う傾向を示している。『栗毛後駿足』も角書の「大山道中」、あるいは改題の『大山道中膝栗毛』[4]というように大山を目指し、二編の自序によれば「往が二日還が二日」という近距離のものであった。

『栗毛後駿足』や『江の島土産』は近距離とはいうものの、『東海道中膝栗毛』同様街道に沿って話が進んでいるが、『六阿弥陀詣』『堀の内詣』はさらに短かく近距離で日帰りの行程であり、その道筋は江戸周辺[5]をめぐるものが多く、必ずしも街道に沿わなくなる。さらに、娯楽を前面に出しているものに『旧観帖《きゅうかんちょう》』や『金草鞋』初編

名称	近距離物	近郊物	『江戸見物』もの	江戸徘徊物
旅程	一、二泊	日帰	（日帰）	日帰
道筋	街道	○参詣の道筋 ○必ずしも街道に沿わない。		（参詣の道筋）
主人公	江戸の人間	江戸の人間	奥州の人間	江戸の人間
書名（例）	○江の島土産 ○栗毛後駿足	○六阿弥陀詣 ○堀の内詣	○旧観帖 ○金草蛙初編	○花の下物語
備考	近距離 ＝江戸（品川）をこえる。	江戸周辺を徘徊するもの。		江戸の人間が江戸周辺を廻る。（近郊物・「江戸見物」ものの中間的なもの）

〈文化年間までの江戸を中心とした膝栗毛物〉

があり、双方ともに奥州者が江戸見物をする趣向になっている。これらも道々の滑稽が描かれているので、膝栗毛物の一類といえる。これらの中、江戸を中心としたものを便宜的に分けると表のようになる。以上のように、膝栗毛物は近距離化・近郊化し、また必ずしも街道に沿わなくなるという性格のふくらみを見せていく。[6]そういった動きの中から、一九を十分意識した『栗毛後駿足』は生まれたのである。

二　八笑人の行動

さて、次作の『花暦八笑人』初編は、八人の仲間が、左次郎の寓居《かりすまい》に集まり、敵討の真似事をして花見客をかつごうと計画し、その実行と失敗を描くものである。作中ではこのかつぎ事を「花見茶番」と呼び、以下五編まで行楽の地で茶番仕立により人々をかつごうとしている。そのため文学史的には、主として茶番を題材にとったことが注目されている。三田村鳶魚はこれを茶番小説といい（「『八笑人』の卒八」全集二十三巻）、新潮社の『日本文学大事典』にも「茶番を以て一貫した趣向である」という如くで、最近刊行された岩波書店『日本古典文学大事典』でもやはり「茶番を種としている。」とこれを中心に説明されている。また、初編の場所としては、花見茶番を行おうとした飛鳥山のみが着目されてきた。しかし、内容的に池の端から飛鳥山に至る道筋が描かれ、そこでの滑稽が描かれている点で、膝栗毛物としての性格も備えていると考えることができる。本編によって出来た落語「花見の仇討」では、相談が決まるとすぐに行動に移り、その間の道々はかつぎ事の手順が狂う要素のみが説明され、ほとんど語られない。したがって、途中通る道筋によって人をかつごうとする花見の場所が限定されない。だから原話どおり飛鳥山とする場合もあるが、上野の山に置きかえることもある。さらに、上方落語に移し上方の出来事として咄すことも出来る。このことは逆に『花暦八笑人』初編を考える時、途中の道筋がいかに重要であったかを示すものである。本編から彼らの行動に関する地名を拾うと、

下谷不忍池のほとり（池の端）
日暮里
飛鳥山

＊

谷中
日暮里あたりの裏道
道灌山
飛鳥山（再度）
根岸通り（音無川沿いの道）

となる。**図1**に示したところが舞台である。まず八人は池の端の左次郎の寓居に集まり、始めに卒八が日暮里で花見でかつがれたことを語り、それを聞いて一同飛鳥山で花見茶番をしようと決める。次に行動に移り、最初に

六部姿の頭武六が店受の親父に谷中でつかまる。日暮里あたりの裏道で、巡礼役の左次郎たちや、浪人役の安波太郎が変装する。左次郎たちは少し戻り、日暮里をへて道灌山を行くと西国侍に咎められる。そして飛鳥山では花見茶番が失敗に終わり、最後に根岸通り（音無川沿いの道）を逃げ帰る。**図1**に示したように、池の端から飛鳥山に行くには、藍染川[8]に行く道、日暮里《り》を行く道、音無川[9]沿いの道という三本の道筋があり、その中で藍染川沿いにまっすぐ道灌山下―中里―西ヶ原村を経て行くのが早かったと考えられる。本編は昼過ぎに話が始まる。以後時間的叙述はないが[10]、構想上に時間的推移を考慮すると、無事に夕刻までに花見茶番を終えるためには、当然この近道を通るはずである。しかし、本文では藍染川と反対側の日暮里方面が描かれている（**図2**参照）。左次郎たちや安波太郎が変装したのは「日暮里あたりの裏道」であるが、そこは日暮里の下道（日暮里の高台である諏訪台の台下の青雲寺から修性院、蛍沢への道）付近であると考えられる。それは、安波太郎が先に飛鳥山に着くことや、左次郎たちの動きから藍染川付近と考えられ、つまり安波太郎はそのまま近道をしているが、左次郎たちはわざわざ少し戻り日暮里から道灌山を歩こうとしているからである。具体的には藍染川付近から少し戻り、下道から青雲寺などの境内あるいは富士見坂をのぼり、諏訪台に至り、道灌山に行くのである。

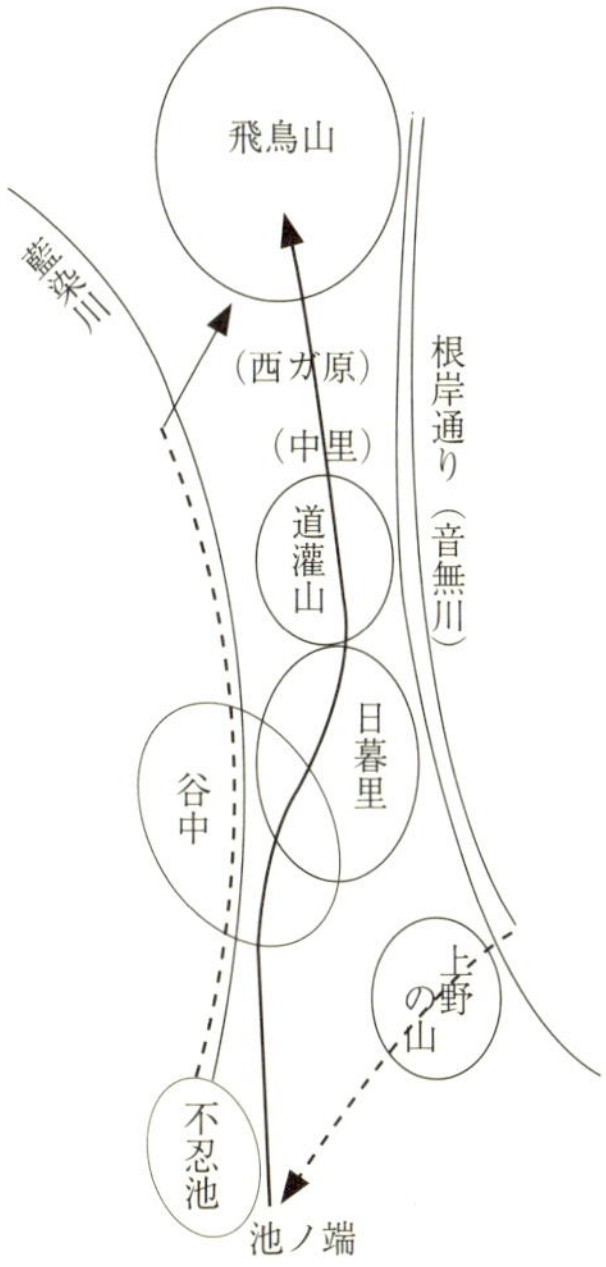

図1

日暮里は本文冒頭に、

福寿草《ふくじゆさう》に咲初《さきそめ》しより、四季《き》の花《はな》、盛《さかり》たがえぬ時津風《ときつかぜ》静《しづ》けき、御代《みよ》の春《はる》なれや、遅日《ちじつ》をおくる、日暮里《ひくらし》も、け
ふに飛鳥《あすか》の人の山

とあるように、飛鳥山と共に述べられる。本編は、この冒頭に続き、花見時分であることが述べられ、続いて話は日暮里の花見に移って行く。日暮里は、その高台（諏訪台）と地続きの道灌山と連岡になっており、眺望に富み、四季折々の景趣を添えた。寛延年間、諏訪社西側崖下の妙隆寺が境内に躑躅を植えたことから、修性院、青雲寺もこれにならって数多くの花樹を植え、日暮里の丘陵（諏訪台下の丘陵）は寺院の庭園続きとなり、四季を通じて草木や花で遊園地帯となった。そこの桜は、享保年間の吉宗の植樹に始まる飛鳥山の桜へ、一つづきの道筋となり、安永七年の洒落本『野路《のじ》の多和言《たわごと》』冒頭にその道筋が扱われ、寛政十年の往来物『新編王子詣』もこのコースを使っている[11]。谷中から日暮里、その高台の諏訪台、地続きの道灌山、そして飛鳥山に至るのが花見の道筋であった。左次郎たち二人が武士に咎められるところにも「ぶらり〳〵と日暮里をぶら付道くはん山をたどりながら」とある。これは、飛鳥山でかつぎ事を成功させることを主題とするには、やや冗長な描写であり、その後、彼らは武士から解放されて飛鳥山のことが気になり「是より道を早めて」はいるが、やはり「往来の花見

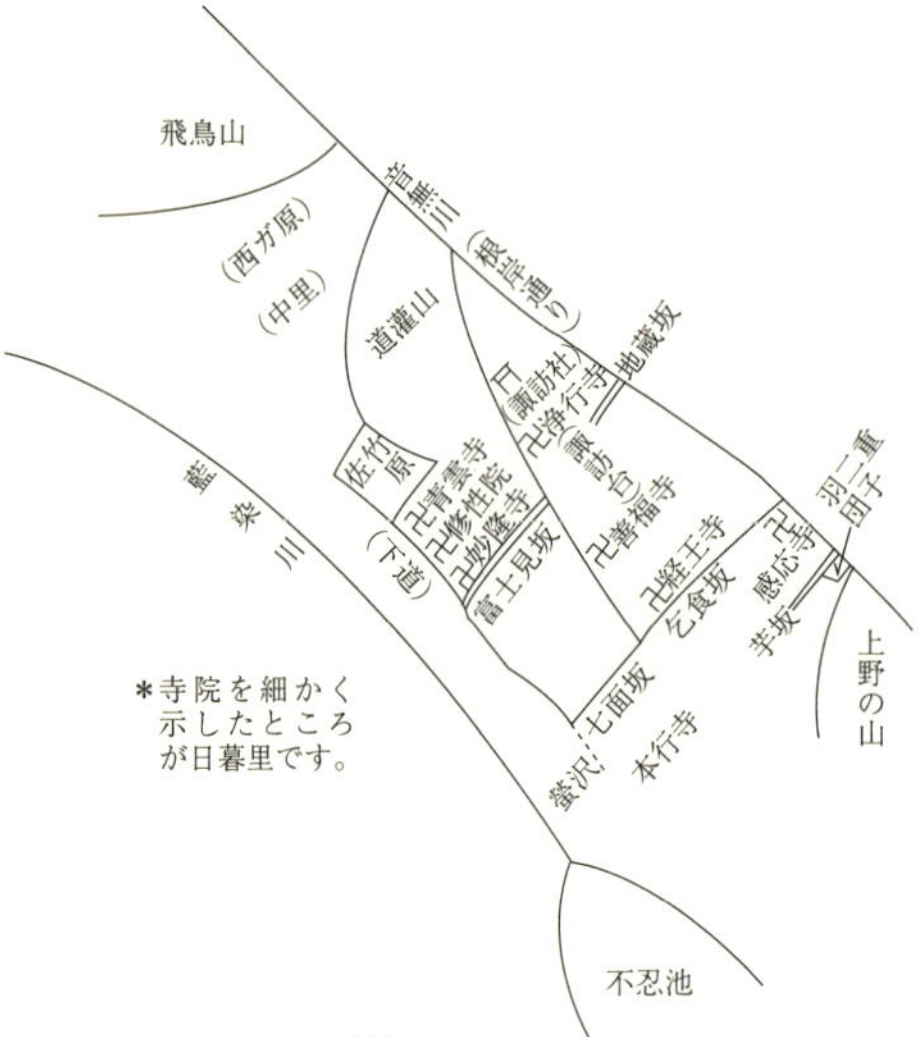

図2　日暮里周辺図

人をさまざまそしりなどして」いる。谷中方面へ向かう六部姿の頭武六もこの道筋に行く途中だったと考えられることと併せ、明らかに花見の道筋として考えられていたことがわかる。そしてこの道筋が、滑稽の場として使われたのは、膝栗毛物における街道での失敗を置きかえたに他ならない。

もちろん、池の端から飛鳥山に至る描写には、街道を通る膝栗毛物のように地名や道筋の説明はない[12]。ところどころに地名が出ているだけで、あとは読者の想像に委ねられているという点から見て膝栗毛物の中でも、「近郊物」に入るといえる。

そういった方法が顕著なのは、『六阿弥陀詣』である。講中が六阿弥陀[13]を巡る話だが、寺々の間の道々は大家の教訓譚に尽され、背景は描かれずに読者に委ねられているのは、当時の江戸の人間が六阿弥陀の道筋を知っていたからだと解せる。『花暦八笑人』初編の省筆も同じことだと考えられるのである。また、日暮里や谷中は寺々の多いところである。もともと寺々が花を植えはじめたことは前述した。図2には日暮里の主な寺を示したが、この中を彼らは通って行った。膝栗毛物の街道でも失敗にあたるこの花見の道筋での滑稽も、六部のなりをした頭武六が店受の親父につかまり、巡礼役の左次郎たちが武士に咎められるのも、この寺々の多い道筋の中であり[14]、そうした背景が、これら一連の滑稽を不自然ではなくしていると言える。この点も読者の知識に基づいた想像に委ねられている。

このように、日暮里の花見の道筋の滑稽には膝栗毛物の方法が使われ、この滑稽を伏線として、飛鳥山の花見茶番の失敗の興趣をもり上げているのである。

一方、浪人役の安波太郎は、目的地飛鳥山に至ると「猿狂言の役者のごとく茶番の事も打わすれ」花見の様子を見歩き周囲を気味悪がらせる。そして女中に目を付け、仲間に頼み地口風の狂歌[15]を贈る。飛鳥山の花見風景[16]を描くなかではこの滑稽が中心となっているのである。花見茶番のことは、一丁ほどしか描かれず結末をつけるにとどまっており、その滑稽は、ほとんど伏線によるものである。つまり、この場面でも中心は花見の滑稽にあった。

　このように『花暦八笑人』初編は、池の端から飛鳥山にかけての花見という娯楽と深く関る滑稽を前面に出した作品であると言うことが出来る。

　なお、すでに『栗毛後駿足』に狂歌を寄せていた琴通舎英賀[17]は、本編の口絵部分に、池の端[18]・日暮里・飛鳥山の桜を題材とした十首ばかりの狂歌を仲間と共に詠んでいる。三景のスケッチを伴う二丁[19]で、あえていうならば狂歌集に見られる簡単な挿絵入りの部分と同じ体裁で、当時の小説類に見られる口絵に狂歌が詠まれているもの（この種のものも別に本編にあり）と違い、他の口絵部分から独立している。このように本編の内容と狂歌に詠み込まれている場所とが一致し、成立にかかわると思われる。四編追加の自序に、

> 什麼《そも》此花暦《はなごよみ》の濫觴《らんしやう》は、過《すぎ》つるとし琴通舎《きんつうしや》の大人《うし》、江戸名所《えどめいしよ》の花《はな》を題《だい》として、諸君《しよくん》の玉詠《ぎよくゑい》を集《あつ》め、其秀逸《そのしういつ》を撰《えり》て出板《しゆつぱん》したる摺本《すりほん》へ、チョイとおまけの御愛敬《ごあいきよう》

とあり、以上の要素から相関関係にあることは認められる。同時に英賀は初編の序で、この話がこの辺一帯の花見の咄であるとの理解を示した。そしてこの狂歌と序は、本編の内容を正しくとらえている。すなわち英賀側の動きからも本編が、池の端から飛鳥山にかけての花見を題材としていることがわかるのである。

三　江戸近郊の散策

『花暦八笑人』初編が、江戸の花見という娯楽を前面に出していることは、先の膝栗毛物の分類でいうと、『旧

観帖』等の「江戸見物」ものに入るが、これらは主人公を奥州者とし、江戸見物という性格から案内記的な側面がある。一方江戸の人間を主人公とし、道筋の背景が読者に委ねられ、江戸周辺を徘徊する作品としては、文化十一年に十返舎一九閲、長二楼乳足《ちょうじろうちたる》作『花《はな》の下物語《したものがたり》』▼(20)が出ている。二人連れで正月の恵方参りに王子に詣でることを名目に、江戸周辺をめぐる娯楽性の強い作品である。目次を示すと次のようになる。

巻中品目

このように日本橋から浅草に至るのだが、後半に至り、飛鳥山→ゑびや（王子の料理屋）→王子社・滝野川→たんぼ道→道灌山→○→○→日暮里→池の端と、花見時分にはまだであるが、飛鳥山から池の端に至る道筋が出てくる。本書は、本文三十三丁の小冊ゆえ、各滑稽は短いものの、それぞれの場所を紹介している。もちろん「近郊物」同様、背景は地名等の最小限に止められ、他は読者の地理的知識に委ねられている。膝栗毛物にも、この道筋が使われるようになったという動きのなかで、花見の道筋として池の端―日暮里―飛鳥山を扱ったのが『花暦八笑人』初編の性格の一つだといえる。

このように『花暦八笑人』初編は、膝栗毛物の性格を持っている。『栗毛後駿足』は街道沿いのものであり、『花暦八笑人』初編の膝栗毛物的な部分は『花の下物語』同様「江戸徘廻物」的な性格を持つし、二つの個々の滑稽には同じものが見出せない。しかし、鯉丈が一九を学んでいて、文化末年には、膝栗毛物の性格が前に述べたように拡がっていることから考えて、両者は十分つながりを持つといえる。

ところで、『栗毛後駿足』初編冒頭は次の通りである。

四海波《しかなみ》しづかなる代《よ》のたのしさは。飛鳥《あすか》の花《はな》に両国《りやうごく》の。舟《ふね》か〳〵は夏秋《なつあき》へ。かけてにぎはふ柳橋《やなばはし》。月に乗出《のりだ》す向《むか》ふ嶋《じま》。又雪《またゆき》の日《ひ》も北国《ほつこく》のさむさはいとふ人ぞなき。四季節々《しきおりおり》の繁昌《はんぜう》は。日本一《につぽいち》の大都會《たいとかい》。かせぎ人《て》の閑《ひま》はあれど。遊人《あそびて》のひまはなく。精米《こめ》の飯《まんま》や酌《しやく》は美女《たぼ》。鼻《はな》についてはうきことを。羨《うらやま》しくて旅《たび》あるき。

「江戸での遊びに飽きたから、旅に出るのだ。」と江戸の娯楽と旅が表裏一体として考えられている。まずは大山道中の旅が書かれ、次に江戸の行楽が書かれたのである。▼(21)

四　茶番と屋外

もちろん、『花暦八笑人』が茶番も描こうとしていることは事実で、それは、花見の場で人々をかつぐことを目的とし、「自分《てん》〳〵に茶番《ちやばん》の心もちで一趣向《ひとしゆこう》づゝ案《つけ》て自分《じぶん》の書《かい》た正本《すじ》なら其狂言《そのきやうげん》のたてものにするがいい」というものであった。これが実際上可能なものであったか未だ明らかでないが、少なくとも、茶番を論じる際よく引用される『茶番狂言早合点《ちやばんきやうげんはやがてん》』（式亭三馬＝文政四・七）には出てこない。三田村鳶魚説などから「かつぎ茶番」

とも呼ばれるようになった。『花暦八笑人』で行われた茶番の実情は今後の研究の成果を待たなければならないが、小説の上で描かれたものに限っていえば、『滑稽素人芝居《こっけいしろうとしばい》』（桜川慈悲成＝享和三）[22]『素人狂言紋切形《しろうときょうげんもんきりがた》』（式亭三馬＝文化十一）という素人芝居を扱った滑稽小説の系譜上に位置づけることができる。[23] これらは、芝居好きの仲間、数人のグループが話を展開する。浜田啓介は、茶番小説（本論では素人芝居を扱った滑稽小説の範疇の中に入れている）になると、人数が増えることを指摘されている。[24] 付け加えて言えば、これらの人物は決まった連中であり、『浮世風呂』『浮世床』―これも本田康雄の説をはじめとし多人数化に影響していることがわかるが―のように町内の人間をも含めた「行きずり」の人間というのと違う。その「連」中とは茶番連であり、狂歌連にもつながる。本書でいえば、左次郎たちがそれだが、背景として英賀が狂歌師であり『茶番狂言早合点』に当代の茶番師とされていることがあると思われる。さらに八人に固定した理由は簡単には言えないが、先行作として『古今無類おかしき話七變人《しちへんじん》笑《わらい》尓《に》呉竹《くれたけ》』（岳亭春信作画＝文化十四）という七賢人を模した合巻があり、それも影響を与えていると考えられる。[25]

茶番に話を戻すと、先にあげた二つの小説の中で、前者では「お笑ひに茶番狂言でも致しませう」と素人狂言に笑いを混ぜたものを茶番狂言といい、後者の序にも素人狂言と茶番を並列して使っている。このように素人芝居に笑いが混ったものに茶番という語を使っていて、その意味で、また人数・構成メンバーからも素人芝居を扱った滑稽小説の系譜上にある。ただし、それまでは仲間が集まり行おうとしたことは同じだが、屋内で行われていた。上演風景のおかしみを描く、万象亭以来の「田舎芝居」物もそうであると考えられる。[26] 山口剛が、「日本名著全集」―滑稽本集―（興文社＝昭和二）の解説で『花暦八笑人』の茶番に関し、「劇場から市井に運び来つたこの戯《たはむれ》は室内にして足らず、ついに屋外に於いてし、與り知らざる人々を観客とし、演技のエクストラとするまでに至つた。しかも平凡を避けて遊楽の地を選んだ。舞臺を宜しきにとり、また衆目の観を欲したためである。」

と指摘しているように、小説の上からいうと、素人芝居の楽しみを扱ったものとして、屋内から屋外へ場所が移ったのが本作品の新しさであった。そこに用いられたのが膝栗毛物の方法であり、それを使うことによって、池の端の左次郎の寓居という屋内から、飛鳥山という屋外の舞台はつながり得たのである。

五　むすび

以上『花暦八笑人』は茶番小説とも言われ、文学史上その面が注目されている。しかし、これまで日暮里のことを中心に述べてきたように、初編では花見の道筋が描かれていて、膝栗毛物の性格が非常に大きな役割を果していた。

鯉丈は、一九を範として、膝栗毛物が近距離化し地域的になっていく傾向に沿って処女作『栗毛後駿足』を書いた。そして次作『花暦八笑人』の初編の中で、池の端―日暮里―飛鳥山という道筋において膝栗毛物の方法を引続き使用し、それにより花見の滑稽を描いた。この方法によってはじめて、茶番は屋外に移行したのである。

【注】

(1)『日本古典文学辞典』(岩波書店)などがその例。また、この作品に対し評価の低いもの、例えば、『増補新版日本文学史』(至文堂)近世篇(八五五頁)であっても一九・三馬からの流れは否定しない(同八二三頁参照)。

(2)画工は、文永堂蔵版目録(『生死流転玉散袖』文政四下巻付載)による。但、本編は口絵のみで挿絵はない。書肆は、連玉堂(本編下巻末尾に『栗毛後駿足』三編広告を有するから)、青林堂越前屋長次郎(下巻冒頭『人心覗機関』の後刷本の広告があり、その本は連玉堂と合梓で出ているから)、文永堂大嶋屋傳右衛門(右蔵版目録から。

また二編以降の板元であることが明らかだから）、このうちいずれかではあると考える。

（3）『明烏後正夢《あけがらすのちのまさゆめ》』初編は、神保五彌の説により（「『明烏後正夢』初編」―『為永春水の研究』所収）文政二年に青林堂・文永堂合梓の初版が出、現存本は、文政四年青林堂単独版の後版とされているが、初編下（第五回）に文政三年九月九日より中村座で行われた三代目坂東三津五郎の名残り狂言「一谷嫩軍記」「月雪花名残文臺」のことが出てくる（本文中では実五郎とする）。したがって、本論では文政四年に初版が出たと考える。なお、この上演については『変化論』（服部幸雄・平凡社・一九七五）五八頁に詳しい。

（4）初・二編天保三年、三編四年刊。この時点で、初・二編は、序より本文に至るまで全面的に改刻。また、初編は跋を削除。口絵・挿絵の数は減じ、構図等改めるものも多く、あるいは口絵・挿絵中の狂歌を削ることが多い。三編は、本文は改刻されていず、挿絵、口絵等は初・二編に同じ。書肆不明（刊記に書肆名を入れたもの未見）。

（5）『花暦八笑人』初編出版に近い文政元年に、寺社奉行より御府内の範囲が示され、当時の江戸という場所の目安になる。

東｛砂村・龜戸・木下川・須田村｝限り

西｛代々木村・角筈村・戸塚村・上落合村｝限り

南　上大崎村より
　　南品川宿迄

北　千住
　　尾久村　川限り
　　瀧野川村
　　板橋

（徳川禁令考）前集第五　二九八九号

（6）文学史上、文政年間より始まるとする人情本でも、江戸周辺や近郊を徘徊する場面が多くあり、例えば『清談《せいだん》峯初花《みねのはつはな》』（文政二）では、池の端に住む恵貞が花見時に主人公捨五郎の日暮里の別荘の前を通り、近郊の旅の描写も『梅暦』をはじめとし多く、この傾向を受けるといえる。ここではその指摘に止め、その後の傾向として別の機会に考察したい。

（7）日暮里は「感応寺裏門あたりより道灌山を界《さかひ》とす」（『江戸名所図会』）る。谷中は、上野と駒込との間の谷地であるから、本図のように一部重なる。

（8）西ヶ原から中里、動坂下を東流、根津権現下・駒込・千駄木・道灌山下を経て不忍池へ入る（震災後暗渠化）。

（9）飛鳥山麓で石神井川から分かれ、西が原・田端・日暮里・根岸・三ノ輪を経て隅田川に流れたもの。田端から道灌山・諏訪台という高台の西下を流れていた（明治中頃、王子~日暮里が埋めたてられ次第に暗渠化）。
なお、仮に事実であったにせよ論旨には影響しないが、鶴屋喜右衛門系の江戸図（『文政増版江戸御絵図』等）は、道灌山下で藍染川・音無川が一本になる。この作図は、切絵図（安政三・屋張屋版『根岸谷中日暮里豊島辺図』）でも受継がれている。しかし、須原屋系のもの（『改正大江戸地図』文政十一等）や明治十一年の『實測東京全圖』（松井忠兵衛版）が二本のままであるのが正しく、前者の系統は事実に反すると考える。

(10) 結末部分で、夜に入って頭武六も戻るということはある。

(11) 後述の『花の下物語』と共に、元来王子詣の道筋であったことがわかる。

(12) 街道に沿うものでも、すでに『江の島土産』の「附言」に「名所古跡はいちいちに記さず」とあり、簡略化の傾向を示し、『栗毛後駿足』もそうであった。

(13) 春秋の彼岸に六阿弥陀を参詣して廻ること。江戸のものはすでに『江戸砂子』（享保十七）に載る。今『六阿弥陀詣』の「全書之大意」のものを挙げる。

武州六阿弥陀

○第一番豊嶋《としま》村　三縁山《さんえんさん》西福寺《さいふくじ》　是より二ばん迄十五丁
○第二番下沼《ぬま》田村　甘露《かんろ》山応味《おうみ》寺　三ばん迄廿五丁
○第三番西《にし》ヶ原《はら》村　仏宝《ぶつぽう》山無量《むりやう》寺　四ばん迄三十丁
○第四番田畑《たばた》村　宝珠《ほうじゅ》山与楽《よらく》寺　五ばん迄廿五丁
○第五番下谷《したや》　延命《えんめい》山長福《てうふく》寺　六ばん迄二里
○第六番亀井戸《かめいど》　西帰《さいき》山常光《じやうくわう》寺　惣道のり合て六里廿三丁
　但し参詣の人は五番より三番まで大かた逆に札打ことあり

なお、逆の札打の五番より三番までは、『花暦八笑人』初編の道筋に同じ。また、三編上の「文永堂開板目録」に鯉丈らによる『千社参利生札数』の予告があり、六阿弥陀等を廻るものだった。未刊に終ったが、本編の性格を考える上で参考になる。

(14) 飛鳥山の結末でも、谷中三崎幡随院勧化の集りの鉦を、六部役頭武六のものと間違うことにしている。

(15) 本文中これを「落首」「楽首」と呼び、すでに『栗毛後駿足』からある。なお、浜田啓介に解説がある（『鑑賞日本古典文学講座』三四巻・「洒落本・黄表紙・滑稽本」三〇三頁・角川書店）。

(16) その中で「あの桜のあれは一昨歳《おととし》植《うは》ったぜ七小町《なゝこまち》といふ名札《なふだ》の立つて居る」という桜情報を流している。これが

『花暦』の所以である。『花暦』とは、四季折々の花とその名所を表わすもの（例えば、『江戸名所花暦《えどめいしょはなごよみ》』文政十）と桜のみの種類・品種・場所・備考が記されているもの（例えば、国会図書館蔵『寛政丙辰之花暦』）があり、本編のは後者の形を文章化したものと言える。

(17) 神田豊島町の古手屋丸屋庄蔵。庭訓舎綾人の門人。狂歌グループ松寿連の頭領。鯉丈・春水らの作品に深くかかわる。高橋啓之「琴通舎英賀小考」（『語文』七十四号）・同「琴通舎英賀の周辺」（同八十一号）。

(18) 今回、池の端については触れ得なかった。池の端から谷中に抜ければ花見のコースだが、谷中まで至るまでは必然性がない。鯉丈の作品で池の端を中心に置いたのは本作品のみで、他は『栗毛後駿足』以下『滑稽和合人《こっけいわごうじん》』『質屋《しちや》雑談』『伊勢土産二見盃《いせみやげふたみのさかずき》』等、浅草に関わる。池の端は英賀の狂歌との関わりか。

(19) 口に「上」「下」という丁付が入り、他の口絵部分から独立している。なお、もともと他に二丁あり計四丁が原初であるが、これについては本章第二節「『花暦八笑人』早印本」参照。

(20) 小本一冊。（国会本は中本の紙型の中に印行される。）全四十丁。一九の序・自序・凡例・口絵・目次（以上五丁分）本文（三十三丁・挿絵なし）跋・稚長堂物梁（一丁半）奥付「文化十酉歳正月吉辰／書買／鶴屋金助／中村幸蔵、大嶌屋宗兵衛」（半丁）――国会図書館蔵本等による――。

(21) 『花暦八笑人』の続編と言われる『滑稽和合人』では逆に、仲間同士の戯れに飽きた六人が三編（天保十二）下より神奈川方面に出かける。これも同じ意識である。
なお、一九の『東海道中膝栗毛』『江の島土産』は、いきなり品川から始まるが、『栗毛後駿足』には日本橋から品川までの描写があり、江戸を中心に考える鯉丈の視点がわかる。

(22) 『花暦八笑人』は屋外での趣向に尽きた四編で（文政十一）、骨格として本書を利用している。特に下巻「祝言」に示される結末と、「此所之鳥渡女客楽屋をのぞき見る図」（下五ウ―七オ）が、四編では裏返しして使われていること（十五ウ―又十五オ）が顕著な証拠である。

(23) 馬琴が『近世物之本作者部類《きんせいもののほんさくしゃぶるい》』の中で「例の茶番狂言に似たるものにて新奇の趣向はなかりき」(小津桂窓本)というのも、その傾向をふまえたものか。

(24) 注15の同書・一八八頁参照。

(25) 『七変人笑尓呉竹』最後、竹につかまったまま宙に浮いてしまい助けた方が瘤を作る滑稽が、『栗毛後駿足』二編・浦島観音で大木に置きかえ同じく使っていること、また幕末の『妙竹林話七偏人《みょうちくりんわしちへんじん》』四編(文久三)に二世春信が叙を寄せている。『花暦八笑人』『和合人』を意識していた『七偏人』の作者梅亭金鵞が本作を受容していたことになり、すなわち、その前段階の『花暦八笑人』でもそれが考えられることが根拠。

(26) 天明七年刊『田舎芝居《いなかしばい》』をはじめ、その模倣作『田舎草紙《いなかそうし》』(文化元)、『見通《ありのまま》鄙戯場《いなかしばい》』(文化三・四)、『田舎芝居忠臣蔵《いなかしばいちゅうしんぐら》』(文化十・十一)、『旅芝居田舎正本《たびしばいいなかのしょうほん》』(文化十一)などを私にいう。また、鯉丈に関係が深い二世楚満人(春水)が関与する作品『滑稽鄙談息子気質《こっけいひだんむすこかたぎ》』も前半に田舎芝居が描かれる。本作は冒頭に英賀・八橋舎調以下の狂歌が載り『花暦八笑人』に近い作である。神保五彌は、本書刊行を「文政三年に決定してよかろうか」(『為永春水の研究』二四頁)とされるが、仮にさかのぼり得るとすれば重要な影響作である。本作については『近世文芸⑦「振鷺亭と為永春水」(同氏)に詳しい(『為永春水の研究』所収のものはその点について簡略化されている)。

【付記】本節は、第50回全国大学国語国文学会での研究発表をもとにしたものです。お教え下さった、檜谷昭彦先生、また、御蔵書を閲覧させていただいた國學院大学、国会、都立中央各図書館、荒川区文化財調査員平田満男氏、北区郷土資料館河鍋博氏に深くお礼申し上げます。

第二節　『花暦八笑人』早印本

前節にも述べたが、『花暦八笑人』の成立については、四編追加の自序に、

什麼此花暦の濫觴は、過つるとし琴通舎の大人、江戸名所の花を題として、諸君の玉詠を集め、其秀逸を撰て出板したる摺本へ、チョイとおまけの御愛敬

とあることが、事実であるかは気になるところである。

琴通舎英賀が、初編の挿絵にあたる部分（後述①）で、池の端・日暮里・飛鳥山の桜を題材とした十首ばかりの狂歌を仲間と共に詠んでいる。三景のスケッチを伴う二丁で、あえていうならば、狂歌集に見られる簡単な挿絵入りの部分と同じ体裁で、当時の小説類に見られる口絵に狂歌が詠まれているもの（この種のものも別に本編にあり）と違い、他の口絵部分から独立している。このように、本編の内容と狂歌に詠み込まれている場所とが一致し、成立にかかわると思われる。しかし、これだけでは四編追加序の真偽を判断するには至らなかった。このたび、他の狂歌を載せる同様な二丁を含む『花暦八笑人』初編上巻零本を見いだしたので、この二丁を中心に

報告し、同時に四編追加序に載る『花暦八笑人』（初編）の成立事情を是認したい。

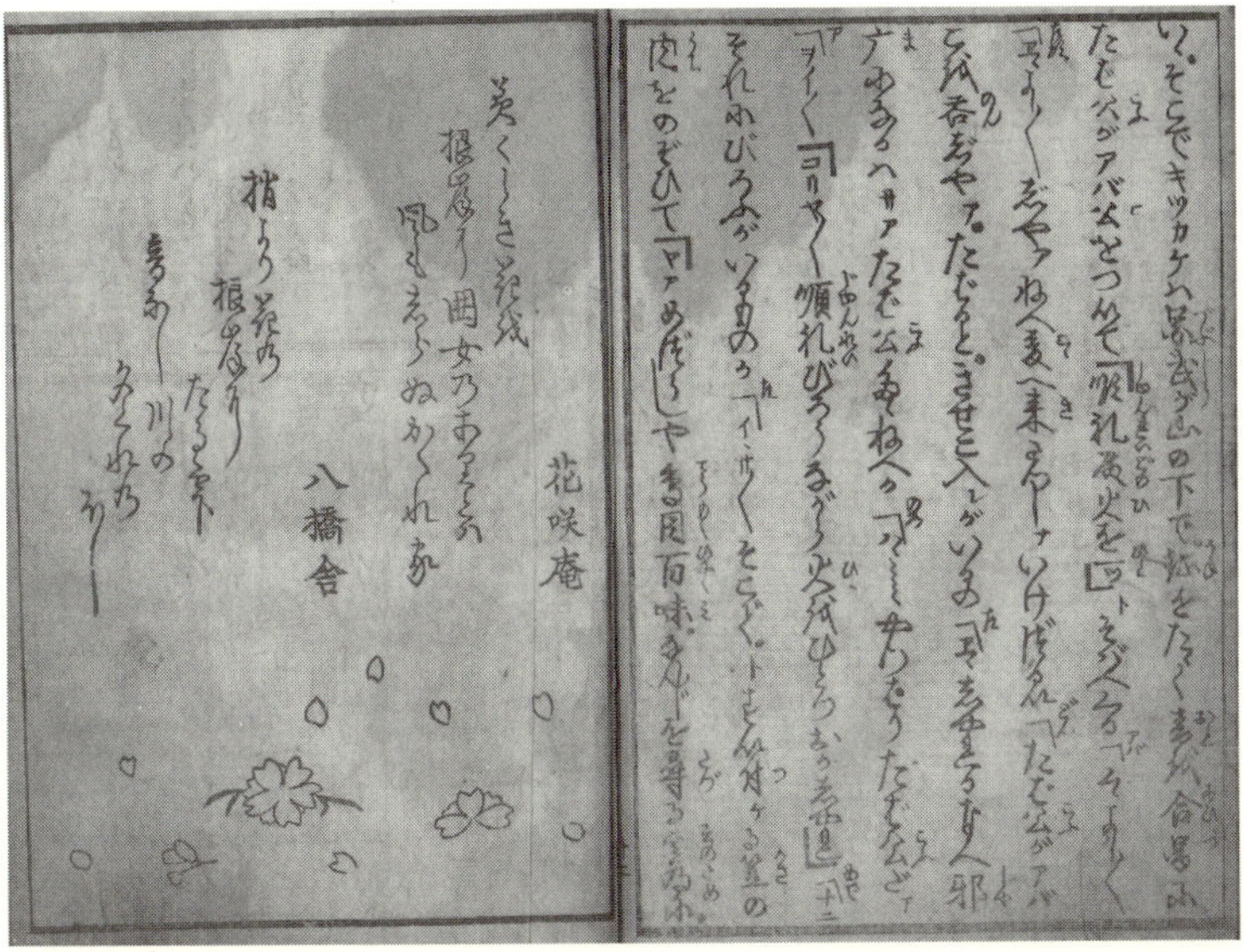

㊤オモテ

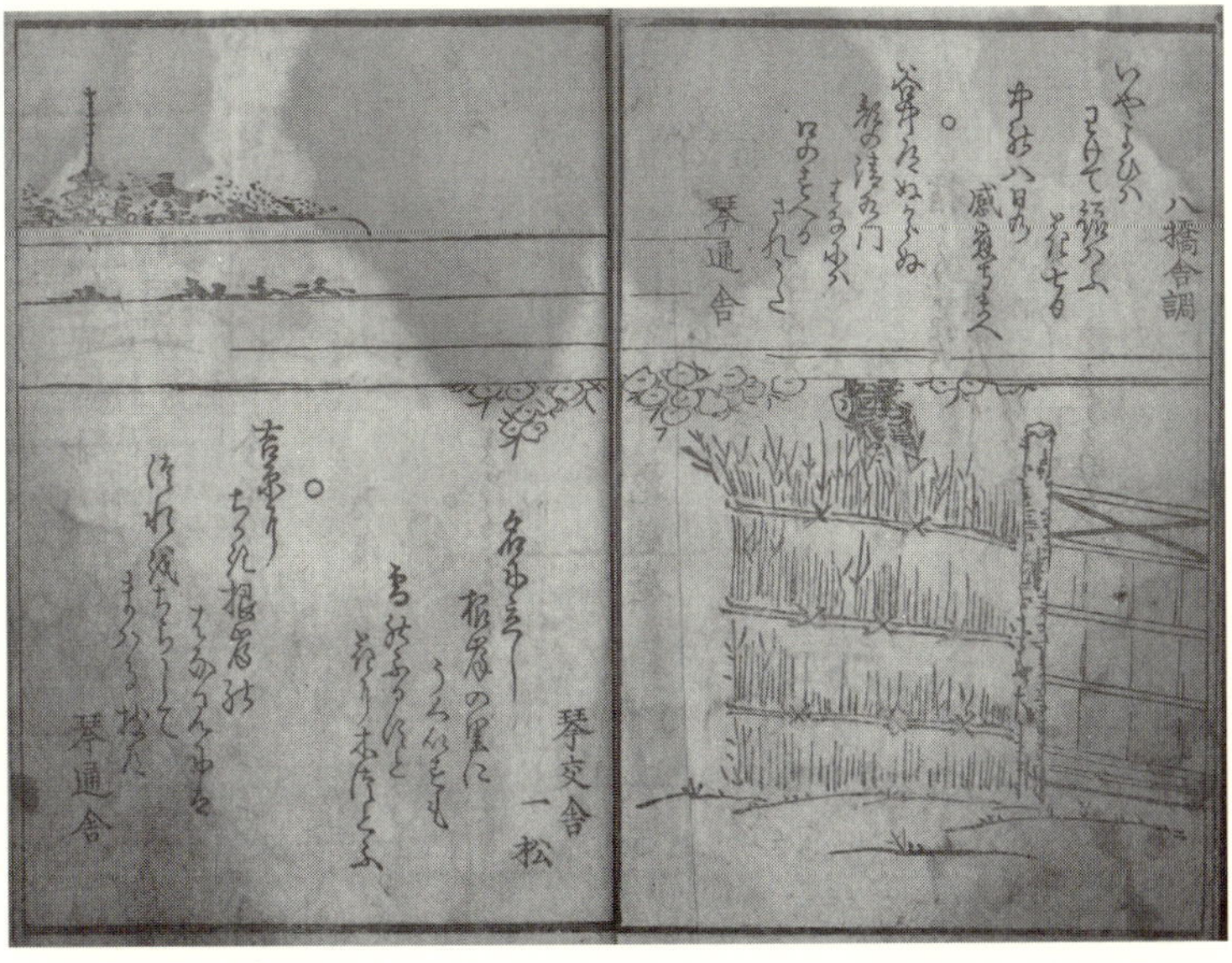

㊦オモテ　　㊤ウラ

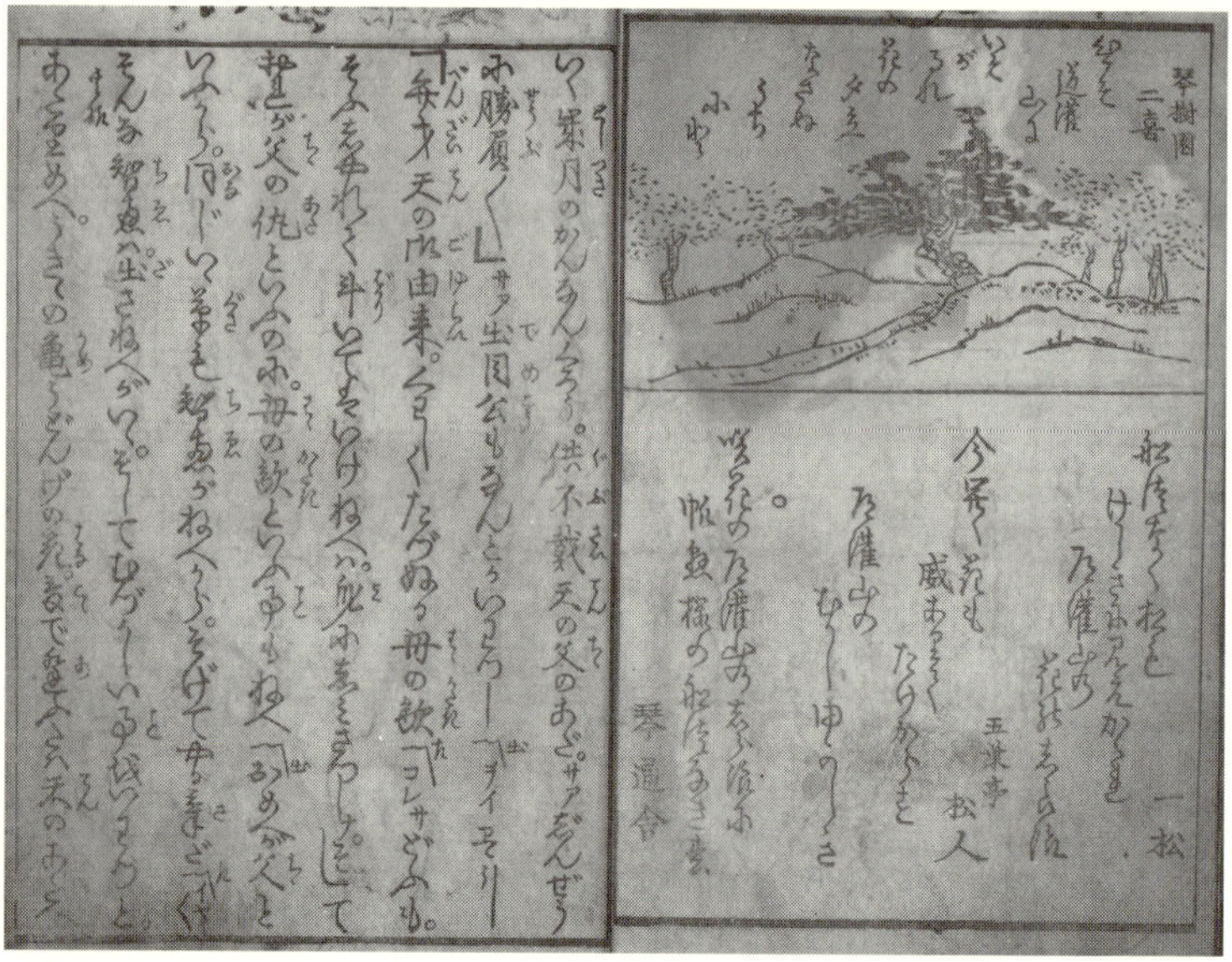

㊦ウラ

図版も載せたが内容を示そう。
㊤オモテ半丁　挿絵　花びら
・美しき花を根岸に囲女のありとは風もしらぬかくれ家　花咲庵
・梢より花の根岸にたる雫音なし川の夕くれのほし　八橋舎
㊤ウラ㊦オモテ見開き一丁　挿絵　手前にしおり戸を描き遠景に谷中（五重塔）を配す
・いやよひはやけて賑はふ花七日中の八日は感應寺まへ　八橋舎調
・谷中道ぬからぬ顔の清水門はなにはロのすへるされうた　琴通舎
・名に立し根岸の里にうくいすも雪のふるすと花に木つとふ　琴交舎一松
・吉原にちかき根岸のはなみにはつれをちらしてまはる枝道　琴通舎
㊦ウラ半丁　挿絵　道灌山
・心こそ道灌山にいそがるれ花の夕立なさぬうちにと　琴樹園二喜
・船つなく松もけしきに見えかくれ道灌山の花のしら波　一松
・今開く花も威ありてたけからす道灌山のむかしゆかしき　五葉亭主人
・咲花の道灌山のしら浪に帆照桜の船つなき春　琴通舎
次に、本書の書誌を簡単に記しておく。
中本一冊（タテ18・1㎝×ヨコ15・2㎝）、表紙：濃茶、題簽：なし
序文（英賀）：一丁目欠（本来二丁）　暦図：半丁　口絵（花見図・挿花図）：見開き一丁八笑人遊行日（出板予定）：半丁　為永正輔の賛文や林屋正蔵の祝詠など：半丁
本文十九丁目まで（本来二十丁オまで＝末半丁欠）

＊二丁の狂歌

①後年まで付くもの二丁本文五丁目の次に綴じられる。丁付は「上・下」

②今回見いだしたもの二丁本文十二丁目の次に綴じられる。丁付は「㊤・㊦」

さて、今回見いだした②の十首のうち三首が琴通舎である。次に二首よせる八橋舎調は春水の人情本に多くの狂歌を寄せる人物で登場して当然である。と同時にこれほど春水に近い人物が、今まで知られていた①に出てこない疑問はこれで解決する。二首よせる琴交舎一松は、不明ながら英賀とのつながりを想起させる。二喜は①に一首詠む人物。花咲庵と五葉亭主人は不明である。しかし全体として、①よりむしろ②の方が、春水たちの中本に詠を寄せる人物が多いようだ。

内容的に、また根岸・谷中・道灌山と『八笑人』初編に描かれた場所として①で詠まれた箇所を補完する。

以上、①②の合計四丁により四編追加序で言われていることが事実であると言えるようである。

なお、①は大方の通行本は英賀の序文の後に綴じられている。つまり本文部分の前に位置する。しかし、本文に挟み込まれる形で綴じられるものがないこともない。例えば、蓬左文庫蔵四編四冊本のうち三編は文政六年の見返しを持ち、下巻末尾の三編追加近刊予告には後刷では削られる「来ル未の正月二日／無相違賣出申候」の文言が残っていて、文政六年当時の刷りと推定される。その初編では、この二丁は本文十・十一丁の間に綴じられる。この蓬左文庫本初編が、▼(注) いつ頃の刷りか確証は得ないものの、早い時期では、このように冒頭ではなく本文途中に綴じられていた傍証になるかも知れない。ちなみに他例として、東京大学図書館蔵本も本文四・五丁の間に綴じられることがある。狂歌集一般でも挿絵（を含む狂歌の丁）はこのような中綴じである。これでよいのではないか。今回②を含む本が同様の形態であったので、その感がいよいよ強まった。

①が本文より前に綴じられるようになったのは、ある程度、時を経てからだろうと推定する。また、下巻は未見なので不明だが、四編追加の自序でいうことが正しいとして、出板形式も仮に当初私家板だとしたら、刊記も違っているのかもしれない。

【注】蓬左文庫には別本がある。初編欠合六冊（都立中央図書館東京誌料本七冊そろいに同じの初編欠後刷＝狂歌二丁は冒頭）。

第三節　瀧亭鯉丈——実像とブランド

「瀧亭鯉丈」とは実在の作者である。同時に為永工房の一作者名[1]をも表す。彼の作者像について、この実像と作者名という、両面から問題点のいくつかを取り上げ考えてみたい。

一　鯉丈の実像一、二

瀧亭鯉丈は実在の人物である。実際に細工を職とし、同時に遊芸人であった事は明らかだ。その伝は、三田村鳶魚『滑稽本概説』（全集二十二巻）「『八笑人』の卒八」（同二十三巻）、渡辺均「童戯人瀧亭鯉丈」（『落語の研究』駸々堂、昭和十八所収）等先学の著や、文学辞典等で繰り返し述べられている。これをふまえ、従来推測の域に止っていた部分若干を整理・補遺して記させていただく。

細工人であることは『和合人』二編自序の他に、春水作『軒並娘八丈』二編（文政七）中巻で「瀧亭鯉丈が細工せし、黒鼈甲に萩の彫上模様、花を珊瑚樹にて彫り入れ、蝶貝の兎と、銀の半月を磨き出せし櫛」と宣伝され、「戯作者小伝」の「櫛を鬻で業となす」に符号する。諸々の説があるが、これを職としたことは間違いない。

遊芸人であることは「えどがみ」（素人の幇間）と番付[2]にあり明らかである。作品中にも、売り出しも兼ねてそのような姿で登場する。『梅暦』三編（天保四）巻八の紹介など有名だが、他にも春水作『清談松の調』初編（天保十一）で、上方に逃げた主人公男女を鯉丈達が捜しに行くことがある。次に「都八造」と名乗っていて音曲に通じていたことが伝えられる。これも遊芸人としての一性格である。『春色辰巳園』後編（天保五）で、「八蔵は鯉丈」と作者春水が注している。『八笑人』四編追加（天保五）挿絵狂詠の一に、「八造舎」とあり、さらなる証拠となるかもしれない。茶番師としての評判は、茶番小説といわれる『八笑人』の作家故だろうか。『茶番狂言早合点』（三馬編）にも出ず、これまでに伝えられる程、当時有名であったとは思えない。けれども、春水作『春色湊の花』初編（天保年間）で「去年の夷講の丁平の茶番」とあり、鯉丈が話題に上る。無論、当時茶番は誰でも行ったが、この種の噂の対象となるのは、少なくも遊芸人としてのイメージがあった故である。なお、寄席出演は確実な証拠はないが、その環境から実際であったろうか。

二　狂歌師との交友

狂歌の交歓に、鯉丈という作者の実像の一端がある。

上記三田村鳶魚の論は、『八笑人』のモデル論でもあるが、琴通舎英賀を加えていない点は不備がある。『八笑人』初編（初印本未詳なれど文政三刊と考える）成立事情について、鯉丈は同四編追加（天保五）の自序で、英賀の狂歌への景物とする。これが事実であろうことは、第二節「『花暦八笑人』早印本」で述べた。また、上記『清談松の調』の登場人物「栄花」はこの英賀をなぞらえる。本作品最後に剃髪の事などまであり、重きが置かれている。鯉丈はその出入りの人物となっている。『春色湊の花』もこの人に係わる。このように鯉丈と『八笑人』ゆかりの英賀は親しい。だから鳶魚の論は鵜呑みにはできない。しかし、左次郎のモデルを二世千種庵諸持としている点は重要である。鯉丈が狂歌を通じて人々と交遊していた事は、狂歌集入集の例で高橋啓之「琴通舎英賀小考」（『語文』七十四号）に述べられるが、本節では、『狂歌續伊勢海』文政七序刊（二世浅草庵守舎編）について記しておこう。本書には鯉丈の狂歌が載る（鈴木俊幸御教示）。さらに、上記『八笑人』初編の四丁の狂歌を寄せた人々のうち、橘薩文・琴樹園二喜が見える。春水に近い文亭綾継もいる。『八笑人』五編（嘉永二）中・下を補った与鳳亭枝成も入集する。二世千種庵の詠も多い。このように、本書は、鯉丈の交遊関係の実際を見ることが出来る。ともに二世の浅草庵守舎と千種庵諸持は親交がある。元々、初世千種庵霜解は、初世浅草庵市人に属す判者であった。その各二世である。実際に、高橋が鯉丈入集を掲示された『武蔵野百首』（文政七）は、二人の共編であり、他にも『春秋聯語集』（天保五）が同様であることも証となる。以上、左次郎のモデルの真偽は不明としても、鯉丈と二世千種庵（や浅草庵）との近さが伺われる。

なお、付け加えていうならば、上記『八笑人』の四丁の狂歌には、英賀・琴樹園二喜・花前亭友頼・琴春亭根松という琴通舎側の人の他に、壺桂楼月弓（初世浅草庵の壺側の人、初世追善『あさくさぐさ』（文政三）に入集）や橘薩文という浅草庵千種庵系統の詠がある（『富草集』で英賀と諸持は共に選者で彼ら自体の交流も当然ある）。

三　春水との関係

鯉丈作品を考える時、為永春水を忘れてはならない。鯉丈作品には春水が必ず係わっている。鯉丈の処女作は『栗毛後駿足』初編（文化十四）とされる。そこには、柳亭種彦の序があるが、それは春水の依頼であった。[3]『八笑人』初編（文政三）では狂歌を寄せるに止るも、『明烏後正夢』初編（文政四）[4]を連名で刊行する。また、『軒並娘八丈』初編（文政五）は春水、『浮世床』三編（文政六）は鯉丈作となるが内容上の交錯がある。そして『浮世床』三編は春水が編集を言明している。このように、鯉丈作品は当初から為永工房の作品であった。だから、実際本人が執筆しているのかもしれないが、「瀧亭鯉丈」という名前は、春水たちの作品の一ブランドとしても機能している。さて、上記両作品の交錯と編集について第一章第二節「瀧亭鯉丈の『浮世床』」で述べたが、ここでは（後期）滑稽本と人情本は共通の性格があり、中本として一括できる事を確認しておきたい。本論では、便宜上この二文学史用語をそのまま使うが、江戸時代には、人情本と滑稽本を共に「中本」といった。この共通の性格とは、第一章第一節「中本について」で述べたことを整理すれば、①書型が中本（美濃半裁本）であること。②本文は半丁あたり八行という原則が有り、この原則をほぼ遵守していること。③本文と挿絵の丁をほぼ分離させていること（草双紙と違う）[5]。④文章が会話文中心であることが多いこと等だ。もとより恋愛と滑稽とが、洒落本を例に出すまでもなく、少なくも当時は、同じ世界に共存したことも背景にある。

瀧亭鯉丈はよく滑稽本作家とされるが、『明烏後正夢』をはじめとする人情本も著している。それは「中本」ということを念頭におけば当然なことだ。そしてさらに、上述の通り、「瀧亭鯉丈」が為永工房の一作者名でもあることからも理解出来る。人情本の署名「鯉丈」が単なる冠せられた作者名なのか、実際に書いたことを示すかは不明である。実作説を取ろうとするとチャリ場に引き付けられ、そこに鯉丈らしさを求めたくなるが、他作家でも描く場面である。ともかく鯉丈は人情本作家でもあったことは確かである。

四　天保期の鯉丈

春水は文政十一年火災に遭い、天保三年に『梅暦』で復活するまで、一時零落する。実はこの間、為永グループとしての作品は少なくなく、焼け出されたにしても活動が出来ないことはない等、この窮状をどう捉えてよいか難しい。しかし、変化があったことは確かである。出版活動では青林堂（越前屋長次郎）という本屋を廃め、丁子屋平兵衛等の配下になる。著述面では作風が変わる。例えば、文政度の『明烏後正夢』と天保度の『梅暦』を比較していただきたい。共に男女の仲を描くにせよ、前者は周囲の人間をも含めた人情が描かれ、筋立ても複雑である。後者は恋愛関係にある人々に絞り込まれ、場面描写が多くなる[6]。このようなことはあった。

瀧亭鯉丈という存在も当然変化する。この春水の零落期に合わせ、鯉丈も『八笑人』の筆を置いていたことになっている。四編は文政十一年刊だが、同追加は「筆を置く事五七年」（自序）と天保五年刊である。その間、実際鯉丈名の二・三の作品はあるが、この『八笑人』の空白は彼らの動勢を象徴する。さらに、春水が『梅暦』の成功で「人情本《もの》の元祖」と称する勢い程ではないにせよ、鯉丈の作品は、滑稽本のみになった点も留意したい。もともと、上記文政五・六年の『軒並娘八丈』初編『浮世床』三編の編集と作者名の件や、文政十一年『八笑人』四編序で春水が「方圅」鯉丈が「円蓋」と呼ばれること等、「春水」を人情本の、「鯉丈」を滑稽本の「作者」として位置付けようとしていたのではある。しかし、彼らは文政年間において、中本という共通概念の混沌から一つ抜け出せないでいたのだ。だから、鯉丈も同時に人情本の作者であった。而して、天保初年にいたり、鯉丈は滑稽本一本の作者となった。春水たちに密接な大嶋屋傳右衛門の、天保十年前後の、中本を中心とした蔵板内容を示す「書林文永堂蔵版目録」（十丁）▼(7)では、六丁目裏から上段に『梅暦』シリーズ（予告も含むか）下段に『八笑人』の梗概を載せている。これなど二分野の対比がかなり明白である。もちろん、彼らとて中本という概念から抜けきることはできない。けれども以上のように、彼らは他の作家と違い、天保ころから滑稽本と人情本とを、作者名から違うものだという印象を外面的にも読者に与えようとしている。それは、明治年間の享受者の理解による文学史に受け入れられやすい下地を作ったのかも知れない。

このように、天保初年鯉丈は、滑稽専門の作家という役目を負ったのだが、その初作品は天保四年『人間萬事虚誕計』後編である。これは西村屋与八刊で挿絵に薄墨等彩色を施すもので造本も立派である。鯉丈による三馬の継作で、春水が編集することが「叙」に記される。やはり『浮世床』（三編）が、ちょうど文政期の『八笑人』や『明烏後正夢』の成功によって意気盛んな時期の春水の編集であった。まして今回は、一度の成功後の辛酸をなめた為永の仕事で、その意気込みが感じられる。鯉丈には文政年間より刊行の『八笑人』はあり、もとより滑稽本作家の印象は強い。実際に滑稽ものを得意にしたことが想像される。この作品は、再出発にうってつけである。ただ、内容は、三馬作の前編が世事万端に渡るのにくらべ、商売女が多いという偏りがある。春水の天保期の人情本にも使える材料である。もちろん、鯉丈はかつて人情本の作者であった。そして実際「えどがみ」であり、春水が貸本屋として出入りしたのと同様に、遊芸人として花柳界に接したから、このような世界が書けないはずはない。しかし、この時期の鯉丈作品と唱えるには、内容に人情本的なところが残っている。どこまで、彼が書いたか、単に名前だけか、不明である。ともかくも、これが瀧亭鯉丈の滑稽本専門作家としての再出発の作品なのだ。最後にその「叙」を揚げて、論を終えたい。自序というのも「嘘」かもしれない。

人間萬事嘘誕計後編叙《にんげんばんじうそばつかりこうへんのじよ》

妄語《まうご》を禁《いまし》む法《のり》の道《みち》さえ。濟度《さいど》の為《ため》には方便《はうべん》あり。まして凡夫《ぼんぷ》においてをや。うそつき彌次郎藪《やじろうやぶ》の中《なか》。ポンと放屁《ほうひ》の其《その》くさ〳〵。亦實説《またじつせつ》の行違《ゆきちがい》。言間違《いひまちがい》や人情《にんじよう》を。穿《うがつ》でもなく筆《ふで》まめに。いふもさらなる童戯人《どうげじん》。艶言《ゑんげん》文華《ぶんくわ》のたくみもなく。机上《きぜう》に溜《たま》る無陀書《むだか》きも。みじん積《つも》りて邪魔《じやま》となる。反古《ほうご》を集《あつめ》て持《もち》ゆく者《もの》は。作者《さくしや》根性板元魂《こんじやうはんもとたましい》。二役兼備《ふたやくけんび》の二世楚満人《にせそまひと》。今《いま》は為永春水《ためながしゆんすい》と。名《な》は改《あらため》てもあらためぬ。心《こころ》の欲《よく》を春《はる》の水《みず》。濡手《ぬれて》に泡《あわ》の他愛《たあい》なき。彼《か》の紙虫《しみ》の巣《す》を綴《つぎ》あわせ。校合繪《きやつがうゑ》わり淨書《ひつかう》まで。仕上《しあげ》て滝亭鯉丈作《りうていりちやうさく》。空言《うそ》ばつかりの後編《こうへん》と。表言《げだい》に知《し》れたうその皮《かは》。本町庵《ほんちようあん》の名《な》は借《かり》ても。豕《ぶた》に覆《きせ》たる虎《とら》の皮《かは》と。明白《あらわ》に見《み》ゆる化《ばけ》の皮《かは》。千枚張《せんまいはり》の面《つら》の皮《かは》。あつかましくも作者《さくしや》ぶり。拙筆《つたなきふで》に端書《はしがき》して。己《おのれ》がはちをかくのごとし

天保四癸巳のとし孟陽

滝亭鯉丈述　印

【注】

（1）作者名については、第一章第二節「瀧亭鯉丈の『浮世床』」でも考察したが、内田保廣「近世文学の新しい研究法」（『武蔵野文学』四〇）も参照のこと。

（2）「東都高名五虎将軍」「日本庶民文化史料集成」八巻三九一頁。

（3）『國學院雑誌』平成五年一月号「『大山道中栗毛後駿足』三編の翻刻と解説」参照。

（4）筆者がなぜ『明烏後正夢』初編刊行を文政四年と確認するかというと、これにより『八笑人』初編が本書に先行することが確定されるからである。棚橋正博も文政四刊とされた（『国文学研究』平成五年六月号「為永春水雑感」）。しかし氏は、筆者がかつてその根拠としてあげた、文政三年九月中村座上演の『一谷嫩軍記』及び七変化と本文内容の一致につき、中本の出版が三カ月では不可能とし、たまたま符合しただけと否定された。しかし、中本の出版が簡単なことは『近世物之本作者部類』の鯉丈の項目の記述からも窺うことができる。具体的には『明烏後正夢』初編の翌年刊『軒並娘八丈』初編序に「文政辛巳十月稿成／同五年午正月發行」とあり、中本が、少なくもこの時期、三月で刊行可能を示す。よってこの三津五部の芝居はやはり、際物として利用されていると読むのが素直な解釈であろう。文政四年刊行の根拠となる。また、春水が初めて出板活動に携ったらしい『人心覗きからくり』は文化九年九月中浣脱稿であり、当初三月後の十年正月刊行を期したとも推測可能ではあるまいか。

（5）天保四年（『梅暦』初編刊行の翌年）の、為永工房の一員である松亭金水作『其俤　塞の復讐』初編は十行本で、人情本の中で読本的な新しい試みをしている。ところが二編では、タイトルが『塞硒次編恋の宇喜身』となり、内容も人情本のものとなり、行数も八行に戻った。規範意識を端的に表す例である。なお、金水は天保七年『常盤の松』という十行本の中本を再度著し、河内屋長兵衛より刊行している。彼の読本志向が理解できる。

（6）この変化については、春水が『契情買虎之巻』の後日譚を二度書いている（『當世とらの巻』後編三編文政九、「五三桐山嗣編」天保三）ことがある。第四章第五節「『五三桐山嗣編』考――『契情買虎之巻』二度の人情本化」参照。

（7）第一章第二節「瀧亭鯉丈の『浮世床』」注（21）参照。

第四節　「鯉水《ママ》」著『傳労《はくろう》俚談《りだん》旅寿々《たびすゞ》女』出板の意味

『国書総目録』によると、瀧亭鯉丈の著作に『旅寿々女』という滑稽本があることになっている。しかしこれは、「鯉水」著『傳労俚談旅寿々女』文政八年刊の過ちであろう。

『国書総目録』には、典拠として「日本小説年表による」とある。[1] これは、明治三十九年（朝倉無聲著＝金尾文淵堂刊）時にはなく、大正十五年『新修日本小説年表』（同著＝春陽堂刊）の増補の際、氏自身が補入されたようだ（昭和四年刊山崎麗篇『日本小説年表及総目録』＝近代日本文学大系二五、ではそのまま踏襲）。大久保葩雪の『中本目録』（新群書類従　第七・書目　明治三十九年所収）に、「傳労俚談旅壽々女　三　瀧亭鯉丈の作」とあるのを採ったのかもしれない。『新修日本小説年表』には、角書が省かれるが、『中本目録』には〈傳労俚談〉と明記され、新潮社『日本文学大辞典』「瀧亭鯉丈」の項（小柴値一執筆、第七巻＝昭和十二）にも角書き附きで所収されている。角書の件はともかくも、「鯉丈」は「鯉水」の誤りで、それを朝倉氏が取り入れ山崎氏が踏襲したものが『国書総目録』に登載され、加えて三田村鳶魚が『滑稽本概説』（全集二十↓初出＝昭和十一）で鯉丈作品として扱っていることもあり、現在の研究に影響を与えていると言えよう。

本作品が筆者の管見に入ったので、この誤りを冒頭においてまず正した。そして、本論では『傳労俚談旅寿々女』

出板本のもたらす意味を少しく考察したい。

一　『旅寿々女』の書誌

『傳労俚談旅寿々女』（架蔵）中本　三巻三冊

表紙　青表紙

題簽　絵題簽　上巻　猿橋　中巻　富士　下巻　江ノ島

　上の方に「傳労俚談旅すゝ女　上（中・下）の巻」

見返し（上巻）青地に「鯉水著　シヨコクホウゲンコツケイノサキカケトナス　／傳労俚談旅寿々女　全三冊　／

　書賈　三林堂　中村上梓」

序文（上巻）「序」三丁　柳山人＝驛亭駒人（後掲図版参照）

口絵（上巻）四丁（見開き三図、半丁二図）

本文（上巻）二十六丁　八行二十字内外

　（中巻）二十三丁

　（下巻）二十八丁

内題および著者名　傳労俚談旅寿々女巻之上（中）（下）　鯉水著

尾題　傳労俚談旅寿々女巻之上（中）（下）了

○奥付（下巻）半丁「貞操女今川　東里山人著　／魚惣兵衛物語　司馬甘交著　／文政八酉年正月　／東都書林　大坂屋茂吉　中村屋幸蔵」

○柱刻　すべて口の部分に

序文（丁ウラ下部）「一（～三）」
口絵（丁オモテ下部）「一（～四）」
本文（丁オモテ下部）
上巻「七（～三十）・又三十」＊一丁目なし
中巻「三十一（～三十九）・三十九ヨリ一トなる・二（～十四）」
下巻「下ノ一　十四・十五（～四十二）」

二『旅寿々女』の内容

○序文　柳山人＝驛亭駒人
○本文
上巻：
狭楼街。播州村長と供の若者が江戸見物ながら屋敷の用ということで、蓬莱屋へ投宿するところから始まる。津軽の二人連れは、若者が言った「あっぱあ」（カミサン）という言葉の意味を取り違える滑稽を展開する。亭主蓬莱屋電右衛門の登場、津軽の男と馬喰についての会話。甲州の商人はカワヤを娘の竹に尋ねるがアクセントの違いから滑稽を繰り広げる。風雅という息子（江戸生まれで勘当され下総佐原に居て潮来通い、おふくろに金を廻してもらうためこの宿にいる）が登場し、女中の梅との会話。播州と大坂（京都生まれ）は「どろぼう（放蕩の事）」色街談義。隣座敷の常陸と津軽はその意味を取り違えて聞き、喧嘩となるが風雅の仲裁で丸く納まり手打ち。そこへ風雅のおじである佐原の男が訪ねる。大門と大門通りの取り違えの滑稽。一同揃い食膳となり言葉の話題となる。

中巻：
前續《さても》、鮫の呼称について。酒となり、順杯。風雅のことほぎなどがある。野菜の名称のことを経て食事、女中たち田舎言葉を笑う。夜の光景＝地の文（「三十九ヨリ一トなる」の丁）……風雅の誘いで「どろぼう」の話となる。播磨は大坂北新地ほか高砂より東に位置する播磨の自家、鮎取りの季節に栄える姫路領の龍野のことを喋る。下総は向津の藤の時分の事。大坂の狂歌の噂をはさんで、甲州の風習。常陸は祝町・竹原、津軽は鰺か沢・青森の事を話す。遠州出身の按摩登場し、「もまず」（遠州方言で「～ず」で「何々しよう」の意味）の滑稽。甲州通辞をしてやるが隣国同士ゆえけんかへ。

下巻：
（承前）けんかをおさめ、風雅と大坂が狂歌の話。あんまは発句の話をする。正風体、霜中《せつ（＝ママ）》庵社中、比木邑の千町の事など。女中の竹が二階に片づけに来て、茶碗をあんまの背中に入れ「茶わんを背なに長右衛門」の滑稽。大坂は風雅に色紙を見せ鑑定や歌の解釈などをして貰う。下総たばこの火の焼けこげの滑稽、「茨」「鳥がほえる」「さつまいも」等の言葉の話題。あんま帰る。夜の描写から早朝の描写を経て起床風景。一同吉原見物にゆこうなど言うところへ、路地で魚売り夫婦のけんか……これきり。

三　文化七刊『下愚《かぐ》方言《ほうげん》鄙通辞《いなかつうじ》』

『旅寿々女』は、中巻途中で夜の光景を地の文で写し、柱刻も「三十九ヨリ一トなる」とある。このことから元来二巻本だったのではないかと想起され、そして口絵に棹歌亭真楫とあることから、同人作文化七年刊『下愚方言鄙通辞』二冊という滑稽本（村田治郎兵衛・角丸屋甚助・松本屋新八刊）を元にした本であることが理解できる。

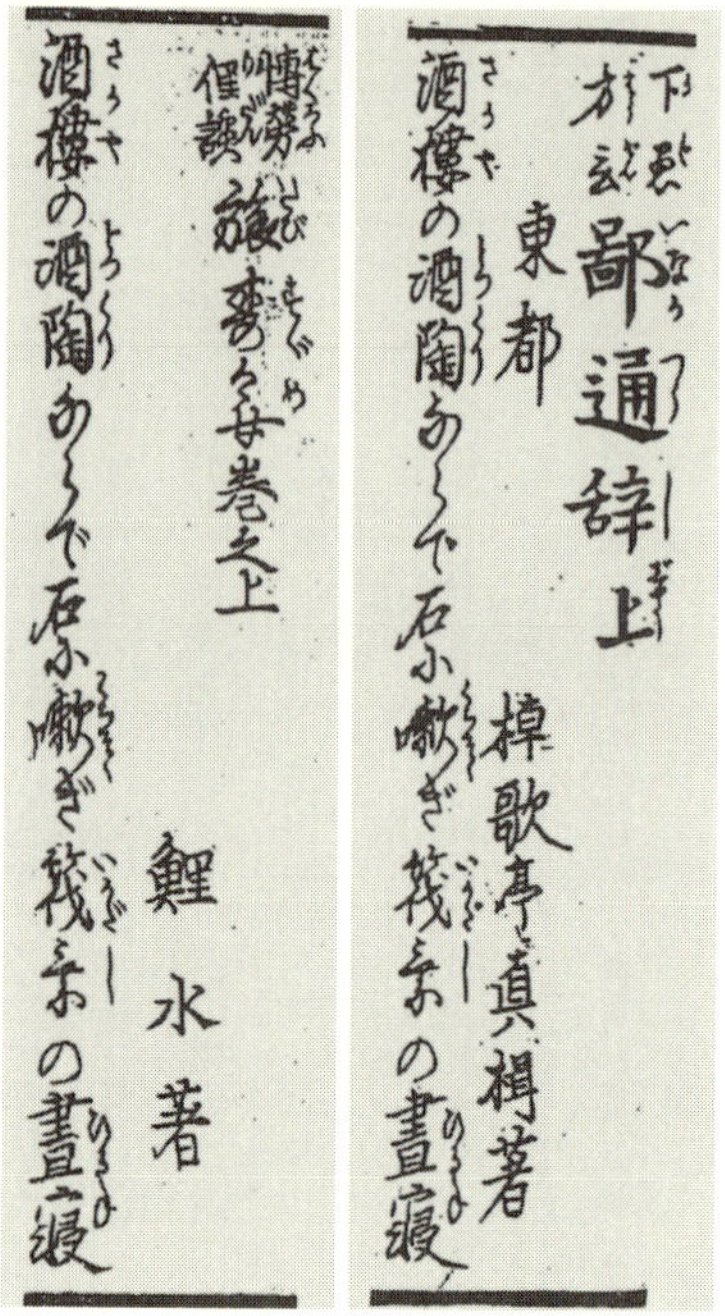

図1

当該書の書誌は、「『下愚方言鄙通辞』解題・翻刻・研究一・二（佐藤貴裕、一は加藤正信と共著）日本文学研究所研究報告　別巻二十三・二十四（一九八六・七）」に備わっているので、本論では、『旅寿々女』との比較という形で記す。

なお、管見書は東北大学付属図書館蔵本・同狩野文庫蔵本・国立国会図書館蔵本・都立中央図書館東京誌料蔵本・大阪大学附属図書館忍頂寺文庫蔵本（国文学研究資料館マイクロフィルムによる）、上巻のみの玉川大学図書館蔵本・東京大学総合図書館霞亭文庫蔵本（同図書館ＨＰによる）・名古屋市蓬左文庫蔵本（国文学研究資料館マイクロフィルムによる）。

上巻：
表紙　橙色地紺色の雲模様をあしらう　題簽は左上に「下愚方言鄙通辞　天」（地）
序文　（上巻）、「下愚方言鄙通辞叙」三丁。凡例（上巻）、二丁。口絵（上巻）、四丁[2]
本文　（上巻）三九丁（下巻）四十一丁
内題および著者名
下愚方言鄙通辞上（下）
東都　棹歌亭真楫著

尾題　　　　　　終（上・下巻共）

○奥付（下巻）半丁「下愚方言鸚鵡石次編」の広告と文化七年の年記と上記書肆

○柱刻　すべて口の部分に

序文・凡例（丁オモテ下部に通しで）「一（〜五）」

口絵（丁オモテ下部）「一（〜四）」

本文（丁オモテ下部）

上巻「六〜（三十九）」下巻「一（〜四十一）」[3]

奥付には無し

この本を以下のように『傳労俚談旅寿々女』は修した。

見返し（＊管見の『鄙通辞』にはすべてなし不明）を新たにした。

真楫の序文・凡例を取り去り、柳山人（駒人）の序文と付け、口絵はそのまま利用した。

本文は三巻仕立てのため以下のようにした。

上巻

・本文冒頭丁（原本丁付け「六」は修板になし）の二行、内題および著者名「下愚方言鄙通辞上／東都棹歌亭真楫著」を「傳労俚談旅寿々女巻之上／鯉水著」とした。

・三十一丁目（原本丁付け「三十一」修板「又三十」）を三行目「アハヽヽ／ヘヽヽヽ」（〈　／　〉」で表記するものは本来二行割書だが、ここでは便宜的にこう表す。以下同じ）で打ち切り、「傳労俚談旅寿々女巻之上　了」という尾題をオモテ丁末上部に付した。

＊登場人物がそろうところまでを上巻としている。

中巻：

・本文冒頭丁（原本丁付け「三十一」修板「三十一」）の二行に内題および著者名「傳労俚談旅寿々女巻之上／鯉水著」を記し三行目上部に「前續大ぜいかしましきなかに風雅」と記し（原本「アハ、、、へ、、、」に当たる部分）風雅のセリフ以下は同じに合わせる（用字は異なる）。

・本文八・九丁目（原本丁付け「三十九」下巻の「一」修板「三十九」・「三十九ヨリ一トなる」）ウラ末「〳〵みな〳〵アハ、、、と笑ふ最中／石町のかねゴオン、、ひやうしぎの音カツチ、〳〵、終」を「みな〳〵アハ、、、と笑ふ最中」の後「耳をつらぬくあんまの笛ひう〳〵としてかまびすしくこはだの鮨賣夜そば（次丁へ）賣門の賑はふ街の繁盛しばし咄のとだへしおりから石町の鐘ゴオン引、ひやうしぎの音カツチ〳〵」とし以下は同様に「有生者……」となる。

＊「賣門の賑はふ街の……」以下は、原本下巻冒頭内題および著者名を削った二行文である。

・本文二十三丁目（原本丁付け「十四」修板「十四」）六行目「〳〵くわず也みる人さつし玉へ〵」で打ち切り、「傳労俚談旅寿々女巻之中　了」という尾題をオモテ丁末上部に付した（ウラ丁は匡郭のみで空白）。

下巻：

・本文冒頭丁（原本丁付け「十四」＝承前、修板「下ノ一　十四」）二行分に内題および著者名「傳労俚談旅寿々女巻之下／鯉水著」を記し三行目から六行目上部までに「古言は多く片邑に残り片言に似て字義に叶ふことのあれど舌だみたる声音に其意をつうじがたきはいかにせんされば甲州の人按广の詞を聞きて大いに腹を立」とし以下は同様に「「甲」そつちの国じやア……」となる。

・本文最終丁＝二十八丁目（原本丁付け「四十一」、修板「四十一」）尾題「終」が「傳労俚談旅寿々女巻之下　了」となる（末上部）。

・奥付部分（原本丁付け「四十一」、修板なし）変更される。

以上、改題本なのだが、二巻から三巻本にしたため、「三十九ヨリ一トなる」や「下ノ一　十四」等の顕著なごとく丁付けが通常のものと変わったように現れる。また、三巻化による文章の改編もあった。なお、上記改変があった丁は下巻本文最終丁を除き新たに彫り直したもので、他はかぶせ彫りである。ただ、後年の一部人情本他のような安易なカブセ彫り（第四章第二節「文政十三年涌泉堂美濃屋甚三郎板『明烏後正夢』」・第六節「『萩の枝折』と『眉美の花』」注（2）参照）には見えない。

なお、『鄙通辞』自体下巻に本文に違う二種あり、a（管見大阪大学忍頂寺文庫・国会・日比谷東京）b（管見狩野文庫・東北大学図書館）aは甲府の遊里のウワサ（八～十二丁）bは甲府の衣裳風俗（丁付けなし）で、bは遊里の噂を避けた別板と推測するが、ともかく『旅寿々女』はaと同じである。

また、佐藤論文では、東北大学付属図書館狩野文庫本（略号「狩」）と東北大学付属図書館本（略号「図」）二本間での下巻の字句の異同を指摘される。ここでは、それに都立中央図書館本（略号「東京」）と『旅寿々女』を追加して図示する。

1	狩	狂歌堂	図	大人方	（七ウ）	東京	狂歌堂	旅寿々女	大人方
2	狩	名主	図	庄屋	（十四ウ）	東京	庄屋	旅寿々女	庄屋
3	狩	名主	図	庄や	（十五オ）	東京	庄や	旅寿々女	庄や

4　狩　名主　図　庄屋　（十五ウ）　東京　庄屋　旅寿々女　庄屋
5　狩　霜中庵　図　雪中庵　（二十一オ）　東京　雪中庵　旅寿々女　霜中庵
6　狩　庄屋　図　名主　（二十一ウ）　東京　名主　旅寿々女　庄や
7　狩　霜中庵　図　雪中庵　（二十二オ）　東京　雪中庵　旅寿々女　霜中庵
8　狩　こつちら　図　狂歌堂　（二十二オ）　東京　狂歌堂　旅寿々女　こつちら
9　狩　そちの　図　真顔　（二十二ウ）　東京　真顔　旅寿々女　そちの

＊下巻があるもののうち、国会本は東京本に同じ、忍頂寺文庫本は狩野文庫に同じ。

佐藤貴裕は、七～十五丁の四点は図書館本が改刻、後半五点は狩野文庫本の改刻とされる。しかし、特に前半四点に関しては、板本は、校正時の埋め木等で初印であっても、字体のバランスを崩すことがあるからどうであろうか不明である、ともかくも上記のような複雑な様相を示している。本文の改刻が多かったのであろう。今、あくまで『旅寿々女』の考察であって、『鄙通辞』の本文異同自体を探るのが目的でないことを前提として記すが、まず2～4は狩野文庫本だけが「名主」であり他は『旅寿々女』も含めて上記の通りである。次に5～9は狩野文庫本と『旅寿々女』が一致する。『旅寿々女』は『鄙通辞』の最終段階の板を使用したと考えるのは至当だろうから、それは1～4が東北大学図書館本、5～9が狩野文庫の形態の状態だったと思われる。

なお、狩野文庫本や東北大学図書館本は、七丁目の次（丁付け無し）の本文が異なるので、異本であると考えたが、その作成時期はこれら二本間に異同がある点から不明である。

四　滑稽本と国学

『旅寿々女』（文政八）の元板『鄙通辞』（文化七）は、上記佐藤らの論文でも理解できるように、国語学・方

言研究では有名な作品である。▼(4)

滑稽本の方言描写は、洒落本で培われてきたものが『道中膝栗毛』（享和二～）で開花したという一つの大きな道筋があると言ってよかろう。もう一つ、同じく洒落本を源とする浮世物真似▼(5)による方言描写がある。その代表作品である『浮喜世物真似旧観帖』（文化三～）が方言を一つの趣にしていることは、『膝栗毛』七編（文化三＝一九が下巻を書いた『旧観帖』二編の刊年）下巻で祇園風景につき「こゝにもさまぐ〵方言おかしみあれどもそのおもむき感和亭のあらはす旧観帳《ママ》にことふりたればこゝにりやくす」と有ることからも理解できよう。『旧観帖』は、馬喰町の宿屋を基盤としている。そして『鄙通辞』は後年の『旅寿々女』が角書きを〈傳労俚談〉という点からも想起される通り、当然『旧観帖』を模しているのだ。さらに『鄙通辞』には『旧観帖』にある江戸見物というもう一つの趣向がない。宿から出かけない分、話を咲かせる中に方言描写が多く現れる。角書に〈下愚方言〉とするごとくである。

さて、本書の作者である狂歌師棹歌亭真楫は、林国雄という国学者で国学関係の書も多い。この方言のおかしみを中心とする滑稽本は、林国雄の国学的実践でもあったのかもしれない。▼(6)そして、鈴木重三の御教示に依れば、本作品の挿絵には『道中膝栗毛』の影響があるという。これも国学と滑稽本との係わりを示す例であろう。

国学は方言の話題のみならず、その全体が滑稽本と密接に結びついている。その代表例として、式亭三馬の『浮世風呂』三編（文化九）下巻で、「本居信仰にていにしへぶりの物まなびすると見えて物しづかに人がらよき婦人二人」いわゆる「かも子さんけり子さん」の会話が有名である。『宇津保物語』や『源氏物語』の本文校訂の話題から歌の話題に入り俳諧体のことに言及し、あべ川もちの一首の滑稽となるのである（二十オ～二十二オ）。

さらに、このかも子さんけり子さんの滑稽に先行するものとして、文化三年『戯場粋言幕の外』が揚げられる。土間の見物として儒者と隣り合わせというわかりやすい構図で登場する。「御国学《みくにまなび》にこりかたまる人物にて、ちょいとはなしにも古言をいひたが」る人物である。また、その説明には「在満・賀茂翁・本居大人・似閑・若冲・綾足・魚彦」などの人物名も当然記される（下巻十五ウ）。後年の『浮世床』初編（文化十）序文でも儒学者と共に国学者が登場するから、三馬戯作において国学者（および国学かぶれの人たち）は、おさだまりの登場人物であったといってよかろう。これは浮世物真似の影響による類型的人物像の一つであろう。現今の言葉でいうと「キャラクター」である。▼(7)

国学の影響例として、三馬作品以外では、神屋蓬州の『口八丁』（文化四）が掲げられると思う。本作品は「口八丁」と渾名される世話焼き婆（子たね）を舞台回しとして繰り広げられる長屋の滑稽で、上巻が長屋中の話題、下巻が大家宅の慶事に行う長屋連中の素人芝居（七段目）の稽古風景である。この上巻で、越後のかミさんが一首詠むという方言の滑稽のあとにこの婆も歌を詠むというくだりがある。少し長くなるが引用する。

「女ほうそれでも哥をよむとハ。きどくさ。ネヘ旦那《だんな》渋大キにそうサ。伊勢《いせ》ものがたりにも。まだきになきて。せなをやりつゝ。坏《など》と鄙《ひな》ひたる言葉《ことば》ながら。哥をよミたる例《ためし》もあれバ。随分《ずいぶん》今のも。よい哥であろう。子たねイ、〳〵。マアおめへさんお聞なせへわたくし元《もと》は。い、御奉《ごほう》公をいたして。ひたいにしやう〳〵《猩々》まひ《舞》を。くづ付《つ》ケた時分《じふん》ハ。哥もよんたり。しゆもよミましたが。あんな寝言《ねごと》ハ。つゐに〳〵聞た事もござりやせん。女ほうヲヤそれでハおまへも下《した》にハおかれぬ。マアこつちへおあがりなせへ。こつちの旦那《だんな》も。詩歌連俳狂歌《しかれんはいけうか》のたぐひにいたるまで。それハまた。御《ご》ぞんじはないが。人のをお聞きなさるがきついおすきさ。サアおまへも一首《いつしゆ》お願《ねがい》だ子たねヲヤ〳〵。女ほうモシ。おまへ。和歌ならば萬葉家《まんようか》とやらかへ子たねイ、へ女ほうそんなら二條家《にじようけ》かへ子たねヲヤ〳〵御新造《ごしんぞ》さんとしたことが。なんぼわたくしがおいそれに見えたづても。あんまりおづしやりやうだ。女ほうなぜへ。哥のことさ子たねそれでもおめへさんびわよう湯《とう》かと。おつ゚しやるでハござりませんか。アイなんとでもおつ゚しやりやし。私ハもう。かへります。アイさやうなら。渋コレサきたつせへ。それは内《うち》で聞《き》かずともよい事《こと》だ。はらのたつのも尤《もつ゚とも》もだ。サア〳〵わしがたのむ。ひらに一首《いつ゚》〳〵子たねはい渋時《とき》にわしが即興《そつきよう》を聞《き》かしやれ子たねはい〳〵女ほうなんとへ渋火にたきし。其鉢《そのはち》の木《き》の。梅《うめ》と見《ミ》て。たゞはい〳〵と。いふばかりかも。女ほううそはないのサ。私《わたくし》もよミました。あのそれネ。此華《このはな》はわらへど梅《うめ》が。かた言農《ことの》。や婦《ふ》うぐい寿《す》ハ。音《ね》も出《いで》ぬなり　渋サア〳〵さしづめこなただ。はやく承《うけたまハ》りたい子たねはい渋當座《とうざ》ハ。ずいぶん。さつ゚としたがよい子たねさやうさ塩《しお》があがりさへすれバ。直《じき》にたべられます渋何をいハつ゚しやる子たねはい今おつ゚しやるのはお香《かう》〳〵の。おはなしでハござりませんかへ女ほうマア哥はどうしたへ子たねはい。はい。アノ鉢《はち》うへのといふ所《ところ》までハ。さつきから出来《でき》て居《お》ります渋なる程鉢《ほどはち》うへの女ほうヲヤ狂歌《けうか》かへ子たねイ、へ女ほう本歌《ほんか》か子たねイ、へ女ほうそしてなんだへ子たねおめへさんも馬鹿《ばか》〳〵しい。うたでござりますハナ女ほうヲホ、、渋なる程《ほど》〳〵子たねおめへさんがたは何《なに》もそんなにおわらひなさる事《こと》はござりやすめへしぶ何《なに》サ内《うち》のものがきゝやうが。おかしいからわらふのだ子たねそうおつ゚しやれバさやうさ。本《ほん》かの。うそかのと。おつ゚しやるから。わたくしもおかしくつ゚てなりませんアハ、、、女ほうそのあとはとうだへ子たねはい。梅《うめ》ハすいとて十八《はち》年ハあまつ風《かぜ》渋曾我《そが》の狂言《けうげん》を見るやうだの女ほう鉢《はち》うへ農《の》梅ハすいとて十八年ハあまつ風かへ。アハ、、、子たねイへ〳〵まだあとがあります渋なるほど〳〵子たね雲《くも》のかよひ路《ぢ》ふきとぢよ渋なる程《ほど》〳〵子たねこれからあとが。乙女何《おとめなに》をする。行燈《あんど》の蔭《かげ》で可愛《かはい》ひ男《おとこ》の帯《おび》をくけるやまざくらかな渋なる程《ほど》〳〵女ほうアハ、、、。ヲホ、、、ヲ、せつねへ子たね始《はじめ》からいふと。鉢植《はちうへ》の。うめハすいとて一八年ハ天津風《あまつかぜ》。雲《くも》の通路《かよひぢ》かき閉《とぢ》よ。乙女何《おとめなに》をする行燈《あんど》の蔭《かげ》で可愛男《かはいおとこ》の帯《おび》をくけるやまざくらかな渋これはなるほど〳〵子たね何《なに》サおめへさん。まへ度《ど》こそ。哥《うた》もよむと言《い》ひ立《た》テで。御奉公《ごほうこう》にも出ましたが。

下《した》がたハ。とんといらねへもんだによつて。さつぱりよまねへけりやア。かんがへるに手間《てま》がとれてなりません。しかし。むかしとづたきねづかで。マアざつとした処が。此くらゐなものさ。」。

三馬にくらべ素朴ながら、かも子さんけり子さんの後半部分と同様な詠歌の滑稽が展開され、「萬葉家」「二条家」「からす丸」(上二十二オ)とか「本歌」「狂歌」(同二十四ウ)といった言葉も記される。三馬が本書を元にしたかは定かではない▼(8)が、国学的話題が一般作品にすでに登場していることは注目してよかろう。なお後述の通り本書は流布した。

ここで、三馬が人のギャクの再構築が巧いという常識を踏まえることは重要であると考える。三馬補として刊行された『仮名手本蔵意抄』(文化十)は萬壽亭正二作『仮名手本穿鑿抄』(文化元)に基づくことは、既に山口剛の指摘(日本名著全集・江戸文藝『滑稽本集』解説=著述集四)で有名である。話を元に戻すと、国学的知識は読本をはじめ他文芸ジャンルには例を掲げるまでもなく既に現れている。三馬の滑稽本に限っても、上述の通り、文化三年刊『戯場粋言幕の外』でキャラクター化された国学者がすでに登場している。かも子さんけり子さんにおける「活字《うえじ》本」とか「加茂翁の新釈で本居大人の玉の小櫛を本にいたして書入れをいたしかけましたが」「校合者の添削も少しは有ったか」云々はオリジナルであったかも知れない。しかし、歌のやりとりなど『口八丁』において資質趣向の差こそあるにせよ、すでに使われている。「うまじものあべ川もちはあさもよしきな粉まぶして昼食ふもよし」というあべ川もちの詠は、この部分の冒頭に、未刻自鳴鐘《やつのとけい》の図を挿入することも含めて▼(9)三馬文学の側から言えば、ギャグ再生工場の面目躍如と言えよう。と同時に、滑稽本全体から見ると、国学的知識が出てくるという一般的傾向のうちなのだといってよかろう。本田康雄は、新潮日本古典集成『浮世床』(校注=『四十八癖』と合・昭和五十七)の初編序文箇所にあたる十四頁頭注一で、「国学者による古典復興は、文化期に至り庶民の間に一種の流行をもたらすまでに盛行した。前作『浮世風呂』（文化六〜十）にも、万葉まがいの和歌を披露する「本居信仰」の女たちが登場する。」と記される。そのように国学が、滑稽本の日常的な素材として使われるようになっていることに注目したい。方言への興味はその流れでもある。もとより『道中膝栗毛』続編（享和三）の凡例には俚言方語に関し、物類称呼・古今集・和字正濫抄・日本記・万葉集・源氏物語・紫日記・性理大全などを引く、上記のように本文そのものに現れるのではなく、いささか堅い記され方ではあるものの、すでにこの時点で滑稽本に国学が顔を出している。また、方言が国学の研究対象の一部であったことも明確に示している。上記に述べてきた方言も、三馬などの作品ではどちらかというと都会的であり、膝栗毛物では、全国展開のわかりやすいものなのかもしれない。そういう温度差はあるにせよ、方言への興味は国学と共に滑稽本の日常的な題材となっている。棹歌亭真楫＝林国雄は国学者・狂歌師だけに余計これらの影響が強いのだろう。本作品の序文や凡例には、方言についての論が述べられるが、本文でも、登場人物の風雅という息子が順杯でのことほぎなど、少しばかりそのような教養をひけらかす。他にも色紙の鑑定が描かれたりするのもそうだろうし、もちろん狂歌・俳諧の話題も描かれる。『鄙通辞』は、当時の滑稽本の時流に乗って書かれていると考える。事実、東北大学附属図書館本には、記されている方言のうち百ヶ所ほどに朱線が引かれ、中にはそれに対して欄外にコメントが記されるものも少なくない（例、「びいぢやう」に朱線を引き欄外に「美娘カ」とする＝上巻十一オ、「ましなんだ」に朱線を引き欄外に「江戸語カ」＝上巻二十ウ）。国学と滑稽本は密接な関係にあるのだ。

五　『旅寿々女』の序文が柳山人であること

本書の序文は、柳山人＝驛亭駒人である。まずその序文をあげよう。

序　徒然《つれ〴〵》ならぬ閙敷《いそがしき》。煙草《たばこ》の暇《ひま》に机《つくへ》に向《むか》ひ。禿筆《しいのみふで》をあしおふ所《ところ》へ。隣家《となり》の丁稚《でつち》が此間《このあいだ》。御頼《おたの》ミ申せし茶番《ちやばん》の趣向《しゆこう》。今宵《こよい》ハ。是非《ぜひ》にといふ跡《あと》から。料理茶屋《りようりちやや》の新鄽《しんみせ》の。奉帖《ちらし》の誂《あつら》へ賣薬《ばいやく》の。効能書《こうのうがき》の引札《ひきふだ》やら。藝者《げいしや》のひろめ浚《さらい》の口演《こうぜう》ヲツト合点《がてん》と杜撰《こじつけ》る。新著《しんぢよ》の序文《じよぶん》古板《こはん》の直《なお》し。かれの代作《だいさく》これの校合《きやうごう》。何《なん》でも四文《しもん》と請合《うけやい》普請《ぶしん》。漫書《でたらめ》仕叓《しごと》の數物《かずもの》に。そゞろに。筆《ふで》を採《と》るものから。引書本據《いんしよほんきよ》もろく〳〵に。正《ただ》すにひまなき牽強《けんきよう》附會《ふかい》。是《これ》でも作者《さくしや》のあたまかず。作料次第《さくりようしだい》で種本《たねほん》の。遅速《ちそく》を競《きそ》ふのみにして。其工拙《そのこうせつ》にかゝはらぬも。口《くち》に糊《のり》する。でも文人《ぶんじん》。識者《しきしや》の誹《そし》りを恥《はじ》ざるに。あらねどこれも止《や》む叓《こと》を。得《え》ぬも家業《かげう》の一助《いちじよ》の戯作《げさく》。世《よ》の諺《ことわざ》にいふ如《ごと》く。盲《めくら》の蛇《へび》に恐《おそ》れぬ類《たく》ひ。恥《はじ》かゝやかす業《わざ》なりと。悟《さと》つて見《み》れバ昨日《きのう》の非《ひ》を購《あがの》ふよしなき蝸角《くわかく》の虚名《きよめい》。同《おな》じくならバ風流《ふうりゆう》の哥誹諧《うたはいかい》に遊《あそバ》んには。此欲張《このよくばり》の戯作《げさく》の筆《ふで》を断《たゝ》んにしかじと獨《ひとり》ごつ。折《おり》から訪《とむら》ふ一《いち》友人《ゆうじん》。何叓《なにごと》にやと出迎《いでむか》へバ。今《いま》からちよつひり向《むか》ふ嶋《じま》。梅《うめ》を三圍《みめぐり》かへりにハ。堤《どて》から船《ふね》を呼子鳥同道《よぶことりどう〳〵》する氣《き》ハ有《あ》りや無《な》しやと。浮《うか》し立《たて》られ忽《たちまち》に風流腸《みやびごゝろ》もどこへやら。繋《つな》ぐによしなき驛亭《えきてい》が。意《こゝろ》の駒《こま》も狂《くる》ひ出《だ》し是《これ》につけても故人《こじん》の格言《かくげん》。金《かね》のほしさに弥《いよ〳〵》以《もつ》て。やめる氣《き》はなき慾心満々《よくしんまん〳〵》。些精出《ちとせいだ》して書《かき》物をと。思《おも》ふ折《おり》から問屋《といや》の注文《ちうもん》。序文《じよぶん》の案《あん》じのなき侭《まま》に。思《おも》ふ叓《こと》をいわざらむも。腹《はら》のふくるゝ業《わざ》とか聞《きけ》バ。おのが心《こころ》の底意《そこゐ》を打明《うちあ》ケ。あからさまに。書記《かきし》るして。以《もつ》て此草紙《このそうし》の序《じよ》に換《か》へ。書肆《しよし》が攻《せめ》をふさぐといふ。

干時文政七年戯作《げさく》の智恵《ちゑ》も上手《ぜうず》にハ

三本たらぬ申のとし

柳山人戯題　印

文中に「繋ぐによしなき驛亭が。意の駒も狂ひ出し」と見え、文末に図の如く「柳山人　印（驛亭）」とある。驛亭駒人が、文政五年『花暦八笑人』三編に文を寄せていることを端緒とし、同六年刊自身の名を記した中本『忠

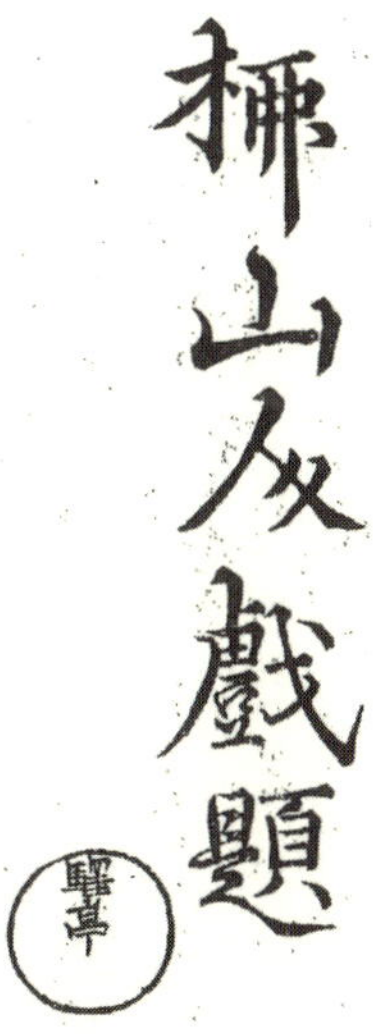

図2

孝二面鏡』はじめ、文政期の為永工房スタッフであることは前々から神保五彌の解き明かされるところである。▼(10)

これに加えて、柳山人＝駒人と分かると、『玉川日記』初編（文政九）跋文で柳山人の署名で、かつて春水と共に多摩川に遊び土地の名主から聞いた昔物語を書きとどめおいた物を、この度春水と相談のもと潤色したという、この文政期の代表作の成立事情が理解しやすくなる（上記序文に「折から訪ふ一友人。何叓にやと出迎へバ。今からちよつひり向ふ嶋。梅を三圍かへりにハ。堤から船を呼子鳥同道する氣ハ有りや無しやと。浮し立られ忽に風流腸もどこへやら」とあり、文型の類似もある）。また、文政七年の『仮宅文章』が、「狂訓亭主人／柳山人合作」という表示も同様に、この時期の動向として理解できるである。もとより駒人は、白頭子柳魚という名前で読本を著し柳魚・柳魚庵とも言ったのである。

また、振鷺亭作『夕霧一代記』（寛政六刊）という中本型読本を改題改竄して『紀文大臣全盛葉南志』（〈楚満人門人〉駒人著）とする人物としても知られている。▼(11)

『旅寿々女』の序文にも、「新著の序文古板の直し。かれの代作これの校合。何でも四文と請合普請」とあるが、この『全盛葉南志』の作業をも示し、同時に『旅寿々女』をも言うのだろう。

その他、奥付に「貞操女今川　東里山人著」とあるが、結果として『婦女今川』は初二編が、文政九年序刊・三四編が十一年刊で南仙笑楚満人補綴と為永工房の仕事で板元は中村屋幸蔵であった。奥付けの近刊予告とか目録は、作者が書くことが多く▼(12)柳山人が執筆した可能性が高い。仮に、中村屋幸蔵によるものとしても同じだが、当初、東里山人＝鼻山人著の予定だったのが結果として為永工房の仕事になったことが理解できる。

ところで、『旅寿々女』＝『鄙通辞』と同工といってもよい『旧観帖』の四編は、瀧亭鯉丈作で文政五年耕文堂伊勢屋忠右衛門から刊行された。この四編は、三田村鳶魚により報告されてきたが（『滑稽本概説』（全集二十二）参照）未見の書であった。近時、合山林太郎が上巻を発見され上記事項が確認されたのである。[13] また、下巻は未見ながら、本作品四編までを三編九巻に改版刊行された修版[14]により補う事ができる。

さて、四編の挿絵は、『浮世床』三編と同じ画風で狂歌の詠者は琴通舎英賀・琴春舎根松・八橋舎調・花前亭友頼『八笑人』口絵の面々（他に「忍　錦綾亭蚕糸　同　琴のや鳴音」）である。これらから、元版たる文政五年刊鯉丈作といわれる『旧観帖』四編は為永工房の作品であったと思われる。この文政期に『傳労俚談旅寿々女』が刊行されているのである。

また、先に挙げた『口八丁』であるが、この本は、内題下著者名を削り、十返舎一九の序文が付された修板があり、文化十一年には『滑稽臍栗毛』と改題され刊行されている（古典文庫497）。また、未刊に終わったのかも知れぬが、文政年間為永工房で本作に注目されている動きがある。文政六年刊『明烏後正夢』三編口絵末の青林堂の出板目録に「増補口八丁　春川五七画作」「同二編浮世長屋／二冊／瀧亭鯉丈作・渓齋英泉画」とする。筆者未見であり、刊行されたかは不明であるが、すくなくとも為永工房が本作品に着目していた事の確かな証にはなる。

文政期、滑稽本や人情本といった中本を作り出す流れの中に為永工房は欠かせない。その一員である驛亭駒人は、『鄙通辞』という作品を「鯉水作『旅寿々女』」として改編した。そして見返しには「シヨコクホウゲンコツケイノサキカケトナス」とある。棹歌亭真楫＝林国雄が実践を兼ねたであろう国学、また、三馬が滑稽の材としたような古典に対する教養といった面への興味は後退し、方言のおかしみへの興味の面を前面に打ち出しているようだ。一方では、前掲のごとく下巻冒頭句などが新たに付け加えられた。方言に対する一般論が、駒人という芝居作者のかたわらに小説を書く男により、簡単に常套句のごとく記されてしまうのである。滑稽本において、方言・国学といった材は文化期よりも一層大衆化が進み、読者にも受け入れられるようになってゆくのだ。[15]

本論は、従来鯉丈作品かと言われ、同時に不明視されてきた『旅寿々女』を紹介し、その実態を述べた。同時に本作品が鯉丈作でないものの、文政期における為永工房の一動向であったこと、[16]同時に一世代前の滑稽本再生をも含めたこの時期の滑稽本の一様相を、方言や国学のことに触れつつ示したつもりである。

【注】

(1) ただし筆者は、中本に関し『国書総目録』が「日本小説年表」による立項をしてくれたおかげで、中本研究上、所在不明本の探索に大変役立っていることを書き添えておく。

(2) 蓬左文庫本は、序文・口絵・凡例の順に綴じられる。

(3) 加藤論文では、上巻を「一～」とするが誤。

(4) 『国語学研究事典』(昭和五二年、明治書院)に立項される。なお、主な古典文学辞典類には取り上げられることがないようだ。

(5) 本田康雄の指摘される「浮世物真似の影響」(『式亭三馬の文芸』ほか)参照。

(6) 但し、上記村田治郎兵衛・角丸屋甚助・松本屋新八から国学書刊行は行っていないようだ。なお、「国学」なる語は「和学」と称する方が有効であるという考えもある(鈴木淳=『文学・語学』169号・平成十三年三月の平成十一年国語国文学界の動向「和歌・国学」の項参照)が、本文にあげたように、三馬も『戯場粋言幕の外』で「御国学(但し読みは〈みくにまなび〉」としているので「国学」に統一した。

（7）この『浮世風呂』の「かも子さんけり子さん」の会話については、服部仁が「再説、馬琴の文章意識―同時代の諸相、三馬と国学と―」（平成二『曲亭馬琴の文学域』所収＝『讀本研究』四下）の中で、「月次歌会を重視する宣長学派をはじめとする国学者を揶揄する」「そのいかにもありそうな調子で活写することが、その対象に対して痛烈な皮肉になることを三馬は熟知していた」等とし、その前段では小学館日本古典全集の『浮世床』（神保五彌校注＝「洒落本滑稽本人情本」・昭和四十六）の初編中巻箇所の二八八頁頭注十三の次に「国学を生かじっている連中は、『浮世風呂』三編でも嘲笑の対象としている」とあるのを引用されている（＝「新編」二〇〇〇年刊では二七八頁）。服部としては、馬琴の文章意識に敷衍した三馬と国学に関した一例として引いたのだけにすぎないのかもしれない。たしかに、三馬らしさが現れているところではあろう。しかし、この部分は国学者（及び国学者かぶれ）への痛烈な皮肉や嘲笑を第一目的としたものではなかろう（鑑賞日本古典文学三十四『洒落本・黄表紙・滑稽本』昭和五十三刊の浜田啓介による『浮世風呂』の本文鑑賞「風刺文学か」の項も参照されたい）。

（8）ちなみに『浮世風呂』初編（文化六）朝湯の光景冒頭では、中風とおぼしき男がまず登場するが、『口八丁』の婆との最初の会話相手の権七も同じ病の人である。また、全くの先行例とはいえない（棚橋正博『式亭三馬』ぺりかん社、一九九四年刊、第七章参照）ものの、『口八丁』で「づ」「や」「ぱ」はじめ「う」「ぽ」「ゆ」「わ」「サ」「ツ」など「〇」の多様は三馬作品との関わりで一考の価値があるかもしれない。

（9）本田康雄セミナー「原典を読む」『一浮世風呂・浮世床　世間話の文学』平凡社、一九九四・一二四頁。

（10）『為永春水の研究』。

（11）棚橋正博「振鷺亭年譜稿」（『讀本研究』第十輯下套・平成八）。

（12）拙稿「『増補外題鑑』成立要因―蔵版目録を土台として（下）」（『讀本研究』第九輯下套、平成七）。

（13）「『旧観帖』四編についての報告」（『書籍文化史』三　二〇〇二年）。

（14）（13）の合山の「報告」および岡雅彦校訂・解題『叢書江戸文庫　滑稽本集』参照。鯉丈作四編は、修板では三編中巻半ばからである。修板の本文は、初編から四編まで彫り直されていると思われる（四編下は推定）。挿絵は数図の削除を除き模刻と思われるものの元版の様相を伝えている。なお、『旧観帖』は時期不明ながら、四編刊行から理解できるように、一端伊勢屋忠右衛門に求版されているが、その際には改板されていないようだ（架蔵の同書肆板初編上扉及び本文などによる＝二又淳「貸本屋伊勢屋忠右衛門の出版活動」『読本研究新集』第三集・二〇〇一年刊・参照）。

（15）為永工房以外にも『裏舗滑稽烏歌話』伴中義（文政四）などがある。

（16）架蔵の零本『四天王剿盗異録』巻十巻末付載の「東都書林文渓堂藏板目録」半紙本型一丁の裏面には、「旅すゞめ／三冊／鯉丈門人鯉水」とする。当時の丁子屋平兵衛（および春水?）も、このような売り出し方をしていた。

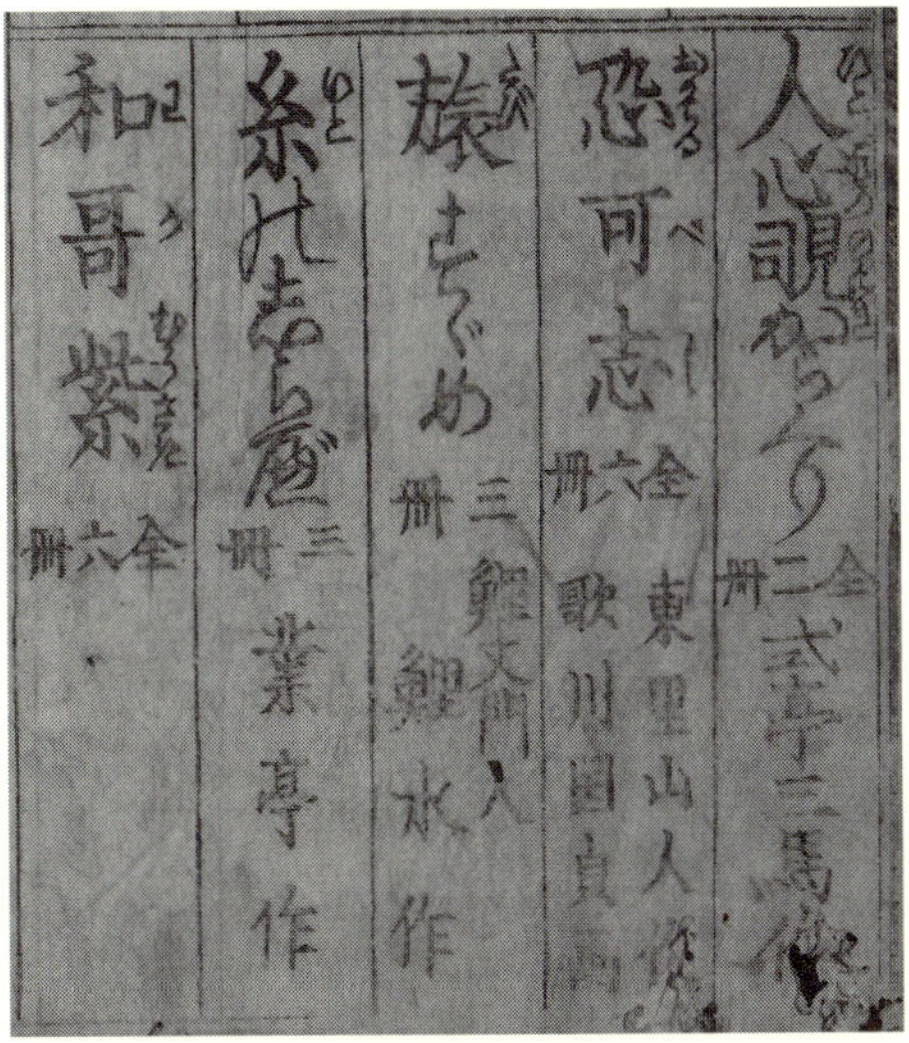

鯉丈門人鯉水作

〈**参考資料**〉　加藤論文では、翻刻されなかった下巻八〜十二丁の部分を翻刻する。

底本には『旅寿々女』を用いた。当該箇所に字句の異同がないからである。翻刻は加藤・佐藤の方法に準じた。すなわち、底本通りのものを心がけるが、振り仮名のうち左傍のものは（　）でかこみ下に続けるなどの箇所がある。また、冒頭や末の部分には当然加藤らが既に翻刻された箇所と重なるところがある。

ほかの國《くに》で四角《しかく》な金《かね》ハ丸《まる》しかほかで丸い箸《はし》ハ四角《しかく》でいすハ津はてあじ（へん）な所だアなにさそしてげんぽう（ヂャら口）ハござなへか甲そんなものハなへでいす風シモ甲州《かうしう》じやア遊女《ゆうじよ》のないかわりに五月の節句《せつく》からは八朔《はつさく》まではたゞの女の所へ宿《とま》りにいくをゆるして有といふことだがまことかネ甲さうでいすとも〳〵昔からの御ゆるしでよばへハ勝手しだいさと笑てゐる常それアゑゝ國だおらもいぎ《行》たいもんだ（八ウ）津うらでもそふさア國へはいぎだいのさと一座どっとわろふ甲それはむかしのことさ今でハ府中《ふちう》の柳《やなぎ》町に飯盛《めしもり》があるでいす風はてねまだなんぞありませう甲ほかといふてハ四五月頃《ころ》からハ甲府《かうふ》から二里ばかりもあらふて最上新田《さいぜつしんでん》といふ所にハいつでも螢《ほたる》がだいぶんあるでいすがあれを江戸の衆《しゆう》に見せたいものさ大はてなもしそりやおもしろござりませう甲いやもふあの様《やう》にも（八ウ）螢《ほたる》があるものかと思ひますてふど手《て》まりほどゝにかたまつて上《あが》ツたり下《さが》つたりするが凄《すごい》やうでいす風そりやとふぞ見ていものだね甲甲府《かうふ》へでもいかしやつたら少しのよりだい《行》つてごらふじろ虚言《うそ》でなへことだ風ハテねこれからひたちの咄《はなし》をきくばんだしたが潮来《いたこ》の十二の橋《はし》などはわつちがふだん通《とを》つて知《しつ》ていやすからほかの咄をしておきかせなせへ常すんだら（ソンナラ）祝町《ゆわいまち》ハどふ（九オ）でごすネ風ありやアたつた一度湊《いちどみなと》のはらからいきやしたつけあの渉舟《わたしふね》がいくらよんでもこなんでじれつたくなりやしたつけ常あれも呼様《よびやう》で早《はや》く出《で》ますそして何屋《なにや》へあがりなすつた風白木楼《はくぼくろう》（シロキヤ）さ隣《となり》の水戸屋《みとや》

からあがりやした[常]そふだらばよし〳〵おまへさんのしらなへ所が有《ある》て水戸《みと》から江戸への道中《どうちう》に竹原《たけはら》といふ宿《しゆく》がごすがこゝの遊《あすび》（ソ）びがてふど播广《はりま》の瀧野《たきの》とやらの（九ウ）やうなものさ[風]へイいくらだね[常]夜《よる》でも昼《ひる》でも六百ヅヽで藝者《げいしや》のやうに三味《しやみ》せんもひけば唄《うた》もうたふ太鼓《たいこ》もたゝく（ウツ）鼓《つゞみ》もしめる（ウツ）その跡《あと》でハこつちでしめるのさ[播]それで六百かえなア大そりややすいおやまでごありますなもし[常]ナニ飯《めし》もりだから安《やす》くもなへのさこのほかに酒《さけ》や肴《さかな》の代《だい》が出るか揚屋《つと》へ弐百が御定《さだま》りなそれも女がひとりだと行燈《あんどん》（トウ）に魚油《ぎよとう》あぶらだから（十オ）臭《くさ》くつてならなへがかゝじまひ（ツケシンゾウ）をして二人あがると燭臺《しよくだい》を出しますア三人あがると鼓《つゞみ》が出る四人《よつたり》からハ太鼓《たいこ》を出して大さわぎさ[風]ひとりじやアそんあものア出《で》ねへね[常]ひとりだと三味せんばかりさ[下]それアハア潮来《いたこ》だアとてもげいしやをあげなへばそんなものさしたが若松屋《わかまつや》のおしげ（ゲイシヤ）めア面《つら》アもくさへ（アバタ）だが声《こゑ》ハゐゝなア風雅《ふうが》さん[風]そふさねあれも縮緬《ちりめん》の（大トシマ）蝶々《てふ〳〵》さ[常]それで跡《あと》ハ（十ウ）おまへこつちの様《やう》に寝巻《ねまき》だのなんのと面倒くさへことアなへ丸裸《まるはだか》で男のふところへつつぱえるハさ[風]そいつにあやまるてよ[常]なじやへ（ナゼ）おまへ下紐《したひも》とけて肌《はだ》とはだアごつせんかへヽヽヽ《アハヽ》[津]うらがはらなどのげんぽうなどハそふたアことだアなへ[甲]そしてどふでいす[津]初手《しよて》からまあし《禪》も湯巻《ゆまき》（ユモジ）もひつたくつてあしよをひつからんで寝《ね》申ヽヽヽ《アワハ》[常]それアわつちらがはらでも褌《どふささ》（十一オ）までとりまさア[風]そして津軽じやアなんと云所だね[津]うらがはらでハまづ鰺《あじ》か沢《さわ》だアの青森《あおもり》だアのさ[甲]それア山の中《なか》でいせうな[津]どうしてどれも濱辺さ二階《にかい》から網《あみ》をひくのがめへるがおもしろいことさどれも〳〵丸裸《まるはだか》に蓑《けら》（ミノ）を着《き》て綱《つま》アひつぱつて騒《さわく》のがいさかい（ケンクワ）の様だアハサ[常]けらとハなんだいべい（ダロウ）な[甲]わしらが國《くに》のけだいといふ様なものでいせう[風]け（十一ウ）だいとアどんなものだね[甲]蓑《みの》のことさ少しハ違《ちがう》ちよるけれど[津]うらがけらも蓑《めの》（ミノ）のことさ[風]けらみの権太《ごんた》が聞《きい》てあきれらアと口のうちで言て笑ふ[甲]これおまへさん百姓《ひやくせい》の作《さく》をするにやア雨《あめ》がふるとけだい（ミノ）を着てかせぐことし[風]ハアどふりで

けだいのみのハ作《さく》を拵《かせぐ》といふことが童子教《どうじきやう》にかありやしたねとしやれにちうをしてきかせて又わろふ甲おこれハとんだ事をあれハ懈怠《けだい》の者《もの》ハ食《しよく》を急《いそ》ぐでいすわなと（十二オ）まじめていふ風ハア、そふだつけかねとわらつてゐる所へだんばしごをさぐり〳〵あぐりくるあんまハあがりてくるあんまハゐんしうさがらのざいからぽつと出にてやどへたのんではいりするやうす按摩ハイ按摩《あんま》がさんじやした御用《ごよう》はござらぬかのし風ヲイあんまかひとつやらかして貰《もらを》ふがマアはな咄さかしアンはへ〳〵と皃をそちらへむけてなにかにこり〳〵ひとりえみしてゐる播わしもゐらふ《大》草臥《くたびれ》ておるさかいたの《頼》まんがぜうに（タント）揉《もみ》おるかへアンヲ、もまずとて按摩《あんま》とアおすなでるとか丶（カク）づへ上中ハござらぬハみな上にもまず（モム事也）〳〵（十二ウ）

【付記】本論を成すに当たり、『旅寿々女』の絵題簽や『鄙通辞』の挿絵について、ご教示を得た鈴木重三氏、『旧観帖』四編の存在を知らしめて頂いた合山林太郎氏、懇切丁寧なるレファレンスと共に、閲覧を許された東北大学付属図書館はじめ各機関に御礼申し上げます。また、初出掲載後、御教示いただいた石川博氏に感謝いたします。

第五節　売文者の戯作——桃山人の中本より

江戸後期、桃山人などと号し、各分野の書籍を著した人物がいた。この人物については、著書『狂詩楷梯』を翻刻掲載する「近世文学未刊叢書　狂詩狂文」（養徳社・昭和二十四刊）の中村幸彦の解説（＝著述集十四）が明瞭だ。その一部を引こう。

著者桃花園、三千麿と号し会津の人、六樹園側で狂歌もよめば読本随筆人情本（『庭訓ぢんかうき』等）花街関係書（『花街草紙』其の他）等をも著し、三都を転々とした売文業者である。三千麿のことも森銑三氏の『典籍叢話』に詳しい（「萍花漫筆の著者」等）。序者弗用同人も三千麿とあれば同人。

森銑三の諸論考は、著作集十一巻参照。『雲萍雑志』が柳沢淇園の著すところでなく、もともと桃花園（＝桃山人）の関わる仕事だったことに端を発し、この人物の著作を中心とした活動を述べたものである。

桃山人の執筆書を年代順にわかる範囲で列記してみる。

○文政三『桃花園狂文集』＊大阪出版書籍目録による。○同八『経典余師』蒙求の部三冊＊同記録による。○同八滑稽本『志道軒浮世講釋』＊文政乙酉秋（跋）中本三巻三冊（稿本）。○同九読本『雲井物語』半紙本五巻五冊。○同九読本『忠臣山賤傳』半紙本六巻六冊。○同九読本『松蔭草紙』半紙本五巻五冊。○同一〇人

情本『凉浴衣新地誂織』中本三巻三冊。○滑稽本『滑稽繕の綱』前編中本三巻三冊。○同一一『滑稽繕の綱』後編中本三巻三冊。○読本『月宵鄙物語』後編半紙本五巻五冊。○同一三人情本『庭訓塵劫記』初編中本三巻三冊。○同一四花街書『花街草紙《よしはらさうし》』中本二巻二冊。○天保三人情本『庭訓塵劫記』二編中本三巻三冊。○天保四序刊人情本『庭訓塵劫記』三編中本三巻三冊。○同八経済書『渡世肝要記』二編半紙本二冊。○同一二『絵本百物語（桃山人夜話）』五巻五冊。○天保年間？随筆『萍花漫筆』二巻二冊。○同一四これをもとにする『雲萍雑志』四巻四冊。○刊年不明　狂詩作法書『狂詩楷梯』。○作成年代不明　教訓書『五彩糸』（稿本）。○桃山人自身の貼込帳『桃花園随筆』▼(1)。また、森が『北窓瑣談』ほかの稿本をあげられる（著作集一一・二九一頁）。なお、春本（艶本）『秋の七草』天保三・層山人も桃山人作品とのこと▼(2)。

まず、多分野にわたることが理解出来よう。次に刊行されなかった稿本は、国書総目録掲載分は記載したが、森によるとさらに多く残る。また、稿本も含め刊行されたものも書体は多く同じであり、板下までつくり売り込んでいることが理解できよう。

そして、江戸京大坂に住んだという事実と、売文者というイメージは、この人を考えるうえで、よりどころになるだろう。

三都在住経験は、例えば、上方読本として出板された『雲井物語』『忠臣山賤傳』『松蔭草紙』は、すべて「東都桃華山人」と署名し、文政九刊であることがある。上方読本界では、江戸作者として自分を売っていたり、三作品が同時に刊行されているのは、上方在住経験を持つ売文者のイメージを象徴するものであろう。実際、『忠臣山賤傳』序文に「時文政丙戌初春於干浪速磯城南桃花山人題」とする。また、同十年人情本『凉浴衣新地誂織』も京都在住体験を売りこんでいる▼(3)。また、前記大阪出版書籍目録に在住地を文政三京都文政八遠州見附とする。

次に、板下まで作り売り込んでいることに付随して考えるべきことは、彼の筆跡である。稿本類はじめ刊本には自らの筆致を見せる事が多い（図1[4]）。森銑三が桃山人稿本『北窓瑣談』を説かれたり、藤園堂が桃山人の稿本というものを大量に出品したというのも、その書体から本当のことだと推定する。そして、この書体から彼が色々な名前を用いることが判明する。冒頭の狂詩書のように「桃花園」、読本に多い「桃華山人」や「桃花園三千麿」[5]『狂歌水滸伝』（文政五）には「桃三千麿」として紹介される。なお、『庭訓塵却記』では「（華街）櫻山人」「夜櫻山人」（やあうさんじん＝「四阿家《あづまや》可辻」戯述『契情六可選』「ゐのとし春」刊＝文政十二年序刊二十四丁オモテの読みによる）とするが、これは書体などから明らかに同一人物である。冒頭に掲げた桃山人の解説で中村幸彦が本書を揚げたのもこの理由からであろう。他にも違う名前を名乗っていると思われる。例えば、『契情六可選』冒頭の書（「南山寿《なんざんす》」を一字にしたとおぼしきもの＝蜀山人が『千紅萬紫』文化十四刊の扉に同書名を一字に表したものの模倣と思しい）と序を書いた「北亭南子」も、書体から「桃（櫻）山人」と考えられる。

なお、中村幸彦指摘の『狂詩楷梯』序者「弗用同人」が同一人物なのは、印記体の書に「三千麿」とあるからなのだが、同筆だからでもある。以上色々な名前を使うが、本論では中本を主体に考えるので、「桃山人」と通常呼ぶ。

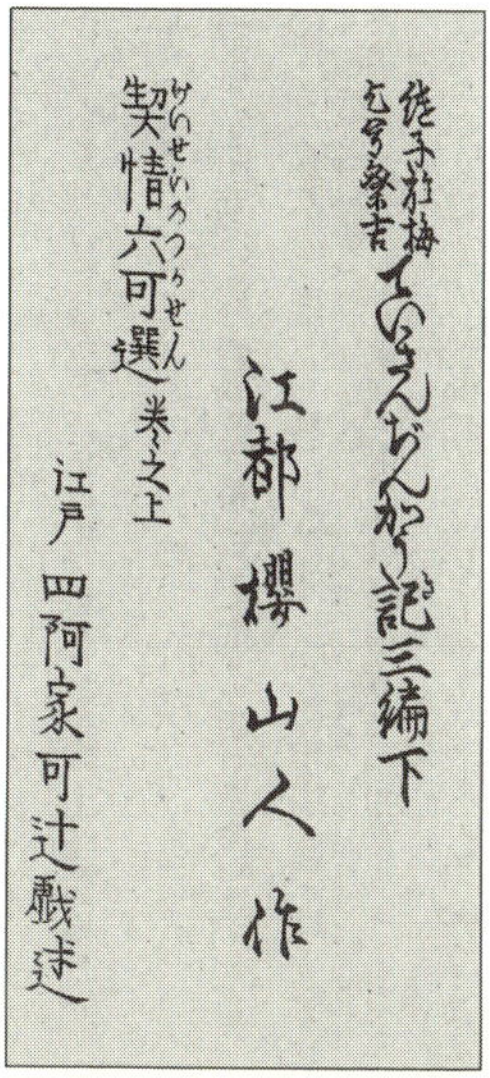

図1　桃山人（櫻山人）の筆跡および可辻の筆跡（参考）

なお、「四阿家可辻」という人物は、桃山人作品の序跋挿絵の詠などと、あらゆるところに顔を出す。また、逆に可辻作の『契情六可選』には各巻挿絵に「夜櫻山人」の詠がある。今ここで同一人物とは断定できないが、少なくとも同一グループの人物であることは確かである。なお、四阿家の書体を参考にあげたが、桃山人より角張るが別筆かは不明。

さて、以上桃山人は多く稿本を自分で作り、三都などにおいて、それを売り込み出板に至らせ口を糊していた。まさに売文者の典型ではなかったか。それだけに、各分野の作品を商品として作る能力を一応持っていたといえるだろう。江戸時代に売文だけで生計を立てられるとは思えないが、其の志向はあったろう。もとより後期戯作者は、著名な人々も含め、ほとんどが売文者なのであるが、桃山人の活動には、その典型を見るように思うのである。本論では、彼の中本のうち『滑稽繕の綱』などを取り上げる。

このような人物が作った滑稽本を具体的に点検してみよう。

○滑稽繕の綱初編　まずは初編である。文政十年丁亥夏刊　中本三巻三冊
四阿家可辻の序の部分に描かれる高札に「當観世音千二百年ニ付全部三冊御慰之為亥之春開板仕候者也文英堂蔵」とある通り、もともと、文政十年浅草寺の縁起開帳（三月二十日から六十日間と日延二十日間）[6]を当て込んだ中本（滑稽本）である。「繕の綱」とは言うまでもなく、本尊開帳などの時に結縁のため、仏像の手などにかけ参詣者に引かせる綱で、本初編上巻の挿絵にも描かれている。

今架蔵Aを元に書誌の概要を記す（管見書は本項目末参照）。
外題：〈浅艸開帳〉滑稽善之綱（架蔵B上巻による）
見返し（上巻）：松浦佐用媛石魂録後編予告（底本が大坂屋茂吉販売の本とわかる）
上巻の序文・口絵＝序一：桃山人　文政十年亥歳春、浅草観音開帳新……＊飾り枠に繕の綱を活かす（一丁半）

口絵（上巻）：浅草寺の古寺（見開一図）菱川が画巻にならいて乕金亭東之模写
序二（上巻）：四阿家可辻　＊維文政十歳丁亥春新鐫
本文：十七丁半（上巻）二十丁（中巻）二十一丁（下巻）
内題ほか「滑稽繕の綱巻之上　江戸　桃山人著　發辞（其貳）（其三）」
尾題：滑稽繕の綱巻之上（中・下）終
奥付：著述江戸桃山人　画圖　仝乕金亭東之　揮毫　仝四阿家可辻　文政十丁亥年夏發行　書林　江戸書林
西村与八　同　大坂屋茂吉　同　丹後屋伊兵衛　同　柴屋文七
管見書：東京国立博物館蔵本　初編上中下巻三冊（見返なし、書き外題ほかは、架蔵Aとほぼ同じ）
架蔵A　初編上中下巻三冊　B　初編上巻一冊　C　初編下巻一冊
＊改題本　個人蔵D　初編上一冊　E　初編中巻一冊

各巻の内容

上巻　冒頭御蔵前あたりから浅草寺に至る描写（～五オ）。人々の勝手な祈願（～八ウ）。いさみの権八・競《きおい》の金八登場。最明寺殿の話（～十四ウ・時頼と西行を混同するへんちき論）、鵺退治の絵馬の絵解きをする（～十七オ）、韓信の股くぐり・天女の絵馬について（～十八オ）。
＊末に「かひてう　せわにん」として囲みの中に「浅草黒舟町木戸際にて　ゑざうし見せ　江戸元祖おしゑ細工物おろし所　交柳堂清水市兵衛」とあり。
中巻　関羽の絵馬　＊大坂屋で賣る風薬のこと（～二オ）嵩渓が描ける猩々の絵馬を見る（～三オ）。霊宝場へ・言立てに対し鸚鵡返しで茶化す（～五オ）。奥山への道々（～十三ウ）＊「善光寺（＝人に負ぶさる）」ほかの無

駄口。弔いの帰り鳥越八百善ならぬ煮売り兼業の八百屋で呑んだ話・羅生門河岸へ上った話をする。でんがく茶屋（料理屋）へ上がり一騒動（〜二十ウ）。

下巻　茶店で最前の料理の悪口（〜五ウ）。楊枝店をひやかすが鳩のえさをこぼし散財（〜十一オ）。見世物小屋九尾の狐へんちき論（〜十五ウ）。矢場《やらいぎは》　娘の尻を射る。馬道へと逃げる（〜二十一オ）。

巻末に最終丁裏に後編「日延之間」二編予告あり（二十一ウ）

挿絵上一：賽銭箱前の賑わい・人々繕の綱をつかむ＊桃山人可辻の千社札が小さく書き込まれる（六ウ〜七オ）。上二：源三位頼政鵺退治の絵馬（十二ウ〜十三オ）。中一：霊宝場＊奉納提灯に「作者桃山人画工仝帋金亭敬白」とあり（六ウ〜七オ）中二：料理屋（茶屋）の権八金八（十四ウ〜十五オ）下一：見世物小屋前（六ウ〜七オ）

挿絵下二：矢場のもめごと（十四ウ〜十五オ）

丁付：上巻冒頭部分：柱刻で「せんのつな上　口一（〜三）」＊冒頭より可辻序まで　可辻の序一丁分の「四」なし

本文部分：柱刻で上巻：「せんのつな上　一（〜十八）」中巻：「せんのつな中　一（〜二十）」下巻：柱刻で「せんのつな下　一（〜二十一）」

滑稽本の中で、膝栗毛物から江戸周辺を散策する作品が派生してきたことは周知であろう。[7] 例えば『旧観帖』は「浮喜世物真似」と角書きされる通り、主人公らの方言のおかしみを描く点にも力点があるが、江戸見物も重要な要素だと思う。本作品は、二又淳の伊勢屋忠右衛門の修板や合山林太郎の四編発見などから説かれるように、当初より需要があり、ついには為永工房が係わる。さらに、本論で扱う時期よりは後かもしれないが、三編九冊

図2　浅草寺蔵

本で流布されるようにもなる。ロングセラーである。[8] また、近時上巻のみ管見に及んだ振鷺亭の『千社参』（文化十二歳乙亥青陽序刊）も江戸っ子二人が千社札を貼り寺社を回るのである。[9] この『滑稽繕の綱』も、そのような滑稽本の型に載って作られている。つまりは、御蔵前の描写からはじまり本堂で権八金八を登場させ奥山を巡回させる。そして最後に馬道へ退出するのである。これらの滑稽は、通常深くは描かない。例えば、最後の矢場にしても、金八はむやみやたらに矢を射ったり、最後は娘の尻をねらい、根太に当たったとも気がつかず薬代と称して金を巻き上げられる。岡山鳥『楊弓一面大當利』（文政七）のマニアチックさとは比較の対象にならないほど底の見えた滑稽である。この場面は二編への橋渡しだから余計なのだが、人々の社殿の祈願にしても、でんがく茶屋の失敗にしても同様なのである。要は、江戸見物型の滑稽を奥山に持ち込み開帳時に当てこんだのである。ここには滑稽本上の型が出来ていて、桃山人がその上に乗り書いたことが理解できよう。そのような型通りの作品であるが、絵馬見物および付随するへんちき論は本作品の特徴の一つであろう。浅草寺の観音堂（＝本堂）に掛けられていた絵馬は、昭和八年の大修繕以降ここに掛けられなくなった▼[10]ので、現代の我々には馴染みが薄い。しかし、当時は浅草寺に絵馬が掛かっていることは周知であったろう。▼[11]取り上げられた絵馬は梗概にあげた通りである。有名ではあるが、まだこれらを実際に見たことのない全国の人々へのおかしみを加えた案内となろう。一例として、挿絵にも取り上げられた源三位頼政鵺退治の絵馬（上巻十二ウ～十三オ）について紹介しよう。この挿絵は、高嵩谷が天明七年に描いたものと一致する（**図2**参照）。この鵺の様子から金八は「あたま猿。さるがあたまで虎からだ。からだがとらで。しっぽへび〳〵」と詠む。権八はこれを聞き干支を想起したのであろう「年代記にあるようなうたァよんだナ」と混ぜ返す。そして「十二支神（申神など）」を思い起こしたのであろうか、「酉ハ不動に戌亥八幡か」と大雑書などにある「八卦」の文句を言い、へんちき論で鵺退治の由来を説く。

「なんとか言《い》ふ化《ばけ》ものだッけ。むかし京《きやう》のきんりんさまの御庭《おには》へ出《で》やァがつて。大事《だいじ》にしておかしつた左近《さこん》の橘《たちばな》だの桃《もも》だのといふ。なりくだものを喰《く》らやァがるから。そこできんりんさまだつて。腹《はら》が立《たつ》めへ事《こと》か。おいらでみや直《じき》にたゝッ殺《ころ》す所《とこ》だが。あの衆《しゆう》ハ又人《またひと》がいゝ。此人《このひと》をそつと呼《よ》んで。あの猿《さる》をやッつけて仕《し》まへと言《い》ひつけると。畏《かしこま》りやしたとたつた一番《いちばん》で。いり落としたが猿《さる》の方《ほう》にも荒神《こうじん》さまがあらァ。中《なか》〳〵そう手軽《てがる》かァいかねへ。矢《や》ァ一本《いつぽん》くらいながら。逃出《にげだ》すところをどっこいと。アノ赤《あか》ッつらが五寸五分《ごすんごぶ》で喉笛《のどふへ》をぐすり〳〵と。三べんえぐるとぎうといつてくたばつたらふ　金「立《た》ッてるやつの名ハ何《なん》と言《いひ》やす
ごん「あれか源三位《げんさんみ》入道《にうどう》時政《ときまさ》といふ。智恵《ちえ》のふけへやつだァな。高倉《たかくら》の権五郎《ごんごらう》にむほん勝負《せうぶ》を。おこさせて余《あんま》り延《のび》を追過《おひすぎ》て。京《きやう》の三十三間堂《げんどう》で。のでんへ扇《あふぎ》をひいて腹《はら》を十文字《しうもんじ》に。切腹《せつふく》すらァ。其時辞世《そのときじせい》をよ

むが「うもれ木《ぎ》に花《はな》さくことのなかりせバ。終《つい》に此身《このみ》は徳利《とつくり》となると。いひながら死《し》んだ人《ひと》だ。この人の墓《はか》は今《いま》で。回向院《えこういん》にあらァ。下《した》の赤《あか》ッ面《つら》ァ気《き》のみじけへやつだから気の早太《はやた》といふ名《な》だ。金「それからあの猿《さる》はどうしたらヲ　ごん「退治《たいじ》した褒美《ほうび》にわいらにやらふといふから。二人《ふたり》で貰《もら》つて帰《けえ》るのョ　金「あんナ物《もの》を貰《もら》つた所《とこ》がしかたがあるめへ　ごん「とんだ事《こと》を言《い》ふぜさるの頭《あたま》は。まつりの出《だ》し屋《や》へ賣《うる》し。虎《とら》の皮《かは》ハ引《ひつ》ぱいで。大名《だいめう》の馬《うま》かたに賣《うる》。尻尾《しつぽ》のへびを引《ひつ》こ抜《ぬい》て両国《りやうごく》の見《み》せもの屋《や》へうつてべらぼうな金《かね》もうけをしたとよ　金「むかしのやつらァ。智恵《ちえ》がまだ足《たり》ねへ　ごん「なぜ　金「ころさずに生取《いけどり》にして両国《りやうごく》へ出《だ》して見《み》や駱駝《らくだ》よりかも。まだもうからァ。其時《そのとき》おれがゐると殺《ころ》させやァしねへに。惜《おし》いことをしたぜい」

「生け捕りにしたほうがよかった」というわかりやすいオチも含め、この種の滑稽を受け付けない当代読者も存在したろう。しかし、一般にはおかしみを覚えたのではないか。作者も、このへんちき論の前段に最明寺殿の話を置き、読者に唐突な滑稽の感を与えないような配慮もしている。鵺退治は挿絵にもなるぐらいで、この絵解きは、ほかに比べ筆が費やされた例だが、実際に浅草寺の絵馬を、まだ見ない人をも見た人をも楽しませようとしていることがうかがわれる。本書は、滑稽本のなかで絵馬をまとめて扱った書として記憶されてよいのではないか。これらは底の見えた滑稽で型にのっとり書いているだけと言えばそれまでである。しかし、同時に狂歌師をも標榜し（『狂歌水滸伝』文政五刊に出づ＝森論文参照）、『狂詩楷梯』を曲がりなりにも著している桃山人としては、自らの教養を示しているようにも思われる。「しっぽへび〳〵」の歌も、当時の人ならほくそ笑むことの出来た地口歌なのかもしれない。型にのっとり書く中に、自分の描きたいことを入れる例は他にもあると思われる。それは、上巻冒頭御蔵前あたりから浅草寺に至る描写である。これは『風来六部集』の両国の描写をまねている。桃山人は、文政乙酉秋の跋を有する中本の稿本『志道軒浮世講釋』（三巻三冊）を残していて、当然源内ぶりを学んでいる。[12] 滑稽本に限らず人情本も中本でも、冒頭は硬い文章で始まるのが一般であるが、[13] その長さは通常一〜二丁くらいである（本話二編が二丁弱。なお初編下巻には約半丁の冒頭句がある）。しかし、ここは五丁表までと長い。御蔵前から浅草までが源内ぶりで長々と書かれていることは、当時の中本制作上からいえば、いただけないといえるのではなかろうか。以上、ある部分では型にのっとり書き、一方ある場面では自分の嗜好に合わせみっちり語ってしまうのである。このような不均衡を抱えながら、ともかくも柴屋文七との契約のもと、浅草開帳千二百年に合わせて書かれた『滑稽繕の綱』初編はこの年の夏刊行された。

○滑稽繕の綱編二編：二編文政十一年戊子序刊　中本（三巻三冊）

初編末には囲みの中に「滑稽繕の綱編後編　桃山人著　日延之間《ひのべのあいだ》　全三冊近刻」とし、権八金八が田舎者と連れになり吉原見物をするという予告が記される。ありきたりの滑稽本と評することも出来よう作品だから、馬道に逃げ出す結末の初編のみで終わってもよい作品だが、開帳の日延べ三十日（本文による、実際は二十日）にちなむかのように続編が出ている。採算と内容のおもしろさとは別なのだろう。

管見は上・中巻（架蔵F二編上巻一冊・架蔵G二編中巻一冊）。今F・Gにより書誌の概要を記す。

上巻

外題：〈滑稽〉善之編後編

見返し：なし

序1：柴屋文七　干時文政十一戊子孟春版元柴の屋のあるじ（一丁半）

口絵1：金八と台屋若者喧嘩を地廻り止める（見開口ノ二ウ〜三オ）

口絵2：遊女の部屋、権八遊女若い衆（見開墨塗ウ〜墨塗オ）

口絵3：遊女の部屋、田舎者遊女（見開墨塗ウ〜口ノ五オ）＊歌川国種の署名有り。

狂歌：梅乃屋・花咲庵・宝市亭・白毛舎（口ノ五ウ）

本文：十九丁

内題ほか「滑稽繕の綱後篇上　江戸　桃山人著」＊回数表示無

尾題：滑稽繕の綱後篇上終

冒頭開帳三十日《ママ》の日延、群衆殺到を伝える（〜二ウ）。金八権八吉原へ。駕籠屋を断る（〜三ウ）。以下馬道風景、富士屋（料理屋）・正直そば・田町の奴のけつ（髪結床）・治丹法（〜五ウ）。すじけへいなり・あみがさ茶屋・孔雀長屋・土手道哲高尾の墓（〜九ウ）土手の茶屋（茶屋女の化粧パッカリ・ピッチリ）・流行について・小塚原の石地蔵と千住の砂村やで女郎を買った話、見返柳（ふりかへり柳）（〜十六オ）、衣紋坂にて田舎者に会う。同道にて吉原へ。大門、仲の町の茶屋、田舎者が金を持っているので西河岸へ（〜十九ウ）。

挿絵1：田舎者と金八権八（七ウ〜八オ）

丁付：口に、序口絵狂歌部分「口ノ一（〜五）」但し、「三・四」は墨塗（未刻）。本文部分「上ノ一（〜十九）」

中巻

本文二十丁

内題「滑稽繕の綱後篇巻の中　江戸桃山人著」

尾題「滑稽繕の綱後篇中終」

冒頭　吉原風景（〜三ウ）二人は田舎の客人を水道尻へ連れ吉原の生活を大げさに紹介（〜八ウ）。台屋の男とぶつかり喧嘩になるを地廻り制止。田舎者が論語や幡随院長兵衛のエピソードを持ち出し諸々の人生訓を並べ、最後に損金を払っておさまる（〜十八ウ）。そして登楼する（二十ウ）。

田舎者を西河岸に連れて行くのは常套であろう。さて、ここまで馬道の情景や、ひやかし・登楼など吉原の風習を伝える。ありきたりの描写のようではあるが、桃山人は、自分が吉原に精通していることをほのめかしているようにも受け取れる。既述の文政十二序刊の中本『契情六可選』は、廓内の男女三組を描く洒落本を標榜するものであるが、この書の冒頭に序を送る「南子」という人物について中巻で、馬道に住んでいるとする（二十四丁目）。吉原に詳しいことを主張しているのは確かである。また、同じ箇所で「南子」が夜櫻山人といつも連れ立っている事を述べる。桃山人＝夜櫻山人、南子も同様らしいことは冒頭に述べた。また、同十四年東都桃花（華）園三千麿著として花街書（洒落本というべきか）『花街草紙《よしはらさうし》』中本二巻二冊を出す。内題を「花街草紙諸抄大成」とし、上巻子の刻・下巻丑の刻、各巻冒頭に一〜二丁の廓内の様子を描く本文を置き、「注」を付け枕草子の注釈書を模す。このような一連の事例が例証となるだろう。次に、狂歌師としての自己顕示がある。『契情六可選』上記箇所では、取り持ちの男に「わたしがずんどお心易《やす》いが夜櫻山人《やあうさんじん》と蜀山《ねぼけ》さんに名をもらハれた御人《おかた》」とある。もとより『狂歌水滸伝』（文政五）にて六樹園側のことは明らかだが、ここでは蜀山人に近い事を宣伝している。そして二編には、当時著名な狂歌師が詠を寄せている。なかでも「白毛舎」白真守は、『梅暦』にも引用されるほどの人物である。▼(14) また、桃山人作品自体にも後述の人情本『庭訓塵却記』の見返しに詠を贈る。このように、単に滑稽本を請負うだけではない自己主張があるようだ。また、初編を含め本書の桃山人は江戸に精通していることを読者に売り込んでいる。

二編は、下巻未見ながら、上・中巻からだけでも上記のことが理解できよう。なお、板下の筆致は特定できない。

最後に、『滑稽繕の綱』には改題本『北國笑談』(刊年不明)があることを指摘しておきたい。管見は土屋信一蔵の初編上巻一冊・中巻一冊(各冊別本)である。元の桃山人の序文一丁半を削り、扉代わりの半丁に「桃山人戯作　北國笑談初篇三冊　浅草詣より後篇よし原にいたり遊里の骨稽《ママ》おかしミを第一として見る人腹の皮をよらしむことしかり」(飾り枠の繕の綱は適宜残す)とする。四阿家可辻の序の部分に描かれる高札「當観世音千二百年ニ付……文英堂蔵」は残るものの、開帳が済むと浅草詣吉原見物の書であるように変えられている。ただし「桃山人戯作」とは唱うのである。また、柱刻の「せんのつな」を削る(管見の上・中巻では中十六丁に削り忘れによる残存あり)開帳という際物から離れようとしているようだ。この修板への桃山人の関わりは不明だが、再利用可能な作りなのである。[15]

以上、『滑稽繕の綱』は、文政十一年浅草寺縁起開帳を当てこんだ柴屋文七が、桃山人に執筆を依頼した書であろう。本書は持ち込み原稿ではなさそうである。そして、少なくも初編には、西村与八や大坂屋茂吉も合梓している。彼の好事家的な資質もうかがわせる部分もあるが、概して江戸散策の型にのっとり書かれた滑稽本だと言えよう。中本は書き方＝作り方を知っている者には安易に執筆できるものなのである。桃山人にはうってつけである。

○庭訓塵却記

次に、冒頭に揚げた如く中村幸彦も指摘している『庭訓塵却記』について触れておきたい。

滑稽本がおかしみ、人情本が男女をそれぞれ中心の話題とするという差異はあるものの、造本上も共に中本の八行本で、内容も共に基本的には世話物であるということを本書でも繰り返し述べている。同分野の書とも言えるのだ。したがって、売文の人、桃山人が滑稽本を書き、同時に人情本を著すのは当然の成り行きである。果たして柴屋文七は、『滑稽縒の綱』の次に人情本『庭訓塵却記』全三編を書かせた。本書について必要最低限触れさせていただく。

初編　文政十三秋刊：鎌倉桐が谷油屋山星正兵衛の支配人嘉市（善）は、山星に親しい米屋佐四郎へ届ける五百両を紛失。金は元武士生坂左内の息子孝行粂吉が拾い、その経緯はもう一人の支配人五市（悪）が知るところとなる。武士は謝礼を受け取らず。息子を山屋へ奉公に上げてもらう。山屋先妻の娘お梅は粂吉を好く。後妻お沢は粂吉とお梅を不義で追放し、実子の大五郎に跡を継がせようと企てる。粂吉はお梅との蔵での会話が見つかり実家へ戻される。

後編　天保三年刊：父は粂吉が外出の間に番頭五市による事情説明の手紙を読む。一方粂吉は化粧坂で大五郎に打擲されるが、五市より大五郎への悪事の手紙を拾う。嘉市に対し五市はさらなる悪巧み。大五郎に反物を盗ませ嘉市のせいにし、主人に讒言。娘お梅恋病。出入り止めの嘉市は山屋に変化が出て娘に取り付くと聞き、忠義心から駆けつけ忍ぶ。父親に勘気を蒙る粂吉も変化の話を耳にし店へ。盗みがあり五市が騒ぎ嘉市犯人として捕まる。粂吉は変化退治を思い立つ。

三編　天保四年序刊：手水に立ったお梅を変化が襲い、粂吉これを刺し殺すと継母であった。主人正兵衛はこれを病死として処理する。お梅は粂吉が居るので全快。母が殺されたと告げられた大五郎押しかけ粂吉を殺そうとするが、かえって嘉市より過日の盗みを落とした鮫鞘から詰問され窮す。（中巻未見）一度は岩永左衛門の裁きがあるが差し戻され、畠山による再吟味。五市獄門。お梅粂吉改めて婚姻青ざし百貫を賜る。左内夫婦の娘一人は米屋佐四郎の嫁、一人は嘉市がもらいめでたし。

絵師は二編上巻まで花川冨信画（國冨改）以後、一勇齋國芳。板元は、西村與八・柴屋文七で『滑稽繕の綱』同様柴屋によるものだろう（三編は刊記など未見で推定）。外題を「娘ぢんこう記」とした丁子屋平兵衛板ある。天保七年ころの内容を記す『東都書林文溪堂蔵版中形繪入よみ本之部目録』に、「娘ぢんこう記　全九冊」とあるから、比較的はやく求板されたと思われる。[16] なおこれは、架蔵三編上・下巻によれば、外題のみなので内題等を修するものではないだろう。

管見書：東北大学附属図書館狩野文庫蔵本初編上下巻二冊・早稲田大学図書館蔵本初二編各上中下巻六冊・国文学研究資料館寄託資料松野陽一蔵書二編上中下巻三冊・合山林太郎蔵三編上巻一冊・改題本「娘ぢんこう記」架蔵Ｈ初編中巻一冊・架蔵Ｉ三編上下巻二冊

まず、造本の問題がある。大きめな題簽で上部に十露盤を描き、例えば、初編は「文政十三トラ年新板」とするなどし、外題の字も大きい。内題も通常の字体よりは大きい。見返しは、通常上巻のみが一般なのだが、本作品には管見に及ぶ限り二編まで上中下各巻につく。さらに、初編中・下は「白毛舎」白真守の詠が付される。以上、目につく造本を手がけている。さらに、序文などの字体は大きい。また、この作品でも四阿家可辻は序文などで顔をだすが、初編上巻末の四丁部分には、唐突に大きめの字体での跋文を追い込みのかたちで書いている（丁付も新たに「上一」で起す）。これらは明らかな丁数稼ぎである。なお、合山林太郎蔵三編下の題簽年記は「天保二辛卯□□新板」とある。二編などの当初の刊行予定を示していると考えられることもある。このような造本も派手であり慌しい刊行の痕跡もある。

さて、内容であるが、善悪の番頭、継母が継子（お梅）を遠ざけ実子を入れようとしたり、零落した武士の孝行息子（粂吉）が奉公にあがり主人娘（お梅）と恋仲になるという、商家の騒動および主人と奉公人の恋愛を描くというありきたりの人情本である。二編までの時点で『梅暦』刊行以前であり、文政期人情本の型を追っているが、それにしても、お梅粂吉の逢瀬は初編末くらいであり、あまりに少ない。会話文も少ない。善悪の番頭や一徹の零落武士及び孝行息子に力点が置かれているかのようである。二編でのお梅を悩ます化け物騒動も稚拙である。この末に三編の予告があるが、はたして刊行されるかとの感もある内容ともいえよう。その三編は畠山裁きで結末を迎える。人情本の常套ともいえるが、あるいは『梅暦』の流行をいち早く取り入れたのかもしれない。編を重ねるその時々で趣向が考えられているかのようだ。ここに考え合わせるのは、為永工房が係わる、同時期の文政末年より刊行の人情本『土手編笠』と作者「浮世山人」である。『滑稽繕の綱』初編末尾署名「桃山人」の後に瓢箪の中に「孚世」とする印を書くが、『土手編笠』初編序文にも署名のあと、この瓢箪型の印があり、はたして序文の筆致は同じようである。ここでは指摘にとどめ、桃山人が「浮世山人」と名乗ったかは後考とするが[17]、仮に同一人物とした場合、『土手編笠』は吉原にかかわる物語であり、上記序文を有する初編は稚拙ながら俗曲のやりとりがある。これは春水の影響下にあるなどの理由があろう。同じ桃山人が人情本を書くにせよ、本屋や編集者により、作品傾向が変わってくる例となろう。話を『庭訓塵却記』に戻すならば、この人情本は『土手編笠』に比べ、内容が上記の通り安易な作りなのである。

本書には、一方では目立つ造本、一方で安直な執筆内容が並存する。本作品は、春水が火災に遭い不活発な時期といえるであろう文政末年において、桃山人が柴屋文七の注文により年を追い、急いで書いたものと言えるようである。「塵却記」にちなみ、商家を前面に出し、「継子だて」としての「お梅」があり、序文・詠などに、それらにちなんだ修辞が使われるものの、『滑稽繕の綱』に見られた好事的発展はない。本論に沿っていうならば、桃山人をして人情本は簡単に作られてしまうのである。

桃山人は、作品名を最初にあげた通り、読本も含めて言えば、文政八・九年頃から天保四年頃まで、いわゆる戯作に手を染めていたことになる。それ以降、時代の流行に従うかのように考証随筆の制作へと向かってゆく。いま『滑稽繕の綱』を中心に彼の中本の作り方を考察した。絵馬や狂歌、後につながる吉原を代表例とする考証趣味という、彼なりの傾向は持ちながら、おおよそ作られた型にのっとり作品を書いていた。さらに『庭訓塵却記』に至ってはさらに型通りの感が強い。今、示した期間において、桃山人はこのように中本を書いていた。後世に名を残す京傳・馬琴・種彦・三馬・一九・春水といった戯作者たちは、この人物が作品上残したような不自然さをあまり感じさせない。あるいは、さらなる高度な執筆技法を持っていたのかもしれない。一方、作家としての桃山人は、これら代表的作者たちの水面下に位置する人物と考えてよいのだろう。今あげた作品は、このような一般的な作家によって書かれた一般的な「戯作」といってよいのかもしれない。

【注】

(1) 現在、都立中央図書館蔵本(加賀文庫)、森銑三論考参照。

(2) 岩波書店『文学』一九九九夏号「《座談会》春本文化」参照。

(3) 拙稿「人情本の全国展開」(本書第四章第三節)。なお、春水と親しいことは『園の花』二編序文に、「維時天保丙申湯臺山下花廼屋桃嶺三千」とし「人情本《にんじやうほん》の魁《さきがけ》なるはなの兄公《あにき》の春水子《しゆんすいし》」と有ることからも明らか。

（4）身近なものでは、日本随筆大成第2期、第3巻所収『萍花漫筆』や『絵本百物語――桃山人夜話』（国書刊行会、一九九七刊）の影印部分がある。また、上記『狂詩楷梯』翻刻にも扉など影印が載る。なお、逆に他筆が明確なのが『渡世肝要記』二編や、『雲萍雑志』＝森によると山崎美成の板下である。『雲萍雑志』の板下が自身のものでないことが、かえって森銑三の考証をふくらませたことは皮肉なことといえようか。

（5）国書総目録等の『萍花謾筆』「三寿」は「三千磨」の誤か。

（6）『浅草寺日記』第十七巻（平成六）参照。なお、前者の『日記』解説によれば、この開帳を目ざして板行した馬喰町西村屋与八板「浅草寺由来記」は浅草寺より売買を禁止されている由。

（7）拙稿「『栗毛後駿足』から『花暦八笑人』へ―江戸周辺の膝栗毛物との関わり」本書第二章第一節。

（8）拙稿「「鯉水」著『傳労俚談旅寿々女』出板の意味」本書第二章第四節。

（9）下巻本文自体は未見だが、目録「九」に「権現にて花見の侍にとつちめられる事」とあり、あるいは『八笑人』に影響するか。

（10）浅草寺御教示。その後、昭和三十三年、昭和新本堂再建時に、堀河夜討・鵺退治等九額を修理の上、外棟長押上に、同五七年本堂外装工事のため撤去するまで掲げることはあった（同御教示）。なお、昭和八年の件は『あさくさかんのん図説浅草寺―今むかし』（一九九六、東京美術刊）にも載る。

（11）中里介山『大菩薩峠』「無明の巻」（大正十四）十五回冒頭では、宇都宮兵馬に浅草寺絵馬見物をさせている。当時はだれでも知っていた証で、大衆文学の常套である。『滑稽繕の綱』も同じ方法と言えよう。

（12）当時大坂屋茂吉板あり。『岩波日本古典文学大系』55「風来山人集」昭和三十六刊参照。

（13）拙稿「瀧亭鯉丈の『浮世床』」本書第一章第二節。

（14）内田保廣「江戸後期の視覚記述」（『日本文学』二〇〇二・十）。なお、白毛舎は瀧亭鯉丈『栗毛後俊足』初編（文化十四）の挿絵にも詠を贈る。

(15) 他には内題が「滑稽」をそのまま残し「膳の綱巻之上（中）」を「北國笑談巻上（中）」、尾題も同様の改編（ただしルビなし）がある。また、上巻桃山人の序一丁半が、扉代わりの半丁となったため「口一」丁はなくなり「口二」丁から始まる。外題は上巻に「滑稽北國笑談前編上」とある。

(16) 拙稿「〈資料報告〉『書林文溪堂蔵版目録』・『東都書林文溪堂蔵版中形繪入よみ本之部目録』―『〈増補〉外題鑑』成立の一過程―」『讀本研究』第四輯下套（平成二・六）参照。

(17) 管見は、初編上・中・下・二編上・三編上の五冊（初編中・二編上は山杢誠蔵、他は架蔵）。

【付記】本論を成すにあたり、絵馬「鵺退治」の掲載を許可され、さらに色々と御教示いただいた金龍山浅草寺に、御蔵書を御貸し下された松野陽一氏、合山林太郎氏に、閲覧を許された東北大学付属図書館、早稲田大学図書館、東京国立博物館に、そして、十年以上も前に本稿を執筆する契機となった『北国奇談』をお示し下さり、貸与された土屋信一氏に感謝します。初出掲載後『滑稽膳の綱』後編中巻を浅川征一郎氏より賜り、論を増補する事が出来ました。併せ感謝します。

第三章　人情本（総論）

第一節　人情本の型

一　はじめに

人情本には類型がある。それを考察してみたい。

現代の研究では、主人公の男と複数の女による三角関係が、人情本[1]の類型を形作っているとされているようだ。

例えば、岩波書店『日本古典文学大辞典』の「人情本」の項目の【特質】に、「春水らの人情本と称した作品は、洒落本と違って、遊里にとらわれず、市井の青年男女を主人公に、多く一人の男性に配するに二人ないし三人の女性をもってし、三角関係、またそれ以上にわたる情痴的恋愛の種々相を人情の名で描く（以下略）」とするごとくである。これは、春水らの作品に限らず、明治以来の文学史・辞典で、大方そのような記され方をしているのに則る。新潮社『日本文学大辞典』（昭和十一）にも「典型的な作品は一男に對する数女の恋の闘争を描き、結局はその妻妾となって睦じく同棲するという一夫多妻の精神の表現に他ならぬ」とする。もちろん当代としても、春水作品に「さうサ狂訓亭の作った中本の様に女は嫉妬をせずに本妻と妾と情女と不残姉妹分になって和合目出度〳〵も餘り古いじゃァねへか」『園の花』五編（天保十一）中巻二十七章とあったり、また、鼻山人も同様に「作者曰：近年出板の小冊を視に女房あつて他に色事の道行あるときは大詰に至りて妾となし睦しく暮すといふが極り文句なり因て此小冊の大詰に妾手懸のいやみなく目出度結ぶ新手の趣向全編一覧あつてよろしく評判をこゐながふのみ」『花街櫻《さとのさくら》』後編（天保年間）下巻末尾と述べる。[2] 三角関係は、当代少なくとも、天保末期には人情本の類型の一部として把握されてはいる。しかし、その三角関係をも包みこむ人情本全体としての類型があると考える。

それは「商家繁栄譚」ともいうべきものである。

写本『江戸紫』という作品は、この類型を考える上で重要である。これは、刊本の人情本の一応の第一作目とされる『清談峯初花』の粉本であるとして有名だが、この写本自体流布していた。成立は文化年間で明治十四年の写年を記すものもあるから、刊本人情本が出板されていた同時期に行われていた。ジャンル全体の中の最初の作品ということが出来、なによりも人情本の根幹というべき作品である。

梗概は以下である。

江戸日本橋久松町の呉服問屋坂松屋（松坂屋）善兵衛は西国浪人の子を引き取り惣次郎と名付ける。一方、腰元お弓からは善次郎が生まれる。また、惣次郎に言名付お組を迎える。養母は死に際し、二十歳の惣次郎にその出自をあかす。惣次郎は、異母弟に跡を継がせようとわざとの放蕩。また、お弓が正妻になり、家督等の問題から惣次郎を邪険にする。またお組を善次郎の嫁にしようとし、当人も言寄る等、お組は婚礼の時期になり様々な苦労が始る。そして惣次郎は勘当され、上方へ。さらに諸国を巡り上州の絹問屋に落ち着く。そこの妹娘お花に慕われるが主人甥喜八に結び付ける。惣次郎は江戸に戻り、大名の妾の智清と知合う。一方、言名付のお組は、操を立てたため零落する。その後、智清宅で惣次郎とお組邂逅し、また、姉お賤との再会を喜ぶ。以後、惣次郎はお賤お組の家を再興する。智清は惣次郎お組が許嫁であることを知り恥入り身

を引き剃髪。その智清宅で惣次郎、実祖父の石部と再会しその計らいもあり惣次郎勘当許される。結局、弟
善次郎が家を継ぐが一同子孫繁栄めでたし。

この写本『江戸紫』を世に知らしめたのは前田愛である。「江戸紫―人情本における素人作者の役割―」（著作集第2巻＝『国語と国文学』昭和三十三・六）に於いてである。主題が他にあったので目立たないけれども、氏は本書を「商人の成功譚でもある」と指摘された。つまり、写本『江戸紫』の主人公惣次郎は、勿論恋愛もするけれども、元々が富裕な町人の嫡子で、経済活動を行い、家を盛りたてている。商人の基本である経済活動を行っているのだ。[3] 惣次郎は、出自が武士であることや、結末で表面的に弟が家を継ぐことになっている等の点があるものの（その点同じく写本もの人情本の一つ『お高半次郎情乃二筋道』等の方が類型上明確ではある→別掲管見の写本もの人情本参照）、この写本、町家の嫡子が家督や婚姻問題で悩み、わざと放蕩し勘当を受けるなどして家を出、他の女性とも関係を持つ（三角関係）けれども、それなりの経済活動をし、一方の許嫁も苦労を重ねるが、その誠意などで二人は元の鞘にもどり、家督を継ぎ家栄え子孫繁栄めでたしという骨格を持つ。つづめれば、商家における幸福譚が描かれている。稼業繁昌と婚姻と子孫繁栄という予定調和である。なお、前田愛は「商人の成功譚」という言葉を使うが、筆者はあることにより起る「成功」よりも、勘当等の不幸に対置する、安定を基とした商家の繁栄を軸に考える方がふさわしいのではないかと考えるので、本論ではこの類型を以下「商家繁栄譚」と呼ぶ。

さて、この類型は『江戸紫』以下、写本もの人情本にわかりやすくあらわれる。各作品にはもちろん個性がある。しかし、これらは同様に「商家繁栄譚」に骨子を持つ。この類型こそ、写本ものは勿論刊本も含め、大多数の人情本の結構を支えていると思われる（なお、ここでいう「写本もの人情本」の概念を一口に言ってしまえば、刊

本の人情本が行われていた時期に同時に行われていた『江戸紫』同様の形態と内容を持つ写本の恋愛小説である。今、煩雑を避けて、管見書等は巻末に揚げておいたので適宜御参照願いたい）。

念のために言うと、上記類型は発端から結末までを通した人情本の型である。例えば、結末の家業繁盛と婚姻と子孫繁栄という予定調和だけを取り出してみよう。家業繁盛を出世に子孫繁栄を家の繁栄に置き換えれば「読本」にも当てはまる。各部分のパターンは当然他のジャンルにもある。また、刊本人情本の場合、切り貼り（〜草稿の寄せ集め）が多用され、各部分だけ取り出すと読本をはじめとする他分野の小説と変わらないことが多い。人情本（特に刊本）は、ストーリーを語ることに中心があるのではなく、場面〳〵を読ませる傾向にある。だから、この類型は「羽本を読みても夫程の楽しみある様に綴り一回読で後章を不読とも済む様に著て無理無体にも満尾をなす」（天保十二序刊『湊の花』第三編）[4]ためのものでもあるのだ。なお、この類型が商家を中心とする傾向にあることは、『江戸紫』はじめ写本刊本の各人情本につけば明らかであるが、『梛《なぎ》の二葉《ふたば》』（志満山人・文政六）が井筒屋萬右衛門という商家の繁栄を骨格に付加するという実例が顕著である。[5] 明治期以降、その構成を三角関係という骨格を中心に説かれるようになった人情本であるが、それらを含めた人情本の類型「商家繁栄譚」全体を考察したい。

二　刊本の人情本での類型の確認　その1（春水の代表作品より）

写本もの人情本に認められるこの類型が、同じく刊本の人情本の類型をも形成していることを示そう。まずは、一見そのように思われない春水の代表作等からである。

○**『明鳥後正夢』**（文政四—七）

本作品は、もとより新内だねで浦里時次郎の世界を負った、その後日譚である。しかし、時次郎と女房お照の物語としての構成は、骨格として上記類型によっている。春日屋由兵衛せがれ時次郎と嫁の上総の百姓正右衛門の娘お照の事である。さて、この小説は浦里と勘当中の時次郎が、花形村に棲息するところから始まるが、中巻となり、お照の父がやってきて「一ツ體《いったい》わしハは上總《かつさ》の者、正右衛門《せうゑもん》といふ百姓《ひやくしよう》でござりますが。二人持《ふたりもつ》た子供の中。総領《そうりよう》めハ居跡《ゐせき》に直《なを》し。妹《いまうと》は江戸《ゑど》の親類《しんるい》。春日屋由兵衛《かすがやよしへい》といふものゝ悴《せがれ》。時次郎《ときじろう》へめあわせするとて。九ツ《こゝのつ》の年、此江戸《このゑど》へよこしました」と居留守を使う時次郎をよそに、問わず語りに浦里に説明する。このような方法で女主人公お照につき詳細な出自を記す。幼い時から許嫁として春日屋に迎えられているという。そして、婚礼も済ましたのに惣次郎は勘当されて、と続く。なお、本稿の考察の一素材である商家の許嫁の習慣については、写本もの人情本の一作品『青山二度ノ咲分』に、「夫ハ言名付と言て子供の時ゟ貰置性長を待祝言いたし《ママ》事昔ゟいくらも有事」というのがわかりやすい。『江戸紫』などにも女主人公はそのような形式をとる。また、時次郎の勘当の直接の理由は新内の世界を負った放蕩ゆえであるが、悪番頭による宝物紛失という商家内騒動による（なお、この宝物紛失だけを取出すと、本作品が芝居仕立を用いる箇所もあることから、狂言の趣向を用いたに過ぎないともとれるが、作品全体からみると、類型上不可欠な要素をもたらす役目を果している）。さて、その女主人公お照は初編下巻、春日屋内で夫ゆえ病に伏す形で登場する。そして、家族や出入の者たちが芝居の噂などして慰める。通常夫（あるいは婚約者）の継母などに邪見にされるのとは違い大切にされる。この点は、難儀を浦里の役目とするゆえか、趣向がかえられている（五編中巻でお照が夫の行方を追い女郎に売られることがあるが、ここでは結末へ向けての筋立てと解す）。

なお、本作品は文政期のものであり、かつ春水にとり処女作とでもいうべき作品だからであろうか、筋だてが念入り複雑で、作品で登場人物が多い。▼(6) 二編中巻で時次郎祖母妙貞が繰り言を述べ、お照たち（と同時に春日屋）の行末を案じたり、三編上巻で時次郎父春日屋由兵衛とお照父正右衛門の向島の土手でのやり取りが描かれ、まるで親戚中すべてが事に係るようで、『江戸紫』を代表とする写本もの人情本より登場人物が細かく描かれる。その他、大奥の事、また、主人公ではないが武家の出自について紙面がさかれることもあった。しかしながら、結局は類型に従い、そして結末では、時次郎は春日屋に立ち戻り、親由兵衛の跡を受け、お照を本妻とし、浦里を妾とし、以下栄えるのである。

以上、本作品は新内を題材としているとはいえ、お照時次郎物語という結構の中で「商家繁栄譚」の型によっている。

*他に『玉川日記』(文政八〜十一)がある。この主人公は「お糸」という悪女である。これは、『拾遺の玉川』(天保三頃)も含め、本作品が継母の一生を描いた類型から出たバリエーションと捉える事が出来る。なお、当然のことながら、この物語結末で、おぬき・染次郎が婚姻している。

○**『春色梅児誉美』**(天保三〜四)

人情本も天保期に入ると場面描写が中心となり、従って男女間は濡れ場が多く描かれる。[7] 本作品も周知の通り丹次郎米八の逢瀬から始る。しかし、その物語冒頭の会話の中で米八が、「ヱモシそして養子に行しつた御宅はマアどふした訳で急に身代がたゝなくなったのでありますヱ」と問うと、丹次郎は、番頭鬼兵衛が先方の番頭松兵衛と馴れ合いで急に又の養子に出され、なおかつ先方で、畠山家との取引きで陥れられたということをさし挟む。男主人公の登場とともに零落の理由がまず記されている。また、女主人公お長(蝶)は、二巻に入り第三齣で登場する。このヒロインの紹介は、冒頭の地の文で説明される。吉原の妓楼唐琴屋の実の娘であるが、番頭鬼兵衛に我がもの顔に振舞われているという(本店が別にあることも触れる)。[8] また、丹次郎についても同齣少し後に割書きの形で、本来唐琴屋の家督を取る者である事など補足説明がされる。このように、早い段階で、定型を示している。そして、お長は、巻二四齣で唐琴屋を家出し、まず金沢道で難儀に遭うが、その地の文で筋書き風に、番頭鬼兵衛からせまられたことが記される。これをはじめとしたいくつかの困難は、許嫁としての決まり事である（ついでながら、お長が女義太夫になるのは、春水に近しい延津賀等の現実の背景をイメージさせる事もあるが、『江戸紫』に登場する女姓たちが零落すると、琴の師匠を生活の支えとすることのパロディでもあろう）。そして、結末は当然、お長は丹次郎の本妻になる。このように、場面描写の多いこの小説にあっても、筋立ての要所に型通りの苦労が書かれている。また、継母そのものは出ないが、もとの遣手が抱え主となり、お長に辛くあたることに置換えている。

『春色梅児誉美』は、丹治郎をめぐる玄人の女性たちの争いを中心に読まれることが多く、事実春水もそれら三角関係を眼目に描いているかもしれず、また、お店騒動を一般の商家ではなく廓内のこととしているゆえに、世の中一般の読者に迎えられる事になったのかもしれない。しかし、基底として「商家繁栄譚」を置くことが明かであろう。唐琴屋は妓楼という「商家」である。この類型により読者の期待を裏切らずに、本話を終えることが出来たのである。米八が正妻にならないことも約束事ゆえである。

以上、天保期の人情本の先駆けとなった『春色梅児誉美』も、このお店騒動に依っている（なお、本話は家付娘に男が養子に入る形である。写本ものにも何点かに、この婿取り譚形式の作品があるが、丹次郎はその代表格といえよう）。

○『**春告鳥**』（天保七冬〜十）

最後に、春水が「人情本の元祖」と名乗り絶頂期であった頃の作品を点検しよう。鳥雅とお民についてである。

本書は、冒頭から主人公鳥雅が、吉原では薄雲と、迎島の別荘では仕えるお民と、逢瀬を繰広げる。春水はそれを延々と書く。この男主人公の素性については、当初金持の息子である事は読者に認識されるように書かれているが、あまり記述されない。もとより春水も本作品を男女の逢瀬や、当時の風俗を主眼にしていると思われる。

だから、それで十分なのである。一応、初編上はじめに、「大分限の秘蔵にて名を鳥雅と呼び」とあり、二編中で「根が家督をとるべき旦那だから」（但し、鳥雅は次男で、これは話し手の思い入れも含むと考える）と、他にお民の出自に鳥雅の家につき言及されるが、その程度である。

しかるに、二編下にいたると冒頭に鳥雅の家系について述べられる。『春色梅児誉美』でさえ、初編のうちに丹次郎やお長の出自を記さねばならなかったのだから、この『春告鳥』が、ここまでそれを記さなくて済ましたことは、絶頂期とはいえ春水なりの努力であったのかもしれない。が、結局は約束の親類相関関係という定型をここで記さねばならなかった。このしわ寄せで、この説明は二丁にも及び、かなり詳しくなっているのである。本文の説明に付くと、鳥雅自身の放蕩（類型である異母弟への義理ゆえといった複雑さは持たない）に加え、鳥雅が本家筋ゆえ大切にされる事をひがむ性格の悪い異母兄との不仲、このような背景の下、祖母が鳥雅をかばうなどして、本家の当主の斡旋でなんとか田舎の親戚（三章末では上方とする）に預けられることに収まるということである。このように、写本『江戸紫』の主人公より複雑な背景を、一気に説明してしまう。そして、鳥雅の近況をしっかり記した後に、ヒロインお民の苦労へと移る。さて、鳥雅は三章末で上方から戻り、四編で、祖母の助力で出入の衆の家にかくまわれる。五編に至り二人は再会し結ばれる。以上がお民鳥雅物語である。

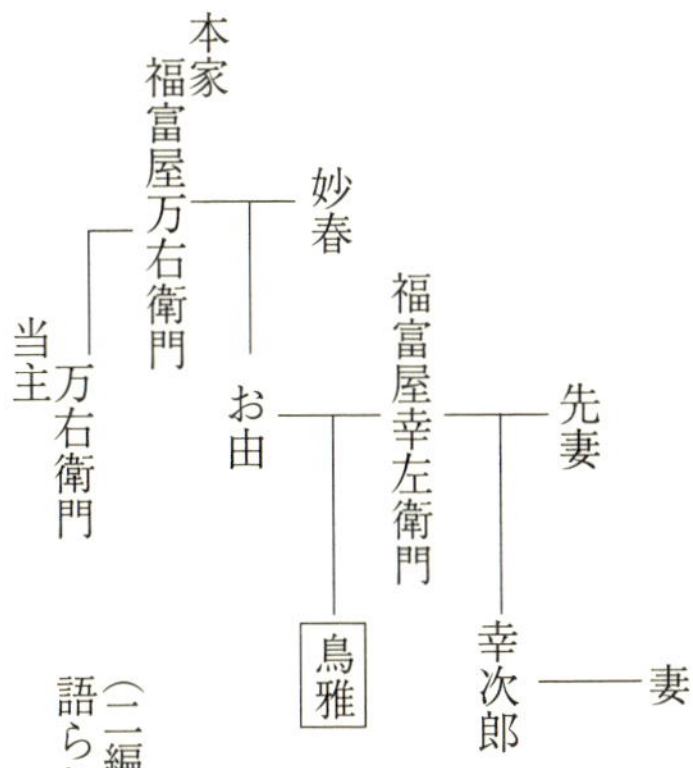

（二編下冒頭二丁に語られる親類図）

『春告鳥』は、『春色梅児誉美』よりも人物関係が簡素化し、流行の風俗をちりばめた男女の仲を描く事がさらに多くなった。鳥雅お民物語を全体のなかで見るならば、辛うじて脈略をつける程度といってもよかろう。筋目の立った描き方ではない。上述のとおり、それを場面に挟まった詳しい説明で補おうとはする。また、主人公たちの苦労の一端はそれ程重々しく描かれない。これも『春告鳥』という作品上の工夫であろう。むろん、お民については、安房の国の山里での虎吉夫婦の虐待や、逃げ出した際の悪漢との遭遇などを一応描く。それでも芸者となった際の苦労は記されない。鳥雅についても、三編下に至って、上方の店にのぼせられて、案じるが故に、お民が難儀に遭う夢を見て冷や汗をかくという描写をもって苦労に代えている。いわゆる「つけのぼせ」に近い難儀を夢の趣向を交え手短に描いている。場面描写を多用し、筋立て的なことはなるべく省筆する春水の天保期の作風として、巧みな描き方の代表であろう。また、最後にふたりが夫婦に成るのは、五編口絵に予告するものの、結末で急である。元々、お花がしかるべき言名付であったということもなかった。しかし、作者はともかくも型通り、巻末で二人の結末のみは付けている。

以上、お民鳥雅物語は、場面描写の多い『春告鳥』の中にあって、適度な省筆によりつつ結構が付けられているといえよう。しかし、二編下冒頭を顕著な代表例として、類型に沿っていることは確かである。

『明烏後正夢』という処女作、『春色梅児誉美』というヒット作（と同時に天保期の彼にとっての再出発期の作品）、『春告鳥』という爛熟期作を取上げてみた。それぞれ執筆の時期・条件は違う。以上の春水三作品は傑作ともいえ、この類型をなるべく感じさせないかのようである。しかしながら、結局のところ「商家繁栄譚」に則ってはいるのだ。なお、例証を付け加えるならば、これらの男主人公の行動についてである。『江戸紫』の惣次郎ほどではないが、何らかの形で稼業に対する営みが描かれている。類型通りである。

三　刊本の人情本での類型の確認　その2（一般作品や鼻山人作品より）

他の作家に至っては、この骨格を表面に出すことが多い。このジャンル初期作品の一筆庵可候（渓斎英泉）『松の操物語』（文政三）など、その好例であろう。▼(9) また、松亭金水の『閑情末摘花』（天保十〜十二）でも、如実にそれが読み取れる。同じく金水の『縁結娯色の糸』（天保十〜）は、春風亭柳糸とお定・お瀧・お近（正妻）／奥津屋常五郎とお里（芸者だが正妻となる）・お玉という五つの恋愛を描く。是だけのことを五編でまとめてしまうことも手伝い、話がさすがに込み入っていて、当然筋立てを中心にする作品である。複雑ゆえ逸脱する部分もあるが、類型通りである。本作品は筋立てに頼るゆえ、かえってこの類型が必要だったといえよう。柳糸は本名を明かさないが町人の息子で、お瀧ゆえ勘当になったり、養子に家督を譲ったりする。また、正妻となる娘との馴れ初めは、偶然のもので類型から外れるが、常五郎妹であったりと、脈略を付けている。

さて、鼻山人は、洒落本作家出身であり、同時に読本など、伝奇的な内容をも併せ使用した人情本作りもし、▼(10)『花街桜』等、それら作品は前章同様の類型を背後に隠す例において検討すべきかもしれない。しかし、これら鼻山人作品も、結局は「商家繁栄譚」を利用している。▼(11) 一方、この人にも類型に忠実な作品例として『恐可志《おそるべし》』（文政年間、後編は同十二）▼(12)や『合世鏡』（天保五—八）等があるが、ほかに、彼には『孝婦貞鑑実之巻』という作品がある。花五郎の嫉妬により、お富という言名付のいる鶴三郎を放蕩に追込もうとする話である。これも、端的な類型に沿った作品である。もともと文政末年に中本で試みられた二編八冊物の一作品であったが、▼(13) その後、通常の三冊ものに改編され、三編九冊に修され刊行されている。天保十年頃の『書林文永堂蔵販目録』（大嶋屋傳右衛門）に「孝貞婦《かうていふ》　鑑《かん》(ママ)実之巻《じつのまき》／鼻山人／初編二編三編全九冊／當時古今《そのときこゝん》の妙作《めうさく》なりしを這回《こたび》増補《ぞうほ》再販《さいはん》して細絵《ゑ》を加《くハ》えいとおもしろきよみ本《ほん》なり」とある。この改編は、既存分の柱刻が元のまま残り、内・尾題の編や巻の入木が明白である等、安易な感は免れない。しかし、口絵は、元板では二編八冊物の原則に従い一・五冊目のみに有したが、目録にも有る通り、旧の差し替え（狂歌も）▼(14)と増補により、新たに八冊（九冊めを除く）に配す。また、鼻山人作品ゆえ、遊郭内のあれこれの描き方をよしとした板元の判断もあったろう。三編九巻目は旧八冊目に元々あった作者による遊里での教訓の項目を増やす形ともなっている。[15]このように修板作成にあたり、諸要素が表出するが、解りやすい類型に忠実に沿った内容が書かれていることもリバイバルの要因であろう。例えば、文政年間の作品に多く記された、親たちの跡継夫婦に対する心配も描かれているが、それも『明烏後正夢』ほど入組んではいない。つまり、大嶋屋側からいうと、この類型により読者に安心して伝えられる作品なのである。新たに加えられた口絵で、初編三巻目などは、主人公が男に意見をされているような図もある。このような類型をわかりやすくする増補もあった。この修板の刊行は、天保年間に入ってからと推定するに止まる。ともあれ、天保後半に記された蔵販目録に、本作品を「古今の妙作」として伝えている。やはり、「商家繁栄譚」が、人情本を読む上で無くてはならぬ安心材料である事を示していると考える。以上、鼻山人も春水と異なった資質のもと、彼独自の作品展開を示すことも当然あるのだが、人情本執筆にあたり「商家繁栄譚」を踏まえていたことは明らかであろう。

以上、刊本の人情本も類型として「商家繁栄譚」が踏まえられ、それに忠実に基づいた作られ方をするものが多い。人情本が洒落本と違って、遊里にとらわれず、市井の青年男女を主人公にした理由の一端は、そこに起因しよう。

四　刊本と写本

写本もの人情本の利用を唱える作品には、当然「商家繁栄譚」が如実に現れる。『婦女今川』前編（＝初二編＝文政九）や『応喜名久舎』（天保三）（ともに春水作品）といった作品である。写本もの人情本は、多く刊本の人情本の粉本となる事は事実だ。

前田愛の論考や山口剛が「日本名著全集」江戸文藝の部「人情本集」解説で指摘されるとおり、刊本で写本利用を標榜する場合、事実の場合と虚構の場合とがあるようだ。

まず、事実関係が明らかなものについて記す。『江戸紫』は刊本『清談峯初花』の粉本である。また、刊本『仮名文章娘節用』原本の件は、山口剛が「日本名著全集」江戸文芸の部「人情本集」解説で述べられていて、おおよそ首肯出来よう（参考＝上述の天理図書館蔵『人情夜の鶴』）。他に、上記管見写本による刊本でも春水の『婦女今川』前編（＝初・二編）、『応喜名久舎』が今あげられる。粉本たる証拠は、勿論当該の写本と刊本を照合すればよいのだが、刊本の序文や著者表記にあらわれることも多い。例えば、刊本『婦女今川』初編（文政九）の序には「方今《いま》その名《な》をかりて作《つく》りもふけし小説《たハれものがたり》も、亦何人《またなにびと》の筆《ふで》すさみなる事《こと》をしらねど、童蒙《わらべ》をおしへんには、彼《か》の昔《むかし》よりおこなわる　今川《いまがわ》にもまして、無越《こよなき》そうしなれば、これにも、亦《また》その名《な》を負《おは》して、深情《しんじよう》俚《り》諺《げん》婦女今《おんないま》川《がわ》と題《だい》して、棨《しげき》きをはぶき誤《あやまれ》るを正《たゞ》し、これを一直《いつちよく》して文屋《ふみや》に与《あた》ふ、原本《げんほん》の作者《さくしや》、予《よ》が這一言《このいちげん》を見《み》て、その功《こう》をうばはざるをしり給へかし」とあり、原本『お高半次郎情乃二筋道』の存在を示す。これは、刊本『娘節用』について山口剛が序により説かれているのと同様の例である。写本『お千代三十郎』（別題『八重桜緑の春』など）による刊本『応喜名久舎』でも二編序にそれがある。次に著者表記である。底本が写本ものである場合は、多く「補綴」［校合］などといった表現をするようだ（上記前田論文参照）。『婦女今川』の写本による前編は、「南仙笑楚満人校」とある。これに対し、後編（＝三・四編）は「著」とする。原写本結末では継母が死ぬが、本刊本二編末では生かし後編が続くようにしたのだ。このような理由で後編（文政十一）は、調伏を趣向とし作者が「著」した継足し話となる（よって丸山茂があげるような春水の作風の変遷にはあたらない＝『春水人情本の研究』昭和五三・一、桜風社参照）。山口御指摘の『仮名文章娘節用』にも「補綴」とある。『應喜名久舎』も同様である。さらに本書は原本の人物名が、刊本で演劇世界の人物に直される好例である。天保六〜十一刊『園の花』は、原本を明らかにしないが、これにも序文の文言や作者名に「補綴」がある。初・二編まで上記類型による一つの話となっている。これも原本の主人公男女名を三勝半七（それにお園）に置換えた事が考えられる。

以上、写本もの人情本の刊本化の事例の一端を示した。

次に、写本利用を標榜する事が虚構である場合であるが、筆者は明確な例を知らない。よってここでは、原写本不明だが、写本もの人情本の利用をうたう春水作品一、二をあげてみたい。早くは『八重霞春夕映』（文政六—九刊）がある。初編の文政五年初冬序で、写本「操の松」という書を原典としていると言う（『為永春水の研究』二九九頁・『人情本事典』）。この刊本は、そのうち初編上巻のみ「補綴」とある。また、鎌倉雪の下本町薬種問屋萬屋徳右衛門を登場させ、その息子と娘の事から敵討をも絡めている。この趣向から、この「写本」も本論で考察する人情もの写本ではなく実録種の可能性もあるので、[16] 考察上明解でない。よって、指摘に止め、もう一例あげる。『雪窗閑話玉濃枝』（文政十一刊?）二編八冊である。『日本小説年表』にも記載されない作品であり、管見が部分なのであるが、解りやすい例なのであげさせて頂く。前編序（同十冬）には、「近頃世に行われる泣本のタネは大方女流のわざくれ、雨の夜雪のつれづれに綴りしものをきょう合して新作なんどとひけらかし戯作の虚名を高ぶる類は素人女流に恥じざらめや此書は書林文永堂がさる婦人より乞請て補綴を予にゆだねしのみ」とある。女性に対する賛辞を今置くが、写本利用を標榜し、「補綴」と表示され典型的な筋を展開している。筆者管見は、初編巻一・三・四、後編一・二・四（初編四後編一は板本写しの写本）のみだが、福盛屋倉右衛門の息子房五郎は、異母弟ゆえ放蕩し勘当され、亀井戸の別荘に住む。隣には富久山玄令（医と素読を業とする）の姉妹がいて姉お糸と恋仲になる。お糸に婿が来るが二人は当日駆け落ちをする。そして、結末で身売りされていたお糸と房五郎は、再会し結ばれるというものである。なお、本書も上記『實之巻』と同じく『書林文永堂蔵販目録』に「三編計九冊」とあり、実際に行われたか不明だが、この改編の記述は、同じく読者を得られる安定した内容と本屋が考えていた事を示している。

さて、江戸時代では、写本と刊本が共に行われていたことはいうまでもない。後期小説に限っても、例えば、刊本の読本と写本の実録が並行して行われた。人情本も、以上示してきたとおり、写本刊本両方の形態で通行したといえる。写本ものの人情本は、実録のように多くはないのかもしれないが、少なからずある。また、その中では、刊本化されても写本のまま流布したものがある。第二節「写本『江戸紫』諸本考」でも再述するが、『江戸紫』などは刊本『清談峯初花』として刊行された後も写本として写し続けられた。『洗鹿子紫江戸染』(天保六)自序には「写本で傳る江戸紫は、婦女の貴意にかなひ。流布するよしを聴くにつけ。」とあり、これは、前田愛の言われる通り、『清談峯初花』への言及がない。また、第一『清談峯初花』の主人公名の捨五郎／お薫を他の『江戸紫』刊本化三作品、すなわち、上記『洗鹿子紫江戸染』と『琴声美人録』(弘化四～文久二)、『春色江戸紫』(元治元年～明治初年)が使っていない。『江戸紫』自体の存在が大きいことがわかる。このように刊本『清談峯初花』は、写本『江戸紫』は共存するものの、この出版により写本の存在価値は失われない。いうなれば『清談峯初花』は、『江戸紫』の補完財にこそなれ代替財にはなっていないのである。写本・刊本形態双方で流布したことになる。これが代表例となる。また、別表の管見写本のなかでも刊本を見いだせないものは、当然写本独自の流布形態を持つ可能性がある。

以上、写本もの人情本は独自の存在価値を示し、同時に刊本の作りに類型として影響を及ぼしていると考えるものである。また、写本によらない刊本の規定にも、この類型があることは第二、三節に示した通りである。つまりは、写本刊本ともに「商家繁栄譚」をもとに作られているのが人情本だ。そう一応の結論を付けられるだろう。

五　類型の確認

冒頭に記した通り、明治期以降人情本が、主人公の男と浮気相手の女性の仲が注目されがちで、多く文学史および文学辞典では、このジャンル作品の構成を三角関係により説くようになったようである。もちろん、それも人情本の骨格の一つだが、以上の通り、全体としては「商家繁栄譚」の一部である。主人公男性も本来単なる色男ではなかった。しかし、同様に受取り方が変化した。例えば、『春色梅児誉美』の丹次郎は、明治以降、岩波の古典文学大辞典の同項目の【反響】にあるごとく「色男の代名詞を後に丹次郎という」ようになった。坪内逍遥の『當世書生気質』では、主人公の色男ぶりの形容として「丹次郎」と書かれている（五回末）ことは有名である。また藤岡作太郎も『近代文学史』（明治三十八・九年の講義による）の中で、「作中の男子はいづれも無能無気力にして婦人の扶助を受け、其間多少の葛藤を経たる後、妻妾相並んで一夫に仕へ、一家団欒に終るを常とす」と、人情本の主人公を「無能無気力」と解している（第十一章人情本）。明治期の「丹次郎」という言葉が象徴するように、男主人公の出自背景は次第に等閑視されるようになった。女性についても三角関係の浮気相手（多く玄人）の方が注目される。例えば、『春色梅児誉美』の梗概で言名付のお長が最初に記される事は、現代に至るまでほとんどないことなど同様である。このように上記人情本の類型が読み取られなくなってきた[17]。

受容史そのものは新たな課題としなければならないが、本論に沿う形でおおまかに言えば、明治年間（いわゆる近代）以降、類型を明確に打出す写本ものは読まれなくなり、刊本も『春色梅児誉美』を中心とする天保期作品を中心に読まれて来たようだ。このジャンルの小説は、ある色男とそれを複数の取巻く女性達の三角関係の物語として理解されるようになった。当然「どれも淫蕩な情生活を描いている」（藤村作『國文学史總説』角川文庫、昭二十六）というような淫文学のイメージをともなう。

人情本において、読者を引きつける眼目はもちろん恋愛で、男女の逢瀬は、江戸時代当代でも人々を喜ばせただろう。三角関係も不可欠な趣向であり、それにともなう浮気に関する記述は、玄人女性を多く登場させ淫文学のイメージも付随させた（刊本の序文や本文中の作者の言等に、世上人情本が淫文学であると言われる事に対する否定の文言が多々ある)。しかし、その作り方の根底には、上述の「商家繁栄譚」があった。男主人公も無能無気力な人間ではつとまらないのである。今まで見て来たように、経済活動を行い大店を支え発展に導いている。また、女主人公も許嫁としての存在が大きい。それら主人公男女を中心に商家における幸福を描き、婚姻と子孫繁栄という予定調和を行う。この類型のもと、人情本というジャンルが成り立つのである。それは、人情本の一般読者を考える時、その大衆性ゆえ猥褻度が過ぎることを防ぐ役目をしただろう。[18]また、富裕な商人という点では、春水が紀文伝説に基づき『長者永代鑑』(文政年間)を補綴している。中本ながら、人情本とはいえないかもしれないが、参考となる。

人情本は先学の指摘の通り、洒落本、読本はじめ、諸ジャンルの影響がある。また、中本として滑稽本との共通の基盤もある。[19]しかし、人情本は、洒落本のごとき男女がおおよそ遊里に収まることもなく、武家が登場しても読本のごとく忠孝を中心に描くのではない。ここに描かれるものは、「商家繁栄譚」を中心に形作られているのである。ここにジャンルの形成をみる。各作家各作品それぞれの個性は、其の上に乗っているのである。

このような当代人情本の中心たる作品が写本『江戸紫』である。本作品は文化年間に成立し、写され読まれ続けてきた。主人公は、その経済活動を中心にさらに大きな人物として描かれている。本作品については、別稿となってしまうが、本作品が日常的に写され読まれなくなり、世の中から忘れ去られていった明治時代中頃から人情本は違った受容が顕著となったようだ。受容の変容そのもの自体は、それで勿論構わない。けれども、江戸時代当代での人情本全般の根底には、『江戸紫』が存在したのである。はやくも文政五年初冬『八重霞春夕映』初編序に署名が揚がり、春水周辺に明確に意識されている写本『江戸紫』である。我々は本作品を、そして上記「商家繁栄譚」という人情本の類型を再確認しなければならない。

【付録】「写本もの人情本」の概念及び管見書

一　「写本もの人情本」の概念

本論でいう「写本もの人情本」の概念を一口でいえば、写本『江戸紫』同様の形態と内容を持ち、刊本の人情本が行われていた時期に、同時に読まれていた恋愛写本小説であるが、少しく整理したい。

一口に「写本もの人情本」といっても、次の五つの形態が考えられる（前田愛論文を元に私に分け、中村幸彦「為永春水の手法」を併せ考えた）。

1写本もの　a写本で伝わり読まれる作品
　　　　　b写本で伝わり後に刊本となる作品

『処女七種』に「写本でまだ板行になりません種本」（四編下巻二十四章）とある。前田がこれを出板の機会が訪れる可能性のある物とすることによる。

2稿本▼(20)

3刊本を摸した写本　　例　実情義理柵（国会＝前田愛論文）

4刊本の写し

5その他

このうち本論で言及しているのは1である。aとして『江戸紫』があげられる。bについては、結論として不明である。以下に記す管見書には刊本化（それ以降写本が止んでしまったのだろうか、『江戸紫』のように流布が見られない）されたものも少なからずある。前田の言うごとく、当初から板行をもくろんだかはわからないが、それらをbの可能性のあるものと想定する。これら1（abとも）の書写形態であるが、①おおよそ半紙本であり（『江戸紫』ほど流布すると書形は様々になる）、②挿絵がない。[21] ③冊数は少なく一〜二冊のものが多い。通常、実録写本のように冊数を多くしない（字数・行数も一般に密）。これは、個人レベルの貸借は別として、実録のように、貸本屋が営利目的で回覧することは通常ないことを示すものだろう。事実、個人の所蔵者名（女性が多い）を記すものも目につく。

次に、内容は、『江戸紫』同様で、本論で述べた「商家繁栄譚」に落ち着く。補するに、実録と写本もの人情本との中間に当たる作品について触れよう。その一作品『珍説恋の早稲田』については第五章第一節で述べたとおりである。この心中事件は、武家社会を中心に描かれていて、恋愛ものながら内容面でも実録として構成されている。もう一点、早稲田大学図書館蔵『報怨奇談』十巻十冊は、大店の娘の恋愛譚が描かれ、悪番頭の絡む恋人の取り違えというテーマを伴い商家の生活も描かれるものの、全体としては、怪談話に包まれていて（『近世実録叢書』の翻刻は巻一の冒頭＝＝仏説を説く、をカットしている）、また相手の男性も武家である。この二例のような中間的なものも存在する。このように恋愛ものの性格を持ち合わせるものの、基本的には、内容的にも形態的にも実録本であるので本論でいう写本もの人情本に含めない。しかし、これらと比較しても、本論でいう写本もの人情本は、内容・形態的に一ジャンルにくくれる写本群であると考える。

以上、本論でいう写本もの人情本を形態と内容から述べた。

二　管見書

○**『江戸紫』**（流布多数＝管見三十六点）梗概は上記。

＊写本ものの代表作で、刊本では、人情本のみならず草双紙にも利用される。

＊刊本『清談峯初花』の粉本であることは、前田愛の「江戸紫―人情本における素人作者の役割―」（著作集第二巻＝『国語と国文学』昭和三十三・六）、ほぼ同時期の鵜月洋『岩波講座日本文学史』近世一（昭和三十三・七）所収「江戸町人文学」で触れている。
＊写本自体の流布は、文化年間より明治中頃（明治十四年写＝架蔵あり）である。
＊本書第三章第二節所収「写本『江戸紫』諸本考」参照。

○

『お高半次郎情乃二筋道』（半紙本二冊計百五丁＝文政五序／架蔵）

本町辺の生薬屋ひいらぎ屋のお高は、麹町の半治郎に嫁ぐ。半治郎は、本家筋の娘なのでうとみ相手にしない。お高は実家に戻るがひたすら半治郎を思う。また、兄や両親を次々に失い継母に虐められる。半治郎は通じていた家の女にも嫌気がさし追い出し、吉原で放蕩し芸者お峯を亀井戸に囲う。そこは、お高叔母の隠居所隣で両人再会。お高の誠意とお峯らの取り持ちでめでたく結ばれ家栄え子孫繁栄めでたし。
＊平成二年十一月古典籍下見展覧入札会に異本が出品された（『松の操情の二筋道』）、ほか下巻一冊架蔵。
＊刊本『婦女今川』前編の底本。
＊早大蔵写本『婦女今川』は前編部分、本写本を取入れる。

○

『お千代三十郎』（半紙本一冊六十九丁／架蔵）。

江戸本町木綿問屋福徳屋万右ヱ門は、娘お千世の婿にと、上方より駒次郎を迎える。福徳屋急死により、継母は、駒次郎を放蕩に誘いこみ勘当寸前迄追い込むが、番頭忠兵衛救う。また、駒次郎は番頭孫娘お清と結ばれる。一方福徳屋では、おちせが種々困難に会うが、みなしご同然で福徳屋に引き取られた手代三十郎が尽くす。おちせはその誠意に感じる。三十郎上方本家の実子と判明し二人結ばれめでたし。
＊刊本『應喜名久舎』『春色玉襷』の底本　写本はほかに国会蔵『京染衣羅《きょうぞめゆかた》』、架蔵『八重桜緑の春』など。

＊本書第五章第三節『お千代三十郎』参照。

○『**人情夜の鶴**』（大本一冊百一丁半＋落丁一丁？／天理大学付属天理図書館蔵）

ある大国の主君柏葉の忠臣藤井主膳の長男幸之丞は、北の方の御小姓明石と契り駆け落ち京都へ。国三郎が生まれる。当地の珠数屋の権右衛門は、妻を亡くし生活苦となり幸之丞は、その妹娘の小るりを養女に迎える。のちに国三郎の妻にしようと考えたのである。さて、国三郎は十五歳のおり、藤井の次男幸三郎の養子として江戸へ迎えられる。国三郎は、吉原で小紫という太夫に会い小るり姉小ふじであることを知る。また、芸者雛吉つまりは小るりに再会。姉妹の名乗り。雛吉は国三郎の子、金次郎を生む。国三郎は幸三郎娘お雪と婚礼。小るりは藤井主膳（隠居して白石）に別れ話を持ちかけられ悩み自害。白石、姉に会い事情知る。小るりを先妻、金次郎をお雪の子とする。その後、幸之丞は出入りが叶い江戸に戻り、両国下屋敷に隠居し雛吉の菩提を弔う。また、雪も懐妊。子供は五人となり、金次郎が藤井の家を嗣ぎめでたし。

＊刊本『仮名文章娘節用』とほぼ同内容。底本か。この刊本初編序文に写本の一本を整理して出板したとの事あり。比較上本写本の筆の運びや人物名の差異、刊本特有の広告的文言がない事などから、そのように推定できる。但、この写本、管見一本の上、落丁等もあるので、底本であることは、他本の出現をもって確定したい（武藤元昭『人情本の世界』第十三章人情本ノート(二)参照）。

○『**ゆかりのいろ**』（半紙本二冊　計一〇四丁　関西大学中村幸彦文庫蔵）

小田原町あたりの肴問屋松魚や鯛右衛門の息子惣蔵は、親友である新川の酒問屋の息子秀二郎やその妹お早らと共に、春狂言三津五郎団十郎などの曾我対面を見物する。秀二郎はそこで、かつて見初めた娘、今は父のため芸者となった濱吉を見、濱吉に通い詰めとなる。母は心配し物五郎に相談。今度は惣蔵が濱吉を揚げ詰めにし果ては口説く。秀二郎来るが待たされて癇癪。濱吉と喧嘩濱吉に起請を返して帰る。惣蔵は秀二郎母に頼まれたことから、わざと濱吉を口説いている事を腹をわり説明して帰る。それ以後、秀二郎濱吉お互いを忘れる。惣蔵、お早の病の事などで、江ノ島詣。尼法師を尋ね、お早への薬を貰う。尼法師はお早恋煩いだという。下女おさのは、濱吉に取り持って貰い初午の日にお早を惣蔵に会わせる。惣蔵はお早に慕われる事に気付く。恋の成就。さて、惣蔵は濱吉を引かせ向島に父と共に住まわせる。さて、惣蔵は、秀二郎が真面目になったので濱吉とよりを戻させようと友人の柳枝に依頼する。柳枝は縁談を装い自宅に招く。秀二郎は濱吉見て怒る。柳枝分けて入る。惣蔵も同席し濱吉惣蔵双方宛の起請を見せる。秀二郎、昔通りの兄弟分になってくれという。秀二郎濱吉の会話。濱吉は惣蔵お早のこと秀二郎に告げる。二組無事結ばれ、濱吉はおてると名乗り、また、実父は向島に隠居同然。一同江ノ島へお礼参りに行く。お早に子供ができる。おてる父も快方に向かう。おはや男子を産み。新川でも女子が出来る。末はめあわすつもり。目出度し、目出度し。

＊『双松奇縁磯馴草紙』文政十一序刊岩井粂三郎補筆（南仙笑楚満人序）・『風流脂臙絞』（＝天保十二年正月刊？）鼻山人作の底本。本書第四章第七節「『風流脂臙絞』の解体と『以登家奈喜』四編」・『人情本事典』参照。

＊なお、別本として『妻琴日記』半紙本三冊（架蔵）がある。

冒頭、民部之助言名付妻琴を殿に近付けさせ、乱行大病となる。妻琴出産、民部之助の子ながら殿の子と偽る。民部之助色々と悪事を重ねる。妻琴は子と共に近江の湖に入水。民部之助書置を見て改心、殿の奥方お萩の方に白状。命は許され暇を使わされる。江戸へ出て花の師匠などをしている。再婚し女子出生おきぬ。おきぬ十四歳の時母死に、また、民部之助足腰断たなくなる。翌年松ち山に参詣時若旦那と出会う……という部分があり、以下『ゆかりのいろ』同様、小田原町あたりの肴問屋「松葉屋鯛右衛門」の息子「惣三（蔵）」の登場となり、同様の話となり、結末　江ノ島の尼法師が江戸に出ておてる父民部之助と再会、すなわち妻琴であった。また、惣蔵は共に入水した我が子であることが判明し、親子の名乗りがなされる。『磯馴草紙』『風流脂臙絞』共にこの部分がないこと、また、巻末に「文久二年壬戌正月求之也／武陽祖杣之保内麻葉之里氷川産／川□幸右衛門所持之本」裏表紙に「三河屋（みかわや）（美嘉和屋）所持」とあることから、現在も営み続けられる奥多摩の三河屋旅館の旧蔵書であろうことなど、幕末の写しと推定されることから、この部分は、「妻琴」の「日記」として読まれるよう書き足されたと一応推測しておく。この推測の正否は別として、『妻琴日記』の存在は、この物語はある程度の流布があり、それが刊本人情本化へとつながったことは言えるのではなかろうか。

○

『お八重慶二郎おまき忠七寝保毛丸』（半紙本一冊　一〇四丁＝扉一丁含む／架蔵）

大名出入りの承認の息子慶次郎は父林左衛門の後添いおりつに思いをよせられる。また、妾お坂（異母弟伊三郎実母）娘を連れ戻って来る。慶次郎は上方に行ってしまう。寄寓先から江戸麹町福井徳左衛門の手代に遣わされる。そこの娘お八重との逢瀬などあり。徳左衛門が死、上方より婿鯉三郎来る。二人慌てる。一方、おりつ慶次郎を慕い狂死。死霊妾お坂に取付き、お坂が慶次郎を追出した事を喋る。一同、慶次郎の行方を探し福井家へ。慶次郎、継母の事やお八重の事で、お八重も上方よりの婿鯉三郎の事で悩む。慶次郎わざとの愛想つかし、お八重病となり今戸の下屋敷へ、そして出産。その子を慶次郎引取る。一年ぶり再会するが、お八重は死んでしまう。上方鯉三郎にはお坂娘おつるを嫁あわす。百ヶ日後、慶次郎出家。子供は伊三郎の子とする。お八重母も髪をおろす。さて林左衛門方、麹町方はそれぞれ栄える。

＊他本として、一に前田愛旧蔵現コーネル大学蔵本がある（コピーによる）。

『仮名文章娘節用』の写し（板本の写しか、原写本系統か、未見ゆえ不明）と合綴とのこと。主人公慶次郎を筑紫の権六になぞらえる際、通常の「紀の国屋」を「音羽屋」とするなど、書承者に意識のある本である。

他に慶応義塾図書館に二点あり、いずれも六巻構成の三冊目までと二冊目までである。前者は序文（架蔵本では本文冒頭）末に「文政五つのとし初春」とあり、巻末に「天保八丁酉六月写之」と年記がある。他に架蔵『お八重清次郎』中本一冊。

○**『おせいきかく』**（半紙本二冊計七二丁＝嘉永五壬子年梅見月吉日＝上巻末／東北大学図書館狩野文庫蔵）

主人公喜かくは、妻に死に別れ家督を異母弟に譲り、梅堀辺に芸者小金を囲い暮らしていたが、ある日上方に行くので手切れを渡す。取り巻きを連れ大一座で旅へ、品川での遊興、そして神奈川宿で癪を起こす娘お清を助ける。お清は番頭上がりの義父平六に関係を迫られ気を病んでいたのだ。一同箱根を目指す途次、父が嫌さで書き置きを残し出奔。高所から身を投げたところ、夫の吉と共に来合わせた小金に助けられる。小金は喜かく乳母にお清を託す。上方から戻った喜かくと再会。平六喜かくに面談するがお清を返されず怒るが、吉の姉お百を囲いお清の事忘れる。また、妻を下屋敷に押し込める。喜かくはお清の事情を知ったり、母の窮状を救う。お百平六改心、平六別家となり死す。一同家栄え子孫繁栄めでたし。

○**『梅の二度咲』**（半紙本一冊　七十丁／架蔵）

深川の松竹や鶴右衛門夫婦には子供がなく、親類の次男常次郎を養子とする。のち女子おてるが生まれる。父の死。家を常次郎に任せる。常次郎茶を好み、向島家休のもとへ。娘おちかと関係する。おてるふさぎ一悶着あるが、ようやく治まり二人婚姻。その後、常次郎は出入り屋敷の商用で陸奥へ。途次、雪道で災難に遭い行方不明となる。家族には死が告げられる。友人木卜の悪計であった。木卜は常次郎代理となり商用を足す一方、おてるにせまる。おてる常次郎の子を出産後家出。鎌倉の尼寺を目指す。雲助に絡まれるところを助けられ、その老人宅へ。病人の世話を頼まれる。病人は常次郎だった。老人は元武士で、若い時松竹やの父に命を助けられたという。お照常次郎江戸に帰る。また、老人の娘が江戸見物で身ごもった相手が木卜と判明し、ゆえにその罪を許すこととなる。子孫繁栄めでたし。

○**『青山二度ノ咲分』**（半紙本二冊計一一一丁＝慶應二年序／市立弘前図書館蔵＊コピーによる）

升屋庫兵衛の娘おみわは、柳川屋繁次郎を養子に迎え許嫁となるが、婚礼当日升屋妻おこんの反対があり、主人庫兵衛も養子ゆえ逆らえず延期となる。繁次郎は升屋に残り番頭の次に納まり店を手伝い、柳橋の茶屋小金と知合う。一方おみわも下女の手引で繁次郎と逢うようになる。繁次郎は陥れられ茶入れを紛失し捜索の為に出奔。おみわ跡を追い駆落ち。繁次郎小金に訳を話し品川に茶屋を開く。おみわ青山の五かぜに囚われ、兄貴分の蛇蛇平に渡されるが、彼が小金の兄であったので繁次郎と再会できる。また、母おこんはおみわを探しに行くと青山の五かぜに捕まり妻になる。そして茶入れが出、小金の自害などあるも、母おこんも升屋に戻りすべて丸くおさまり目出度し。

○**『阿都万之有女』**（半紙本一冊五十五丁＝嘉永四／関西大学中村幸彦文庫蔵）

江戸本町呉服商難波屋文蔵には妾腹の息子梅之介と本腹の妹お藤がいる。梅之助は大磯出身の腰元お花と深き仲。お藤は芝居見物で松次郎と互いに見初める。お花母の病で大磯に戻る。母は死に際し、お花に実の子ではなく拾ったのだと短冊と五郎正宗の短刀を渡す。お花は一人暮らしとなり病となる。一方梅之介は妹に家督を継がせるためわざとの放蕩から勘当。当初、おたいこ医者のとん鷹のもとに居候するが家出し所在不明になる。桜の季節となり侍の集団がお花のもとに来て殿が茶を所望。短刀から妹とわかり、花の父が当主北条相模守と知れる。御帰館後、雨宿りに梅之介が来て再会を喜ぶ。さて、松次郎の花見舟に身投げのお藤落ちてくる、介抱翌朝家に戻す。母とん鷹を大磯にやり梅之介お花を連れ戻す。また、松次郎は新川の酒問屋の次男で別家してお藤と婚礼。お花は北条家の許しを受け梅之介と難波屋近所にのれんを掲げ、また、お花を松次郎妹分として梅之介と娶す。とん鷹にも褒美。お花に男子お藤に女子出生し目出度し。

＊主人公梅之介実子に家を継がせる為のわざとの放蕩から勘当という趣向や、お組の役者準えに居拠する文言があるなど、写本『江戸紫』の影響を受けることが典型的に理解できる写本。

○**『市川風調　浮恋姫が繰言』**（中本三冊計九十一丁／関西大学中村幸彦文庫蔵）

萬屋の国三郎は、深川平野屋芸者歌吉のもとへ通う途次、大川霊巌島に身投げの船頭を救う。旧恩ある人の息子で、破船したことわかり千五百両用立てる。また、国三郎は萬屋娘おなみと婚姻話が進む。さて、件の千五百両は、取引先の赤坂のお屋敷御家老新兵衛に借りるが、歌吉を取り持ってくれと言われる。国三郎と歌吉の逢瀬。大川の船遊山の中で国三郎歌吉のうわさあり、新兵衛怒るが国の用事で深川に通えない。萬屋に金の返済求める。よって、国三郎は深川下屋敷に、罪を被った手代みの助は奥座敷に押し込めとなる。おなみとみの助の逢瀬。みの助は奥座敷を抜け出し国三郎のもとへ。途次、深川平野屋から歌吉を見受け。国三郎歌吉の出会い、所持の脇差から兄妹と判明。国三郎一端行方不明となる。平野屋駆けつけ、豊前国の船頭を助けた件で国守より千五百両の返礼と褒美、船頭を陥れた役人お咎め、新兵衛国元蟄居、国三郎・みの吉へお褒めの言葉と告げる。国三郎、妹と契った件で腹切ろうとするところへ母来て、実は腹違いであると止める。おなみ・みの吉は結ばれ萬屋を継ぐ。歌吉・国三郎は実家の葛飾の長者の家を継ぐ。子孫繁栄めでたし。

○**『吾妻鏡錦縁組』**（半紙本五冊計二二一丁／架蔵）

江戸御倉前福徳屋徳兵衛娘おきくは、板東三津五郎（しうか）を好いている。顔見世見物、実はしうかもおきくを気に掛けている。友人関三十郎、茶屋伊勢屋おいしらの協力、また、おきく伯父今紀文と呼ばれる向こう両国の紀伊国屋文蔵が父福徳屋に知れぬように助力するなどあり、最後は二人が夫婦になるもの。

○**『夢の浮世』**（下巻）（中本一冊三十九丁／架蔵）

お千代殺しで代官伴九郎捕まり死罪。奥州白川から三十里入ったきのえね甲子温泉の由来が記され、白川の町人釜屋藤兵衛は湯場一式を申し受けることの説明（釜屋御止宿奉希候の口上文の挿入あり）。さて、ある日泊まり客の永楽屋富右衛門の番頭貴三郎が、勘当中の若旦那富太郎を探して二年という。許嫁のおきみも行方不明。釜屋その男女なら湯元に住むという。貴三郎喜び夫婦をひとまず安藝守のもとへ同道する。遠藤左内が富右衛門方へ知らせる。富太郎の勘当もゆるされる。翌日婚礼。乗物より出てきたのは入水したお千代であった。そこへ娘おきみも立ち出てりんき嫉妬の思いもなく、人々安堵の思いをなし、富太郎は両の手に桃の花とさくらの花が咲いたようで千代萬代と末永く目出度春を迎えたということだ。

以下の二点は、必ずしも本論で述べた類型に沿うものではなく、いわば中間的なものであるが参考までにあげる。

○『**二ツ枕明の鐘**』（半紙本一冊四十八丁／架蔵）

明暦二年五月中旬奥州仙台松平陸奥守御留守居役岩手山の城主伊達阿波守小姓里見宋女利久町人小西屋甚左衛門娘お梅と契る。同役小姓中川殿に報告。宋女梅を葛籠に隠すが、殿伊達阿波守の試し槍のため梅死す。宋女山奥の禅寺に梅を弔い南部を目指す。一方、梅母は娘が居ないこと気づき騒動となる。そして、自分ら夫婦が山城の出身で夫はもと儒者、自分は侍の娘で駆け落ち物であったことを懺悔する。最後に添い寝役の玉が梅を探しに行く（巻二まで参考本）。

○『**奇談園の梅**』（大本二冊計七十一丁／架蔵）

春日の里西成京次郎は正妻没後、妾於照が正妻にならないので、皐月という名家の出の女を正妻とするが、嫉妬深い。それゆえ京次郎は家出してしまう。於照大次郎を出産。大次郎父を慕い十歳の折あとを家出。於照皐月から邪険にされついに身売りされるが、室津で夫京次郎に再会めでたし。皐月零落し妾奉公となり、京次郎のもとへ。妻と妾の位を替えることなどあり、皐月の改心。京次郎が新しい妾を雇ったなど僻みによる訴人があるも、当時姫路は羽柴秀吉の領分で配下の中村左馬之介の裁きで無罪となる。左馬之介大次郎だった。秀吉郡山へ。左馬之介京次郎これに従う。春日明神の御利益である。

【注】

（1）このジャンルの名称には種々あるが、便宜的に「人情本」に統一する。また、『江戸紫』以下、同工の写本小説も本論では同じく「人情本」と呼ぶ。

（2）後者は「『花街桜の趣向』―鼻山人の再検討」武藤元昭（『人情本の世界』所収）に引用される。

（3）氏は、至文堂刊『日本文学史・近世編』の補遺（昭和四十五ころ）で、さらにその考えを進めている。

（4）中村幸彦「為永春水の手法」（著述集第六集）参照。

（5）拙稿「『珍説恋の早稲田』と『梛の二葉』―実録を底本とした人情本」本書第五章第一節参照。なお、商家のことしない作品も当然ある。例えば、写本『人情夜の鶴』（あるいはこれを底本にした可能性のある刊本『仮名文章娘節用』）は、武家の家庭を描いている。商家でないことは上記類型からいうと例外である。しかし、読本などにみられる主家への忠孝を中心に描くのではなく、一家の幸福繁栄を中心に描いている点において、同工である。

（6）拙稿「『五三桐山嗣編』考――『契情買虎之巻』二度の人情本化」本書第四章第五節参照。

（7）注6の拙稿。

（8）吉原の同族経営＝和泉屋平左衛門と清蔵について＝共立女子大学における近世文学研究会の日比谷猛の発表（平成九年五〜七月）は、これよりやや後の時期になるが例証となる。同氏「描かれた花魁と吉原細見による江戸後期の妓楼の研究―江戸町一丁目和泉屋平左衛門を例として」（『浮世絵芸術』第158号、二〇〇九年国際浮世絵学会会誌）、

「過去帳から読み解く江戸後期二軒の大見世『和泉屋』」(『東京人』二〇一〇年三月号)参照。

(9)梗概は、岩波講座『日本文学第十巻　十九世紀の文学』(一九九六・四)所収、棚橋正博「戯作の大衆化」所載・拙稿「春水初期人情本『貞烈竹の節談』考―畠山裁きを中心に」(本書第四章第一節)参照。

(10)注2の武藤論文。

(11)注5の拙稿。

(12)板坂則子「性表現の輪郭―艶本と人情本」(『日本の美学』ぺりかん社、一九九四・七刊、二十一号特集:〈性〉)で、本書と中本の艶本『真情春雨衣』(梅亭金鵞作幕末刊)の類似性を比較する梗概からもこの類型が理解できる。

(13)前編二/後編一・二巻の三冊(蓬左文庫)、前編一欠の七冊(架蔵)など(『人情本事典』参照)。

(14)新たに挿入された狂歌などには春水を讃えたものもあり、鼻山人が作家であることから離れてしまっている事例も内包する。これも安易な修板作成事例である(夕がしのむつもひらめもあたらしく狂訓亭の作に等しき　雀齋永光」後編二の口絵)。

(15)神保五彌『為永春水の研究』三一七頁~参照。なお、本作品のうち遊里での教訓の部分のみ書写された例に「実の巻心得方極意」(洒落本大成補巻所収)がある。なお、五項目写されるが、うち一つが新しいものであるから修板の写しとなる。

(16)注5の拙稿。

(17)作品の方でも『春色娘節用』梅亭金鵞(明治十九)など、旧来の類型を守っているものは別として、饗庭篁村など類型を踏まえた小説作りが出来る作家もいる(例=「人の噂」)。しかし、おおかたは同様である。『新梅ごよみ』(大正五/なにがし作)のように会社設立をテーマにするものもあるが、例外といってよかろう。

(18)中村幸彦「十返舎一九論」(著述集第六集)。氏はこの論で、人情本のマニア的読者を引き合いに出して一九を説明するが、筆者は人情本の一般読者も氏の述べられる大衆性を有すると考える。

(19) 拙稿「瀧亭鯉丈の『浮世床』」本書第一章第二節参照。

(20) 上掲1b『処女七種』の例を中村も引用するが、この場合、前提からして稿本に近い物としての刊本の予備版が想起される。

(21) 挿絵がないことは『江戸紫』はじめ上記管見書すべて同じである。ただ、同ジャンルとすべきかは判然としないが、薩摩で江戸後期伝わり明治期の学生寮などで読まれた男色もの写本『賎の緒環』には挿絵がある(参照、鴎外「ウィタ・セクスアリス」、および本書を論じた前田愛「『賎の緒環』考『ウィタ・セクスアリス』の少年愛」=著作集二所収、筆者は慶応義塾図書館本などに基づく。本書には丹羽謙治に多く教わった)。また、上記『八重桜緑の春』に基づく『應喜名久舎』前編巻末には［國直模寫］とあり、挿絵存在の可能性を否定するものではない(本件は「『仮名文章娘節用』初版本の発見」(『繪本と浮世絵』所収)。鈴木重三説とは別な次元で『娘節用』にも通じる問題である)。

【付記】本論は、秋田経済法科大学における平成九年度日本近世文学会春季大会の口頭発表に基づくものです。写本『江戸紫』の閲覧を許された水野稔氏はじめ、同書の貸与並びにご教示賜りました中野三敏氏・武藤元昭氏・鈴木俊幸氏、コーネル大学蔵本につきご教示賜りました、延広眞治氏・前田峰子氏、所蔵本の閲覧を許された山杢誠氏はじめ各図書館に深くお礼を申し上げます。

第二節　写本『江戸紫』諸本考

写本『江戸紫』は、文化年間より明治初年まで行われた写本である。本書は、前田愛の論考「江戸紫―人情本における素人作家の役割―」（『国語と国文学』昭和三十三・六→『著作集②』）の紹介等[1]により有名になった。それは、刊本の人情本として「年表類の極初に記される」『清談峯初花』（文政二・四年＝十返舎一九）の素であることが大きいと考える。しかし、この写本『江戸紫』は同時に、人情本（刊本であれ写本ものであれ）というジャンルの小説群が世に行われていた時期、写され読まれ続けていた作品であることに、より価値があると考える。

この作品は、写本もの刊本もの人情本の基底をなすものである。その内容構成については、この写本が人情本の型の根幹を有すること、すなわち、町家の嫡子が家督や婚姻問題で悩みわざと放蕩し勘当を受けるなどして家を出、他の女性とも関係を持つ（三角関係）けれども、それなりの経済活動をし、一方の許嫁も苦労を重ねるが、その誠意などで、二人は元の鞘にもどり、家督を継ぎ家栄え子孫繁栄めでたしという骨格を持つ。つづめれば、商家における幸福譚が描かれている。稼業繁昌と婚姻と子孫繁栄という予定調和である。[2]

本論では、多く流布したであろう写本『江戸紫』のうち、管見に及んだ三十六本により、諸本の写本形態について考察を加えるものである。

写本『江戸紫』については、上記前田論考や武藤元昭の『江戸紫の諸本』(『人情本ノート』『人情本の世界』所収)がある。本論中で前田および武藤とはその言説をいう。

一　披見書

以下の三十六点である。

＊詳細は巻末の別表1「『江戸紫』管見一覧表」をご覧下さい。ここでは書名・略称・所蔵者を記す。

1、江戸紫、国会A、国立国会図書館蔵
2、おくみ惣次郎、国会B、国立国会図書館蔵
3、江戸むらさき、甲南女子大本、甲南女子大図書館蔵
4、情談江戸紫、金沢、市立金沢図書館蔵(稼堂文庫)
5、江戸紫、弘前A、弘前市立図書館蔵
6、江戸むらさき、弘前B、弘前市立図書館蔵
7、江戸紫、中島、太田市立中島記念図書館蔵
8、三ツ組盃操の縁、天理、天理大学付属天理図書館蔵
9、都下むらさき、早大、早稲田大学図書館蔵
10、江戸紫、水野本、明治大学江戸文藝文庫蔵
11、江戸紫(三ツ組盃操の縁)、中村1本、関西大学中村幸彦文庫蔵
12、江戸むらさき、中村2本、関西大学中村幸彦文庫蔵

13、情談江戸紫、中村3本、関西大学中村幸彦文庫蔵
14、江戸紫恋の明ほの、中村4本、関西大学中村幸彦文庫蔵
15、お組惣次郎江戸むらさき、武藤本、武藤元昭蔵
16、江戸むらさき、中野本、中野三敏蔵
17、吾妻男恋の浮き橋、鈴木俊幸A、鈴木俊幸蔵
18、書名なし、鈴木俊幸B、鈴木俊幸蔵
19、ほとゝぎす、鈴木俊幸C、鈴木俊幸蔵
20、おくみ惣次郎江戸紫、棚橋1本棚橋正博蔵①
21、おくみ惣次郎江戸紫、棚橋2本棚橋正博蔵②
22、江戸紫、架蔵①、架蔵
23、江戸むらさき、架蔵②、架蔵
24、江戸むらさき、架蔵③、架蔵
25、江戸紫、架蔵④、架蔵
26、江登紫、架蔵⑤、架蔵
27、江戸むらさき、架蔵⑥、架蔵
28、江戸紫、架蔵⑦、架蔵
29、春情恋史江戸紫ゆかりの色揚、架蔵⑧、架蔵
30、於組惣次郎物語、架蔵⑨、架蔵
31、お組惣次郎江戸紫、架蔵⑩、架蔵

32、ゑ戸むらさき、架蔵⑪、架蔵
33、於組惣次郎じつくらべ、架蔵⑫、架蔵
34、江戸紫、架蔵⑬、架蔵
35、江戸むらさき、架蔵⑭、架蔵
36、近世江戸紫、架蔵⑮、架蔵

二　成立年代の確認および流布した時期

一　成立と内容の確定

『江戸紫』は、永きにわたり読み続けられてきた。その意味で諸本の異同をみる上で、まずは成立と内容の確定時期の確認が第一の前提になる。
梗概は以下である。

江戸日本橋久松町の呉服問屋坂松屋（松坂屋）善兵衛は西国浪人の子を引き取り惣次郎と名付ける。一方、腰元お弓からは善次郎が生まれる。また、惣次郎に言名付お組を迎える。養母は死に際し、二十歳の惣次郎にその出自をあかす。惣次郎は異母弟善次郎に跡を継がせようとわざとの放蕩。また、お弓が正妻になり、家督等の問題から惣次郎を邪険にする。また、お組を善次郎の嫁にしようとし、当人も言寄る等、お組は婚礼の時期になり様々な苦労が始る。そして惣次郎は勘当され、上方さらに諸国を巡り上州の絹問屋に落ち着く。そこの妹娘お花に慕われるが主人甥喜八に結び付ける。惣次郎は江戸に戻り、大名の妾の智清と知合う。一方、言名付のお組は、操を立てた為に零落する。その後、智清宅で惣次郎とお組邂逅し、また、姉お賎と

の再会を喜ぶ。以後、惣次郎はお賎お組の家を再興する。智清は惣次郎お組の仲を邪推するが、二人が許嫁であることを知り恥入り身を引き剃髪。その智清宅で惣次郎、実祖父の石部と再会しその計らいもあり惣次郎勘当を許される。結局、弟善次郎が家を継ぐが一同子孫繁栄めでたし。

ア、成立年代について＝上限が文化初年であろうこと。

前田愛は「文化六、七年に成立を絞って考えたい」とされる。結論からいえばおおよそ首肯出来る。

前田愛は「文化六、七年の」根拠として

A［新板のひざくりげ］

Bお組の役者名による形容

せんぢょが十六七を交て大和屋の愛敬にいまろこふの色気をうへからそつとふりかけてびんの処は大吉じゃ（国会A）

C文化五年市村座顔見世浄瑠璃『色岩屋大江山入』

を内部微証としてあげている。まず、Bの補訂から始めたい。Bは智清宅での惣次郎お組の再会の場面の直前、取巻きがお組を役者に準えた表現である（別表3参照）。基本的に役者準えは諸本により差異が生じ、そのままこれを成立年代の内部微証とすることはできない。まして国会本Aは、前田愛が写本『江戸紫』を世に知らしめた底本であるが、後述の通り標準的な本文ではない。確かに前田愛が言及されるとおり、この部分は、おおむね天理本と符合するが、「いまろこふ」という表現は、国会本A・中村4本・架蔵④・棚橋1本・架蔵⑤・架蔵⑥・架蔵⑦・架蔵⑬にはあるが多くはない。他本も多く仙女と大和屋を併置するが、「今路考」を根拠に襲名の文化四年九月を成立の基準とすることも出来ない。

しかし、この「役者準え」の部分に着目することは有効であろう。前田愛が考証の底本とされた国会本Aは天理本の「せんじょが十六七」の前にある「古人文車」を欠落していると思われる。「古人文車」とは、初代松本米三（安永三〜文化二）のことで、これがかえって内部微証たりえると考える（他本、甲南女子大本のほか、中島・弘前A・水野本・中村1本・棚橋1本・棚橋2本・架蔵⑥、架蔵⑦、架蔵⑮、［文庫《ぶんこ》］と誤写し、早大・架蔵①、［いにしへ文くるま］国会B、［こふんしや］架蔵④としてこの表現残る）。この役者名は、この写本の原形を偲ばせ、その成立が後述のA［新板のひざくりげ］と考えあわせる文化初年次であることを推定させる材料である。

なお、Cは智清宅の素人狂言に四天王物の富本が使われたことによる際物からの類推だろうが、合致しないだろう。すくなくとも根拠足り得ないと思う。ここは芝居好き一般に膾炙された定番を元にするかと一応推定しておく（但し後述の水野本「大坂のひざくりげ」からは合致する）。

さて、A［新板のひざくりげ］であるが、これは、管見三十六本中、水野本・中野蔵本・架蔵⑩以外にあり、元々あったと考えられる。また、前田愛が「正編のそれか、続編のそれかは判らないけれど、とにかく『東海道中膝栗毛』の初編が刊行された享和二年以前には遡り得ないことになる」と記述する点についてであるが、これは正しいと思う。また、［新板のひざくりげ］であるが、『道中膝栗毛』初編刊行当初よりあった傍流の、また、幕末によくある焼直しの膝栗毛物でもないだろう。それは、中野蔵本の例から把握できると思う。中野蔵本は、書承者が新たに扉に設ける。その中に『清談峰初花』を楚満人作とする。これはむろん飾りだろうが楚満人贔屓は伺われる。そして当該箇所を［新板の明烏］（巻二・十六オ）と替えている。よってこれらから、まず、中野本の［新板］が新刊という意味が明確になり、諸本にある（すなわち原初形態であろう）［新板のひざくりげ］も「新刊の膝栗毛」と解せる。富裕な商家にあって、一九の膝栗毛の何編目かの封切本を後妻のお弓が火燵にあたり下女に肩を揉ませて居ると読み取ることも可能である（なお、ここでは参考までにであるが、水野本は「大坂のひさ

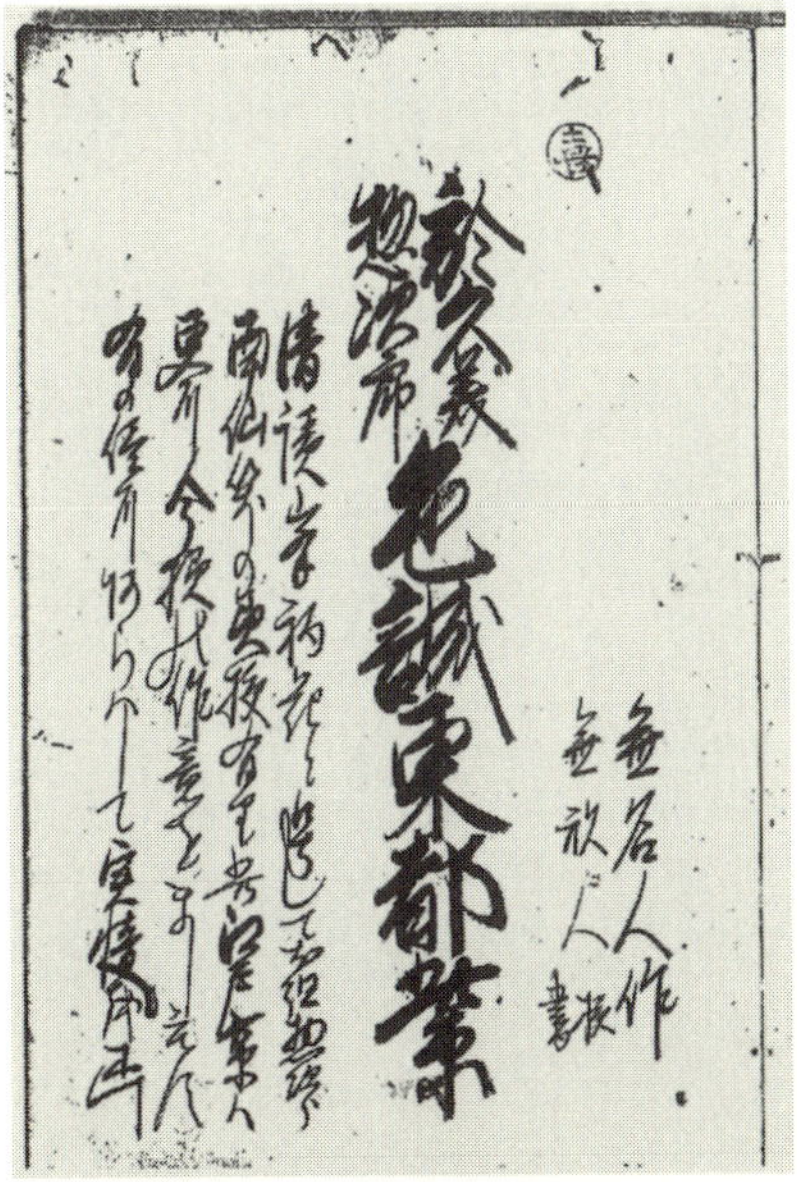

中野三敏蔵本扉

くりげ」で、そのまま当てはめると、これは八編＝文化六年刊にあたる）。以上、AとBの補訂から文化年間の成立とは言えるであろう。それ以上は不明である。

イ、内容の確定

以上文化初年（六・七年ころか）には、写本『江戸紫』は成立をみているといえよう。さらなる確定はそれ以降かもしれない。ただ、ここで重要だと思うのは、文政初年、つまり刊本の人情本というジャンルの内容形式が一応定った頃、すでに、この『江戸紫』は内容が確定していて、それ以降ほぼ同じように写されていたと思われることである。その例証として、この写本を利用して文政二年暮から同四年にかけて刊行された『清談峯初花』の文言と現存写本の内容が一致することがあげられる。もとより、刊本『清談峯初花』の写本『江戸紫』の利用自体は神保五彌が『為永春水の研究』で御指摘の文政六年『八重霞春夕映』初編には、「さあれば前に何某が江戸紫（初花の原本と言）の着古しを色あげしたるもさひわいに清談峯の初花とて返り咲のはれ着となせり」とあることや、上述の中野蔵本扉に言及されるごとく明らかである。ここでいうのは、より細部の具体的一致である。

具体的には『江戸紫』冒頭部（武藤がいわれる「序」）の書き出し、

おもふ事一ツかなへばまた二ツ三ツ四ツ五ツむかしの浮世なりけり七ツにもやりはなしこそ住みよけれくわずひんらく唐人のね事まぢりの夜はなしかな是源氏物語雨の夜の定めと言事を一口物にほふやつたりすかれたりうわきどふしのわけもなくさとれば佛まよへばおに心は二ツ身はひとつゝふりわけがみのむかしより心を懸しまつと竹とはかぞへたて祝井にいとゞわらひのまゆいつしか庭のしら雪もつもる年月弓はまのほしねゑびやぶかふし福ぢや中間の梅ばしおばアかちぐりがくしやみをしたやふな女でもにつこりわろうは恋ばはなしの世の中そのさきはあてが大事とごくらくてんじゆくも天次第こゝろあらずやとごふせひにこんたんが有そふにみへやすがまアどういふしかふだへ作しやはたゞ何事も言ずかたらぬ心斗さ其心にもいろ〳〵さまが有が中にもいろよき心あく心人間わづか五十年ゑひがの夢と覚て後花も一時是を一まひ明てごらうしませ（武藤本）

が、『清談峯初花』初編本文冒頭に「諺に。おもふ事ひとつ叶へば又ひとつと。人の欲には足事をしらず。」と利用される。この冒頭部は諸本により有無があるが、この刊行時にはすでにあったことが明白である。これを一例として、本書をもととした『清談峯初花』（文政三・四刊）が、現存写本と内容の一致をみるから、文政初年には、ほぼこの形であったであろうと推定できる。

二　写本の性格～諸本はおおよそ同内容を伝えること

写本『江戸紫』は多く流布していた。いま、上記の通り内容が、文政初年には確定していた事により話を進める。管見三十六本の概略は**別表**とした。書写について一応の確認をしておく。弘前B本の識語に、誠に向ふの人にいそかれ夜昼なしにいそきしたためしかなちがいそれに書おとしふも御生候はんが其ふしよろしふ御よみわけられ被下かしめて度かしく

とある。つまり、写本作業一般ではあろうが、「書落とし（あるいは削除）」、「誤写」等があるといっている。これに「延び」の要素を加えたのが、少なくも写本『江戸紫』書写で起きる基本的異同のようである。さらにこれを融合したかたちで、解り易く伝えようとする事を主因とする「要約的表記」や文順の「組替え」や「異文」等がある。このようなことから、各部分では差異が当然生じる（例えば、上記役者準えで「古人文車」に付、そのまま写す例、「文庫」と誤写する例、その他の写し方、およびカットする例（改訂意識）等の差異である）。以下に検証するとおり、語句文言を適宜削除したり延ばしたりする事は勿論ある。また、各本もちろん写本であるから一本一本同じではない。

同時代の写本の実録は、違った内容に発展することが指摘されていて、[3]『江戸紫』にも創作的筆致が著しい本が管見本中たしかにある（国会A・鈴木俊幸蔵A本・中野本・中村3本・架蔵⑧の五本）。国会本Aにおける武藤が指摘した「道行文」（＝拙稿では「付け上せ」など）や、鈴木俊幸A本・中野蔵本の筆のはしりとでも言うべきエピソードが入ることがあり、中村3本で第二～四回までは冒頭文を付し、さらに四回目の勘当の場面を新たにするなど筆の延びがある。また、架蔵⑧は結末惣次郎が士分になることが顕著な例となる、独自の文飾・筆の延びがある。しかし、これらも物語の結構を変えるまでに至っていない。[4]つまり、本作品は、どの写本もおおよそ同内容を伝えようとする。被見の写本からは、本書は実録写本について説かれるような、いわゆる物語の成長といった形を中心として流布したのではなく、そのまま写す事を基本としていると考えられる。

同じ話を写しているという性格が顕著なのは、鈴木俊幸B本で、章立、巻数、回数などはもとより、書名もどここにも記されず、そのままを写す。中味さえ見ればお組惣次郎の『江戸紫』であることが、当時の人には解ったのだろう。いかに流布していたかの例にもなるが、とにかく、同じ話を写している証になると考える。また一方、例えば、一覧表二十二番の架蔵①は、底本の乱丁をそのまま写す部分があり、これなど機械的筆写があきらかだ。

　本小説の具体的流布年代であるが、披見三十六本中、写年があるのは、甲南女子大本文政三、金沢文政八、天理天保七、鈴木俊幸C本天保十二、弘前B天保十二、架蔵⑨嘉永庚辛亥（四）、中村3本嘉永七、架蔵①明治十四、（架蔵④西暦一八九八蔵書識語）である。本書が、文化中頃成立を端緒とし文政初から明治十年代まで流布したことがわかる。同時にまた、おおよそ同内容で上記の通り同じ話を写そうとしていることが理解出来る。なお、これらの写年は、実録と違い古い年号を用いる等なく、あわせて物語の性格から偽りを記す可能性は少ないと考える。

三　『江戸紫』の書写作業の実態

『江戸紫』写本作業で、文言文章の削除や延ばすことの実態を具体的に示そう。

この実態を説明するため、甲南女子大本を底本とし、金沢本で本文を補うなどした［校訂本文］を作成してみた（この［校訂本文］自体は別の機会としたい）。まずは、校訂本作成意図を記す。

　底本は、甲南女子大本『江戸紫』を底本とする。本書は、管見三十六本中標準的サンプル足り得ると考えたからである。すなわち、文章の削除も適宜行われていて、本文として典型的である（延びは少ない）。また、一冊五回（巻）本（原初的回数と考えられる十回本であるに準じる）。加えて、「文政三写」の識語がある。上述のとおり文政初年に、本作品内容は定まっていると考えられるから、その披見中識語のあるもっとも古い本である（上記のように写年をそのまま記したと考える。仮に転写本としても内容上変らない。また、上巻外題に「人情本江戸むらさき」と、おおよそ天保年間以降に出来た「人情本」という表記があるが、これは後補であろう）。以上が理由である。

補本としては、文政七年写の識語を持つ市立金沢図書館蔵本『情談江戸紫』を用いた。これは、文言や内容を削除する事が少ない本（物語内容を十分伝える本＝他に、被見書一覧に示したように、中島、天理、早大、中村1本・中村2本・水野本・架蔵⑥・架蔵⑦・架蔵⑪・架蔵⑭等）、つまり、甲南女子大本に削除される文言で諸本に普通存在する語句をほぼ有する本であり、なおかつ、その中でもっとも早い識語を持つ写本である。また、十回本である。

なお、そうであるならば、はじめから市立金沢図書館蔵本を用いればよいという考えも当然あるが、この本文作成は、かつて無数に存在したであろう中から、管見に及んだ三十六本のなかから行うのであるから、写本形態の本文削除追加の可能性を探るべく、各本を検討するに供するべく、なるべく多くの共通項を拾うべく、これら二本により一種の例示作業を行うことが、基礎作業としては有効であろうと考えた。念のためにいうと、この作業は一方通行的に行う。つまり、金沢図書館本にも当然脱落があり、それを甲南女子大本で補うこともできるが、これは本作業の範疇ではない。

さて、上記の通り、『江戸紫』書写作業の実態をみるには、この［校訂本文］と各原本と比較するのがわかりやすい。［校訂本文］で例示した場合、底本は無表記とした（丁数を付す）。

○甲南女子大本の脱字・文は適宜金沢本で〈　〉で補記した。

○甲南女子大本が、異文と考えられるものを適宜金沢本で〈〈　〉〉脇に小さく記した。

＝甲南女子大本が、一般の本と理解が違うと思われる時、金沢本から一般理解文を示す。

○甲南女子大本が、（表記上の）誤りと思われる箇所を《　》で金沢本で脇に小さく記した。
○甲南女子大本末数丁には虫損がある。□で表し、その中に金沢本で補った。
等の補いがある。
＊なお、この［校訂本文］の改行は底本甲南女子大本による。

以下『江戸紫』写本作業の傾向を検証してゆこう。まず、実録など写本一般にもある基本的な「削除」「延び」「誤写」からである。

ア、削除（［校訂本文］では〈　〉で甲南女子大本で削除されている箇所を表記）
○微調整を行う事（基本的に一～二字句の事が多い）。
・うまく行くことが多い（テクニック的なものの想起）
例：力づくにも〈金づくにも〉（二オ）
＊諸本にある〈金づくにも〉を甲南女子大本ではカット。
廿四孝の〈其〉中にも（五ウ）＊同
・失敗する事も当然ある
例：ま〈ちが〉へかた其昔は（三十八オ）
＊「間違えた」という意味を「前方」（「其昔」が後ろにある）とさかしらする。
例：私と夫婦にさへなれば親父も〈重縁の事こゝの身上のつぶれるのを〉みてはいまいし（下一オ）
＊「親父もみてはいまいし」では意味不明。カットし過ぎ。これは、書写段階の「目移り的誤脱」と

も言えよう。

○行文末の一字程度の省略的削除

例：しやくどふの〈六かくの〉きせる（十五ウ）

＊諸本にある〈六かくの〉が行末にあるので甲南女子大本では略した。

例：あわ〈れ〉み（三十一ウ）

＊このような、現代の感覚では誤脱ともとれる行末一字～数字略が、諸本でもたまに見受けられる。或は当時許容されたのかは不明である。

○かなり削除する場合

弘前A本が代表例となる。本書は、あらかじめ最初から短い丁数に写本したかのようである。一般にみられる語句の削除の頻度は当然多く、カットの仕方がうまくいかない度合もある。また、智清の素性に絡む大奥騒動譚の削除は当然の如く行われ、衣裳の描写等長文にわたり適宜削っている。また、後半程無計画に削除される。

智清の大奥騒動は他本でもカットされる。この部分は、『江戸紫』の結構が固まっていた文政初期にはすでに存在する。この部分がない本は三十六本中、国会A・弘前A・鈴木俊幸C本・架蔵⑨・架蔵⑩などであり、原初形態にはなかった可能性も否定できない（架蔵⑩は忠実な写しでこれに該当）が、弘前Aは、この本の性格上エピソードを削ってしまったのである。二行ほどに要約されていることから明白である。また、創作的部分の多い国会本Aも計画的削除と言えよう。つまり、大奥騒動など不要とする考え方が生まれてきているのであろう。初期の刊本人情本『明烏後正夢』でも、浦里の姉を御殿女中とすることがある。当時は鏡山物の引写しでなくともかかるエピソードをいれる。つまり、このころ読者の需要に御殿の騒動があったのであり、時と共に必須のものでなくなったと言えるのかもしれない。なお、甲南女子大本はこのエピソードにつき、何とか骨組みは残そうとしている。

また、智清のエピソードに続く石部の家出した息子に関する繰言（冒頭の浪人物と結末の石部と惣次郎の出会いに繋がる）も、鈴木俊幸C本・架蔵⑫など、おおよそ略される本もある。

衣裳もカットの対象となりやすい。弘前Aが好例となるが、部分カットも多い。これも衣裳の異文が多い要因である（キの役者準えや衣裳ほか参照）。

以上、三十三本中半数以上の本が、何れかの箇所で長文カットを行い、丁数の調整を行っているのである（金沢本・天理本・早大本・中村1本・中村2本・中村3本・中村本4・鈴木俊幸B本・架蔵⑥・架蔵⑦・架蔵⑩・架蔵⑪・架蔵⑬が例外と言えようか）。

○削除の失敗例

例：心ぼそくもたゞひとり上方へ心ざしいそがぬ道のぶら〳〵と何か心にくふうをしながら上方ゟ木曽路へかかり越後しなのをのこらず廻り上州へとざし（三十二ウ）

→心ぼそくもたゞひとり上しうへと心さしいそがぬたびのふら〳〵と何か心にくろうしなから上しうきそ路へ懸りゐちぜんしなの残らず廻り上しうと心さし（武藤本）

→心のほそくも只一人りいそがぬ道をふら〳〵と何か心に工夫してふら〳〵廻り上州へと心さし（鈴木俊幸B本）

＊心ほそくも只ひとりいそかぬ道のぶら〳〵と何か心にくふうしなから木曽路に懸りかかり信濃国残ずのこらず廻り上州へ心さす所（架蔵⑨本）

これは前の部分に勘当された惣次郎が、上州の絹問屋を頼る先とした文言があり、かつまた「上州」と「上方」は混同しやすいにも拘らず、勘当され上方に行くは約束事なので（＝付け上せ）、諸本（創作的本文を含み、かつ該当箇所も創作的な国会A本・鈴木俊幸A本も）は「上方」を落さない。例示したうち、武藤本・鈴木俊幸B本は、共に後段お組と再会した際の惣次郎の話に「上方」に行った事は記されるから、機械的省略をして、この点失敗してしまっているといえよう。また、最後にあげた架蔵⑨本は、越後も落とす省略の多い本であるが、後段の「上方」表現もなくその点整合性はあるが参考までにあげた。

なお、本件についてはク、「筆の延びの多い本について」にも記す（**別表②**も参照）。

例：長四郎ハ母おゆみ女房お竹と三人出店を出し本家ハ長兵衛長我おちさと相揃一ケ月もたつて長兵衛おゆみハむかふ嶋へゐんきよし跡の（兄）弟両家ともはんじやうしたる事誠に神〳〵のめくみなり千秋萬歳と栄けるめてたし〳〵（弘前B）＊長我＝惣次郎、長四郎＝善次郎

本来弟善次郎が家督を相続するところ、弘前Bは結末書写を急ぐ為、惣次郎が家督を相続してしまう。結末は、大幅なカットをするような本（弘前A）や創作的な本文を持つ本（国会A・鈴木俊幸蔵A本）でも手堅く写されているので、恣意的な改変は起きにくい。失敗と解せる。

○冒頭の部分

本件については武藤が「序文」とし、その有無について指摘されている。管見三十六本について有無を確認すると、

・有　金沢本・弘前B・中島・早大・水野本・中村2・中村3本・中村4本・鈴木俊幸A本、武藤本・架蔵②・架蔵③（新序もあり）・架蔵⑥・架蔵⑦・架蔵⑬の十五本

・無　国会A・国会B・甲南女子大本・弘前A・鈴木俊幸B本・中野本（別序あり）・棚橋1本・架蔵①・架蔵②・架蔵⑨・架蔵⑩・架蔵⑪・架蔵⑫・架蔵⑭・架蔵⑮の十五本

*冒頭利用　天理・中村1本・架蔵⑧　三本
*不明　鈴木俊幸蔵C本・架蔵④（下巻のみ故）の二本である（**別表2**参照）。

先に記した通り、『清談峯初花』本文冒頭に、「諺におもふ事ひとつ叶へば又　ひとつと」とあり、『江戸紫』冒頭を取込んでいる。よってこの冒頭部分が、文政初年時に存在したことがわかる。この冒頭部分は、上記の通り十三本に見えず原初的に無く、その系統も流布した可能性は当然ある。しかし、天理本・中村1本（この二本『三ツ組盃操の縁』は同系統＝後述）の書出しは、「花もみも流石あつまのはんくはのちところがらとてときわの松も久しき久まつ町邊」とあり、上記の定型冒頭の末尾の「はなも一時実も一時」を利用している。省略可能な例証である。架蔵⑧は、「思ふ事ひとつ叶へは又ふたつ三つ四つ五つ六つかしの兎角浮世は我にやりなしこそ住みよけれ爰に年久しく松も常磐の……」とする。これらの書写者は、冒頭の有る無し両方を見たのではないかとも推定可能である。なお、この冒頭を欠く場合の書出しは、甲南女子大本（→［校訂本文］）冒頭、はたまた上記架蔵⑧末にある如く「爰にとし久しき松もときわの……」から始まるのが定型である。

なお、武藤が序文と呼ぶのは、早大本がこの部分を「序」として独立させているからであろう。ただ、管見三十三本中序として、独立しているのは他に中島・架蔵⑥があるが、多く本文中なので本論では「冒頭」とした。また、架蔵③などのように、別に序を用意する場合もある。(5) 序の有無または序として独立させるか本文冒頭かについては、人情もの写本『寝保毛丸』で、架蔵本が本文冒頭、慶應義塾図書館蔵の二本が序文として独立、前田愛旧蔵コーネル大学図書館蔵本が無といった同じ様な例がみられる。

イ、延び

*創作的筆致のある国会A・中村3本・中野・鈴木俊幸A本・架蔵⑧の延びは別項とした。

一般の延びには、以下のような例がある。丁数は［校訂本文］。

○記述内容のさらなる説明と言える延び
例：家出をしたる不孝者共何国に住やら（下七オ＝金沢の補の部分）
→家出いたし行方しれづ承り候へは町人と也子も出生致たとやらのふゝぶん（弘前A）
*筆の延び　石部が我が息子（冒頭の西国浪人）についての繰り言。
例：あんまりでムり升（下二十六オ）
→あんまりでござい升とほそのをきつて初メてりんきのうらみ（弘前A）
*再会後惣次郎にからかわれた際のお組の態度をさらに説明。
例：つん〳〵している（下三十三ウ）
→つん〳〵としてものもいわずにらみ付る（弘前A）
*惣次郎宅に押しかけてきた智清の態度を強調。

○微調整を行う事（基本的に一〜二字句の事が多い）＝削除の反対。
例：おしづはあんじて色〳〵やう生させ大切にあわれみ扱三崎の惣次郎（下四ウ）
→おしつはあんじて色々養生させて大切にあわれみほよふのミをすゝめける是ハさておき長我ハ（弘前B）
→あわれみける扱（鈴木俊幸B本）
*妹お組をいたわるおしづの様子。諸本、校訂本文のように「あわれみ／扱」のようになる事が多いが、こ

れらの本は整えている。

○章の末尾冒頭

例：花「そふ思つて下さればわしもうれしいもふ一つぬくといのしんぜ升べいしかしおめへはお江戸でい丶茶つんのんてでうらがこしらへたにばなわかれ葉だ何だと思ひなさるべい　惣「何さおにも十七山茶もにばなとやらとかく花の事さ（三十四ウ）

↓花「そふ思て下されちやわしも嬉しひもふ一ツぬくいのを進せ升べいさにこ〳〵と笑顔しておくへゆくおかしき恋じも浮世の瀬戸口

附惣次郎浮氣の借住居

何国も同じ恋衣お花はにばなをもつて来り　花「惣次郎さん今一ツしんせますべい　惣「なんとやらはなも十七山茶もにばなとやらとかくはなの事さ（天理＝中村1本もほぼ同）

例：喜「夫／はい丶がどこの女がわしにほれたあよ　惣「外の人でもねへ爰の色娘お花さんがおめへに大ぼれの様子だ（三十六オ）

↓喜「夫はい丶かとこの女がわたくしにほれたあよと夫〻はなしかもつれ段々惣次郎にもたれか丶る故に惣次郎は猶〳〵もちかける事次を見て知るへし（巻四＝二冊目末）／（巻五＝三冊目冒頭）斯て喜八を惣次郎はちよくり返しに乗てはなしかける我身にけふせんと　惣「ぬしもしよ才もなくつてほかのひとてもねへこ丶の色娘のお花さんがおめへにおふほれの様子た（架蔵①）

○章末の余白等

例：弘前B

一・二・四回ウラ丁に余白のあるので歌で埋める

例：国会本A巻末の歌（武藤既御指摘）

（〈一家繁昌し千代萬々歳と栄へけるとそ目出たし〳〵）

例：石部〈堅右衛門〉のうちへもお組の末妹をよめにやり孫子はん昌したりけるとそ目出たし〳〵〉）
まことに神のめくみといふ事／なり（校訂本文結末）

↓石井の内へはおくみが妹おやしきへ子共の内よりつとめ居るを幸武家そだちゆへ石井の跡とり娘ニやり
同家中の内をゑらみ相應の人をむこにして是もめて度栄へけり惣次郎おくみが実より一方ならづ二方な
らすあなたかたと栄へけりこれ人の実はありかたき事なりいく万々年も尽しなく目出度栄けり
心だに実（ま事）の道に叶ひなばいのらづとても神やまもらん（弘前A結末）

＊これは、弘前A本が全般にカットすること多く、それにより生じた余を、おくみの妹の嫁ぎ先を詳しくし結末の文辞を延ばして埋めた。

結末別例↓一家なかよく繁昌し千代萬世もかぎりなくさかへけるとそ目出たけれ実にいろ〳〵の浮世なるらん（架蔵⑬）

＊「めでたし」の後の典型的延び・補いと考える。

ウ、誤写

これは写本である以上、起りうることである。本作品としてはそれに加え、多く写されたため、語意が不明になり生ずることが顕著である。武藤も言及される通り、全体に読解しにくい部分になると、諸本異同が多くなる。その場合意味を解せず、誤写と呼ぶに値する筆写がなされることも多い（例：キ役者準え参照）。但、それも前の本で「誤写」されたのをそのまま引き写すことも当然ある。

これら、削除（あるいは書き落とし）・延び・誤写などは、実録写本などをはじめ、写本一般にみられる要素を含むものであると考える。

次に、以上の基本的諸現象を合せたような写され方について何点か挙げる。

エ、要約的表記
例：ひとりごとをいつているおもてえどや〳〵とあしおとにゐんがわの上へ上りて見ると（四十四オ）
↓ひとり言をいゝながらかきねの上よりのび上りてみると（弘前A）
例：おまゐの姉様もしばの〈お屋敷のおまへの御〉妹子も我身にかへてせわをして上た（三十三ウ）
↓おまへの姉さんにはおんにかけるではないがばんじのせわもして上けた（弘前A）
＊これは失敗例＝末妹の存在を忘れている。

オ、組替え
文順を任意に組替える。読み易くする事等を目的とするか。
例として、［校訂本文］と武藤本（組替えが多い）の同一箇所を比較する。なお、記号の付け方が便宜的にならざるを得ない部分もある。また、ここでは［校訂本文］でも金沢図本で補った部分も〈　〉をはずした。なお、逆に武藤本のみにある部分を（　）であらわした。
善次郎の出生
［校訂本文］
A）かくするもならず女房につゝまずかたり　B）われ此年に成りて今迄二心なくちぎりし所へつまへいゝ

（四オ）わけもなきみだらな事ゆへ女心にさぞうらみもし給んなれども一生能内一度の出来心ゆるしてたまへ何とぞあんざんをせしならばそなたの子とおもひ惣次郎はやつはり惣領とさだめ物ことおんびんにして給はる様にとおとなしきいゝわけに　C）つね〳〵おとなしき女房　D）何がさてかゝる目出たきことはなし仰にまかせ惣次郎はおもてむきひろふもすましたことゆえ惣次郎惣領と立弓がはらに出生なしたらは我うみの子と親類へ（四ウ）もひろふしそだて参らすべし　E）さて〳〵めでたきことかなと　F）私も朝夕なきくらせしに今思わず身はらをいためず弐人の子をもふけし事此上の悦びなし　G）とみさほ直しき女房ゆへ夫よりわけてこし元弓を大切に我娘のやふに朝夕いたはり（五オ）

［武藤本］

A）かくするもならず女房につゝまず咄せし処　C）つね〳〵ゟ心やさしきゆへ　F）（少しもねたむ氣しきもなくま事に此年月子と言物なく）朝夕なけきしに我身腹もいためす二人リの子をもふけし事此上もなき目出度事と大きに悦ける故　B）（善兵衛もあんしんして）今迄二心も無契りしに此やう成るしたら是も一生之内壱度の出来心ゆるし給へ何卒安産せしならはそなたの子とおもひそたてて惣次郎はやつはり惣領と定めおんひんにして給わる様にとおとな敷いへば　D）仰のとふり惣次郎はおもてむきにひろふもすましたるゆえ惣領と定め弓かはらゟ生れし子はわかうみし子とひろふしそたて参らすべし　E）扨々目出度事なりとよろこひ　G）夫ゟ夫わけてこし元お弓をは大切に我娘のやうにいたはり

*仮に校訂本を標準とすると武藤本は、A）→C）→F）→B）→D）→E）→G）と組替えていることになる。

智清が三崎惣次郎別荘に押しかける場面

　普通の形態は、[校訂本文]のごとくで、智清お組の順で出すが、架蔵⑧という編集意識の高い本では（ここでは衣裳他適宜文章を詰めることが目立つ）、文順においてもお組のほうを先に出している。

[校訂本文]

月にむらくも花に風彼池のはたのちせへは〈もの毎にじゆうになるにまかせて〉惣にふかくまよい一日惣が来ぬとやの使惣もうるさく思ひ〈まして〉此頃はお組にめぐり合日々山の宿へ来て色々せわをしてやるゆへ此せつは〈最早〉お組の目もさつぱりなをり近々に〈は惣次郎が所へ引取表向廣めせんと相談の所へ智清は〉惣とおくみと言名付とはゆめにもしらず（三十二オ）一寸した色事〈で〉深く成しと〈心得〉大やけにてけふ三崎へ夕かたゟくる其日惣は宝町へ行るすの所へお組は目がなをりしゆへつまをつれ上野大師様えお礼参りに行かへりに惣が所へよりかへりは一所にかへらんと立ゟたれば長松は主人おもひの事ゆへお組をも大事にして長「おやお神様よくお出なすつた旦那はまだるすおめへ様ちつと寝ころんでまつておいで被成ましおつまさん上りなせへつま「長松どんかまいなさんなそんならお組様御上り遊せ組「あい長松やかまいなさんな長「何もせわしませんからおめし（三十二ウ）でも上りやしと頃は八月お組は嶋ちりめんのひとへもの紅ちりめんのじゆばんあついたのおびを〆惣が見かけのほんを見て手あぶりのそばにいるとやがてちせへはねづみちりめんのひとへもの〈藤色の下着〉黒じゆすのおびを〆お今をつれおもてのくろべいをあけずつとはいるお組には物をもいわずち「もし男衆惣様はどこへお出なすつた長「あい旦那かへどこへ行しつたか大かたあしのむいたほうへ行かしつたろふち「何こなた衆までおなじよふにくみ「おやちせへ様其後は久しく御目に懸りませんといへ共（三十三オ）つん〳〵しているゆへお組はこわ〳〵つまやおちやを上や〈つま「はい〳〵〉ち「何ちやもいやでムり升お組様とやらおまへは美しいかほでおそろしいお方だねへくみ「なぜでム

り升

＊金沢本による脇に小さく記した補正文は略した。

架蔵⑧

おくみは今日もあそびがてらおつまをつれ三崎へ来ると彼長吉は機嫌よく長「ヲヤおかみさん能いらっしゃいましおつまどんあがんなせへつま「アイ有難ふ今日は旦那はへ長「ついそこ迄用が有りて参りましたマアお上りなさいましくみ「そんなら其迄加増休んでいかふと直に座敷へゆき惣次郎が見掛の本見ているかゝる中にも月に群雲花に風さわがばすへての習ひにてかの池の端の知清は餘り惣次郎が来ぬゆへ度〳〵文をやれども只一通りの返事ゆへ使の者に様子を聞は行度毎におくみさんが来て居ると言故知清はりんきのつのめ立只一通りの色事の深く成しと心得よし〳〵今日は私が行て胸をはらして来ようと行てみればお組が来て居るゆへ遠慮もなく知「コレお組さんお前は顔に似合ぬ御人で御座りますねへくみ「なぜで御座りますねへ

＊なお、文順の組替えであるが後述の衣裳の異文でも少なくない。

カ、異文（上記通り［校訂本文］では（〈　〉）で傍記。ここではそれ以外を例とする）

○創作的異文

例：上州へと心ざしくる道にて大町人のいんきよらしき人道づれに成（三十二ウ）

↓上州へと心かけくる道にて大町人のいんきよらしき人みちづれになりこの人は久兵衛か世話を頼絹とい
やなり（架蔵③）

＊隠居の素性を合理解

↓上州へと心懸久兵衛ゟそひ手紙を遣したる絹問屋へ行身の上を咄した処（架蔵⑤）
*さらに上州の行き先を合理解。

例：一生そつていたならもし惣様の壽命があつて私が先へしねばよいけれどねへ残たらかなしいことで有ふし此様にちり〲にわかれていても惣様の壽命が長イよふに致したいと（下三オ）
↓一生夫婦になる言名つけをしてくださり升たおや立たとへもはやおめにかゝらぬとてもみらいは夫婦ニ成ます一目も惣さんの御身の上ばかりわすれず御きげんのよいよふに明くれいのります（弘前A）
*解り易くしている。

例：色黒く目じり下りさながらきり嶋といふ様に（下二十二オ）
↓色黒けれどまじり下りの人あいよしいきなやつこにくげのなき長まつ（弘前A）
*長松の評価を良くしている。

《梅づけのせうが》
例：梅干のせうがも（二十四ウ）
↓梅漬も姜も（国会A）
*校訂本の底本（甲南女子大本）は誤りと解せ、補本（金沢本）がやや通じやすい。不明確ながら諸本「の」は、残そうとするところ、国会本はさらに「も」に替え別々のものにしてしまう。

例：私孫娘當年十五才に成しゆへ此／子を善次郎殿へ嫁にやらん（下五十オ）
↓我一子なければ兼て養女をもらいおきし十五才なる涼る様の娘あり是を久松町の善次郎ニめやわせん（弘前A）

＊新解釈。

キ、役者準えや衣裳ほか

役者準えと衣裳は武藤の御指摘もある。これも異文の範囲であるが、創作的筆致とは別とも考えられるので別項とした。

○役者準え

基本的に、写本時に好みや当代の役者に替える事は想起されるところである。前田も御指摘だが、早稲田大学図書館蔵の写本『婦女今川』が、板本に見える役者名を改められているのが例になろう。『江戸紫』からも一例を挙げる。

例：惣次郎は成田屋音羽や〈紀の国や屋大和や音羽や〉をこきまぜし様にて（五ウ）

＊甲南女子大本では、「成田屋音羽や」が金沢図本では「紀の国や屋大和や音羽や」とする。

次に武藤御指摘のお組の役者準えがある。ここにも、上記に前提として挙げた動きがあるだろう。ただここで付け加えたいのは、役者名の認識度である。天理本に「亀三」とあるが、これは「粂三」とも読める。つまり「亀」と「粂」はくずし字の場合どちらとも取れる場合が出て来るのである。「亀三」は「粂三」の誤りであろう。そして「亀三」という伝本系統も出来、早大本は明確に「亀三郎」とする。写本が機械的傾向の時は書承者の役者認識が低い事もあるのだ。(6)

＊本件**別表3**参照。

上記は役者名が数名出て来るので、もう少し簡明な例を挙げる。智清の形容である。惣次郎が江戸に帰り三崎に別荘を構えるところに、大名妾の智清が用所を借りるかたちで初登場する。当初この女は、一般に「中留（富）のような女」と呼ばれる。くずし字で「留」「富」は近い。

諸本、「中富」とも読める（「留」かもしれない）もの＝弘前B・中島・金沢・甲南女子大本・中村2本・水野本・棚橋2本・架蔵③・架蔵⑮、「中富」＝中村1本・中村3本・鈴木俊幸B本、中野本・棚橋1本・架蔵⑥、架蔵⑬、「中留」＝弘前A・天理・早大架蔵①・架蔵⑤・架蔵⑦（初出は「中山留三」とする五十二オ）・架蔵⑩・「中とみ」＝架蔵②・架蔵④・架蔵⑪、「なかとみ」＝国会A、「中山富三郎」＝国会B（「富三郎」と併用）・架蔵⑨、「中どしま」＝架蔵⑫、なし＝武藤本・架蔵⑧（この形容を消す）、濱村屋＝中村4本、「浜のよふな女」＝鈴木俊幸C本、「浜村屋の様にて」＝鈴木俊幸A本、不明＝架蔵⑭（中下巻欠のため）。以上のような表記、さらに役者名の変化がある。[7]

このように表記上「富」と「留」が混在する。またともかくも「中富（留）」が一般で、中村富十郎は二代目が天保四襲名だから、道成寺で有名な初代しかなく、これを惣次郎の浮気相手の大名妾になぞらえているらしく、いささか古いと思うが、興味深い（架蔵⑫「中どしま」のような理解不足も生じる）。そして浜村屋に替える本が出て来るのである。

以上のような諸要素がある。

なお、お組の部分、中富（留）、それに「音羽やが月小夜おばア」（下三十四オ＝お組に嫉妬した智清の形容）については巻末**別表3**参照。

○衣裳

衣裳については、前田・武藤に言及があるが、本論では、上記の諸要素が組み合さって、各描写となっていることを確認しておきたい。衣裳の描写は、おおよそ二十数箇所（数え方によりずれが生じる）が、次を一例としたい。

*ここでは便宜的に金沢本本文を傍記ではなく左側に記した。

例：女房おくまはなんぶ嶋にくろ七子の半ゑり下へはきぬの成平びしの茶がへしの小袖ふし色のじゆばんの半ゑりに花いろじゆすの帯よこつちよにしめて廣ざんのまいだれふくろうちの真田のひもにてあらいがみにておとし原てんびんぼうのよふなかふがひひやうたんのまきゑおなじくしかんざしはばらふの丸ことじまへがみを切つて（十九ウ―二十オ）（甲南女子大本）

（〈女房おぬいは上田嶋に黒じゆすの半ゑりのかけたる上着に南部嶋の下着ちりめんの、成りひらがたのじゆばんふじ色のはんゑり黒繻子の帯をよこちようにしめて廣桟とめのまえだれふくろ打のねずみしまのひもにてあらい髪のおとしばらに象牙の天びん棒のやふなる笄もつとも瓢箪のまきゑ同しくかみさしはばらふ、角琴柱、前髪をきつてまつ黒な歯に前歯二本白くして此女まつ黒な歯に前歯二本白くして〉）（金沢本）

ここでは、甲南女子大本と市立金沢図書館本がこのように違う。衣裳は、任意の二本の同箇所を比べた場合、全く同じものもあるが、違うことも少なくない。それは、語句が適宜省略されているもの（上記削除に入る）、延び一部組替え等、それに異文によるものも少なくない。上記例は、一部同じものがあるが、諸要素が入るので別文と解した。金沢本は女房名の違いはともかく、歯の染め方まで記される本である。

また、この例のごとく、衣裳が別文と判断される場合も、その本独自の別文の場合もあるが、ほぼ同一の「別文」が何本かに見られることが多い。これらの系統性あるいは独自性は、管見三十六本だけの検証では無理である。例えば、ある衣裳描写箇所（あ）の甲文がA本・C本・D本にあり、乙文がB本・E本にあるとして、衣裳（い）の甲文がA本・B本、乙文がC本・D本・E本にあるように写承課程が入組んでいるのである。

以上、衣裳描写は複雑であり、本考察は端緒的に止まる[8]。

○登場人物の増減

例：惣次郎は年始／そこ〱にしまいてじぶんの別荘の茶やに居る狂哥／師唐人と小林朝寝、たいこの忠蔵喜太郎画師國貞／に安倍、出いりの呑いしや、かゐでちくあん作者《？》貞孝／船宿にて亭主小まつや金蔵などをつれて松の内（金沢十三オ）

この例は、惣次郎の取巻きの人数が披見書の中で一番多かったもの。上記衣裳と同様、金沢図本独自の筆の延びか書承の一タイプなのかは、断定出来ぬのでここに分類した。

○冒頭の文

これがある場合（ア削除の当該項参照）でも少しずつ違う（武藤論文参照）。

○主人公の名前　上記衣裳の項目で船宿の女房の名前は一般に「おくま」だが、金沢本など「情談江戸紫」では「おぬい」である。主人公男女も「お組・惣次郎」が一般だが、弘前2・架蔵2は「おちさ・長我」である。このような人物名の違いも系統により追跡可能であろうが、ここでは指摘に止めざるをえない。

以上　削除、延び、要約的表記、組替え、といったテクニック要素や、異文の書承という要素を伴って書写が行われた。しかし、これらは物語としては、同内容の『江戸紫』書承のうちと言えるのではあるまいか。

ク、筆の延びの多い本について

――国会本A・中村3本・中野蔵本・鈴木俊幸A本・架蔵⑧

○国会本Aは、前田愛が紹介されたため有名になってしまった。しかし、国会本Aは、冒頭の文が無く、また、智清の挿話（及び石部の繰言）を大きく削除している。また、付け上せ（管見中この本だけが特異である＝注9・**別表2**も参照）を代表とする本文創作が多く、諸本が多く、そのまま写す惣次郎（この本では「宗次郎」）の書き置きまで創作及びカットで文言を変えることが著しい。このように、『江戸紫』の普遍的な面を考察する際、国会本Aを底本とすることは出来得ないだろう。

もちろん、国会本A独自の価値は当然ある。それは創作的な面である。上に挙げた事を逆の観点からとらえればよいのである。加えて、この五冊は表紙も装飾が施されていて、裏面も写本類の反古を使っていて、写本業とのつながりを想起させる。

前田愛の論考は、人情本研究史的にみると刊本の人情本として「年表類の極初に記される」『清談峯初花』（文政二・四年＝十返舎一九）の素であることを紹介したことの方が、世の中に伝わったようであるが、意図するところは、「人情本における素人作者の役割」であった。その点は、武藤元昭が指摘されているように、この本の付け上せ部分が、二丁半に亙っての道行の様な文であること（他の諸本は、**別表2**の通りの如く、ほぼ同じ長さと内容である）を顕著な例として、前田愛の論旨たる素人臭さを指摘することはできない（武藤論文参照）。また、上記削除部分も『清談峯初花』にも影響するところである。よって、前田愛の論旨は、国会本Aからは導き出せないことになる。もちろん、今迄考察してきたように、とりあえず、校訂本により事実関係を訂正すれば、上記前田論文の内容が活きてくる部分も多い。

○中村3本　この本は、金沢本すなわち『情談江戸紫』と同系統の本である。加えるに、第二～四章に冒頭文を置く。また、四章の勘当場にも創作がみられる。創作意識の強い本である。但し、五章以下にはその動きはない。

○中野本＝六分冊といった分量の多い本になっているが、この本の場合、それに伴い編集造本意識あり独自性をもたせようとしている。巻一～四を中心とする（巻五／六はその意識が少ない）。巻一に扉を付け『清談峯初花』との比較を試みたり、独自の序を有する。この扉部分と独自の序から、筆写者は自分なりの本を作ろうとしている。巻二に冒頭、舟宿風景諸本にある文を部分的にカットしている。一般的にカットしない部分なので、書写者がテクニックをみせているつもりかもしれない。また一方では、お組が家のもめ事を知らせる文や勘当の言渡しを独立させている。巻三は、惣次郎の置手紙が異文であり、その後のお組らの零落が簡略である。これら一続きの部分は、かなりの独自性をもつ。末尾に入れ事をし丁数を調整する。巻四は智清の素性（大奥騒動前半）等、略が多い代わりに智清と惣次郎の会話が延びたりお組の役者準えを文政当代にする工夫がある。

○鈴木俊幸A本＝『吾妻男恋の浮き橋』。年始に出かける部分の善次郎の行動、惣次郎の勘当後の道行及び、惣次郎が、熊谷堤で上州絹問屋の甥息子喜八に助けられること（旅の途次の連れも喜八）、その恩義の為、喜八の道化的性格が幾分控えられる、また、お花と惣次郎の会話が濡れ場風である。他に、お賎お組の零落が異文であったり、智清の元に出かける惣次郎に京伝の扇（寝ぼけ先生の讃）を持たせたりする創作的延びがあり、全体の結構を変えるものではないが、上州での描写等独自性を持つ。また、写本も、能筆、割筆がある。

○架蔵⑧　独自の文飾・筆の延び・省略（特に後半の衣装について）が多く編集意識の高い本である。結末で惣次郎が士分になることが顕著な例であろう。

以上、中には筆写者の創作的筆致が有るものもある。ただ、上記五本のごときも、実録写本のように、構想上全く違うものが入るというのではない。なお付け加えるならば、これら創作的あるいは編集的筆致が、その本全体に行われず、いわば、息切れを起こすことを伴うことは報告してもよいだろう。例えば、中村3

本などは、五章以下は『情談江戸紫』を忠実に写す本であるといってよかろう。中野本の五・六章もこれに準ずる。また、創作的筆致はあまり伴わない本ではあるが、架蔵⑤など前半は着実に写し、二行割書などもあるが、後半略文が多くなる。これなど写すに疲れたこと顕著である。これらは、例えば、貸本用の実録写本ではあまりない写し方であり、一個人（＝素人）の写しであることを象徴ものであろう。

ケ、中村四本からわかること

写しの特徴を少しく述べたので、ここで中村幸彦旧蔵の『江戸紫』から知り得ることを少しく書く。

中村3本『情談江戸紫』は十回本であり、二〜四回には、上記の如く筆の延びがあるが、結局は、金沢本と同系統である。他は、衣裳も同じであるのをはじめ本文は、ほぼ同じである。

これにより『情談江戸紫』という系統が出来ていたことが知り得る。[10]

中村1本は、外題こそ『江戸紫』前（後）編上（下）だが、内題は「三ツ組盃操の縁」前（後）編上（下）中本四冊である。すなわち、天理本と同系統である。天理本については武藤論文にあるが、目録・見出しがあるがこれも同じ、本文もほぼ同じである。このように「三ツ組盃操の縁」という中本四冊目録見出付きの系統が成立していたことがわかる。なお、書写の字体は中村1本が普通のもので、天理本はやや気取ったものとなっている。

すでにみてきたように、写本『江戸紫』の諸本の本文は入り組んでいて、とても系統立てることは難しいという現状だが『情談江戸紫』『三ツ組盃操の縁』という系統があることは確かだ。中村氏の写本『江戸紫』収集の意図を確定することは出来ないが、『三ツ組盃操の縁』など天理と同じ物ゆえ入手されたのかもしれない。

なお、弘前B・架蔵②で「お組惣次郎」を「おちさ長我」とするが、これも系統のひとつといえようか。

コ、［校訂本文］ではとらえられないこと、並びに管見三十六本でもわからない部分

上記のような諸要素から書写がなされ、各本が成立する。校訂本文は、そのような各本を検討するに供するべく、なるべく多くの共通項を拾うべく、甲南女子大本と市立金沢図書館本を使用し作成したつもりである。しかしながら、二本の校合では、他本にあるポイント的な箇所を欠く場合も当然出て来る。その点を補う。

○脇差（**別表2**参照）

惣次郎実父の浪人が今際の際に脇差を善次郎に託す事、及び養母も死際にそれを惣次郎に渡すことは三十四本（他二本鈴木俊幸C本・架蔵④は、下巻のみの為除く）中九本に出て来る。『清談峯初花』にもあるから、この「脇差」の件があるのは、通常の内といえるかもしれない。これが校訂本作業では入らなかった。二十二本にはこれがなく、そういう系統が普通ともいえるのだが、甲南女子大本と金沢図本とも後者である（この系統も勘当の際、懐に忍ばせることは通常ある）。

以下、その有する場合の二本を例示する。

例：此わきさしは大事成品生長の後遣し度くれ〳〵も願申度と手をあわせ拝みなからついにむなしくなりにけり（武藤本）

例：親の命日ハいつ〳〵とこま〳〵といひ残し彼のわきさしもくわしくしさゐをいひきかせついにむなしくなりにける（弘前B）

○むし（上州の方言＝上州で喜八や家人が会話中に使う語尾）（**別表2**参照）

例：成程きこうは氏神様じゃ（甲南女子＝四十オ）、なる程智恵者だ（金沢図）

↓貴公はちゑしや物たむし（天理）、なるほど智恵者ものたアむし（国会）

ここは、喜八がお花と結び付く事ができた翌朝、親しげに惣次郎に感謝しているところである。この箇所で方言の語尾「むし」を使うのは三十六本中（他二本鈴木俊幸C本・架蔵④は下巻のみの為除く）十五だが元々はあったろう。「むし」は、含め三箇所あるが十六本中「むし」は全く使わないのは金沢図本を含め八本しかなく、流布するに従い、この方言を理解しなくなり削除するようになったと考えられる（架蔵⑩「おもしれ事だむしのほうか」と「虫」と解釈してしまっている例もある）。ともかくも、当該箇所は校訂作業で欠落してしまった事は確かである。

以上、校訂本では補いきれなかった例を挙げて見た。

次に、管見三十六本でもわからない部分をいくつかあげる。

○真田左衛エ門（「むし」に関連して）（**別表2参照**）

「むし」という、この上州方言は理解されず欠落してゆくと考えられるのだが、文政七年写の金沢本にはなく、創作度の高い国会本Aに却って多い。そのまま写されて行く例である。やはり上州で、喜八が惣次郎を褒める際の例えとして、「真田左衛エ門」という箇所で「この国の」と付加えることがある。これは、もともと沼田藩の城主が真田の兄家系ゆえの例えだが（前田愛が桐生の事とするのは、『春色江戸紫』等からの誤りだろう）、この欠落にも「むし」同様のことがおきている。

○智清の剃髪理由の省略

弘前A、弘前B、鈴木俊幸A本、国会A・架蔵⑨・架蔵⑩（・架蔵⑬）

それぞれの本についてはここまで、弘前A・架蔵⑨が大幅カットする本、鈴木俊幸A本・国会本Aがそれぞれ創作的な要素を含むとしか説明出来なかったが、智清の剃髪理由の省略という点で一つの一致をみる。同系統の要素があるのだろうが、それ以上は不明である。

架蔵⑬は、原本を忠実に写すものだが、一三三ウに「此間ぬけて居る様と／存じ候へ共本の侭しるす」とし、終盤、お組惣次郎のもとに智清から手紙が来て、二人が池之端を訪ねその剃髪に驚くところから、惣次郎が石部の孫と判明する部分の前半までを欠く。この原本も剃髪理由を欠いた本であることが想像される。架蔵⑩も⑬ほどではないが、おおよそのままを写す本であるから、同じような理由によるのかも知れない。

先に、ア削除の項目で智清の大奥騒動のことを記したが、剃髪もそれほどまで多くはないが、略される傾向にあったようだ。ただし、略される点では共通するが各本の性格は一致するものではない。
○肥前藤四郎（形見の脇差の名称＝別表２参照）
これは甲南女子大本にある誤写（下四十九オ）で、金沢図書館本では「備前」とある。しかし、中村氏４本・鈴木俊幸Ｂ本、架蔵③・架蔵④・架蔵⑤・架蔵⑪・架蔵⑫にもあり、甲南女子大本書写者の単純誤記ではない。これも性格の違う諸本に、この「誤写」の一致をみる。そういう流布系統があるのだろう。この語は訂正が容易いが、諸本の複雑さを物語る。なお、「備前藤四郎」は『清談峯初花』にもある。
＊衣裳、役者準えは前述した通り不明点が多い。
以上、諸本の多さを示す証ともなろうが、現状では［校訂本文］と各々によらざるをえない。

サ、書形
写本もの人情本の原則に従い一般に半紙本だが、本書は流布の多さにより諸々ある。
半紙本：国会Ａ・弘前Ａ・弘前Ｂ・金沢・甲南女子大本・早大・中村２本・中村３本・鈴木俊幸Ｂ本・中野蔵本・棚橋２本・架蔵②・架蔵③・架蔵④・架蔵⑤・架蔵⑦・架蔵⑧・架蔵⑨・架蔵⑩・架蔵⑫・

架蔵⑬

＊半紙本よりやや美濃本に近い：鈴木俊幸Ａ本

＊　同　唐本　に近い：鈴木俊幸Ｃ本

中　本：中島・架蔵①・架蔵⑪・架蔵⑭

大　本：中村３本・棚橋１本・架蔵⑥・架蔵⑮

横　本：武藤本・水野本

枡形本（中型）：天理・中村１本

シ、書名

大方『江戸紫』（適宜全体或は、部分を仮名・当て字にする→**別表２**参照）だが、違う場合もある。

『三ツ組盃操の縁』＝内題・外題とも（天理）、＝内題のみ：中村１本（外題は「ゑとむらさき」）

『情談江戸紫』＝内題・外題とも金沢本・中村３本

『江戸紫恋の明ぼの』＝外題　中村４本

『近世江戸紫』＝内題・外題とも架蔵⑮

『春情恋史江戸紫ゆかりの色揚』＝内題　架蔵⑧

『吾妻男夢の浮橋』＝外題　鈴木俊幸Ａ本

『ほととぎす』＝外題　鈴木俊幸Ｃ本

＊なし（外題内題とも）＝鈴木俊幸Ｂ本

『おくみ物次郎』＝外題　国会Ｂ

＊『於組惣次郎物語』＝外題　架蔵⑨
＊『お組惣次郎江戸紫』＝外題　武藤本・架蔵⑩
＊『おくみ惣次郎江戸紫』＝外題　棚橋1本
＊『おくみ宗次郎江戸紫』＝外題　棚橋2本
＊『都下紫惣次郎おくみ』＝外題　早大（内題は「都下むらさき」）
＊『於組惣次郎じつくらべ』＝外題　架蔵⑫

以上の例から、異タイトルでの流布がわかる。『三ツ組盃操の縁』『情談江戸紫』は、中村本のところで述べたとおり一つの写本系統として捉えられる。『吾妻男夢の浮橋』外題＝鈴木俊幸A本『春情恋史江戸紫ゆかりの色揚』＝架蔵⑧は、本文が創作的筆致を見せることも考え合せられるかもしれない。一方で、鈴木俊幸C本は、安直に外題を変えてみたとも解釈でき、そうであれば、鈴木俊幸B本の無題も、はやりタイトル不要の有名作品との意識が存在した例に加えるべきかもしれない。そして「おくみ惣次郎」という書名が登場していることにも注目したい。管見三十六本では、写本系統としては捉えられないけれど、これらの中、二本（国会B・架蔵⑨）のタイトル（や六本の角書）とはなっているのである。

ス、章立・冊数

写本『江戸紫』は、一冊か少ない冊数、章立ても無い、あってもすくないイメージがあり、実際その形態が多いが、そうでない場合もある。点検してみよう。

章立（巻数）

一：国会B（二分冊だが無）中村2本・中村4本・鈴木俊幸A本・鈴木俊幸B本・鈴木俊幸C本・水野本・

棚橋本1・棚橋本2・架蔵④（もと一冊本の分冊下巻）・架蔵⑤・架蔵⑥・架蔵⑦・架蔵⑧・架蔵⑩・架蔵⑫・架蔵⑬（架蔵⑪十巻本を見よ）（後掲の注10参照）

二：武藤本・架蔵②・架蔵③・架蔵⑨・（弘前B＝上下巻とし上巻5回まで表示あり下巻なし）

三：早大・中島・架蔵⑨

四：天理・中村3本（この二本は『三ツ組盃操の縁』）

五：甲南女子大本・国会A

六：弘前B（四巻六冊という変則＊実冊数一冊＝冊数参照）

中野本（本文に章立なし冊数六による。六巻目あるいは二章で、七章立と考えるべきか）か

十：金沢・中村3本（この二本は『情談江戸紫』）・架蔵①・（架蔵⑪章立なし乍ら十箇所に印があり十巻本を意識）・（弘前A＝上下巻とし上巻五回まで表示あり下巻なし）

＊十：架蔵⑭上巻巻頭に目録を付す（上巻3／中巻3／下巻2但上巻のみ存）・架蔵⑮

冊数

一冊：金沢・中村3本（この二本は『情談江戸紫』）・甲南女子大本・弘前A・弘前B・早大・鈴木俊幸A本・鈴木俊幸B本・水野本・棚橋本1・架蔵③・架蔵④（もと一冊本の分冊下巻）・架蔵⑤・架蔵⑥・架蔵⑦・架蔵⑧・架蔵⑬

二冊：国会B・中村2本（上巻のみ＝推定）・中村4本・武藤本・棚橋本2・鈴木俊幸C本（下巻のみ＝推定）・架蔵②（上巻のみ＝推定）・架蔵⑨・架蔵⑫（上巻のみ＝推定）

三冊：中島・架蔵⑩・架蔵⑪・架蔵⑭・架蔵⑮

四冊：天理・中村1本（この二本は『三ツ組盃操の縁』）
五冊：架蔵A・国会
六冊：中野本

章立は、以下の実例や『日本小説年表』（明治三十九・朝倉無聲・金尾文淵堂」に、「十」冊と記されていることから、十章とするのが原則内での最大であろう。[11] また、章立については、諸本に多く見られる本文中の「扨」に注意すべきだろう。所々に見られ章立の目印の役割を果しているようである。

例：長「早く御かへりなせへまし　惣「じきにけへると出て行「扨又惣がかんどふされたるあとにて久松丁善兵衛は我《も》実子ゆへ直に善二郎へ家とくをゆ《やり》づりお弓は誠の本さいのやうにしてお組を幸善二郎の女房にせん（四十六ウ―四十七オ）

主人公惣次郎の三崎の住居からお組の難儀の場面へと転換を図るのに「扨」を以ってつないでいる。これは、改章の名残である。すなわち、上記「扨」で章立する本が、金沢・弘前B・天理と三本ある（天理は「扨」を消す）。そうでない場合も、架蔵⑩のように分冊の冒頭が「扨」で始まり章立ての代わりとしたり、上記の［校訂本文］（＝ここは甲南女子大本のママ）のように、冒頭でない章中に「扨」が残ることが多い。

以上、冊数は、管見の及ぶところ、おおよそ一冊。二・三、（四）、多くて六冊であった。

セ、表記・字母

一つの単語を漢字と仮名を混ぜて表記する事が多く、また本により逆の場合が多い。

例：なる程・・・成ほと

表記の問題は、刊本人情本表記（写本ほどでないにせよ）にも係る問題で興味深い。『江戸紫』は流布ゆえに、例えば、早大本のように、本により漢字を多く使用する表記に集約されてしまうこともあるが、一般に漢字と仮名を混ぜて表記するこのような事が多い。それに関連するが、この写本の字母の使い分けは、意味付加と視覚の両点があるようだ。視覚面の例としては天理本が挙げられる。その蔵本の凝り方から、書写も留意されているようだ。天理本の例を始め、上記同一箇所単語の漢字仮名表記の逆転（書承関係にないのだろうから正確な言い方ではないが）等これから起ることもあろう。

なお、字母は同一本内では、法則性はみられるようだが、それ以上は不明である。

今回の翻刻は、二本を併せたこと等から字母に関する表記は見合わせた。

ソ、流布形態

基本的に個人蔵本として流布したと考えられる。例えば、「此主浜女」と記される横本（武藤本）は、一女性が愛蔵したことを髣髴とさせる。管見の範囲では、貸本はなく大惣本目録にも見られない（同目録「恵登邑佐喜」は刊本（向井信夫「人情本寸見」＝『江戸文藝叢話』所収参照）。もし貸本形態を主とするならば、十冊本等冊数の多いものが多く残るであろう。本作品は、十章立冊数で記した通り、十巻仕立を基とした形態をとるが、実際は一冊本・二冊本が多い（前田は、『洗鹿子紫江戸染』の序文により、貸本屋の手を経て流布するとされるが、むしろ書き屋としてではあるまいか）（注11参照）。

また、写された地域は江戸中心か。不詳であるが、管見に及ぶ中で、架蔵⑧には「信州・仁科・曽根原」という地名を含む印記があり、地方で写された例になるかもしれない。[12]

このように、諸要素を含みながら写本『江戸紫』は多く流布していた。ともかく、永きに渡り書承され、人々に愛読されてきた証である。そして、人情本というジャンルの底流になっていた。

以上、写本『江戸紫』は、文化年間ごろ成立し、文政初年には内容が確定し、架蔵①が明治十四年写であるごとく、明治十年代まで写された。その書写の様子は、「削除」「延び」「誤写」といった写本一般にある要素から、登場人物の役者準えや衣裳といった世話物語に顕著な描写、あるいは部分的な筆の延びなど、諸要素がからみあっていた。書写者も個人で、自分の手元に置きたかった女性が多いようである。また、『情談江戸紫』『三ツ組盃操の縁』といった一部に系統立てられる諸本もあるが、管見三十六本の点検は、その端緒に過ぎないかもしれない。

【付録】『江戸紫』を利用した作品群

一方には、刊本への利用も以下のごとく多かった。この場合、流布の形態が変化し、内容の変化の程度が増加したといえよう。

前田は以下のごとく四点の刊本への利用を紹介される。

『清談峯初花』文政三・四年刊　人情本
『洗鹿子紫江戸染』天保六年　草双紙
『琴声美人録』弘化四～安政五　草双紙
『春色江戸紫』元治元年～明治初年刊　人情本▼⑬

出版もまた裏返せば、写本『江戸紫』流布の証である。これらのうち、どちらかというと、人情本は原作をそのまま、あるいは改作、草双紙は世界の利用といった傾向がつよい。これらは、かえって『江戸紫』が世の中に流布していることを端的に示す部分もある。『清談峯初花』との係りに関していえば、前掲『八重霞春夕映』初編序（英泉＝文政六）の他に、『琴声美人録』二編序（京山＝弘化五）に「一日書賈喜鶴堂叩扉て謂やう玖美想次郎といひしもの、事跡をしるしたる写本あるを翻案て峯の初花と題したる刊本世に流行たりしにいまだ稗史には見えずあらバ行れんとある人いへりさもとおもへバ作り玉はれ」と言及する。しかし、『洗鹿子紫江戸染』（天保六）自序には「写本で傳る江戸紫は。婦女の貴意にかなひ。流布するよしを聴につけ。」と、これは前田の言われる通り、『清談峯初花』への言及がない。また、第一、『清談峯初花』の主人公名の捨五郎／お薫を他の三作品が使っていない。『江戸紫』自体の存在が大きい。このように刊本『清談峯初花』は、写本『江戸紫』に共存はするものの競合材にこそなれ、補完材にはなっていないのである。ほかの人情もの写本で、例えば、『お高半次郎情乃二筋道』（刊本『婦女今川』前編の元）や『お千代三十郎』（刊本『應喜名久舎』『春色玉襷』の底本）等、その刊本化が一因するのだろうか、伝本が少ない▼[14]。それに比べて『江戸紫』は違う。刊本化されても以前写本で流布していた。さらに、お組惣次郎は一組の男女の代名詞化のごとくになる。『琴声美人録』にそれが顕著である。また、明治期、圓朝の「緑林門松竹」巻五以下にも、お組惣次郎という名前が一組の男女として利用されている（岩波書店『圓朝全集』六）。このような世間への浸透もある。そうしてみると、特に、草双紙には他に「お組惣次郎」を多く見出せるかもしれない。

次に、当然ではあるが、人情本の中での『江戸紫』の部分利用もある。

○『雪窓閑話玉濃枝』春水作初編（文政十一刊？）

主人公が勘当に臨む際、わざとほろ酔い機嫌となること（三冊目）

＊序文に「女性による写本」をもととするとあるが、『江戸紫』をほのめかしているかもしれない。

○『合世鏡』鼻山人作初編（天保五）

主人公鯛之介（喜六）は、奉公先甘縄屋久兵衛の入婿玄三郎と久兵衛後妻おみたを結び付ける場面（下巻）

＊惣次郎は、上州で絹屋の娘に惚れられるが、そこの甥喜八に結び付ける。
このように、春水もこれら写本に接し、かつ、一般的にこの結構を用いていた。また、鼻山人にも『江戸紫』受容の証拠があった。
もちろん、写本もの人情本でも次のような影響例がある。
○阿都万之有女（写本＝関西大学中村幸彦文庫蔵）
「歌右ェ門ト仟之丞と嵐吉を味りんとかつほ節で一所にして福助の愛きょうをつけ八代目のいきな處をふりかけたよふなのがい丶だろう」と『江戸紫』のお組の役者準之の文言に依拠する表現が記されたり、主人公梅之介が実子に跡を継がせる為の、わざとの放蕩から勘当という趣向が使われたり、本作品の影響を受けていることがわかる典型的な作品。
○梅の二度咲（写本・架蔵）
主人公男女が、初めて結ばれる処に『江戸紫』同様の会話がある。その末に「作しやハいまた〳〵といふのかわるくねへ物た扨」とある。

平成九年度春季近世文学会で、口頭発表させていただいたうち、「写本『江戸紫』」諸本についてを、未だ公表できずにいたので、ここで一応の文章化をはかったものである。その間の十数年のうち、図書館等所蔵本で、新たな閲覧を果たしたのは、関西大学中村幸彦文庫蔵五本と国立国会図書館B本の五本のみである。写本一般はまた本論で述べた理由により、想起しないタイトルが付けられているケースも多いだろうから、図書館等所蔵本は、まだまだあると思われる。一方、架蔵本は、当時三本であったのが十四本にまでなった。さらに、その後単著化するにあたり、棚橋正博から二本見せていただき、架蔵も、もう一本増え十五本となった。つまりは、個人蔵も無数にある証だろう。ここにあげた三十六本は、写本『江戸紫』のほんの一部である。例えば、本書校正も終りに近付いた一月、零本を入手したことがある。外題「長夜の咄し」。後半部分（宗次郎《ママ》が智清を訪れるところより結末まで）の中本下巻一冊（五十三丁・架蔵⑧に近い本）、「野州／猿田／南川岸／問屋」の印、裏表紙に所有者名「足利町六丁目／丸山正」。現代でも無数に存在する証である。まして当時の流布は計り知れない。しかし、本論では、その書承形態の基本調査を記したつもりである。諸傾向要素を含みつつ、この写本『江戸紫』は同じ様に写され、また広く読まれ続けて来たのである。

【注】

（1）写本『江戸紫』が『清談峯初花』の底本ということに関しては、ほぼ同時期、鵜月洋が『岩波講座日本文学史』近世①（昭和三十三・七）所収「江戸町人文学」でも述べられている。

（2）拙稿「人情本の型」（本書第三章第一節）、拙稿「中本について」（同第一章第一節）参照。

（3）中村幸彦著述集第十集『舌耕文学談』等。

（4）写本における増補改訂意識と、そのままに写そうとする意識の二面がある。確かに、上記三本は、写承者の増補改訂がある。しかし一方、架蔵①の明治十四写本は、あまり良い例ではないが機械的筆写であり、写年は新しいものの、そのまま写そうとしていることがわかる。実録でも諸本に隔たりがない作品があることも指摘されている（岩波『古典文学大辞典』「西国巡礼娘敵討」の項）。あるいは、書承上内容変化が確かに認められる作品でもある時点で、同内容を伝えようとする事例も報告されている（小二田誠二「実録体小説の生成—天一坊一件を題材として」六章実録の成長＝『近世文藝』四八号、昭和六十三）。

（5）『江戸紫』の場合、いささか長いのだが、冒頭を気取った文章にするのは約束事である。（参照：中村幸彦「近世的表現」著述集第二巻・拙稿「瀧亭鯉丈の『浮世床』」（本書第一章第二節）。なお、『清談峯初花』冒頭は原写本より堅い内容で、ここにも板本化のテクニックが伺える。

（6）このお組の準えに先立ち、智清が姉おしづを粂三と準えることがあるが（『校訂本文』下九ウ）、弘前B本では「米《こめ》こ」としてしまう。

（7）数回出るうち、表記の違うものもあるが初出による。なお、富も留もトメと読め、「ナカトメ」の可能性もある。「富さん」は「トメサン」だから、音韻相通であろう（内田保廣御教示）、つまり単純な誤写とはいえない。

（8）なお、武藤御指摘の早大本の藤色使用は、通常のものであり独自性はないと思われる。

（9）当該部分は以下。

本郷《ほんごう》（一オ）通《とふ》りを打立心《うちたちこゝろ》ほそくも上方《かみかた》へと心《こゝろ》さし岩槻道《いわつきみち》と木曽路《きそじ》への追分越《おいわけこへ》て明る夜《あくるよ》を告《つぐ》るそら寝や鶏聲ケ窪《けいせいがくぼ》巣鴨過《すがもすぎ》れは庚申塚護国寺《こうしんごこくじ》の森左《もりひだり》りに見《み》なし畷續《なわてつゞき》に板橋《いたばし》や蓮沼志村打過《はすぬましむらうちすき》て戸田《とだ》の壙野《ひろのゝ》の花薄《はなすゝ》き弥生《やよい》の頃《ころ》は桜艸穐《さくらそふあき》は蟋蟀《きり〳〵す》の名所也《めいしよなり》といそがぬ道《みち》をぶら〳〵と何《なに》か（一ウ）心《こゝろ》に苦労《くろう》に思《おもひ》ひながら戸田《とだ》の川船打渡《かわふねうちわたり》り堤《つゝみ》を越《こし》して蕨宿白幡《わらびじくしら》過《すぎ》て浦和《うらわ》な類月讀《るつきよみ》の宮伏拝《みやふしおが》み此宿端《このしゆくはづれ》の茶鄽《ちやでん》に暫《しばらく》く憩《やすら》ひ遠《とふ》く望《のぞめ》は浅間《あさま》が嶽《た》に立煙空《たつけむりそら》に靉靆近《たなびきちか》く見《み》る賤《しづか》の手業《てわざ》も鄙《ひな》珍敷古郷《めつらしくふるさと》も遙《はるか》に思《おもふ》ふばかりなりそれより上州《じやうしう》と心《こゝろ》がけ名《な》に大宮《おふみや》の原《はら》うち闢《ひら》け（二オ）末《すへ》はいつくと白波《しらなみ》の棲家《すみか》もあらで物凄《ものすご》し當所氷川大明神《とふしよひかわたいみやうじん》は武蔵國一《むさしのくにいち》の宮《みや》とて石《いし》の花表《とりい》より御社《みやしろ》まで拾《じ》八町古木梢《こぼくこずへ》を交神《まじへかみ》さ飛《び》まさる神籬《かみがき》に手向《たむけ》の幣《ぬさ》も取《とり》り敢《あへ》す折《おり》〳〵て尾花《おはな》を上尾《あげほ》の宿《しく》はや日《ひの》の影《かげ》も斜《なゝめ》にして黄昏《たそがれ》に及《およべ》ば驛路《えきろ》の駒《こま》の鈴《すゞ》の音《ね》も繁《しげ》く往《ゆき》（二ウ）通《かふ》ふ旅人《たびひと》も足《あし》を早類《はやめる》にそ兼《かねて》て桶川《おけかわ》を泊《とまり》りと定《さだ》め翌《あくる》る拂暁《ぶつきやう》にたち出鴻巣《いてこうのす》の宿《しく》に入《いれ》は浄土檀林勝願寺《ぜうどだんりんしやうくわんじ》越《こ》し路《じ》にみだの観音堂《くわんおんどう》吹上《ふきあげ》こへて熊谷《くまが》封壇右《みぎ》に城塁《じやうるい》層〳〵として暾《あさひ》に輝《かゝや》き左《ひだ》りに顧《かへりみれ》れば荒川《あらかわ》の流《ながれ》綿〳〵として潔《いさきよし》しさて蓮生山熊谷寺《れんしやうさんゆうこくじ》の廟《びよう》に詣治郎直實《もふてぢろうなをさね》の遺跡《ゆいせき》を（三オ）吊《ともらへ》は唯松風《たゞまつかせ》の音淋《おとさび》し深谷《ふかや》をすぎて岡部村六弥太忠澄《おかべむらろくやたたゞずみ》の墳墓有《ふんほあり》り本庄《ほんじやう》こ衛亭神奈《へてかんな》川上野武蔵《かうつけむさし》の境《さかい》なり新町宿《しんまちじく》に泊《とまり》りを需出立空《もとめいてたつそら》は倉賀野《くらがの》や明《あけ》なは渉《わたる》る烏川高崎越《からすがわたかさきこへ》て尋《たづね》みん佐野《さの》の渡《わたし》し船橋《ふなばし》は名《な》のみ残《のこし》して板鼻《いたはな》や安中松井田《あんなかまついだ》の間《あい》だにて上州《じやうしう》（三ウ）大町人《おふてうにん》の隠居《いんきよ》らしき人に道《みち》つれになり（四オ）

(10)「情談」の読みは、「じょうだん」だろう(参照『講座日本文学史』第⑩巻「戯作の大衆化」棚橋正博、一九六六)。国文学研究資料館マイクロフィルムデータベースで、「なさけがたりえどむらさき」と読むのは正しくないと思う。

(11)前田の論参照。また、氏の御指摘の通り、次版の『新修日本小説年表』(大十五・春陽堂)以降削られる。本論末部分で述べるように、私は『江戸紫』が基本的には、個人の写しによるものであったろうと考えているが、しかし、小説年表に一度記されたということは、貸本屋本の存在の可能性を示唆するものであるのかもしれない。

(12)例えば、「5江戸紫」「6江戸むらさき」は、共に弘前市立図書館蔵であるが、同市の岩見常三郎氏の収集されたもので、おそらく弘前で写されたものではない。このように確実に地方で写されたものは、今のところ見いだしてはいない。なお、実録写本で東北なまりの強い写しがあるが(例、架蔵「重櫛浮世清談」)、管見の『江戸紫』には、そのような意味で地方色のあるものもない。

(13)本書は、明治十六年春陽堂から活版のボール表紙本として刊行される。この刊行自体、取上げる必要はないかも知れないが、「春陽堂新版廣告」(『月雪花戀路の踏分』中巻=明治十六、末)に、「『(おくみ・惣次郎)江戸紫』故人為永春水戯作」とあり、角書から写本をイメージさせ、また、春水の代表作の感を与える(同時期の刊記兼出版目録にも同書名有り)。これらから、この春陽堂活版化もこの写本の流布の延長線上と考える。

(14)この二点については、拙稿「人情本の型」(注1参照・本書第三章第一節)、さらに『お千代三十郎』については、本書第五章第三節参照。

【付記】本論をなすにあたり、ご教示と『江戸紫』をお貸しいただいた、武藤元昭氏、中野三敏氏、鈴木俊幸氏、水野稔氏御家族様、ご教示いただいた延広眞治氏、大高洋司氏、『江戸紫』の閲覧を許された甲南女子大学図書館、天理大学付属図書館、早稲田大学図書館、関西大学図書館に御礼申し上げます。

さらに、本論発表後、棚橋正博氏からも写本『江戸紫』の貸与があり、今回の論に付け加えさせていただいた。併せ御礼申し上げます。

別表1　『江戸紫』管見一覧表（順不同）

番号略称	書名（内題外題は有する物をあげた。外題は後補の可能性のあるものもある）。	書型・巻数・冊数	半丁あたりの行数、および一行の字数	所蔵	備考　①に本文の特徴②は内容その他に記すべきことがある場合付した。
1、国会A	江戸紫（外）〃（内）	半紙本五巻五冊（21丁半＋29＋42丁半＋44＋33丁）	八行16宇内外	国立国会図書館蔵本 189—5—303	①本文創作が多くまた削除も多い。なお表紙裏面は写本類の反古を使っており写本業とのつながりを想起させる。②道行を付けた事を代表とする本文創作が多い。智清のエピソード（及び石部の繰言）を大きく削除の他、並みのカットも多い。諸本手をいれることの少ない宗治郎（惣次郎）の書き置きまで創作及びカットで大幅に文言を変える。
2、国会B	おくみ惣次郎（外）	中本二巻二冊（51＋57丁）	十行20宇内外	国立国会図書館蔵本 913—1—5 ＊デジタルライブラリー所収	①ほぼそのままを写す。跋文あり。「此ぬしとも」とある。
3、甲南女子大本	人情本江戸むらさき一・二／江戸むらさき三・四・五（外）江戸むら嘆（ほか・内）	半紙本五巻二冊（50＋50半丁）	九行20字内外	甲南女子大学園書館蔵本Z913—5／E2／1・1—2	①巻末に「文政三辰年霜月吉日此ぬし牧野高」とある。末尾6丁半字の乱れ、別筆か。②校訂本の底本。
4、金沢	情談江戸紫（外）〃（内）	半紙本十巻一冊（96丁）	十一行23字内外	市立金沢図書館蔵本（稼堂文庫）〇九一・八—三一	①巻末に「文政八年乙酉八月下旬写之黒川氏」とあり。ほぼ全文を写す。・校訂本文の補本。＊書名「情談」の読みは「じょうだん」だろう。
5、弘前A	江戸紫（外）江戸紫上巻（巻弐・巻の三・巻四・巻五・江戸むらさき巻下（内）	半紙本（五＋下）巻一冊（97丁）	八行19字内外	弘前市立図書館蔵本W913—55	①当初より一定の丁数に納めようとしたようでかなりのカットがあり、下巻はさらに多い。要約するためか、異文となることが多い。甲南女子大本と同系統か。＊コピーによる。

6、弘前B	江戸むらさき（内）＊各巻表記異なる＊表紙欠＝外題不明	半紙本五巻一冊（70丁）	十一行23字内外	弘前市立図書館蔵本W913—54	①巻末に「天保十二年辛丑年六月下口寫之」とある。主人公名を長我（←惣次郎）おちさ（←お組）とする等あり。架蔵㊤は上巻のみながら本書と同系統か。＊コピーによる。②筆の延びが各所にある。特に後半（例）山の宿のおひさとお賤の会話、智清が押掛けて来る処。略文＝智清の剃髪理由、結末。各回ウラ丁に余白のある場合歌で埋める（1、2、4回）、三回目はおくり、五回目は余白なし。最後に写し落しを謝罪する文辞あり。＊所有者名「伊藤宇次」
7、中島	江都柴（外）江戸紫（内）	中本三巻三冊（49＋66＋50丁）	八行15字内外	太田市立中島記念図書館蔵本	①ほぼ本文全体を写すが、惣次郎が江戸へ戻る処は省略。国文学研究資料館マイクロフィルムによる。
8、天理	三ツ組盃操の縁（外）〃（内）	升型本四巻四冊（42＋50＋54＋43丁）	七行14字内外	天理大学付属図書館蔵913・68—63	①初編末に「天保七申霜月吉祥日」とある。目録等あり、また編集造本筆写などから凝った写本といえる。内容は金沢同様ほぼ全文を写す。中村本1と同系統。
9、早大	都下紫惣次郎おくみ（外）都下むらきき（内）	半紙本三巻一冊（60丁）	十二行33字内外	早稲田大学図書館蔵本へ13—2853＊画像公開有	①ほぼ全文を写す。他本に比べ、単語を漢字にする傾向がある。落ち着いた写しである。
10、水野本	江戸紫（外）	構本一冊（104丁＋奥書1丁）	十三行15字内外	明治大学図書館江戸文藝文庫蔵913・54／12／H	①「此ぬし小林鉄」とある。標準的な本文。
11、中村1本	江戸紫（外）三ツ組盃操の縁（内）	升型本四巻四冊（36＋44＋54＋63丁）	七行15字内外	関西大学図書館中村幸彦文庫蔵L24／11／90	①天理とほぼ同じ。「三ツ組盃操の縁」という本文系統があることがわかる。後編下末に「三ツ組盃操の縁終／四冊物」とある。字体は天理より通常のもの。＊所有者名「小池氏」
12、中村2本	江戸むらさき（内）	縦長の中本1冊（上冊のみ・45丁）	八行25字内外	関西大学図書館中村幸彦文庫蔵L24／11／朋	①上冊のみで、惣次郎の書置文まで。写し方は若干の脱文異文あるもののほぼそのままを写す。
13、中村3本	情談江戸紫（内）	大本一巻一冊（55丁）	八行25字内外	関西大学図書館中村幸彦文庫蔵L24／11／139	①金沢本と同系統の本で、「情談江戸柴」という本文系統があることがわかる。その親本のもと筆の延びがある本。②第二～四章に冒頭文を置き、また四章の勘当場にも筆の延びがある。創作がある本と考えられる。

14、中村4本	江戸柴恋の明ほの（外）	半紙本二巻二冊（60＋55丁）	九行細字30字内外	関西大学図書館中村幸彦文庫蔵L24／11／137	①ほぼそのまま写す。
15、武藤本	お組惣次郎江戸むらきき（外）	横本二巻二冊（49＋43丁）	十六（十五）行15字内外	武藤元昭氏蔵本	①表紙に「此主演」（二冊とも）とあり、横本造本と共に個人蔵の好例。②内容は適宜略す事あり、また文順を組替えて解り易くする事多い。ただ創作的なことはほとんどない。
16、中野本	江戸むらさき（外）（二冊目以下「むら書き」の部分適宜漢字をあてる）。＊扉は図版参照	半紙本六冊（32＋33＋28丁半十29丁半十24＋41丁）巻数は六巻または七巻→本文参照	九行12字内外	中野三敏氏蔵本	①改作意識の強い本文で四巻目までその傾向が強い。第一巻目扉には「清談峯初花」にも言及。文政年間の写しと考えられる。＊所有者名「竹原清寿」
17、鈴木俊幸A本	吾妻男恋の浮き橋（外）	大本一巻一冊（74丁）	十二行25字内外	鈴木俊幸氏蔵本	①創作的な延びが多い。省略は主に長さの調節。また、能筆、割書あり。②創作的部分がかなり有る。道行で惣次郎熊谷堤で喜八に助けられる等が代表例。
18、鈴木俊幸B本	（書名なし）	半紙本一冊（74丁）	九行20数字内外	鈴木俊幸氏蔵本	①書名／章／巻／回数等すべてなく本文内容のみを写す。文章を適宜カットしそのままを写す。＊所有者名ほか「固半／先生之書／本村木町／岩田屋」
19、鈴木俊幸C本	ほとゝぎす（外）	唐本〈縦長本〉下巻一冊（67丁）	九行21字内外	鈴木俊幸氏蔵本	①下冊のみ。「天保十二丑年冬写之」、カット多い。②カットは、石部のエピソード／田所町住江（大略）書置きの感想／大奥騒動／剃髪後（部分略）等。
20、棚橋1	おくみ惣次郎江戸紫（外題）	大本一冊（76丁）	十二行27字内外	棚橋正博氏蔵本①	①「本主住み〇五郎」とある。②末尾に書承者の教訓的言辞を含む感想あり。
21、棚橋2	おくみ惣次郎江戸紫（内）	半紙本二冊（69＋59丁）	七行17字内外	棚橋正博氏蔵本②	①「福田氏」とある。
22、架蔵①	江戸紫（外）〃（内）	中本十巻五冊（35＋31＋30半＋28＋42）	七行字数不定（約13～約22字＝冊等により違う）	架蔵	①「明治十四年／巳の五月吉日」写。機械的筆写のようで、上州のお花惣次郎のやりとり／書置きの2点に関し底本の乱丁をそのまま写すのが代表。他は諸本同様、数文字句をところ〴〵でカットするも、おおよそ全体を収める。字句に誤脱ままある。②＊「此主三木屋内　治良吉」

23、架蔵②	江戸むらさき(外) 〃（内）	半紙本一冊(65丁) ＝上冊のみ	八行19字内外	架蔵		①三巻末欠で終わっている。もと五巻二冊構成ならん。主人公名長我（←惣次郎）おちさ（←お組）とするなどから弘前Bと同系統か。＊「八田氏蔵書」
24、架蔵③	江戸むらさき(外) ゑとむらさき(内)	半紙本二巻一冊 (68丁)	十二行25字内外	架蔵		①新序がある。本文は基本的にそのまま写す。略文、延び等若干あり。②省略＝上州のぬれば、三崎の家、息子株の会話、智清剃髪延び＝おくみの拒絶。合理解＝上州の連れ。
25、架蔵④	江戸紫二編（外）	半紙本一冊(50丁) ＝下冊のみ	十一行20字内外	架蔵		①改装本。もと一冊を二分冊したものの下巻にあたる（外題「江戸紫二編」は後補）智清の素性末・石部の最初の登場から。書写はほぼ丸写しだが略文はある。②裏表紙に「新潟縣中頸城郡／紀元二千五百五十六年／西暦千八百九十八年／荏戸蔵書」などとあり、江戸で写した本が当地に至ったか当地の写しか不明だが享受として興味深い。
26、架蔵⑤	江登紫（外）	半紙本一巻一冊 (106丁)	九行18字内外	架蔵		①前半は着実に写し二行割書部分もある。後半は略文が目立つ。一定の丁数に抑えようとしたか。会話文の話主無記入。②智清の素性はじめ衣装など略して写している。
27、架蔵⑥	江戸むらさき(外)	大本一巻一冊（97丁）	十行20字内外	架蔵		①文章を整えながら忠実に写す。
28、架蔵⑦	江戸紫（外）	半紙本一巻一冊 (51丁)	十三行細字30字内外	架蔵		①ほぼ忠実に写す。章立て・回数なし。最終丁余白和歌二首。②二重に文言を写す珍しい例あり（「あんまり酒をのんだからのどがかわく」41オ）。
29、架蔵⑧	春情恋史江戸紫ゆかりの色揚（内）	半紙本一巻一冊 (48丁)	十三行細字30字内外	架蔵		①安定したと想像される底本に基づき独自の文飾・筆の延び・省略による写し方で編集意識が強い。②省略は後半衣装に多い。「信州／山久／仁科／松井／曽根原」の印記あり。
30、架蔵⑨	於組　惣次郎　物語（外）	半紙本二巻一冊 (89丁)	十行20字内外	架就		①46オ2行目でいったん空白となり48オより再び写されるので元二巻とわかる。写し方は思い切った略文がある。会話のマークなく全て地の文体にするので会話の主の省略が本文中に組み込まれることがある。②＊「嘉永辛亥仲秋日写　吉野姓」

31、架蔵⑩	於組惣次郎江戸紫上（中・下）（外）	半紙本三巻三冊（38＋34＋35丁）	八行印字内外	架蔵	①適宜略があるが、基本的にそのままを写そうとする。しかし無理解なところもある。また話し手の会話マークが所々抜け話し手が不明になる箇所もある。おおよそ機械的筆写といえよう。②勘当場面での惣次郎の歌を新内に変えたり紫若など役者準えに使用したり、脇差銘を「藤原」など新しい部分もあったりする。
32、架蔵⑪	ゑ戸むらきき（上中・下）（外）＊中巻は「江戸」	中本三巻三冊（51＋51＋35丁）	九行15字内外	架蔵	①五種類の印記が有り流転して読まれたこと理解できる。また三巻を通じ十箇所に漢数字や△□等の印が付けられ十巻本スタイルで転写された形跡がある。なお三巻目末（35ウ）に「此本をしいかな女筆ニ而甚々議仁具志見ル人言フ」とある。写しは忠実で、下巻に若干の省略がある程度。
33、架蔵⑫	おくみ惣次郎じつくらべ上(下)(外)	半紙本二巻二冊（51＋48丁）	十行20字内外	架蔵	①一冊目51ウで文の途中で終わりそのまま二冊目となるので親本は一冊本とわかる。写し方はおおよそ忠実だが下巻お組みとの逢瀬に若干の筆の延びと智清出家以下に省略がみられる。
34、架蔵⑬	江戸紫（内）	半紙本一巻一冊（138丁）	九行15字内外	架蔵	①原本を忠実に写す。原本に智清の出家および石部片右衛門惣次郎祖父孫の名乗り前半欠落あるを断る133ウなどが例証となる。＊一二〇丁あたりから細字二行ママ有（丁数調整？）②133ウ欠落部分有の提示〈此間ぬけて居る様と／存じ候へ共本の侭しるす〉＊「下武石村伏見聴太」
35、架蔵⑭	江戸むらさき壱（内）	中本一巻一冊（上中下のうち上巻のみ）（52丁）	八行細字18字内外	架蔵	①巻頭に全体の目録がある。よって本文安定後の写しといってよかろう。上巻は喜八お花が仲良くなるところまで。写し方はほぼ忠実である。二の巻より話し手を示す「印の多用と、若干の二行割書。
36、架蔵⑮	近世江戸紫（外題）（内題）とも	大本一〇巻三冊（41＋32＋47丁）	十行20字内外	架蔵	①冒頭右に総目録有り、各巻冒頭に同文言を記す。「辻氏」とある。

別表2　本節三「『江戸紫』の書写作業の実態」であげた問題点比較表

各項目の内容は以下の通り。

＊冒頭部＝武藤の言われる序文。　第三章ア「削除」参照（キの末も参照）。

＊脇差A＝浪人がいまわの際に託す部分および、養母が惣次郎に伝える部分。

＊脇差B＝結末、惣次郎と祖父石部金吉の邂逅の部分　コ「校訂本ではとらえられないこと並びに管見36本でもわからない部分」のうち「肥前藤四郎」の項参照。

＊付け上せ＝惣次郎が勘当され上方を経て上州へ行く部分。ア「削除」、エ「要約的表記」、カ「異文」、ク「筆の延びの多い本について」のうち「国会本A」参照。

＊真田＝コのうち［真田左衛門］参照。

＊むし＝上州の方言。「むし1」は、その前にある惣次郎の狂歌に対する家人の感想。「むし2」は、その次に出る家人の発言の語尾。「むし3」は喜八の言葉。コのうち［むし］の項参照。

番号略称	冒頭部	脇差A	脇差B	付け上せ	真田	むし1	むし2	むし3
1、国会A	無	有	＊刀名は無し	本郷通りを打立心ほそくも上方へと心さし岩槻道と木曽路への追分越… ＊長文なので本論の注2に翻刻を施した（また本論第三章の「ク、筆の延びの多い本について―国会本A」参照。他とはだいぶ違う創作的文章である）。	なる程おめへは昔しの楠か真田左衛門行村といふものた	奇妙に面白の事でございます	いふのだろうむし	なるほと知恵者ものだアむし
2、国会B	無	無	備前藤四郎	心ほそくも上方よりきそしゑかかり越後信濃残らす廻り上州へとこゝろさしくる道にて町人の隠居らしき人つれになり	成程おめへはむかし此国のお殿様真田左衛門様	成程げいにおもしろい事たア	言のたむし	成程貴公はちゑしやたアむし
3、甲南女子本	無	無	肥前藤四郎	心ぼそくもたゞひとり上方へ心ぎしいそがぬ道のぶら〳〵と何か心にくふうをしながら上方ゟ木曽路へかかり越後しなのをのこらず廻り上州へと心ざしくる道にて大町人のいんきょらしき人に道づれに成り	おめへはむかし此国のおとの様より	成程げいにおもしろいことだあむし	いふのだあむし	成程きこうは氏神様じや

4、金沢	有	無	備前藤四郎	心ぼそくも上方へと心ざしいそがぬ道をぶら〳〵と何かに心をまきらしくふうしながら上方より木曽路にかゝり越後信濃をばのこらすまハり上州へと心ざしくる道にて大町人の隠居と見へ道連れに成り	おめへは此国の殿様真田左衛門佐幸村様楠正成唐古の孔明より	なる程面白ひ	いふだアむし	なる程智恵者だ
5、弘前A	無	有 ＊母の遺言の方は無し	びぜん藤四郎	心ぼそくも上方へと心ざし急がぬ道をぶら〳〵と何か心に工風をしながら木曽路へかかり越後信のを残らずまわり上州と心がけ来る道にて大町人の隠居らしきものと道つれに成り	おめへは昔此国のお殿様真田左衛門幸村様楠正成公のはかり事より	おもしろいことたあむし	いふのだむし	成程く貴公は智恵があるだアむし
6、弘前B	有	有	三條の宗近かうちし政宗	心ほそくも上方へんえこころさし出てゆく（1巻末／2巻冒頭）いそかぬ道をふら〳〵と何か心にくろうしなから上方より木そ路えかゝり越後しなのも残らすめくり上州えと心かけて来る道にて大町人の隠居らしき人に道つれになり	おめへハ此国のお殿様さなた左衛門又ハ幸村さまか楠正成孔明も力及ハぬ程の	成程おもしろい事たアむし	いふのたアむし	成程き公の知恵しやたアむし
7、中島	有 ＊序として独立	無	備前藤四郎	心細くも上方へと志し出行ぬ（上巻末／中巻冒頭）偖も惣次郎ハいそかぬ道をぶら〳〵と何かに心もすゝまずくろふしながら上かたより木曽路へかゝり越後信濃のこらず廻り上州えと心ざし大町人の隠居らしき人と道つれに成り	おめへはむかし此一国御殿様真田左衛門佐幸村様楠孔明様より	成程げいにおもしろい事たアムシ	いふのだアムシ	成ほど貴公ハ智恵者だアムシ
8、天理	無 ＊但冒頭に序文末尾が使用される	無	備ぜん藤四郎	一人旅かみかたすしに心さしいそがぬみちゆへふらくと何か心にくふふしをしかみかたより段々木曽路へ懸りへち後しなのを残らす廻り上州へ心苦しくる道にて大町人の隠居らしき人道連になり	おめへは昔此国の殿様の真田左衛門幸村様桶正成孔命よりも斗事か	おもしろい事た申のう	いふのたアむし	貴公はちゑしや物たむし
9、早大	有 ＊序として独立	無	備前藤四郎	心細くも上方へと心ざしいそがぬ道をぶら〳〵と何角に心を廻らして工夫をしながら木曽路へ懸り越後信濃を残らず廻り三州へと志し来る道にて大町人の隠居らしい人に道連れに成り	お前は昔此国の殿様の真田左衛門佐幸村さま楠正成孔明より謀事かいひ	成程げいにおもしろい事だアムシ	いふのだアムシ	成程貴公ハ知恵者じゃ

10、水野本	有	無	無	心ほそくも上方へと心さしいそかぬ道をふら〳〵と何かこゝろにくふうして段々心を廻らして工夫をしながら〳〵木曽路にかゝり越後しなのを残らず廻り上州へ心さしくる道にて大町人の障居らしき人に道つれに成り	おめへはむかし此国の殿様さなだ左衛門佐幸村様楠正成こうめいより	成程げいにおもしろい事たなアむし	言ふのたアむし	成ほと貴公ハちへしやたあもし
11、中村1本	無 ＊但冒頭に序文末尾が使用される	無	備前藤四郎	上方をと心さしいそかぬ道をふら〳〵と何か心に工夫して上方より段々木曽路に懸り越後しなのを残らず廻り上州へ心さし来る道にて大町人の隠居らしき人に道連に成	おめへは昔此國のお殿様真田左衛門幸村様楠正成孔明より	おもしろいことだアのうし	いふのたアむし	成程〳〵貴公ハ智恵しやだアむし
12、中村2本	有	無	無（下巻欠）	心ほそくも上方と心きしいそく（ママ）道のふら〳〵と何か心にくふうしなから木曽路へかゝり越後信濃を残らす担り上州と心音し来る道に而大まいの町人の隠居らしい人に道つれになり	おめへは斗かい、（＊真田なし）	成程けいにおもしろいことたあ	いふたあむし	成程貴公は知恵者た
13、中村3本	有	無	無（欠丁部分で不明）	心細くも上方と心ざし急がぬ道をふら〳〵と何かに心をまぎらし苦労しながら木曽路に懸り越後信濃を残らす廻り上州へと心ぎし来る道にて大町人の隠居とみへて道つれに成	おめへは此国の殿様真田左衛門佐幸村様桶正成唐古の孔明より	おもしろい	言ふたアむし	なる程智意者だ
14、中村4本	有	無	肥前藤四郎	心細くも上方と心ざしいそがぬ道をぶら〳〵と上方古木曽路へかゝり越後信膿と不残（のこらず）廻り上州へと心ざしくる道にて大町人の隠居らしき人道達に成り	おめへは昔此国の御殿様真田左衛門佐幸村様楠正成こうめいよhワ	成程げへにおもしろいことだ	無（脱文）	成程貴公は智恵者たあむし
15、武藤本	有	有 ＊母の遺言の方は無し	備前藤四郎	心ぼそくもたゞひとり上しうへと心さしいそがぬたびのふら〳〵と何か心にくろうしなから上しうきそ路へ懸りゑちぜんしなの残らず廻り上しうと心さし行道にて大町人の隠居ら敷物とに道つれになり	おめへはよつほとちへしやだむかし此国の殿様真田左衛門佐幸村様楠正成公のはかり事より	成程げいにおもしろいこんだ	いふのた虫	成程きかふはちへの有ものだアむし.

16、中野本	別の序	有	備前藤四郎	上方へと心ざしいそかぬ道をふら〳〵と何か心に工夫をしながら上方より木曽路へかゝり越後信濃とを残らす廻り上州へと心ぎしくる道すがら大旦那の隠居とおほしき人に出合道づれになり	おめへは昔此国の御殿さま真田左衛門佐幸村様か楠正成公のはかり事なとより＊このあと「楠様智恵をかして被下まし」とする←通常「先生」	なるほどげいにおもしろいことだ	いふことだアむし	成程〳〵寅公ハ智恵者だ先生だあむし
17、鈴木俊幸A本	有	無	三條の宗近かうちし政宗	心はそくも上方へさしていそかぬ道をふら〳〵と何心にくふうしなから中やま道へかゝり越後信濃を廻らんとはやこうのす宿日も七つさがり…（旅宿で隠居にあう）	お前の言は昔此国のお殿様真田左衛門佐事村様楠正重公のはかり事より	成程げへにおもしろい事だアむしから	言ふのだア	成程〳〵きこふはちへかある
18、鈴木俊幸B本	無	無	肥前藤四郎	心のほそくも只一人りいそがぬ道をふら〳〵と何か心に工夫してふらく廻り上州へと心さし大町人の隠居らしき人と道つれに成	（なし）	成程げへに面白へ	（なし）	成程貴様は知恵しやた
19、鈴木俊幸C本	上巻欠のため不明		備前の刀	上巻欠のため不明				
20、棚橋1	有	無	備前藤四郎	心ほそくも上かたへ心さしいそかぬたびのぶら〳〵となにか心にくゆらしながら上方より木曽路へかゝり越後信濃を残らす上州へと心ざしくる道にて大町人の隠居らしき人道つれになり	成ほど〳〵おめへはむかし此国のお殿様真田左衛門佐幸むらくすまさしげ（ママ）こふめいゟ	なるほどがいにおもしろい事たアむし	いふのだアむし	なるほど貴公はちへしやだアむし
21、棚橋2	無	無	備前長四郎	心細くも上方へと心ざし急かぬ道をふら〳〵と何かに心をめぐらして工夫をしながらて木曽路に懸り越後信濃を残らず廻り上州へと心さしくる途中にて大町人の隠居らしき人道連になる	なる程おめへは昔此国のなあ殿様の真田左衛門佐幸村様楠正成孔明より	成程面白事だ	いふ言のだなアムシ	なる程貴公智へしだ

22、架蔵①	無	無	備前藤四郎	心細くも一人旅上方へとこころさしいそがぬ道をふら〳〵と何かに心をめぐらし工風をしながら木曽路にかかり越後信濃をは残らず廻り上州えとこゝろさしくる道にて大町人の隠居らしい人に道つれになり	お前はむかし此国のナア殿様真田左衛門幸村さま楠さま孔明よhリ	成程〳〵そりやアおもしろい事たあ	いふのたア	成程き公のちへしや物た
23、架蔵②	有	有	＊下巻欠ゆえ不明	心細くも上方へとこころさし出てゆく（2巻末／3巻冒頭）いそかぬ道をふら〳〵と何か心きはろうしなから上方より木曽路へかゝり越後しなのも残らすめくり上州えと心かけて来る道にて大町人の隠居らしき人に道つれになり	お前はむかし此国のお殿様真田左衛門幸村さまかくすのきま吉しけこうめいもおよはぬ	成程〳〵そりやアおもしろい事たあむし	言のだアむし	成程き公のちへしや物たあむし
24、架蔵③	有＊さらに新序を付す	有	肥前藤四郎	心細くも上方へと心さしいそかぬ道をふら〳〵と何か心にくふうをしなから木曽路へかゝり越後しなのも残らすめくり上州えと心かけくる道にて大町人のいんきょらしき人とみちつれになりこの人は久兵衛か世話の絹問屋	おめへは真田幸村さま楠きまのせいれいたんへい	（なし）	（なし）	（なし）
25、架蔵④	無（欠）	不明（欠）	ひぜん藤四郎	上巻欠のため不明				
26、架蔵⑤	無	有	ひせん藤四郎	心ほそくも上方へと心さしいそかぬ道をふら〳〵と何か心にくふうして上方ゟ木曽路へかゝり越後しなのをのこらす廻り上州へと心懸久兵衛ゟそひ手紙を遺したる絹問屋へ行	なる程おめいは昔此国のお殿様真田左衛門幸村様楠正成といふ斤はかり事かい、	なる程げへいに面白へ事だアむし	いふのだアむし	なる程貴公は知恵しやたアむし
27、架蔵⑥	有（序文形式）	無	備前藤四郎	心ほそくも上み方へこゝろさしいそかぬ道なればぶら〳〵と何かと心にくふうをなし京大坂を一と通りけんぶつし木曽路へ懸り信濃越後を通り上州へと心きしてくる道にて大あきんどのゐんきよらしき人と道つれになり	無	なるほどげへにおもしろい事だあむし	いふのだあむし	貴公はなるほと知恵思しやだ

28、架蔵⑦	有	無	備前藤四郎	心ほそくも上方を心さしいそかぬ道のふらくと何か心に工夫して上方ゟ木曽路へかかり越後しなのを残らす廻り上州にと心懸行道にて大町人の隠居らしき者と道連に成	成程お前は昔此国お殿様真田左衛門佐幸村様楠正成公の斗事よhリはい、	成程げへにおもしろい事たあむし	言のたアむし	成程寅公はちへかある物たアむし
29、架蔵⑧	無（本来の冒頭と独自の語句による一行半）	有	備前長四郎	我里を跡になし笠をかざして行けるが終に馴れざる旅なればぶらり〳〵と何か心に工夫して木曽路へと心さし信濃なる浅間が嶽に差しかかり處しふと町家の隠居らしき人と道連になり	成程おめへは昔此国の殿様真田左衛門佐幸村様が楠正成様より謀事がよつほどい、	成程面白イ事だ	いうのだな	成程おめへは知恵が有
30、架蔵⑨	無	無	備前藤四郎	心ほそくも只ひとりいそかぬ道のぶら〳〵となにか心にくふしなから木曽路に懸り信濃国残らす廻り上州へ心さす所に道にて大町人の隠居らしき人道つれに成り	なる程おめへは昔此国のお殿様た正成様といふ斗事た	無（略文による）	無（略文による）	無
31、架蔵⑩	無	無	藤原の刀	心ぼそくも壱人り旅上方へぞ行にけり（上巻末38ウ）／扨惣次郎は上方を見て越後を廻り上州へと心ざして行道に大町人の隠居らしき人道づれに成て（中巻冒頭1オ）	成程おめへは昔此国の殿様はいた左門佐幸様神成こうめひ点斗り事かい〜（＊原文のママ）	成程けへにおもしれ事たむしのほうか	いふのたア	成程貴公は智恵で
32、架蔵⑪	無	無	肥前藤四郎	心ぼそくも上方を心ざしいそがぬ道にぶら〳〵と何か心に工夫をなし上方ゟ木曽路へ懸り越後信州残す廻り上州へと心ざしくる道にて大町人の隠居らしき人道に而	無（なる程おめへははかり事がい〜）	成程げいにおもしろい事だあむし	いふだあむし	無（成ほどきこうは知恵者だ）
33、架蔵⑫	無	無	ひぜん藤四郎	心ほそくも上方を心ざしいそがぬ道をぶら〳〵と何か心にくろふしながら上方のそらへ懸り越後信濃を残らず廻り上しうと心懸来ル道にて大町人の障居らしき物と道つれに成	なる程おめへは日本一のちへしやだね	無（なる程げいにおもしろい事だ）	無（いふのだア）	成程〳〵きかうはちへが有物だアむし
34、架蔵⑬	有	無	備前藤四郎	心ぼそくも上方へとこゝろざ急がぬ道をぶら〳〵と何かにこゝろまぎらして上方より木曽路にかゝり越前信濃を残らずめぐり上州にと心ざし来る道にて大町人のいんきよらしき人道づれになり	成程〳〵おめへは此国の御殿様真田左衛門佐幸村様楠正成孔明より	成程面しろい	いふたアムシ	成程貴公は知恵しやだアムシ

35、架蔵⑭	無	有	不明（中下巻欠）	心ぼそくも上方へ心さしいそかぬ道をぶら〳〵と何か心にふくらして上方より段〳〵木曽路へ懸り信濃を残らす廻り上州へと心ざし来る道にて大町人の隠居らしき人に道連に成り	昔し此国のお殿様真田左衛門幸村様か楠正成でも孔明でも	成程けへにおもしろい事だアむし	言ふたむし	成程〳〵貴公は智恵物だアむし
36、架蔵⑮	有	無	備前藤四郎	心ほそくも上方へと心さし急かぬ道のぶら〳〵と何かに心まきらして暮しなから上方より木曽路にかゝり越後信濃をは残らず廻り上州へ心さし来る道にて大町人の隠居らしき人の道つれに成り	成程〳〵おめへは真田左衛門楠正成孔明より斗事かい、	成程おもしろい	いふだアムシ	成程貴公は智恵しやたアムシ
参考1 清談峯の初花（文政2〜4刊）	別	有	備前藤四郎	捨五郎はひとり。上がた所々見物して。それより木曽路にかゝり序ながら善光寺に参詣し。越後をも遊歴せんと足にまかせて。おもひのまゝに道めぐり。三国かいだうの二股といへる宿にとまり（隠居の財布を拾う）	（なし）	（なし）	（なし）	（なし）
参考2 春色江戸紫（元治元〜明治初刊）	別	有 ＊浪人の方は養母の遺言に概略	（なし）	＊勘当での出来事（但し桐生とする）は男女を結び付ける挿話のみで、他は梗概として語られるに止まる	（なし）	（なし）	（なし）	（なし）

別表3　本節三「『江戸紫』の書写作業の実態」であげた問題点比較表（承前）

＊お組の描写＝智清宅での人々がお組を役者に形容した表現。

↓武藤・前田論文に言及されるもの。キ「役者準え」、ウ「誤写」参照。

＊智清の準えA＝惣次郎三崎宅に初めて行った際の形容。キ「役者準え」参照。

＊智清の準えB＝結末近く惣次郎宅で逆上した際に言われた形容。同キ参照。

番号略称	お組の描写（役者準え）	智清の準えA	智清の準えB
1、国会A	せんじょが十六七の所をまぜて大和屋の愛敬に亀三の奇麗をつきこんて今ろこふの色気をうへからそつとふりかけてひんの処は大吉じや	なかとみ	音羽屋のつき吉よお姥
2、国会B	いにしへ文くるまと仙女十六七の所をまぜて大和やの愛やうくめ三がきれいなを附ませて今路こふの色けを上からそつとふりとかけて人柄所は天わうしや	中山富三郎（「富三郎」と併用）	おとわやか月小夜おばあ
3、甲南女子本	古人ぶんしやに仙女の十六七の所をつきませ大和やのあいきやう濱むらやのきれいをぞつぷりかけてびんの所は天人誠にゑり元からぞつとする様な美しいしろものだ	中富（留）	音羽やが月小夜おばア
4、金沢	古への粂三郎仙女十六七の所へ半四郎のあいきやういま門之助のきれいな所をつきまぜて今路孝のいろをうへからそつとあるく所ハ天王寺や（大吉が事）の人がら	中富（留）	音羽屋が月さよおばあ
5、弘前A	古文車に大和や十六七の所ヲまぜて粂三の相きやうに紀の国やのきれいな所をぞんぶりかけてびんの所は天人ま事にゑり元からさむけのする様な美しいしろものでござります	中留	おとはやの月きよば、ア
6、弘前B	路考の十六七の所を付まぜて大和やのあいけうに田の介のきれいな所をぞつふりかけてひんのよひ所は無るい	中富（留）	こふらいやのばゞア
7、中島	古文車に仙女の十六七の所をまぜて大和屋のあいきやうに亀三のきれいな所をつきまぜて路考の色気を上からそつとふりかけてあるく所は天王寺やの人から	中富（留）	音羽屋が月小夜おばア
8、天理	古人文車仙女十六七之所をませて大和屋の合きやうに亀三がきれい之所をつきませて今路考之色気を上からぞつふりかけてひんある所は天王寺屋の人柄誠に〱寒ケ立ほと美しい代も之でゴサいやす	中留	音は屋が月小夜おはな
9、早大	古文庫に仙女十六七の所を寄て大和屋の愛敬と亀三郎の奇廣な所を突まぜて今路考の色気を上からそつと振りかけた有所は天王じやの人柄	中留	音羽屋か月さよおば、
10、水野蔵本	古文庫に仙女十六七の所をませて大和やの愛きやうに亀三のきれいな所をつきませて今路考の色気をうへからそつふりかけてあるく所は天のうじやの人から誠に富むけ立程	中富（留）	音羽やの月さよおはあ

11、中村1本	古人文車仙女の十六七の所をませて大和屋のあひきやうに亀三かきれいな所をつきませて今路考の色気を上からぞつぷりかけてひんの所は天王寺屋の人柄誠に〳〵さむけの立程美しい代物でこさひやす	中富（中とみ）	音羽屋か月小夜おはあ
12、中村2本	下巻欠ゆえ不明	中富（留）（42オ中とみ〜）	下巻欠ゆえ不明
13、中村3本	古への米《くめ》三郎仙女の十六七の所へ半四郎の愛きやう今門之助のきれいな所をつきませて今路考の色をうへにそつと振懸けてあるく所ハ天王寺や（大吉が事）の人がら	中富	音羽屋か月小夜おばあ
14、中村4本	仙女が十六七の所を大和やの愛に亀三のきれいな所をこき交て今路考が色気を上からそつとふりかけてあるく所は天王寺やの人がら誠に寒気立極美しいしろ物でごぎり升	濱村屋	音羽やが月さよばゝあ
15、武藤本	仙女の十六七乃所へ大和やのあいきやうを付田の助のきれいな所今ろこふの色けをそつくりかけたような所は天人のやうにてま事にゑり元からぞく〳〵と富むけのする程美しいしろ物でござい升	（なぞらえ無し）	おとわやの月さよおばア
16、中野蔵本	仙女の十六七の所大和屋のあいきやうおなじ柴若のれいの所をつきまぜて路考の色気を上からそつふり振りかけてあるく所は八幡屋のひとから誠に〳〵寒気たつほどの代ろもので御座り升	中富	音羽屋の月吉よお婆
17、鈴木俊幸A本	路考の十六七の所を付けまして大和屋のあいきよう田之介のきれいな所をぞつふりかけて	濱村屋のよふなる女	高らいやばゞ
18、鈴木俊幸B本	曙山のきれい大和屋の愛行路考の色気を上からそつくり賭ひんの所ハ天王字や誠に寒気の立を見る様	中富	音羽やの月小夜おはア
19、鈴木俊幸C本	はまが十六七の所へ大和屋をまぜてひんのいゝ所は紫若誠にさむけのするほどうつくしいしろ物で御ざり升	濱のよふな女	音羽屋きどり
20、棚橋1	古文車に仙女の十六七の所をこきまぜて大和屋の愛きやふで亀三のきれいな所をつりませて今路考の色気を上からそつふりかけてあるく所は天王寺やの人がら	中富	音羽やか月さよおばア
21、棚橋2	古人文車に仙女の十六七の所をませて大和やの仇付と先大和やの愛きやうに紫若のきれいな所を付ませて路考の色気を上からそつふりかけてあるく所は天王寺や誠の人がら	中留　＊最初は略文ゆえ無	音羽やか月さよばゝア

22、架蔵①	古ぶんこに仙女十六七の所を交て大和やの愛敬に亀三郎のきれいな所を付ませて今路考の色気を上からそつとふり懸てある所は天王寺やのから（脱字ママ）	中留	音羽やか月さよおはア
23、架蔵②	（下巻欠ゆえ、お組の準え以下のデータを欠く。12弘2と同と考えてよいか。）		
24、架蔵③	仙女十六七の所をませて大和屋のあいけうに亀三郎のきれいな所をつきませて今路考の色気を上からふりかけてひんのよひ所は天王寺や人からは	中富（留）	音羽やの月さよおばア
25、架蔵④	こふんしや。仙女の十六七の所をまぜて大和やのあひきやうに亀三のきれいな所をつきまぜ今路考のいろをうゐからとつぷりとふとつびんの所わてんのうしや人からよく誠と〳〵言葉の立ほどうつくしいしろてこさります	中とみ	音羽崖の月さよおばあ
26、架蔵⑤	かわゆらしさ大和やのあいきやうに亀三の美しいをつきませて今ろこうのいろけを上からそつふり懸けてまこと寔に〳〵さむけの立程美しい代物で御座ります	中留	音羽やのおさよおばア
27、架蔵⑥	古文車に仙女乃十六七の所をまぜてやまと屋のあいけう路三きれいなのつきまぜて今路考の色けを上からたつふりとかけた誠にさむけだつほど美しいものでごぜへやす	中富	音羽産気どりで月さよぱゞア
28、架蔵⑦	古文車に仙女の十六七大和やのあいきやう田之助のきれいな所をつけ今路考の色気を上からそつぷりかけてひんの所は天人誠にく美しいしろ代物（ママ）でムり升	中山留三（52オ）・中留	音羽屋やの月さよおばあ
29、架蔵⑧	其可愛らしさ瀬川の十六七の處へ大和屋やの愛嬌田之助のきれいな所をおつかふせたようだ誠にゑり元から寒む気のする程美くしいしろ物でごぎります	無	無
30、架蔵⑨	無	中山富三郎	無（略文中＊知清の言葉に「おばア」あり）
31、架蔵⑩	十六七の所大和屋のあひきやう菊次郎のきれい柴若色けを上からそつとふりかけてひんのよい所は天王寺や誠にさむけのする程美しい※「色」に「まで」とふりがな	中留＊最初は略文ゆえ無	月夜さ音羽屋のおばけを見る様に
32、架蔵⑪	紀伊国やに仙女の十六七の所をまぜて大和やの愛嬌菊五郎のきれいな所をつき交て路考の色け上からたつふりかけてま事寒け立程美しい物でこざり升	中とみ	音羽やきとりて月さよぱゝア
33、架蔵⑫	こゝんむるいてるてひめのあいきやうと大和やのきれいな所をつきまぜてひんの所は天人ともいふよふな誠に〳〵〳〵ゑりもとからさむけのするやうな美しいしろ物だ	中どしま	音ハやの月小夜
34、架蔵⑬	古しへの米三郎仙女の十六七のところへ半四郎のあいきやういま門之助のきれいな所へ付きまぜて今路考の色気を上からそつとふりかけてあるく所は天王寺や〈大吉が事〉の人がら誠に〳〵に美しいしろ物でござり升	中富	音羽屋が月小夜おばア
35、架蔵⑭	不明（中下巻欠）		

36、架蔵⑮	紀伊国やに仙女の十六七の所をまぜて大和やの愛嬌菊五郎のきれいな所をつき交路考の色け上からたつふま事寒け立程美しい物でこざり升	中冨	音羽やきとりて月さよば、ア
参考1 清談峯の初花（文政2〜4刊）	超女の幽に挑顔の媚をふくめるよそほい	（なし）	（なし）
参考2 春色江戸紫（元治元〜明治初刊）	古人粂三半四郎丸出しとふ	（なし）	（なし）

第四章　人情本の各論（板本）

第一節　春水初期人情本『貞烈竹の節談』考――畠山裁きを中心に

関場武先生から得た多くの学恩の中で、「本の見方」は、一つの大きなものである。わけて古書探求は、私の日常に欠かせないものとなってしまった。本論は、その感謝の念の一端に叶うことをもくろむものである。

文政七刊『貞烈竹の節談《ていれつたけのよがたり》』は、南仙笑楚満人（＝為永春水）・驛亭駒人合作渓斎英泉画という春水の初期人情本である。この作品は、神保五彌が『為永春水の研究』で、棚橋正博が「人情本論（三）」で指摘される通り、中本三冊という短さで完結させる等のために、色々無理があり、一話の物語としては、読者に構成の乱雑さや破綻を感じさせるものとなっているといってよいだろう。しかし、後年の『梅暦』につながると思われる作品であり、また、諸要素が素材のまま出されている様相も呈している。よって本論で点検を試みたい。

一　『松の操物語』

本作品は一筆庵主人（＝渓斎英泉）作画（文政三序同四刊）『松の操物語《まつのみさほものがたり》』の続編である。

『松の操物語』については、棚橋正博が『帝京国文学』8所収「人情本論（三）『松操物語』」（二〇〇一）に御論考と翻刻を示され、また岩波講座『日本文学史』第10巻「一九世紀の文学」(一九九六)所収「戯作の大衆化」にも触れられるところである。よって本論では、『貞烈竹の節談』考察上必要なことを触れるにとどまる。

『松の操物語』の内容(『貞烈竹の節談』を考えるために登場人物名は詳しく記した)。

上巻〔発端〕浪人吉田実作が妻に死なれ捨て子。二神が地上に降り立ち、福の神は福田屋へ貧乏神は徳島屋に入る。娘は福田屋亀六に拾われる。〔第壱回〕十六年後、利欲人の徳島屋歩平の息子孝五郎は三浦屋菊の井に馴染んでいる。母おみねに出入りの医師正宅が富家の娘の縁談話を持ち込む。歩平は懇意の富貴屋徳右衛門に孝五郎に意見してもらい、縁談整う。娘は福田屋に拾われたお艶である。

中巻〔第弐回〕福田屋亀六の元へ、徳島屋に嫁入りしたお艶がいじめられていると付いて行った召使のお杉の知らせ。そこへ御屋敷の金役所の役人横島曽平太返金に来るが石にすりかわっている。同情した福田屋は受け取りを書く。曽平太が番頭杢蔵と共謀した騙りである。徳島屋夫婦、嫁お艶をいびる。お杉なぐさめる。夫の孝五郎帰宅するもつれなくするが、最後に徳島屋も実子でないのでわざと放蕩と本心を明かし蜀紅錦の香包みと古金を渡し、二人は結ばれる。

下巻〔第三回〕孝五郎勘当。お艶実家へ戻る夜道に召使い久作やお杉から、徳島屋のおみね福田屋番頭杢蔵と駆け落ち徳島屋番頭善六も逃げること聞く。花水橋で富貴屋に会う。一方、同所で曽平太・善六・杢蔵あらそう。善六が切られ杢蔵川の中へ飛び込む。曽平太(実はおみねの子)は誰かに斬られ、手持ちの四百両奪われる。また、おみねは、わが子曽平太ゆえ、現場花水橋にいた男を夫と知らず訴人。歩平は曽平太殺しで問注所に引かれる。〔第四回〕孝五郎向島に料理屋昔屋《むかしや》を営む菊の井と共にいる。お艶眼病の母おつると花見、噂話により昔屋へ赴き孝五郎と再会。目貫から元よりの許婚と知る。徳右衛門はお艶に浪人であった父実作と名乗り出る。菊の井盃持ち来りお艶孝五郎結ばれる。

『松の操物語』は、棚橋正博が指摘する如く写本『江戸紫』の影響がある。商家に引き取られる浪人の捨て子が『江戸紫』では男の子であるのを『松の操物語』では女子としたり、物語後半で『江戸紫』お組の眼病を母にするなど反措定の形をとったり、徳島屋の嫁いびりは、以後の人情本にはあまりみられないものであるようだが、これも『江戸紫』のお組に対する惣次郎継母の態度を、かなりエスカレートさせたものと考えられる。写本もの一般と近い。冒頭にあった福の神・貧乏神の件などのように、創作の部分も多いから、これらは『江戸紫』を適宜アレンジしたと考える。写本『江戸紫』を『清談峯初花』に、写本『珍説恋の早稲田』を『梛の二葉』にと刊行される動きのなかで、初期人情本にはこのような写本に近い作り方がされるものが有っても不思議ではない▼(1)。なおこれらは三作品とも、大島屋傳右衛門により刊行されている。『松の操物語』は、上記例から、写本を補綴したのではなく、創作ものであろうと考えておくが、写本ものに近い作りであることは確かである。

さて、写本『江戸紫』を『清談峯初花』に刊本化した際、二編五冊という分量となったのに比し、『松の操物語』は一応の結末を三冊という分量でつけた。しかし、実際は、例えば、上巻の第壹回は縁談と吉原通いの戒めに費やすという、筋立てをあまり気に掛けない書き方になっている。上述の嫁いびり、徳島屋の使用人の不平やすさんだ様子等々も、同様である。いくつかの場面に丁数を費やしてしまうという、いかにも人情本らしい構成の結果、わずか三巻の中での団円は、菊の井が盃持ち来り、お艶孝五郎が結ばれることを半丁ほどで済ませている。それでも一応の結末が付いているのである。むろん、序文や末の後編予告にも全十回とし、『松の操物語』は、そのうち四回目で終わり、「作者チョン〳〵〳〵まづ此本はこれぎり二編目じゃ引〳〵〳〵アイ引」とし、後編三冊の予告を記す。そして、ここに残されたのは問注所の結末であった。

二　『松の操第二輯貞烈竹の節談』

まずは内容からである。

上巻

序文　琴通舎英賀　吾友南仙笑楚満人が一筆庵可候主人の『松の操物語』の続編『貞烈竹の節談』中本三冊を著したこと。登場人物について太助（江戸前の英雄ますらお、魚屋）・徳右衛門（律儀）・杢蔵（悪）・正宅（匕かげん＝悪）・菊の井（人参代にや身賣いまはお菊）・孝五郎・お艶（貞婦）・久助（下賎ながら観念）と紹介。

口絵一　悪人を懲らしめる徳島屋孝五郎と肴賣多助（見開き）

口絵二　雨中の南都正宅と書状を持つおきく（見開き）

口絵三　花を手にする冨貴屋徳右エ門と見据えるおゑん（見開き）

本文［第五回］福田屋主人が亡くなったので、後家お隺《つる》・娘お艶・下女お杉は庵崎《いおさき》の別荘に住んでいる。お隺とお杉が貸本屋の置いていった春水の作品『明烏後正夢』二編のうわさをし、嫁お照にわが娘をなぞらえ案じる所へ、病のお艶うなされ起き、前編四回の話を夢に見たとする。母は徳右衛門が実父というのは本当だという。「夢は正夢」と一同向島へ孝五郎を訪ねに行く。○粋がり二人の会話。○お艶とお隺が昔屋へ行くと夢の通り孝五郎の家であったが、取り込んでいる。孝五郎が、父歩平を案じて自分が犯人だといったうわ言を医師南部正宅により訴人され、花水橋の人殺しで岩永左衛門に捕らえられ代官所へ引き立てられていることを、お菊から聞く（一オ〜十二ウ）。［第六回］問注所。岩永は孝五郎に、うわ言の件と正宅への礼金が曽平太が殺され奪われた星月夜の極印の金子であることからおまえが犯人だという。孝五郎この糾問に父をかばい自白するが、畠山預かる。○福田屋番頭杢蔵は徳島屋歩平女房おみねと欠落し故郷上州熊谷をめざそうとするが金がない。出牢した歩平を殺し岩永への賂金にしようとした五十両を奪う。六十六部人殺しに気付く（十二ウ～二十二オ）。

中巻［第七回］徳嶋屋出入りの男伊達で孝五郎と友達同様の肴売、倶利伽羅の多助（太助）がお菊を慰める。正宅が怪しいという。菊の井が色仕掛けをすることになる。また、太助が上州に行くので、熊谷在の父庄作に手紙を託す。〇正宅の玄関、薬取りの同士の会話。〇菊の井が来て岩永に便宜を図ってくれというを正宅が口説く。（一オ～十二ウ）［第八回］太助上州路。揚尾、旅宿での客同士の会話。庄作に出会い手紙を渡す。お菊は女房おはたの連れ子という。次の朝おはた殺されたの知らせに庄作は太助もろともに帰宅する。（十三ウ～二十二オ）

下巻［第九回］所労休養中の畠山重忠のもとへ、お菊が正宅悪事証拠の文。また太助庄作が罪人を引いてくる。一方、問注所では岩永の裁き、孝五郎命危うき所へ畠山出仕。本田次郎、正宅・杢蔵・お峯を引きつれ、榛沢六郎、お艶・お菊・庄作・太助・久作・徳右衛門を伴う。重忠、各犯人を言う。正宅花水橋で曽平太を殺し四百両奪いすり替えで孝五郎に罪を擦りつける。杢蔵鳴立沢歩平殺しお峯自分の子供曽平太を跡継ぎにしようと孝五郎を追い出し杢蔵と姦通熊谷で庄作妻嫉妬よりお畑を殺す。一方、別の四百両落としたのは徳右衛門、孝五郎は歩平の身替りになろうとした。庄作は実は孝五郎の父正木福太夫、お菊は腹違いの妹という。次に杢蔵が歩平の息子であることを福田屋下男久作（同家退転ののち六十六になり鳴立沢で事件を目撃）証言し、よって杢蔵は父殺しの罪となる。正宅・杢蔵・お峯の処刑。孝五郎徳島屋再興、お艶妻、お菊妾とする。久作・お杉・太助褒められる（末に、おはた殺し等熊谷在の一件を省略した事を記す）（一オ～十三オ）。［第十回］後日譚　久作道心石地蔵建立、お雀眼病癒え、お杉太助夫婦になり昔屋を継ぎ繁昌。お艶身もごり長男孝之助徳島屋跡継ぎ次男亀太郎福田屋跡継ぎとなる。孝五郎父庄作七十お艶母おつるお杉懐胎、婦多川三賞亭で賀の祝い。徳島屋の門辺に二神落ち合い二たび去る。徳島屋の金蔵に光物落ちる。家内繁昌めでたし。＊菊の井について付言（十三オ～十九ウ）奥付（二十オ）・刊記（二十ウ）

前編での結末のうち、お艶の実父が徳右衛門という事以外は、夢にし、前編と別話を展開する。畠山の裁きが上巻六回と下巻九回にあり、上巻後半＝第六回後半からは九回目までは、それに関連する事件が描かれる。つまり恋愛ものというより、どちらかというと判じ物なのである。この別話を冒頭と結末で前編『松の操物語』と関連付けて、囲い込む形にしている。

【構成図】

上巻	五回	前編とのつなぎ
	六回	前半　裁き1
中巻	同	後半　事件の進展
	八回	
下巻	九回	裁き2・後編の結末
	十回	後日譚・全体の結末

結論めいたことを先に記すと、『松の操物語』は、『江戸紫』といった写本ものに沿った形で、商家繁栄譚[2]ともいう型で、物語が構成されているのに比し、続編『貞烈竹の節談』は、上巻冒頭五回で夫を想う嫁というかたちで、かろうじて男女間が描かれるが、おおむね、岩永・畠山ら問注所の主人公らの捕縛・裁きといった形で描かれているのである。

なお、『松の操物語』で、富貴屋徳右衛門が自己を吉田実作と名乗る来歴で、町人である父徳左衛門が金を添えて勤番の士に養子とした（下六十九ウ）とある。身分としての「士」が、写本『江戸紫』よりも、身分の変動があった当時の現実を写す感がある。『松の操物語』は、この例のごとく、所々町人の物語に収めようという意識がある。一方、続編『貞烈竹の節談』では、この九回に菊の井父百姓庄作が、同時に孝五郎父でもあるともするが、これは出自を元武士とするなど前編と対照的であり、また形式的である。

裁きを見てゆこう。畠山重忠は、上巻［第六回］問注所で岩永が裁きを預った後、下巻まで登場しない。しかし、ここ九回では冒頭から登場する。具体的には、梗概に記した通りであるが、以下は注意したい。まず冒頭を引こう。

「却説畠山重忠ハ此程より所労にて暫く政叓を聞叓なく。籠居の叓の徒然に兵書をよみておはせし所」と重忠は所労休養中である。そして「尤本田榛沢に言含め内々詮議をとぐるといへども」（一ウ）とする。後の岩永との対決の部分でも同様に「小子此程所労にて籠居ハすれど昼夜とも。心にわすれぬ天下政叓。密に本田榛沢に申つけて詮議を遂げ。其盗賊も人ごろも。とくに召捕おいたり」とする（五ウ）が、これは、後に刊行される春水の読本『畠山重忠堀川清談』初編（文政九）でも似たようなことがある。この読本では、畠山重忠は物語早々に上洛し堀川に移住してしまう。巻四後半に再登場し最後の巻五で評定となる。その間は当事者同士のあらそい。奉行側は副臣の本田・榛沢が中心である。これと同工である。『貞烈竹の節談』は短いため、上記の通り記すのみで、実際の本田榛沢の行動自体は書かれない。両名は白州に善悪の人々を引き連れてくるかたちで登場する。が、同じ傾向を示すことは理解できよう。畠山も「所労」とて、いったん姿を消す。本田・榛沢が実際の行動にあたる。また、これは一般的な事でもあるが、悪人の行動は、裁きの前に読者にその行動として記される。本作品では、中巻に記されることで読者に了解される。そして、下巻九回で、そこまで描ききれなかったことも含め、それらを整理するかたちで記し、読者に事件の全容を知らしめ一気に解決を図る。そして、この九回は梗概に記したとおり構成も整っている。他の箇所とは違い、冗漫な場面描写の手法は取られない。以上九回目までで畠山裁きは終了する。

さて、ここで、この畠山裁きを春水が用いたことについて、彼が講釈師（現代でいう講談師）であったことを考えてみる。彼が為永正輔（助）という講釈師であったことは、中村幸彦の「舌耕文芸家春水」（日本古典文学大系『春色梅児誉美』月報＝著述集十）などにより周知であろう。そしてこの御論考から、為永正輔が畠山裁きを得意演目としていたことがわかる。文政五年刊『軒並娘八丈』初編下巻挿絵の髪結床前の寄席のビラに「神仏俗書穴さがし、畠山重忠 堀川清談」とあるからである。また、もう一つの証として、文政五年刊の合巻『揚角結紫総糸《あげまきむすびゆかりのふさいと》』自序に「此頃聞たる夜講釈為永正輔が堀川清談其侭こゝへ切はめて」とする。合巻『揚角結紫総糸』の梗概は以下の通りである。

木八は悪ならでの出来心より盗みに入ると先に入った男から百両授かり逃げる。途中青砥の組子に方袖を取られる。この百両を鎌倉佐すけがやつ谷町の佐七に届ける。そこへ佐七の恋人、大磯の遊君小糸が訪れる。一方、北条の侍笹原鈴之進という、三浦泰村を讒言なし自害させ名刀本ちょう丸を奪った者がいる。この男は奉公する木八女房お花、盗みの証拠の方袖をもとに口説く。佐七小糸は木介の難儀ゆえ入水しようとするを庄屋蝶助に止められる。蝶助は佐七の父親糸問屋佐川実右衛門に息子の勘当を解くよう相談に出向く。さて、お花は鈴之進に土蔵に押し込められるが、兄の盗賊みみずくの権次に助けられ、来合わせた馬上の青砥左衛門に訴える。蝶助と実右衛門は佐七のもとへ向かうが佐すけがやつで賊に会い、蝶助は崖から落ち、実右衛門は賊と闘う。この賊はみみずくの権次で三浦泰村の一族、佐七は泰村の一子花若丸なのである。権次は名刀本ちょう丸を手に入れる。蝶助は一部始終を佐七に告げる。最後に鈴之進が討たれ佐七が三浦の家名を継ぎ目出度し。

中村幸彦や前田裕子が言われるとおり▼[3]、この合巻の内容は、現在の実録研究という視点からは「煙草屋喜八」として大岡裁きに部類できるだろう。しかし、序文の内容や『軒並娘八丈』の寄席ビラの「堀川清談」に、「畠山重忠」と角書きすることから、為永正輔は、これを畠山裁きで物語っていたと考えてよかろう。色々な奉行の裁きが大岡に収斂していくことは周知のことであろうし、論じるまでもない。また、物語の都合で奉行名を変えるという方法があることもいうまでもない。事実、この絵双紙合巻では、同時代の人々にはわかりやすい青砥裁きとしている。

ついでながら、この合巻での佐七が実は御曹司の花若丸であったり、名刀紛失といった趣向も後年の『梅暦』につながると考えられる。

以上、文政五年刊の『軒並娘八丈』初編下巻挿絵の髪結床のビラの傍証も含め、同五年刊の『揚角結紫総糸』、七年刊の『松の操第二輯貞烈竹の節談』と、春水は自らのオハコの講釈畠山裁きの「堀川政談[4]」を小説化しているのである。江戸時代の講釈の実態は不明であるが、畠山裁きが為永正輔の持ちネタであり、その文学化があったことまでは言えるのではなかろうか。なお、為永正輔の『堀川清談』とは、上述の通り、畠山重忠は冒頭と結末の裁きに登場するのみで、副臣の本田・榛沢の活躍を中心とし、また、それぞれ善悪の登場人物が事件を展開する、こうした構成を持つものだったのだろう。なお、畠山裁きは、芝居種としても解釈可能[5]だが、浜田啓介のご教示によると、それを援用した場合、登場人物がこれだけでは済まなくなるとのことである。つまりは、畠山重忠や岩永や本田・榛沢以外にも必要になるのだろう。

講釈の方法が、この『貞烈竹の節談』に用いられている例として、下巻九巻末、裁きが終わった後の付言がある。神保五彌は本作品について『為永春水の研究』で、この話が三冊という短さに加え初編『松の操物語』の結末を夢にして一回分の草稿を省略したため物語が破綻したとされる（『為永春水の研究』六十二頁）。この小説の構成が、乱雑であることに異を唱えるものではないが、その根拠として、この箇所の「別に一回」以下のみを引用されているのは疑問である。この付言全体を挙げてみよう。

作者曰　熊谷在にて杢蔵庄作がつまおはたと姦通しておみねをうとむ事。おみね嫉妬にて是を怒り。杢蔵をの丶しりはづかしむる叓。杢蔵お畑と言合せ庄作をころさんとはかる叓。おみねしつとにたへずして。庄作が留守へしのびいり。おはたをころすこと。其あとへ杢蔵来りてあわて惑ひ。せうこになるべき書ものをおとし迯かへる譚など別に一回の草稿ありといへども。巻毎に丁数にかぎりあればせんかたなく此一章を欠り。看官幸に此段のつばらならざるを怪しむ叓なかれ（下巻十一ウ～十二オ）

ここは中巻［第八回］太助が上州路揚尾の旅宿で出会ったお菊の父庄作が、次の朝、おはたが殺されたの知らせに、太助もろともに帰宅する部分および、下巻の裁きの言葉「又歩平が女房たるお峯は（中略）かの杢蔵と姦通し。夫を手傳ひ殺せし上熊谷在にて嫉妬にせまり。庄作が妻のお畑を手にかけながら。そしらぬ顔にてくらせしも跡より忍び来たる彼杢蔵が落したる。手紙のせうこにあらわれたり」（七ウ～八オ）を受けたものである。この付言の神保が引用しなかった前段の具体的事例の「おはた殺し」を、現代の演芸でいうなら牡丹灯籠「栗橋宿」をも想起させるものである。講釈の一席として考えるならば、鄙に落ちていった男女のまちがいによる脇筋であろう。春水作同年刊『仮名佐話文庫《かなざわぶんこ》』後編に、佐野次郎兵衛が北条家渋谷伴左エ門を殺し、五十両を奪いその妾おたよと入間川辺に駆け落ち零落するのと同工である。これを新たに付け加えようとしたものと思われる。これを「草稿ありといへども」「丁数にかぎりあれば」「此一章を欠り」とする。草稿の真偽は別として、この断り書きは上記八回および第九回の言及を正しく受けていると考えられる。九回の構成が整っている一例と思われる。これを本作品の構成の乱雑さや破綻例とすることは出来ないのではなかろうか。ここは、逆に講釈の手法を踏まえることで読み解くことが可能だと思われる一例であろう。講釈＝講談は、周知のごとく、基本的に一席ものではなく連続物であった。それは、明治期の講談速記本をみても理解できる。事実、現代でも昭和年間の後半まで、それが主流であったし、現在でも行われている。[6] 江戸時代も当然講釈は連続物であった。その一席〳〵は、主筋を語るものから、本筋とは無関係なものまである。上記のごとき略された「おはた殺し」もその一例であろう。このように『貞烈竹の節談』は講釈の手法が強い作品だと思う。

三　構成の乱雑さや破綻

神保五彌のこの引用については、上記のように考えるが、『貞烈竹の節談』に、構成の乱雑さや破綻があることは確かであろう。春水人情本は、『明烏後正夢』（文政四～）をはじめとする初期作品から編を重ねる、つまり、長編化する傾向がある。ところがこの中本作品は、わずか三冊で本話自体および『松の操物語』の一応の結末をつけている。それゆえの現象でもあるのだ。その一例として、梗概のなかに数ヵ所記した「〇」の箇所の問題もある。これは本文中に通常の字と同じ大きさで実際あるものである。つまり、中巻までは回の途中にぶつぎれに話をならべてしまうことがある。まさしく手荒な方法といえよう。神保の言われる構成の乱雑さをあらわすと思われる例である。前述したわずか中本三冊の分量も、さらに、上巻冒頭は前編の結末を夢にするために使われ、下巻後半は『松の操物語』『貞烈竹の節談』全体の結末として費やされてしまう。曽平太殺しに対する事件解決・謎解きという一つの統一テーマとして読み解こうとするならば、二冊程度の分量しかなくなる。ところが、さらにこの少ない分量の中に、歩平殺しのほか、〈丁数限りあれば〉と一回分の草稿を省略したとする、上州のおはた殺しの発端までと新事件までも織り込んでいる。「〇」による場面転換は、場面切替えが素直に行われていることもあるが、中巻七回これからお菊が乗り込もうとする正宅の玄関での薬取りの会話がなど、ぶつ切れの感が強い乱雑なものであるが、このような方法で、場面描写をしてしまうのである。八回太助が庄作に出会う揚尾の旅宿は、膝栗毛もどきの客引き女との会話や、同宿客同士の会話は冒頭からなので「○」こそ使われていないが、同様な例である。少ない丁数に漫然とこれらの描写が挟みこまれている。「○」による場面転換は、おそらくは、草稿の寄せ集めにも起因しよう。しかし、この方法により分量の少なさを補う手立てともなっているようだ。

　さて、「○」による挟み込まれた上記いくつかの場面描写の内容自体は、『松の操物語』にもあった中本一般のものであろう。本作品では、それに加え（第一回目の夢の形で、本話を前編『松の操物語』と別の物語とする別荘のくだりと、第十回目前後編全体のしめくくり以外にも）、色々な物語の種がまかれている。それは、まかれたままで終わったようで、これも構成の乱雑を示すものであろう。しかし、それらを拾い出しておくことは無駄ではあるまい。

・魚売太助（多助）　この人物は、『貞烈竹の節談』で初出だが序文に「強傑者と呼ばれる。江戸前の英雄。弱きを太助が渡世の魚市に商内の小股を潜る堪忍袋の〆く丶りよき。」とされる。口絵にも、孝五郎と共に悪人を懲らすかたちで描かれる。本文では、梗概に記した通り中巻［第七回］で登場し、徳嶋屋出入りの男伊達で孝五郎と友達同様の肴売、お菊を慰め、また、犯人探しに知恵を出す。また、上州熊谷に赴きお菊父庄作に会う。このように男伊達ぶりが描かれる。しかし、下巻裁きでは出廷するのみ。結末では、お杉と夫婦になり昔屋を継ぐ。これらは筋立て上描かれているに過ぎないと解する。序文・口絵・中巻を通じ男伊達として描くが、本作品の紙面ではそれだけで終わってしまっている。なお、この人物から想起される「一心太助」は、これより本作品より先行すると思われる実録『大久保武蔵鐙』後編には、既に登場しているようだ（高橋圭一「彦左の変身—実録『大久保武蔵鐙』を中心に」『実録研究』清文社、二〇〇二刊参照）。

・菊の井　これについては、下巻末の細字の付言を引く「前にはぶきし叓なるを匆卒にしてわすれたり。此巻中なる菊の井は初編の首巻にしるしたる。菊の井が二代目なり。かの花賣姥がむすめ菊の井の傳はこ丶にか丶わらざれば記さず。孝五郎の妾となりし菊の井とこんじて。思ひちがいのとがめ有んかと穴さがしの君子にことわるのみ」。『松の操物語』の菊の井が初代で、『貞烈竹の節談』のが、二代目であり別人だというのだ。「かの花賣姥」とは『松の操物語』上巻で登場した浪人吉田実作＝のちの富貴屋徳右衛門の隣りに住み浪人の妻の弔いなどの面倒を見てくれた初代菊の井の母である。本作品冒頭で、お艶の見たのを徳右衛門が本当の父ということ以外、夢にしたためのこだわりなのだろうか、菊の井を別人にする断りのほうが、却って読者を混乱させると考える。筆者は、九回末の断り書きに整合性を説いたが、この付言が、むしろ辻褄があわないと思う。

この付言の存在理由の一つとして、奥付の『松の操物語』第三輯の予告があると思う。『松の操物語』の初代菊の井が身をよせた梅屋何某の家の騒動を、太助の男気と徳右衛門の情で、無実の罪をのがれる畠山裁きだとし「一名倶利伽羅太助任侠傳」とする（全文を書誌事項に翻刻した）。描きされなかった魚屋太助の任侠ぶりを描き、畠山裁きを、もう一度描こうとしているのである。そして、初代菊の井を描きたかったのである。『松の操物語』でも孝五郎の放蕩勘当の原因となった人物としての菊の井は記されているが、男女の逢瀬は、描かれてはいないのである。少なくとも筆者にとって理解しがたい下巻末付言は、この予告を補完するためだったのかもしれない。なお、春水は「菊の井」に執着があり、これが後の『菊《きく》廼《の》井《い》草紙《ぞうし》』四編十二冊（文政八・十二）という別の物語となる。

・久作道心　この人のことは、梗概に書いたとおりで六十六部になり事件を目撃、後に石地蔵を建立した。そして、さらに結末賀の祝い後「くわへて久作道心が年頃の願望成就して。六地蔵を鎌倉の入口〳〵へ建立し。ければ。世の人。かれをさして地蔵坊とよびなしぬ。其後また地蔵坊正元といへる者。おなじく濡仏を建立す。吉三道心というものあり。俗の時の何や此久作法師と混ずべからず」（下巻十五丁）とする。久作が、六十六部になったことは無論ありきたりだが、「地蔵坊」については、このころの春水が諸国を遍歴する僧を描くことがあったことを思い合わせることができる。例えば、『藤枝恋情柵《ふじがつらこいのしがらみ》』の初二編に出て来る、一夢法師（初二編は文政七・八）や『仮名佐話文庫』（全三編＝文政七～八）の見性法師などがいる。この地蔵坊は、両法師に比べ活動はしていないが、一種の僧伝のうちなのかもしれない。なお、「地蔵坊正元」や「吉三道心」への言及は、筋立てを中心とする小説作法から考えると、おかしな書き方なのだが、僧伝や読本の手法でもあろうが、講釈の引きごとのあり方や脇筋のつけ方とも通じる。

以上、魚売り太助と菊の井はたまた久作道心を取り上げてみたが、作品の短さも手伝うのだろうが、様々なものが素材のまま置かれている。

なお、「上州熊谷」について付け加える。太助が久作に会うのは、江戸の人間が、地方に出かけその土地に逼塞する人間にあう人情本の一趣向である。また、杢蔵おみねの件は、この話の構成についてこの付言を上に示した通りである。地方での艱難辛苦は、紙数があれば語られる可能性もある。

以上、畠山裁きを骨格とするこの物語には、わずか三冊の中に、色々な物語の種がまかれていると理解することも可能だろう。これは一貫性を求める見方をするならば、構成の乱雑さや、破綻と捉えることも可能だが、ここにも初期人情本の一特徴を見ることが出来よう。

以上、『貞烈竹の節談』は、前編『松の操物語』を受けた形で、曽平太殺しなどに対する畠山裁きを中心とした物語であった。もちろん、判じ物は後期小説に限っても馬琴の読本『青砥藤綱摸稜案』を代表とし、実録写本でも『板倉政要』『大岡政談』はじめ多くある。人情本でも、読本の影響から判じ物がもちろん利用されてもいるのだ。同時期でも、人情本の筋立て付けの常套手段のひとつであることは、同じく、春水の『八重霞春夕映』（文政六～九）が青砥裁き、鼻山人の『恐可志』（後編同十二）が畠山裁きで、物語全体の骨格ではないが、結末を付けていることからも理解出来る。本論では、そのような諸影響のうち、『貞烈竹の節談』を「堀川清談」が、春水＝講釈師為永正輔の得意演目ゆえに、骨格としてひとつの作品をなしていることを考察した。この作品はすでに、文政四年『八笑人』二編に「畠山情の聞書」という書名が付けられている（棚橋「人情本論（三）」『帝京国文学』8所収参照）。「堀川清談」のうち、今でいう「煙草屋喜八」を扱った、文政五年刊の合巻『揚角結紫総糸』を経て、本作品は、文政七年に刊行された。分量自体わずか三冊なのに加え、例えば、場面描写を多く置くなど、中本の持つ性格をそのまま出し、また初期人情本だからであろうか、特段裁きとは直接結びつかない事象までを次々に記すゆえ、裁きに関する記述は限られてしまう。それでも、畠山はあまり表に出ず榛沢本田を用い事件を解決する祖型はきちんと用いている。そして、文政九年・十一年には読本『畠山重忠堀川清談』が刊行される。これが天保三年『梅暦』へと発展する。

『貞烈竹の節談』は、『松の操物語』という写本『江戸紫』に準拠した作品に、畠山裁きにより継ぎたした後編作品である。後の『梅暦』は、丹次郎お蝶を中心とした写本『江戸紫』を祖型系とした商家繁栄譚と、畠山裁きによる趣向が融合した一作品が成立するに至る。そこでは当然本田次郎を活躍させ、丹次郎が榛沢六郎の、お蝶が本田次郎のそれぞれの隠し子ということまで付け加えている。『梅暦』の成功には、色々な要因があるだろうが、自身の講釈の持ちネタとしても、手馴れている畠山裁きという趣向を手堅く使い、筋立てを好む読者群をも取り込んだことが、一因であることは言えるのだろう。この畠山裁きを中心とした『梅暦』の検証が面白いのだが、これは次回の連続としたい。

【注】

（1）写本もの人情本については、拙稿「人情本の型」（本書第三章第一節）参照。

（2）商家の跡継ぎが弟などに家督を譲ろうとわざとの放蕩零落、許嫁も三角関係や家のことで苦労するが、末は結ばれ家も栄えるという人情本の基本的な型。注1拙稿参照。

（3）「為永春水の初期合巻」（叢書江戸文庫『人情本集』一九九五、月報）。

（4）畠山裁きを「堀川清談」というのは、春水がこのあと読本として『畠山重忠堀川清談』を刊行するが、初編（文政九）で畠山重忠は、物語早々に大仏供養のため上洛し堀川に移住したり、二編（同十一）では、京都の裁きであることも理解の一助となろう。また、もともと〈畠山重忠〉と角書していた本書であるが、『堀川清談』の意味が解りづらくなったのか、後年『畠山仁政録』と改題されている。

（5）『明烏後正夢』（正編は文政四〜七）をはじめ、『松の操物語』にも、本稿梗概結末のごとき芝居形式の修辞がある。また、本作品には「それだから芝居でも三建目じやぁ敵役か強的いばつて色吏師や実事師を無実の罪に落し。それから其女房が身を賣たり種々な難義をしやすが五建目の大詰になつてごろふじまし。いつでも敵役が見あらわハされて計る〳〵と思ひしに。かえつて汝等にはかられしか。残念やといひや」（中巻二ウ）と、芝居作者である合作者の駒人（＝白頭子柳魚）による芝居知識を基盤にもつ記述もあるが、本論では講釈の側から考察する。

（6）例えば、三代目神田松鯉先生「赤穂義士本伝」四七席。また近時、二〇〇六年七月大阪直木三十五会館の文月会で旭堂南海先生が「難波戦記」を、南湖先生が「寛政力士伝」を一月連続で読んだ。南海先生は、精力的に連続物を読まれている。東京でも新鋭五人会はじめ連続物の会が多くなってきた。

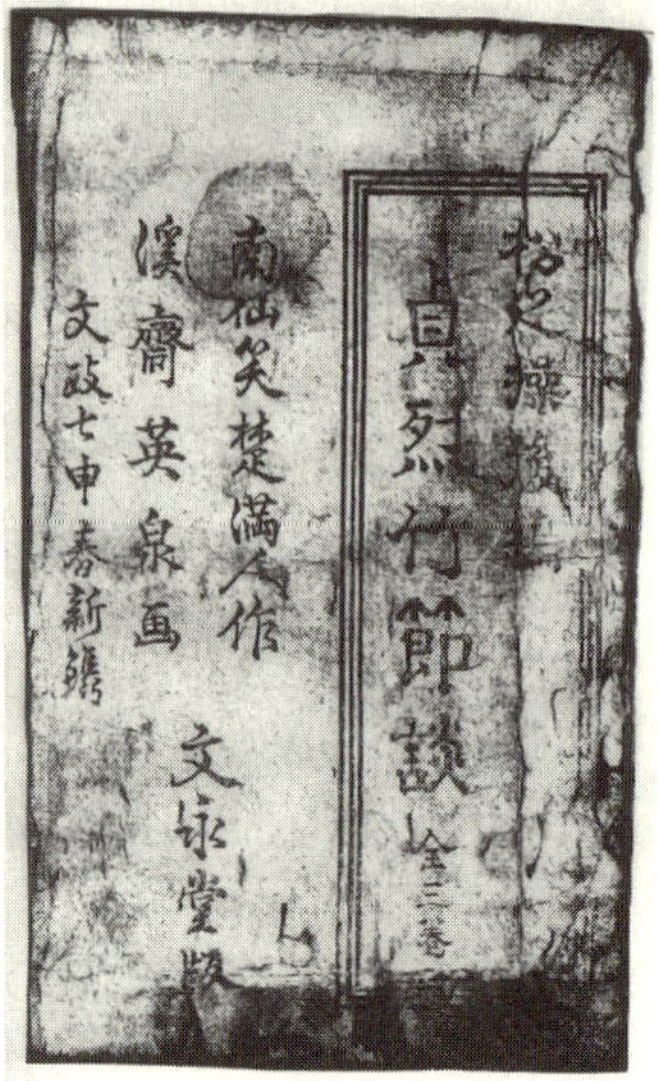

見返し

『貞烈竹の節談』書誌

中本三冊
上巻
見返し「松之操後編／貞烈竹節談　全三巻」南仙笑楚満人作／渓斎英泉画／文永堂版／文政七申春新鐫」
序文
序題　貞烈竹節語序　二丁半琴通舎英賀（丁付け無・最終丁が「松ノ口二」のオモテになる）
口絵見開き三丁　丁付け「松ノ口二（～四）」（裏丁末部分）
本文　二十二丁
丁付け「松ノ　（～廿二了）」一丁目（口絵3の裏丁）が「松ノ　」で表記なし。裏丁末部分に彫られる。但し「松ノ廿二了」は表丁末
内題「松の操第二輯貞烈竹の節談巻之上　江戸南仙笑楚満人／驛亭駒人　合作」
尾題「貞烈竹乃節談巻之上終」
挿絵1「戀情《れんじやう》の病苦《びやうく》稗説《はいせつ》の萬苦《ばんく》交逼《とも＼せま》る」病床のお艶にお杉ら明烏二編を見せる（五ウ—六オ）
挿絵2「南柯《なんか》の一夢《いちむ》赤縄《せきじやうひ(ママ)》を導て禍《わざわひ》を、かもす」お艶お雀昔屋を訪ねる（十五ウ—十六オ）
中巻
本文　二十一丁半

丁付け「松中ノ二（〜廿二丁）」一丁目はなし。裏丁末部分に彫られる。但し「松中ノ廿二丁」は表丁末。
内題「松の操第二輯貞烈竹の節談巻之中　江戸南仙笑楚満人／驛亭駒人　合作」
尾題「貞烈竹乃節談巻之中終」
挿絵1「悪醫《あくゐ》を蕩《とろかし》て密書《みつしよ》を得《ゑ》たり」お菊正宅を色仕掛け（六ウ―七オ）挿絵2「義男不意《ぎなんゆくりなく》して正作《せうさく》が旅宿《たびやどり》に會《くわい》す」
太助正作と会う（十四ウ―十五オ）
下巻
本文　十九丁
丁付け「松下ノ一（〜十八丁・松下十九）」裏丁末部分に彫られる。
内題「松の操第二輯貞烈竹の節談巻之下　江戸南仙笑楚満人／驛亭駒人　合作」
尾題「貞烈竹乃節談巻之下終」
挿絵1　畠山重忠籠居の読書に庭前の蝶の舞うを見る（三ウ―四オ）＊詞書なし
挿絵2　白州（上半分は本文）（八ウ―九オ）　＊　〃
挿絵3　徳島屋の金蔵に光物落ち、通行人驚く（十五ウ―十六オ）　＊　〃
奥付（二十オ＝丁付無）
江戸作者　南仙笑楚満人／驛亭駒人・傭書　瀧野音成・浮世繪師　溪齋英泉・松廼操第三輯演説梅香物語　全三冊　楚
満人作英泉画　一名倶利伽羅太助任侠傳　此書ハ前編松の操第一回にいへる先の菊の井が身をよせし梅屋何某が
家に奇代の珍事を引出す事に始り太助が男気徳右衛門が情にて無実の罪をのがるゝ事を□畠山がさばきも清キ物
語来春發兌の時を待得て見るベし
刊記（二十ウ＝丁付無）

文政七申春發兌　江戸書房　人形町乗物町鶴屋金助／日本橋砥石町大坂屋茂吉／橋町二丁目越前屋長次郎／弥左エ門町大嶋屋傳右エ門

原表紙は、青竹をデザインし表紙に「松の操」　裏表紙「後編」と書く。

題簽「貞烈竹節談　上（中）」　下巻未見

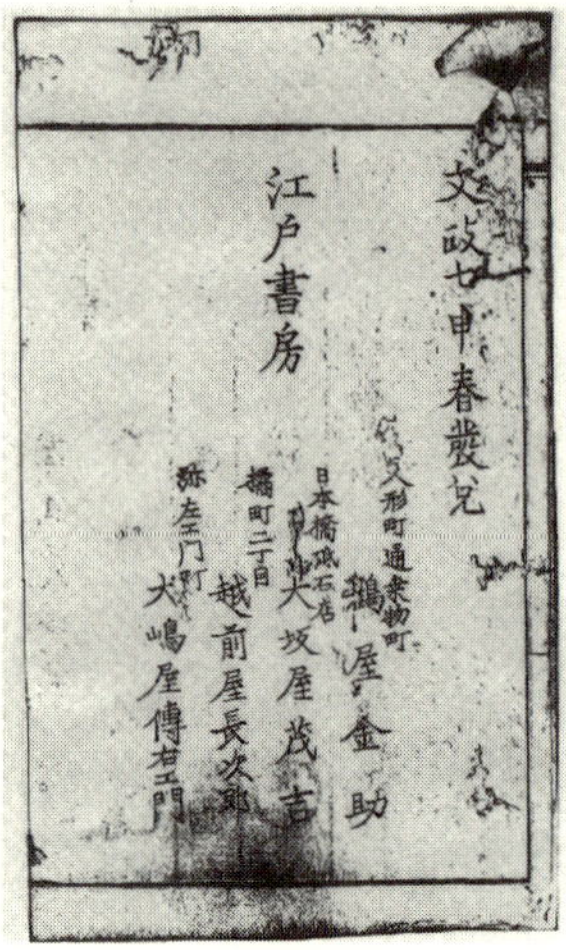

刊記

管見書

架蔵A：上・中（末二丁欠）　初印　底本とした。

架蔵B：上（破損あり）　初印

架蔵C：上・中・下（虫損や落丁あり）　『松の操物語』と合六冊の後印本（文永堂板）

無地薄緑表紙（前編は濃緑表紙）、題簽は原題簽「人世栄枯松の操物語　上（中・下）」間に「二篇」と手書き（「松の操物語」の題簽の利用）。下巻の底本および中巻の補い。

蓬左文庫蔵本　上巻一冊　国文学研究資料館マイクロフィルムによる（書型は半紙本に中本の匡郭にて、また同文庫蔵の『松の操物語』三冊とは別本）。

＊未見　天理図書館蔵本　館の御教示によると、『松の操物語』と前後二編合本二冊後補表紙。刊記を欠く。また、国書総目録が何を根拠に文政十二年とするのかは不明とのこと。

【付記】本論は、「国文研プロジェクト研究『近世後期小説の様式的把握のための基礎研究』平成十八年度第一回共同研究会」（同年八月二日）での発表の一部です。御教示いただいた浜田啓介氏、高橋圭一氏はじめ参加者の皆様に感謝申し上げます。

その後『鯉城往来』第十号（平成十九年十二月発行）に『貞烈竹の節談』を翻刻いたしました。あわせお読みいただけたら幸いです。

第二節　文政十三年涌泉堂美濃屋甚三郎板『明烏後正夢』

架蔵の『明烏後正夢』の一本に、文政十三年、九編（＝寝覚繰言四編）[▼1]が刊行された際のセット、本来は三十冊であるが、二編三冊を欠くので二十七冊がある。この涌泉堂板は、色々なことを教えてくれる。各編三冊、状態はよくないが袋つきである。まず袋に示された文字を示してみよう（**資料②**参照）。

発端「しの、め」為永春水作・英斎　左側面に「狂訓亭藏禁賣買」

初編「浦里時次郎明烏後正夢初編」楚満人鯉丈合作・國直画・涌泉堂板。

（二編欠）

三編「明烏後正夢《あけからすのちのまさゆめ》第三編《だいさんへん》」為永春水瀧亭鯉丈合作　英泉画

四編「明烏後正夢第四編」全三冊印（判読不能）左側面に「美濃屋甚三郎板」

五編「楚満人鯉丈合作英泉画」涌泉堂之記・印（涌泉）右側面に「明烏第五編・全三冊」

六編（＝寝覚繰言初編）「明烏後正夢」六篇・涌泉堂・印（水谷）

七編（＝寝覚繰言二編）「明烏第七編」涌泉堂・印（水谷）

八編（＝寝覚繰言三編）「明烏續三編全傳第八輯」江戸戲作者為永春水作・江戸繪師

柳川重信（□□のかんさし玉のくし日月おそしと吟じたる菱川師宣画柳川寫）

右側面に「涌泉堂美濃屋甚三郎藏」

九編（＝寝覚繰言四編）「しん板／明烏九編三さつ／為永春水さく・柳川重信え」

さて、これら袋[2]は九編（＝寝覚繰言四編）刊行時に新調されたものと推定される。根拠として、まず、初編・四編・五編・六編・七編・八・九編に、涌泉堂あるいは美濃屋甚三郎の名前があることだ。『明烏後正夢』の板木は、文政十二年三月二十一日の火災がきっかけで、青林堂を経営する為永春水から涌泉堂美濃屋甚三郎に移ったと考えられている[3]。さらに、三編に作者名を春水とするのは、改名後の袋であることを示す。改名は文政十二年である。これにより、この架蔵本のセット九編刊行時とは断言できなくとも、少なくも八編刊行以前のものではないことは理解できる。そして九編は、表紙が**資料②**末に図示した通り、他編は無地であるのに、地味ながら青地で、その青地の空に烏を配し下方に町の屋根々々を施していて、見返しも初印時通例の朱色のものである（なお、後年のものだろうが墨刷の見返のものもある）。袋にも「しん板」とある。これらから、この作品は、八編から涌泉堂が刊行している可能性もあるが、九編はもちろん、初編から八編までをも含めた、これらの袋は、九編刊行時の新調と推定する。また、遡っても八編刊行時までであるとは言えるだろう。

『明烏後正夢』は、神保五彌が「『明烏後正夢』初編」（『為永春水の研究』）で示されたように、青林堂各初板→文政十二年か十三年の涌泉堂板→天保庚子十一年序刊の丁子屋板→明治年間の前川源七郎と板木が移動する。この際、部分部分に板木が修されたと考えられる。よって、この文政十三年『明烏後正夢』九編（＝寝覚繰言四編）が刊行された際のセット（以下「架蔵文政十三年涌泉堂板明烏後正夢」）を考える上で、初板本（架蔵本など[4]）、「架蔵文政十三年涌泉堂板明烏後正夢」と、ほぼ同じ頃の印行のものと推定される早稲田大学図書館蔵本（以下「早大本」と略記）、天保庚子十一年序刊本の成田山仏教図書館蔵本（以下「成田本」）及び架蔵の一本、明治年間の前川源七郎による東北大学図書館蔵狩野文庫本や国文学研究資料館本（以下「明治期本」）などと適宜比較する（236頁諸本一覧参照）。なお、『明烏後正夢』の各編の刊行年次等は、**資料①**に示した通りである。また、「架蔵文政十三年涌泉堂板明烏後正夢」の書誌は、本論で述べる部分以外は、諸辞典類で説かれているので、特に全体の書誌を示さないことをお断りしておく（『人情本事典』笠間書院、二〇一〇刊などを適宜参照されたい）。

資料①
『明烏後正夢』の各編の刊行年次等

○初編　文政四
○二編　文政五
○三編　文政六
○四編　文政七序刊
○五編　文政八序刊
○六編（寝覚繰言初編）文政八
○七編（寝覚繰言二編）文政八
○八編（寝覚繰言三編）文政十二
○発端（しののめ）　文政十二？
*文政十二年三月二十一日火災
　*このころ青林堂から涌泉堂板木譲渡
○九編文政十三
○十編　天保十一 *丁子屋板

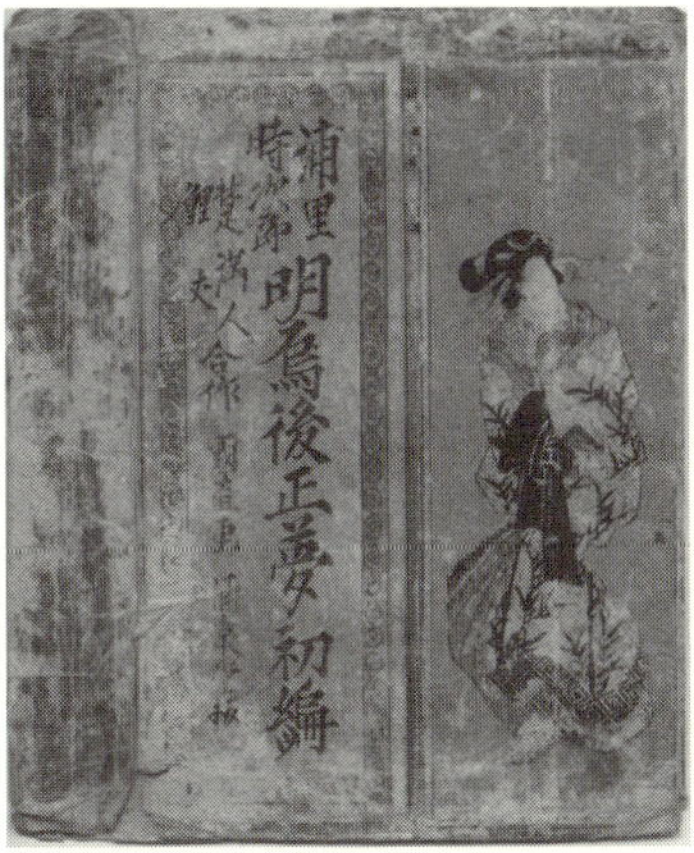

初　編

発　端

四　編

三　編

※二編欠

五　編

六　編

七　編

八　編

九編表紙

九　編

〈参考〉早大本などの
表紙
※架蔵本による

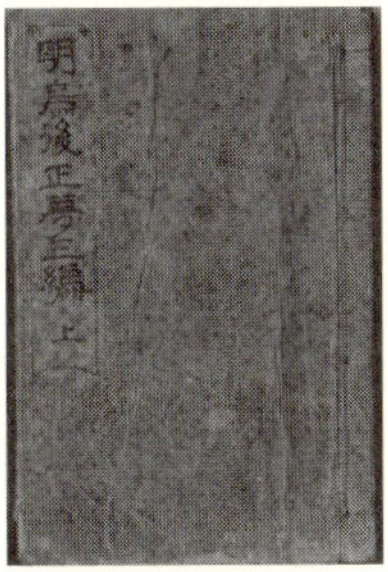

他編の涌泉堂板表紙

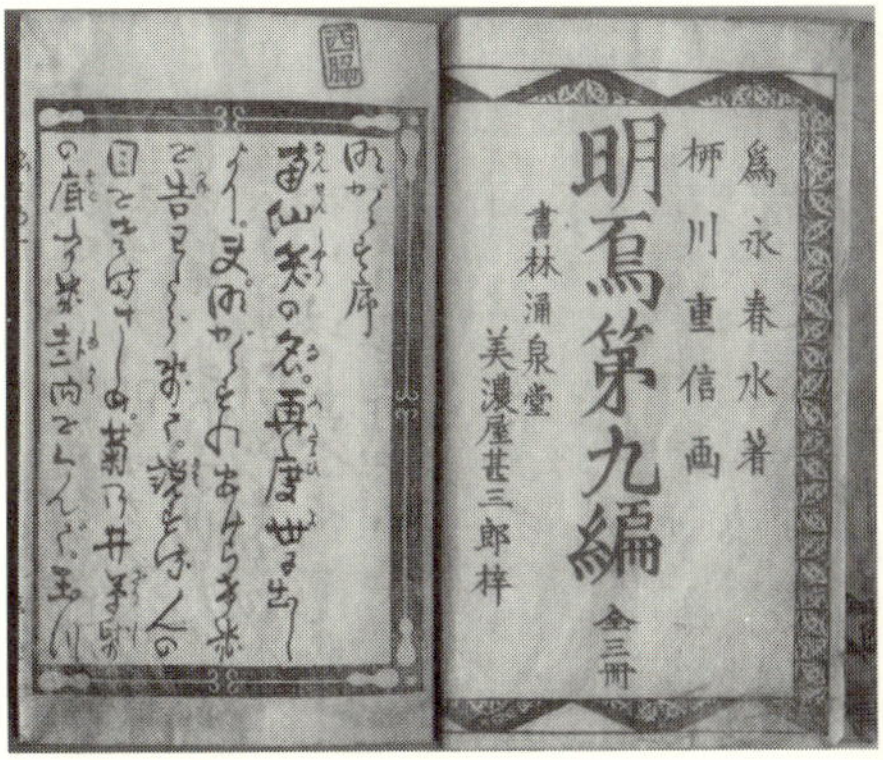

九編見返し

諸本一覧

・初印本　各刊行年
・文政13涌泉堂板　架蔵本
・同じころ　早大本
・天保11丁子屋板　成田本
　　　架蔵本
・明治期前川源七郎本
　狩野文庫本・資料館本

一　板木は煙滅したか

さて、本論でまず言いたいのは、『明烏後正夢』の板木は、文政十二年三月二十一日の火災に依って煙滅していないのではないかということである。この火災で、春水が窮地に陥ったことはたしかで、例えば、文政十三年刊鯉丈作『女小学』前集序文に、通油町を焼け出され浅草に移り住んだことが書かれている。だから、板木も焼けたと思いたくなる。棚橋正博は「人情本論7―『明烏後正夢』初編（上）―」（『帝京国文学』一二号・二〇〇五）では、「煙滅」と「覆刻再板」を推定、「人情本の文体―初期人情本の発生」（『江戸文学』三七号・二〇〇七）では、これらを断定されている。はたしてそうだろうか。

架蔵本『明烏後正夢』発端「しの、め」の袋左側面には、「狂訓亭藏禁賣買」と印刷されている。この袋について、本論では、上記の通り文政十三年九編が涌泉堂から刊行された時のものと、まずは推定している。発端「しの、め」の初板刊行は、作者名（正確には筆刪者名）が「楚満人改為永春水」であるから、文政十二年中と推定できると考える。そして、架蔵本には見返しが無いから、翌年の十三年印行とまずは考えてみたい。その袋に「狂訓亭藏禁賣買」とあるのである。文政十三年涌泉堂が、新調した袋に春水は明烏シリーズ板木の権利を主張し、涌泉堂も認めていることになる。発端「しの、め」の作者名は「為永春水」であるから、架蔵本「しの、め」印行の上限は改名の文政十二年である。仮にこの袋が、文政十二年時のものを使ったとしても、そのまま「狂訓亭藏禁賣買」とある。涌泉堂が刊行する際、春水の板権を否定するならば、この七文字を削除するだろう。この意味するところは、今にわかに説明できない。あるいは、この涌泉堂が権利をもっていた時点では、止め板などで春水が権利を一部持っていたのかもしれない。事実、架蔵本とほぼ同時期の印行である早大本には、下巻末丁尾題「郭里の東雲巻之下終」が右側にあり、少しの余白を置き「江戸作者楚満人改為永春水（印）松亭金水（印）／改名を告奉る鹿景　狂訓亭蔵」とあり（**資料③**）、却って袋には「狂訓亭藏禁賣買」とある架蔵本本体では、「狂訓亭蔵」の表記を削っているということもある。いずれにせよ、涌泉堂板の『明烏後正夢』発端「しの、め」の袋に「狂訓亭藏禁賣買」とあることは、人情本の板権の見直しという大きな問題となるのではなかろうか。この件は指摘に止めたいと思う。しかし、青林堂越前屋長次郎という書肆経験者のなせるわざであることまでは言えるのであろう。「狂訓亭藏禁賣買」という主張は、明烏の板木が焼けていたら出来ない主張だろう。

資料③ 早大本

不寝ばん七ツの拍子木カチ・・・
郭里の東雲巻之下終
楚満人改
為永春水　印
江戸作者
松亭金水　印
改名を告奉る亀景　狂訓亭蔵

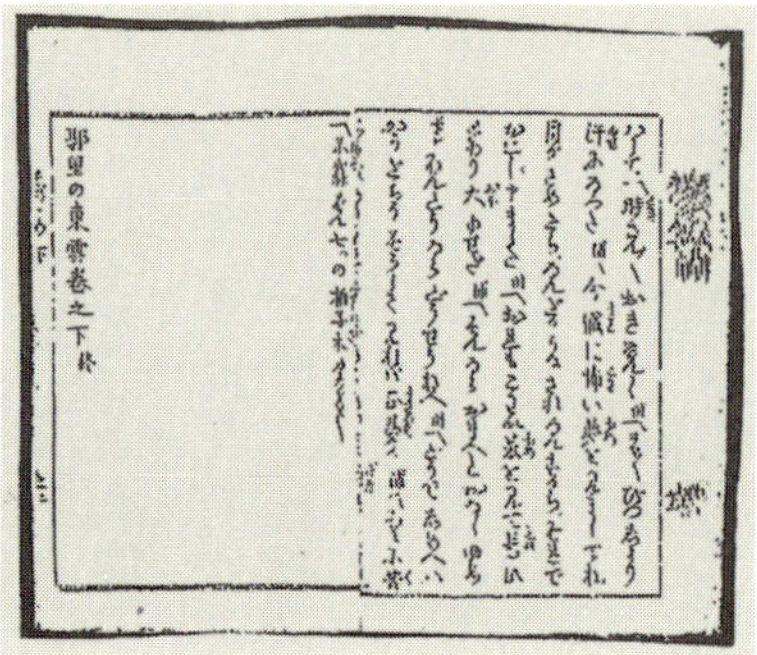
郭里の東雲巻之下終

架蔵湧泉堂板

以上、『明烏後正夢』の板木が、文政十三年の火災で煙滅していないと思われる理由を挙げた。しかしこれらは、架蔵本の「狂訓亭蔵禁賣買」の表記を持つ発端「しの、め」の袋が、文政十二年時の流用でない完全な理由にはならないかもしれず、したがって、板木煙滅を否定しきれていない要素を残すと言われても仕方がない。

二　悪彫り

そこで、これを補うために、春水の出版物の彫りが良くないことについて述べてみたい。春水はそのことを自ら述べていた。例えば、文政五年刊梅暮里谷峨の『貞操小笹雪』には、序文中にも「つけ假名落して入木《いれき》もなく。校合《けうごふ》見せずに發市《うりいだし》。そろべく候《そろ》とやらかして叱言《こゞと》をいわぬ作者もがな」と一例を述べ、末に「悪彫工《あくぼり》の版元《はんもと》　青残る。

林堂主人自誌」としていた。『明烏』シリーズに見られる悪彫りの代表例は彫り残しである。すなわち、図示したとおり字のまわりがきちんと白くなっていない部分が散見するが、涌泉堂板にも、初編にかぎらず各編それが残る。

資料④を御覧いただきたい。例えば、A三編中巻十七丁オモテ「入」に削り残りがある。B五編下十一丁オ「い」や「ゞ」、C六編下八丁ウラ「真綿」、D七編上巻十八丁オモテ「さ」などである。発端などはたくさんある（L・M・Nが一例）。これら彫り残しは、早大本・成田本・明治期本でもそのままである。これらは、刷り出す際のゴミ汚れではない。もし、板を新たにする方法として、被せ彫りという方法を用いた場合でも、彫り残しまではそのままにしないだろう。なお、校正などがしっかりしない状態で彫ってしまい、後に余分な字句を削らざるを得ず生じた空白の二字空き・三字空きとなるものも載せておいた（O・P・Q）。二字空き・三字空きは被せ彫りによる別板が行われた際は、同じようになるだろうが、春水の悪彫の一例として出して置いた。ただし、上記の例は、初印本との比較が出来ていないので、板木煙滅説を覆すのにはもう一つ弱い。初印本と架蔵涌泉堂本と比較できたのは、初編上中下・三編上巻・四編上・五編下である。これらには彫り残しは少ないが、四編上巻には二例ある。X、十六オ「渕」はさんずいが1本多い。また、Y、十八ウ「喰飽き」の「喰」は削りすぎである。

また、匡郭は刷り出す時の調子の濃淡によることもあり、板木の判定には難しいかも知れないが、**資料**⑤を御覧いただきたい。初編下巻の扉右上は、初印時から欠けていたと言って良いだろう。早大本以下でも同じだ。また、同じく初編下巻十四ウラの匡郭を「架蔵文政十三年涌泉堂板明烏後正夢」よりあげておいたが、この上部は早大・成田・明治期本もこのように弱っている。初印は図示の通りしっかりしているから、次第に弱ってきたのだろう。文政十三年頃覆刻をするなら彫り残しも改め、匡郭も直すだろう。初印本との比較はわずかだが、これらから、同一板木であるといえると思う。以上『明烏後正夢』の板木は、文政十二年三月二十一日の火災に依っ

資料④　悪彫の例

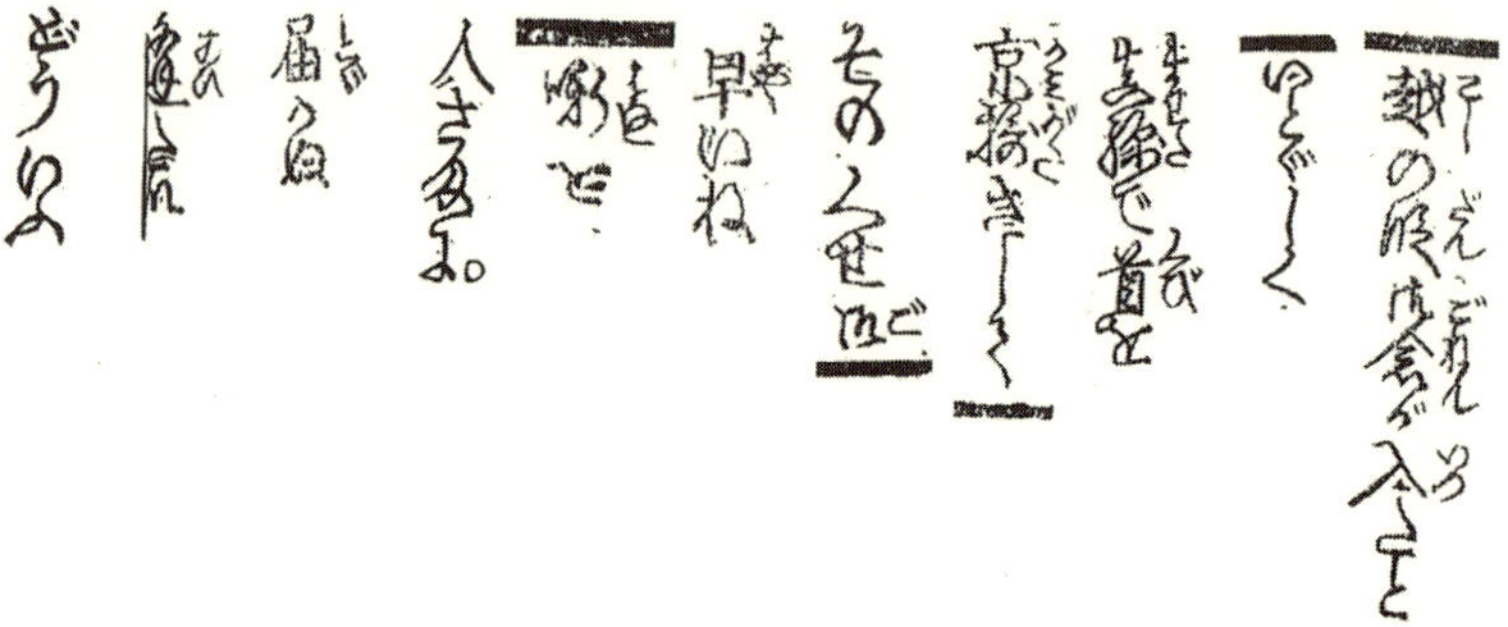

A　三編中・十七ウ「入」
B　五編下・十一オ「い」「ゞ」
C　六編下・八ウ「綿」
D　七編上・十八オ「さ」
E　七編下・三オ「そ」
F　七編下・十二オ「い」
G　八編上・十ウ「を」（後掲別板になし）
H　八編上・十六オ「人」
I　八編下・二オ「ぬ」
J　八編下・二十ウ「た」
K　九編上・十七オ「ど」

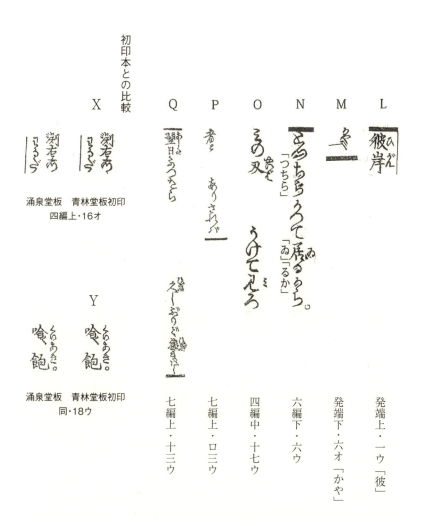

L

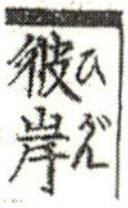

発端上・一ウ「彼」

M

発端下・六オ「かや」

N

六編下・六ウ

O

四編中・十七ウ

P

七編上・ロ三ウ

Q

七編上・十三ウ

初印本との比較

X

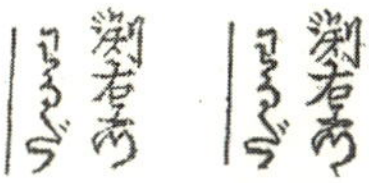

涌泉堂板　青林堂板初印
四編上・16オ

Y

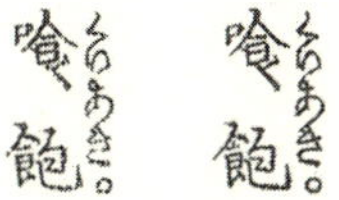

涌泉堂板　青林堂板初印
同・18ウ

資料⑤

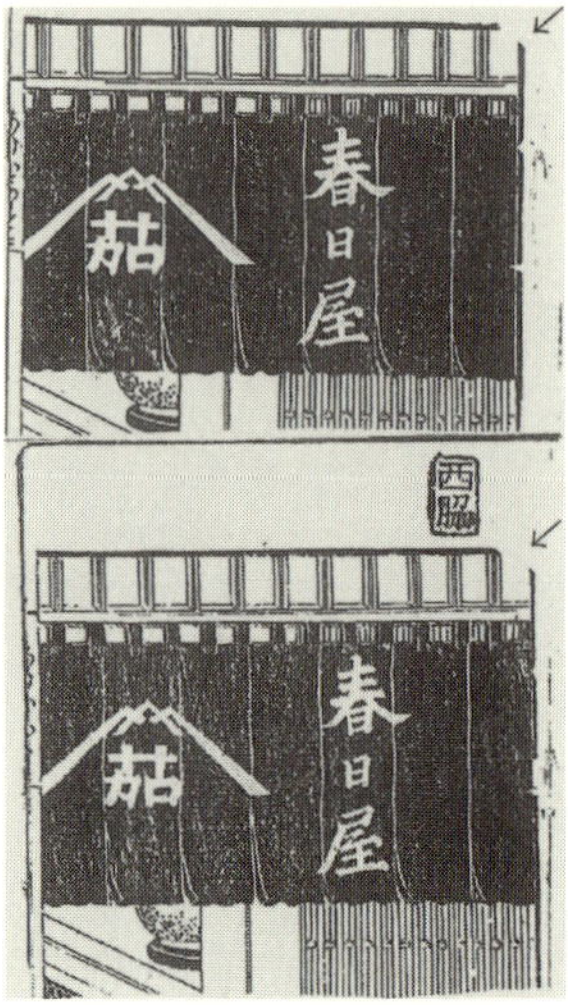

初印本

涌泉堂板

初編下巻扉

て煙滅していないのではないかということを、架蔵涌泉堂本の袋から考察し、補完するために、いわゆる「悪彫り」などを中心に板木の検証を行った。

『明烏後正夢』の板木は、確かに文政十二年か十三年に青林堂から涌泉堂に移っている。山杢誠が、初編初板の東大本と修板本の早大本を比較されているとおり、何ヶ所かの改刻箇所がある（『為永春水年譜稿』その一『文学論藻』68号・一九九四）。初編刊記の〈涌

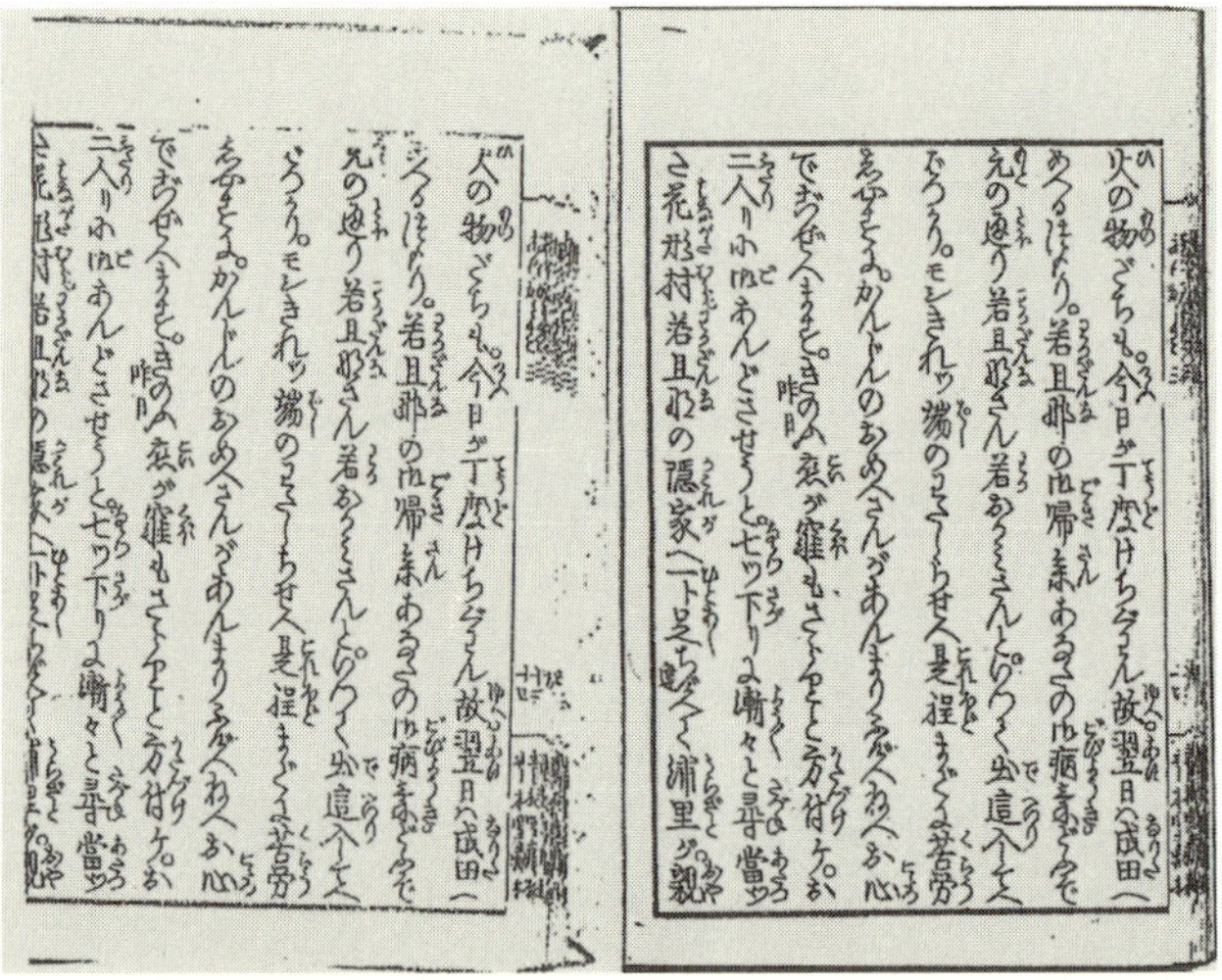

涌泉堂板　　初印本

初編下巻十四ウ

資料⑥

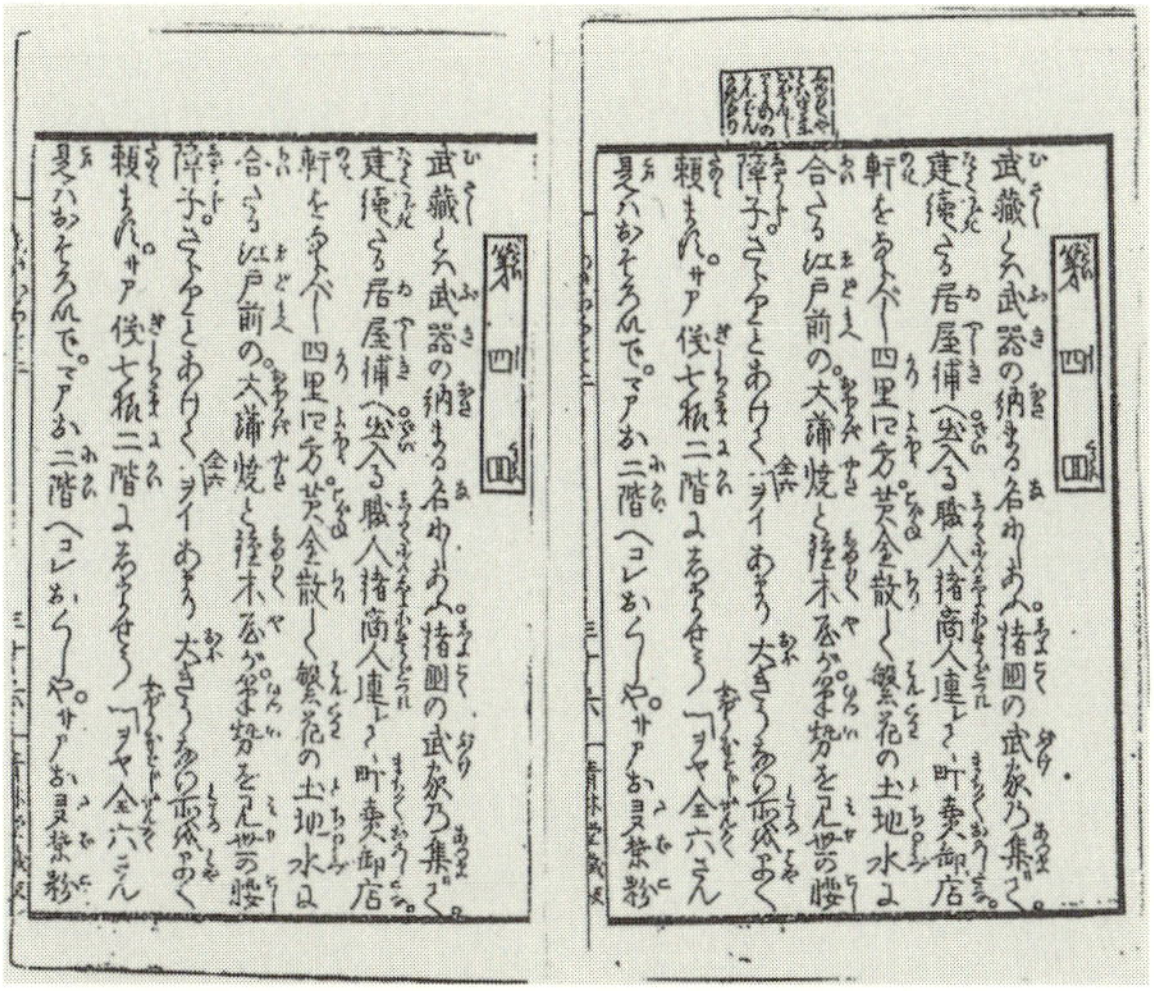

涌泉堂板＝欄外の注を削る　　初印本

初編上巻三十六オ

泉堂板〉（↑青林堂版）という改刻や、口絵四のウラの川へ飛び込む女性が、英泉から国直の描くものに変わることといった、神保五彌が、『為永春水の研究』で指摘されたことの再確認や、「三六オモテ」の欄外部（本文中の「しゅもく屋」といううなぎやの説明）を削ること（これは**資料⑥**に揚げておいた）などである。しかし、他はそのままと思われる。神保も基本的に元の板木をそのまま用いているとされている。加えて、架蔵の初板本と涌泉堂修板を比較しても同様であった。それが、「悪彫り」からも知りえるのである。

三　早大本との比較

早大本は、神保五彌が『為永春水の研究』所収の「『明烏後正夢』初編」で詳細な検討を加えられたものであり、同時に中本研究を志すもの多数が、早稲田大学図書館で実際手にとる書籍である。

いまこれを、本論で考察している「架蔵文政十三年涌泉堂板明烏後正夢」と比較する形でその特徴を述べたい。早大本は、発端・初編から八編までの各三冊計二十七冊

資料⑦　八編の改刻（上巻九・十丁）

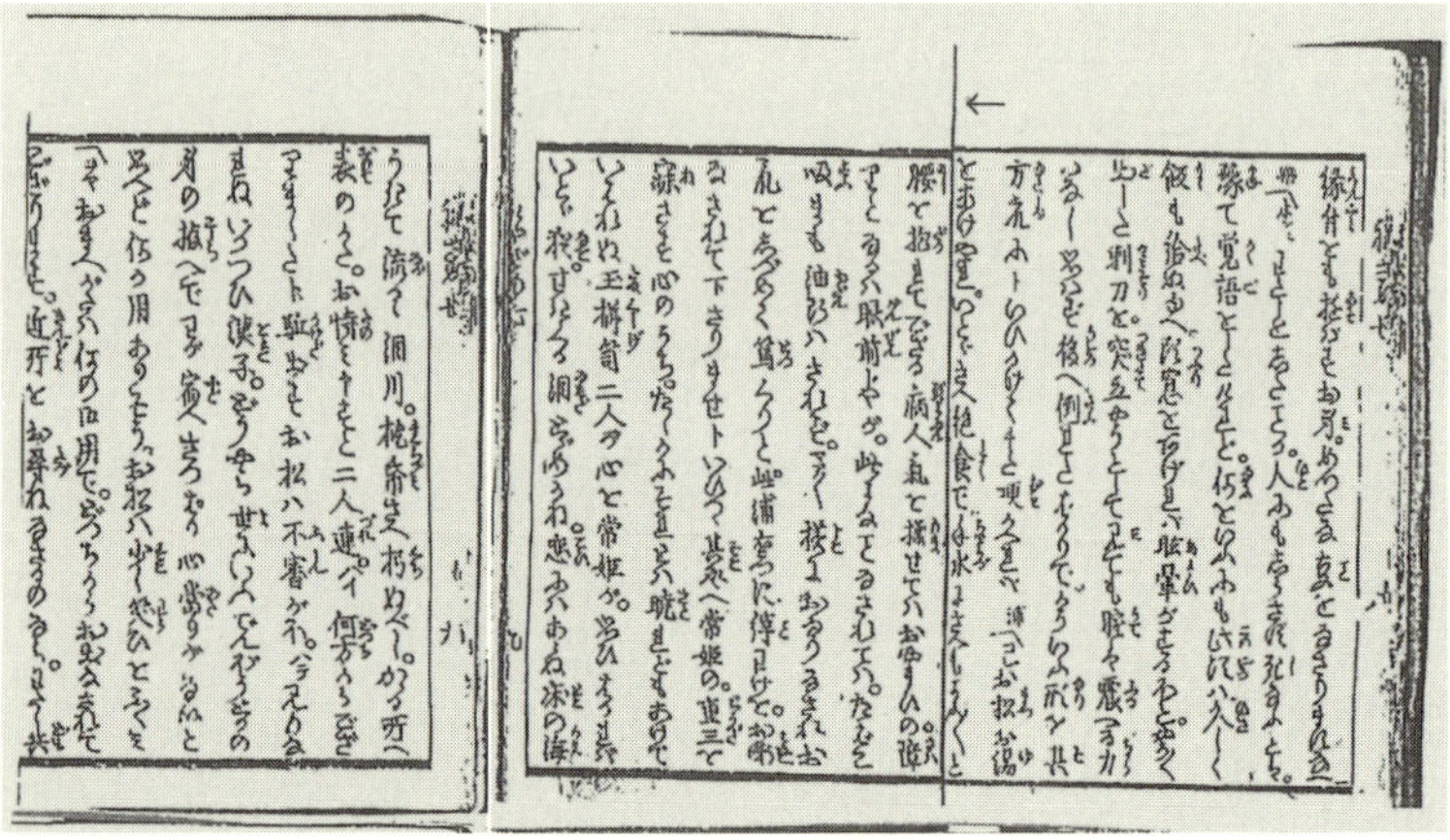

元板

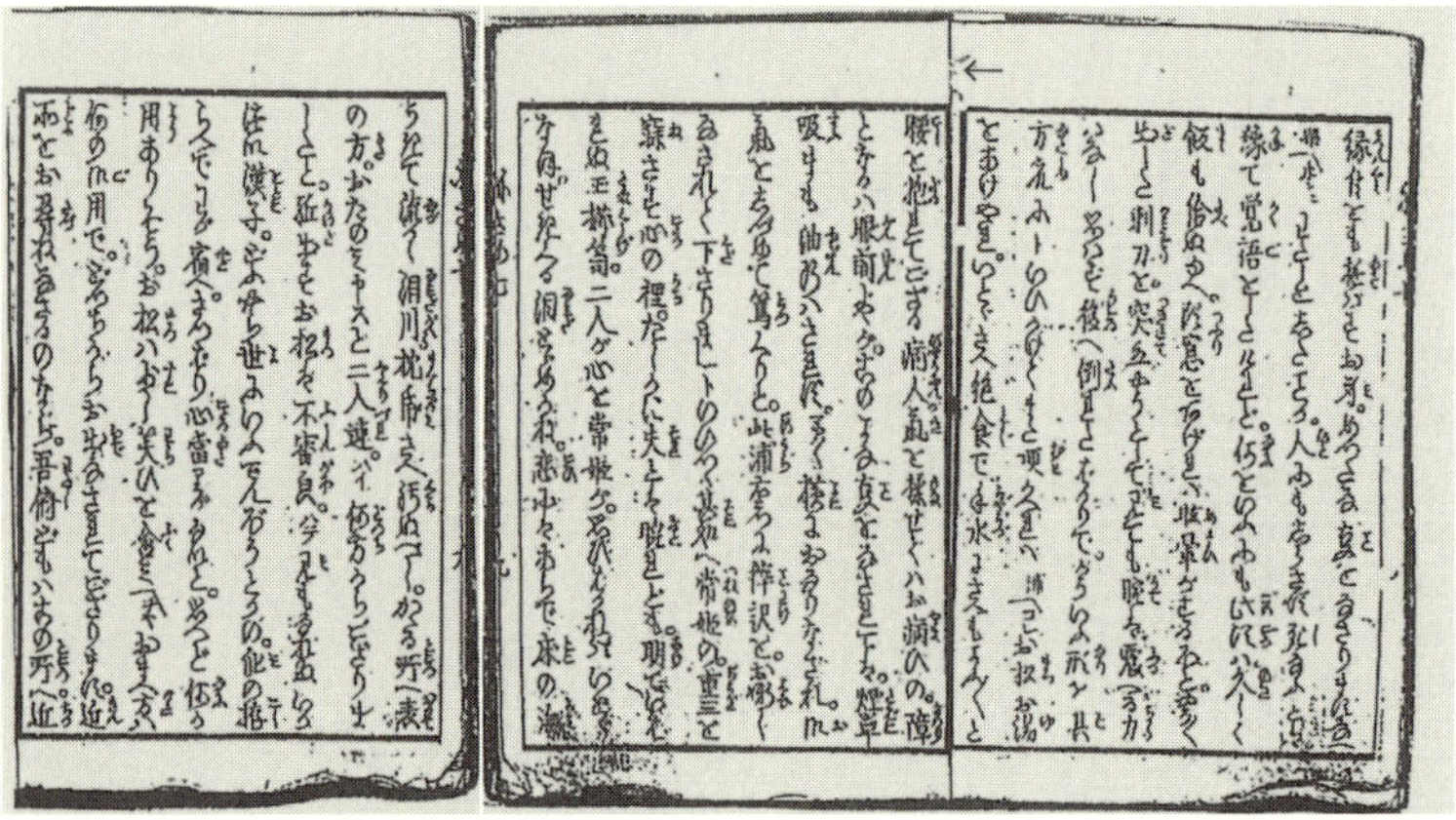

改板

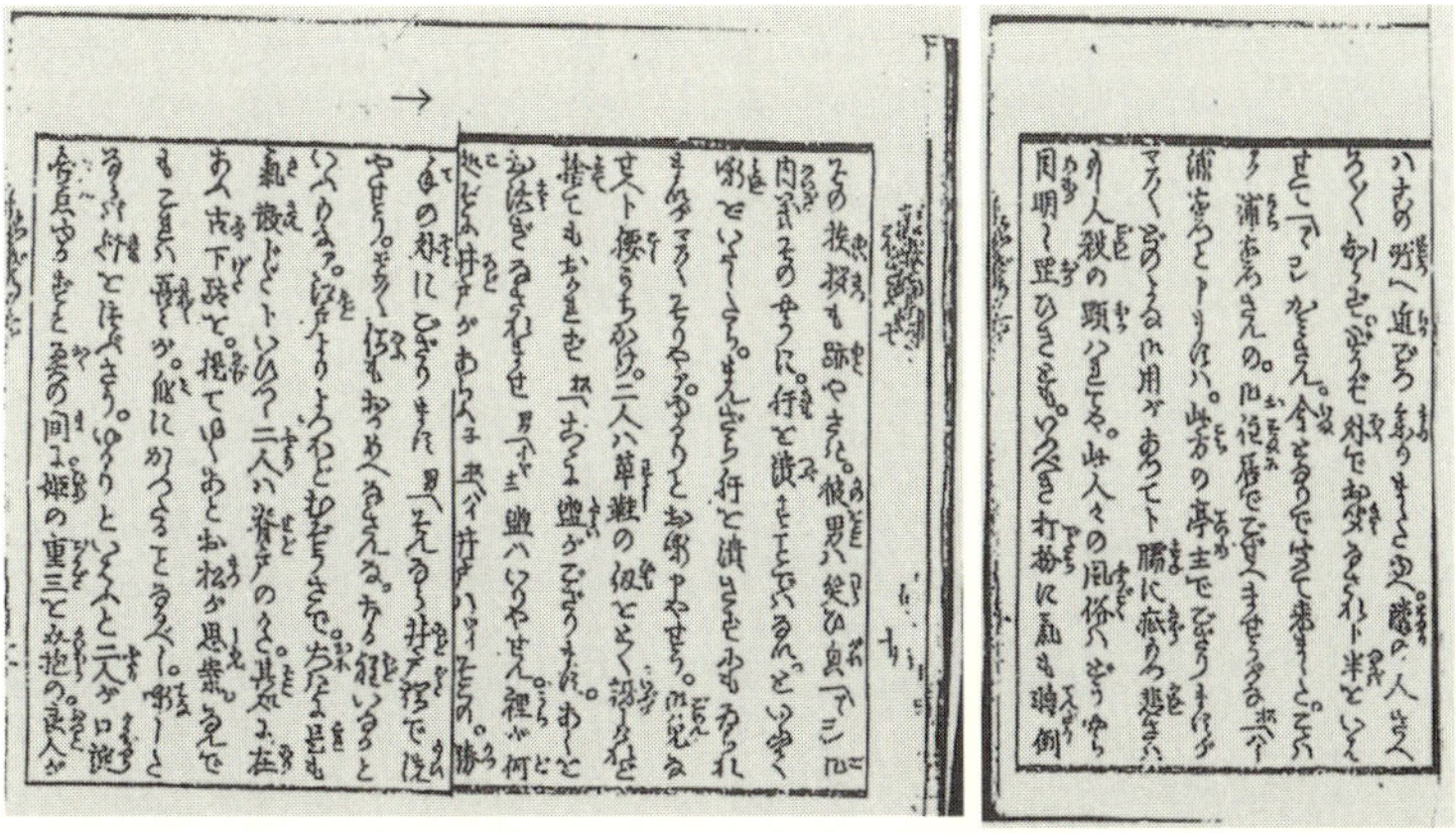

（架蔵涌泉堂板による）

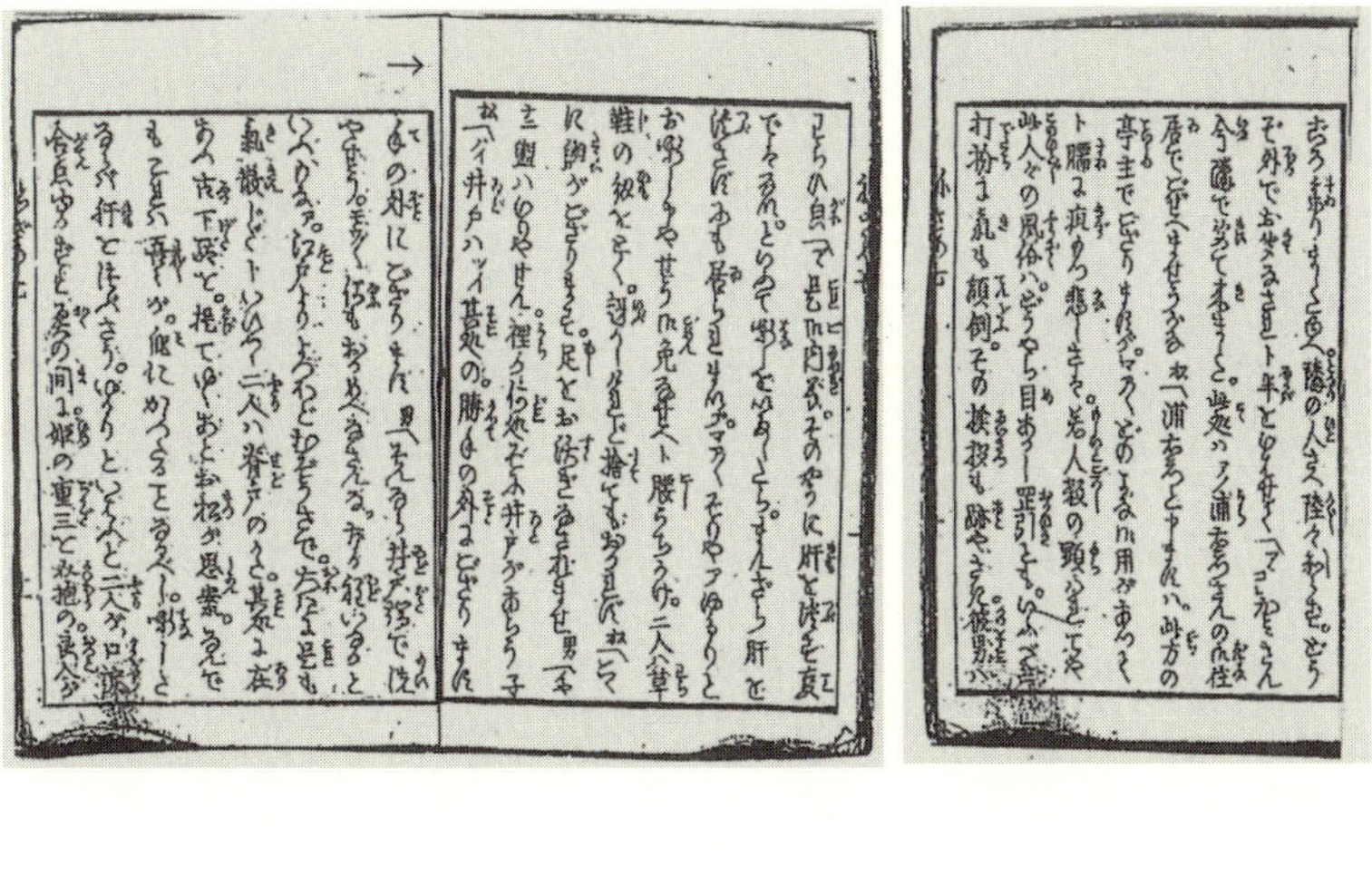

（架蔵天保十一年序刊本による）＝早大本も同じ

である。中身はほぼ同じだが、差異はある（「架蔵文政十三年涌泉堂板明烏後正夢」が、先行する部分と早大本が先である部分があり複雑である。その前後関係は後述するが、当該箇所に**資料**⑩としてまとめてみた）。

まず第一に、早大本八編（＝『寝覚繰言』三編）上の九～十丁目が改刻されている点は大きなことであろう。**資料**⑦にあげた。用字や行送りが若干変わる。例えば、九丁目一行目末架蔵の涌泉堂板「おやまひの障」が早大本では「お病ひの障」となったり、十丁目末早大本は、最後「其処の。勝手の外にござります」（十ウ）「手の外にござります」（十一オ）と重複し、柱刻も「ねざめ七」→「ねさめ七」になる。これは、明烏シリーズの別板の事例になる。しかし、煙滅した場合、かぶせ彫りという方法で別板を作るのでなく、任意の彫り直しという方法を用いるなら、全体的にこのような形態になり、上記のような重複も生じないと思われる。ところが、「彫り残し」も含め、この二丁の他は元々の板木が使われている。これも全面的に版を改めてはいない一つの証と言えると考える。

次に、三編の序・口絵のことがある。

これについては、三編上巻冒頭に、浜村屋五代目瀬川路考序文がもともとついていたことを、最初に述べなくてはならない。早大本にはないこの序文は、神保五彌が『菊硒井草紙』二編の序文の路考の文言から、その存在を気に掛けられ（『為永春水の研究』二四四頁）、おおさわまことがこれを見いだされたものである（「人情本『明烏後正夢』第三編初版本」『季刊浮世絵第75号』および棚橋正博「人情本論（九）―『明烏後正夢』三編（下）」『帝京大学文学部紀要　日本文化学』第三八号参照）。三編の序・口絵は通常、①浜村屋の序あ（口一オ＝色刷）、②浜村屋を描く口絵（見開口一ウ～口二オ）、③浜村屋の序い（口二ウ～口三ウ）のあと、④風景図「朝霧や……」の詠（半丁＝四オ）、⑤儀七・浦浪・繪戸平（見開き＝口四ウ～口五オ）、⑥お露・由兵衛と十三郎（見開き＝口五ウ～口六オ）、⑦山名屋文三（半丁＝口六ウ）、⑧仙女香の広告（表裏一丁＝口七オ・口七ウ）、⑨青林堂の目録（左半丁＝本文部分の一オ但しこれは丁付無）である（**資料⑧**参照）。

文政十三年時の架蔵涌泉堂板明烏後正夢には、①浜村屋の序あ　はまだ残っていた。但し、単色化している。②浜村屋（見開口一ウ〜口二オ）は、残るものの、英賀の狂歌及び印を削除。⑧仙女香の広告（表裏一丁＝口七オ・〜口七ウ）はなくしている（**資料⑨**参照）。早大本は、右（白紙＝見返し部分）＋⑥左（由兵衛ら）、⑦右（山名屋）＋④風景図、⑤儀七らの見開き、⑥右（お露）＋⑨左（青林堂目録）の順に閉じられていて乱丁だろう。乱丁であることは、十編刊行時以降の刷りの成田本が、浜村屋の序や口絵①②③と⑧仙女香の広告は無く、あとは上記通常の順序となっていることが証左となる。また、『人情本刊行会叢書』本も、⑥お露・由兵衛と十三郎の見開き通常の図柄を口絵として採用していることも傍証となろう。この乱丁が浜村屋の序を抜くなどのために、やむをえず生じたのか否か、それとも単純な落丁なのかは不明である。しかし、ともかくも、架蔵涌泉堂本には浜村屋に関するものは曲がりなりにも残されていて、こちらが早大本に先行することは明白である。

五編下巻「明烏後序」薄垣沓成の序は、早大本には付いていて、架蔵涌泉堂板本には無い。早大本が先行する証の一つとも取れるが、後序は単純な落丁あるいは綴じなかった可能性もある（架蔵本にある発端の「扉」が早大本に無いことも逆の例と言えるかもしれない）。この二点は、中本の「綴じ」の性格から単純に前後関係が判断しかねる部分である。

前述した発端下巻末丁尾題については、架蔵本が「狂訓亭蔵」を削っていて後になると考えるのが順当だろう。次に、広告（＝巻末に添付されたもの。本体内は除く）についてである（**資料⑪**参照）。早大本を基本に述べる。五・七編にはないが、発端は中巻、それ以外は下巻末につく。図版A（二丁半）。じゅんぽ丸二丁（効能を中心とする一丁＋オモテ丁取次店とウラ丁効能など別の一丁）と丁子屋平兵衛の出版広告半丁（「尼子九牛七國士傳」近刻、「糸のしらべ」二編近刻、「和合人」二編三編近刻）図版B（二丁半）。Aのうち、じゅんぽ丸一丁目のみ

①

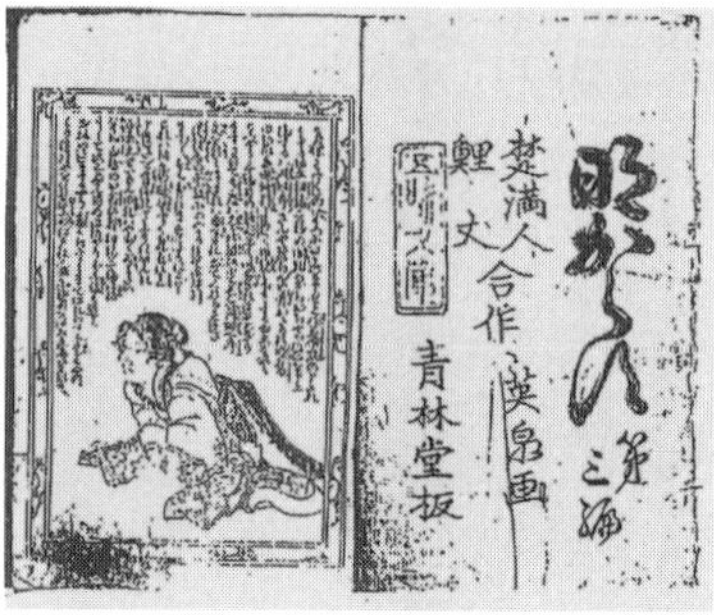

②

④

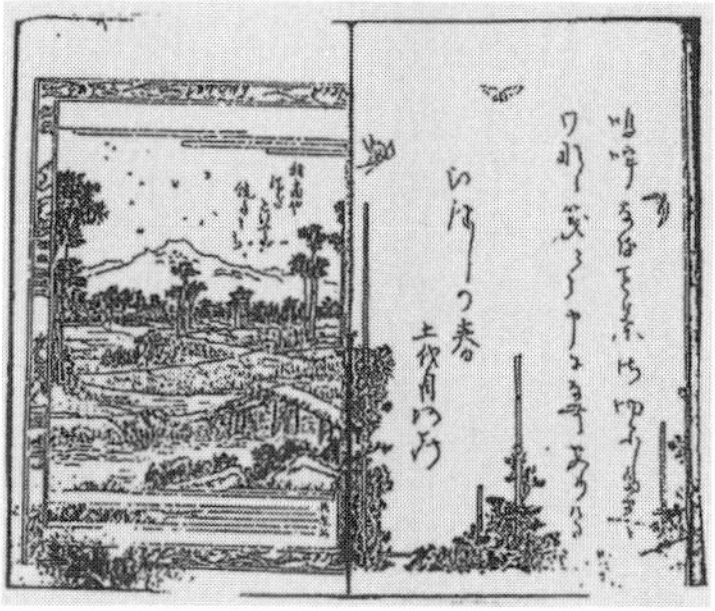

⑤

⑦　⑧

⑨

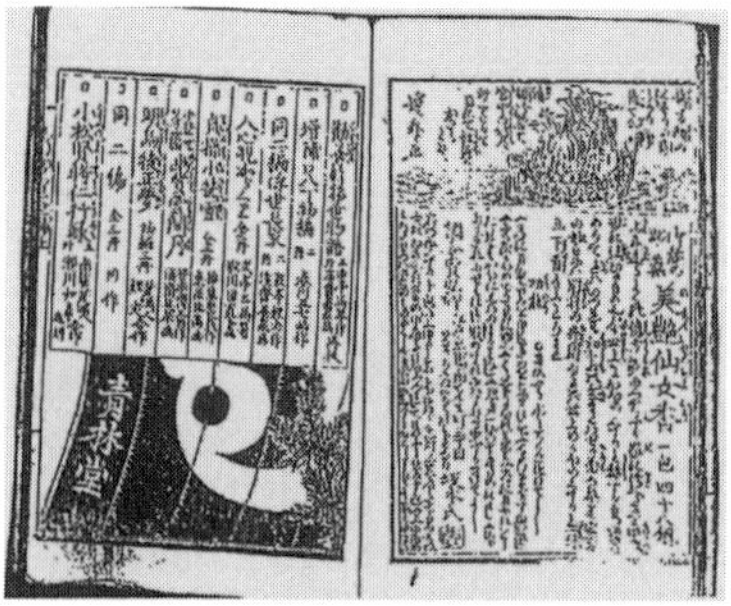

③

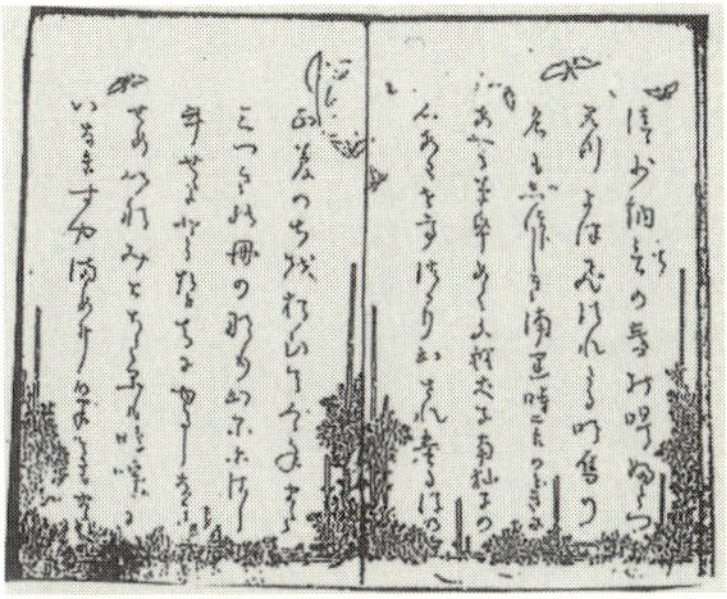

⑥

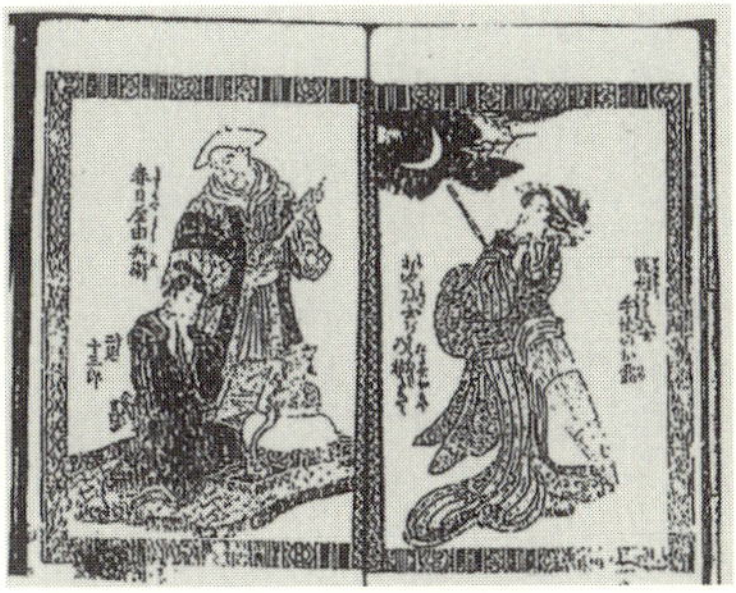

資料⑨

涌泉堂板　英賀の詠なし

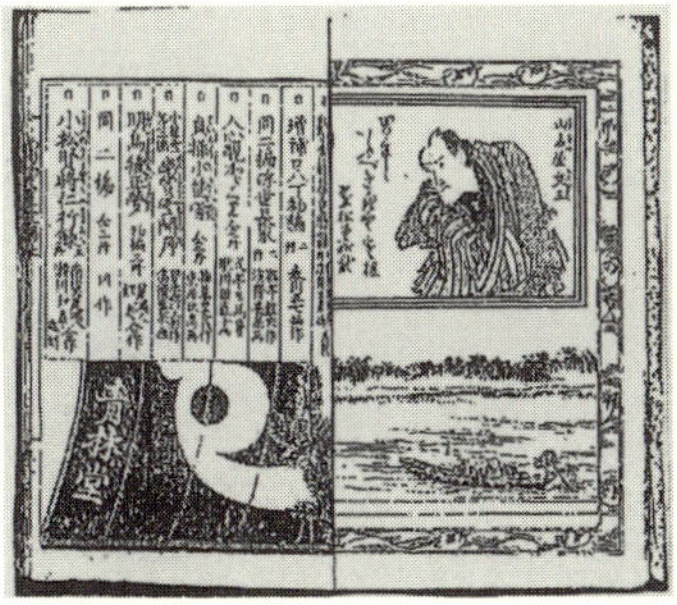

同　※仙女香の広告がない

と丁子屋平兵衛の出版広告半丁　C（二丁半）が架蔵と同じ（下記参照）である。Aが発端・二・三・六、Bが初編、Cが八編に付く（Aの図版が棚橋正博「人情本論（八）—『明烏後正夢』二編（中）」『帝京国文学』第十三号に載る。また、丁子屋の出版広告は早く神保五彌が上掲御論考に記される）**資料**⑪にAとCをあげた（Aは架蔵別本附載・C「架蔵文政十三年涌泉堂板」による）。

　架蔵本では、上記Cが九編を除く各下巻末に付されるが、これは二丁半で、じゅんぽ丸二丁（効能を中心とする一丁＋オモテ丁取次店とウラ丁効能など別の一丁）と丁子屋平兵衛の出版広告半丁（「和合人」二・三編近日賣出「田家茶話」「恋の宇喜身」後編近日出来）である。図示したが、早大本と比較するに、じゅんぽ丸二丁は、同板ながら二丁目オモテ取次店が増え、上段「上州吾妻原町酒太沢新井淺右衛門」の次に「上州桐生五丁目本屋宗左エ門」、中段「同飯沼升や栄助」の次に「同なめ川小川や弥三郎」、下段「同足利元町斎藤半右衛門」の次に「仙臺岩沼南町村上屋幸助」が入り、こちらの方が新しい。また、丁子屋の出版広告は、略記するが「和合人二・三編」「田家茶話」「恋の宇喜身　後編」であり、この内容も新しいし、板木も新しいと思われる刷りである。なお、神保五彌はこれら広告により、早大本が、涌泉堂から丁子屋平兵衛に譲渡されてから出版されたものとされるが、両者とも、涌泉堂板で販売者が丁子屋の場合のものと考えてよかろう。なお、氏は今架蔵に付くものとして説明した「和合人二・三編」「田家茶話」などを記す目録の上限を天保三とするが（上記二三八頁）、「架蔵文政十三年涌泉堂板明烏後正夢」により、文政十三＝天保元には存在したことがわかる。

　じゅんぽ丸の広告は外付なので一応参考とするが、[5]取次店名が増えている架蔵本が後になる要素である。

　このように、架蔵涌泉堂本と早大本は前後関係が複雑な要素を含む（**資料**⑩参照）中本の「綴じ」の問題からも興味深いが、ここでは指摘にとどめ、本論に即していえば、ほぼ同時期で大部分は同じ板木といえよう。早大本にも、悪彫りほかそのまま残っている。

資料⑩前後関係

件名	架蔵涌泉堂板	早大本
発端扉	有	無
発端末尾	後	先
浜村屋序（三編）	いちおう有	無
明烏後序（五編）	無	有
八編上巻9・10丁目	元板	改刻
じゅんぽ丸広告	後	先

四　天保庚子十一年序刊本

天保庚子十一年序刊本とは、この年、発端・八・九編の序文口絵が改められ、その九編自序に「販元文溪堂主人自誌」とある通り、丁子屋から刊行されたもので（但しこれまで述べてきたとおり、丁子屋は少なくも売捌きとしては、常に明烏シリーズと係わっている）、管見は架蔵別本と成田本である。

『寝覚繰言』天保庚子十一年序刊丁子屋板の改刻の顕著な事例は、八編九編序文・口絵部分の改刻である。八編冒頭部分はもともと、墨刷の見返し・鶴賀鶴老追善の春水による新内「恵の一普志」一丁半（山杢誠『為永春水年譜稿』その五『東洋大学大学院紀要』第三三集参照）・口絵①浦里時之助（見開）・②重三郎おまつ運平太（見開）・明烏ほか涌泉堂と仙女香などの広告半丁であった（架蔵涌泉堂板・早大本）。これを、為永杜蝶の序半丁（人情刊行会本に翻刻有り）口絵①男女＝浦里時之助か（口絵貞重・見開）雪に群鳥の景（半丁）に変える。九編は、見返し・文政十三年起春水谷真清の為永春水改名を祝うの序二丁半・口絵①鼻高幸四郎風の男に女二人、②「紀

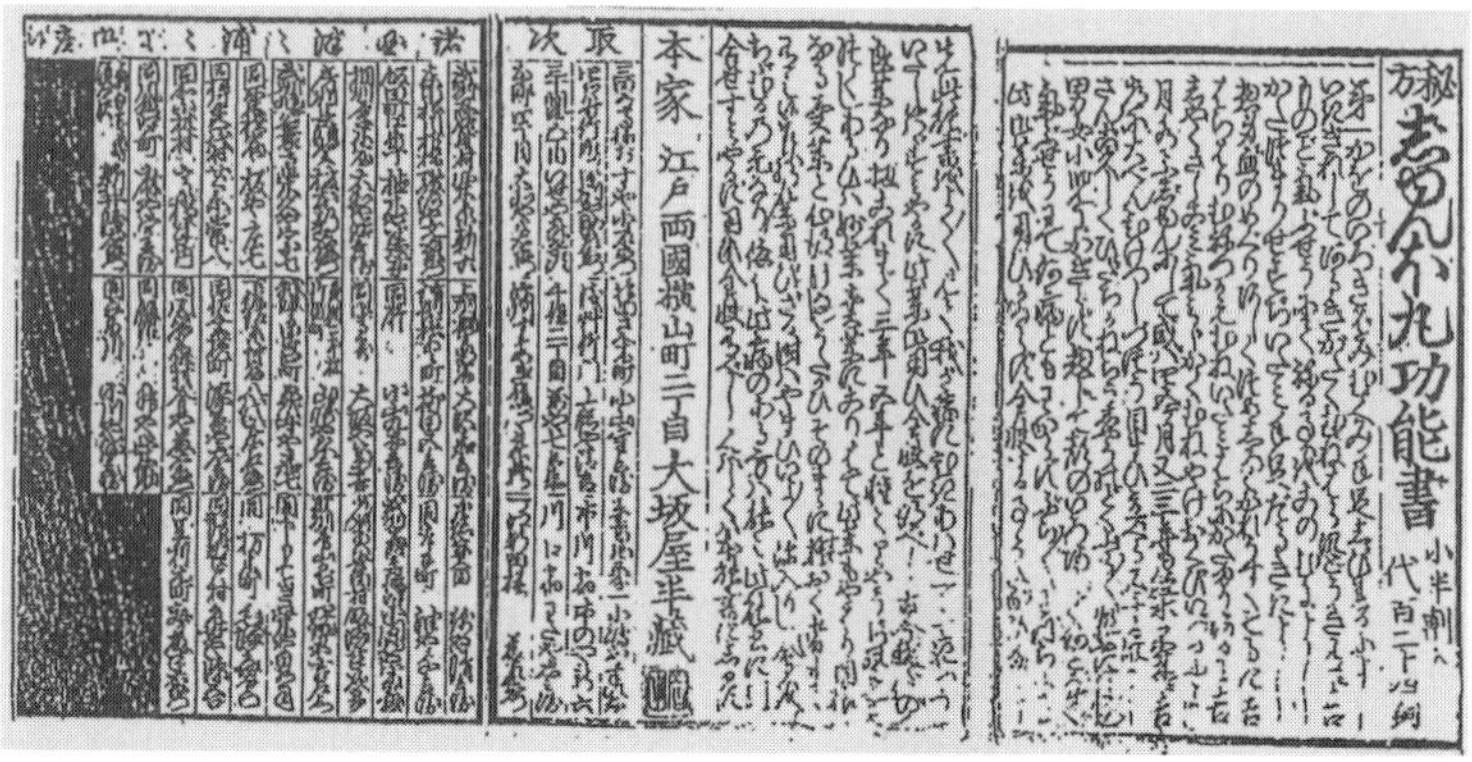

秘方 丸功能書　小半剤入 代百二十四銅

本家　江戸両國横山町三丁目　大坂屋半蔵

取次

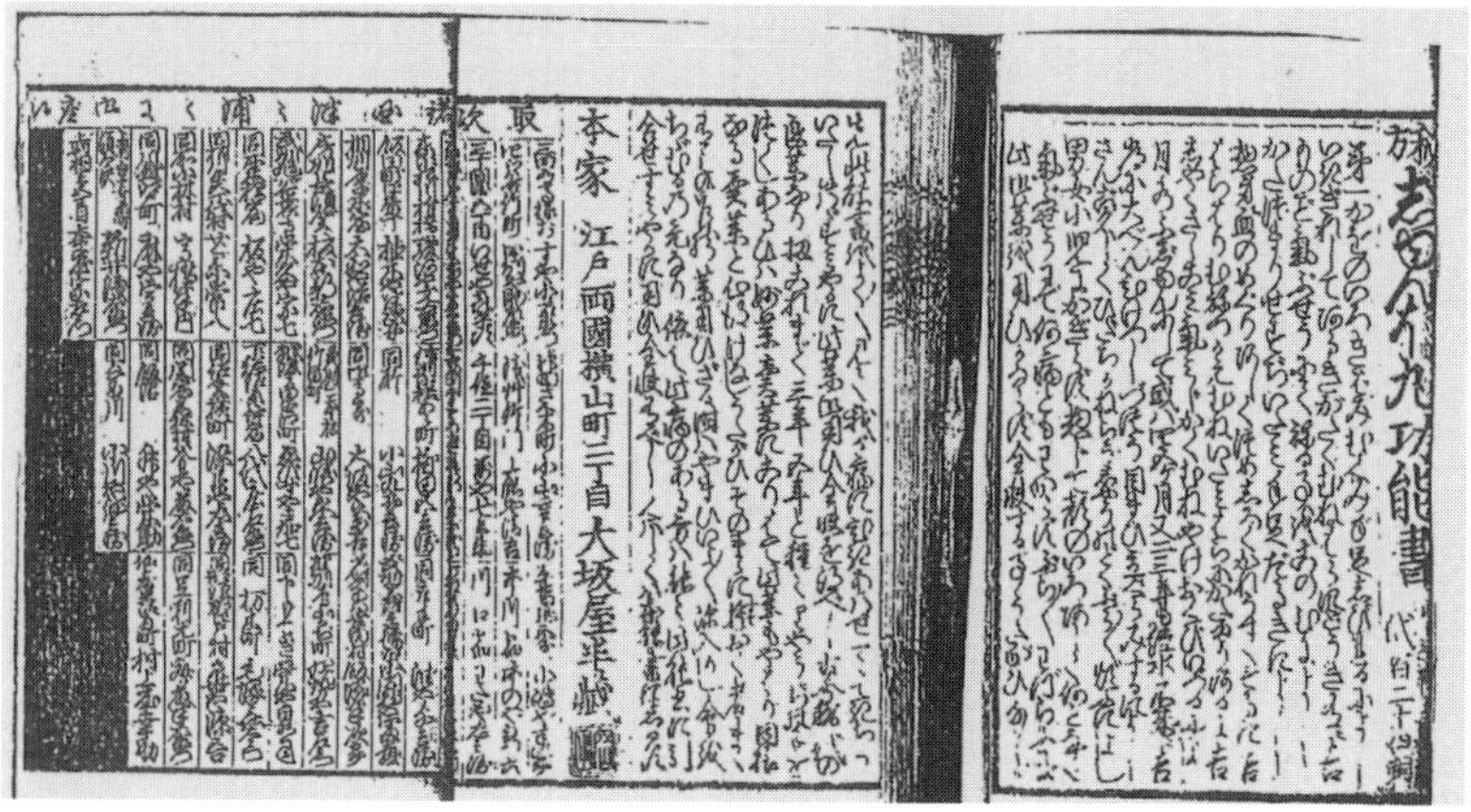

秘方 丸功能書　代百二十四銅

本家　江戸両國横山町三丁目　大坂屋半蔵

取次

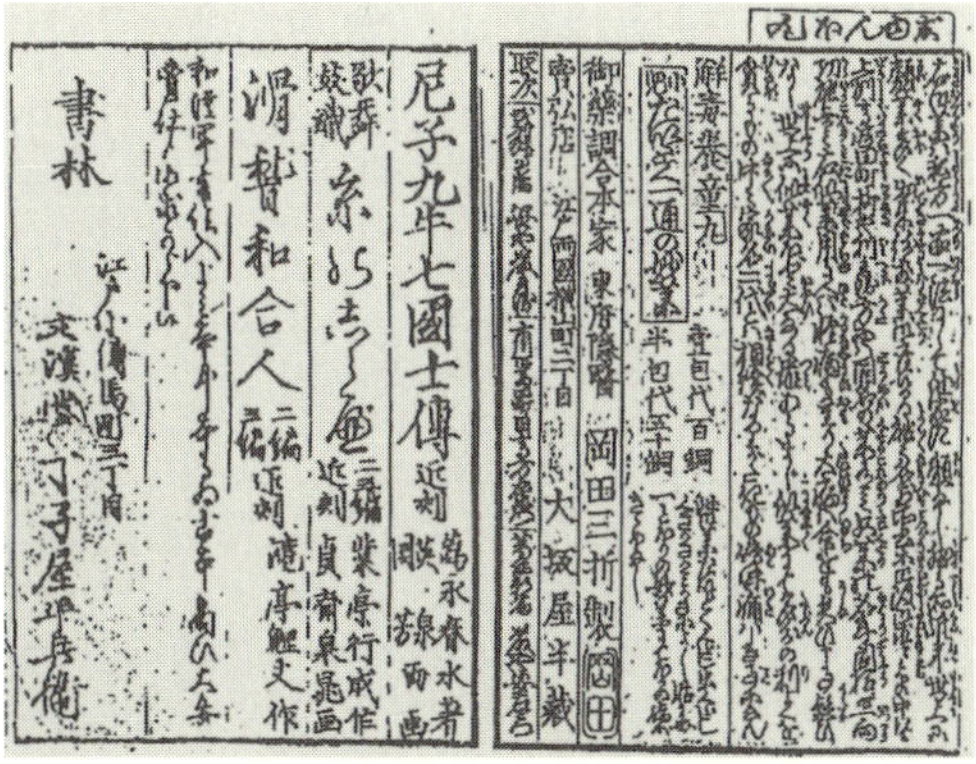

「早大本A」

※資料は共に架蔵本による。

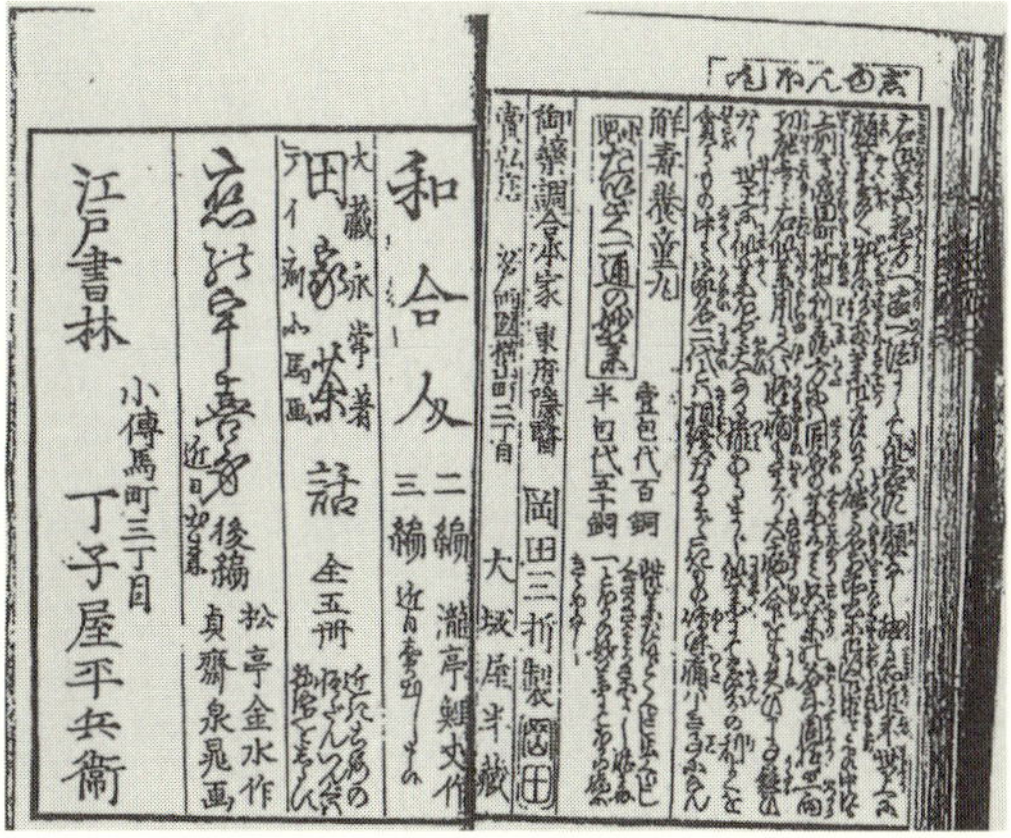

「早大本C」

貫之娘傳奇」涌泉堂稿本狂訓亭校合の広告（半丁）がもともとであった（架蔵文政十三涌泉堂板による＝**資料⑫**参照。前述したが、早大本セットに九編目無し）。これを見返無・文溪堂の自序半丁（『人情本刊行会叢書』本に翻刻有り）口絵①虚無僧悪人を捕らえる図（口絵歌川貞重・見開）②雪の景（半丁）に変える。また上記の通り、八編上巻の八・九丁が、完全に彫り直され明烏シリーズの部分的別板の事例になる。これらが、天保庚子十一年序刊の特徴である。

　架蔵の天保十一修板の一本は、印行時不明の六編から九編までである。元々「竪川／本善」の貸本で個人蔵に帰したとおぼしいものである。外題は、架蔵文政十三涌泉堂板や早大本とは別の題簽、八編・九編の「天保庚子十一年序」は単色、八編の涌泉堂の見返しは有る。九編の見返しは無し。八編上の九〜十丁目は、早大本同様改刻されている。三編上巻冒頭の浜村屋の序などの部分が既にないことは上記の通り。刊記は下巻本文末丁ウラにある六編の西村・丁子屋・越前屋のもの、八編の美濃屋他の元の刊記があるものの、新しい刊記は付されていない。八編の刊記には摩耗がある。[6]「画工　柳川重信」の「画」は、架蔵文政十三涌泉堂板本には「画」とあるが早大本で少し欠けが生じ、架蔵の天保十一修板では、「　凵　」のような状態である。広告類としては、六編上見返しに丁子屋の売薬「梅の雪」「花橘」（為永春水述）、七編中末尾じゅんぽ丸（架蔵文政十三涌泉堂板添付と内容は変わらないが、墨刷部分が白抜きと変わる後印＝二丁）、七編後末尾かんのくすり玉匱保赤圓（狂訓亭主人為永春水誌述＝二丁）と、丁子屋により販売されたとおぼしい。

　成田本は、十編中二十二冊を有する本である。二編中・下、三編上・中・下、四編上・下（一丁目欠）・六編目以下一応の揃（六下・七下の一丁目欠、十編上は写本）で「長門」の貸本である（五編までは裏表紙に貸本の掛取帳反古が利用されている）。外題は書き題簽（七編上・中は欠）。三編上巻冒頭の浜村屋の序などの部分が、既にないことは上記の通り。早大本で既に触れた八編上の九〜十丁目は、当然だが改刻されたものである。八編下の刊記の摩耗の程度は、架蔵の天保十一修板同様である。一方、八編の涌泉堂の見返しは無くなっているが、九編のものは墨刷で残っている（架蔵本の八編と成田本の九編に「湧泉堂」を明記する見返しが残っているが、販売者としての湧泉堂がまだ存在したことを示すものであるか否かは不明。なお、本項目冒頭で述べた通り、九編序文から天保十一年序刊本の板元は丁子屋と考えてよかろう）。他に八編・九編の「天保庚子十一年序」は、色刷である。また、元板の為永春水改名を祝うの序文（**資料⑫**参照）二丁半のうち、二丁目までが中途半端に付されていて（次丁の「文政十三年起春」表示が消えることになる）、次は「天保庚子十一年序」となる。そして、元々「明烏續二編《あけがらすぞくにへん》」だった序文タイトルから、「明烏續《あけがらすぞく》」が削られ「　　二編《にへん》」となる。これにより架蔵本が、成田本に先行することが理解できる。天保十一年本も架蔵本と成田本では、貼られる見返しや序文の件など、閉じられる内容が微妙に違うことがある。しかし、この二本はおよそ同じもので、天保十一年改板刷本のデータを素直に伝えてくれている。同時に「彫り残し」の他は、元々の板木が使われている事象を多く伝えている。

資料⑫

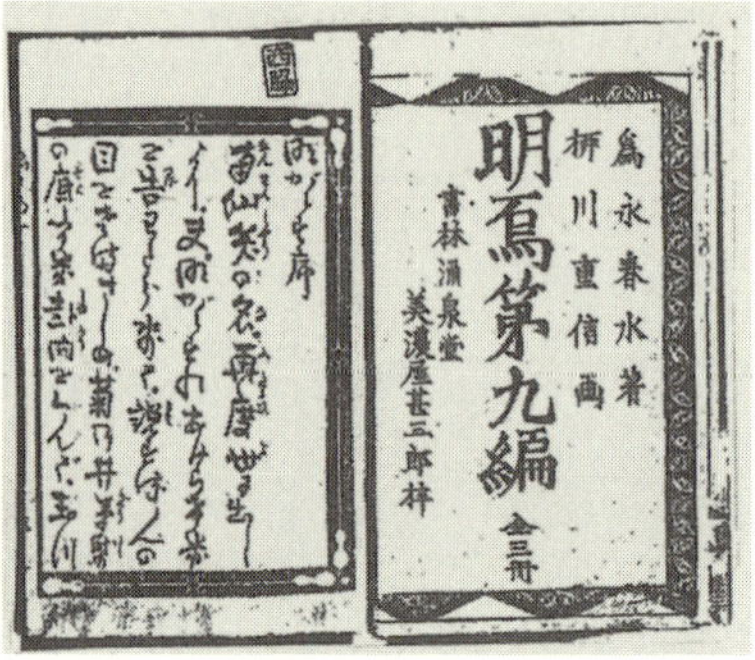
為永春水著
柳川重信画
明烏第九編
全三冊
書林 涌泉堂
美濃屋甚三郎梓

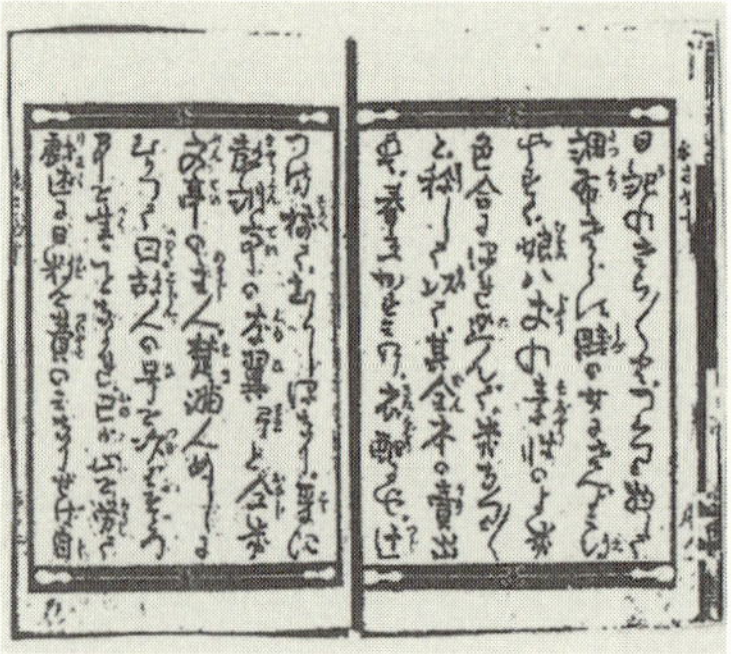

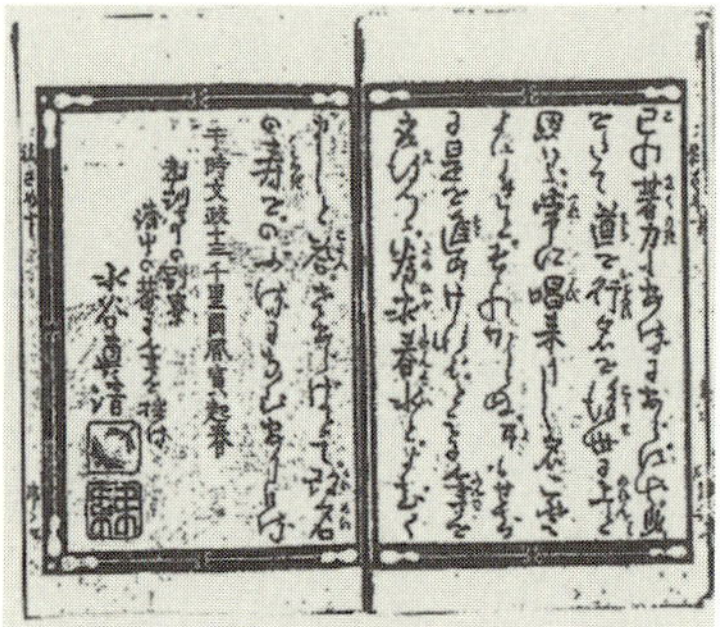

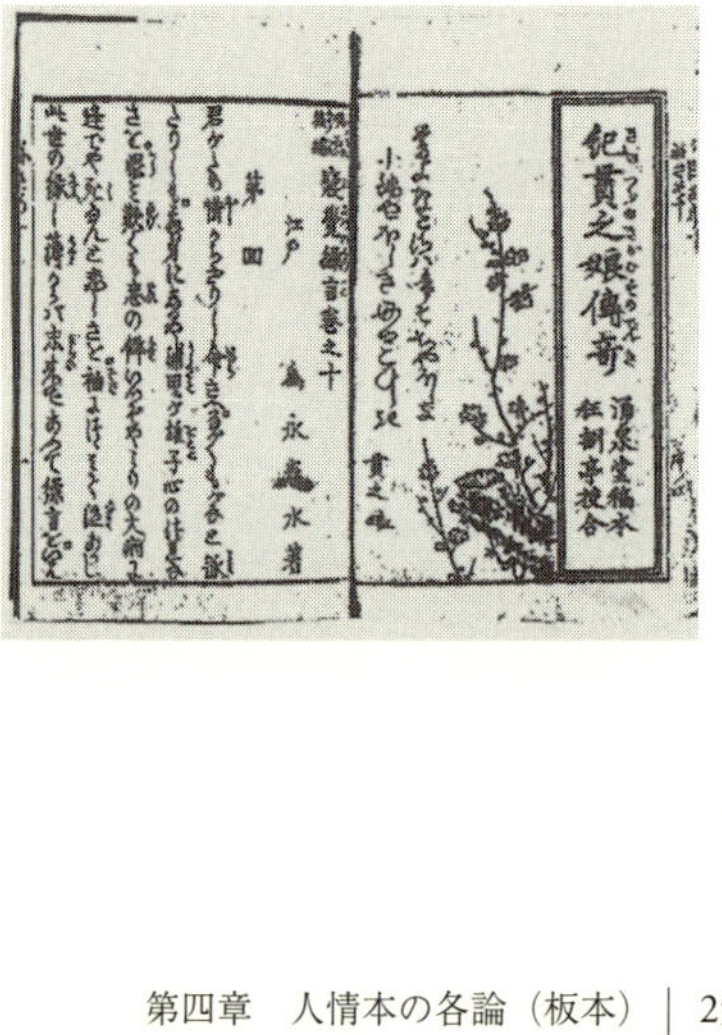
紀貫之娘傳奇
涌泉堂梓本
狂訓亭校合
江戸 為永春水著

明がらす序

南仙笑《なんせんしやう》の名。再度《ふたゝひ》世《よ》に出しより。夫明がらすのあけらけきを告《つげ》わたらせて。説《けみ》する人の目をさまさしめ。菊乃井草紙《ざうし》の底《そこ》ふかき趣向《しゆかう》をくんで。玉川（序ノ一オ）日記《き》のさら〳〵とつくりものして調布《たつくり》さらす賤《しづ》の女にさへ。よみ得《え》やすく。娘《むすめ》八丈《じやう》の素性《すじやう》のよき色合にほれ込《こ》んで。きなり〳〵と称《せう》して以て。其全《ぜん》体の賣《うり》出は。春立かすみの。衣配《きぬくばり》にや。辻《つじ》（序ノ一ウ）つま揃《そろへ》て。ひとしほなり。是《こゝ》に教訓亭《きやうくんてい》の左翼《ともこ》与《われ》と仝《おなじ》き文亭《ぶんてい》の主人《あるじ》。楚満《そま》人ぬしにむかつて。故人《こじん》の号《な》を次《つな》ば。そごつ事を書《かく》ことなかれ。己《おの》が心を労《らうし》て戯述《けさく》に日数《かず》を費《ついやす》のみなりせば自《じ》（序ノ二オ）己《こ》の著力《さくりき》もあるにあらずや。身をたて道《みち》に行《おこなひ》名を後世《こうせ》に上《あげ》んと思はゞ。常《つね》に唱《よび》来りし名こそよけれと。そゝのかしけぬ。与《よ》もせちに是を進《すす》めければ。とみに筆《ふんで》を取得《え》つゝ。為永春水《ためながしゆんすい》と。よびて（序ノ二ウ）ましと答《こたふ》。さればとて。改名《かいめい》の寿《ころぶき》を。のぶるになむありける。

干時文政十三千里同凬寅起春　教訓亭の別寮　浅草の庵に筆を採る　水谷真清（序ノ三オ）

以上のように、八編杜蝶の序で「補刻」が表明され、上記のような改刻があっても、青林堂板と涌泉堂板で点検したような悪彫りの板木は、ほぼ旧来通り使用されている。人情本の改刻事例は、例えば、『軒並娘八丈』初編の序文年記を、おそらく三編刊行時の七年に「五」から「七」に変えて、後世、文学年表上長い間、文政七年初編刊行とされる原因となったような事例もある。しかしこのような改刻も、おおよそ行われないのであろうし、この事例とて字句改刻といった部分的なものである。『明烏後正夢』も板元が変わる時に、その本屋を前面に出すため等の改刻はあったが、とても全面的に、板を改めるところまでには至らなかったのである。さらに言えば、仮に板木が煙滅したならば、この作品が書き続けられたかどうかも不明である。

なお、十編（＝『寝覚繰言』五編）は、中々刊行されなかったと考えて良かろう。天保七年当時の丁子屋の中本の蔵販内容を示す『東都書林文溪堂蔵販中形繪入よみ本之部目録』には、この十編につき「近日出来」とし、この時未刊である。▼(8)『明烏発端郭里の東雲』の修板で、やはり天保庚子十一年（但し「初冬」とする）金水の序文末尾には、「世に告げ渡りし明烏の其友鳥の幸は十編揃いの巻首に備り無くては叶はぬ補刻の大慶」とあり、天保十一年やっと完結したとおぼしい（下記明治期本による）。

五　明治期本

最後に、明治年間（六編の新しい扉として額に「為永能著述明烏の後傳寝覚野繰言」と書し、左外に「販主文榮閣」左に「十二年駒太郎撰」とある）に刊行された、前川源七郎本（発端から十編まで各編合冊計十一冊）を狩野文庫本・国文学研究資料館蔵本（三編欠十冊）により、最低限触れて置く。

冒頭の口絵を新たにし、残りも色刷りにするも、本文は、一・二を除き旧板木をそのまま使っている。八編上の九〜十丁目改刻は同じである。八編下刊記はあり、「画工」の「画」の字は、同じように欠けているが、全体の摩耗は進む。また、二本とも十編下十二・十三丁目が落丁で、前川源七郎本では板木が失われたか。[9] このように、前川源七郎本は、粗雑なつくりとなっているが、本文が旧板のままであることは、文政期以来の彫り残しが同じ事からも言える。顕著な例として、六編上色刷の口絵のあと、痛んだ板木の本文が、一・二丁刷り出されていることがある。なお、本文に関して、三編上一丁目は新たな板になっている。また、四編中巻十一丁目は覆刻か。

明治期本は、狩野文庫本がマイクロフィルム化されていたり、棚橋が上記紀要で、適宜紹介されるのでご参照されたい。

以上、架蔵文政十三年刷涌泉堂板明烏後正夢シリーズと、各図書館に所蔵される著名なセットを比較してみたところ、板木のほとんどがそのままで、文政十二年の火災後に、全面的に彫り直したものではないことが理解できたと思う。

六　むすび

さて、土屋信一の「版本の探索とことば―「浮世床」の場合」（『武蔵野文学』三六号・一九八九）は、『浮世床』の異板について考証された、中本研究者の必読の書である。この異板考証を本論に引きつけて言うならば、この御論考からも『浮世床』後刷りが、全面改刻本ではないことがわかる。有名な「志祢部本」という事例を持つ『春色辰巳園』の後刷も同様である（岩波文庫『梅暦』下巻末、鈴木重三『絵本と浮世絵』参照）。『梅暦』も、少なくとも鈴木重三のいう第一類は同様である（日本古典文学大系『梅暦』解説参照）。上掲の『軒並娘八丈』の例も部分的な改刻であった。明治期になり、従前の板木を利用するものの、内題下著者名冒頭の「江戸」を「明治」

と改める事例も同様である。また、文政末年刊『実之巻』は、当時すこしく流行った一編四冊仕立ての前後編八冊だったが、後年三巻本仕立てに直す際も、元の板木を利用している（『人情本事典』笠間書院、二〇一〇、当該項目参照）。また、『貞操婦女八賢誌』はもともと五巻本であったが、三巻本に改編された際、同様に板木を利用している。これらも、中本は改刻がある場合でも、一般的には全面的な彫り直しではなく、部分改刻が通例であることの、別な角度からの傍証となろう。

一方、全面的に板を改めた例は、『仮名文章娘節用』が有名である（鈴木重三『絵本と浮世絵』参照[10]）。また、『春告鳥』と続編の『春色籬の梅』には、初板に劣る別板がある（第四章第六章「『萩の枝折』と『眉美の花』」注2参照）。後期滑稽本は、人情本共々「中本」と呼ばれ、同じ書型の美濃半裁本であるが、『旧観帖』が三編九冊本となった時、別板が作られたことがあった[11]。このように皆無ではない。なお、鈴木による『梅暦』第二類は別板の例だろうか。ただし、これはいわゆる明治刷の本が想起される。この本は、用字や行送りも変わってきている。もし『明烏後正夢』に完全な別板があるならば、この現象も伴うはずである。しかし、本作品では、八編上巻の八・九丁の部分に止まっている。

本論冒頭では、「しののめ」の袋に「狂訓亭藏禁賣買」とあることから、その蔵板問題を多少考えたが、中本の板木は、そうやすやすと全面的に改められるものではなかったのであろう。

『明烏後正夢』シリーズは、浦里時次郎を一応の中心とはするものの、『寝覚繰言』の内容が、実は多く読本といってもおかしくなかったり、発端「しののめ」の作者松亭金水は、多くの天保期人情本の世界が梅暦的な男女の逢瀬の場面描写に多く費やす作風を展開する傾向の中にあって、それとは裏腹に、筋立て中心、いわば読本的人情本を展開する人物であったにもかかわらず、ここでは、洒落本の習作のようなものを書いている。作品としても様々な可能性を秘めたシリーズであった。一方、以上の点検からだけでも理解されるように、出版面の部分でも、長々と板木を持ちこたえ部分部分の彫り直し（＝「修」）を加え、刷り続けられた本なのである。

中本の後刷本というと、全面的に板を改めたイメージがあるかもしれないが、実は最初の板を刷り続けていることが多いのである。土屋信一の御論考では、穎原文庫本と御所蔵本の『浮世床』を比較され、御所蔵本に、一、三パーセントくらいの後刻の板木の使用を認められている。国語学のみならず作品考察の上では、その二、三パーセントがじつに恐い。大学などの図書館に購入されるものは、きれいなものが多く、一目でわかるような明治刷は、避けられることもあろうが、中本を見慣れていない人には、きれいなものゆえ江戸時代の早い刷りに見えてしまう後刷（修板）が入っていることは多い。その点、土屋の喚起される点は、実に重要な事である。一方、出版という視点から見ると、以上の通り、中本の板木は、簡単に全面的な彫り直しが出来るものではないことを再認識すべきであろう。

中本の改板の程度・進行度は、作品ごとに一点一点、土屋信一の提言されるようなプロジェクトで検証されるべきであろう。本論では、上記のささやかな検討により、少なくも『明烏後正夢』シリーズに関しては、文政十三年時には、まがりなりにも火災前の姿を保ち、それが後年まで受け継がれていたことが言えるのではなかろうか、ということを示したつもりである。


【注】

（1）『明烏後正夢』の続編は、通常『寝覚繰言』と呼ばれるが、例えば、当該架蔵本『寝覚繰言二編』でも外題を『明烏第七編』とするなど、『寝覚繰言』（初〜五編）を『明烏後正夢』（六〜十編）とすることがある。よって、本論では、このような記述をする場合がある。なお、棚橋正博は、外題や袋から、当初の署名が、「『明烏後正夢』□編」

であったと考えられておられる。「人情本論（十二）―『明烏後正夢』六編（『寝覚繰言初編―』）「同（十三）―『明烏後正夢』七編（『寝覚繰言二編―』）（帝京大学文学部紀要『日本文化学』四十号・四十一号、二〇〇九・十」参照。

（2）初編・六編・七編の袋は、棚橋正博がきれいなものを紹介されている。初編「人情本論七―『明烏後正夢』初編（上）―」（『帝京国文学』一二号・二〇〇五）」・六編「同十二」七編「同十三」併せ御覧いただきたい。なお、六編は東洋文庫所蔵で新潮日本古典アルバム二四『江戸戯作』にも載る。

（3）神保五彌『為永春水の研究』「『明烏後正夢』初編」二三八頁参照。

（4）但し、すべてを確認してはいない。

（5）外付けの広告は、古い情報のものを平気で添付することがある。新旧を判断する材料として、本体内の広告より劣る場合があるので、「一応参考」と記した。但し、本件は、外付けではあるものの、本論に述べた通り、新旧には矛盾がなく、前後関係を検証する材料となるとは考える。なお、外付けの広告が、古い情報のものを平気で添付することがある現象については、拙稿「『増補外題鑑』成立要因―蔵販目録を土台として」（上）『讀本研究』第八輯下套（平成六）、「2、同志書林の蔵販目録」参照。

（6）神保五彌に、「板元〈美濃屋甚三郎梓〉の文字が、他の三書肆、河内屋茂兵衛、西村屋与八、越前屋長次郎に比較するとやや大きく」という指摘がある（『為永春水の研究』三八頁）。

（7）棚橋正博が「人情本論（十三）」（↓注1）で指摘される。

（8）拙稿「資料報告『書林文溪堂蔵販目録』・『東都書林文溪堂蔵販中形繪入よみ本之部目録』―『増補外題鑑』成立の一過程―」『讀本研究』第四輯下套（平成二）参照。

（9）狩野文庫のみだが、発端九丁目・六編中二十丁目が欠。綴じもぞんざいなのかもしれない。

（10）御論考では初編について詳述される。

（11）拙稿「「鯉水」著『傳労俚談旅寿々女』出板の意味」（本書第二章第四節）参照。

＊なお、『道中膝栗毛』から派生した『滑稽五十三駅』をはじめとする諸作品は、別話と捉えることとし、本論でいう「別板」とは違うと考えておく。

【付記】本発表は、日本文学協会第29回研究発表大会（二〇〇九・七・一九　於　静岡大学）の口頭発表に基づくものです。ご教示いただきました皆様に、また、閲覧を許された図書館に御礼申し上げます。なお、早大本については、早稲田大学図書館古典籍総合データベース上の画像として公開されています。

第三節　人情本の全国展開——洒落本・中本の出版動向より

洒落本は、基本的に江戸をはじめとする都市など各地域の産物である。元々同好の士によって著され、板元も匿名性を帯びていた。それが次第に商品化していく様子は、蔦屋重三郎を代表例としてすでに説かれるところだ。[1] また、求板という商業性を、さらに一歩進めた出版方法を多く用いた、上総屋利兵衛にせよ、日本橋四日市という地域性が根深い。[2]

中本（後期滑稽本や人情本）の出版は、これと異なる。神保五彌の御指摘（「化政度・天保期の江戸小説の作家と読者—人情本・滑稽本・合巻について」『文学』昭和三十三・五）があるように、全国展開の出版物だ。三都板的展開を示す。結論からいえば、読本出版の流通網に乗っているようである。『東海道中膝栗毛』も五編（文化三）に入ると大坂の河内屋太助が参入する。[3] また、文化末年刊の『出像稗史外題鑑』（両面刷）には、三馬・一九・振鷺亭の中本が多く所載されるが、この刷物の刊記にも、大坂塩屋長兵衛の名が見える。本論では、この展開がさらに定着して行く過程を、文政期以降に中本の格となる人情本のうち、為永春水（及びそのグループ）の作品を中心とした何点かにより、確認したい。なお、中本は製本上、巻末の刊記記載部分の丁が省かれる事が少なくない。よって以下の出版事例は氷山の一角となる。

一　文政期の例

春水の処女作といわれる『明烏後正夢』初編（文政四）の刊記には、京都伏見屋半三郎／大坂塩屋長兵衛の名前がはっきりと記される。[4] その合作者であり、春水と密接な瀧亭鯉丈の処女作である滑稽本『栗毛後駿足』も、三編（同五年）になると京都近江屋治助が合梓する。そして、この近江屋は、これ以降何点かの春水作品奥付にも名前が掲がる。[5] もちろん、水面下では、これらの出版の中心である江戸の地本問屋により、貸本屋ルートで全国に中本が行渡っていることは、他地域の書肆の名前が刊記に載らなくとも想像に難くない。現存本には、広範囲の地域の貸本屋や商店の印記も残る。また木曽妻籠林家の例は、[6] 地方の旧家にこれらが蔵される証左となる。が、文政初年という人情本の草創期、かくのごとくすでに、京都の本屋が表面的にも顔を出しているのだ。これらは単なる売捌所を表すだけかもしれない。書肆でもあった春水の宣伝行為が先に立つのかもしれない。特に、膝栗毛物とはいえ、大山参りを題材とする『栗毛後駿足』など、強引な気がするけれども、ともかく流通経路としての証になるだろう。春水は、かの地の本屋と実質的な提携をしている。このように人情本は、当初より全国流通経路に乗っているのだ。そして、さらに、京都の書肆を企画の中心に据えた三都板の作品が刊行された。それが『涼浴衣新地誂織《すゞみゆかたしんちのおりだし》』文政十年刊三巻である。作者は内題下に「江戸　桃山人著編／楚満人校合」と記される。[7] 刊記は「文政十年丁亥孟春／東都　西村与八／丁子屋平兵衛／大坂屋半七／尾陽　美濃屋清七　浪速　河内屋茂兵衛／河内屋長兵衛／河内屋平七　皇都　山城屋佐兵衛」である。「江戸」の作者桃山人が、京都を舞台に美濃屋みの吉と栄やさかえの仲を描く作品である。内容や刊記に記載される位置から、京都の山城屋佐兵衛を代表者とした三都板と考えられる。これら書肆の顔ぶれは同時期の三都板読本の刊記にも多くみられ、この京都山城屋も、多く読本を刊行する本屋でもある。内容は京都を中心とし、見返しには、反物をあしらい品札風に「ナキホン新地詆織」と記し風情を出す。その一方で、巻二末には、「或人此段《あるひとこのだん》を難《なん》じて栄《さかえ》がやかたの誹諦《ひほう》下卑過《げびすぎ》て拙《つた》なく二条新地壇王《にぜうしんちだんのう》うらの世界《せかい》に等《ひと》しと予《よ》は又此段《またこのだん》を甚《はなはだ》珍重《ちんてう》して校合《かうがう》に不及猶《およばずなを》東都《ゑど》の見物《ごけんぶつ》に中京《きやう》にてやかたといふハ藝者屋《げいしや》のことなり　楚満人」と、校合者春水は、前半に京都通を意識すると同時に、後半では江戸の読者を意識した注記を残す。全国展開の証左である。本作品は、文政期の人情本にありがちなと言ってしまえばそれまでだが、みの吉が係わる宝刀紛失につき、結末で武家の世界が唐突に出て来たり、やや試行的作品の感もあるが、ともかく書肆・作品内容共に京都を中心とした三都板になっている。この実験はさらに繰り返された。『清談常盤色香』がそれである。文政十四年刊三巻。板元も上記のうち、河内屋平七が秋田屋市五郎に入れ替っただけで同じだ。この山城屋が中心で、内容も東山など京都を描く作品である。作者は「江戸柳亭種彦閲／厚田笠亭仙果戯作」とある。今回は直弟子なのが若干違うが、前回同様江戸の作家執筆作品を上位にあたるであろう人物が監修するスタイルを取る。

二　天保期の例

文政末年から火災に遭い書肆青林堂を畳むなどする不遇な時期を経て、『春色梅児誉美』の成功で「人情本の元祖」などと自称し他称され、再び勢い盛んになる天保期の春水の動向は周知である。『祝井風呂時雨傘』（天保九）は、つとに『人情本略史』（『人情本刊行会叢書』所収・大正六）に指摘され、神保五彌も上記御論考で記されるように、初編冒頭添書きにあるごとく、難波との係わりが強い本である。筆者は刊記を有する本を見ていないものの、主板元は、江戸の連玉堂加賀屋源助のようである（三編上巻「田面の月」広告参照。また、連玉堂の目録にも所載）。いずれ、大坂書肆等との合梓は想像される。さらに、二編序（兎喬）に至って「いまだ東路を見ぬ児女童幼まで辰巳の人情唄女の言語自然と當時は承知して諸国流布の人情本」と唱う。当然と言えば当然であるが、この春水絶頂期、人情本の全国展開が高らかに唱われている。一方、この時期、彼は出版界にあっても「丁子やのふところ小刀」（殿村篠斎宛馬琴書簡天保九・十・二十二）と呼ばれるような存在であった。時あたかも、丁子屋平兵衛は、『南総里見八犬伝』を河内屋長兵衛より求板するなど、大坂の河内屋（特に茂兵衛）とは、密接な関係にあった。もとより、読本の流通はいわずもがな、人情本の流通でも、上記二点の文政期の京都を中心に据えた作品例でも丁子屋と河内屋系統が名を連ねている。この天保期は、同様な展開が表面化する。この時期、上方の要請が明らかなのは『いろは文庫』（本書二編序に「忠臣義士の列傳を當世様の長物がたり人情本に写しかえて」と、このジャンルの本であると作者側は認識する）である。本書は、初編（天保七）こそ、書物問屋中村屋幸蔵刊（地本問屋上田久次郎／山本平吉合梓）と江戸出来だが、二編（天保十）より、大坂河内屋茂兵衛の名が出る（江戸は丁子屋平兵衛／加賀屋源助）。後年の言ではあるが、十一編（幕末＝刊年不明）序に、「遥々浪花の書肆より嗣輯の催促しきりなるにぞ」とある。本書は、河内屋の手で出版され、同時に春水の名（この場合二世の継作となるも一般読者には同じであろう）は、『いろは文庫』の作者としても全国に広まった。

このような中、『春色恋白波』（初編＝天保九仲秋序刊、二編＝同十二刊）が刊行された。本書については、神保五彌の「人情読本論」（『為永春水の研究』）に言及される。序文及び広告文が示す通り、中本と読本の中間をねらった作品である。まず、匡郭が同時期の中本よりやや大きい。架蔵本によれば、タテ15・5ヨコ10㎝内外（但無罫）で、これは『貞操婦女八賢誌』と同じ大きさである。この大きさは、中本の匡郭の範囲内と言えぬこともないが、上記同時期の春水作品『祝井風呂時雨傘』『いろは文庫』等より、タテが1㎝ほど大きいので意識していると言えるだろう。半丁あたりの行数も、通常より一行多い九行であることも証左となる。中本もそれ以前から、上方では書形を半紙本に仕立てたものが、多く行われて来た事はいうまでもない。中本の流行は、さらに上方の板元の好みを取入れ、読本に近い板面の書をもたらした。▼(8) このように、通常よりも読本を意識する作りである。よって刊記も、三都の書林が明記される。国立国会図書館蔵本（古典文庫二四二所収）により略記すると、初編が、江戸丁子屋平兵衛／同大嶋屋傳右衛門／大坂河内屋長兵衛／京都大文字屋専蔵（架蔵本は河内屋長兵衛が「伊丹屋善兵衛」になっている。その経緯は不明）、二編は初編に同じ。さらに、巻末の〈當世流行人情讀本仕入問屋〉とする添付刊記に、江戸丁子屋平兵衛／大坂秋田屋市兵衛／河内屋茂兵衛／京都大文字屋専蔵と併記する。なお、この添付刊記について付記するが、筆者は、国会本原本を現在欠本ゆえ閲覧に及ばなかったが、神保はこれを［後摺本］とする。しかし、古典文庫解説によれば、名古屋の貸本屋大野屋惣八の旧蔵本である。国会本の多くの大惣本は、初期摺本であり、この本も同様ではあるまいか。いずれにせよ、架蔵本の当該箇所をも考えあわせると、この添付刊記所載の同志書林は当初の関係者であったと思われる。以上、本書は、京都大文字屋専蔵を主板元とし、当時の読本主流流通網を表面に押し立て刊行されたのである▼(9)。さて、京大坂の書賈の好みにより、芝居の趣向を中心に据えること等の作品内容自体の事はしばし置き、このような出版背景が表出する部分がある。それは、初編巻三第八回である。長崎丸山大井手町のある一寓を写す。会話は通常の貸本屋と女の会話であるが、次のような言葉がある。「左様サ為永の弟子の作にも面白ひのがござゐますそふだがまだ大坂から下してよこしません」。また仙女香（白粉）についても、「江戸の京橋の南傳馬町といふ所で當地からマア何程の行程だと思ひなさる大坂までか百八十六里と十二町大坂から武州の品川といふ所まで百三十五里半と五丁ほどござりますそれから江戸の南傳馬町日本第一の白粉所仙女香坂本氏までが一里半有ます」と大坂を中継地として意識し、江戸をイメージさせた書き方になっている。続いて九回にも「これも江戸のお客が大坂へ登つて嶋の内の祝井風呂の唄女に教へたといふのを此間大坂から来被成たお客が元市屋で私に教お呉れなさつたが」とあり、当然執筆上また出版上、同地に係わる同年刊の『祝井風呂時雨傘』が重なり合うのだが、これも同様である。以上、『春色恋白波』は、上方の出版界の要望が如実に表面化している。そして、これら動向の総大成が、丁子屋平兵衛が中心となり、上記書肆が多く合梓する『補増 外題鑑』「中本の部」の広告である。「遠国他国の御方より販元へ御用を仰せつかはせるの見出し御仕入れのときの覚書のたすけとなり」と記される。前田愛が、人情本読者の問題で早く指摘された通り[10]、春水は全国的な読者を意識しているし、事実その通りの展開がなされている。

以上、文政期天保期を中心に刊行された、人情本作品を上方の板元との係わりから述べてきた。他の地域事例も当然あろう。例えば、名古屋である。春水に限っても『出世娘』刊行経緯が顕著な例とされる東壁堂永楽屋東四郎の動向や[11]、近年翻刻された『風俗吾妻男』(叢書江戸文庫「人情本集」95年、国書刊行会)の三編で、同編序によれば、その稿本が同地の書林からもたらされた由の事などである。これらをはじめとする各地の出版動向等が挙げられよう。

三 「明烏」シリーズ

『明烏後正夢』は、春水の処女作だけあって、本人及びそのグループの作品の、序文等に後年まで思い入れ強く、しばしば言及される。この作品、正編は、文政七年五編までで終了するが、その後、続編の『寝覚繰言』及び発端『教訓郭里の東雲』が、長期に渡り刊行された三十三巻の大部作である。この長編化の時期に、板木の移動が何回かあった。この続編は、従来文政十二～天保元年刊とされてきたが、前節「文政十三年涌泉堂美濃屋甚三郎板『明烏後正夢』」に記したように二編(=『明烏七編』)は、文政八年刊(西村屋与八/越前屋長次郎)のようである(天理大学付属天理図書館蔵本の刊記、初編も同。注5の年譜考3参照)。三編(=『明烏八編』)は、神保五彌が示されるように、美濃屋甚三郎梓で河内屋茂兵衛/西村屋与八/越前屋長次郎が名を連ねる(文政十二年刊)。四編は、文政十三(=天保元)年西村屋与八/美濃屋甚三郎刊。五編は、天保七年の内容を示す『東都書林文渓堂蔵版中形絵入よみ本之部目録』(『読本研究』四輯下套所収)には、「近日出来」とありこの時点で未刊である。天保十一年十月に、三・四編序を新たにした修板があり、同年刊行とおぼしい。本シリーズは、つまり神保が「明烏後正夢「初編」」(『為永春水の研究』」所収)に解き明かされている通り、青林堂越前屋長次郎、すなわち春水自身の手で刊行され始め、続編刊行中書肆を廃業したため、板木は、湧泉堂美濃屋甚三郎の手に移り、さらに、丁子屋平兵衛に移り、明治初期大阪の前川源七郎に移る。出版期間の長さと合せ、序文・見返し題簽等に、「明烏第六(~十)編」とする考えが見られ、『春色梅児誉美』がヒットした天保年間以降も、「明烏シリーズ」として永く意識されていたことが理解できる。天保期、春水が関与していた丁子屋平兵衛による本シリーズが、大坂河内屋系統を経た全国展開で出版が行われた事は言うに及ばない。もとより、正編の初編刊行時(文政四)から、京都伏見屋半三郎/大坂塩屋長兵衛の名が記される事はすでに記した。後編三編(文政年間)には、河内屋茂兵衛が参加している。天保十一年(明がらす第八編の序)、(後編三編修板序)には、宣伝もあろうが、「此明烏の評判の日本中に告渡り眠りを覚せし大当」(為永杜蝶)という表現がある。作者側出版側相俟って「明烏」シリーズの全国展開を標榜している。上記板木移動にも拘わらず、この明烏シリーズに現れる春水らの思い入れは強い。それは、人情本が作者兼出版関係者春水という人物を核に、刊行されたことを象徴するようにも思われる。

人情本は、深川の芸者を代表例とするごとく、江戸などの都市および近郊の流行風俗等を多く描く書である。出版面から言うと、例えば、『春告鳥』初編刊記に名を連ねる山本平吉は地本問屋で、前述の『いろは文庫』初編合梓例は人情本の諸国への流布をさらに想起させる。が、彼はまた、花笠文京の報条「御誂作文認処」(国立国会図書館蔵「焦後鶏肋」所集=『為永春水の研究』一一九頁参照)に、わざわざ「清元延寿太夫正本板元」と唱う。彼の『春告鳥』合梓は、神田祭宵宮の記述等作品内容と併せ、江戸地域読者への供給の想定を伺わせる例でもある。人情本は、江戸の人々を対象とした書でも当然あるのだ。しかし以上のように、その一方で、全国の読者に江戸を代表とする都市風俗のイメージを与え続けたのが人情本である。山形の米沢には、当地を舞台の中心とした『春色米の花』（二編六冊）という、春水に仮託した弘化年間成立とおぼしき刊本を摸した写本もの人情本が残る（『伝承文学研究』27・28＝昭和五十七・五十八刊参照）。全国的享受の一例である。人情本出版の全国展開は、当代の人々に一つの江戸幻想を抱かせたことであろう。また、これら素地は当然明治年間につながる。

【注】

（1）鈴木俊幸「陽のあたる戯作―蔦屋重三郎の戯作出版をめぐって―」（『雅俗』4）。

（2）浜田啓介「小冊子の板行に関する場所的考察―酒落本の場合」（『近世小説・営為と様式に関する私見』所収）。また、酒落本も、その後中本全盛期になると、勿論、時代の波で流通経路に乗る（中村幸彦「酒落本における後刷後板の問題」著述集第五集）が、その件はこれ以上触れない。

（3）なお、文化年間ころの同蔵板目録からも理解できるように、この書林は多く図会を出版している。すなわち『膝栗毛』と小説以外の分野の書物との係わりに及ぶだろうが、今は立入らない。

（4）東京大学総合図書館蔵の初板の書誌が、棚橋正博「為永春水雑感―文化・文政期の春水―」（『国文学研究』110、平成五年六月）に備わる。また山杢誠「為永春水年譜稿」2（『文学論藻』67）図版参照。

（5）注4の「年譜稿」3（『東洋大学大学院紀要』31）。

（6）「近世後期における書物・草紙等の出版・流通・享受について」（『一九九五年度科学研究費補助金〈総合研究A〉研究成果報告書』）、なお、本例は明治刷が多いらしく、この時期まで収集される事も興味深い。

(7) 桃山人＝桃華山人＝桃花園三千麿と春水が親しいことは、『園の花』二編序文に「維時天保丙　申湯臺山下花廼屋桃嶺」とし「兄公《あにき》の春水子《しゅんすいし》」と有ることからも明らか。この人物は、『滑稽　繕の綱』（文政十）など、江戸在住経験の豊かさを彷彿とさせる作品を著す一方、「上方読本」の「江戸作者」でもあり、それは本作品の作者としての立場と通じるイメージがある。『大阪本屋仲間記録』所収「開板御願書扣」（→「享保以降　大阪出版書籍目録」）等によると京都在住経験がある。この人物については、本書第二章第五節参照。

(8) その前段階の一端は、本書第二章第三節「瀧亭鯉丈—実像とブランド」注5の金水の例参照。

(9) 他に、大東急記念文庫蔵本がある。初板時の丁付の誤刻を正す等した修板で、三編九冊に改編。なお、初編奥付は架蔵本に同じ。二編添付刊記はなし。書形は中本形。

(10) 「江戸紫—人情本における素人作者の役割」（『国語と国文学』昭和三十三年六月＝著作集第二集）

(11) 『出世娘』については、神保五彌の「出世娘試論」（『為永春水の研究』所収）、林美一の『江戸春秋』12・13号（同書肆の蔵販目録の一部も掲載される）参照。

第四節　人情本などで半紙本型の中本が存在する一理由

青林堂越前屋長次郎刊『明烏後正夢』五編下巻末には、美濃屋甚三郎修板（→早稲田大学図書館蔵＝本書第四章第二節「文政十三年涌泉堂美濃屋甚三郎板『明烏後正夢』」参照）では無くなっている奥付が付いていた。表丁「狂訓亭主人楚満人稿本／瀧亭主人鯉丈編削／驛亭主人古満人校合／渓齋主人英泉画圖／江戸書林　西村與八郎・鶴屋金助・丁子屋平兵衛・大坂屋茂吉・越前屋長次郎」、裏丁「明烏初編ヨリ五編大尾／右は中形よみ本半紙ずり上本仕たて両用にいたし賣出し置申候／文政七甲申正月發行／京摂書林／京伏見屋半三郎・京近江屋治助・大坂河内屋茂兵衛・大坂河内屋太助」（架蔵本による）とある。この奥付により、『明烏後正夢』五編が、文政七年刊行であることが追認される（山杢誠「為永春水年譜稿その三」『東洋大学大学院紀要』三十一・平成七参照）が、拙小文で注目するのは「右は中形よみ本半紙ずり上本仕たて両用にいたし賣出し置申候」である。

草双紙については、村田裕司「半紙本型草双紙の成立」『近世文芸』五十三や佐藤悟「草双紙の造本形態と価値」同五十六等、論考が既に備わるから、今回の考察から外すことをまずお断りするが、滑稽本・人情本などのうち、印面が中本サイズで半紙本の紙型に刷ったものは少なくない。管見の多くは人情本である。中本型紙型のものと共に行われていた。これらが存在する理由を、向井信夫から「上方の人々は半紙本でないと読まないから」と伺がったことがある。そういえば、上方に半紙本型の中本は多い。例えば、架蔵『閑談春之鶯』二編上・中巻二冊の端本（墨川亭雪麿・二編は文政十年正月序刊）見返しには、「新古賣買かしほん處」の「堺寺地町山之口奈良屋甚三郎」の営業案内の貼紙があり、本文冒頭欄外上部余白に「奈良甚」の小印がある。同じく架蔵『春色恵露花美《はなみ》止里《どり》』（為永春江著天保末刊？）、序文に「藍染川の裏屋の仮居に／人情翁為永春水述」とあるのは、その晩年か一冊目、つまり初編上巻の上分冊の見返しに、京都の「山城屋佐兵衛　増補呪詛調法記大全」の広告が貼付されていて、序文冒頭上部などに「亀山北町・山和」の丸印がある。だから、「通説」として成り立つとは思っていた。しかし、それ以上は言えず放置していて、拙稿「人情本の全国展開」（本書第四章第三節）にも言及出来なかった（服部仁が『文学語学』一六九号「平成十一年度国語国文学界の動向」で御指摘）。

さて、今回取り上げた奥付は、表丁が江戸書林連名裏丁が京摂書林連名と分かれている。中本のうち、人情本に限っても、三都板の場合、三都書林連名が通常であろう。今いちいちを記さないが、この分野の最初とされる『清談峯初花』にせよ、『明烏後正夢』初編にせよ、初期からそうなのだ。ところが、この五編奥付は、江戸と京摂が分離している。その京摂書林が連なる裏丁に、「半紙ずり」の言及があるのだから、この「通説」が「実説」の一つでもありえると推定する次第である。

中本が半紙本型である場合、架蔵でいうと『当世虎の巻』のように、三巻三冊のものもあるが、上記『花美止里』の如く一編が三巻五分冊となることが多い。なお、分冊形態は不定である。例えば、この『花美止里』は、初編上巻の上冊・中巻一冊・下巻の上冊・二編上巻下冊・下巻上冊の五冊が存するが、上巻二分冊・中巻一冊・下巻二分冊の三巻五分冊構成であることになる。一方、架蔵『合棲雪降亭埜』は上巻を、同じく『仮名佐話文庫』二輯は下巻を一冊とする。なお、上記『閑談春之鶯』二編は、端本ゆえ詳細は不明だが、上・中巻二冊なので三冊本か。

さて、半紙本型が上方で多く行われ、しかも五冊だという意識が出ている例として、『増補外題鑑』での記載方法があげられる。顕著なものとして、馬琴の中本型読本『刈萱後傳玉櫛笥』の修板『石堂丸刈萱物語』がある。「全五冊」とし、著者名無しで上方読本に混じり記しているのだ（十六オ）。同書目中他例として、『三島小女郎麓の花』「全五巻」（感和亭鬼武作『三島娼化粧水茎』題簽題＝架蔵零本による。十三オ）などあるが、指摘に止める。

人情本では、天保期後半の例となるが、春水作『春色恋白波』が好例だろう。本書は、京都大文字屋専蔵を主板元とする「人情読本」と呼んでよい内容・体裁を持つ（『為永春水の研究』・古典文庫二四二、および拙稿「人情本の全国展開」本書第四章第三節参照）。国会本は、現在欠本だが、二編合二冊ながら紙型は半紙型である（同書参照）。架蔵本にも、同合冊形態のものがあるが、別本に中本型ながら口絵序文までを欠いた本文以下の初編上巻下冊一冊がある。二冊目と考えられるので、五分冊のものが存在するのは明らかであろう。そして、この後編は巻数そのものが三巻ではなく五巻である。上方主体の出板で、五冊もの（二編十冊）が標準と考えられる、読本的要素も相俟つ元々「半紙ずり」にふさわしい本なのである。もちろん、実例としては中本サイズのものも上記の端本の如くあり、大東急記念文庫蔵本などは、巻数表示自体は修していないが、三編各三巻九冊本となっている。ちなみに、同様な例として、『貞操婦女八賢誌』がある。元々、出板事情などからの上方的要素よりも、『八犬伝』という読本を意識したことが大きいと思うが、元各五巻もので半紙本型でも行われていた。ただ、後にこれを三巻本に修している。これについては、全容の整理がされておらず、また、本題から外れるのでこれ以上触れない。

また、国会図書館蔵『清談峯初花』は、いつの頃の刷か不明だが、旧大惣本で半紙本型、前後編合一冊である。未見だが、この本屋の目録には、中本型も登載されている。名古屋大野屋惣八が、各点すべてではないが、両サイズを併用していることが、実例や目録などから知りえる。江戸上方の中間に位置するからかもしれない。もちろん、半紙本型の中本は、実用・機能性の問題もあり、関東にも存在したし、どちらのサイズを選ぶかは、結局貸本屋など購入者の判断ではあろう。しかし、少なくも文政七年という人情本にとっては、初期の段階で、なおかつ、江戸の本屋から分離した形で記される、京摂書林連名の前の部分で、中本と半紙本型の両用を謳っているのだ。以上、『明烏後正夢』五編初板奥付から半紙本型中本の存在理由の一端を少しく書かせていただいた。半紙本型が、上方で好まれるのが一理由ではないかという推定である。

なお、『明烏後正夢』の「半紙ずり」本は、初編上巻を古書展で一度だけ管見したことがある。大惣目録には、未見ながら両方のサイズが載っている。続編の『寝覚繰言』二編上・中巻（分冊ものではない、上巻は鳥の表紙・中巻は表裏表紙共欠く）は架蔵。

また、「上本仕立」については、人情本の場合、書型から一概に上製・並製を言えないように思うが、今後検討したい。

第五節　『五三桐山嗣編』考――『契情買虎之巻』二度の人情本化

『五三桐山嗣編《ごさんのきりやまじへん》』（天保二・文月序刊）[1]とは、為永春水の人情本（本論では、「人情ものの中本」を現行の文学史用語に倣い、こう呼ぶ）である。この作品は、『契情買虎之巻』などを代表とする鳥山瀬川物の一作品で『松田屋喜瀬川《まつだやきせがわ》 庫米屋五喬《こめやごきやう》 鳳凰染五三桐山《ほうおうぞめごさんのきりやま》』（文政九）の後編である。本書を考察することにより、為永春水の描く文政期と天保期の人情本の差異を捉えたい。また、この作業により同時に、天保三年頃の、言い換えれば『春色梅児誉美』刊行前夜の、春水の小説執筆態度の一端が理解できると思う。

一　鳥山瀬川物と春水

『契情買虎之巻』（安永七）から『五三桐山嗣編』までを含む、鳥山瀬川物のアウトライン[2]を春水に引き付けたかたちで示そう。はじめに次の図をご覧いただきたい。

契情買虎之巻（洒落本・田にし金魚・安永7）──鳳凰染五三桐山（草双紙・山旭亭真婆行・享和4）──後編跡着衣装（草双紙・十返舎一九・享和4）──操染心雛形（草双紙・十返舎一九・文化2）
　├─鳳凰染五三桐山（人情本・山旭亭真婆行遺稿・十返舎一九補訂 文政9）※注（8）参照──五三桐山嗣編（人情本・十返舎一九旧稿・為永春水補綴 天保3）
　└─当世虎之巻（初編）（洒落本＝人情本・安永7─文政9頃）──同（二編）（人情本・為永春水校正 安永8─文政9）──同（三編）（人情本・狂訓亭補撰 文政9）

『契情買虎之巻』は、『花折紙』（享和二）で「極上上吉」と総巻頭に据えられていた洒落本である。そのような評価が与えられていた状況のもと、本作品の草双紙化が計られた。それが『鳳凰染五三桐山』（享和四）である。この草双紙は、二編以下『五三桐山後編《こうへん》後着衣装《あとぎのいしょう》』、『五三桐山三編繰染《みさほぞめ》心雛形《こころのひながた》』が書き続けられるように結末を若干変えただけで、もとの洒落本と内容は変わらない。

この草双紙をさらに中本化したのが、同じ書名（但し角書を付加）の人情本（文政九）である。その後編が、本論で考察する春水作の『五三桐山嗣編』（天保三）である。ただし、初編が同書名の草双紙とほぼ同一内容であったのに対し、本書は、その二編『後編後着衣装』とは、序文の丸取りなど一部に利用されるところがあるものの、概して別内容と考えられる。違う後日談を付けたのである。

『契情買虎之巻』は、それまでの作品と違い、感傷性やストーリーを重視した洒落本であったから、[3]この作品は、当然人情本流行時にはもてはやされた。鼻山人の『由佳里《ゆかり》の梅《うめ》』の凡例「此書《このしよ》の發《おこ》る所《ところ》は。形城虎《けいせいとら》の巻《まき》。二筋道《ふたすじみち》等の糟粕《そうはく》を振《ふる》つて書《かく》。故《ゆへ》に文花《ぶんくは》。其倣傚《はうかう》するに均《ひと》し。」の序文は、人情本に鳥山瀬川の世界がよく利用された証として有名である。[4]彼自身もこの世界を利用した『松瀬《まつせ》美談《びだん》紫草子《むらさきそうし》』（文政十二）という人情本を著している。本書は、三巻で中絶したようだが、[5]全体の結構は、同人作『婦人《ふじん》孝教《こうきょう》江戸花誌《ゑどばなし》』の「付言」に十丁の長さで記されている。この予告が載る『江戸花誌』は、『鳳凰染五三桐山』（人情本）・『当世虎の巻』と同年の文政九年刊である。これらが、文政九年に集中している理由は不明であるが、ともかくも、当時の人情本において、この世界がもてはやされていた証左となろう。春水自身も『五三桐山嗣編』の「叙」に、「浮世《うきよ》にいつも捨《すて》られぬは、博多《はかた》の帯《おび》と虎《とら》の巻《まき》」と述べていて、同様の流れのなかにいた。文政九年の『当世虎之巻』（初―三編　但、初編は推定）は、春水によるもので、[6] 初編は、『契情買虎之巻』をそのまま彫り直した物、二・三編は、『五三桐山嗣編』とはまた別の後日談である。このように、春水はこの文政九年・天保三年という時期に『契情買虎之巻』の再刊や二種類の後日談を手掛けている。[7]

以上、この時期、鳥山瀬川物が人情本に多く用いられ、春水もその時流に乗った活動をしていたことが理解できる。

二　『当世虎之巻』二・三編と『五三桐山嗣編』の梗概

ア、『当世虎の巻』二・三編の梗概

文政九年、何人かの手により書き直された人情本『鳳凰染五桐山』が刊行され、[8] その巻末に、後に春水が書く事になる嗣編の予告が付された。同年、彼はすでに、別の鳥山瀬川物の後日譚を書いている。それが『当世虎の巻』二・三編である。まずはこの作品から示そう（以下本論では、人物名に関する用字の乱れ（「幸次郎・幸二郎」「瀬喜川・せき川」など）は、その作品ごとに適宜統一した）。

梗概は次のごとくである。

＊正編最後、郡次に欺かれ殺された瀬川の霊は、赤子を産み落し五郷を別荘に尋ね託す。

第二編（上巻）五郷は、一子瀬乃介を漁師の平三に預ける。平三は義理の姪おひな（＝瀬乃介の子守）に言い寄る。おひな五郷に引かれる。五郷は王子瀧の川の鯉屋利右衛門方に瀬乃介とともに引き取られる。（中巻）鯉屋で狂歌の会が開かれる。小雛という新米芸者（おひな）は客朋輩にからかわれる。また、五郷は昔の素性を知る狂歌師に座敷に呼ばれ嘲弄される。二人は再会し結ばれる。（下巻）桐山郡次は瀬川から奪った百両を元手に両国辺で芸子を置き茨屋東六と名乗る。抱えの小雛は、五郷からの手紙を見出され、二階に押し込められる。しかし、二人は尚も逢瀬を続ける。五郷は鯉屋に居られず、本所の横網辺に佗び住まい。その病床に小雛来る。二人の述懐。

第三編（上巻）桐山の養子子平太は小雛を気に入り、自分になびくよう、平三に説得を依頼する。五郷は預けていた瀬乃介を里親から引き取らされ貧窮まっている。そこに呼び出され子供を同道すると、桐山の前で小雛に縁を切られる。（中巻）五郷は鯉屋に諭される。一方、小雛はその妾宅に引き取られるも帯を解かないが、ある日迷子の瀬乃介を連れ帰ることより、その後ついに子供をだしに口説き落とされてしまう。（下巻）妾宅での瀬乃介の初節句に郡次来るが、子供はいやがる。小平次酒にまかせ、小雛に東六は郡次だと明かしてしまう。小雛は小平次の留守に瀬乃介を連れ五郷の元へ走る。鯉屋仲介し、青砥へ訴え桐山ら遠島となる。五郷隠居し、瀬乃介跡に直り、おひなたち別宅に住み、瀬川の墓を建立しめでたし。

イ、『五三桐山嗣編』の梗概

本書は『当世虎の巻』二・三編同様、鳥山瀬川譚の続編である。

イ―1　『鳳凰染五三桐山』

本書を考察する上で、まず正編の『鳳凰染五三桐山』について確認しておこう。この作品は、前述したように鳥山瀬川物の人情本流行時のものである。板元の丸屋文右衛門は、鳥山瀬川物の三編続きの草双紙の板木を所有していたが、その初編『鳳凰染五三桐山』を、そのまま中本化したのである（本書の書誌事項は本論巻末参照）。草双紙から中本への書換えなので、文体は変化するが、[9]内容は同一である。挿絵もほとんどが草双紙の構図を取り当世風（人情本風）に書き直しているものである（口絵も一図利用）。ジャンルによるスタイルのみが異なる作品とでもいうべきものである。ただ、『当世虎の巻』が洒落本『契情買虎之巻』の改板であったのに対し、本作品は、それと違い草双紙『鳳凰染五三桐山』による作品であった。これは、続編『五三桐山嗣編』を考えるうえで重要な意味を持つ。前者の洒落本と後者の草双紙とは、同内容ではあるが後者は発展的結末（瀬喜川から託された子がめでたく五歳まで成長する）が付くという違いがある。この草双紙によったことこそ、続編が『当世虎の巻』の後編とは異なった話を展開することを示唆しているのである。

イ―2『五三桐山嗣編』

さて、その後編は、六年後の天保三年『五三桐山嗣編』に示された。本作品の梗概（考察上必要と思われるので序も含める）を示す。

上巻

序文（1）本書を補綴すること。春水

序文（2）山旭亭真婆行作の初編を継作すること。一九

＊草双紙とほぼ同文（但、年号表示の加削により当代風にすることあり。）

序文（3）本書を推薦。文亭綾継

本文

＊内題下著者名「東都十返舎一九旧稿／為永春水補綴▼(10)」

（発端）信濃にて旅人が按摩に金を奪われて殺される。そして連れの幼子（お清）は谷へ突き落とされる。

（春水開語）

第一回　五暁は玉川の里から戻り繁盛を極めている。吉原の茶屋升屋訪れ、清乃の二代目瀬喜川襲名につき彼女の手紙を交え相談する。

第二回　五暁一子富五郎五歳の袴着を、清乃《すみの》の二世瀬喜川襲名を兼ねて升屋で行う。また、それを初世の追善ともした。升屋再来して当代瀬喜川病となり五暁に会いたがること伝える。

中巻　第三回　五暁日々繁用で吉原に行けぬうち、文月の魂祭りとなる。先代瀬喜川のことを思い出しているところへ、当代瀬喜川が桐山を嫌で逃げて来る。五暁がその理由を疑うと親の形見の短刀で自害しようとする。先代の幽霊現れ止める、と五暁夢から覚める。

第四回　三の和の寮で瀬喜川は新造に介抱され慰められる。五暁来て、初めて結ばれ二人は深くなる。

下巻　第五回　瀬喜川身請けされ、再び、お清と名乗り雪の下に住む。そして親の安否を案じている。五暁来て幸次郎（初世の亡夫）の法事の相談。そこへ出入りの呉服屋来て、旅中相宿の者が死に手紙等を託されたと言い、書付けを見せる。それは発端につながるもので、書面の主は幼子お清を救った者であり、発端で殺されたものは幸次郎お清の父であったことが判明する。

第六回　発端の旅人清乃の父であること、幸次郎・清乃兄弟であること判明する。按摩二世桐山と判明し処刑される。富五郎萩《（ママ）》原家（初世瀬喜川生家）へ引き取られ、清乃が生んだ男子が生駒家（幸次郎養子先）を嗣ぐ。富五郎十六歳に至り母の敵桐山軍次両名を打ち取り、玉川の里では一同集い大法会を修行し一切万霊を回向する。

このように本作品は、内容が草双紙の二編『後編跡着衣装』および人情本の初編『鳳凰染五三桐山』巻末の予告と大幅に違うことが理解できる。この草双紙の二・三編という後日談は、既に展開しており、また、人情本『鳳凰染五三桐山』末尾の後編予告も、「農民田作が娘の話」等違う部分もあるものの、おおかた、草双紙の二編に沿うものであった。人情本の後編を執筆刊行する際、それらによれば容易なのだが、春水はこれらに負わなかったのである。草双紙二編が富三郎（＝初編および人情本の富五郎）を主人公とした、いわば二代目物語であったのと違い、本作品は清乃と五暁を中心に描いている。初代瀬喜川のかむうが女主人公であることは変わりないが（名が花川から清乃になったが、すでに初編口絵に清乃とあり問題はなかろう）、男主人公を五暁のままとしている。また、この清乃の半生記の観がある作品である。

三　二つの後編の比較

『当世虎の巻』二・三編と『五三桐山嗣編』とを比較する。

まず、『五三桐山嗣編』『当世虎の巻』および『鳳凰染五三桐山』の筋立てを表に示した。

この表から理解されるとおり、『当世虎の巻』二・三編では、五郷の勘当中のことを、『五三桐山嗣編』では勘当後のことを中心に著している。『五三桐山嗣編』の内容は、鳥山瀬川物の発端、および家に戻った後の五暁と清乃の話である。これは、おおよそ『鳳凰染五三桐山』や『当世虎の巻』（三編まで）の前後のことを描いている。『鳳凰染五三桐山』と重ならないのは、嗣編ゆえ当然だが、『当世虎の巻』に書いた事は、結末の悪人が懲らされることや瀬川（＝瀬喜川）の供養という鳥山瀬川物としての大団円を除き、書かれていない。それは、物語の結末が、『当世虎の巻』後編と違い、『五三桐山嗣編』では勘当が解けたところから書き出すことになっているからである。よって、五暁の零落期を書かないのだろう。しかも、後述するように急いで執筆した作品であると思われる。これらを踏まえて比較を進めよう。

主人公設定は両作品とも同じである。一般に二世が存在する場合、続編ではそれを主人公とするのが常套だろう。『諸艶大鑑《しよゑんあふかゝみ》』の世傳《よでん》を持出すまでもない。草双紙『後編跡着衣装』では、五郷一子富三郎と禿花川の物語であった。春水の『寝覚繰言《ねざめのくりごと》』も時之助と三代目浦里であった。しかし、当該両作品は男の主人公は五暁（＝五郷）のままで、相方の女のみが次世代なのである。この設定は新しい展開を生む。春水は、『明烏後正夢』等文政年間の作品で、新内ほかの浄瑠璃に依拠し、そのなかで新しい人物像を描こうとしていた。また彼は、先行する洒落本を続編を付けるかたちで幾つか再刊しているが、そこでも、かつての男主人公たちを当代に生きるかたちでリバイバルさせている。このような経緯から、鳥山瀬川物の続編でも彼らが主役を演じ続ける。この点、春水作品として趣向の一致をみる。『当世虎の巻』二・三編では、五郷がおひなという無名な娘（のち芸者小雛）を相手に当代に恋愛を繰り広げるが、『五三桐山嗣編』もその趣向を受け継いでいて、五暁と清乃の関係もその中で成り立っている。上巻第二回の富五郎袴着と二代目瀬喜川襲名で、「粋なるその噂昔にまさりて」（十二オ）と当世風が強調されているのはその一例となろう。

五三桐山嗣編	鳳凰染五三桐山	当世虎の巻
上巻 幼子を連れた旅人按摩に殺されること［発端］		
	瀬喜川・幸次郎の出会いから、五喬富五郎を百	初編 瀬川・幸次郎の出会い

一方、両作品の描き方には違いがある。前者は、文政年間作品として筋立てが緻密であり、後者は、天保年間の作品として場面描写が多い。主人公男女を比べてみよう。前者では、一応、主人公男女が筋立てに従い記される。五郷は、まだ玉川の里に居るところから描き始められる。そして、実家に戻るまでの零落した間の様子が

	姓に預けるまで	から瀬川五郷に一子を託すまで
		二・三編 五郷の零落期間を描く 同時おひなのことあり
五暁勘当許され本家へ帰る。 富五郎の袴着と清乃の二代目瀬喜川襲名がある。 瀬喜川（清乃）五暁を恋慕い病となる。		
中巻 瀬喜川五暁の所へ来る（夢）。 五暁三の和の寮へ瀬喜川を見舞う。		
下巻 瀬喜川身請けされ別宅に生活。 発端の旅人その父であり、幸次郎も兄であること判明する。 発端の按摩二世桐山処刑さる。 それぞれの家督相続がある。 富五郎十六歳の折り母の敵桐山軍次を打つ。 玉川の里で大法会行い万零を回向する。		東六（郡次）ら処刑され五郷本家に戻り家督を瀬乃介に譲り瀬川を供養する

＊『鳳凰染五三桐山』は人情本草双紙とも同じ。
『契情買虎之巻』は『当世虎の巻』初編に同じ。

時を追って語られる。おひなは、やはり初め玉川の里の子守として登場し、芸者になる。その間、五郷を思い続けるのであるが、身辺の苦労が続くなかでの事である。このように筋立ての時間的経過に沿うかたちで描かれる。一方後者の作品では、すでに、実家に戻っている裕福な五暁が清乃に惚れられ、それを身受けし別宅に住まわせるまでのことが場面場面で描かれている。清乃も、男を思う気苦労は当然描かれるが、おひなのような悲痛さはない。時間的な経過により描かれることも、清乃が生駒幸次郎の妹であること等結構上の事が、「春水開語」及び下巻で述べられることはある。しかし、五暁への思いが出自に絡ませて書かれることは無い。彼らは場面場面で断片的に描かれることが多く、筋立てはそれをつなぐ役目程度に過ぎない。このように差異が認められる。

この春水作品の文政期と天保期の違いについて、両時期の脇役たちの扱いにも注意したい。

文政期の作品は、話の中心は主人公男女ではあるにせよ、それを取り巻く人々の「人情」も十分描かれるのである。例えば、『明烏後正夢』で時次郎夫婦を周囲が気遣ったりする。つまり、春水は文政年間の作品において、筋立てに頼りながら多くの人物を配し、そのなかで新しい主人公像を描こうとしていた。一方、天保三年『春色梅児誉美』以降の作品は、登場人物が少なくなり、筋立ては後ろに追いやられ、場面により人物を描くことが中心になっている。

両作品も同様である。『当世虎の巻』続編は、様々な人物が主人公男女に係わり登場する。その結果、筋立てが整備されねばならず、それにより物語が進行する。一方『五三桐山嗣編』は、人物を絞り込んでいて、それに比例して場面描写が多くなる。この点を比較するうえで、五郷（五暁）の一子を考える。子供ゆえか、主人公男女との係わりで自ら多くの「人情」を発するような描かれ方はしていないが、好例である。『当世虎の巻』二・三編で瀬乃介は、玉川の里の百姓に預けられるところから、五歳で家を継ぐまでが描かれる。この幼児が、時間的経過に従い描かれることにより、五郷おひなの苦労や心情が明確化している。瀬乃介の著され方は梗概で示したが、初編の終了に続くかたちで、子守に預けられるところから登場する。最初に、おひなに瀬川の霊が入ると解せる事（九オ）などもあるが、ともかくそれが、主人公男女が知り合う契機となる。以下二編には登場せず三編に入り、五郷が本所で貧困窮まる時里親から引き取られることとなる。これは、主人公の悲惨さを強調する結果をもたらした。縁切りにも利用される。さらに、中巻、小雛が迷子になった瀬乃介を連れ帰ったことは、五郷への思慕を背景にしたこの子供に対する愛情を示す。小雛にとり、子守時代の思い出を含む愛情を伴ったものであり、そこには物語上の時間的継続性がある。小雛にとり瀬之介は、操を破る道具ともなってしまうのだが、ある日この子を連れて隅田川を散策した際、五郷に遭うものの、意地を通して返さずに連れ帰ったりもする。これなど、小雛の五郷に対する裏返しの愛情を描くに、この児が一役買っている。下巻、妾宅で初節句を行った際、瀬乃介は東六を嫌がるが、これは彼が実母瀬川の敵郡次と後に判明する伏線になっていて、筋立ての組入れがなされている。そして実際、東六が郡次と判明したとき、小雛は瀬乃介を背負い五郷のもとに走った。これらの小雛の行動は、五郷への愛情を瀬乃介を通して描いている。この子は二人の鎹であった。以上、瀬乃介は、物語を進める上でも不可欠な人物であった。一方後者『五三桐山嗣編』の富五郎は、その前編に続き五歳から描かれるが、それもわずか二カ所にすぎない。ひとつは、五歳の袴着の事である。清乃の五郷に対する思慕が表面化する契機にはなるが、もとの草双紙『後編跡着衣装』により筋立て上使われている。もう一つは、清乃が身受けされた後、その別宅の暮しぶりのなかに登場する。これは清乃の幸福を描く一端に過ぎない。このように本作では、富五郎は出番も少なく、また、不可欠な人物として描かれていない。強いて役目を挙げるとしても、清乃の行動を少しばかり自然なかたちに描く助けとなっているくらいだろうか。断片的に描かれていて、約束上、登場させねばならず書いたかのようである。

以上、両作品を比較すると、『当世虎の巻』は筋立てを追い、主人公男女だけではなく、それを取巻く人々をも多く登場させ描かれている。一方『五三桐山嗣編』は、五暁と清乃の愛情を描くのに、富五郎をはじめとする周囲の人間をさほど必要としていなかった。他の要素のあまり入り込まない条件のもと、断片的な場面描写を中心に二人の仲は描かれたのである。主人公の憂き苦労を描く必要性の有無も影響して、かかる明確な差異が出ている。

四 『五三桐山嗣編』考――清乃を中心に

いままで考えてきたように、本作品は場面場面を多く描いている。よって筋立ても、先に梗概や筋立て表では時の流れにより示したが、現実には、それを一々追うかたちで書かれていないことが理解できる。しかし、小説である以上結構はある。今度は、女主人公清乃を中心に、その角度から本作品を考察しよう。いま清乃を中心に結構を考えると、この小説は次表のような構成と考えられる。

巻	回	中心となるもの	描き方と時間の流れ
巻上	発端	清乃の素性	筋立てに頼る
	第一回	五暁と清乃のなれそめ	場面描写を中心とするが、時間の流れもある程度踏まえる。
	二	〃	
巻中	三	五暁と清乃の逢瀬	場面描写のみ。時間の流れなし。
	四	〃	
巻下	五	五暁と清乃の幸福な生活	場面描写を中心にする。
		清乃の素性	筋立てに頼る。
	六	〃（結末）	
		鳥山瀬川物としての結末	粗筋のみ。

上巻、冒頭の発端には、幼子を連れた旅人が按摩に殺される場面を描く。その末に、

こは前編《ぜんぺん》の發端《ほつたん》にてこれより次《つぎ》の物かたりは五暁《ごけう》の勘當《かんどう》ゆるされて再《ふた》び郭《くるわ》に全《ぜん》盛の花《はな》を詠《なが(ママ)》る一条《でう》なりそのおもむきを心得《こころえ》てよみ給へとは筆癖《ふでくせ》のおのれがくどきわざなりかし

春水開語

とある。発端が、時間的にいうと前編『鳳凰染五三桐山』の冒頭にくるのだと述べている。この発端はどちらかというと、急な展開を感じさせ、一場面として浮かび上がらせている。春水は冒頭から断り書きを用い、時空の代用としているのである。

本筋に戻り、第一回は、五暁が呼び戻され、家督を相続し繁栄する様子を描くが、それまでの経過や場面設定に関する記述は短く、多くは、升屋とのよもやま話の中に用件が語ら

れる。第二回は、前半は、富五郎袴着と瀬喜川二世襲名の盛会ぶりと五暁の心意気を写すが、清乃恋病みとなること等、これまた、五暁と升屋の会話の中であった。このように上巻は、時間の経過に従いながら、場面をつなぎ合せる形で話が進行する。

中巻は、五暁・清乃の逢瀬が描かれる。この巻は全体からみると上巻に続く時に位置する。但し後述するように、この巻だけ取り上げると、時間的経過のないものとして読むことが可能である（この巻はまさに場面描写を主眼とし、男女を物語ろうとしている）。下巻は、第五回に入り、身請けされた清乃の別宅での幸せな生活が描かれる。そこまでは場面描写の一コマである。しかし、この回も後半、物語が次第に結末に近づくにつれ、展開が急になり、発端の結末を付けるべく筋を追い、特に第六回はその運びが急である。このような形で物語の結末を付けている。

以上、本話は五暁の再度の全盛を背景に、表に示したような構成で、清乃の半生を描いたものであると言えよう。すなわち、発端で幼子として描かれた彼女は、二代目瀬喜川となり五暁との逢瀬を重ね身請けをされ、自分の素性も解り五暁の子どもを出産し、めでたしとなるのである（前編予告「傾城せき川がかむろ清乃が事」を具体化ともいえよう）。それが上述したように、素性に関する事を時間の流れに沿ったかたちで描く部分と、五暁との仲を断片的な場面により描く部分からなる。清乃の素性に関する上巻の発端および下巻第五回半ば以降の部分は、他の場面描写に紙面が割かれるため、『当世虎の巻』のおひなの紹介より筋立てに頼った書き方だといえよう。清乃と五暁との仲は、それに挾み込まれるような形になっている。これらは場面場面の連続である。上巻が、その襲名から恋煩いまで、中巻が、二人の逢瀬、下巻が身請けである。二人のことが場面を追い次々に描かれるのである。初めと終わりに、清乃の素性が筋立てに頼り描かれても、このように眼目たる男女の恋愛が著されている以上、その重視は否めない。さらに、注目すべきは中巻である。そこには、春水の「人情」観がある。

上巻と下巻の二人に関する場面描写は、一応、時を追い小説としての結構が考慮される。ところが中巻は違う。確かに筋立ての上からは、身請けされるまでの間ということになるが、この巻で描かれるのは、二人の逢瀬のみである。ここでは時間の流れがないと言っても過言ではない[13]。

『五三桐山嗣編』中巻では、作者の清乃に対するコメントが、五暁の心情という形で語られることも多く、有益な試みであったろう。それを抜き出してみる。

○これぞ娘《むすめ》の常《つね》也と粋《すい》なる五暁《ごけう》はにくみもせずつく〳〵見れば将《まさ》にこれ雨《あめ》になやめる漁村《ぎよそん》の柳露置《やなぎつゆおき》きそえし海棠《かいどう》の花《はな》と賞《ほむ》るも野暮《やぼ》らしく傾城《けいせい》というは名《な》のみにて姿衣裳《すがたいせう》は美麗《はで》なれど年《とし》はいざよふ月《つき》の皃眼《かほめ》すゞやかに口元小《くちもとちい》さく眉《まゆ》うるはしくしてむツちりとせし愛敬《あいきやう》ものこんな娘《むすめ》の居膳《ごちそう》に箸《はし》をとらぬも損《そん》らしくかはゆらしさに此年頃朝夕念仏三昧《このとしごろあさゆうねんぶつさんまい》に仇《あだ》し心《こころ》をもたざりし五暁《ごけう》もさすがほれ〴〵と乱れそめしが（第三回七ウ―八オ）。

○五暁《ごけう》はつく〳〵と見れば思えば瀬喜川《せきがわ》が皃《かほ》にかゝりし乱《みだれ》れ髪《かみ》うれし泪《なみだ》にうるむ目もほんのりとせしうつくしさ夢《ゆめ》にしみ〴〵逢見《あひみ》しかど近《ちか》まさりするこの姿《すがた》心のまどいか二世《にせ》かけてちぎりし以前《いぜん》の瀬喜川《せきかわ》に何処《どこ》か似《に》かよう愛敬《あいけう》は雪間《ゆきま》に勾《にほ》ふ白梅《しらうめ》の花《はな》の物《もの》いふごとくにて色気を捨《すて》し心にも思はず見惚《みほ》れて居《ゐ》たりける瀬喜川は神《かみ》かけて祈《いの》り願《ねが》いし恋人《こひゞと》の思いがけなく問《とは》れたるその嬉《うれ》しさに前後《あとさき》おぼこ心にもじ〳〵と（第四回十七ウ―十八オ）

○情《な》も恋《こひ》もうちこして誠《まこと》をあらはす傾城《けいせい》のがくやはただの娘《むすめ》にてさすが五暁も捨《すて》がたくこれを赤縄《えにし》のはじめとして深き中とぞなりにける（同十九オ）

また、中巻は、各回共に末に断り書きがあることには注意したい。

第三回…作者曰《さくしやいわく》青楼妓院《せいろうぎいん》の穴《あな》を穿《うが》ちて當世《とうせい》をつゞるは小冊《さうし》の禁《きん》なりよつていさゝか夢現《むげん》の一段《いちだん》をかりて
こゝに痴情《ちじやう》をのぶるのみ
第四回…此段《このだん》さらに廓通《くわくつう》の批判《ひはん》をおそるれども人情《にんじやう》を述《のべ》て前編《ぜんへん》の局《きよく》を結《むす》ばんとなせるのみあへて傾城買《けいせいかい》の
粋書《すいしよ》にあらざれば予《よ》が不詮穿《ふせんさく》をとがめ給う事なかれとその断を申になん

第三回の内容は、背景を盆のこととして、初代瀬喜川が祭られ、その霊が清乃の自害を止めたり、噂に上る桐山のことを清乃が親の敵のようだと言い、結末の伏線としたりしているから、本筋との係りがないことはない。にもかかわらず、作者春水は「痴情をのぶるのみ」と言い、読者に二人の逢瀬のことを読ませようとしている。第四回も謙辞を中心とはするものの、「人情を述て前編の局を結ばんとなせるのみ」とあり、「人情」を強調する。「前編」とは、文脈上第三回を指すと思うが、「人情」とは、男女の「恋情」と解せる。これは、文政期の人情本の「人情」とは違う。文政期のものは、先に少し述べたように、もちろん、主人公男女を中心とはするが、登場人物すべてが見せる「人間関係全般の心の動き」であった。文政期の人情本が、演劇的な筋立に頼ることは、先学の多く述べられる通りであるが、それに即した言い方をすれば、文政期作品は、脇役までを丁寧に描き、天保期作品は、わかりやすく立役中心に写し出しているのであろう。「人情」が「恋情」に絞りこまれている。これが天保期の春水のいう「人情」の実際である。▼(14)

さらにいうならば、この人情本に有る、文政期と天保期の「人情」の差異を明確に認識することは必要であろう。この違いが判然としない原因として、天保期の作品（多く序文または本文中の作者のコメント＝例えば、『春暁八幡佳年』初編巻二〈序文年記、天保七年〉等）に述べられる「人情」の主張（日本古典文学大系『春色梅児誉美』補注21参照）が、かえって文政期作品の「人情」と一致するということがある。それは、当時の作者書肆側が、作品内容が男女の逢瀬（＝恋情）を中心にすることを、当然明言し得ないために、ひとつの修辞句として、かかる文飾がなされたのであろう。[15] それを後世、どの時期のものだか区別しないまま、「人情」の説明例として、しばしば引用しているので、現代では「人情本」の「人情」の意味が、判然としなくなってしまっているのではあるまいか。例えば、現代語で我々がいう「人情」という言葉の普通意味するものは、かかる天保期人情本のように恋情のみに狭めたものではない。むしろ、文政期人情本の「人情」の語義にほぼ等しい(例＝「人情噺」)。我々が「人情本」の「人情」という用語に違和感を覚えるのは、上記の差異を弁別していないからだろう。[16]「人情本」の「人情」を考える上で、二つの時期による意味内容と変化を明確に認識することが重要だと考える。

話をもとに戻すと、このように、中巻は男女による「人情」という場面描写で満たされている。そしてこれが本作品の主眼である。もちろん、『当世虎の巻』でも男女の場面描写がないことはない。第二編中巻で、酒に酔い介抱される小雛の媚態と五郷などそれで、先にあげた作者のコメント（一番目＝第三回七ウ―八オ）にも、似た表現がある。当然、春水は『五三桐山嗣編』執筆の際、参考にしているのだろう。文政期から春水は、かかる手法を当然持っていたのだ。ただ、そこでは筋立ての中にしっかり納めていたのに、天保期の本作品では拘泥しない。この方法は、当然『春色梅児誉美』成功以降の作品によくみられるものであった。しかし、この作品で、中巻全部が男女を描くことに費やされてしまっていることは、春水にとって、この方法が試行段階にあったことを示しているようだ。それは、『春色梅児誉美』成功以降の作品では、もちろん、筋立て部分は後退し、場面描写は重きが置かれるものの、多くはバランスが取れていて、人情本全体としての結構上、調和が守られているからだ。人情本の結構は、おおよそ、写本『江戸紫』に見られる商家繁栄譚に納まる。商家の嫡子が、故あって勘当されるが、結局許嫁と結ばれ子孫繁栄しめでたし、という類型である。[17] 中巻は、この類型上のバランスからいうと、男女の逢瀬を独立させ過ぎてしまっている。鳥山瀬川物は、人情本成立以前の既成の世界であるが、男は商家の嫡子である。『当世虎の巻』の五郷は、勘当中なので、類型に従い辛酸をなめる事を描けばよく、その点楽だった。一方、『五三桐山嗣編』の五暁にその苦労は無く描きにくい。これも本作品に無理が生じる一因だろう（『春色梅児誉美』で、丹次郎を勘当に似た設定にしたのは成功への安全弁である）。

中巻が場面描写のみであるということも、用意周到な計算のもとではあるまい。しかし、人としての労苦を主人公に与えない条件の下での執筆は、場面描写という、確かに文政期にもあった手法を、思い切って拡張させた。これにより、春水の以後の成功もあったのではなかろうか。女主人公の清乃も、二世瀬喜川であり、最後に生駒幸次郎の妹と判明したりする。しかし、五暁の相方としてのこの女の素性は、不要であるかのように書かれている。春水は、ある女が、二代目瀬喜川を嗣ぎ裕福な五暁と逢瀬を重ねること、そして、その花魁が「娘」と言われる性格の持ち主であることを描いている。以上のように、清乃像が出来上がったのは、五暁の環境に比例する。そしてそれは、繰返しになるが、そのような中巻で実現した。

以上、この小説には筋立てに頼るもの、場面描写ではあるが、筋立てをある程度踏まえるもの、男女の逢瀬のみのもの、という三要素が混在している。筋立てに頼った文政期の方法を残しながら、天保期に完成する場面描写が模索されている。これらを清乃の半生という形でなんとか一話に納めたのである。

五　むすび　人情本の元祖へむけて――天保三年

本書は、前編刊行の文政九年から六年たった天保三年前後にようやく刊行された。

天保三年とは、春水が新たな出発をした年である。『春色梅児誉美』の刊行された年であることはもちろんのこと、本年刊行の作品が、いままでのものとは違うことを彼は主張する。

すなわち、当年刊の『拾遺の玉川』延津賀の序文に春水の言として「凡《およそ》おのれが作りし艸紙《さうし》の編《へん》を継巻《つぎまき》を重《かさ》ねしもの語《かたり》はおほかた門人《もんじん》友人の綴《つづ》り添《そへ》たるものにして初念《しよねん》にたがふ類《たぐい》のみ此玉川《このたまがわ》もそのにごす霖雨《ながあめ》のはれがたき條《くだり》も少からずされど五編《ごへん》にいたりても尚看官《なほみるひと》の愛《あい》を失《うしな》はざりしは僥倖《さいはい》なりけらし其《その》御ひゐきに報《むくひ》たてまつらんと今年《ことし》は自筆《みづからふで》を染《そめ》めたり」(傍線筆者)とある。真偽はともかく、当年の彼の態度を喧伝している。また、『春色辰巳園』第四編(天保六)上巻の本文前の断り書きに「以前楚満人《いぜんそまひと》と呼《よば》れし時《とき》は多《おほ》く門人《もんじん》に筆《ふで》をとらして自作《じさく》の草紙《そうし》まれなれば巧拙《こうせつ》ともに本意《ほんい》にあらず梅《うめ》ごよみ已来《このかた》は實《じつ》に予《よ》が手《て》に綴《つづ》りしものなり」とあるのは、『春色梅児誉美』の成功によりこの主張を続けているのである。やはり、天保三年時のこの態度の証左となろう。

春水がこのような態度をとった理由を確認しておく。それは、文政十二年三月二十一日の大火事で焼け出されようやく立ち直ったと言う事なのである。書肆青林堂の経営も中止し浅草等に閑居、「願《ねが》ふ心《こころ》の十方《じつぽう》ぐれ、八方《はつぽう》金神《こんじん》の中央《ちうおう》に、座《ざ》したるこの三四年《さんよねん》の災厄《さいやく》」(『春色梅児誉美』初編自序)という状態であった。『五三桐山嗣編』序末にも「于時天保二ツの年文月《としふみつき》の初旬《はじめつかた》北里《さと》には近《ちか》く住《すみ》ながら燈篭《とうらう》さへも見にゆかぬ當時洒落《とうじしやらく》に薄倖《はつこう》の陰士《いんし》」と記されている。しかし、この間の為永グループの著述は少なくはなかった。その件自体は、今置かざるを得ないが、小説年表類の中本(=後期滑稽本や人情本)・読本・草双紙類の該当年次を見れば、一目瞭然であることだけは指摘しておこう。春水や鯉丈・駒人・金水・二世一九等の作品を多く見出すことができる。著作出版活動がまったく途絶えていたわけではない。火事で焼け出され自身の書肆経営をあきらめたとはいえ、仮寓において執筆活動は出来るし、それまで縁のあった書肆と接触をはかり、自身および知人門人の作品の出版を働きかけることは出来たからである。しかし、おおよその出版件数をみると、文政十三年(=天保元)には、まだ刊行数はあるが、天保二年にはごくわずか、翌三年に再び増え始めている。やはり、不遇の時期であったことは確からしい。

この間の動向を示す例として、あまり管見に入らない作品となってしまうが、『春濃《しゆんじやう》戀史《れんし》和可村咲』[18]の出版形態が顕著だと思う。四編十二冊からなり、初編が（文政十一？）喜久平山人補・春情軒刊、二編が（文政十三夏序刊）金龍山人閲補・文溪堂刊、三編（天保三）が、金龍山人閲補・文溪堂刊／永壽堂合梓、四編（天保三）が、司馬山人補綴・文溪堂刊／永壽堂合梓である。初編は著者名も含め素人出版めかしているが、楚満人店の丁子車の広告があり春水が絡むことが理解できる。四編の司馬山人（曲山人）も春水周辺の人である。このように、全編春水が絡むのである。そしてこの作品でも、やはり天保三年に動きが起こっている。第三編になると、それまで口絵が上巻に付されていただけであったのに、各巻本文中に挿絵が入るようになった。資金面での立ち直りをみせてきたことになる。出版書肆であるが、初編の春情軒という名前は仮託らしい名である。二編になりようやく文溪堂（丁子屋平兵衛）が出資したということであろうか。三編では、永壽堂（西村與八）も合梓する。この動きは、春水の営業活動（出資者捜しなど）の復興を示すものである。そしてまた、それが挿絵など造本の整備となっても現れてくる。[19]さらにもうひとつの問題がある。それは、三・四編刊行時に二編の序を改めたことである。当初の刊行時には、茶漬店「源氏」の報條を序に代えている（向井信夫本・筆者蔵本による）。広告にはなかっただろうが、刊行を急いだのか、例をみないことである。いずれにせよ、困窮していたためであることを伺わせる。それを天保三年の修板（玉川大本）では自序に取り換えている。ここにも造本上の充実がある。また、『春色梅児誉美』『拾遺の玉川』程ではないにせよ、自己の売り込みがある。以上、『和可村咲』のこれらの事例は、春水の文政末年の困窮から天保三年の立ち直りまでを象徴しているようだ。

『五三桐山嗣編』も、このような動きの中での作品であったことは間違いない。一方、本書の造本は、先にあげた『和可村咲』初・二編ほど簡素なものではない。挿絵も、米花斎英之という若手絵師ではあるが、入っている。書肆は、西村屋與八・中村屋幸蔵・和泉屋惣兵衛[20]である。前二者は、以前より春水と係りを持っていて、これら三書肆の合資により、いちおう体裁の整った造本となったのである。このように、天保三年の前年、春水は営業面でも復調し、本書の刊行が可能になったのである。

以上、『五三桐山嗣編』は、この雌伏とでもいう時期の作品である。急仕立て（＝急な請負？）であったので一編の作品としては上記のとおり、妙なものが出来上がってしまった。春水が、天保三年刊行の諸作品でみせた復調が、未消化なまま表に出ているといってもよかろう。『当世虎の巻』では、六巻を費すことの出来た後日譚も、本作では三巻である。全体の枠組みとしては、鳥山瀬川という世界の中で、清乃の半生という時間の流れを軸として、濡れ場を前面に出した場面描写を多用する。それをこの短さの中に押し込めた形となっている。加えて、終りの鳥山瀬川物としての結末は、わずか一丁の中に押込め、経緯のみを記すぐらいである。その末尾に「急《きう》仕立《じたて》はりめのあらきは許《ゆる》させ給へと筆《ふで》をこゝにおさめはべりぬ」とするが、この末一丁は、この作品の構成の悪さ唐突さを象徴する。▼[21] そして、「なんでも四もんの作者《さくしや》ゆへ、木《き》に竹《たけ》をつぐ補綴《ほてつ》の拙作《せつさく》、夜延手業《よなべしごと》の一小冊《いつしやうさつ》は、百年遺笑無面目《ひやくねんゐせうむめんもく》、はぢかゞやかす業《わざ》なりかし」（春水「叙」）とは、少なくとも構成上は本当になってしまった。しかし、このような作品の製作に、春水の特徴をみることが出来よう。

『五三桐山嗣編』が、その前編と大幅に趣を変えて著されたのは、単に六年の歳月を経たからではない。また、板元が替ったからでもなかろう。それはこの作品が、自らの変革期の中にいた春水の諸問題を含んでいるからである。青林堂を廃したとはいえ、出版活動に携わる彼にとり、生業的活動と創作活動は不即不離にある。本作品は、天保二年という春水が、復調しつつある年に書かれたものである。来る仕事はようやく増えてきたとは言え、零落期の春水にとって、『当世虎の巻』二・三編という同じ鳥山瀬川物の後日譚を、かつて書いていること等かまわない。断るはずはない。そして出来たのが、このような急仕立ての作品である。一方、彼は作者としての意識もある。故人の戯作者名を何度か嗣いだり改名したり、序跋類に幾度となく著述家としての思いを述べていること等から明らかであろう。この作品でも、鳥山瀬川物の後日談として、仮に時期をずらさなければならないにせよ、単なる出版活動なら、草双紙『後編跡着衣装』を中本に書き直せばよい。また、そうでなくとも『当世虎の巻』のように筋立てを追ったものを書けば楽なはずである。まとまりの良いものが出来上ったであろう。けれども、わざわざ別の方法を試みる。立ち直りかけた彼は、読者に受けるもの、良く売れるような、時代にあった何か新しいものを探っている。「作者《さくしや》根性《こんじやう》板元《はんもと》魂《たましい》二役《ふたやく》兼備《けんび》」（『人間《にんげん》萬事《ばんじ》嘘誕計《うそばつかり》』後編「叙」）の春水という作者は、そこに満足を求めているのである。だから、彼は「急仕立」であるこの作品でも、いくつかの試みをしたのである。いきなり殺しの場面を持ち出し、それを結末に結び付けようとした発端などは、唐突ゆえか以後行われなかったようである。しかし、中巻全部を費やした男女の場面描写は、前後して執筆された『春色梅児誉美』で、もう少し整備したかたちで著され、故に成功を納め、これ以降の作風の中心となっていく。
『五三桐山嗣編』は、春水がじきに「人情本の元祖」と名乗るべく書かれた習作であった。

【注】

（1）中巻の「たま祭の頃」の場面で、瀬川の霊が出ることがあり、序に記される年月と符号するので、天保二年七月刊行と考えた（正月を基準とすれば三年刊になる）。
（2）洒落本『契情買虎之巻』と草双紙『鳳凰染五三桐山』（及び二・三編）については、小池正胤「十返舎一九の黄表紙」（『言語と文芸』昭和三十九・五）、この世界の流れについては、高木元の「鳥山瀬川の後日譚」（『都大論究』二十三所収）を参照。
（3）中村幸彦「人情本と中本型読本」『著述集』第五巻所収。

（4）本書を天保元刊とする説は、この論の扱う時期と符合し都合がよいが、その根拠は、尾崎久彌の「東里山人（鼻山人）の業績」（『江戸軟文学考異』所収）しか見出しえない。いずれにせよ、流行を物語るのだろうが、少なくとも筆者には、春水編の修板『春色由佳里の梅』（天保十二）しか管見に及ばない。また、この凡例が何時から付されたかも不明である。

（5）三巻目末に後編を言及するが、天保七年現在の内容を記す『東都文溪堂蔵販中形絵入よみ本之部目録』に全三冊とある。

（6）初編巻末予告及び、『孝女二葉の錦』初編「叙」参照。

（7）彼の門人白頭子柳魚（＝駅亭駒人）が著した読本『總猨僭語』第三輯（天保元）巻三で、瀬川が、亡夫生駒幸二郎の菩提を弔うのを五郷に見咎められるエピソードを使用し、その挿絵は、草双紙『鳳凰染五三桐山』を利用している。これも、別角度からの流行を物語る。

（8）本論では、『鳳凰染五三桐山』の草双紙から人情本への書換え作業を誰が行ったか不明とする。図には、内題下の著者名をあげたが、「一九補訂」は、草双紙二・三編が、一九作であったことからの丸屋側の売り込みだろう。また、春水とすると、文政九に、二つの鳥山瀬川物を手掛けていた事になり、興味深くはあるが、彼の文政期より得意とした会話体の文体が、本作品では顕著でない。

（9）文体が変化したことは重要な点である。滑稽ものを含めた中本全体に言えるのだが、一般に人情本になると、本文冒頭に和歌を始めとする修辞句を並べたり、会話文が地の文から独立するといった典型的な文体が、多く現れるようになる（但、注8に記したように人情本『鳳凰染五三桐山』では顕著ではない）。また、本作品の序文の増補で「勧善懲悪」「板元の。帳合第一」という語句の挿入も、中本に頻出単語である。このように本作品の文体の変化は、人情本「制作」の格好のサンプルとなる。ただ、本論からはずれるので、別の機会に翻刻等を交え行いたい。

（10）一九の名は、草双紙二編の著者故の売込みを基とするが、冒頭の「春水開語」同様、春水自身の自己顕示でもあろう。いずれ自分の門人の東船笑登満人（同時に一九門人十字亭三九）が、二世一九を継ぐことも含めて春水自身が一九に近い事を標榜すると考えられる。

（11）『教訓二筋道』など。

（12）この場面描写主義については、『日本文学新史』〈近世〉（至文堂）の内田保廣のコメント（一九〇頁）がある。

（13）であるから、この巻を読まなくともストーリーは理解出来る。三巻を一編の構成とする中本が、貸本として商品化する時、中巻が紛失しても、一応の体裁が保てるように試みたものか。

（14）この「恋情」であることについては、神保五彌の御指摘が備わる。『為永春水の研究』一一五頁以下参照。また、武藤元昭は「あだ」という用語から、天保期の春水作品を考察された（「あだ―春水人情本の特質」『国語と国文学』昭和四十三・八→「人情本の世界：江戸の「あだ」が紡ぐ恋愛物語」二〇一四）。さらに、滑稽本を含めた中本全体についての「人情」という語の解釈についても、同氏の御指摘がある。「『人情』から人情本へ」（水野稔編『近世文学論叢』平成四刊所収→武藤『人情本の世界』）

（15）もちろん、天保期の作品でも、時折、文政期作品同様の「人情」も描かれるが、これは同工の男女の逢瀬や男を取り巻く女同士の会話が続くなか、この方法を用い、かえって新鮮味を与えているのである。『春色英對暖語』初編（天保九年）巻之二での、お柳と彼女を案じる文次郎母の会話が例となろう。

（16）現代でこの弁別がなされていない典型例としては、『義理と人情』（中公新書＝源了圓著）で、人情本について、天保期の作品のみ取上げ、記述内容と齟齬をきたしている事がある。
なお、本論では、現代語及び文政期人情本での「人情」の語義を、「人の心の動き」といった最大公約数的なものを基に考えているが、ともかくも、文政期と天保期の「人情本」の「人情」の差異は、本論に述べた如くであると考える。また、中村幸彦が「文学は『人情をいふ』の説」で解明される江戸時代儒学者等による「人情」の解釈と「人情本」の「人情」については今後の課題としたい。

(17)「商家繁栄譚」という人情本の類型については、第三章第一節「人情本の型」参照。
(18) 管見は、向井信夫御所蔵（現在は専修大学向井信夫文庫所蔵）の四編十二冊（御自身「人情本寸見」二＝『書誌學月報』第25号・昭和六十一所収に解題を書かれる)、玉川大三編まで九冊、筆者蔵の零本（二編下欠十二冊の取り合わせ)。本書については『人情本事典』も参照。
(19) 人情本で、挿絵が入らないものも当然ある。文政期の鼻山人の作品、『実の巻』『江戸花誌』等の二編八冊構成のもの等である。しかし、途中の編から挿絵が入る事は一般にない。よって、『和可村咲』の事例は、資金との係りと推定出来る。
(20) 不明。地本屋の一つであろうか。
(21) このような結末の付け方は、勿論まま有る。しかし、本作品のは、辻褄の合わぬ事や、前編を含めた作品全体からは理解し得ない点が多い。なお、この結末に甚九郎の出家回向の事が記され、春水が、草双紙三編『操染心雛形』までを参着していた証となる。

底本について

前後編とも、いまのところ完本は筆者の管見に入っていない。よって、本論では、図書館や個人蔵として部分的に所蔵されるものを取合わせるかたちで考察した。各所蔵先等を示しておきたい。☆印が各冊の底本。

専修大学図書館向井信夫文庫本＝『鳳凰染五三桐山』☆上巻☆中巻

*この向井本は、初版の初刷本（中巻も同一セット内の一本なので同じ)。本書については、御自身が書かれたものがある（「人情本寸見」一＝『書誌學月報』第二十四号・昭和六十所収＝青裳堂）

三谷一馬蔵本＝『鳳凰染五三桐山』中巻下巻*未見

髙木元蔵本＝『鳳凰染五三桐山』中巻
筆者蔵本（甲）＝『鳳凰染五三桐山』上巻☆下巻
九州大学国語国文学研究室蔵本＝『鳳凰染五三桐山』下巻、『五三桐山嗣編』上巻
＊同一セット内の二巻、『五三桐山嗣編』上巻が、口絵が改まり文亭綾継の序が削られることから、幕末頃と推定される改修本である。しかし、本文について、初版本と異同がない。
＊＊本書はコピーによる。
市立熊谷図書館蔵本＝『五三桐山嗣編』☆上巻☆下巻
成田山仏教図書館蔵本＝『五三桐山嗣編』上巻中巻
筆者蔵本（乙）＝『五三桐山嗣編』☆中巻＊後印
筆者蔵本（丙）＝写本三冊、刊本初板による（『五三桐山嗣編』上巻綾継の序が有）六冊共写す。

書誌事項　＊底本による。本論内容に係るもの等を中心に記した。
『鳳凰染五三桐山』中本三巻三冊
○表紙（上・中巻）黄蘗色表紙。五山の桐と五徳風の山字を浮出しに漉く。（下巻＝参考）桃色無地
○題僉「喜世川五喬　五三桐山（下）」子持枠短冊題僉＝下冊のみ存
○見返し（上巻）「山旭亭真婆行遺稿　十返舎一九補訂／全三冊　鳳凰染五三桐山／丙戌春文壽堂發販」と列記。
○序文（上巻）一丁半「東武　山旭亭真婆行誌」
○口絵（上巻）二丁半（見開き二図、半丁一図）
○本文二十一丁（上巻）二十三丁半（中巻）二十一丁半（下巻）

○内題および著者名　松田屋瀬喜川庫米屋五喬 鳳凰染五三桐山巻之上（中）（下）
故人
東都　山旭亭真婆行編
中・下巻角書「瀬喜川／五喬」（ルビなし）となる

○尾題　松田屋瀬喜川庫米屋五喬 鳳凰染五三桐山巻之上（中）（下）終
中巻　角書なし、下巻同様さらにルビもなし

○奥付
（下巻二十二ウ）

故人
山旭亭　眞婆行　著
東都
歌川国安　畫

五三
後《こう》編《へん》跡《あと》着《き》衣《ゐ》装《しやう》　十返舎一九　作
桐山
全三冊近日うり出し申し候　歌川国安　畫
文政九年丙戌陽旦發行

書肆　江戸神田弁慶橋
丸屋文右衛門上梓

○挿絵　上巻　見開き三丁（五ウ―六オ、十二ウ―十三オ、十七ウ―十八オ）
中巻　見開き四丁（四ウ―五オ、九ウ―十オ、十五ウ―十六オ、二十一ウ―二十二オ）
下巻　三丁半＝見開き三図　半丁一図（三ウ―四オ、九ウ―十オ、十四ウ―十五オ、二十オ）
○柱刻　上巻の序および口絵「鳳凰染上／口一（～四）」
本文　上巻「鳳凰染上／一（～廿一）」中巻「鳳凰染中／一（～廿四）」下巻「鳳凰染下／一（～廿二）」

『五三桐山嗣編』中本三巻三冊
○表紙（上・下巻）砂地無地（中巻）浅縹色無地（三巻共参考）
○題簽　なし　下巻のみ下の如し　後編　下（上部約半分破損）
○見返し　なし（すべて）
○序文（上巻）（一、二）叙（「金龍山人為永春水誌」）一丁半、嗣編跡着衣装叙（「十返舎一九誌」）一丁
○口絵（上巻）一丁（見開き一図）
○序文（上巻）（三）（「文亭主人綾継」）半丁
○本文　十五丁半（上巻）十九丁（中巻）二十一丁半（下巻）
○内題および著者名　五三桐山嗣編之上巻（中巻）（下之巻）
東都　　十返舎一九　旧稿
為永春水　補綴
○尾題　上巻　五三桐山後編上巻了

中巻　五三桐山後編中
下巻　五三桐山嗣編下之巻終
○挿絵　上巻　見開き二丁（四ウ―五オ、十二ウ―十三オ）
○奥付
（下巻二十一ウ）

東都　金龍山人補綴　花押
全　米花斎英之画　花押
御薬おしろい仙女香　いなりしん道より銀坐二丁目角へ
坂本氏　見世をひらきいよ〳〵入念製法仕候
馬喰町二丁目　西村屋與八
東都　南傳馬町三丁目　中村屋幸蔵
南鍛冶町二丁目　和泉屋惣兵衛

中巻　見開き二丁（五ウ―六オ、十四ウ―十五オ）
下巻　見開き二丁（五ウ―六オ、十三ウ―十四オ）
○柱刻　上巻の序および口絵「桐山二ノ上／口ノ一（～五）」
＊「口四」はなし（口絵部分が口ノ三ウ―五オとなっている）もともとの飛び丁と考えておく。
本文　上巻「桐山二ノ上／一（～十六）」

中巻「桐山二ノ中／一（～十九）」
下巻「桐山二ノ下／一（～廿一）」

＊上巻十六丁目柱刻は破損の為、実際には欠けるが推定。
＊中巻五、六丁目柱刻は破損の為、実際には欠けるが推定。
＊下巻は十二丁目が二丁ある。

【付記】本論をなすにあたり、御所蔵本の閲覧を許され御教示を頂きました向井信夫氏、高木元氏、また本論をなすにあたりお世話になりました古相正美氏はじめ各位諸機関に感謝します。

第六節　『萩の枝折』と『眉美の花』

為永春水作天保末年刊『眉美の花』二編中巻には、同人作文政期作品『萩の枝折』の種明かしがある。「あるときお菅《すが》は何心《なにごゝろ》なく古《ふる》き合巻《くさぞうし》を種々《いろ〳〵》取《とり》ちらして居《ゐ》る所《ところ》へ玉《たま》三郎もお糸《いと》も側《そバ》へ来《きた》りて遊《あそ》び合巻《がうくハん》を彼是《かれこれ》と読《よミ》ながらいと「オヤ御令室《ごしんぞ》さん此本《このほん》をマア一同御覧遊《ちよつとごらんあそ》バせ　すが「何《ど》れヱ　いと「是《これ》でございます婚礼三組昔形福壽盃《こんれいミつぐミむかしがたふくじゆはい》と申此本《このほん》でござゐます　すが「ア、夫《それ》かへ故人《せん》の三馬《さんば》の作《さく》で小説《からのはなし》を書直《かきなおし》たので為永《ためなが》の門人《でし》の著《かい》た萩《はぎ》の枝折《しをり》という小本《こほん》も其趣向《そのすじ》を著《かい》たのだと先頃文亭《いつかぶんてい》さんといふ私《わたし》の狂歌《きやうか》を教《おし》へて貰《もら》つたお師匠様《ししよさん》が咄《はなし》て聞《きか》せたヨ」とするのである。

文政期の『萩の枝折』と、それを膨らませた天保版とでもいうべき『眉美の花』について考察したい。

一　『萩の枝折』

文政年間刊（十一年刊か）、二世南仙笑楚満人＝春水作（内題下著者名による。但し、『眉美の花』に「門人作」とあり）、板元不明　二編八冊。

本書は、『人情本刊行会叢書』本に翻刻されていて、『人情本事典』にもあるので梗概は簡単に記す。

雪の下秋田川九右衛門の息子幸次郎は、労症で別業に引っ込み、津田元八の娘お専との婚姻が遅れている。元八と仲人の柱戸唐兵衛は、大古久屋東左衛門の言に従い新高野寺のお小姓粂之助をお専として祝言に差し出す。秋田川では妹のお有免を兄の代役とする。二人は結ばれるが、周囲にわかり揉め事となる。一方お専は、幸次郎を慕い身投げの所を九右衛門に止められる。結局二組は結ばれめでたし。

本作品が中国白話小説に趣向を借りることは、麻生磯次が『江戸文学と中国文学』（昭和二十一）で指摘されていて有名である。即ち「喬太守乱天鴛鴦譜」（醒世恒言八・今古奇観二十八・小説精言二）である。それは冒頭に記した種明かし『婚礼三組昔形福寿盃』が証拠となる（本田康雄『式亭三馬の文芸』昭和四十八・二二五頁参照）。『婚礼三組昔形福寿盃』（全三十丁）の話の骨格は次の通りである。

鎌倉時代源実朝将軍の頃、桐が谷の国田東庵という医師がいた。その息子金太郎は近所の後家お彦の娘お玉と許嫁であるが虚弱で婚礼がおぼつかない。国田側の取り繕いに対しお彦はお玉の弟寿之助を女装させて差し出す。その婚礼当日金太郎妹お福は寿之助に添い寝をするが、二人は結ばれる。また、もともとの許嫁同士金太郎お玉も結ばれる。お福の許嫁禄松の父九平次に知れ怒りを買うが、栄西禅師の裁定により縁結びが行われ、禄松が寿之助の許嫁おとみをもらい三組目としてめでたし。

本文冒頭「自リレ古ヘ婚─縁ハ天ノ定ニメ不レ繇《ヨラ》二人─力ノ謀リ一求ルニ一有レハレ縁千里也《マタ》相─捗シ對メモレ面ヲ無レハレ縁不レ偶セ仙境ノ桃花出ヲレ水宮中ノ紅─葉傳フレ溝ニ三─生簿上ニ注メ二風流ヲ一何ツ用ン氷─人ノ開クレ口ヲ」と「喬太守乱天鴛鴦譜」冒頭三行を原文で引き（「小説精言」とは若干訓点送仮名が違う）、続いて「這西江月《このせいこうげつ》の詞《ことば》ハおほむね人のこんいんハすなハちさきの世よりのさだめありて人のちからにてむりにすべきにあらずこゝにひとかたならぬこんれいの古事ありまづそのものがたりをきゝ給へそも〳〵此事ハいづれの時代いづれの國にいづるそやかの古事《こじ》ハ人王八十四代じゆんとくいんのおんとき源のさねとも公あめが下をまもり給ふかまくらはんえいのころ……」と翻訳をしながら日本の物語にして行く。「喬太守乱天鴛鴦譜」を使うことを明らかにしているのだ。（二丁目裏には「只因一着錯《たゞいつちやくのあやまりによりて》 満盤倶是空《まんばんともにこれむなし》」も引く）上記引用の末にもあるとおり、この中国種を日本のものにして人物名を置き換えたものである。

『萩の枝折』とこの合巻を比するに、まず、二組だけの縁組みとしていることがあげられる。合巻のおとみ禄松に相当する三組目をはじめから登場させていない。同時に合巻の眼目でもあった僧栄西も出さない。合巻の三組目自体は結構上のものであったから、それをカットした方が賢明であることもあるが、筋立てをあまり複雑にしない傾向にある文政期の春水人情本の造りを感じる。次に、合巻では身代わりに至るまでも女装させるおもしろさを八丁目ウラ～十丁目ウラまで描くが、『萩の枝折』では、ほんの数行で済ませる（前編巻二）。逆にこちらでは同衾が眼目のようで、同じ巻三後半は、おうめ粂之助の会話に費やされる。また、原作はあくまでも身代わりの為の女装であり男らしい部分を描く。例えば、十三丁ウラ～十四丁オモテは、付いてきた腰元お光が寿之助にあくまでも女らしくしていてくれと念を押す場面だが、寿之助は立ったまま裾をまくり足を出している姿に描かれ、詞書に「女のまねをするもヤレ〳〵ほねのをれたものだどうも気がつまつてならねへちつとのうち男になつてきうそくせう」とある。一方、『萩の枝折』の粂之助は稚児であり、少なくとも同衾の部分は男々しくない。この点、文政期であっても、すでに人情本としての作風を感じさせる。文政末年お有免粂之助による女装の世界があったのだ。

なお、「喬太守乱天鴛鴦譜」を典拠とし、人物名を置き換えた先行する絵草紙として、馬琴の黄表紙『大雑書《おおざつしょ》抜萃縁組《かきぬきえんぐみ》』（寛政十）があり、向井信夫により指摘されている（「寛政時代における馬琴著作二三について」＝『江戸文藝叢話』八木書店・平成七所収）。全十五丁で、「むすぶの神」が「ゑんのつな」という眷属を使い縁結びをする苦労からはじまり、後半八丁目裏から十五丁表までの七丁分がこれによる。結ばれる人物ほかが、前世でお軽勘平・お染久松山賀屋左四郎・三勝半七お園である。梗概は以下である。千歳屋縁右衛門・お組（久松再来）夫婦に息子粂之介（お軽再来）娘お松（山賀屋左四郎再来）がいる。粂之介は、扇ヶ谷惣介後家お玉の娘お梅（勘平再来）と、娘お松は、生薬屋久兵衛の息子幸介（お園再来）と許嫁している。また、後家お玉は、弟息子竹次郎（お染再来）と養女お菊（半七再来）を結ばせようと考えている。「えんのつな」は、これらが悪縁だと考え婚礼を遅らせようと粂之介に風をひかせる。お松に惚れている金貸金兵衛（三勝再来）は、意趣返しに粂之介の病を後家お玉に知らせる。お玉は、双子ゆえお梅と顔形のよく似る弟竹次郎を女装させて嫁入りさせる。千歳屋では、粂之介病身ゆえ嫁の一人寝はかわいそうとお松をお梅（→竹次郎）と添寝をさせると二人は結ばれる。母親の激怒。金貸金兵衛は、経緯を生薬屋久兵衛に知らせ千歳屋縁右衛門と揉めさせる。そこへ、むゑん上人が来て、前世の因縁を説き、お梅粂之介・お松竹次郎・お菊幸助を結ばせるというもの（＊お組＝久松再来、金貸金兵衛＝三勝再来は前世でそれぞれ正夫・正妻でなかったので縁結びが無い）。

こちらは三馬の合巻とは違い、中国種ということを明かしていない。なお、本田は前掲書で『婚礼三組昔形福寿盃』の一典拠として馬琴の『小説比翼文』を挙げられるが、絵草紙としては本作品であろう。

なお、『萩の枝折』には、春水の売薬「丁子車」の披露が在る。前編巻之二参照（尚、前編巻之三、十丁目裏・十一目表は披露目の広告は『人情本刊行会叢書』本では省略）。これにより文政十一年刊と推定できる（中村勝則「文政末年の為永春水―『萩の枝折』を中心として」＝『近世文学研究と評論』二十六＝昭和五十九・六、山杢誠『為永春水年譜』３＝『東洋大学大学院紀要』（文学研究科）三十一＝平成七）。

二　女装の系譜　『春告鳥』四・五編、『春色籬の梅』、『春色袖の梅』

中村勝則は、上記の論文で麻生論文を踏まえ、中国種を使った人情本を何点か指摘されるが、「喬太守乱天鴛鴦譜」に関し、『春告鳥』四・五編での再度の利用を注目されている。これをはじめとして、春水作品では、天保期に入っても若い男子が女装する趣向が時折使われる。それらを点検しよう。

まず、中村勝則もあげられる『春告鳥』は、四編下巻第廿四章からである。本作品では、何組かの男女が登場するが、冒頭から描かれるお民・鳥雅のほかに、やや年上の男女として「おくま・梅里」という一組がある（おくまはお民の芸者としての姉分「お花」となっている）。本章で、梅里はおくまの家に十七・八の美艶な「娘」を連れてきて、おくまにやきもちを焼かせることとなる。この「娘」とは、梶原家の老臣番場の忠太夫の次男で、御小姓の忠之丞である。千鳥という、殿である梶原平次郎の言うことを聞かないため、切髪の尼とされ下屋敷に置かれた腰元と結ばれた事が露見し、忠之丞が、若衆姿である事を幸いに島田の娘に仕立て、結果、おくまの家に連れて来たのである。このあたり、お民・鳥雅の話と交互になっているので、忠之丞千鳥の話は、一章おいた五篇上巻第廿六章に続く。ここでは、松ヶ岡に送られた千鳥と、やはりここにいる鳥雅に縁ある唄女小浜の会話が綴られる。中巻廿七章に入り、おくま梅里の会話に梅里の腹違いの妹お玉の名を出し、同廿八章で忠之丞（娘として名は「お中」）とこのお玉の場面となり二人は結ばれる。お玉は、忠之丞が男と知っている設定となっているが、やはり、女装の若衆がある家に入り、その家の娘と結ばれてしまう趣向が使われている。忠之丞は、もちろん挿絵の如く娘姿である（『春告鳥』の挿絵は『新編　日本古典文学全集』「洒落本・滑稽本・人情本」二〇〇〇刊所収の本作品参照。なお、五編口絵も参照、詞書に「番場忠之丞《ばんばちうのぜう》といふ美少年処女《びしやうねんむすめ》の姿《すがた》にいでたちて世《よ》をしのびお中《なか》と名号《なのる》」とある）。下巻廿九章で、引き続き濡れ場が描かれたあと、本話の最終第卅章では、忠之丞は娘姿で瓜二つのお花（＝お民）の身代わりとして見合いをする（挿絵参照）。鳥雅の祖母と母に対面し、その結果、お民鳥雅が結ばれてめでたしとなる。

お玉忠之丞のことは、他の話と共に『春色籬の梅』への連続となるが、女装の趣向は取られていない。この冒頭では、既に結ばれていて、お玉は鳥雅一行の旅に同行している。こうした話の切り替えは、春水が講釈師たる証左でもあろうか。それはともかくとして、初編中巻第四回では、暴君梶原平治《ママ》は押し込めとなり忠之丞・千鳥も許されて、下巻に至るまでに、千鳥は鎌倉の梅里の別宅にもどっている。とんで、三編中巻では、千鳥は踊りの師匠になっていて忠之丞と痴話喧嘩をするが、挿絵の忠之丞は、当然ではあるが男の姿である。そして、三編下巻末で忠之丞・千鳥・お玉は仲睦まじくという團圓となり、この男女の話は終わる。[1]『春告鳥』・『春色籬の梅』・『春の若草』という丁子屋平兵衛の大部のシリーズは、造本も豪華なこともあいまって、絶好調の天保期の春水が様々な男女を描いている。[2] そのなかで、忠之丞・千鳥（・お玉）は、『春告鳥』四編末章から『春色籬の梅』三編までにおいて、上記趣向により役目を果たしているのだ。

今、忠之丞・千鳥・お玉の筋立てを説明するため『春色籬の梅』まで言及したが、若衆姿の美少年が娘姿となり、娘と契るという春水としては『萩の枝折』で使われた手法は、『春告鳥』四編末から五編にかけて描かれたのである。天保期の代表作『春告鳥』という作品に、この趣向が用いられたことは注目に値すると思う。

なお、『春告鳥』四・五編には、神保五彌が指摘されるように、同作品二編末に広告する「南色三人若衆　絵入中形　全六冊　これは近頃世にまれなる美少年三人をゑらみて　人情古今に細やかなる他に類なき物語也　為永春水さく」（未刊）の趣向が入っているのかも知れない。[3] なお、神保は、『春色袖の梅』もおなじく『南色三人若衆』の影響があると指摘される。実際、恋愛譚には発展しなかったようではあるが、美少年の義賊京都小僧六之助の女装があり、若隠居亀友がお峯を若衆姿で囲うことなども出てくる。

三　『眉美の花』

下って、天保末年の『眉美の花』[4]をあげなければならない。

天保末年刊、為永春水作、丁子屋平兵衛刊、三編九冊

まず梗概を記す。

初編

上巻　冒頭、唐土の韋固《ゐこ》が老人の告げにより十四年後年の離れた藩昉《ばんほう》の娘と結ばれる逸話（＝「月下老人」）を紹介し、日本にも四十を越え十代の娘と結ばれる男、三十を越え二十に満たない息子と契る女と、こういう夫婦が多いとする。さて、雪の下の大商人福徳屋宗右衛門の息子宗七二十一歳は労症のため別荘で保養。鶴賀町の伯父正右衛門が娘お幸らを連れてくる。宗七とお幸は契る、と思うと夢であった。宗七はいま夢で見たお幸が生まれたと知らされる（中巻以下は十六年後のこととある）。

中巻　雪の下大商人富益屋三平後家お菅は三十前で、三平の甥三次郎に家督を継がせ、その弟玉三郎十五歳と暮らしている。玉三郎が十六歳で元服しなければならないことを悩む。一方、舟中でお幸宗七は玉三郎許婚とお幸の婚姻について悩む。

下巻　玉三郎元服し別荘に病む。お幸は、常磐津百合太夫に玉三郎とお幸の婚姻解消を依頼。

二編

上巻　礫川《こいしかわ》に零落するお糸母子および長屋のいじわるな女どもの会話。お菅らは、玉三郎の保養のため礫川にいて、隣に住むお糸の噂する。

中巻　お菅玉三郎、お糸の死を止める。近くの御屋敷での踊り狂言の会にお糸が出ることになり、相方をお菅

がたわむれに女装させた玉三郎が勤めることになる。お菅は玉三郎を日々女装させて楽しむ。そのようなある日、三馬の合巻『婚礼三組昔形福寿盃』に言及し、壽之助という若衆が、娘姿になり嫁に行くところを読む。また本節で記したとおり、『萩の枝折』がこの合巻を底本にしていることに触れる。
下巻　御屋敷の踊りの会。玉三郎のお初を写す。次に、玉三郎お糸の逢瀬がある。と、玉三郎夢から覚める。

三編
上巻　お菅一行熱海へ湯治に行く計画。お糸は玉三郎のいる向嶋へ越そうと思うが母親の意見で止まる。
中巻　お幸は玉三郎との婚姻を嫌がり宗七のもとに走る。宗七は、櫻川新孝に破談に至るよう依頼する。新孝は鶴賀町に至り、母親にお幸が身投げをした由を告げる。
下巻　婚姻の日延べ　お菅玉三郎及びお幸宗七一行熱海への途次の風景。礫川祭準備風景（以下四編は未完結だろう）。

まず、本書が旧作『萩の枝折』を踏まえている事を示そう。本作品でも冒頭宗七が労症を病んでいて幇間がなぐさめたり、同中巻から下巻にかけての踊りの会と『萩の枝折』のエピソードを盛り込んで、その原話をほのめかしている。そして前に述べたとおり、二編中巻に、この作品名自体がでてくる。▼(5) そして、先に挙げた通り、三馬の合巻『婚礼三組昔形福寿盃』の件に言及があり『萩の枝折』の種明かしがある。六行成《むつむさし》の図も模写しているから『眉美の花』への享受も明らかなのである（図1）。その後、三編中巻では、お幸が宗七と結ばれる為の造り話ながら身投げをすることとなったりするのも同断である。ただ、『萩の枝折』は筋立て上二組の婚姻を描くものの、後編序文にあるように、孝次郎お専のことは詳しく描くことが出来なかった▼(6)お有免粂之助を中心に描く、いわば単一テーマであった。しかし、本書は、四十くらいの宗七と娘お幸、後家お菅と十五ぐらいの玉三郎という年の離れた男女二組の男女および、四編に至りおそらく玉三郎と結ばれるはずだったろうお糸をも含めた恋愛が描かれている。趣向上、「喬太守乱天鴛鴦譜」と、初編冒頭に挙げられた「月下老人」を踏まえたということになろう。『眉美の花』の恋愛を中心とした人物関係は、六行成の図が掲げられるほど入り組んでいるのだが、いまあえて単純にいうと、お菅玉三郎が『萩の枝折』のお有免条之助、お幸宗七が「月下老人」を利用しつつ『萩の枝折』でほぼ筋立上でしか描かれなかったお専幸次郎を元としている。もちろん今回は、冒頭の「月下老人」により、二組とも年が離れた男女を描くといったことを始とした独自の物語を展開している。

その「月下老人」であるが、まずは『眉美の花』冒頭のエピソードを引用しよう。

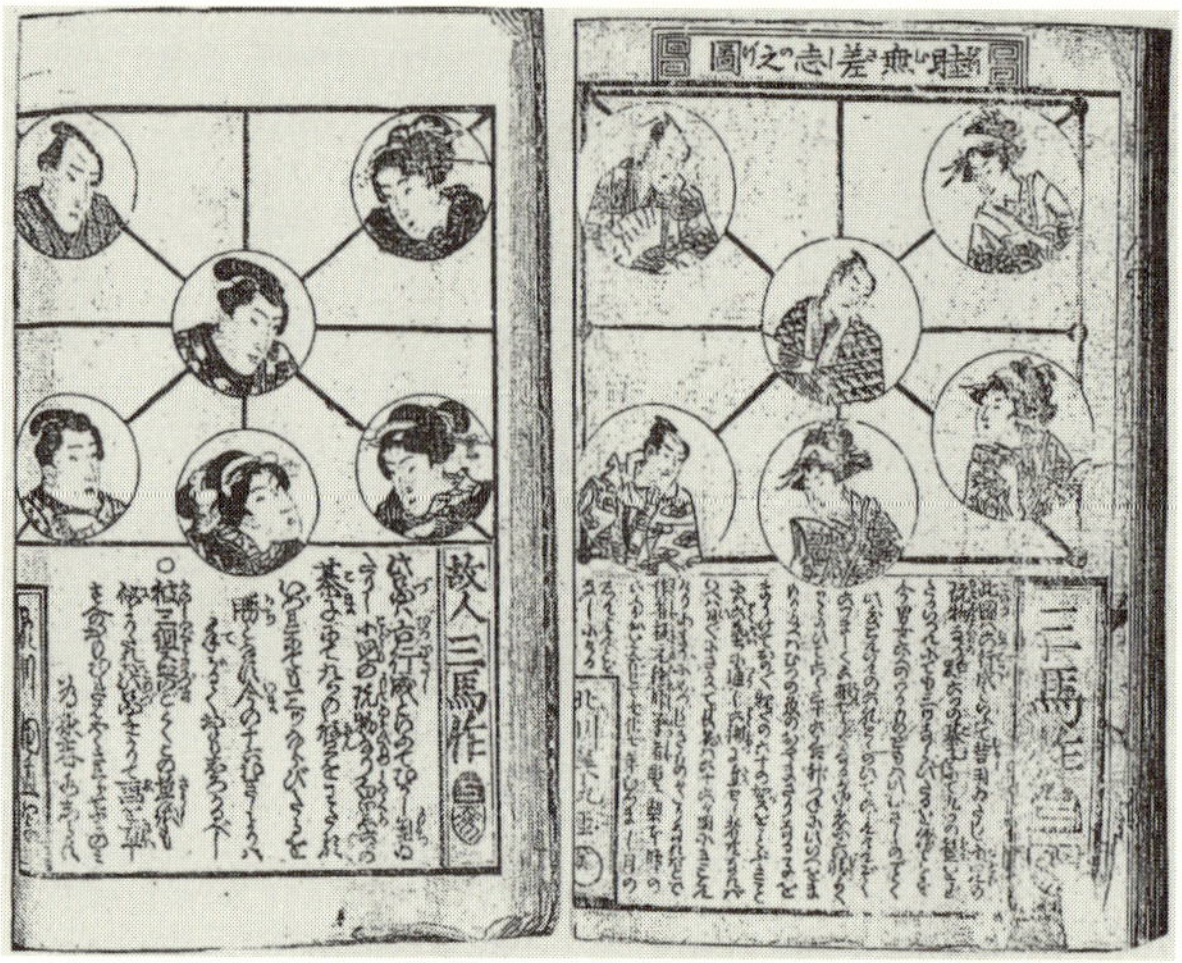

春水作『眉美乃花』より　三馬作『婚礼三組昔形福寿盃』より

図1　六行成《むつむさし》の図

むかし〳〵唐土《もろこし》に韋固《ゐこ》といふ者《もの》ありけるが妻《つま》を求《もとめ》んと宋城《そうじょう》といふ所《ところ》に次宿《やど》をとつて居《ゐ》たりしが有人《あるひと》この由《よし》を聞《きい》て藩昉《ばんほう》といふ者《ひと》の女《むすめ》を媒人《なかふと》すべしといふ韋固《ゐこ》よろこびてこれを頼《たのミ》けれバ其人《そのひと》の言様《いふやふ》明日《みやうにち》隆光寺《りうくハうじ》といふ寺《てら》の門前《もんぜん》の茶店《ちやみせ》にて先方《さきかた》の親類《しんるい》に逢《あい》て評儀《さうだん》なさんと約束《やくそく》をせしが其翌朝時《そのあくるあさとき》（一オ）思《おも》ひ違《たが》へて未明《よのあけ》ざるうちに其寺《そのてら》にいたり観《みれ》バ彼者《かのひと》ハいまだ来《きた》ら

ずして一人《ひとり》の老人在側《らうじんありそバ》に嚢《ふくろ》を置《おい》て倚《より》かゝり階《きざハし》に座《ざ》しての月《つき》にむかひて書冊《てうめん》を開《ひら》き見《ミ》て居《ゐ》たるゆへ韋固《ゐこ》ハ怪《あやし》ミて近付《ちかづき》これは何《なん》の書冊《てうめん》なりやと問《と》へば彼人《かのひと》こたへて申けるハ此書冊《このてうめん》ハ天下《よのなか》の人《ひと》の婚牘《えんぐみ》を記《しる》したる帳面《てうめん》なり此《この》嚢《ふくろ》の中《なか》なるハ赤縄《あかきなわ》にて世界《せかい》の男女《なんによ》の縁《えん》を結《むす》び合《あハ》す縄《いと》なり是《これ》を縁《えん》の糸《いと》といふ此糸《このいと》にて夫婦定《ふうふさだめ》の縁《えん》をつなぎとめる節《とき》は假令《たとひ》讐敵《あだがたき》なりとも百里千里《ひやくりせんり》を隔《へだて》し者《もの》なりともまたハ貴福者《たつときもの》貧賤者《いやしきもの》の撰《えらミ》なく此縄《このいと》を（一ウ）もつて結《むす》び止《とむ》れバ命《いのち》のあらん限《かぎ》り逃《はづ》すこと不能《あたハず》と言《いひ》ければ韋固《ゐご》大《おほ》きに驚《おどろき》て老人《らうじん》にむかひてそれがし藩昉《ばんほう》といふ者《もの》の娘《むすめ》を娶《もら》ハんとぞんじ付《つき》たるが調《とゝの》ふべきか老人《らうじん》こたへて否々《いや〳〵》それハ縁《えん》なしおん身《ミ》の妻《つま》となる娘《むすめ》ハまだ今《いま》わづかに三歳《みつゝ》になりて此前路《このさき》の青物市《あおものいち》にて菜《な》を賣《うつ》て居《ゐ》る人《ひと》の中《なか》に嫗《うバ》の菜賣《なうり》が抱《だい》で居《ゐ》る小女《おんなのこ》こそおん身《ミ》の女房《にようぼう》になる者《もの》なりと教《おしへ》て月下老人《むすぶのかミ》ハ何所《いづく》へか消失《きへうせ》られたり韋《ゐ》固夜明《よあけ》て藩昉《ばんほう》の娘《むすめ》を媒人《なかふど》すべしといひたる人《ひと》と再度相談《ふたゝびさうだん》するに調《とゝの》ハずして止《やめ》たりそれより老人《らうじん》の示《をしへ》したる青物市《あおものいち》に至《いた》り嫗《うバ》の（二オ）抱《だい》たる小女《しやうぢよ》を見《ミ》るに酷醜《はなハだみにく》しよつて韋固《ゐこ》ハ大《おほ》きに腹立小刀《はらたちこがたな》にて彼小女《かのむすめ》の皃《かほ》を突《つき》けるか婆《うば》は驚《おどろき》て傷付《きずつけ》られたる小女《しやうぢよ》を抱《か》ゝへて逃《に》げたり其後十四年過《そのゝちじゆうよねんすぎ》て韋固《ゐこ》ハやう〳〵に女房《にようぼう》を持《もち》けるが其女《そのおんな》ハ相州《じやうしゆう》といふ所《ところ》の役《やく》を勤《つとむ》る玉泰《ぎよくたい》といふ者《もの》の娘《むすめ》にて歳《とし》十七才寔《さいまこと》に容貌《ようほう》端麗《たんれい》なり。不断花《ふだんはな》の鈿《かんざし》にて眉見《みけん》の所《ところ》を掩《おほ》ひかくす韋固《ゐこ》或時《あるとき》その故《ゆへ》を問《とひ》ければ女房《にようぼう》こたへて申けるハ小児節《ちいさいときは、》母にわかれ父《ちゝ》も立身《よにいで》ず乳母家《さと》にやられてありしとき里乳母《さとおや》此身《このミ》を抱《だい》て青物市《あおものいち》に菜《な》を賣《うり》て居《ゐ》ける所《ところ》へ無法《むほう》の者来《ひときた》りて小刀《こがたな》を（二ウ）此身《このミ》の天庭《あたま》に突《つき》かけたりとぞ其節《そのとき》の傷《きづ》の跡《あと》あるゆへ花鈿《はなかんざ》を眉見《みけん》に下《さげ》てこれを隠《かく》すなりと語《かた》りければ韋固《ゐこ》ハはじめて其故《そのゆへ》を聞《きゝ》て過去《す》りしごとき十四年以前隆光寺《じゆうよねんいぜんりうくハうじ》の月下老人《むすぶのかみ》の告《つげ》られし事《こと》の不違《たがハざる》を悟《さと》りて、夫婦《ふうふ》の道《みち》の私《わたくし》にならざるを驚《おどろ》き信伏《しんぷく》したりしとぞ

（架蔵本により。手摺破損部分については、東洋大学図書館所蔵古典文庫旧蔵書本によった。）

冒頭に中国種を置いたのは、三馬が『婚礼三組昔形福寿盃』で「喬太守乱天鴛鴦譜」最初の三行を引用することか

ら始めたことを真似たものであろう。また、「月下老人」のエピソード全体が、翻案でなくそのまま引用されているのは、いかにも人情本らしい。読者層の中心を考慮した産物であろう。[7]『眉美の花』というタイトルの意図を明確に示しているといえよう。この「月下老人」のエピソードについては、大高洋司の御論考「享和三、四年の馬琴読本」の第二章「『小説比翼紋』の枠組」に紹介されるのでご参照いただきたい。[8]

氏は御論考の中で、馬琴の『小説比翼紋』（享和四年刊）に「月下老人」のエピソードが使用された事を指摘された。幼年時権八が破魔弓許婚のおきじ（後の濃紫）に額に傷を付け、それが後年男女の結びつきでの赤縄の証になる。エピソード自体は水野稔がご指摘のごとく『風流曲三味線』から取り入れられているが、[9]馬琴が『風流曲三味線』の吾妻・竹五郎の奇縁の背後に「月下翁」を読みとったということである。また、氏はこの御論考で、『小説比翼紋』の典拠として中国種「月下老人」の他、先学の指摘された『風流曲三味線』、『西山物語』、「喬太守乱天鴛鴦譜」を挙げて居られる。本論で頻出する「喬太守乱天鴛鴦譜」は、麻生が前掲書であげられているものである。『小説比翼紋』での利用は、女装した美少年（権八）が美女（濃紫）と結ばれるという趣向の部分だけのようだが、本節以下で記す通り、同じく馬琴の黄表紙『大雑書抜萃縁組』（寛政十）には、この中国種が取られているから、馬琴の頭の中にこの作品があるといえよう。また、中村幸彦のご指摘通り同じく享和四年刊『曲亭伝奇花釵児』上巻冒頭の拈要の「西江月」の語句が、「喬太守乱天鴛鴦譜」のものであった（「京伝と馬琴」『講座日本文学』8近世編Ⅱ、のちに「著述集」第五巻・昭和五十七に所収）という部分利用も証左となろう。『小説比翼紋』内での利用度は軽くとも、麻生説は首肯できる。すると、『小説比翼紋』にも『眉美の花』同様「月下老人」と「喬太守乱天鴛鴦譜」の趣向が踏まえられていることになる。春水自身が二趣向を使う際に、そういう意味で『小説比翼紋』を強く意識したかは不明である。しかし、中村勝則が前掲論文で言われる如く、春水の中国種には、文亭綾継が深く関与している。『眉美の花』中で述べられるように、『萩の枝折』の種本が「喬太守乱天鴛鴦譜」を踏まえた三馬の『婚礼三組昔形福寿盃』であることを教えたのは綾継であった。『眉美の花』での「月下老人」の引用は、具体的に何によったか不明である。大高が紹介される馬琴にとって最も親しいと思われる『新編古今事文類聚』のものとも細部が違う。しかし、「月下老人」の引用部分の種を与えたのも綾継であると推定することは許されるだろう。綾継あるいは同等レベルに中国小説を理解した人間が、春水周辺にいたことは言えるだろう。『小説比翼紋』は、もともと恋愛に重きをなした中本型読本であるから、春水が受容していて当然だろう。加えて中国種の面からも、「月下老人」に「喬太守乱天鴛鴦譜」とが具体的に綯い交ぜるまでには至らない作品であっても、上記から『眉美の花』執筆時の春水及びその周辺に想起されたことまではいえるのではなかろうか。

　また、『眉美の花』で六行成の図が模写されることは、本作品自体への享受を示すと共に、『婚礼三組昔形福寿盃』が『萩の枝折』の種本であるとする作者側主張の補強材料でもある。実際の享受については、これら作者側の提示の他に両作品を読み合わせると、女装させた花嫁役を三日後（『萩の枝折』では「四日か五日」）里帰り体で呼び戻す計画があったり、三三九度を妹が兄（＝夫）の名代として行うなどの一致があるから明らかである。しかしさらに、前述の通り、「喬太守乱天鴛鴦譜」を利用する点で、三馬のこの合巻に先行する絵草紙として、馬琴の黄表紙『大雑書抜萃縁組』（寛政十）がある。半紙本などで後代まで流布したから（棚橋正博『黄表紙総覧』中巻平成元・当該項参照）、三馬はもちろん、春水も読んでいたのではなかろうか。お梅粂之介など一致する。また、婚姻に関しては、『婚礼三組昔形福寿盃』でも、冒頭に前に引用した通りの「喬太守乱天鴛鴦譜」冒頭句が引用されることはあるが、『大雑書抜萃縁組』は物語全体として「むすぶの神」が活躍しているのである。『眉美の花』にひきつけてみるならば、こちらの人情本は、「月下老人《むすぶのかみ》」であり読みが一致する。近いのである。『婚礼三組昔形福寿盃』が、典拠であること自体は、その通りなのだが、馬琴作品を挙げることを避けた可能性もなくはない。ただし、この点は指摘に止める。ここで言えることは、三馬や馬琴クラスの作家なら「喬太守乱天鴛鴦譜」は、それを利用した物語を提供できる程度の一般的な中国種であり、当時の少なからぬ読者が読み取れるものだったのだろう。春水（綾継を含む為永工房の人々）は、読者としてこれを読み取り、作品としてもこれを利用したのだろう。[10]

さて、「月下老人」を利用したお幸宗七に戻ろう。『小説比翼紋』の場合、眉間の傷を採用するものの、おきじは権八より歳が一つ上というだけで年齢差を付けない。一方、『眉美の花』の場合、上記引用の如く、冒頭にエピソードがそのまま引用されるのだが、この作品も物語上でそっくり使われているのでもない。上記引用後に「日本《このくに》出《い》雲の大社《おほやしろ》に神々《かみぐ》の集《あつま》りて（中略）四十才《よそぢ》を越て十六歳《にはち》娘《むすめ》と縁《えん》を結《むす》ぶの男《おとこ》もあれバ三十《みそぢ》を越《こえ》し女《おんな》にて廿才《はたち》に足《た》らぬ息子《むすこ》と契《ちぎ》りていと睦《むつま》しき情人夫婦世間《ぜうじんふうふせけん》に多《おほ》くあるを思《おも》へバ前世《せんのよ》よりの約束《やくそく》か月下老人《むすぶのかみ》の業《わざ》なるべし爰《こゝ》に鎌倉《かまくら》の……」とし、宗七のエピソードに入ってゆく。タイトルにも『眉美の花』と、明白に唱っている女児の額のエピソードは使わない。[11]「月下老人《むすぶのかみ》」に視点があり、「四十才を越て十六の娘と縁を結ぶ」に力点がおかれているのだ。このような男女ならかつて春水自身書いた『軒並娘八丈』（文政五〜八）のお半長右衛門もあり、中国だねを引用する必要はないのである。これはやはり、上述の中国白話小説の翻案である『萩の枝折』の天保[12]板を執筆しようとする意識があったからであろう。前述のとおり「喬太守乱天鴛鴦譜」自体も『萩の枝折』を経ているため、その使われ方も任意であるといってよいが、「月下老人」も同様で、女児の眉間の傷の趣向など採用しない。「月下老人」は年の離れた者の恋愛のいわゆるマクラとなるが、この白話全体が、宋七お幸の物語に活かされているのではなく、取捨選択がある（『小説比翼紋』とちょうど逆になったことが、偶然か作意あるのかは不明）。同時に一方では、『萩の枝折』で、ほぼ筋立上でしかなかったお専幸次郎を元として、『眉美の花』のお幸宗七は「月下老人」により、梗概で示したとおり、さらなる発展も遂げている。

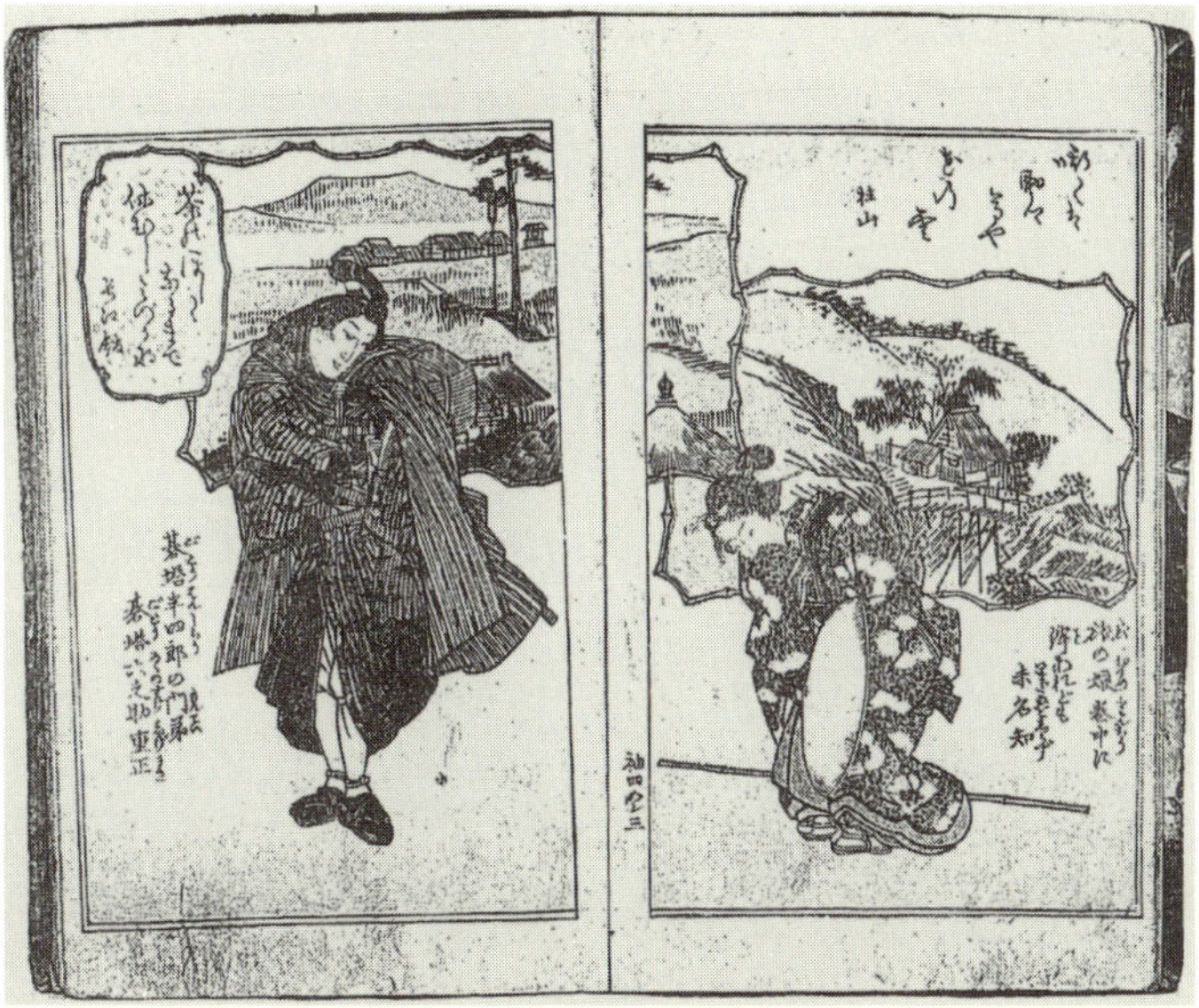

図２　『春色袖の梅』四編口絵より

さて、上述の月下老人から本題に入るつなぎ文句には、「三十を越し女にて廿才に足らぬ息子と契りていと睦しき」と触れるが、次にそのお菅玉三郎のことを考えよう。

　こちらの男女も『萩の枝折』と違い、歳の離れた男女である。二組の男女を描くこの物語では、おもに一組の男女に集中する『萩の枝折』ほど、若衆の女装が全編にわたり話題となることはない。さらに、こちらの一組も年増のお菅の年若な玉三郎への平素の溺愛ぶりが描かれる。例えば、初編中巻では具合の悪い玉三郎に、お菅は口移しで水を飲ませたりする。女装はしていないものの、美しい若衆をいとおしむにつき、このような描かれ方である。これは、「喬太守乱天鴛鴦譜」を利用した『萩の枝折』を、天保板化する際、「月下老人」を利用して年の離れた男女を設定したことにより、お菅玉三郎においても、平素の場面が書き得たのだと思う。その為もあって、玉三郎の女装は、二編中巻の踊りの会の稽古で、お糸の相手役となる時以降描かれる。二編中巻は稽古

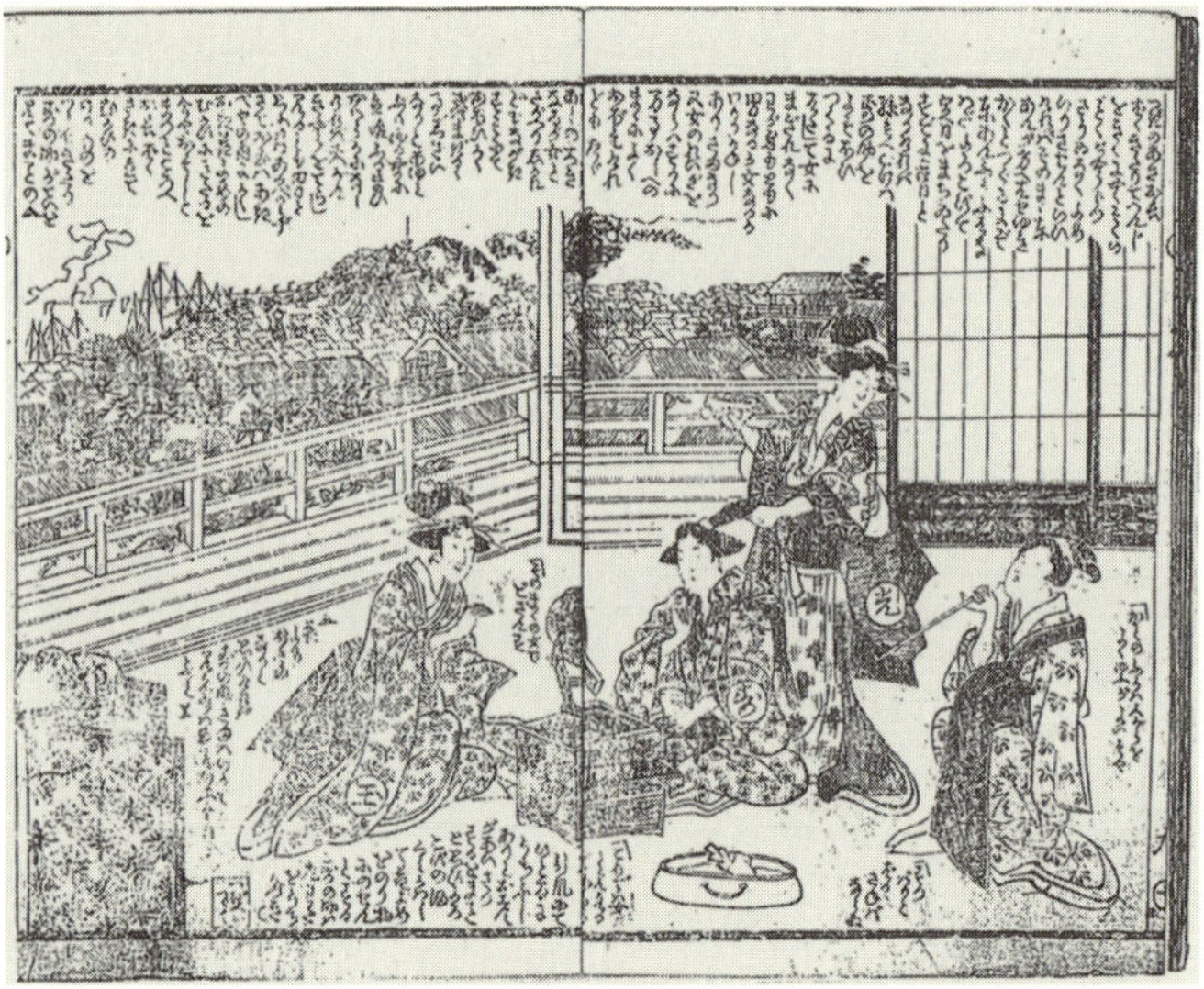

『婚礼三組昔形福寿盃』より

図３　『眉美乃花』より

の前後や日常、下巻は、踊りの会当日、ほかに、三編下巻での熱海への道中の場面である。しかしそれは、華美を極める。春水作品で年若き男の女への変身は『萩の枝折』からある。先に述べたように、同衾が眼目のようである。『眉美の花』で『萩の枝折』の原作と表明された合巻『婚礼三組昔形福寿盃』が、あくまでも身代わりの為の女装であり男らしい部分をも描くのに比べ、『萩の枝折』の粂之助という稚児は女性らしい。[13] この点文政期ですでに、春水人情本としての作風を感じさせる。しかし、まだそれは男女の恋愛に止まっていよう。一方、天保期の『春告鳥』四編の番場忠之丞の女装は、窮状を救うためとはいうものの派手になっていて、前述の通り五篇では口絵にもなる。お民の身代わりとなる見合い風景も同断である。『春告鳥』二編末に広告する『南色三人若衆』が計画される中、作者春水の瞼の中には、四編になって登場させる番場忠之丞という若衆も浮かんでいただろうし、『春色袖の梅』では前述したとおり、京都小僧六之助の女装（図2）や娘を若衆姿にして囲う若隠居の件もあった。

さて、春水は、「喬太守乱天鴛鴦譜」受容先行作品『萩の枝折』を書き、『春告鳥』を経て、この『眉美の花』で年の差を持たせたお菅玉三郎物語に華美な女装を描いているが、その最初である二編中巻を中心に見てみよう。たわむれに、女装させたことがきっかけとなり、玉三郎はお糸の踊りの相方になるが、稽古期間中は始終女装していて、自身も面白がり、その娘姿を周囲も男だとは思わないなどしている。このお糸も交え、玉三郎の女装を楽しむ点、今回は『萩の枝折』と違い『婚礼三組昔形福寿盃』を利用し得ただろう（図3）。その一節には、一字下げの作者の言があり「作者曰《さくしやいハく》いつもながら面白《おもしろ》くもなきことをなが〲としるすに似《に》たれどこれが婦人《ふじん》の情《じやう》をよく察《さつ》するの教《おし》へなりよく〱考《かんが》へてそのおもむきを推《すい》すべしまたいふ右の條下《くだり》のごとき戯《たハむ》れハ町家《ちやうか》にてもいと〱ゆたかなる分限《ぶげん》の風情《ふぜい》にて寛仁《おふよふ》なる女《おんな》の若隠居《わかゐんきよ》なぞの側《そバ》にて仕《つか》ハるゝ侍女《こしもと》などが前髪立《まえがみだち》の若旦那《だんな》を心易《こゝえやす》だてに進《すゝ》めて座興《ざけう》にすることとめづらしからず婦人の寄《より》あつまりて遊《あそ》ぶ風情《ふぜい》を知《し》らざる看官《けんぶつ》ハいぶかしく思《おも》ひ玉ふべきがじづけき御代《みよ》のありがたきハいと〱おさなきなぐさみに興《けう》を催《もよふ》し楽《たの》しむことこそ尊《たふ》けれ」（十ウ～十一ウ）とまで記す。三馬のこの合巻を取り出して読んだり、終わりの六行成《むつむさし》の図を見ながら、「お玉」という姉さんの身代わりの「寿之助」は、当然玉三郎だとか、その恋人「お福」はお菅だとか言い、自分たちの身に置き換喜んだりする場面も、玉三郎は女装している。そして、本家から人が来ると、玉三郎はあわてて、奥に隠れる滑稽で中巻が終わる。下巻は、玉三郎は踊りの会で、お初を演じ見物をうっとりさせる。このように女装は、もはや若い男女の恋愛譚への契機ではない。年増女が美少年を溺愛することそのものに用いられているのである。もう一つの機会として描かれる三編下の湯治旅の場合は、名目すらもない。図3で示した二編中巻の挿絵（十三ウ・十四オ）の詞書には『戯れに粧ふ変生女子』とある。この「変生女子」という詞は、『梅暦』二編跋（九返舎主人）で既に使われる。そこでの意味は確定しがたいが、本書で意味は明白であろう。このように春水が、天保改革により咎めを受ける直前書いたであろう本作品では、春水人情本の一趣向で有り続けた若衆の女装は、お菅の溺愛のもと、ここまで華美な物となっていた。人情本、さらに限って言えば、天保期の春水人情本は、文政期のものに比べ、派手かつ華美な描写を描き続ける。そこから派生したにせよ、一般の恋愛だけではとらえきれないものを描こうとする動きもあるようだ。その一つとして、年増が若くてきれいな男を女装させて溺愛することが描かれている。そう考えると、春水の活動や人情本の出板という営為が取り締まられるのは当然かも知れない。

そして、『眉美の花』の四編は刊行されず終わったと思われる。

ここまでのことをまとめておきたい。春水は中国小説に対する意識があり、人情本でも当然これらを利用する作品をいくつか手がけている。後に『眉美の花』で、三馬の合巻『婚礼三組昔形福寿盃』を典拠にすると本人がいう通り、「喬太守乱天鴛鴦譜」という三馬や馬琴が既に使っている話を基とし、文政期に、お有免条之助もので『萩の枝折』を書く。この作品が書かれたことにより、若衆の女装（および娘との恋愛）という、中国種からは一応離れたテーマが出来、天保期にいたり『春告鳥』四・五編、おくま梅里の物語に、御小姓の忠之丞を女装させなどする。そして、天保末年『眉美の花』刊行にいたる。この作品は、「喬太守乱天鴛鴦譜」に「月下老人」を加えた二つの中国種によるもので、天保板『萩の枝折』なのである。同時に内容は、年の離れた男女という要素も加わり、年増のお菅と美少年玉三郎・四十くらいの宗七と娘お幸を配す。また、『萩の枝折』を踏まえ、お菅が玉三郎を女装させる事については、恋愛だけでは捉えきれないものになっているようだ。このように『眉美の花』は、華美な人情本に作り上げられている。ところが、本作品は、結末を付けないまま三編で中絶してしまったようだ。同時に、春水の人情本世界は終わりを迎えてしまう。

ここまでは、このようなことを書いたつもりである。

ところで、人情本、特に天保期作品は、「今」を描くことを大切にしている。と同時に一時代前の作品、つまりは、天保期に対する文政期（『梅暦』以前）のものを過ぎ去ったものとして扱うのではなく、読者にも勧めていることが理解できる。『眉美の花』での種明かしにみるように、『萩の枝折』を大切にしているのが一例である。ただ、『眉美の花』の中絶もあり、為永工房による『萩の枝折』のリバイバルも行わずじまいであったようだ。

四　本文が匡郭からはみ出した人情本――『貞操《ていさう》芽生《めば》笑顔《ゑがお》の梅《むめ》』

ところが、『眉美の花』で言及されていた『萩の枝折』は、『貞操芽生笑顔の梅』三編九冊という形で「二世春水」の序を付し再生されていた。この本でまず注目されることは、丁付けが匡郭の内側にあることである。中には、本文が、匡郭からはみ出る丁があるという、整版という書籍文化営為上の希有な事例まである（図4）。また、三編中巻は、わずか八丁で一冊の本である。これは、下巻が九丁目からはじまり、中巻末の本文と下巻冒頭は、文章が連続しているから、この中下巻が元一冊であることがわかる。つまり、元の形態二編八冊を上記匡郭付け

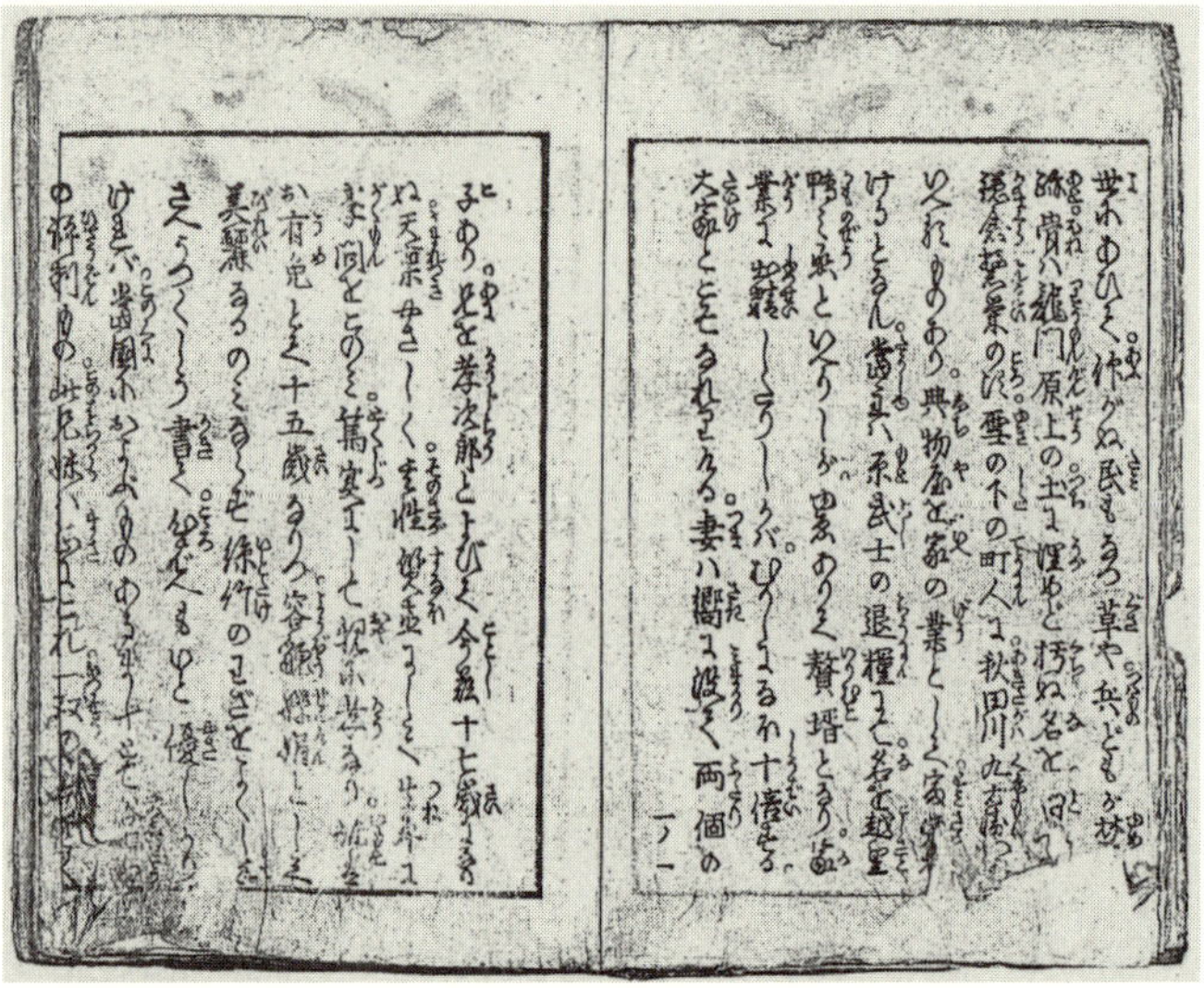

図４　『貞操芽生笑顔の梅』本文　丁付が匡郭の内側。左丁は本文が匡郭からはみ出している。

加えの問題も含め無理矢理制作した改題改編本なのである。結論めいたものを言うと、本作品は初世没後大坂で作られたもの、「二世」も染崎延房ではなくて為永工房の関与しないカモフラージュだと推定される。この刊行をめぐる問題を考えて行きたい。

まず書誌を比較しよう（書誌の詳細自体は【附録】を参照して下さい）。

『萩の枝折』は二編八冊である。この形式は、文政末年に中本で何点か試みられた。匡郭ナシが一般・原則口絵のみ（『萩の枝折』には巻二にもある）である。これを三編九冊ものにして挿絵を加え、書名を変えたのが『貞操芽生笑顔の梅』である。一編が上・中・下の三巻三冊は、文政天保期といった人情本が、多く出板された時期の中本の標準的形式である。上巻に序文口絵、各巻に見開き二図以上の挿絵が入る。よって『貞操芽生笑顔の梅』は、各上巻に「二世春水」の序（『萩の枝折』にあった序文二つは差し替え。「二世春水」表示が不審なことは後に記す）・色刷りの口絵（おなじく差し替え）・各巻に稚拙な挿絵の挿入・本文および口にある丁付までを含んだ板面に匡郭を新たに付す（挿絵部分の丁付は匡郭外）。なお、柱刻に関しては原本にある「萩」の字を削る事を基本とする（↓巻数などの削り過ぎも若干ある事を含め、書誌事項参照）。以上のような改題改編本である。

まず、各編序にある「二世春水」について記す。正確にいえば、初編には「東《あづま》なるかの口調《くてう》を以《も》御馴染《おなじみ》も四方《よも》に廣《ひろご》る大江戸神田《おほえどかんだ》に水恩久《みずをんひさ》しき」とあり改行して小さく「二世」を付し「人情作者　狂訓亭春水誌白」、二編は「東都人情作者」として同じく小さく「二世」を付し、「為永春水」、三編「江戸戯作者」小さく「二世」を付し「為永春水誌」とする（図５）。初編の「大江戸神田に水恩久しき」は、為永春笑の二世は普通「柳北軒」＝柳橋で、取らない表現である（あるいは初世の後年の「神田居」をも踏まえたか）。「二世」の文字も図の如く小さい。これらから原典が、春水（為永工房）作品であったにせよ、関係者の預かりしらない「二世春水」であろうと推定できる。ついでながら、内題下作者名も同じく、「為永春水編」とするが、これは有名な人情本作者名を利用したに過ぎない感がある。これらから初代春水の活動時期のものでないにせよ、その跡を継いだ人たちの仕事でもなさそうである。

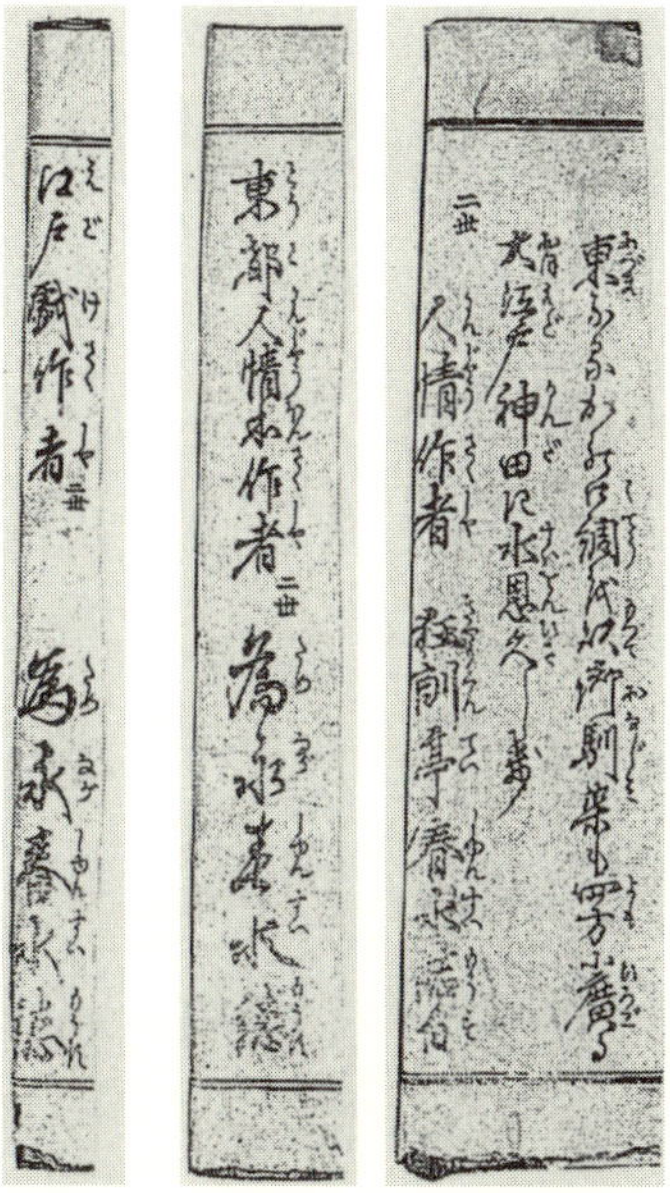

図５　「二世 春水」の署名　（序文より）

初編　二編　三編

序文の本文自体も、初編が紅、二編が青、三編が黒である。初・二編が色摺りなのである。文字を色摺りする趣向は、『春色辰巳園』などにもあるが、これとて、天保年間に入ってからである。それにしても、各編の序文の色を変えることは江戸にない発想ではないか。後述の『実之巻』の例の如く、文政期作品のリバイバルとして売り込むなら単色の方が有効である。色摺り文字の序文は、ベロリン藍（といっても安価になったもの）を使用した時代が下るであろう後印本を含め[15]、明治刷あるいは幕末以降くらいの後印本に、まま見られる。『萩の枝折』という文政年刊作品ではなく『笑顔の梅』という新刊に見せるなら時期的には符合する。が、ベロリン藍使用の場合各編は当然同色になるので、この方法とも違う。

口絵は色刷りの派手なものである。こちらは彩色を施していることから、一見当代風にしたようである。春水および関係者が『眉美の花』の素本としてリバイバルするのであれば、後述の通り、地味なものを作ると思う。挿絵は、初編下巻挿絵二に「僕自幼嗜歌川流之／遊文場已又今浪華来／諸君子宜賜評云　景松」とあり、本作品の画工が歌川景松と判明する（口絵も同筆と考える）。「又今浪華来」とある通り、大坂の人で、活動時期は天保～弘化とのことである（『原色浮世絵大百科事典』第二巻浮世絵師、昭和五十七）。画工が歌川景松であること、上記の通り、大坂での仕事であることから、絵の制作は上方であることは明らかである（管見は底本のみなので断定はしないが、口絵も、天保後期は江戸出来のものでも『眉美の花』に見る如く彩色を施したものも多いが、色調が何処となくちがう。これも上方出来と推定しうる一材料である）。

改編の実例としては、同じ二編八冊形態の『実之巻』（文政年間）がある。後に、通常の三編九冊ものに改編され修され刊行されている[16]。

『実之巻』の改編刊行は、度々述べてきている、大嶋屋傳右衛門『書林文永堂蔵版目録』から天保十年ころと推定される。タイトルはそのままだった。口絵挿絵の補強等は、同様にあったが、口絵を彩色することはなかった。さらに、この本も元々匡郭は、前編冒頭の「發端叙」三丁以外なかったが、これも追加されることはなかった。匡郭のない、いわゆる無罫本は、本書を含めた二編八冊本に限らず、一編が三冊ものでも一時期行われた（例えば、『吾妻の春雨』など）。また、『松風村雨物語』など読本にもあり、為永工房に多かった。その名残である。修板『実之巻』で、全丁に匡郭を施すとなると、その手間がかかるだろうから、そこまでは行わなかったのであろう。一方、『貞操芽生笑顔の梅』は、本節冒頭に記した通り、本文が匡郭からはみ出ている。改題改編の際、匡郭を先に刷り込んだ用紙に、匡郭ナシの、しかも、本来口にあり隠されている丁付までを表に出した形で、元の板木を摺ったと考えられる。急な出板であることは明らかである。八冊から九冊本への改編も、挿絵を入れる手間は省かなかったものの、三編中下巻の事例のごとく安易であった。本節冒頭にも記したが、これは、本文が続いているのにかかわらず、原本の八冊目（後編四）を分冊したものである。元の六丁目（↓又六）までを八冊目、七丁目（丁付け同）からを九冊目とした。前者は、そのままの内容であるが、後者は、九冊目冒頭のため内題分一行の本文が削られてしまった。続けて読んだ場合、なんとか無理につながってはいるが、お梅を悪者から救った東左衛門の言葉が、不自然なものとなっている。それよりも、一冊の本としてみた場合、唐突な冒頭である。春水が『萩の枝折』に思い入れをもち『眉美の花』を制作している際に、このような修板本を作るとは思われない。九冊本への改編もある程度体裁を整えたり、匡郭についても、このような杜撰なものになるならば加えないだろう。どうしても加えたいなら、前面改刻しただろう。この本は、「二世春水」の序があるから、初世没後という認識は示している。しかし、工房関係者がこのような改修を行わないと思う。しかも『笑顔の梅』という、少なくも、為永工房の人情本らしからぬ改題書名である（なお人情本は改題本が少ない）。

　ここで、本節三『眉美の花』末にも少しく記したが、春水人情本に関して、天保期における文政期作品の扱いについて言及したい。春水は、『梅暦』をヒットさせ、天保期以降の作風を確立する。人情本の型（注16の拙稿参照）というもの自体は、文政期から変わらないけれど、男主人公の、跡を嗣ぐべき家に対しての実直な思いにしても、恋愛における許婚との悩み等にしても、誠実な部分は表面上あまり描かなくなる。後の明治時代に、地方出身の青年作家たちが、色男の代名詞として「丹次郎」という名前を多用した如くの読み方が、派生する要素もあった。また、筋立ても『萩の枝折』と『眉美の花』は、上記で比較したとおりの、比較的単純なものと複雑なものという差違が出る。他に、本論では扱わないが、天保期の春水を中心とした人情本では、ファッションやブランド食べ物などの記述の楽しみがさらに発達した。[17] しかし、春水および本屋は、文政期の作品を捨てはしなかった。単に板木があるので単純な営為として後年まで摺っただけでもなかった。『明烏後正夢』など、春水の人情本第一作であることも手伝い、序文に引かれることもたびたびで、続編も天保期まで断続的に書かれていた。大団円を迎える天保十一年には、三・四編の序を新たにした修板が刊行された。[18] 当然、天保期の丁子屋や大嶋屋の中本目録[19]にも、これら文政期作品は、新刊本に混じり載る。『明烏後正夢』ばかりではない。この目録には、「玉川日記」はじめ文政期の作品も拾うことができる。天保期になっても、過去の作風により表されたものを捨ててはいない。『眉美の花』の中での『萩の枝折』への言及は、述べたとおりである。春水は同趣向による天保期と文政期の作風を並べて、読者に提供したかったのだと考えるが、その際、改題本を提供するとは思えないのである。

　これらから、『貞操芽生笑顔の梅』は、初世春水没後の改題改編刊行であろう。歌川景松が挿絵（口絵も）を執筆したという確定部分をはじめ、色刷りの序文、口絵の色調をはじめ、「二世春水」の表現、本文部での匡郭の問題等造本、改編（特に三編中下巻）、タイトルなどから、大坂の本屋がにわかに出板したと考えてよいのではなかろうか。初編序文の「東なるかの口調を以」とは、江戸ではなく大坂で発せられる言であろう。ちなみに、本論で使用した架蔵本は、福山の貸本屋本（各冊に押される貸本屋印による）で、初編上巻に「江戸人情本」と墨書されたものである。人情本は、基本的に江戸出来で全国に流通するから（拙稿「人情本の全国展開」本書第四章第三節参照）、それだけではいえないが、上記のごとく、大坂の産物であれば、福山で「江戸人情本」として広められるのも自然な感がある。以上『貞操芽生笑顔の梅』は、春水が居なくなった後、後継者たちの預かり知らぬところで、俄かに大坂で出板されたものと推定する。

春水周辺でリバイバルもされずじまいで終わった『萩の枝折』は、『貞操芽生笑顔の梅』という形で再登場した。その出板事情は、上記の通りの事実と造本からの考察により、大坂でにわかに改修された本であると推定出来る。このように、説明出来る部分もある。わからない点もある。それは、大嶋屋伝右衛門が、この刊行物に関る事である。基本的に江戸で制作される人情本も、河内屋など上方の本屋が、単に売捌等流通面だけでなく、合資者として刊記などに名を連ねることは周知である（拙稿「人情本の全国展開」参照）。さらに、後年主板元となるようだ。人情本の第一作目とされる『清談峯初花』の刊記には、もともと初編が、「文政二卯春發記／人形町通乗物町／江戸書林　鶴屋金助版」、後編が、「書林　京都堀川通　植村藤右衛門／大坂　安堂寺町　秋田屋太右衛門／名古屋永安寺町　菱屋金衛門／江戸小傳馬町　丁子屋平兵衛／同人形町通　鶴屋金助」とある。初編については、この鶴屋金助の刊記を残し「浮世酒屋喜言上戸」はじめ五点の書名を載せる「馬喰町四丁目鍔店／菊屋幸三郎」の蔵販目録兼奥付を付す初編（架蔵＝下巻のみ存）を経て、刊記自体「文政二卯春發記／江戸米沢町三丁目釜屋又兵衛／大坂心斎橋博労町河内屋茂兵衛／大坂心斎橋筋河内屋藤兵衛」となる。後編は、前者の菊屋幸三郎板を見ていないが後者の河内屋板については同じである（後者も架蔵＝初編下・後編上・下巻のみ存）。前者だけなら、天保末年の単なる売捌所の可能性が高いが、後者の釜屋の存在から、天保末年から幕末にかけて、菊屋からの板木譲渡があったのかもしれない。それはともかく、後者に至ると『清談峯初花』でさえ、もとの鶴屋金助の代わりに、河内屋の名前が堂々と刊記に彫り込れるのである。また、春水の人情本の第一作目『明烏後正夢』三編上巻一丁目表には、下方に「大阪心斎橋北久宝寺町／前川源七郎／和漢洋書籍處」とし、上段に「新年賣出しの書名」（『教草女房気質』以下「絵本」、（＝読本）、「粋書」（＝人情本））を羅列するものがある。続編の『寝覚繰言』（前川板では当然同一セット内である）二編口絵部には、元々序文が記されていた下段に、『新撰《しんせん》普通《ふつう》作文必用　中本全二冊』はじめ八点の同書肆発行の実用書を刻する（この前川板『明烏後正夢』シリーズは、東北大学附属図書館狩野文庫蔵本による。また、注18拙稿参照）。明治期の上方資本の修板のこと自体は、今後の課題としたいが、このように、幕末以降人情本にも代表的な作品をはじめ、すべてではないにせよ、大坂書肆の板木買取の動きがあり、読本と軌を一にする。これら大坂資本が表に出た形で買い取った時、例えば、上記前川板『明烏後正夢』の如く、弱った板木の彫り換え等部分的な修を施している。再生の際一応の点検がある。整備された形で再刊されている。このような堅実な形の出板に、江戸（東京）の本屋が関るのは理解できる。しかし、上記のとおり『貞操《ていそう》芽生《めばえ》笑顔の梅』は、にわかに修され改題され出板されたものである。その、各編下巻末に大島屋伝右衛門の広告があるのだ。出資については不明だが、少なくも販路上の係りはあるのだ。春水の人情本を支えてきた大嶋屋傳右衛門が、このような大坂出来の急いだ出板物に係りを持つのか、さすがに判然としない。人情本は梅暦シリーズを代表として明治時代まで、摺りこそ変われ、江戸時代の姿を伝えるものも多い。一方、春水が最後の華美を誇った『眉美の花』の素となる『萩の枝折』は、このような形で再生商品化されるのである。そこには、木板商品流通の残酷な一面と同時に、現実が見えてくる。

【注】

（1）『春色籬の梅』は、三編までと四編以下同書名ながら、別話と考えて良いとおもう。よって、このような結末が付けられていると思う。

（2）需要が多かったことは、前田愛の『春告鳥』解説（『新編　日本古典文学全集』「洒落本・滑稽本・人情本」）末尾の「後刷本」への言及でもあきらかである。『春色籬の梅』も初期刷本は、『春告鳥』におとらず豪華である。そしてこれにも別板が存在する。彫り直した本であり修本とはいえない。口絵などを見ると一目瞭然であり、柱刻が元々は口の部分だったのが柱に彫られる。また、三編上巻末尾には、初板になかった「あわれなるかやお花おの心よむ人こゝを味いたまへと申すになん」が彫り加えられている。表紙も題簽を含め簡素なものになる（『図説日本の古典』十八「京伝・一九・春水」昭和五十五、一一七頁図参照）。なお、丁子屋の本シリーズが、大島屋伝右衛門の梅暦シリーズと共に帝国文庫（明治二十六初刷発行）の一冊になっていることも、引き続いての需要に関した象徴的な事例であろう。

（3）『為永春水の研究』神保五彌、昭和三十八・一一六頁。なお、春水は、『春告鳥』五編下巻二九章で「それ中昔男色の流行たる時節は美少年の為に命をうしなひし男数多ありしとぞ。至ってうるわしき若衆は二八の乙女にもまさる艶色自然に備はりて身体のしなやかなる女もおよばぬ者あり。今此書に記したる忠之丞もその類ひなり。よろしく情合を察して、筆力の不足を看官の心に補ひ給はん事を願ふ。」と記す。これに関し、上記『新編 日本古典文学全集』での頭注者前田愛は、人情本で男色を素材にするのはきわめてまれとされる（五八七頁）が、本論では、人情本での男色にまでは考察が及ばない。

（4）初編のみ序題・内題・尾題に「遠霞《えんか》／涼景《りうけい》」と角書がある。

（5）その際「為永の門人の著た萩の枝折」とする。内題下の作者名は「江戸南仙笑楚満人作」であるから、ここで真相を語っているのかもしれない。また、「小本」とするのは、これら一編四冊形式で通常二編八冊物は、おおよそ印面が通常の中本より小さい無罫本であるから、「小本」という意識があったのかも知れない（本件は後考とする）。

（6）前編四回で孝次郎が、粂之助に贈った歌「秋霧の深く包みて女郎花いはぬ色をば人に知られず」を、お専は幸次郎が粂之助を男と知っているのだと謎を解く。後編一回でも粂之助自身おうめに対し、同様な謎解きをするなど幸次郎の人物造形に少しく触れるが、筆を伸ばすことが出来なかったのも一例である。

（7）中国だねのエピソードを、そのまま引き写すということの方法は、冒頭ではないが『梅の春』二編＝天保十序刊、中巻第九回ほぼ全部を安禄山の乱を含む楊貴妃のエピソードで埋めることが有る。
（8）『日本文化論叢［第一回中日文化教育フォーラム報告書］』二〇〇一、大連理工大学出版社。
（9）『淀屋辰五郎金鶏雑話』岳亭丘山（天保四年刊）にも、このエピソード（傷付けるものは小刀）が使われているから、淀屋説話に組み込まれているとも言えよう。
（10）「月下老人」に関しては、本論において、三馬作品ではまだ見いだしていない。しかし、馬琴作品の『小説比翼文』や春水の『眉間乃花』冒頭から、同じようなことが言えるだろう。
（11）四編未刊ゆえ構想自体は不明である。人情本らしく、冒頭のそのままの引用の如く、四編末で単純な結末として使おうとしたかも知れないが、使うとしたら、前段の額に傷を付ける部分は、三編までに出ているのが普通であろう。
（12）人情本は一般に、文政年間作品は筋立てが綿密であり、天保年間作品は、場面描写が多くなり派手さを増す。拙稿「『五三桐山嗣編』考―『契情買虎之巻』二度の人情本化」（本書第四章第五節）参照。
（13）『大雑書抜萃鴛鴦譜』のお松と竹次郎（お梅の身代わり）の添寝は、丁数の短さゆえそこまでの細部に至らない。但し、同時に三馬のごとく男々しい部分も描いていない。
（14）この前作との登場人物名の類似（「お玉」と「玉三郎」）は、馬琴作品『大雑書抜萃鴛鴦譜』と『萩の枝折』での「お梅粂之助」の一致が二者に享受関係がある傍証になろう。
（15）ベロリン藍といっても、安価になった時代のものを使った人情本の使用時期は確定できない。もともと、単色の序文や口絵を色摺りにする時使ったのではないか。管見では、明治期に摺られたと思われる合冊本が多い。
（16）拙稿「人情本の型」（本書第三章第一節）参照。
（17）内田保廣「江戸っ子のいきなセンス」（『別冊太陽』三十五＝一九八一夏号）、同氏「視覚」（『日本文学』、二〇〇二・一〇参照）。

(18) 拙稿「文政十三年涌泉堂美濃屋甚三郎板『明島後正夢』」(本書第四章第二節)、拙稿「人情本の全国展開」(本書第四章第三節)参照。

(19) 拙稿「瀧亭鯉丈の『浮世床』」(本書第一章第二節)参照。

【附録】

『貞操芽生笑顔の梅』の書誌事項

本論で扱った『萩の枝折』の修板『貞操芽生笑顔の梅』の書誌を記しておく。

『貞操芽生笑顔の梅』(架蔵) 三編九冊

一冊目

タテ17・4cm*ヨコ12・1cm

外題(左上題簽):「貞操茅生笑顔梅(初)編　上」「初」は書き

*貸本屋の角題簽「江戸人情本/笑顔の梅/三編揃九冊」(墨書)

見返し:なし

序文:「貞操茅生笑顔梅初編叙」匡郭(子持枠)内タテ14・5cm*ヨコ10・3cm

　八行十八字内外　一丁　丁付け　なし　朱色刷

口絵:計三丁　、半丁　津田元八娘阿専　二、見開一丁　高埜寺の小姓粂之助・秋田川の娘阿梅　三、見開一丁

　秋田川息子幸次郎　四、隅田川の秋のもゝ草　丁付　初口ノ一(〜三)不明　匡郭(飾枠)内タテ15・0

本文：匡郭内　タテ13・9cm*ヨコ9・2cm　八行二十字内外　十四丁（十五丁目落丁『萩の枝折』によればオモテ丁で終わる）。
柱刻一ノ一（〜十二、最終丁「十三」は、落丁により不明）、一ノ又四・九あり。裏丁の匡郭内左下に付す（挿絵部分は丁裏は匡郭外）。
挿絵　一、一ノ又四ウ・一ノ五オ「山の宿の別荘に幸治郎出養生す」（詞書、以下同）匡郭内14・2cm*9・8cm（本文よりやや大きめ）
挿絵　二、一ノ又九ウ・一ノ十オ「唐兵衛秋田川に至り幸次郎に嫁をすゝむ」寸法一に同cm*10・0cm
内題：「貞操芽生笑顔乃梅初編上／江戸　為永春水編（第一回）」
尾題：落丁により不明
貸本屋印二種初編叙冒頭丁に押印　蔵書印本文冒頭にあり。
*最終丁は落丁

二冊目
タテ17・4cm*ヨコ12・1cm
外題（左上題簽）：「貞操茅生笑顔梅（初）編　中」「初」は書き
見返し：なし
本文：匡郭内　タテ13・9cm*ヨコ9・2cm　八行二十字内外　一七・五丁
柱刻二ノ一（〜十五）最終丁（十六丁目）なし、二ノ又五・九あり。裏丁匡郭内左下に付す（挿絵丁の裏は匡郭外）＊四丁目は本来「二ノ四」とあるべきところ、削りすぎて「一ノ四」とする。
挿絵　一、二ノ又五ウ・二ノ六オ「元八唐兵衛東左エ門が方にて嫁の変替を論ず」
　匡郭内14・2㎝＊9・8㎝
挿絵　二、二ノ又十二ウ・二ノ十三オ「粂之助大七の席へ踊りさらへに行く」寸法一に同
内題：「（貞操芽生笑顔乃梅初編中／江戸　為永春水編＝破損あるを補う）（第二回）」
尾題：「貞操芽生笑顔乃梅初編中おわり」（十六丁目ウラ）
＊一丁目はウラから始まる。『萩の枝折』にあったオモテ丁の挿絵（口絵）をとらず。
貸本屋印二種本文二丁目オモテ上にあり。

三冊目
タテ17・4㎝＊ヨコ12・1㎝
外題（左上題簽）：「貞操芽生笑顔梅（初）編　下」「初」は書き
見返し：なし
本文：匡郭内　タテ13・9㎝＊ヨコ9・2㎝　八行二十字内外　一四・五丁
柱刻三ノ一（〜十三）最終丁（十四丁目）なし、三ノ又四あり。裏丁匡郭内左下に付す（挿絵丁の裏は匡郭外）。
挿絵　一、三ノ又四ウ・三ノ五オ　＊詞書破損、粂之助を借り受ける場面を描く。なお、屏風に歌川景松の自讃あり。匡郭内14・2㎝＊9・8㎝
挿絵　二、二ノ十ウ・二ノ十一オ「粂之助女に身を替て秋田川へ嫁入りす」寸法一に同。＊この箇所は、『萩

の枝折』では丁子車の広告の部分であった。これを削除し挿絵を挿入した。よって、他の箇所と違い「又」丁が発生していない。

内題：「貞操芽生笑顔乃梅初編下／江戸　為永春水編　（第三回）」

尾題：「貞操芽生笑顔乃梅初編下をわり」（十四丁目オモテ丁　うら匡郭のみ空白）

後ろ見返し：大嶋屋傳右衛門の広告「和漢軍書繪入讀本都而貸本類／古本等品々沢山ニ所持仕候ニ付直段／格別下直ニ相働差上申候間不限／多少ニ御求可被候様偏ニ奉希候／以上／京橋南中通り弥左エ門町／文永堂　大嶋屋傳右衛門」

貸本屋印二種・蔵書印一種、本文冒頭にあり。

四冊目

タテ17・4㎝＊ヨコ12・1㎝

外題（左上題簽）：「貞操芽生笑顔梅（二）編　上」　「二」は書き

＊所蔵者？の貼紙「貞操芽生笑顔の梅　九冊　十九号（朱書）印」

見返し：なし

序文：「貞操芽生笑顔梅貳編叙」匡郭（子持枠）内タテ14・5㎝＊ヨコ10・3㎝

八行十八字内外　一丁　丁付　なし　青色刷

口絵：計三丁　一、半丁　秋田川の娘阿梅　二、見開一丁　悪等滑川の瘤松・幸次郎嫁おせん　三、見開一丁

小姓粂之助・秋田川娘於有免　四、秋田川息子幸次郎

丁付　二口一（〜三）不明　匡郭（飾枠）内タテ15・0㎝＊10・0㎝

本文：匡郭内　タテ14・1㎝＊ヨコ9・2㎝　八行二十字内外　十八丁半
　柱刻四ノ一（〜十六）最終丁（十九丁目）なし　一ノ又四・十二あり。裏丁匡郭内
　左下（挿絵丁の裏は匡郭外）
　挿絵　一、四ノ又四ウ・四ノ五オ「高埜寺の主寺粂之助不戻を怒る」14・8㎝＊9・6㎝
　挿絵　二、四ノ又十二ウ・四ノ十三オ「おせん幸次郎をしたふ」14・4㎝＊9・5㎝
内題：「貞操芽生笑顔乃梅二編上／江戸　為永春水編　（第四回）」
尾題：「貞操芽生笑顔乃梅二編上をわり」（十九丁目オモテ　うら匡郭のみ空白）
貸本屋印二種・蔵書印二編叙冒頭丁に押印、また、蔵書印本文冒頭にもあり。
＊又、四オ破欠落丁

五冊目
タテ17・4㎝＊ヨコ12・1㎝
外題（左上題簽）：「貞操芽生笑顔梅（二）編　中」「二」は書き
見返し：なし
本文：匡郭内　タテ13・9㎝＊ヨコ9・1㎝　八行二十字内外　一五・五丁
　柱刻五ノ一（〜十三）最終丁（十六丁目）なし　五ノ又三・又十あり。裏丁匡郭
　内左下（挿絵丁の裏は匡郭外）
　挿絵　一、五ノ又三ウ・五ノ四オ「お梅粂之助計ず赤縄を結ぶ」14・5㎝＊9・8㎝
　挿絵　二、三ノ十ウ・五ノ又十オ（「三」は誤刻）「両人夢中に心中を見る」寸法一に同。

内題：「貞操芽生笑顔乃梅二編中／江戸　為永春水編　（第五回）」
尾題：「貞操芽生笑顔乃梅二編中をわり」（十六丁目オモテ　うら匡郭のみ空白）
貸本屋印二種・蔵書印一種本文冒頭にあり。

六冊目
タテ17・4cm＊ヨコ12・1cm
外題（左上題簽）：「貞操芽生笑顔梅（二）編　下」「二」は書き
見返し：なし
本文：匡郭内　タテ13・9cm＊ヨコ9・1cm　八行二十字内外　一六丁
　柱刻六ノ一（～十三）最終丁（十六丁目）なし　六ノ又五・十あり裏丁匡郭内左下
（挿絵丁の裏は匡郭外）
　挿絵　1、六ノ五ウ・六ノ又五オ「お梅粂之助身のうへを嘆く」14・3cm＊9・7cm
　挿絵　2、六ノ又十ウ・六ノ十一オ「九右衛門両人の不義をいかる」14・4cm＊9・7cm
内題：「貞操芽生笑顔乃梅二編下／江戸　為永春水編　（第六回）」
尾題：「貞操芽生笑顔乃梅二編下」（十六丁目ウラ）
貸本屋印二種・蔵書印一種本文冒頭にあり。
大嶋屋傳右衛門の広告（三冊目＝初編下に同）

七冊目

タテ17・4㎝＊ヨコ12・1㎝
外題（左上題簽）「貞操茅生笑顔梅（三）編　上」　「三」は書き
見返し：なし
序文：「貞操茅生笑顔梅三編叙」匡郭（子持枠）内タテ14・4㎝＊ヨコ10・3㎝
　八行十八字内外　一丁　丁付け　なし　黒書刷
口絵：計三丁　一、半丁　練馬村高野寺主寺・下婢おせい　二、見開一丁　鎌倉侠夫大黒屋東左エ門・於有免　三、
　見開一丁　小姓粂之助・秋田川九右エ門・秋田川幸次郎・幸次郎嫁阿専　四、鉢植え　丁付　口一〜
　三　匡郭（飾枠）内14・5㎝＊10・4㎝
本文：匡郭内　タテ13・9㎝＊ヨコ9・2㎝　八行二十字内外　十五・五丁
　柱刻一ノ一（〜十三）最終丁（十六丁目）ウラ丁欠のため不明　七ノ又三・七あり
　裏丁匡郭内左下（挿絵丁の裏は匡郭外）
　挿絵　一、七ノ又三ウ・七ノ四オ「於有免粂之助を慕ひ恋症す」14・4㎝＊9・7㎝
　挿絵　二、七ノ又七ウ・七ノ八オ「東左エ門道に粂之助を救ふ」寸法一に同。
内題：「貞操茅生笑顔乃梅三編上／江戸　為永春水編　（第七回）」
尾題：「貞操茅生笑顔乃梅三編上中をわ（り）」（「り」破損）（十六丁目オモテ）
貸本屋印二種初編叙冒頭丁に押印　蔵書印本文冒頭にあり。

八冊目
タテ17・4㎝＊ヨコ12・1㎝

外題（左上題簽）：「貞操茅生笑顔梅（三）編　中」「三」は書き
見返し：なし
本文：匡郭内　タテ13・9㎝＊ヨコ9・1㎝　八行二十字内外　八丁
　柱刻　一、二、ノ又二、ノ三、ノ四、ノ五、ノ六・ノ又六　裏丁匡郭内左下（挿絵丁の裏は匡郭外）＊八
　冊目は柱刻特殊と思われるのですべて記載した。
　挿絵　一、二ウ・ノ又二オ「お梅粂之助の跡をしたひ高埜寺ニ至」14・3㎝＊9・5㎝
　挿絵　二、ノ六ウ・ノ又六オ「東左エ門道に悪等を懲す」寸法一に同。
内題：「貞操茅生笑顔乃梅三編中／江戸　為永春水編　（第八回）」
尾題：「貞操茅生笑顔乃梅二編中をわり」（八丁目ウラ）
貸本屋印二種・蔵書印一種本文冒頭にあり。
＊すべてに間紙を入れて厚くする。

九冊目
タテ17・4㎝＊ヨコ12・1㎝
外題（左上題簽）：「貞操茅生笑顔梅（三）編　下」「三」は書き
見返し：なし
本文：匡郭内　タテ13・9㎝＊ヨコ9・1㎝　八行二十字内外　十三丁
　柱刻　ノ七・ノ八・ノ九・八ノ十・八ノ又十・十一・十二・ノ十三・又ノ十四・ノ十五・十六　最終丁（一
　三丁目）は無し　裏丁匡郭内左下（・挿絵丁の裏は口部）

＊九冊目も柱刻がやや特殊と思われるのですべて記載した。

挿絵　一、八ノ十・八ノ又十オ　＊詞書ほぼ破損　九右衛門がお専の身投げを止める部分を描く。　14・3㎝＊9・7㎝

挿絵　二、ノ又十四ウ・ノ十五オ「お梅粂之助目出度万歳をうたふ」寸法一に同。

内題：「貞操芽生笑顔乃梅三編下／江戸　為永春水編」

尾題：「貞操芽生笑顔乃梅三編下をわり」（十三丁ウラ）

貸本屋印二種・蔵書印一種本文冒頭にあり。

大嶋屋傳右衛門の広告（三冊目＝初編下に同）

＊八冊目と九冊目は原本の八冊目（後編四）を分冊したものである。本文が続いているにかかわらず、元の六丁目（↓又六）までを八冊目、七丁目（丁付け同）からを九冊目とした。前者はそのままの内容であるが、後者は九冊目冒頭のため内題分一行の本文が削られてしまった。

全体に、手擦れ他の破損やツカレのある本である。また、各冊に押される貸本屋印を鮮明な部分をもとにいうと、一に「古書賣買／（不明）／貸本所／蛭子屋」二に「和漢書籍／福山／貸本屋／山田屋」である。一、二とも上覧に横書きで「古書賣買」「和漢書籍」下段に縦書きに右より記した通りである。一の右側「不明」は各冊とも本よりはみ出したためである。

参考『萩の枝折』（関西大学附属図書館中村幸彦文庫蔵本により、必要事項のみ記す。）

八巻八冊（前編四冊・後編四冊）
タテ18・2㎝*ヨコ10・1㎝　匡郭内13・2㎝*9・5㎝
外題：萩の枝折
内題：〈秋色／染話〉萩の枝折巻之一（〜八）　江戸　南仙笑楚満人作
尾題：　萩の枝折巻之一終（〜八終）
柱刻：「萩一ノ一」以下巻数と丁数分。*下記『貞操芽生笑顔の梅』柱刻との比較参照
口絵：前編巻一に見開き二図（人情本刊行会本の（一））
　　　前編巻二に一図（人情本刊行会本の（二））
　　　後編巻五に見開き一図（人情本刊行会本の（三））
挿絵：なし

*両書の柱刻について
『萩の枝折』を改編する際の柱刻について記しておく。元々、本文のみで造本されていて、柱刻はウラ丁左下口の部分にあった（二冊目の冒頭挿絵を含む一丁目も同じ）。それらを『貞操芽生笑顔の梅』では、元々あった丁については、すべて匡郭内に納めようとしている。丁付は基本的に「萩」を削り、例えば、「萩一ノ一」を「一ノ一」とする。単純に削り過ぎた事例は、初編中巻四丁目は「二ノ四」とあるべきところを「一ノ四」としている事がある。三編中下巻には「ノ」もない箇所が散見する。また、各巻最終丁は柱刻がない（初編上は落丁のため不明）。これは『萩の枝折』も同様である。挿絵は新たに補入された。よって匡郭の外に丁付される。基本的に「又」を入れる。例えば、初編上の一図目は「一ノ又四」オモテと「一ノ五」ウラからなる見開きである（各項参照、例

外あり）。三編中・下巻については、当該事項をご覧頂きたい。また、この二巻の分冊に際して注意が払われたことは柱刻からも察せられる。

【付記】慶應義塾図書館蔵には、『婚礼三組昔形福寿盃』の閲覧及び掲載許可をいただきました。また、東洋大学図書館には、『眉美の花』に関し、閲覧及び本論中での使用を許可されました。『萩の枝折』に関し、神奈川県立釜利谷高校の古沢敏彦氏ならびに関西大学附属図書館に閲覧を許可されました。古沢氏ならびに各図書館に感謝します。最後に、本論をなすにあたり、中国小説に関し大高洋司氏には大いなる御教示を受けました。感謝します。

第七節　『風流脂臙絞』の解体と『以登家奈喜』四編

金幸堂菊屋幸三郎刊為永春水作『以登家奈喜《いとやなぎ》』[1]四編の口絵及び挿絵に、同書林刊鼻山人作の『風流脂臙絞《ふうりうべにしぼり》』[2]庚子仲秋序刊（＝天保十二年正月刊？）[3]のそれが流用されていることは、神保五彌が「『同房語艶 以登家奈喜』の問題―リライター春水」（『為永春水の研究』昭和三十九所収）で指摘されている。本論で未見とされていた『風流脂臙絞』が、筆者の管見に入った（初出執筆時に、佐藤悟から別本の出現を知らされた件は付記参照）。神保説のうち『風流脂臙絞』の本文が、『以登家奈喜』に利用されたこと自体は、否定されなければならないが、神保五彌の上記の論文の驥尾に付き、板木利用の実際を報告し、あわせて中本（特に「人情本」）制作の問題の一面を考えたい。

一　鼻山人作[4]『風流脂臙絞』について

まず、梗概を記す。前後編六巻六冊。各一冊一章。

前編上巻：冒頭、鎌倉長原町の魚問屋大鯛屋何某の繁栄の様子を記す。息子活蔵は湯の帰り。若い者に親友金河の酒問屋佳味屋の息子菊市が見初めた娘のことについて用件を託し先に帰す。次に、髪結い床では成田屋の噂となる。魚問屋の活蔵はじめ長原町は残らず、また、活蔵の親友菊市と妹お笹らと共に、春狂言団十郎曾我の対面を見物する。菊市はそこで、かつて見初めた娘、今は父のため芸者となった艶吉に再会し、通い詰めとなる。母は心配し活蔵に相談。

前編中巻：妹お笹は芝居茶屋で、慕っていた活蔵に介抱された事がきっかけで恋煩いとなる。また、乳母お粋の手引で役者の大一座にかこつけて活蔵に会うもののふさぐ。その帰途、活蔵は向島で悪者をこらしめ、その際、密書を拾う。

前編下巻：活蔵、横恋慕の体にて婦多川で艶吉に会う。菊市は怒り起請文を返す。この後、活蔵は艶吉に家代々の脇差を探し与えるという恩義をかける。一方、お笹は兄のために活蔵に会えずまた悩む。艶吉も菊市に文をつけるが返事はなく、活蔵は相変わらず通ってくる。

後編上巻：活蔵、お笹の病の事などで、江ノ島詣。蜑法師を尋ね、笹への薬を貰う。お笹の乳母お粋は普陀川生まれで艶吉を知っており、取り持って貰いお笹を活蔵に会わせる。活蔵はお笹に慕われる事に気付く。恋の成就、逢瀬を重ねる。一方、菊市と艶吉を争っていた徳町河岸の金助は、近頃の噂を聞きおとなしくなるが、野幇間の蚊文次の取持ちで、かつて活蔵と親しかった傾城七梅と深くなる（この金助七梅は続編の『紅絞續編絞花志』へ）。その後、菊市が真面目になったので、活蔵は艶吉とよりを戻させようと友人の水鏡に依頼する。

後編中巻：さて水鏡の働きもあり、一同、向島の佳味屋の別荘へ会す。菊市艶吉の痴話喧嘩の中に活蔵入りかつて拾った密書（→前編中）を見せ、それが金助が菊市への遺恨を示す内容ゆえ、また、母親の心配もあり、一年ほど二人の中を割いたという。

後編下巻：（承前菊市と艶吉の会話）、菊市は活蔵とお笹のこと知る。二組無事結ばれる。活蔵お笹や取巻きを連れ江ノ島へお礼参り。二組にそれぞれ子供が出来めでたし。

以上、『以登家奈喜』（特に四編）とは別話であり、上記神保論で推測される『風流脂臙絞』の本文を草稿としてリライトしたことは否定される。

なお、本作品で紹介される続編の『絞花志』（天保十三年頃刊？）は、やはり二編六冊である。佐藤悟蔵本によれば、『風流脂臙絞』で予告のあったとおり、金助七梅の物語で[5]、『以登家奈喜』とは、なおさら関係が薄いと考えられよう。

二　板木の利用

『風流脂臙絞』の板木を利用した『以登家奈喜』四編は、まず初めの形態のものが編集され（管見国会本、架蔵零本上巻のみ）[6]、次に修されたものが成立したようである（同早大本、人情本刊行会本と同系統と推定されるもの）。以下、説明するが慌ただしさが想像される。なお、前者を前板、後者を後板とする。

また、書誌事項は論末に記した。適宜ご参照ください。

○序文

神保五彌の御指摘の通り（『為永春水の研究』一七三頁〜一七六頁）、『風流脂臙絞』の序文・口絵を『以登家奈喜』四編の口絵に利用したことは明らかである。『風流脂臙絞』には、前後編にそれぞれ序文二丁口絵三丁計五丁の色刷丁があるが、利用されたのは、前編のものである。序文は、序題「風流燕脂絞序」（図1）が「序」とされ二丁目表末の「鼻山人誌」、同裏内容紹介の末二行「以上三巻を初編として後編に首尾を全うなす一時の戯作なれどもおのづから勧懲の微意あるを又こ丶にいふ」を削る。また、柱刻（板木左下＝綴じた場合、小口に来る）は「シホリ初口ノ一（シホリ初口ノ四）」とあるのを削る。このような削除はあるが他はそのまま。序文年記の「庚子仲秋」も神保五彌の御指摘の通り残される。最低限の修といえよう。

○口絵

元の『風流脂臙絞』は、①芸者（半丁）②菊市／艶吉（見開一丁＝図2）③お笹／活蔵（見開一丁＝図3）④鉢植えの朝顔である。

『以登家奈喜』四編では、前板、①そのまま、②下段の人物説明（普陀川の新子藤老艶吉／金河酒問屋佳味屋の令郎菊市）の削除、③下段の人物説明（長原町魚問屋令郎大鯛屋活蔵／佳味屋菊市妹於菊）及び上段詞書末の「東里鼻山」を削除、④「東里鼻山」の記名だけ削る（後板は前板の②③からさらに艶吉／お笹の一丁を除き、菊市／活蔵の見開一丁としている）。

このような板木流用であり、『以登家奈喜』四編の内容に当然合致しない。

○挿絵

下記のとおり、『風流脂臙絞』の後編に使用された六図（図4〜9）を適宜配置し使用している。詞書は角囲みの中を残すものの、他は削っている（一部削り残し＝忘れ？あり）。

『以登家奈喜』で削られた詞書は以下。

上巻1　活蔵江の嶌の海士法尼に［あふて］妙薬を得る［　］内は佐藤悟蔵本による補

2　活蔵お笹が乳母が道引にて普陀川の艶吉が内へ忍び到る

中巻1　活蔵お笹が便りを得て向嶋佳味屋の別荘と心ざす

2　菊市水鏡が計策に乗て柳嶌の隠宅を訪ふ

下巻1　活蔵お笹と奇遇の縁を結ぶ
　2　活蔵夫婦江の嶌へ御礼参して兄菊市夫婦が繁盛を祈念す

○挿絵

下記のとおり、『風流脂臙紋』の後編に使用された六図

『風流脂臙紋』後編		→ 『以登家奈喜』四編		
	柱刻		柱刻	備考
上巻1	べに二へん上の五	上巻1	削除	詞書削り残し＝忘れ？「妙薬を得る」
上巻2	べに二へん上の十四	上巻2	元を残し、右側＝表丁に「いと柳十一ノ十三」	元の柱刻の削り忘れ
中巻1	べに二へん中の七	中巻1	元を削除し、右側＝表丁に「いと柳十一ノ五」	前板になし後板で復活
中巻2	べに二中の十四	中巻2	元を削除し、右側＝表丁に「いと柳十ノ十五」	
下巻1	べに二へん下の五	下巻1	元を削除し、右側＝表丁に「いと柳十二ノ十三」	囲みの中に鼻山の名残る
下巻2	べに二へん下の十四	下巻2		囲みの中に東里の名残る。結束らしい絵の使用

＊『以登家奈書』の柱刻は、初めの一葉を除き、元のものを削り、右側に位置を換え新たに施す（よって、その部分は、前の丁と柱刻が向かえ合せになる）。なお、表に記した如く削り忘れがある。

前板と後板について。まず、口絵だが、前板の状態のもの②③を後板で一図にまとめてしまっているが、逆に挿絵3については復活している。前板では、この部分　表丁（左側）に「いと柳十二ノ四」裏丁（右側）に「同五」とあり、しかも、袋綴じでなく貼りあわされているから見開きの部分が元々空白であり、前板段階で挿絵の板木が一時不明であったことを物語る。

このように後板は、一方では、色刷の口絵一丁を減じ、一方では、見いだした挿絵を復活している（左上の小さい四角の墨塗状のもの（■）があり、その急を物語るか）。この事例からも、『以登家奈喜』四編刊行時の慌ただしさが想起される。

三　為永春水作『以登家奈喜』[7]の確認事項

本書は三組の情話などからなっている。①直吉とお千代・お種、②市五郎とお柳（お千代の妹）、③麗和とお愛である。『日本古典文学大辞典』（岩波書店）の【作風】に「三組の情話は、無関係に並行的に描かれていて、主流をなす筋がなく、構成は支離滅裂である。為永流の作風の最も悪い見本といってよい」とある。①②は有機的に結びついている点などあるが、たしかに③麗和とお愛の物語は前者①②と結びつかない。「支離滅裂」とは、人情本を辞書解題などでストーリー的に読み解こうとしすぎることから、ついついそう記してしまう表現で、よく目にする言葉である。[8]しかし、『以登家奈喜』の場合、どのように読み解いても「支離滅裂」という言葉を使うのが至当であると思う。

この『以登家奈喜』の構成を改めて見るに、

A①直吉とお千代・お種　②市五郎とお柳

原板（『風流脂臙紋』）より

口絵より　（艶吉／菊市）

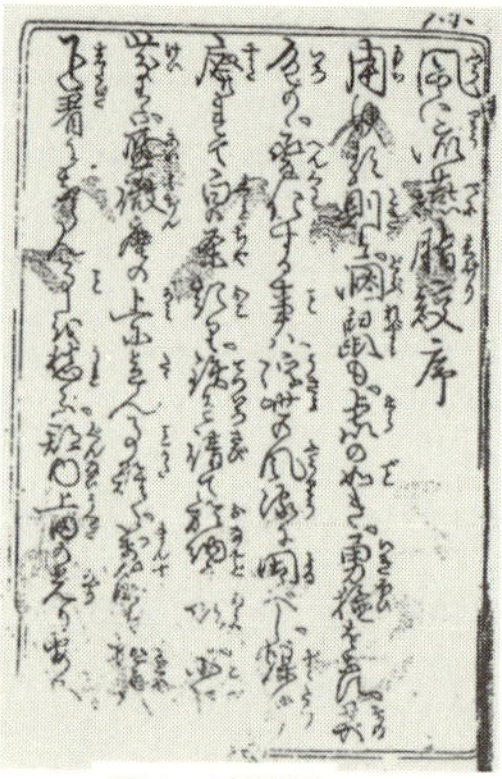

図1　序冒頭

後編上巻２

図４　挿絵１　後編上巻１

後編下巻１

図７　挿絵４　後編中巻２

図2　前編

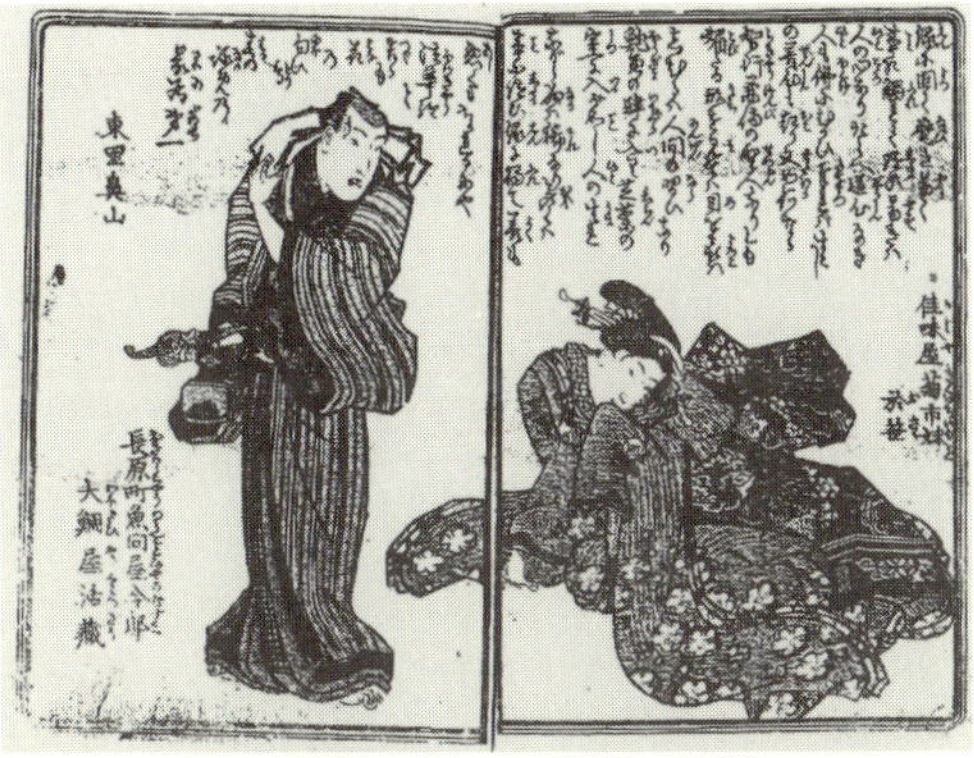

図3　前編口絵より　（活蔵／於笹）

図5　挿絵2

図6　挿絵3　後編中巻1

図8　挿絵5

図9　挿絵6　後編下巻2

初編上巻（一回）～二編下巻前半（十一回）、三編中巻（十五回）～下巻前半（十七回）、四編中巻（二十一回）
～下巻（二十四回）
B③麗和とお愛
三編上巻（十三／十四回）、同下巻（十八回）～四編上巻（十九／二十回）、下巻（二十四回末）
C難波西堀辻君お賎のこと
二編下巻後半（十二回）
である。
四編結末時にAとBは、Bの麗和とお愛の結末が付け足しのように記されるも、とりあえず収束する。しかし、Cの難波西掘辻君お賎のことは唐突で、続きがあるように書かれるが、結局これのみで終わる。このように、四編完結までで、Cまで含めると、三つの物語が一つの作品名の中に押し込められているのである。
さて、次に『以登家奈喜』の成立経緯を整理しよう。
まず、同じく金幸堂菊屋幸三郎から先行して刊行された『黄金菊』の記載から点検しよう。二編（天保八酉年孟春序刊）下巻々末丁の金幸堂店先の体の吊し札の一枚に「柳の糸」とある。次に、三編（天保九戊戌序刊）下巻末奥付に「同房新話　為詳柳《ゐとやなぎ》　全十二冊　為永著／國貞画」とある（なお、神保五彌上掲論文に、天保十年刊の四編巻末に〈同房新話いとやなぎ　全六冊出来　為永春水作／歌川国直画〉とあるよしである。一七七頁）。これらから、当初（天保八年ころ）書名が「柳の糸」と名付けられていたことがわかる。これは同じく、架蔵本の金幸堂刊『春色初旭の出』初編の（下巻）末などに、旧来のものを利用したとおぼしき目録「東都書肆　馬喰町錣店菊屋幸三郎板（合梓店名を削る）」が付載され、「同房語艶柳の糸　為永春水作／歌川國貞画」とあることからも事実であろう。その後、書名は〈いとやなぎ〉となり、当初十二冊構想が出来たと推定される（冊数はなりゆきであろう)。なお、神保のいわれる全六冊であるが、画工を国直とする点、他の目録類では国貞なので、この時点で刊行されたかは留保も要するであろう。

次に、蔵販目録に注目する。神保上掲論文一七八頁には、「天保十一年刊、旭亭滝昇作の人情本「春色初旭の出」第三編末に附載する〈金幸堂蔵販中形絵本類標目〉には〈洞房新話糸柳全九冊〉とも見えている」とある。一体附載の蔵販目録のデータは、書籍本体の刊年時と必ずしも一致しないから、(9) にわかに天保十一年時の情報とはいえない。ちなみに、架蔵『風流脂臙絞』には、前後編とも巻末に同じ物(正しくは「金幸堂蔵版中形繪入讀本類標目」)が附載されているし、国会本『以登家奈喜』つまりは四編成立時の印行本の初・二編巻末にもついている。しかし、この目録の場合、次に述べるとおり、天保十二年中には四編への連続を示す内容を持つ三編が、刊行されているから、この目録は天保十一年時の内容で、この時は全九冊構想であったろうことを示す。

次に、『以登家奈喜』の内部などから明かな点を言おう。二編(刊年不明)下巻後半(十二回)で、難波西堀辻君お賎のことを描き、この時点で二編六冊で終わらなくなった。次に、天保十二年中(同年正月くらいが実際か?)には、三編が刊行されていた。これは三編上巻六丁裏に、松亭金水作『閑情末摘花』三編(十一年刊)五編(十二年刊)のことが触れられるから、それが傍証となろう。また、神保も言及される如く(一七七頁)、天保改革時の「市中取締三廻り」の報告書に、(天保十二年末の時点で)本書は「三編まで九冊」とあるからそれも傍証となる。次に、三編は完結せず四編へと続く内容となっている。これは同報告書に、(天保十二年末の時点で)本書は三編まで九冊、壬寅(天保十三年)売出候趣として、三、四編六冊とある。

これらをまとめると、『以登家奈喜』は、『黄金菊』の記載から、天保八年時には「柳の糸」といったのを、天保九年には現書名に確定した。冊数であるが、天保九年時にいったん「十二冊」と表示されるが、神保言及本によれば、天保十年時に全六冊となり、次に、目録記載事項を援用すれば天保十一年頃全九冊構想である。しかし、

「市中取締三廻り」の報告書によれば、天保十二年末の時点で、三編九冊まで刊行されていて、天保十三年に四編が売り出されようとしていた。すなわち、おおよそ天保十一年には、全九冊構想であったのが、十二年刊行の三編は、先の構想とは違い完結していない形であった。そして同十三年正月までには、この四編が成立していたのである。

『風流脂臙絞』が、「庚子仲秋序刊（＝天保十一正月刊？）」であり、『同房語艶 以登家奈喜』四編が、その序年記を残したまま（彫り忘れではなかろう）実際には、天保十三年正月刊を目指していたのである。

四 『同房新話 以登家奈書』四編

まず、本節一で述べたように『風流脂臙絞』の内容は、『以登家奈喜』（特に四編）とは別話であり、神保論で推測される草稿をリライトしたことは否定される。

麗和とお愛（第三章分類B）が、三編下巻（十八回）に続き、四編上巻（十九／二十回）まで記され、中巻からは直吉とお千代・お種、市五郎とお柳（同分類A）の結末が記され、最後に、麗和とお愛の結末が付足される。これら、特に麗和とお愛の話は三編下からは一続きであり、三編刊行時に、四編の一部が成稿していたことを物語る。『以登家奈喜』自体の草稿が、すでに存在したことの傍証となる。

さて、この四編は、物語全体を無理矢理完結してしまっている。『黄金菊』初編の序には、「予が著編の三編四編拾遺合し八編ぐらい、長ひハあきる短ひハ、讀たらぬのに賣たりぬ二十四冊を二ツにさひて、十二冊で満尾をつけ、また十二冊で再度のめでたし、此様な作者の著述が唐にもあろか」とある。春水の常套的長編化及び分割編集を、この当時のしかも金幸堂の出版物で述べた言葉である。『以登家奈喜』においても、三編上巻十四回末でその方法を採ろうとする。この回は、十三回に初登場した麗和の素性が具体的に記され、勘当されるところを箕輪の裏長屋の食客となるという設定が施され、そのもとに集まる友人たちの歓談を描く、為永工房作品では、『八笑人』に代表される得意な場面である。そこに御殿女中が二人訪ねる。そして末に「此時やがて帰り来る彼のお愛と此女中の初對面に亦一奇談を説いだせり夫は亦拾遺の巻を看たまふべし「紅葉情話さしやなぎ全本六冊／即拾遺の題号也」とある。平生の拾遺編の宣伝である。しかし、その一年後、この四編は、長編化の道を選ばなかったのである。やはり急な収束である。▼[10]

さて、この四編の刊行であるが、挿絵五（上巻二）については、「鼻山」の彫り忘れから、『風流脂臙絞』よりの流用が、神保により指摘されるが（一七六頁）、実際は挿絵すべてが利用されている。とすると、この四編の絵（口絵／挿絵）すべてはもとの板木紛失というより、準備されていない段階で『風流脂臙絞』前編の口絵と、後編の挿絵六図を利用し出版を急いだと考えるのがよかろう。一方、『風流脂臙絞』も天保十一年秋の序を有し、上記書付にも記されるから、おおよそ天保十二年刊であろう。そして十二年末までの間に『風流脂臙絞』を解体し口絵・挿絵を利用し、あらかじめ有った原稿を適宜編集し、通常の春水にしては無理矢理完結させた『以登家奈喜』四編が刊行されたのである。また、上巻廿回でお愛の素性につき「さて亦麗和の仮住の長屋にあるお■《ママ》の過ぎにし昔を」（十一オ）「お■《ママ》の父の兄万屋徳兵衛といふ者」（十一オ）と、おそらく「お愛」であろう人物名を判断つかぬまま未刻で摺りだしてしまい、お愛の秀次郎との過去のエピソードのなか、「お　さんは猶お嬉うございませう」（十七オ）と、これは人物名の誤刻を削りおとしたままである（前板後板共に同じ）。上述二章の口絵挿絵もあわせ、あわただしい編集出版であった証左である。

以上、『同房新話以登家奈喜』四編は、『風流脂臙絞』を解体し、その口絵と挿絵を利用し、本文はあらかじめ、春水（為永工房）により作られた草稿を使い、編集していることを実証したつもりである。内容とは無関係に、この鼻山人作品が解体され、春水の名を冠した『以登家奈喜』四編が成立したのである。これは直接には、金幸堂菊屋幸三郎の行為であろう。ここには作家の存在がなくなっている[11]。

本節三にも少しく触れたが、天保改革時、「市中取締三廻り」の報告書に、（天保十二年末の時点で）『以登家奈喜』は、三編まで九冊、壬寅（天保十三年）売出候趣として、三、四編六冊とあり、金幸堂は、この改革へ向けて本書をともかくも完結してしまおうとしたと考えることは自然であろう。そこに利用された『風流脂臙絞』が解体された理由そのものはわからない。本作品自体前後編六冊で一応完結している。また、続編の『絞花志』が存在し、『以登家奈喜』四編と話自体は、無関係であることが判ったが、この四編との刊行時期等の係りなどは、未詳であるなど、『風流脂臙絞』側からすると不明な点も残る。

『風流脂臙絞』の解体理由について推論してみると、例えば、主人公が魚河岸の人で、そのクレームにより実際に絶版にしたことを『以登家奈喜』四編刊行によって示したのかもしれない。丁子屋平兵衛刊『眉美の花』二編（天保辛丑序刊＝十二年）上巻七回に、小石川の長屋に零落するお糸のエピソードに二字下げの説明として「そも〳〵此娘といふは元鎌倉の繁花なる町に生れて賎しからず踊も相應に出来たれども祭場所の行事たる庄屋がまひなひを取て徳を得たることありて衣裳を踊子の方に費やし出んといふもの有し故諸掛入用勘定の徳分もあれば半途にて此娘を断りしとぞ」（架蔵本による）とある。本書も板木没収にあっている。その後の修板では、この庄屋が、祭礼の踊への娘の参加を断った部分は、すっかり削られている（山杢誠蔵本による）。これは天保の改革時における、人情本刊行の自主規制（あるいは権力による摘発への防備）が、単に婬風のみではなく、時事雑説にも及んでいる事を示すだろう。『風流脂臙絞』の解体も婬風よりも、時事雑説に係わると推定する。

読者にとり人情本の興味の中心は、まずは男女の仲、それに続いて、当世（江戸）風俗であろうか。しかし、本書中で述べたように、写本もの人情本が、流布したこともあわせると、時事雑説（～実話性）への興味もあったろう。供給者側は当然それに応じていたはずであろう。本書は、文政十一年刊岩井粂三郎補筆『磯馴草紙《そなれそうし》』と同話であり、その天保板ともいえよう。さらに、この物語は写本『ゆかりのいろ』（関西大学図書館中村幸彦文庫、別本に『妻琴日記』架蔵）の補綴作品である（『人情本事典』「磯馴草紙」、写本『ゆかりのいろ』については、本書第三章第一節「人情本の型」参照）。解体は、それらとともに関係するかもしれない。また、金幸堂菊屋幸三郎は『安名手本執心廓』東西散人（文政十）を、春水序で『仮名手本篇の梅』として改題改編して刊行する（天保戊戌秋序刊・三編九冊）。『風流脂臙絞』ほど急な作業でもないが、同じような解体作業とでもいうべき本作りをしている。この点は、時世とはあまり関りがないと思われる。

『風流脂臙絞』の解体理由を明らかにすること、これは人情本研究の次の課題の一つである。

【注】

（1）角書きは、内題尾題とも各巻、初編の『同房語艶 以登家奈喜』で、二編以下すべて『同房新話 以登家奈喜』（ただし二編上巻尾題角書きなし）である。本論では、全巻で一致しないこともあり通常角書を省く。

（2）本来なら「嚥脂《べに》」（＝燕脂）だろうが、本書では、前後編序題・前編上巻題簽題以外「脂臙」と表記されるようなので、書名も『風流脂臙絞』に統一した。なお、本書に角書はない。

（3）一般にこれを、天保十二年正月刊と考えるのが至当であるかもしれないが、奥付に、天保十一年の兼用目録を使用している十一年内新刊を表示しているのかもしれない。

（4）画工は『日本小説書目年表』によると歌川貞秀である。

（5）金助は七梅を囲うが、山吹屋の娘お光と出会い養子となり山吹屋を継ぐ。一方七梅は、改心して武家に帰参した言名付鉄八と夫婦になるという筋のもと、野幇間蚊文二らをまじえた交歓を中心に描く。なお、金助は紅絞での恋敵と異なり、人情本典型の若隠居として描かれる。他本として、初編上・中冊（架蔵）後編中冊（二又淳蔵）後編下冊（高木元蔵）。

（6）架蔵零本は、初編中・下・二編下・三編上・中・下・四編上巻の七冊存のうちの四編上巻一冊。改装本。なお、国書総目録上、岩瀬文庫にも板本所蔵とするが人情本刊行会の翻刻本である。

（7）画工は一般に歌川國貞とされる。しかし、四編は本論の通り、『風流脂臙絞』による（歌川貞秀となるか）。また、初編上には「應需静齋英一画」とする一葉があり、三編は口絵にあるとおり渓齋英泉であろう。

（8）渡辺憲司は、近時、構想の整合性の面から低い評価を与えられている人情本の辞典解題を何点かあげられ、そういう読み方に再考を促されている（「人情本『春色英對暖語』を読む」『国文学解釈と鑑賞』平成十三年九月号）。なお、三章で姉妹が同一男性を慕うとする作品を羅列されるが、本論で取りあげる『糸《マ》柳《マ》』等当らないものも含まれる。この点は残念だ。

（9）「『増補外題鑑』成立要因―蔵版目録を土台として（上）」（『讀本研究』第八輯下套四十三頁～）。

（10）もっとも、四編上の二十回のお愛と昔の男秀次郎とのことにつき、巻末に「此の二人の傳は別に六冊の物語有之候」とある。ただし、書名などなく簡略である。

（11）似たような事例として、『春色由縁の梅』がある。これも書肆の意図による編集出版物だろう。しかし、これは鼻山人作品自体は解体されていない（小島明「『未曾日の月の刊年』及び『春色由縁の梅』について」『近世文芸研究と評論』平成六年十月号）。

【書誌事項】

『風流脂臙絞《ふうりうべにしぼり》』（架蔵）中本　前後編六巻六冊

前編

○表紙　茶地に諸々のしぼりの模様

○題簽「燕脂《ママ》絞上・紅絞里中・へにしほり下」

○見返し　なし

○序文（上巻）二丁・「風流燕脂絞《ふうりうべにしぼり》序」（一丁半）各巻の内容（半丁）本論図版参照　＊「燕脂」ママ

○口絵（上巻）三丁（見開き二図、半丁二図）本論・図版参照

○本文（上巻）十九丁

（中巻）十八丁半

（下巻）十八丁、その後に清涼香の広告二丁、「金幸堂蔵販中形絵本類標目」一丁、奥付代わりの出板書目半丁（奥付として別記・破損有）

○内題および著者名　風流脂臙絞《ふうりうべにしぼり》上巻（中）（下）

江戸　鼻山人著

○章題

（上巻）醋梅《せきばい》を談説《だんせつ》すれば口中へ水《みづ》出ルの話《はなし》

（中巻）懸險《けんけん》を［踏《ふま》んと思《おも》へバ足心悛《そくしんしゅんじう》　する］の話《はなし》　＊［　］内は佐藤蔵本より補う。

（下巻）善《ぜん》を修《しゅ》して悪《あく》を止《とゞ》む人情《にんじよう》の奇遇話《きぐうはなし》

○尾題　風流脂臙絞上巻（中）（下）終　ルビ無・中巻は破損（佐藤本も同じ破損だが、やはりルビ無しか）

○奥付　半丁「同房新語《どうぼうしんご》絲柳《いとやなぎ》　為永春水作　歌川國貞画／風月花情錦漁傳《ふうげつくわじょうきんぎょでん》　松亭金水作　歌川貞房画／松竹梅《しょうちくばい》たけくらべ三［亭春馬作　歌川國貞画　天保十一歳次庚子仲春發行　三都書林／京都寺町佛光寺角河内屋藤兵衛／大坂心齊橋筋博労町　河内屋茂兵衛／江戸馬喰町四丁目　菊屋幸三郎］」

＊［　］内は佐藤蔵本より補う。ただし、これは金幸堂が刊行したことを表す事以外、他書肆の合梓については不明。また、「天保十一歳」も少なくも「春」ではない。既存の目録兼用奥付利用である。

○挿絵　上巻見開き二図（七ウ―八オ、十五ウ―十六オ）
中巻見開き二図（五ウ―六オ、十四ウ―十五オ）
下巻見開き二図（五ウ―六オ、十四ウ―十五オ）

○柱刻　小口の部分（丁ウラ下部）に
序文「シホリ初ロノ一（・四）」（二・三は飛丁）
口絵部分なし
本文　上巻「べにしぼり上ノ一（―十九）」
中巻「べにしぼり中ノ一（―十八）」　＊十九丁目は破損のため不明＝佐藤本も同。
下巻「べにしぼり下ノ一（―十八）」　＊巻末広告目録類にはなし
＊板心に「〇」とあり

後編

○表紙　前編に同

○題簽「紅絞後編 上・紅絞後編 中・紅しほり後編 下」
○見返し　なし
○序文（上巻）二丁・「風流燕脂絞後編序」（ルビなし）（一丁半）・各巻の内容　半丁　＊燕脂ママ
○口絵（上巻）三丁（見開き二図、半丁二図）
○本文（上巻）十八丁
　（中巻）十八丁半
　（下巻）十七丁半、その後に清涼香の広告二丁、「金幸堂蔵販中形絵本類標目」一丁
○内題および著者名　風流《ふうりう》脂《べ》臙《に》絞《しぼり》後編上巻（中）（下）＊下巻は佐藤蔵本より補う。
江戸　鼻山人著
○章題
（上巻）山《やま》は其高《そのたか》きを致《いた》して雲雨焉《うんうこれ》に起《おこ》ルの話《はなし》
（中巻）水《みず》は其深《そのふか》きを致《いた》して蛟龍焉《かりゆうこれ》に出《いづ》るの話
（下巻）君子《くんし》は其道徳《そのどうとく》を致《いた》して福禄焉《ふくろくこれ》に降《くだ》ルの話《はなし》　＊佐藤蔵本より補う。
○尾題　風流脂臙絞上之巻（中之巻）（下巻）終　＊ルビなし
○奥付　なし（前編に同じ物の落剥か）
○挿絵　各巻　見開き二図（五ウ―六オ、十四ウ―十五オ）図版参照
○柱刻　口の部分（前録同様丁ウラ下部）に
　序文「シホリ二口ノ一（・四）」（二・三は飛丁）
　口絵部分　なし

本文　上巻「二ヘン上ノ一（―十八）」
中巻「二ヘン中ノ一（―十九）」＊十九丁目は十九ウ（白紙）の右下
下巻「二ヘン下ノ一（―十七）」＊十八丁目なし

その他、架蔵本は前編中巻に大穴があり、後編下巻一丁目落丁。ほかに中本にありがちな部分的な破損や手擦等がある。佐藤蔵本は架蔵本より状態が良い。ただ、二本とも刷りをはじめ表紙から巻末広告にいたる構成まで同一で、刷り出しから製本まで同時期に行われたことを想起させる。

＊これらは本論内容に係わるもの等を中心に記した。

『同房新話絲柳　四編』（国立国会図書館蔵）中本　三巻三冊
○表紙　灰色地に下半分青の網模様に蝶をちらす
○題簽「絲柳四編 上・絲柳四編 中・いと柳 下」＊上は楷書、中・下は草書
○見返し　なし
○序文（上巻）計二丁
＊「風流脂臙絞」前編の板木を修する。本論参照。
○口絵（上巻》計三丁
＊「風流脂臙絞」前編の板木を修する。本論参照。
○本文（上巻）二十丁半
（中巻）十八丁、その後に清涼香の広告半丁
（下巻）十六丁半
○内題および著者名　同房新話 以登家内喜《いとやなぎ》巻之十（〜十二）

○尾題
＊角書ルビなし　江戸為永春水著
同房親話 以登家内《いとやなぎ》書巻之十（〜十二）了
＊ルビは上巻のみ

○奥付
なし

○挿絵
上巻　見開き二図（四ウ—五オ、十五ウ—十六オ）
中巻　見開き二図（五ウ—六オ、十三ウ—十四オ）
下巻　見開き一図（十三ウ—十四オ）もう一図（四ウ—五オ）は後に復活
＊挿絵の改刻は本論参照。

○柱刻
基本的に口の部分（丁ウラ下部）にある。
序文・口絵部分　なし
本文　上巻「いと柳十ノ一（—二十一了）」
＊四丁目なし、十五丁目はオモテ丁下部、二十一丁目はウラ丁（白紙）の右下にあり
中巻「いと柳十一ノ一（—十八）」
＊五、十三丁目はオモテ丁下部に。十三丁目（ウラ口）は「べニ二へん上ノ十四」削り忘れ
下巻「いと柳十二ノ一（—十六）」
＊四、十三丁目はオモテ丁下部に。十七丁目不明。
＊柱刻の諸々は本論参照。

【付記】刊行後わずか一年程で解体されたであろう『風流脂臙絞』につき、佐藤悟氏から別本の存在を告げられた時は、正直いって焦燥りました。本論は、単なる新発見論文にならないよう努めたつもりです。しかし、梗概や書誌事項のうち基本事項などは、本来なら事典・解題・データベースなどに依拠し、参照していただくことで手短に済ますべき事なのでしょうが、中本研究が他分野より遅れているため、紙面を裂かせていくこととなりました。この点、今後データの共有化などの基礎作業を進めていかなければならないと思う次第です。

本論を成すにあたり、佐藤悟氏はじめ蔵書の閲覧を許された高木元氏、二又淳氏、山杢誠氏、そして人情本研究に光をあててくださった神保五彌氏に感謝いたします。

第八節　建久酔故傳

振鷺亭の水滸伝ものと言えば、寛政六年刊『教訓《きやうくん》いろは酔故伝《すいこでん》』が有名である。石川秀巳が下記論考でも指摘する通り、山東京傳の『通気粋語伝』（寛政元〈一七八九〉）との混同もあるが、「相撲とり九紋龍が日本橋のほとりにて巾着切りという小賊を捉拉」いだエピソードから作ったなどと、曲亭馬琴が『近世物之本作者部類』で取り上げ、現代においても中村幸彦、髙木元などによる、中本型読本の研究史上でも一定の評価を得る作品で、内田保廣は「巷説や歌舞伎役者を当て込んだ作風は、この後展開する江戸読本とは一線を画す作風であり、江戸読本をはじめとする後期文学の作風が確立する直前の実験的な作品であると見ることができる」とする（「京伝と馬琴」岩波講座日本文学史第十巻『十九世紀の文学』一九九六）。さらに石川秀巳は「『教訓いろは酔故伝』論―「江戸の水滸伝」のうち―」（『国際文化研究科論集』＝東北大学大学院国際文化研究科、一九九七）で、振鷺亭が『教訓いろは酔故伝』執筆にあたり、参看した水滸伝の原本が基本的に『通俗忠義水滸伝』であることを指摘したうえで、各章の趣向摂取を具体的に解き明かしている。摂取の各章それぞれは、当該論考を参考されたいが、「第五　深太郎大に酒に酔ふて仁王鼻を打つ」の典拠については興味深い点がある。そもそも本作品は、倶俚迦羅紋九郎、ろ和尚新太郎など、水滸伝登場人物になぞらえた者たちを適宜出させるものの、岩永左衛門（隠居して高俅入道）の次男宗治郎と兄嫁おしよう（遊女や芸者になったりもする）を主人公とする恋愛ものである。そしてまた、他の章は、二人の逃避行にともなうエピソードがおおよそ時系列に沿って語られるが、この第五章は、大坂で芸者となったおしょうに西国侍が惹かれることを描いていて、挿話的で、時間の流れがない感があり、巷説に依った感がある。しかし、石川論文によれば、仁王嗅がこの西国侍慶蔵におしょうの話を持ちかけるところは、第二十四回「王婆貧賄説風情／鄆哥不忿鬧茶肆」の王婆と西門慶のやりとりをほぼそのまま写している。振鷺亭はこのような挿話的場面にも水滸伝を利用してきているのだ。

一　『時代世話建久酔故傳《けんきうすいこでん》』の概要とその改変

この振鷺亭主人作寛政六年刊『教訓いろは水滸伝』は、中本型読本の一作品であるが、文政四年〈一八二一〉ころ、自身が二世振鷺亭を名乗った為永春水（山杢誠『為永春水年譜稿』その二『文学論藻』六八号、一九九四参照）により修（板の一部が改刻）され、文政三年に『時代世話建久酔故傳』として刊行された。文政年間に入り書かれ刊行され始めたといってよい人情本は、またの名を、その書形から「中本」ともいう。そして、さまざまなジャンルの小説からの影響を受けているが、同じ書形の中本型読本からも当然影響を受けている。中本型読本については、高木元『江戸読本の研究』（一九九五年、ぺりかん社刊）にくわしいが、半紙本サイズの普通の読本よりひとまわり小さい美濃半裁本で、内容が読本より平易なものである。内容はいろいろである。ある作品は、敵討と恋愛が混じったような形で現れたり、ある作品は、恋愛物主流なものであったりするが、いずれにせよ、概して世話物の傾向が強くなっているとは言えよう。『教訓いろは水滸伝』は上記のとおり、大まかに言えば、恋愛物といってよいだろう。この作品を、書肆からの依頼と思しいが、春水が修しているのである。

本書は管見に及ぶ限り、故向井信夫蔵本しかなく、筆者はかつて氏からコピーを許されたので、この機会に概要を記しておく。

構成は以下の通り

構成＝見返し・序文・口絵①〜③・目録・口絵④・本文（末一丁欠）

○見返し

京洛　近松門左衛門　著

大坂　八文字屋自笑　訂

時代世話 建久酔故傳　全

東都　双鶴堂／文魁堂　上梓

○序文（半丁）

趣向《しゆかう》は宋《そう》の時代狂言《じだいきやうげん》すぢは今様世話場《せわば》のまく明てうれしき春霞ひくやひゐきのてうち連《れん》文魁堂《かいどう》にやとはれて抑揚頓挫《よくようとんざ》のキツカケも楽《がく》やをしらねばツナギをうち焉哉乎也《えんさいこや》の小道具も廻《まは》り仕掛《じかけ》のカツチリもまわりかねたる序の名代イヨ口上はさらにわからず取聞《とこえぬ》ところは大入の聾《つんぼ》さじきと思召近松翁の立作《たてつくり》に八文字やの三立目《みたてめ》さてめづらしき新板もの繪草紙番附《えそうしばんつけ》後編をまつかぜよしかな茶よしかなトあゆみの板の永文章《ぶんしやう》土間《どま》わりの手帳《てちやう》をもつてあるかな〳〵しかいふ　文政三庚辰春　堤下　三鷺　花押（為）

○④も含め口絵三丁半

①中央に大木、遠景として高楼・湖・橋・人々を配す。「斜陽相臨樹蘭　筵上山泛湖中　人影動静順画　形容交如雲烔」（見開）

②橋下河原　左におしやう・宗治郎　右に悪者を川に投げ込む紋九郎（英泉画）（見開）

③野中　左にくん治らを懲らすろ和尚　右に縛められたおしやう（渓斎英泉画）（見開）

④＊目録の次参照

○目録

目ろく

第一　恋《こい》のやまいの御祈《いのり》は魔王《まわう》をはらす鎌倉山《かまくらやま》

第二　川風そよく橋上《きようしよう》の夜涼《よすみ》は谷七郷《やつしちごう》の男達《おとこだて》

第三　龍虎《りようこ》のあらそひうち解《とけ》てゆるがぬ心《こゝろ》の力石《ちからいし》

第四　送《おく》られつおくりつ木曽《きそ》のうまや路《ぢ》は大竹林にろの字彫《じのほりの（ママ）》

第五　百薬《ひやくやく》のてらし限《ぎり》なる酒酔《さがえ》は仁王《におう》に等老女《ひとしきろうじよ》の悲《かなしみ》

第六　捨果《すてはて》て浮《う》き世《よ》の憂《うき》に大雪は夜の野中《のなか》の古社《ふるやしろ》

第七　ちぎりきなかたみ替《がわ》りのはで小袖恋の山路の片岡越《かたおかごへ》

第八　ちかいも反古の仇恋はさてめさましき勇の切腹

第九　操も不義も今更にさめてはづかしうたた寝の夢

目次尾

堤下　市隠　三鷺

旧本補正

＊参考　いろは酔故傳目録

第一回　呉服用大夫《はつとりようたゆふ》が智第六天魔王《ちゑだいろくてんまおう》を走《はし》らす
第二回　倶哩迦羅龍紋《くりからりうもん》九郎橋《くろうはし》の上に涼《すゞ》む
第三回　ろ和尚《おせう》逆様《さかさ》に尺角《しやくかく》の幟杭《のぼりくい》を抜《ぬ》く
第四回　ろ和尚大《おせうおほい》に木曾《きそ》の大竹林《たけばやし》を騒《さハ》かす
第五回　深太郎《しんたろう》大に酒《さけ》に酔《ゑ》ふて仁王嘷《にわうかゝ》を打《うつ》
第六回　宗次郎大雪《そうじろうおはゆき》の夜野中《よのなか》の古社《ふるやしろ》
第七回　藝者《げいしや》おしやう片岡《かたおか》の山越《やまこへ》にて狼《おおかめ》を打《うつ》
第八回　玉子婆甲州街道《たまごばゞかうしうかいだう》にて肉饅頭《にくまんじう》を賣《うる》
第九回　孫勝《そんしやう》法印大峯山上《ほういんおゝみねさんじやう》にて幻術《げんじゆつ》を使《つか》ふ
右以上九篇

振鷺亭主人戯作

口絵④（「扉」的なもの）上段に白抜きにて「時代世話建久水滸（ママ）傳　二冊」

下段「よしあしも心にかけす此頃狂歌に　世のうさを花にわすれてまたひとつくろう求めしあすか山かぜ

八橋舎主人詠」（半丁）

○本文四十三丁目まで存（末一丁欠）

基本的に原著の板木を使うが

・内題「時代世話 建久酔故伝」は彫り直す。

・作者名　なし（原著と同じ）

・各章の見出し　基本的に削除。

＊第二回にあたる「迦倶俚迦羅《くりから》龍紋《りうもん》九郎橋《くろうはし》の上に涼《すゞ》む」、おなじく第三回「ろ和尚ろ和尚《おせう》逆様《さかさま》に尺角《しやくかく》の幟杭《のぼりくい》を抜《ぬ》く」は残るが、削り忘れと考えられるか。

＊すでに述べたとおり、本文は原著のままである。但し、例えば、二十七丁目ウラ四行目原著「じやまんのこつぷ」が「ジヤマンのこつぷ」になっていて修せられることも皆無ではない。

以上、見返しでは、原著の「大坂　八文字屋自笑　訂」の次にある「江都　振鷺亭主人　譯」と、本書の内容についての文言である「此書は魏晋唐宋元明《カラノサクシヤ》ノ小説《クサソウシ》ヲ採《ト》リ源氏物語《カナホン》ノスジヲ交《マジ》ヘテ世話狂言ニ和ラケ白猿カ荒事路考カ若女形訥子カ和實杉暁カ色悪其他若衆大勢ニナソラヘテ趣向《シユコウ》トス誠ニ紙上ニ劇場《シバイ》アツテ筆下ニ声色《コワイロ》アルカ如シ　南總館梓」を削り、新たな本屋にしている。板元は序にあるとおり文魁堂、すなわち春水に親しい大坂屋茂吉、合梓者は中本をも多く出していた、双鶴堂鶴屋喜右衛門である。向井本は末一丁、すなわち本文末尾以下を欠くので刊記が不明だが、見返しと序文から書肆が判明する。

序文では、原著見返しの本書について、内容の文言に敷衍して芝居の字句を並べ、見返しにもともとあった「近松」「八文字や」をあげたと考えられる。

なお、原著の序文は、一「八文字屋自笑」、二　自序（振鷺亭）であるが、自序中の水滸伝の世界の記述は、本書『建久酔故傳』三鷺の序からほぼ消え、強いてあげるとしても「此書は魏晋唐宋元明の小説ヲ採り」ぐらいである。目録は、内容的には指し示すものが変わらない感もあるものの、水滸伝のイメージをおおよそ消している。また、第一（回）および第九（回）などの章題の変更が顕著なように、恋愛物のイメージが強くなっている。

これらから、一応おしやう・宗治郎の恋物語を原著より少しく前面に出し、水滸伝の世界を背景に押しやる努力はしているようだ。むろんいわゆる改竄本であり、本文は変わらないのだから、文政期以降の読者でも『建久酔故傳』から、水滸伝の背景を読みとれることは容易である。

この修板では、春水は「三鷺」と名乗る。これは「三馬」と「振鷺亭」の名前から一字ずつをもらった名である（山杢誠『為永春水年譜稿』その一『東洋大学大学院紀要』三〇号、一九九四）。上記の通り、同じ頃、二世振鷺亭を名乗るから、振鷺亭に親しみを持っていたことはいうまでもない。その一方で、振鷺亭作品を新板に見せかけようとしている。本文は章題を削るのみ、目録も上記の通り、若干水滸伝の世界から離れようと試みるのみである。序文原著では三丁半（「八文字屋自笑」一丁、自叙二丁半）を半丁にしているものの、「三鷺」の売り込みは感じられ、口絵は却って半丁増えた三丁半で、仲間の英泉に見開三丁を書かせ、原著が人物紹介的であったのに比べ、②③は名場面描写になっている。半丁の④（「序」というより「扉」というべきか）は、春水の狂歌仲間の八橋舎調である。同時期には『滑稽鄙談息子気質』振鷺亭主人（＝春水だろう・刊年未確定。神保五彌『為永春水の研究』参照）がある。これらには、春水たちの売り込みが感じられる。特定の物語を「年号＋水滸伝」とすることは、高島俊男『水滸伝と日本人』にも指摘がある。「天明水滸伝」（神道徳治郎）、「天保水滸伝」（笹川繁蔵・飯岡助五郎）、「嘉永水滸伝」（国定忠治）、「慶應水滸伝」（新門辰五郎・小金井小次郎）などである。現在では講談（や浪曲）で演題として使われる事がある。これらに加えて、吉沢英明『講談作品事典』（私家版、二〇〇八）によれば、夕立勘五郎が「安政水滸伝」であるよし。しかし、『建久酔故傳』とは、本文冒頭に「建久のむかし」とあるに依ったと推測する。特別の意味は無いだろう。

二　『全盛葉南志』

振鷺亭作品を春水らが改竄したものに、『風流夕霧一代記』（寛政期か）がある。『全盛葉南志』として、青林堂から文政壬午秋中秋　駒人序　英泉画で刊行されている。刊記は、「文政六未春發販　／書房　日本橋砥石町大坂屋茂吉／人形町通乗物町　鶴屋金助／尾州名古屋　美濃屋市兵衛／下谷長者町　加賀屋源助／橘町二丁目越前屋長次郎」とある（成田図書館蔵本等による。山杢誠『為永春水年譜稿』その二参照）。『建久酔故傳』から三年後で、今回の作者は、文政期に春水を助けた駒人である。春水＝青林堂越前屋長次郎が刊行者であるが、大坂屋茂吉や鶴屋金助も合梓していて同じグループの仕事であろう。『教訓いろは酔故伝』も『風流夕霧一代記』も中本型読本であり、半丁あたり十行で彫りも同様のものである。同じような造本である（『教訓いろは酔故伝』は早稲田大学図書館蔵本がＷＥＢ上で公開されているので、板面の確認は一応簡単にできる）。『全盛葉南志』の修（板の一部の改刻）は、新たな挿絵を加えるなどはあるが、おおよそ『建久酔故傳』の修と変わらない。しかし、本書はもともと夕霧とその客々との話であるが、『全盛葉南志』と改題することにより、客の一人紀文を視点の中心に据えることが出来る。なお、本書は後年序文年記を削るなどして『全盛貞女夕霧物語』として改題されたものがあり、『全盛葉南志』に比べ流布しているので、これを閲覧すれば、おおよそ『全盛葉南志』のかたちがわかる。

一方、『建久酔故傳』は、上記の通り、タイトルの角書のとおり、おしやう・宗治郎を中心とした「時代世話」にしようとした形跡はあるものの、水滸伝利用のイメージが変わるものでは無かったろう。しかしながら、なにがしかの恋愛化の強化が図られ、人情本開花への準備とはなったのであろう。

本書を含む向井信夫のコレクションは、専修大学図書館に収蔵された（向井信夫文庫）。同図書館を通じ広く活用されることが出来るようになった。水滸伝研究の世界も広がりを見せるに違いない。

【付記】本論を成すにあたりご高配いただいた、向井純一氏、専修大学図書館に感謝します。

第九節　『正史《せいし》實傳《じつでん》いろは文庫』備忘録

忠臣蔵の集約として、演劇種の『仮名手本忠臣蔵』と共に、小説種の『正史實傳いろは文庫』があげられるだろう。本作品は明治時代においても、ボール表紙本・『帝国文庫』（「赤穂復讐全集」）・有朋堂文庫等の活版本もあり、当然講談にも影響を与えている。当初刊行された江戸時代においても、天保七年申年の初編から明治五年（「さるのとし」序刊）十八編まで継続された。各初印時を考えても長期に渡る。後印本を考え合わせたら、ものすごいロングセラーである。さらにその後、活版本が陸続と続くのである。今回は、天保七年〜明治五年刊の木板本を中心に書誌事項の基本的な確認を試みてみたい。

一　後印本より

まず、後印本のうちある程度以上揃った物（全十八編のうち十編くらい以上揃になったもの、及び同形態よりの端本）から、書籍本体内に残る、序文年記・刊記・蔵販目録、加えるに、挿絵口絵の画工名などを書き出してみる。

初編《序文年記》干時天保申年如月義名再上輝くの日／江戸為永春水老人誌《伏稟《かうじやう》》版元　三林堂欽白・義士

繍像四拾余人　朝倉伊八刀《口絵》巻中繍像　渓斎英泉《蔵販目録＝上巻末》婦人孝経江戸花誌　東里山人前後八冊・氷縁奇遇都の花　菅垣琴彦　初編三冊・所縁乃藤波　十返舎十九作前後六冊・廿三夜日待物語岡三鳥前後六冊　《刊記＝下巻末》江都作者狂訓亭春水／畫工渓斎英泉／美艶仙女香・黒油美玄香一包四十八銅ツ、　近年ますく〵御評判よろしく諸国よりの御注文繁々付製法別而念入申候江戸中はし南傳馬町三丁目坂本氏製／天保七年丙申　正月黄道吉日　東都　地本問屋　上田屋久次郎　山本平吉　書物問屋中村屋幸蔵　**二編**《序文年記》干時天保己亥年春如月吉辰／東都人情本の作者の元祖／金龍山人狂訓亭／為永春水誌《口絵》英一筆《出板広告＝上巻末》近日出販／金花光説文治の伊達染　金龍山人為永春水撰／傾城高尾の十一代記古今めづらしき異説をあつめ諸書をあさりて拴穿なし發端より大詰まで芝居にならつて口調をつなぎ座敷で出来る素人講釈口伝をあらハす一流の人情本なり／全編五編十五冊《刊記＝下巻末》江戸狂訓亭為永春水撰／江戸　一筆菴渓齋英泉画／《正史／實傳いろは文庫》三編四編五編六編續て發行いたし候／仝志書林／江戸文溪堂丁子屋平兵衛／江戸連玉堂加賀屋源助／大坂群玉堂河内屋茂兵衛　**三編**《出板広告＝口絵部》文治高尾楓伊達染　讀切講釈／全三冊／出来　この草紙はいろは文庫に等しき実録の繪入物語にて讀切章句を心付てよむときは素人方の御慰に自然と講釈の出来る一流の作意なり出板の日を待てよろしく御評判を願ふものなり　江戸作者　為永春水述／梅林亭南鶯補助《上巻末》門人為永桃水校合《下巻末》為永連校正者　狂文亭為永春江／狂詠舎為永春暁／浄書瀧野音成／江戸狂訓亭為永春水撰　**四編**《上巻口絵》英泉・渓齋《中巻挿絵》歌川貞虎《刊記＝下巻末》江戸　為永春水撰／江戸　渓齋英泉畫／南総里見軍記　繪入實録全本十巻／十杉傳第五編五冊　久しく遅滞いたし候へ共當年ハ相違なく賣出し申候／春色はつかすみ狂訓亭作国直画　中形人情本前後六冊出来申候　《本文》今天保十一庚子年（中巻二オ・十ウ）・書林文溪堂（中巻一ウ）　**七編**《口絵》赤穂名産花しほ（塩）《下巻末》銘酒の御披露　保命酒ほか　備後鞆

津　保命酒屋中村吉兵衛　**八編**《中巻末》十六地黄入　御薬保命酒（広告文など中略）備後鞆津　保命酒屋中村吉兵衛／朝鮮牛肉丸一包百銅　江戸下谷さミせん掘對州屋敷　染崎氏製（以下効能書略）　**九編**《口絵》梅の本鴬斎画《上巻末》十六地黄入　御薬保命酒（広告文など中略）備後鞆津　保命酒屋中村吉兵衛精製　**十編**《口絵》梅の本鴬斎　**十一編**《口絵》一實齋芳房　**十二編**《口絵》一恵齋芳幾《下巻末》珍説千代礎　五編より追々出板　為永春水著　富年より嗣編引續き出精いたし相違なく出板いたし候／あひた相変わらず御求め御笑覧のほど偏ニ奉願上候　**十三編**《口絵》一実斎よし幾　**十五編**《下巻末》朝鮮牛肉丸　大包金二朱　中包金一朱　小包百銅（効能書略）江戸下谷さミせん掘對州屋敷　染崎氏製　**十六編**《口絵》孟斎芳虎画《下巻末》朝鮮牛肉丸　大包金二朱　中包金一朱　小包百銅（効能書略）江戸下谷さミせん掘對州屋敷　染崎氏製　**十八編**《口絵》虎種画《序文年記》さるのとし　為永春水《上巻末》三國無類美少女香（効能書略）東京数寄屋橋外弥左衛門町文永堂　大嶋屋傳右衛門製

これらを『国書総目録』や文学辞（事）典記載事項等により確認する。文学辞（事）典からは、新潮社『日本文学大辞典』第一巻（昭和十一刊）山崎麗・岩波書店『日本古典文学大辞典』第一巻（昭和五十八刊）神保五彌・明治書院『日本古典文学大事典』（平成十刊）石川了執筆を確認の拠り所としてみる。『国書総目録』によれば、著者二世為永春水、画工渓斎英泉・静斎英一・五風亭貞虎・梅の本鶯斎・一恵斎芳幾・孟斎芳虎画。成立初編天保七年・二編同十年・四編同十二年・十八編明治五年（三・五〜十七編刊記無し）である。作者を『国書総目録』では二世とするが、当初は初世であることを各辞（事）典とも指摘している。ただ、二世が五編からという根拠を諸書とも示していない。確かに四編までは、刊記等を本体内に組み入れる造本で五編からとは違っているから、当たっているのかもしれないが、最初に記した山崎説（辞典及び「人情本雑記」＝『江戸時代文化』昭和五）を孫引きした可能性もある。また、『国書総目録』はじめ岩波書店・明治書院とも、四編を天保十二年刊とするのは、「四編天保十二年（書中明記はないが今天保十一年と記した所が二箇所ある）」とあることからの山崎麗の説によるのだろうか。少なくとも上記後印本からは不明である。実際それらは、上記の中巻二丁目表・十丁目裏にあるが、天保十一年刊もありうる。その場合、『明烏後正夢』丁子屋板平兵衛と同年刊となる（本書第四章第二節「文政十三年涌泉堂美濃屋甚三郎板『明烏後正夢』参照）。また、十一編の画工を岩波では芳虎とするが存疑である。他件は『国書総目録』はじめ、これらの辞（事）書解題をおおよそ追認できる。また、十八編の「さるのとし」＝明治五年の根拠を山崎麗は江戸時代明記するを憚って圓覚寺としてあったのを、口絵に堂々と芝泉岳寺としてあること推定材料とするが、同時に大嶋屋の所在地が「東京」であるからこれを以て確定できよう。なお、十二編の刊年を下巻末『珍説千代礎』五編（未刊であろう）近刊予告から確定するのは難しい。四編も刊年不明である。ただ、この『珍説千代礎』は伊達物であり、『いろは文庫』二十三編近刊予告の「文治の伊達染」がこのような形でなったといってよいだろう。既に、神保五彌が上記辞典で言及されて講釈の問題でも重要であるが、本論の目的ではないので今回は触れない。板元は、初編が石川了のご指摘通り中村屋幸蔵である。そして二編は上記三書林に移ったと思われる。初二編の間に三年という年月があるのは、或いは板木移動が影響するのかもしれない。なお、上方の河内屋茂兵衛がすでに、二編より絡んでいることは、拙稿「人情本の全国展開」（本書第四章第三節）で説いた。四編は確定できないが本文中に「書林文溪堂」とあり、巻末の目録は丁子屋の作品である。『南総里見軍記』は、未刊で終わったらしいが、天保七年頃の内容を持つ『東都書林文溪堂蔵版中形繪入よみ本之部目録』（『讀本研究』第四輯下套の拙稿参照）所載。『十杉傳』第五編は、この時点で未刊行だが、この本屋が計画していたと考えてよかろう。「春色はつかすみ」も同様と推定する。このように丁子屋が深く係わっていたことは確かである。結局は、二・三編と同じ三書肆（二・三編が同一書肆であることは後述）で実際の制作が丁子屋か。なお、飛んで十八編には大嶋屋が係わることがわかる。また、七編からは備後の酒屋中村屋吉兵衛が広告を出していて、八編からは、染崎＝二世春水の朝鮮丸が前面に出てくる。以上、後印本からの書誌を中心とした概要を抜き出して基礎的検討を加えた。

二　早印本より

これら書誌を補うに、架蔵本の特に早印本を使用してみよう。十編までの欠あり計二十六冊（欠本は初編上・四編中・下・十編下）の一組がある（なお、各冊本文冒頭上段に「仁／駿陽光門／浅香閣・蔵書」という小さな朱印が押されている）。大虫損があり、読むに絶えない物であるが二〜三の点を教えてくれる。この一組がいつ頃の刷りかというと、初編は天保十一年である。本体内にあるために、後々まで残った天保七年中村屋幸蔵らの刊記の後に「江戸　狂訓亭為永春水校合／江戸　笑訓亭為永春友著／江戸　一瓢庵静齋英一画　／春色鶯日記三編出来／天保十一年新販／仝志書林／大嶋屋傳右衛門／丁子屋平兵衛／河内屋茂兵衛」とある。これは勿論、『春色鶯日記』三編刊記の流用であるが、この添付は、「天保十一年新販」が言いたかったといってよいだろう。また、天保十一年といえば、三編が神保により推定された年であり、また、四編も奥付の違いから三編と同時でないにせよ、あるいはこの年であったかもしれない。さて、この年この蔵書者は、本シリーズを購入し始め、徐々に買い足していったのであろう。後印本の多いなか、初印でないにせよ比較的早印であると、『正史實傳いろは文庫』ならば言うことが許されるのではなかろうか。このような一組から、まず判明するのが、表紙のことである。図甲・乙を示した。表紙は最終的にはすべて乙に統一される（例：国会図書館本十八編合十八冊揃＝「明治十年交換」印有。ちなみに、二世柳亭種彦の『続いろは文庫』も乙を踏襲している。序口絵のみ木板、本文活版の和装本である）。しかし、この一組は、初〜四編が甲、五編以下が乙である。甲が早物であることは、かつて向井信夫から伺ったこともあるが、四編までが甲であり、五編から乙に成ったのが元々のようだ。これは、関西大学図書館蔵本（中村幸彦旧蔵本＝十七編まで五十一冊。十五編三冊は明治刷後印と推定）・船橋市立西図書館蔵本（十二編まで三十六冊＝国文学研究資料館マイクロフィルムによる）等からも追認できる。なお、中村幸彦旧蔵本は、十一～十四巻までが義士装束のデザイン（図　丙）である。他に、船橋市立西図書館蔵本も同様だが、これは十三編以降が不明である。また、岩国徴古館十七編五十一冊本（国文学研究資料館マイクロフィルムによる）は、全体として明治刷後印本と思われるが、この丙が十五編目に使用されている。この丙の表紙は一時期、十一編以降のある部分に使われたのであろうが、管見の使用例がまちまちであるので、これについては存在の報告に留める。なお、これももちろん後には乙に統一される。また、表紙の色の事がある。乙も後印になるとほとんどが灰地に統一されている感があるが、この架蔵の一組は各編色を変えている。勿論、四編までの甲も同様である。この一組は、初編がもともと天保十一年印であり、後述の二編までの、さらに早い別本とも違うから、必ずしも、初印時の色では無いと思われるが、各編の表紙の地色を参考までに揚げてみる。初編水色・二編青・三編紺・四編茶（以上甲）・五編灰色・六編浅葱・七編桃色・八編青・九編青・十編桃色（以上乙）である。＊後述の別本初編紺・二編茶（以上甲）

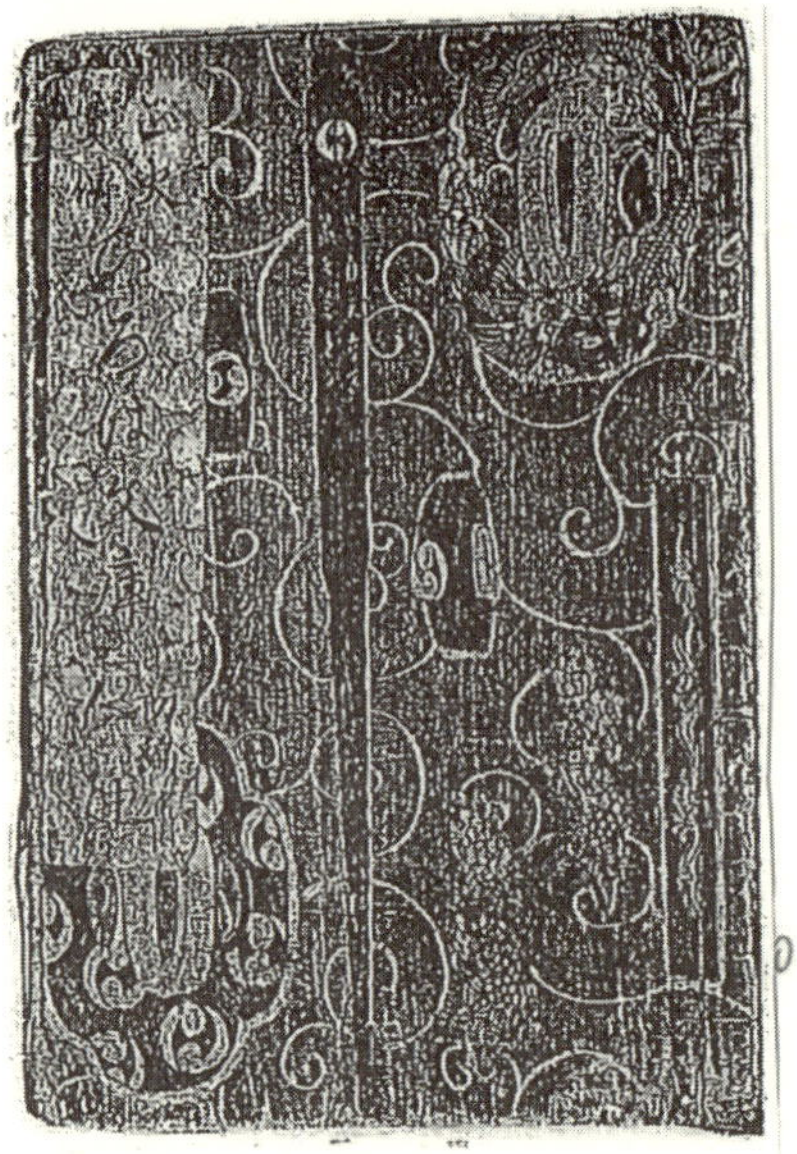

図　甲

この一組にはこのほか、三編に奥付が添付されていることがある。二編奥付は上記の通り後まで残るが、その編数を四～七編に変えた物である。ただそれだけだが、書林が二編と同じであることが判明す

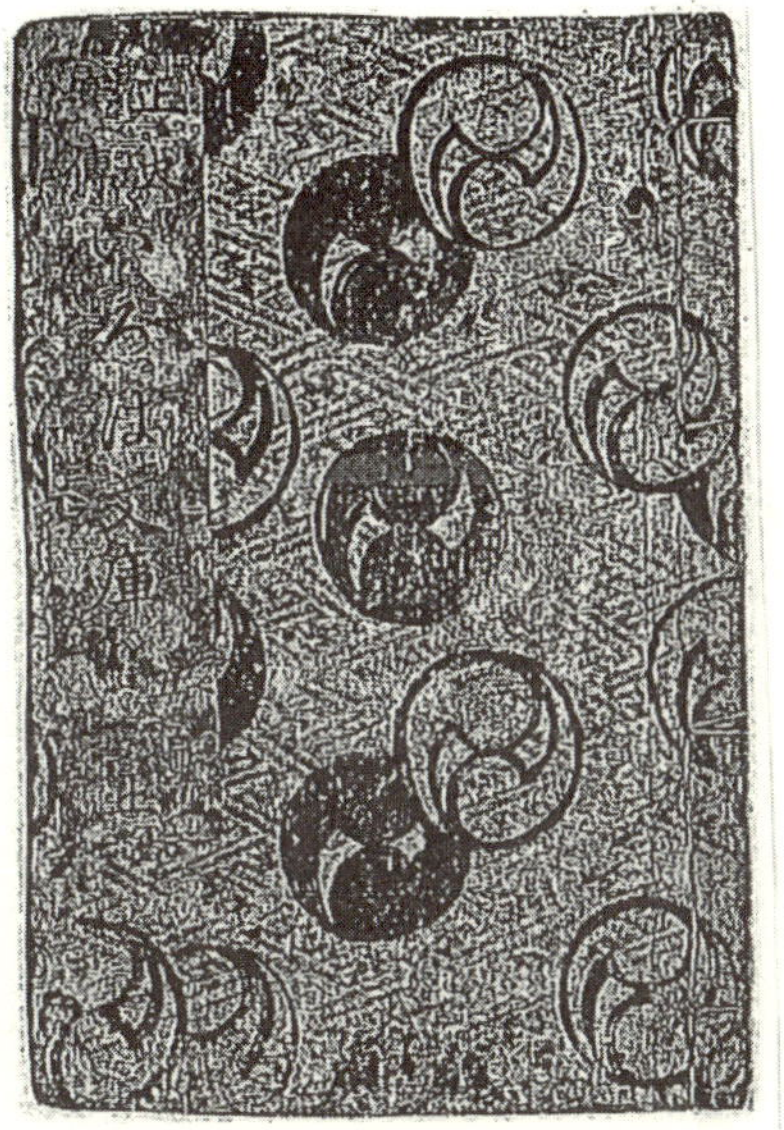

図　乙

図　丙

る。

さて、この一組に見返しはない。架蔵の別本二編まで六冊のものを紹介してみる。これは、上巻各本文冒頭に「勢州／肥町／本理」という丸印のある物である（二編には「肥田／本理」という小印がある）。この初編中巻に見返しがある。カルタ札の図案に「夜光庵凡人月並　入花廿四孔　當季乱題三句合天地人他十客迄景品／例月十五日〆切五点以上早々出板御銘々様／呈遠國其他〆切後相届候分ハ翌月江／相廻四方の諸君子澤山御投吟奉希申候／玉句届所／東都庵中其外國々／最寄補助方萬端委」「黒油美玄香／坂本氏／漉あけてゆゝし美玄の柳髪　夜光庵」「天くたる　買人長閑かし　仙女香　凡人」とある。これは中巻にあり、月並及び仙女香などの宣伝であるから、初印のものであると断言は出来ないが、後述のとおり、中村屋幸蔵板であることは明らかであるから、早印であることはいえるのでないか。月並のチラシが人情本に出てくることは、今栄蔵に指摘がある（『春色梅美婦禰』四編上巻第二十回＝「幕末

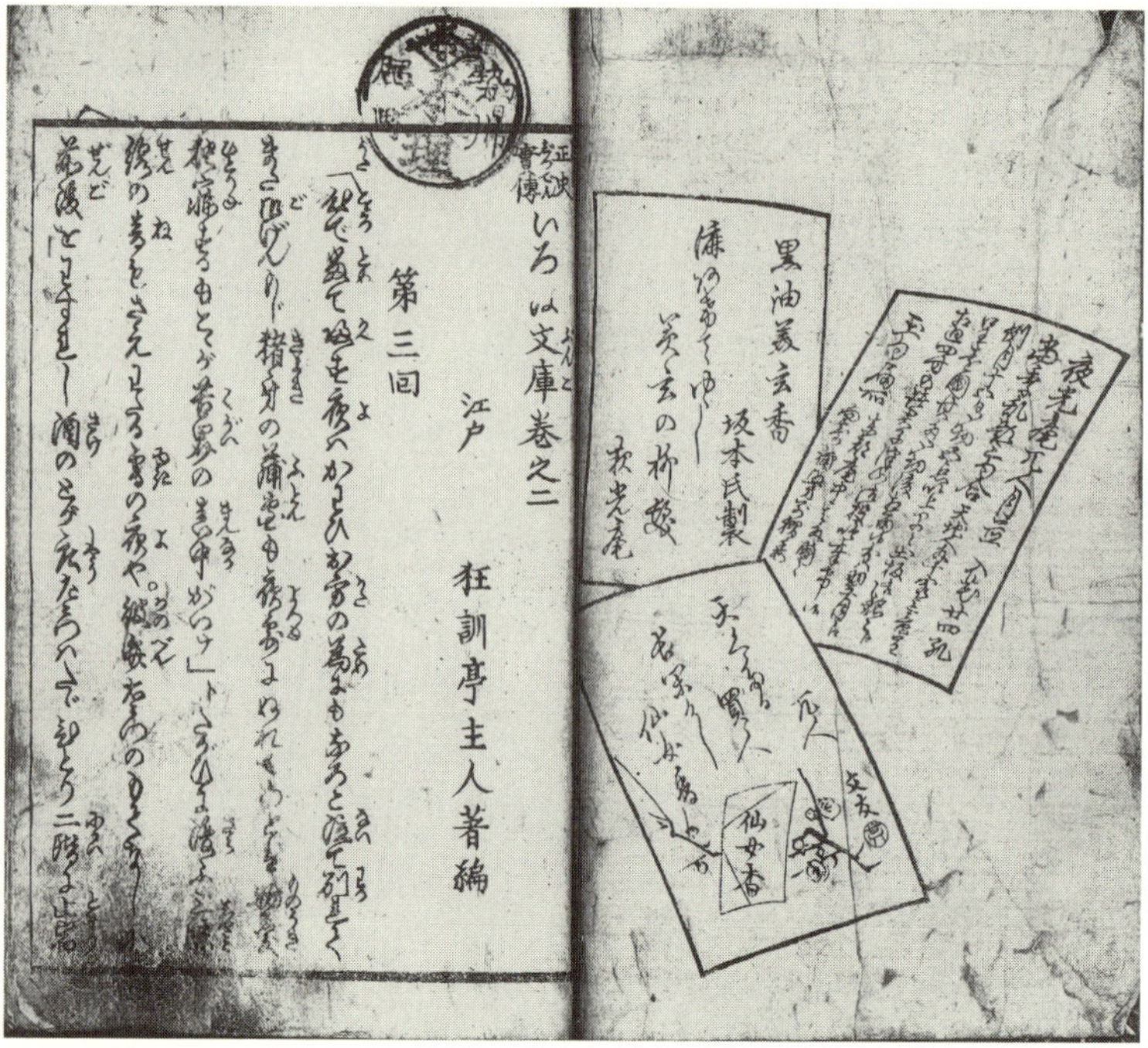

江戸月並俳諧資料―投句募集ちらし張込帖所見」『中央大学文学部紀要』三十九号・昭和五十二）。人情本の口絵挿絵には、狂歌・発句が載るが、この見返しから、その種の投稿の呼びかけが行われていたことを想起させる。次に、この下巻末には上記刊記の後に、「神仙奇方 妙効油」（やけどのくすり）「東都白山ノ住　森玄的　精製／取次所　南伝馬町三丁目　三輪里幸蔵」（一丁）に続き、末尾に「江戸書林　繪本問屋　中村屋幸蔵販」とする「金龍山人狂訓亭為永春水作新著目録」（一丁）がある。丁の表が『いろは文庫』、裏が『教訓女中庸』（本作品は林美一が不明視している＝『浮世絵の極み　春画』新潮社、とんぼの本、一九八八年刊、一〇七頁が、架蔵の零本等ある）である。いま、『いろは文庫』のものを示そう。「正史實傳いろは文庫《ぶんこ》全本佳精三十三冊英泉画／忠臣義士《ちうしんぎし》の故事《ふるごと》をまた新《あたら》しく拴穿してこと〴〵く画《ゑ》をくハヘ児女子《こどもしゆ》の目《め》をよ

ろこばし文《ぶん》は狂訓亭《さくしや》が例《れい》の人情本《にんやうぼん》に等《ひと》く綴《つゞ》りたれバ俗語平話《ぞくだんへいわ》の耳《みゝ》やすくよむものいろはの仮名《かな》のミにて長《なが》きを縮《ちゞ》め短《みじか》きを補《おぎな》ひ忠臣蔵《ちうしんぐら》は暗記《そら》で知《し》つて居《ゐ》るなんどゞ言《いふ》お方《かた》にも珍《めづ》らしくよませる趣向《しゆかう》の作者《さくしや》が工夫《くふう》またはじめてよむお女中《ぢよちう》さまにも芝居《しバゐ》よりハまた格別情《かくべつじやう》が深《ふか》くておもしろいと是《これ》より實録《じつろく》をこのみ玉ふごとくなる誠《まこと》に古今《ここん》の妙作《めうさく》なり／春水門人　柳水誌」。これは、初編本体も含めて、初印本かは置くとして、中村屋幸蔵が板木を持っていただろう天保七年～九年のものに限定されるから、初期の広告であることは間違いない。当初、長篇を表す冊数にしても「三十三冊」なのは後からみるとおもしろい。

以上、早印本から知りえることを何点かあげてみた。

【付録】上方との係わり若干

石川了は、上記の事典のなかで「少なくとも十一編からは大坂の書肆（店名未詳）が出版したらしい（十一・十七編両序）」とされる。一二編より河内屋茂兵衛が絡んでいたことは既に述べた。一～三編では、上記の如く三書肆が並ぶ。最後に記される書肆は通常の場合主板元である。これに従えば、実際の制作は江戸の本屋にせよ、出資者は河内屋茂兵衛になる。次に、架蔵の二編下のみ別の零本には、幕末の河内屋系刊行の後印の読本に、よく付される三都板刊記の中本サイズのものが付される。いま住所が特段変わることがないので、これを略して揚げると「京都河内屋藤四郎　江戸須原屋茂兵衛・山城屋佐兵衛・須原屋新兵衛・山城屋政吉・英大助・丁子屋平兵衛・岡田屋嘉七・大阪河内屋藤兵衛・河内屋茂兵衛」である。河内屋藤兵衛が入るから嘉永以降のものであろうか。全国に頒布されていたことは一目瞭然である。また、河内屋茂兵衛が末尾に来て、少なくともこの本に限って言えば、主板元であることが解るのではなかろうか。なお、この表紙は甲であり、少なくも嘉永年間ぐらいまでは、初〜四編はこの表紙を踏襲していたことになる。また、架蔵後印本の一つ二・四・九編を有する端本群のうち、四編合一冊本には、上と中巻の間の遊び紙に「河茂」の仕入印が押されている。この事例から、少なくも九編までは、河内屋茂兵衛が流通に確実に係わっていた事がわかる。さらに、前記岩国徴古館十七編五十一冊本は、全体としては河内屋茂兵衛販売の明治刷だが、初編下巻末には、三冊を合一冊と合巻し至って、安く旅行などに携え行くにも便利と銘打つ、河内屋茂兵衛の「東京人情本作者元祖為永春水／松亭金水戯作目録」（A）があり、冒頭に「『正史實傳いろは文庫』為永春水著全六十冊同合巻二十冊同薄様摺桐箱入十冊」とあり、また、「いろは文庫合巻十冊」とする「心斎橋通り書肆河内屋の板」の広告（B）も添えられ、明治五年の十八編刊行後の二十編計画をも示している。これはやはり、十六編下巻末に「廿篇」とする同書肆の広告（C）があるから確かである（十七編末にも（A）（C）あり）。もとより、河内屋茂兵衛は丁子屋平兵衛に近い本屋である。江戸の本屋を実際の制作先にあてて、自身はとりまとめを行うと言う方法は、この本屋の常套である。『いろは文庫』の場合、中村屋幸蔵から板元を移すという形を伴い天保十年二編時から参入しているのだ。以上、この二十編計画を考え合わせると、十一編・十七編の序にあげられる大坂の書肆を、河内屋茂兵衛と確定してよかろう。さらに、明治十六年六月刊の『続いろは文庫』（三編。なお正編が十八編で終わったことを序に記す）も、作者こそ二世柳亭種彦だが、出版人は「大阪東區北久太郎町壹丁目七番地留置」の片山正義であり、大賣捌の梶原支店も同所である。当然大阪版の活字翻刻本も多い。このように一応江戸出来で、上方での出版をも含めた、需要が顕著な作品でもあるのだ。

『正史實傳いろは文庫』というロングセラーを巡る問題は、書籍文化だけに限定してもあまりにも多い。本作品は幕末刊の後半の編など、刊年製作事情も不明であるから、今あげた前半部分の早印の方が、かえって形態があげやすいのかもしれない。『正史實傳いろは文庫』の書誌は、このような方法で少しずつ補って行くしかないだろう。一般に書籍は揃本が優遇され図書館等に残される。中本の場合、特にそれは後印本である。初印・早印本を見出すことは少ないだろう。これらの事例からも、人情本や滑稽本といった中本は、端本でも丹念に調査して行くことが必要になる。また、編が進んで物語としては進行中であっても、そのセット内の初編をはじめ、編数の最初の頃のものは後印となる。このような中間的な時期の印行本の事象も難しい。例えば、船橋市立西図書館本には十二編全てに袋があり初～四編には、河川に船を浮かべた図で「為永春水編輯／渓齋英泉画圖／中村屋幸蔵蔵販」五～十編には大星由良之助と討入りの遠景で、左上に「狂訓亭主人作／渓齋英泉圖」右下に「芳□画」（但十編には無し）、十一・十二編は夜明けの図（書名・編数のみ）である。すでに見てきたように、英泉は少なくも九・十編は描いておらず、二世春水が狂訓亭主人と名乗ったとも思えない。「芳□画」も後半の画工であろうから、十二編刊行当時くらいの袋なのであろう。よってこれら五～十編の作者画工名も装飾だろう。四編まで「中村屋幸蔵蔵販」と記されるのも同様なのだろうと考えたいが、今結論は出せない。また、『義士夜討旧地之略図』を付録とするものもある（例えば、国文学研究資料館蔵の一本）が、いつ頃から付け出されたのかもわからない。このように不明なことは多い。一方では、活版本の基本的整理も必要だろう。半紙本『八犬伝』の書誌は、先学によりある程度進んでいるが、中本『正史實傳いろは文庫』はこれからである。

【付記】本論を成すにあたり、船橋市立西図書館はじめ閲覧を許された各図書館に、また御教示賜りました蒲原義明氏・冨田圭子氏・西野洋一氏・松浦智美氏はじめ県立川崎南高校の各氏に感謝します。

第十節　実在幇間と文学の関わり研究のすすめ

私が桜川姓の芸人を知ったのは中学生のことである。桜川ピン助というかっぽれを踊るおじいさんがいると聞いた時だったと思う。高校生の頃、当時地元にあった中古レコードのハンター都立大学店で、『ピン助の風流江戸づくし』とかいうものを見いだした。ちょっとバレ掛かっているものだったけれど、ピン助さんはその中で自分のことを太鼓持ちだと言っていた。やがて、その祖流である戯作者桜川慈悲成を知る。さらに、二村文人さんという方が論文を書いている事を知り、驚いたり、どんな方だろうと思ったものである。

さて、慈悲成の門流には幇間が出た。そしてこれら桜川派の幇間は、為永春水の人情本にしばしば登場する。『春色梅兒譽美』シリーズや『春告鳥』などに、由次郎（二代目善好）が描かれている事は、神保五彌の御研究はじめ藤井宗哲著『たいこもちの生活』に至るまで指摘され、日本古典文学大系『春色梅兒譽美』や日本古典文学全集『春告鳥』（「洒落本・滑稽本・人情本」所収）の校注作業（中村幸彦や前田愛の仕事）にも、かなり詳しく解き明かされている。今、これらの学恩を蒙った上で、『梅暦餘興春色辰巳園』（天保四〜六年刊）に現れる桜川由次郎など幇間たちを追ってみたい。

本書冒頭は、由次郎が深川で経営する小池という会席から始まる。酔った米八と仇吉の言い争いが描かれ、由次郎の女房おくまが、時折顔を出し由次郎自身も登場する。ある日の小池の風景である。以後、小池の場面や噂はしばしば出る。例えば、後編巻六で、由次郎をはじめとする桜川の人々や喜久亭壽楽（現代としては大杉正伸が東京の噺家として同名を襲い四代目とされた。なお、この天保の壽楽が噺家をも兼ねていたかは、中村幸彦の頭注〈大系本三二三頁注二十三〉に基づき不明としておきたい。また、当時の幇間と噺家のリンクについて、筆者は現時点で未考察である）が、仇吉・増吉や女房おくまと共に、客の幸三郎を取り持っているのが代表例となろう。

座敷芸の実際も記される。三編巻九では、亀本において、新孝が通客関のさんを取り持っている。そこで、由次郎や壽楽三孝、また、実在の芸者の噂をはじめ、春水作品についての世評が語られるなか、新孝自身の当振も言及されている。その実際は四編巻十に示されていて、

> 彼亀本《かのかめもと》の坐敷《ざしき》には今日《けふ》も賑《にぎ》はふ大一座武家《おほいちざぶけ》のお客《きやく》をもてなしか女中衆《じよちうしゆ》まじりの様子《やうす》にて太夫羽織《たいふはおり》はいふもさらなり善孝《ぜんかうよし》由次郎壽楽三孝《じゆらくさんかう》とり持《もち》とてさゞめきわたる一間《ひとま》には桜川新孝《さくらかわしんかう》が好《この》まれし座《ざ》しき藝《げい》のはり出《だ》し
>
> 一　山王祭汗《さんわうまつりあせ》の一曲《いつきよく》　はらをかゝゆるをかしみなり
>
> 一　團十郎《なりたや》が蠅《はい》を追振《おふふり》
>
> 一　関三《をはりや》が蚊《か》を打風情《うつふぜい》
>
> 一　梅我《はんしらう》が蚤《のみ》をおさゆる容形《かたち》
>
> 一　鈴《すず》が森千人長兵衛《もりせんにんちやうべい》　いずれもおかしき当振《あてふり》なり

と座敷芸の実際を伝えている。

次に、善孝（初代）の貸本屋経営がある。四編巻十一で「貸本の荷を脊負たりし若者これ桜川の甚吉なり」とある。これは、初編巻三の丹次郎の「此間畳屋横町で本を借てゐる時増さんの旦か善孝さんの処に居て」という言葉と合わせ見るに善孝の営みである。この外廻りが若い幇間なのだ。なお、同編巻一で「桜川善孝が所で取次

丁子車といふ歯磨」というのもそのつながりだろう（もっとも、後編巻六には小池が髪油「初みどり」の取次所であることも記されるが）。

　このように本作品では、桜川由次郎をはじめとする深川の幇間の様子が、座敷の取り持ちは言うに及ばず、多く描かれている。と同時に、他の作品と違いまんべんなく記されていて、なおかつ計画的である。例えば、この『梅暦餘興春色辰巳園』全四編は、四編上巻第七條までが、梅暦の丹次郎お長が結ばれるまでの間の浮気相手の米八・仇吉の「喧嘩ばかりの抜書」（三編下・末）とでもいう書かれ方（以下は仲直りと予定調和）であるが、その四編上巻第七條までで、まず、冒頭小池での米八・仇吉のやりとりには、桜川由次郎やおくまを配し、二度の大喧嘩も、三編上巻の初回の争いのあと、巻末で由次郎と壽楽を登場させ場を和ませ、四編巻十の再度の喧嘩場では、その前に新孝の上記当振のおかしみを配し、結末も桜川一同が仲裁をしている。また、後編巻六の仇吉の客幸三郎の取持ちは当然濡れ場と隣り合わせで、「新孝三孝壽楽をはじめ由次郎さへいつしかに此座をちらほら立消して」とある。もちろんこれは、同じ人情本にも、『春色梅兒譽美』三編巻七の丹次郎お長の再会と宴席風景が隣り合わせになっているという例のごとく、遊里文芸の常套手段であるが、本話の場合は、桜川の様子が具体的に書かれている。次に、序文等である。二編の序文は、善孝（初代）が記し口絵にも三孝が登場する。また、この巻五の扉の奉納提灯には善孝、由次郎の名前が挙がる。他にも、三編の序文では桜川や壽楽に言及がある。他作品にも、桜川の人たちが延津賀のように序や詠を寄せることは当然あるが、どちらかといえば単独ではある。本作品はちがう。『春色梅兒譽美』シリーズの最後『春色梅美婦禰』末章では、主人公峯次郎の別荘にシリーズの面々を集わせる。その中には当然、桜川善孝（＝由次郎だろう）、新孝といった名前も連ねている。もとより重要なスタッフなのだ。このように、『春色辰巳園』での彼らの描かれ方のパターンは当然ある。例えば、先行文芸でもよく描かれる、いわゆる「あげての末の太鼓持ち」が、零落して幇間となり客にいじめられたり自暴自棄といった辛酸をなめる様子が描かれるのとは違っている。上記に示したことからも理解できるとおり、そこには、天保期人情本という文学作品としての描き方によるものが当然あるのだ。

しかし一方で、座敷の取り持ちはもちろんのこと、小池を配し副業の貸本業のこと新孝の座敷芸を写していて、これらは当時の桜川の実際を知る手がかりとなろう。同じ辰巳を描いた『春暁八幡佳年』は、天保七～九年にかけて刊行され、全六編であることも手伝い、全体として『春色辰巳園』ほど深川に集中したり幇間が多く描かれるものではないが、初編巻二の冒頭で、由次郎や和十が山王祭の相談をし、六編最終章ではやはり、幇間唄女による祭礼の寄合を描く（『春色辰巳園』後編巻四第七回下にいう「寄せ場の世間咄し」の、場所は違うかもしれないが、実例だろう）という枠組みをとっている。一方、初編上巻二回で「善孝さんも死去なさッて」（天保七年春序刊）二編上巻八回で「さくら川由次郎とうじ善孝のあとつぎおやよりまさりてあいけう有はやり子」（同年夏序刊）というニュースも記される。また、六編上巻三一章では、喜久亭壽楽が宴席で菊の節句の口上茶番を、桜川由次郎などを相方に披露する。一座での茶番風景が伝わってくる。周知の『花暦八笑人』三編の口上茶番は、まったく小説上のものとして描かれるが、本作品のこれは実例と考えられる。本書（叢書江戸文庫㊺原典落語集）所収の『茶番の正本』や『初昔茶番出花』などが、手本としてだけでなく実際に行われたものとしての味わいが、増す見本ともなろう。

以上、人情本の中から『春色辰巳園』を中心に、桜川由次郎など深川の当時の幇間の様子を追ってみた。むろん小説上の描き方による要素もある。しかし、ここには彼らの営みの実際が描かれることは確かである。他にも例は多々あると思う。このような検証の積み重ねで、幇間の様子、さらには、文学での描かれ方が解明されてくるのではなかろうか。

最後に付け加えさせていただく。この文章では、「幇間（＝たいこもち）」と記述してきた。竹内道敬は、御論考で折に触れ「男芸者」と「幇間」を区別され、江戸時代の吉原の格式を記されている（例えば、「吉原細見に見る男芸者」『近世芸能史研究』所収）。吉原細見によると、桜川姓を名乗る「男芸者」は、管見（大東急記念文庫蔵本など）によれば、文政年間期には出ず、天保十一年秋にようやく「櫻川常次郎」というのが末尾に載る（但し常次郎この回のみ）。天保十三年秋、三孝・善孝（二代目）の初出があり、善孝は十四年秋で姿を消し、弘化二年暮の仮宅細見では三孝も姿を消す。さて、弘化五年春に、三孝が復活、嘉永二年秋に、善二が加わることを経て嘉永三年秋に善孝が再登場し、桜川派は次第に増えてゆく。しかし、嘉永当時、三孝が中位くらいで、善孝はじめ他は下位である。桜川が江戸時代から吉原の幇間の権威であるという考えが、巷間行われているようだが、この吉原細見の記述から事実ではないことが理解できる。幕末明治期以降の桜川派隆盛を物語る言葉かもしれない。『恩』（橋本素行〈＝竺仙〉著・明治二十三刊、前田愛が上記『春告鳥』校注で、由次郎の没年明治七年享年六十六を引く。四一九頁注11、初編巻三第五章）に「天保御趣意の時新吉原に轉じ」とあるのも傍証となろう。当初から櫻川が吉原にいたという考えは、一つの江戸幻想でもあろう。昭和期戦後においては、西山松之助『家元ものがたり』（著作集2や集英社文庫）にもそのような記述がある（桜川忠七『たいこもち』の冒頭歴史解説記述にも利用される）。このような、桜川が吉原の主流になりつつある過渡期の様子なども、幕末人情本はじめ明治小説等から検証できるかもしれない。

【付記】吉原細見の閲覧を許された（財）大東急記念文庫に感謝します。
男芸者の文化活動については、日比谷孟俊氏の「浮世絵から見た歌舞伎、吉原俄、天下祭における相互の関わりと吉原男芸者の役割：河東節山彦新次郎父子を例として」（太田記念美術館紀要『浮世絵研究』第五号、平成二十六）がある。

第五章　人情本の各論（写本）

第一節　『珍説恋の早稲田』と『梛の二葉』——実録を底本とした人情本

刊本の人情本『梛《なぎ》の二葉《ふたば》』（文政六刊）の原話が、『享和雑記』[注1]に記される二条であることは、皆知るところである。すなわち、巻一、一三「元結屋の娘横死の事」と巻二、二十九「水道端にて相対死にの事」であり、前者の頭書に、「此条及下廿九則水道端相対死の事を并せて中本となし印刻す、梛の二葉と云」と記されていることによる。さらに、神保五彌は、この二つの事件を脚色した実録を推測されている（「梛の二葉」＝『国文学研究53』＝昭和四十九・六）。そして、その写本は存在する。それが『珍説恋の早稲田』である。本論ではこの写本を中心に、人情本の作り方の一端を考察してみたい。

一　『珍説恋の早稲田』

写本十巻半紙本十冊（架蔵）

各巻十九〜三十二丁、本文八行十五字内外、挿絵なし

○外題：「珍説戀早稲田　壱（〜拾　大尾）」　書題簽で左上に貼付

○内題：「珍説恋（の）早稲田　巻之壱（〜十）」　*尾題は同（「終」、「大尾」を付す）

以下、梗概を示す。

巻之壱

江戸牛込赤城下組屋敷御持組与力中川勘三郎は、武道を好み、また、和歌連歌徘諧茶の湯活花の類に暗くない。下女お喜代は、小日向改代町左官傅蔵の次女で十八歳である。中川の隣家に住む与力仲間の横瀬三十郎と結ばれる。明けて天明六年丙午の年、懐胎が判明。横瀬は妻も有り身重である。同年二月六日、中川に出入りの大工改代町の市兵衛に嫁す（付：密夫が有った際の仲人の心得）。同年八月廿二日女子出産。市兵衛兄水道町の元結屋嘉平次は早産をいぶかるが、妻お政のとりなしで丸く収まる。この娘七ケ月子ゆえ三つ足して十月と名をおみつと付ける。後に、享和元年霜月八日夜早稲田の土手で三次郎と相対死するのはこの娘である。

巻之弐

横瀬三十郎、本妻に三次郎出生。天明六丙午年十一月八日の事である。所の鎮守赤城明神へ参詣するが、当日不吉な事が重なる（後から考えると相対死の前兆である）。赤城明神の由来。三歳の時、丙午生まれ故二歳とする。七歳（実は八歳）、同組同心衆の百瀬流の手跡指南山本常右衛門へ二月初午に寺入。寛政五年の事である。同日おみつも寺入。二人仲がよい。扨おみつ四歳の時弟市太郎出生。おみつは市兵衛方に預けられ、その娘の二つ年上のお吉を姉と慕う。また、年月を経て中川は子息勘蔵に家督を譲り隠居。名を不伯と改める。茶の湯ほか諸芸に達し府内に及ぶ者なく門弟も多い。新たに赤城明神下に隠居所を構える。その際、普請に来た大工市兵衛の娘おみつ十三になるので奉公につかわす。おみつ美しく不伯の妾という噂もたつが、不伯その年八十四歳である。

巻之三

牛込中里村町自性院前に裏家を借宅して、公家の鹿流に仕え奥口番を勤め廿俵弐人扶持の鈴木藤吉は、疎遠になっていたが不伯が近所に隠居所を構えたゆえ久々に尋ね、おみつを恋慕。さて、三次郎も十四歳のこと不伯の弟子となる。九月十三日おみつ三次郎契る。ある日藤吉おみつへ三次郎の事持ち出し迫る。おみつ一時逃れに父親の承諾を得ればという。それを耳にした三次郎怒ると、おみつは月のさわりもはや四月と告げる。翌日も二人で死のうという会話。

巻之四

鈴木藤吉はおみつ目当てに不伯のもとへ通うが、ある晩皆の前で、高槻騒動の事を話し始める。享和元年酉年七月和州高槻城主永井日向の領分で盆おどりの節、物頭役関又兵衛組足軽下村和助が酒乱で多くの人を殺害した。その訳はというと、城下三ケ村のうち、上村の高田久左衛門三百石領内の狩人五郎兵衛と下村の関久兵衛二五〇石領内に和平太とが、御前で鉄砲比べをして両人ともお褒めにあずかるが、和平太のみ召し抱えられる。高六石弐人扶持、関久兵衛組下足軽となり、下村和平太と改名する。実子和助十七歳。高田は和平太を逆恨み、ある日御前で辱めようとするが未遂……。

巻之五

（冒頭藤吉よりおみつへの歌あり）。昨夜の続き、和平太は中村の仏参に高田から同道を命じられる。集合の刻限を遅く伝えられ遅参、五十日の押し込め。鹿狩の当日許され、大猪を撃ち手柄をたてるが、またしても高田に出世を邪魔される。和平太病死（享和元年五月十五日）。和助跡を継ぐ。

巻之六

承前、享和元年七月十三日新盆。十六日母は当日の盆踊りで高田を討てと言い自害。和助高田子息幾太郎を討ち、多くの死傷者をだすが討ち取られる（付：死傷者一欄等）。藤吉は話し終わり、これからおみつを親市兵衛方に申し受けに行くといい帰る。

巻之七

藤吉はおみつ両親のもとへ。大工市兵衛方ではぐらかすが、何度も通われ、おみつは自分の兄方で育った故その承諾が必要という。よって藤吉は、その兄水道町の元結屋嘉平次方へ赴くが相手にされず。その足で、また市兵衛方へ。翌朝藤吉方に行くといわれ待つがこない。そこへ糟買いの喜太郎くる。酒となり、喜太郎嘉平次方へ掛け合いに行く。市兵衛も来合わせていて、また、酒で丸め込まれる。喜太郎は翌朝になると藤吉に水道町荒物屋重助娘お重を世話するという。そして重助方では仲人口をきく。

巻之八

重助夫婦の承諾。藤吉お重を迎える。お重、三日目の里開きに行き帰らず。隣家の元結屋から藤吉の行いを知り、恐くなったのである。一端は帰るが逃げ出すところ、中里町の田圃通りで殺される。藤吉そのまま元結屋に乗り込む。おきち殺害、母おまさに傷を負わせた後、追いつめられ自害。享和元年十月晦日の事である（付：死傷者一欄等）。

巻之九

ある夜不伯三次郎と早稲田八景の狂歌を詠む。三次郎帰宅後、不伯おみつに藤吉と元結屋の事件を語り、また、先程おみつが詠んだ末の一首を踏まえ三次郎を思い切れといい、最後に実腹変りの姉弟であることを告げる。門口に立つ三次郎共々驚く。二人は死出の旅へ。

巻之十

道行文〈お美津三次郎道行早稲田の霜〉。早稲田の土手で心中。地頭榎町済松寺に申し上げ、それより役所へ。目白台のある寺へ葬る。

*冒頭に心中は享和元戊酉年霜月八日とある。

二 『椰の二葉』

刊本、中本三巻三冊（中巻のみ架蔵、上巻個人A氏[注2]下巻個人B氏蔵本による）
上巻二十八丁（序文一丁半＋目録見開一丁＋口絵三丁半＝見開三図と半丁＋本文二十二丁）
中巻二十九丁（本文のみ）
下巻二十七丁（本文二十六丁半＋奥付半丁）
丁付　上巻　目録後半から口絵に掛けて　口一～四　本文　一～二十二
　中巻　二十三～五十一
　下巻　五十二～七十八　　＊全て小口にあり
行数　上巻の序文は六行十数字、本文は八行二十三字内外
口絵（上巻）　＊人物名は後掲の人物関係図参照
　1　見開き左　人形師市郎太女房初音　娘於登利
　　　右　剱術指南早咲来輔後茶の湯師来山
　2　見開き左　井筒屋糸三郎
　　　右　啓蔵娘於此
　3　見開き左　壷胃努平
　　　右　人形師市郎太
　4　片面半丁　夫婦物が明神に祈誓をかける図
挿絵（上巻）○「お花啓蔵の女房になるところ」＝来輔による引き合わせ（三ウ―四オ）

○「お花安産の図」＝啓蔵や兄市郎太夫婦たち（十ウ―十一オ）
○「於此糸三郎があやまちをる図」＝寺子屋風景（十七ウ―十八オ）
○「於此糸三郎に恋慕の図」＝二人（二十六ウ―二十七オ）

（中巻）

○「努平於此を口説ところ」＝向こうの部屋では来山と糸三郎（三十二ウ―三十三オ）
○「努平おこのをもらひに来る図」＝努平、啓蔵お花たち（三十八ウ―三十九オ）
○「啓蔵市郎太方にて庄兵衛をちそうなす」＝一同（四十六ウ―四十七オ）
○「庄兵衛傳助がむすめおとぢを仲人する」＝傳助宅（五十四ウ―五十五オ）

（下巻）

○「努平遺恨をはらし自害をなす」＝努平おとり女房近所の者（六十ウ―六十一オ）
○「糸三郎兄弟の悪縁を知る」＝来山隠居所門口（六十五オ下方2／3）
○「来山おこのに異見をなす」＝来山隠居所（六十五ウ―六十六オ下方2／3）
○「おこの糸三郎浮名をのこす」＝土手の二人（七十ウ―七十一オ）
○「来山法師像／井筒屋繁盛の図」＝来山／井筒屋一同（七十六ウ―七十七オ、本文中に挿入）

○外題：「児女美談梛の両葉　中」　左上に題簽貼付　*元題簽中巻のみ管見
○内題：「児女美談梛乃双葉上之巻（中下）」　作者名なし
*尾題は同（「終」を付す）
○刊記　編者　志満山人　画者歌川国信　筆者　千形道友　文政六未春　江戸書林　鶴屋平蔵　蔦屋重三郎　中村屋幸蔵

*『人情本刊行会叢書』本『梛の二葉』翻刻について。

内題下に、原板本にない作者名「志満山人」を挿入する事（本書が同人編である事は、原板本では奥付にのみある）、章立に関し、第二章後半部「上同　誕生の悦は女夫の赤子」を「第二　誕生の悦は女夫の赤子（下之巻）」とする事（翻刻三七三頁）、原板本上巻末でお此を来山「妾」との噂あるが……とするのを「妻」……とする（翻刻三八一頁）事は、本論をお読みいただく際には、留意を要する点である。他には、中巻のお此糸三郎の濡れ場（三八七頁）、努平お此を口説く文言（三九〇頁）、お此糸三郎に妊娠を告げる部分（三九三―四頁）、下巻の仲人口（四一七頁）の艶描写がカットされる事、あとは、原本のカナ表記を漢字に換えすぎるきらいがあり、二行割書を一行にする事、原本にない傍点がままある事例があるが、上記留意点の他は、おおよそこの翻刻で差し支えないと考える。

さて、原写本『珍説恋の早稲田』との比較に移ろう。

まず、両作品の登場人物関係図をご覧いただきたい。住居や職業も付した（397頁参照）。

次に両作品の構成を比較した（398頁参照）。

底本である『珍説恋の早稲田』は、朝倉無聲の『新修日本小説年表』（明治三十九）の「寫本軍記實録目録」にも「珍説應早稲田　一〇」とある。当然、別本が存在したはずだ。刊本化された際、そのまま引き写されただろう部分でも、架蔵本と違う部分もまれにある。例えば、巻之三冒頭「倩《つら〱》兼公《けんこう》か辞《ことば》に好事《こうじ》を行《げつ》して前程《せんてい》を通《とう》ることなかれとは寔《まこと》に名言《めいぶん》なり」が、刊本中巻冒頭で「清献公《せいけんこう》か言葉《ことば》に好事《こうじ》を行して前程《せんてい》を通《とを》る事《こと》なかれとは。誠《まこと》に名言《めいげん》なり」となっている。この言葉、出典不明であるが、一つの推測としては、「清献公」なる人物の言葉として後者が元々記されていて、架蔵本の書承段階で兼好の言葉と解したのかもしれない。ともかく、「倩《つら〱》兼公《けんこう》」と「清献公《せいけんこう》」との違いが生じている。また、巻之九十七丁目表から裏にかけて、不伯がおみつを諌める文言「女心の一すじに／命を捨んなど丶」とあるが、刊本では「女心の一筋にせまり命も捨んなど丶」（下巻第八の七十オ＝翻刻四三二頁）と「せまり」が入っている。これは『江戸紫』の書写作業例から考えると、丁移り、または

登場人物関係図

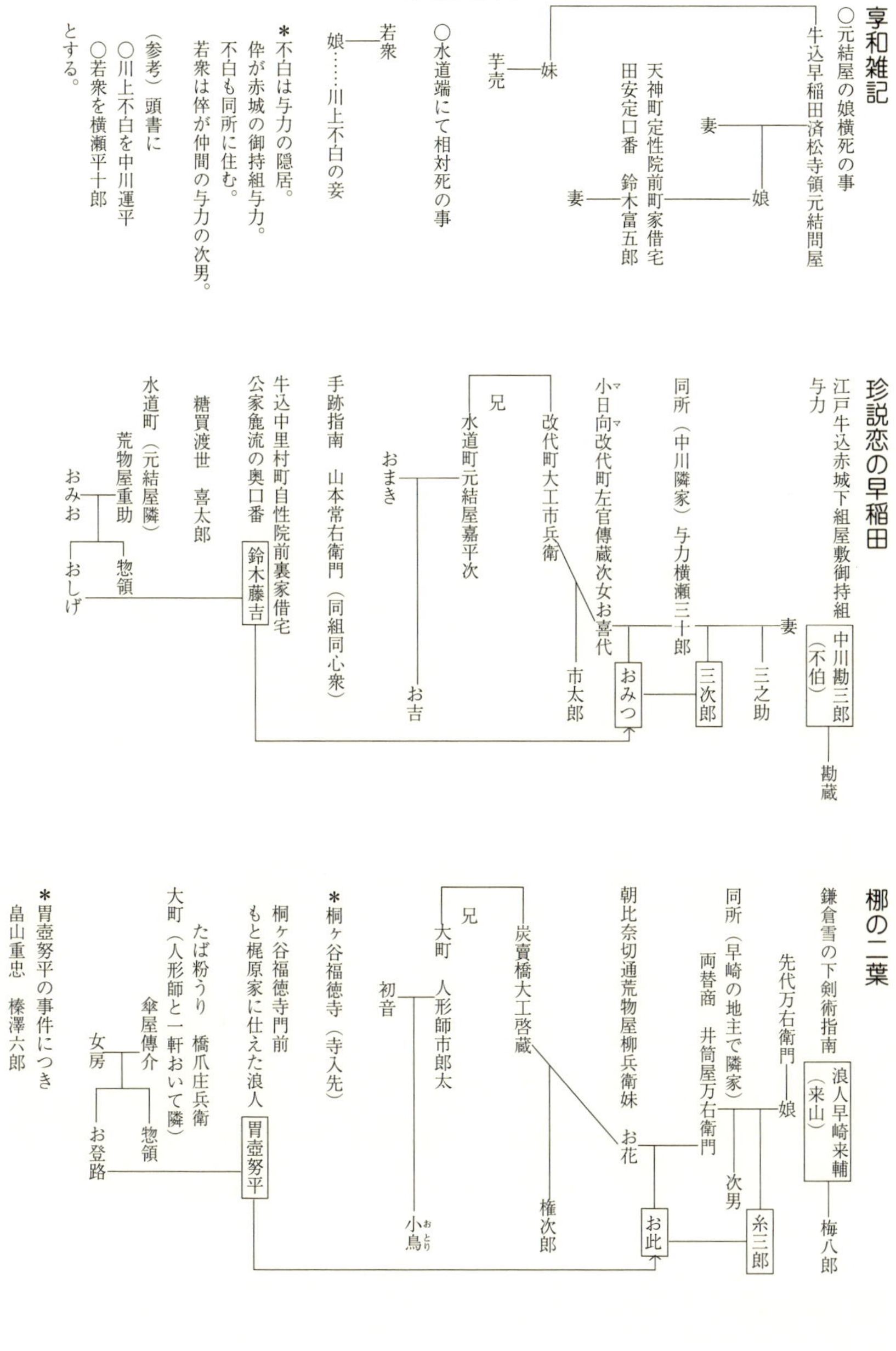
享和雑記
○元結屋の娘横死の事
牛込早稲田済松寺領元結問屋
妻
娘
天神町定性院前町家借宅
田安定口番　鈴木富五郎
妻
妹
芋売
○水道端にて相対死の事
若衆
娘……川上不白の妾
＊不白は与力の隠居。
倅が赤城の御持組与力。
不白も同所に住む。
若衆は倅が仲間の与力の次男。
（参考）頭書に
○川上不白を中川運平
○若衆を横瀬平十郎
とする。
珍説恋の早稲田
江戸牛込赤城下組屋敷御持組
与力
中川勘三郎（不伯）
勘蔵
妻
三之助
三次郎
同所（中川隣家）与力横瀬三十郎
小《マ》日向《マ》改代町左官傳蔵次女お喜代
おみつ
改代町大工市兵衛
市太郎
兄
水道町元結屋嘉平次
おまき
お吉
手跡指南　山本常右衛門（同組同心衆）
牛込中里村町自性院前裏家借宅
公家鹿流の奥口番
鈴木藤吉
糖買渡世　喜太郎
水道町（元結屋隣）
荒物屋重助
おみお
物領
おしげ
梛の二葉
鎌倉雪の下剣術指南
浪人早崎来輔（来山）
梅八郎
先代万右衛門
娘
同所（早崎の地主で隣家）
両替商　井筒屋万右衛門
次男
糸三郎
お此
朝比奈切通荒物屋柳兵衛妹
お花
炭賣橋大工啓蔵
権次郎
兄
大町　人形師市郎太
初音
小鳥《おとり》
＊桐ヶ谷福徳寺（寺入先）
桐ヶ谷福徳寺門前
もと梶原家に仕えた浪人
冑壺努平
大町（人形師と一軒おいて隣）
たば粉うり　橋爪庄兵衛
傘屋傳介
女房
物領
お登路
＊冑壺努平の事件につき
畠山重忠　榛澤六郎

作品の構成

珍説恋の早稲田

巻の壱
下女おき代懐胎の事　＊序・目録共　２６丁
并　腰元おみつ出生の事

巻之弐
横瀬参次郎出生生立の事（目録１丁以下同）　２１丁
并　赤城由来之事

巻之三
鈴木藤吉か事　２３丁
并　おみつ三次郎への恋慕の事

巻之四
藤吉中川へ通ふ事　１９丁
并　高槻騒動の事

巻之五
藤吉二度話に来る事　１９丁
并　中村鹿狩の事

巻之六
藤吉三度咄しに来る事　２０丁
并　高槻城下手負人の事

梛の二葉

〔上之巻〕
第一　夫婦の盃はおつな門違
第二　誕生の悦は女夫の赤子（上の巻）
上同　誕生の悦は女夫の赤子
第三　寺入に戀のいろはも書始
＊　２８丁（本文２２丁）

中巻〕
第四　初戀は人目を忍ぶ四畳半

巻之七
早稲田元結騒動る事
并 鈴木藤吉自殺の事
33丁

巻之八
重助娘お繁か事
并 藤吉自殺の事
23丁半

巻之九
早稲田八景の事
并 不伯おみつに異見の事
21丁

巻之十
道行早稲田の霜
并 おみつ三次郎相対死の事
19丁

〔中巻
第五 戀山登り詰めたる卑下男
第六 仲人の口八丁で急ぐ娵
＊本文のみ29丁

〔下之巻〕
第七 恐ろしき人の心も猥焼
第八 反古にする異見の状も主の恩
第九 浮名立つ二人が心猥橋
＊27丁（本文と奥付半丁）

＊写本「珍説恋の早稲田」の各章題は、第一巻目録よりである。各巻の目録とほぼ同じ（総目録では第七巻「并」以下が空白になっているので「鈴木藤吉自殺の事」を当該巻より補った。他に六巻目の用字が異なる）。これら章題は、ほぼ内容通りであろう。但し、七章の章題は梗概を見て理解出来るとおり次章の内容である（総目録の空白もそれによろう）。

＊刊本『梛の二葉』の章題も目録にわかちがないので当該巻より補った。なお、翻刻では二章目後半部の一部をかえている。

改行時の文末で文意が通じる場合、適宜語句を省くことがあり、架蔵本は、この「せまり」を除いた可能性がある。このような事例は、異本が存在した証となろう（他に、これは刊本化に際したものかもしれないが、巻之三、不伯宅での二人の逢瀬＝刊本中巻でのやりとりした歌の文言に異同があることも、参考までに揚げておく）。刊本『梛の二葉』の直接の底本は別本だろう。ただ、架蔵本は整った本であるし誤写も少ないと考える。つまり、想定される複数の写本『珍説恋の早稲田』は、同一内容を伝えていると考えられる。そして冊数は「一〇」である。

その十冊からなるこの写本を、どのようにして刊本化したか。まず、四～六巻の高槻騒動（実説に基づく→高槻市郡家文書）をはずし、恋愛小説としてわかりやすい筋にしている。また、分量的にも三冊本にしやすかったためであろう。これらでは冒頭（四、五）巻末（六）に、鈴木藤吉がおみつに思いをよせる事を記し、一応全体への脈絡を付けるのだが、それらに目を向けることなく機械的にこの三巻を省いている。また、『梛の二葉』上巻第二章を二つに分けているのは、図示したように、原写本が分かれているからだ。本文についても、刊行化に当たって編集し直さなければならない部分以外は、原写本を極力引き写しているようである。これは、刊本『清談峯初花』（文政二、四）が、写本『江戸紫』を利用するものの、この本自体の文章で記されているのと違う。また、原本二字下げの部分が多く、同じ体裁を踏襲していることも証左である。このように刊本『梛の二葉』は、おおむね機械的に編集されているようだ。

さて、各巻を順に変更点を点検しよう。問題箇所は適宜、刊本の丁数や翻刻の頁数および原写本の丁数を示した。

○上之巻

第一（八ウまで＝原写本巻之壱五オ―十八オ中程）

まず、場所・時代は、冒頭に「昔鎌倉繁栄の時とかや」と年月日の記載もこれをもってし、これ以下、ほぼ記されない。また、当然のことながら、「実録」である牛込の実地名を消している。中心人物の不白を著す人物は早崎来輔（後の隠居名も来山）、職業も劔術指南と換える（但し、風流の道に通じる事は換えていない）。以下、登場人物の居住地職業名前を適宜変更（登場人物関係図参照）するものの、本文は、下記の点以外ほぼ引き写しである。つまり、原写本のおみつの父である横瀬三十郎（中川勘三郎の同役で同屋敷内の隣に住む）を井筒屋萬右衛門という町人に換えている。本件は後でまとめたいが、刊本化というより人情本化に際し、枠組みとして商家を据えるという約束事を踏まえていることである。この点は注意したい。この箇所でいえば、名前の差し替え以外に、夫婦に子がなく紫明神に祈るという記載を挿入している、という具体的事例がある（壱ウ〜弐オ＝三六二頁）。これは口絵の一葉にもなっている。

第二（上の巻）（十二オまで＝原写本承前—壱之巻々末まで）

原写本の、冒頭の来輔がお花を諭す部分（九オ＝三六九—七〇頁にかけて）の次に記される、密夫騒動を仲裁する仲人の心得（十六ウ—十九ウ）と、末尾の「此娘後に享和元年霜月の八日の夜早稲田の土手に三次郎と相對死致しけると即ち此おみつなり」という実録性を帯びた、前もっての説明記事の二つを削る以外、通常の居住地職業名前を適宜変更、赤子の誕生日及び月数の疑念に関する、具体的表記の削除の他はほぼ引き写しである。

上同（十二オ—十四ウまで＝原写本巻之弐はじめ—六オ）

内容的には、通常の地名や名前の変更や年月日記載の削除のみであるが、宮参り（これも赤城明神→鶴が岡八幡宮とする。＝次章冒頭も参照）する場面で、武家から商家に変わるための置き換え（刊本十三オ—十四ウ・三七四頁＝原写本四ウ〜六オ）、すなわち、支度の際、女房怪我する原因を守り刀から台所内の事故としたり、供まわりが変わる等で、言葉の置換えだけにとどまらず文章が添削される。

第三（十四ウ―巻末まで＝原写本六オ―巻末まで）

冒頭参詣先を換えたため、赤城明神の由来（原写本六オ―十オまで）を鶴が岡八幡宮（刊本十五オウ＝三七五頁）に差し替える。次に、参詣の記述後、寺入りとなるのであるが、その刊本でいう「よろこぶことかぎりなかりしに。」と「早くも年月」（十五ウ＝三七六頁二行目）の間に、原写本では、三次郎が三歳の時、丙午生まれゆえ二歳とする記述（十一オ）がある。さらに、寺入りも七歳（刊本は八歳）になるのだが、これらは『享和雑記』に記されるように、相対死の男が一つ年下と伝えられるのを受けているのだろう。刊本では、これを取らず主人公男女の年齢設定を同年にする。次に、これは一般の改変だが、関係図に示した通り、寺入り先は通常の寺である（挿絵にも師は御坊である）。後半、来山の隠居時の事は、簡略化される部分や、巻末が写本と刊本とで表現が少し違うようであるが、おおむね約束事の変更点を除き引き写しである。

○中之巻

第四（巻頭―三十五オ＝原写本三巻目全部）

冒頭壷胃努平の人物設定が、写本から約束通り変わる。本文もほぼ引き写しである。

原写本巻四～六は

刊本化で使用せず。

第五（三十五オ―四十一ウ＝原写本七巻はじめ―十三丁オ）

通常の変更点があるのみで、ほぼ引き写す。

第六（四十一ウ―巻末＝原写本承前―巻末）

通常の変更点があるのみで、ほぼ引き写す。但し、五十丁裏中程「大町なる傘や傳介といへるハ……」（翻刻四一一頁末以下）は、丁数の都合で原写本をややつめる感もある。

○下之巻

第七（五十二オ―六十三ウ＝原写本八巻目全部）

大きな改変点は、殺傷事件につき、原写本では死傷者一覧を中心とした報告書等もある（この形式は高槻騒動の結末＝巻六末、相対死＝巻拾にもあり）が、これを含む末三丁が、刊本では短く普通の文章とし、またこれを鎌倉の世界としている（四二五頁）。他は同内容を伝えるものの、言辞まで含め書き換えが割合多い。

第八（六十三ウ―七十三オ＝原写本九巻目全部）

「早稲田八景」のことが削られる。板本でいうと、「茶の湯・活花も終りて〈四方山の話より歌道の話に入りていたく〉夜も……」（六十四ウ〜・四二六頁末〜）となるが、〈　〉の部分、原写本では「早稲田八景」が催されている（二ウ末〜七オ）。なお、その後の来山がお此を諫める部分で、原写本で、おみつが詠んだ「五月雨塚」の歌を踏まえる記述（十二オ）は、当然差し替えられる（六十七ウ・四二九頁）。

＊「最前の歌の心にわすれぬ夜半にわすられぬ君とは是即三次郎を深くしとふ心鏡にかけてと見へしなるべしと……」→「最前糸三郎が帰る時秘に私言きしを此の来山は見て置いたりと……」

他は、おおよそ引き写すことが多い。

第九（七十三オ―巻末＝原写本十巻目全部）

この部分、原写本では道行と心中の描写が大半を占める。これを道行文から適宜会話を交えた普通の文章に直している。挿入されていた早稲田に関する地名や中川・横瀬と、苗字を踏まえた文句も当然省かれる。なお、普通の文章にする際、鎌倉の地名を織り込むことはほとんどない。会話文については引き写すことが多い。次に、原写本の末四丁ほどは、相対死の事後についてである。十五丁ウから十七ウ中程までが葬った次第で、これは板本でも置き換えにより処理されているが、次からが異なる。原写本は、十七ウ中程から十八オまでが、二字下げで事後処理の一挿話。十八ウから巻末の一丁半が、二人の戒名までも記されて、参詣客の絶えなかったという結末をつける。一方、刊本は来山が、この事件は萬右衛門夫婦が紫明神へ無理に子宝を祈った因果ゆえと諭し、自分は庵を結び、萬右衛門夫婦は二人の菩提を弔い、その功徳により、一子を儲け家栄え子孫繁栄めでたしとする（七十七オ〜巻末・四四〇頁以下）。

三　刊本化人情本化

刊本の人情本『梛の二葉』についてまとめる前に、まず、写本『珍説恋の早稲田』の特徴を確認しよう。冒頭に記したように、この作品は、『享和雑記』に記される「元結屋の娘横死の事」と「水道端にて相対死にの事」という、二つの同地域内に起こったとされる事件（挿話）を脚色して実録化し、さらに、高槻騒動一件を付与した作品であろう。

物語自体は序の後半に、

爰に頃は享和元年十一月八日の夜所は牛込早稲田に於ゐて珍説の相對死有男ハ十五才女十六才なりと此風聞世間いろ〳〵さま〴〵申せど定かならず是によつて其実説を明らかに来由を尋ねて極秘なるを知れは信有婦人深く其貞義を感ずるに余り有侭真実なる其心を世上に知しめんと珍説恋の早稲田と題して有し正説を爰にあらわす

享和弐壬辰年九月／西生山人／酒呑能作

と有る如く、二つの事件のうち、早稲田の相対死を中心にした構成になっているようだ。そして、おみつを元結屋の姪としたり、鈴木藤吉が不伯の弟子であるように融合されている。また、鈴木も元結屋の娘と恋仲ではなく、心中事件の女に横恋慕する人物設定になっていて、巻之三から登場し巻之八で自害してしまう。三角関係の恋仇役なのである。

しかし、登場人物において、主人公の不伯は、そのまま川上不白だし、鈴木藤吉も『享和雑記』の鈴木富五郎に近く、職業も、不白が与力の隠居はもちろん、若衆が仲間の与力の次男であることを含め、元結屋まで同じ設定が多い。当時、巷間に伝わっていただろう名前や職業が思い浮かぶようになっている（「頭書」は少なくも『椰の二葉』刊行以降であることが明らかで、参考までだが、そこに記される中川運平や横瀬兵十郎も、それぞれ実録の不白隠居前の中川勘三郎や横瀬三次郎に近い）。さらに、巻四―六の高槻騒動は前述の通り実話に基づく。前記の郡家文書によれば、少なくも、この騒動は享和元年七月の盆踊りの晩に、関又兵衛配下和助が起こしている。事件背景については不詳であるが、上記事実の符合から、この巻々は事実の報道という性格を持っていることは確かだ。上記男女関係二件についても、融合されたかたちで物語化しているようだが、少なくとも、読者に対し事実譚と感じさせようとしたのであろう。登場人物名もその現れである。また、序の年記の真偽は不明だが、高槻騒動の件を考え併せると、あながちまったくの偽年ともいえず、ともかくも際物性を持たせていると考える。

このように実録ゆえ、年記や人名が詳しいのは当然であるが、地名の点も同様である。

江戸牛込赤城下　組屋敷（与力　中川勘蔵＝不伯、勘三郎、横瀬三十郎）

赤城明神

赤城明神下　不伯隠居所

小日向改代町　　左官傳蔵＝下女お喜代父
改代町　　大工市兵衛＝お喜代夫
水道町　　元結屋嘉平次＝大工市兵衛兄
　　　　荒物屋重助＝娘お重が藤吉に嫁す
牛込中里町　　自性院前裏家　鈴木藤吉

と、例えば、現今の東京二十三区地図で、新宿区の当該町名を参照するだけでも、その地域性は歴然としている。他に、お重が藤吉に殺された場所が中里田圃通り、二人の心中場所が早稲田の土手、地頭が榎町済松寺、また二人の埋葬場所は少し離れた目白台のある寺である。このように、近隣の武家と町人の事件として形成されており、地域性の高い読み物といえよう。さらに、「早稲田八景」として詠まれた○関口の晴嵐、○早稲田の落雁、○目白の入相、○赤城の暮雪、○音羽の帰朝、○水神の夕橋、○姿見の秋の月、○五月雨塚の夜の雨、も風情を増し、巻之十の道行文に現れる地名も同様である。

以上、この写本『珍説恋の早稲田』は、地域性際物性の強い実録であるといえる。

一方、『梛の二葉』は、刊行するにあたり、原写本に記されている年記をほぼ削り（本文冒頭に「昔鎌倉繁栄の時とかや」という設定をもって代表させてしまう）、地名、登場人物名・身分職業も置き換える。地名についていえば、地域性の高かった実際の牛込の地名を「鎌倉」のものに換えている。身分職業も変えているものが多い。武家は与力ではなく浪人とし、町人も元結屋はじめ変えているものが多い。もちろん、高槻騒動はその点からも削除された。

これらは、写本を刊本化する際に行われる時事雑説を取り除く、当然の作業である。

なお、刊本化に際し、原写本にあったモデルを想起させる内容を消し去ったものでも無いことを付記しておこう。例えば、川上不白である。『珍説恋の早稲田』の不伯から、不白を読みとる事はもちろん出来たが、『椰の二葉』においても、同様な事はまったく不可能ではなかったろう。名前を早咲来輔とするものの、諸風流を好むとは変わらない。おみつ三次郎が契り藤吉がおみつを口説いたりする記述は、人物名を変えながら刊本化されても残るが、それらは不伯や三次郎、または藤吉が生け花など、風雅のやりとりをしている隠居所の中で行われた。一方、巻四～六の藤吉が、三晩にわたり語る高槻騒動、巻八の早稲田八景という、これらも隠居所の風流の一端である事が刊本化に際し削られた。しかし、刊本の口絵の「剣術指南後茶の湯師来山」には、茶道具が配され、挿絵（中巻）「於此糸三郎に恋慕の図」は、茶室であり糸三郎は切り花をしている。「努平於此を口説ところ」の遠景は、来山が糸三郎になにやら伝授しているようにも受け取られる。また、「来山おこのに異見をなす」（下巻）なども、来山隠居所である。上記の削除せざるを得ない部分の代わりに、絵解きが補われたともいえる。少なくも風流の士であることは相変わらず伝えている。また、娘が妾であるとする点についても、原写本の「不伯先生の妾なるべしとみな口〳〵に言もの多し然るに不伯は中〳〵身持ち正しくかたき生得なるゆへ一向手さしもなしと言ものも多ふかりしもつともなるかな不伯は時の徳人なり則十目の見るところ多しかならん不伯其年八十四歳なりしかし色情かぎりなきもの哉」（巻之弐末）を、刊本でも「来山が妾なるべし。などいふもの多かりけれども。元より生得もの堅き来山ゆへこハまつたく人口のふせぎがたきところならん。」（上之巻末）と、削除可能なこの箇所を、否定表現ながら残しているのである。本話は刊本化され、より不特定多数の読者を対照にした（ちなみに本論で底本として使用した上巻末には、時期不明ながら大坂秋田屋市五郎の「神授丸」の広告が貼付されている）のだから、来山のモデルを読解く可能性はもちろん低下したのだろうが、不白伝説を消し去ってはいない。これら不白の噂や心中事件等は、『享和雑記』の書承以外にも、幕末に執筆された『五月雨草紙』喜多村香城著（＝国立国会図書館蔵本による→「新燕石十種」所収）にも記され、後代まで知られていたことも考え合わせると、本件は文政年間においても、江戸地域の読者の享受を想定した編集が行われた例証となるのかもしれない。

さて、次に写本『珍説恋の早稲田』の人情本化する作業はどう行われたか。

ここで注意すべき点は、先にも記した通り、全体の枠組みに商家を据えていることである。

「……また同所与力中間に横瀬三十郎といふは中川氏とは別して心安くことに隣の事なれば朝暮来りて花茶の湯など催ふし親子のごとくしたしみける時に三十郎は未だ廿四才にて誠に男盛り也尤自分の妻も有といえども男のくせにはまゝあるならいにてお清か妙なる姿に愛情の心風と起り……」（『珍説恋の早稲田』巻之十六丁目）

↓

「……来輔のすまゐは。井筒屋万右衛門といへるものゝかゝへ地面にて。万右衛門来輔のとなりに住居して。賣買は質両替にていとゆたかなるくらしなり。万右衛門は来輔と心やすく。朝夕来りて。花の會又は碁将棋などもよふし。町人ながらもしたしみける。然るに此万右衛門は先万右衛門養子にて。未だ二十七才の男ざかりなり。女房は万右衛門娘にて。ふうふなかよく五年を送りけるが。いまだ一子のなかりけるゆへ。ふうふハ是をほいなきことにおもひ。程ちかき比よく塚のほとりなる紫明神へあゆみをはこび。一子をいのりぬること久しかりき。此程万右衛門は若げのいたりにて。来輔方の下女お花が。たへなるすがたにこゝろをうごかし……」（『梛の二葉』上之巻一ウ—二オ）

このように、発端部分で武家を町人に置き換える。原写本を利用しつつ、井筒屋万右衛門が両替商であり、養子であること、子供が居なくて紫明神に夫婦で祈願したことをさらに記している。そして、鶴ケ岡八幡参詣の供揃を町家のものに変更した件（上巻）を間にはさみ、結末は、先にも述べたが写本と違い、来山がこの事件は萬右衛門夫婦が紫明神に無理に子宝を祈った因果ゆえと諭し、夫婦は二人の菩提を弔う。そして、最後「井筒屋万右衛門は、糸三郎お此が菩提を厚く弔ひぬる功徳にやよりけん、程無く、幸に一子を設け、行末長く富み栄えけるとなん。」とする。

写本である「実録」や、刊本の「読本」が大まかに言って、武家の世界を中心に描いた作品群とすると、人情本は、写本もの刊本を問わず、商家を骨格に据えるといえるだろう。『江戸紫』という写本は、刊本の人情本の第一作目とされる『清談峯初花』の粉本として有名だが、むしろ、人情本ジャンル全体の中の最初の作品として注目せねばなるまい。それだけではなく、この写本自体流布していた。人情本が行われていた時期を通して、写され読まれ続けていた作品である（成立は文化年間で、明治十四年の写年を記すものまである）。この作品は、商家の嫡子が家督や婚姻問題で悩み、わざと放蕩し勘当を受けるなどして家を出、他の女性とも関係を持つ（三角関係）けれども、それなりの経済活動をし、一方の許嫁も苦労を重ねるが、その誠意などで、二人は元の鞘にもどり、家督が無事継がれ、家栄え子孫繁栄めでたしという骨格を持つ。そしてこれは、写本もの刊本を問わず、おおよそ、人情本諸作品で踏まえられている類型である（もちろん、この類型は物語全体についてみた場合のものである。例えば、結末の稼業繁昌と婚姻と子孫繁栄という予定調和だけを取り出してみよう。稼業繁昌を出世に子孫繁栄を家の繁栄に置き換えれば「読本」にも当てはまる。各部分のパターンは当然他のジャンルにもある。全体の流れが商家を通して行われていることに類型をみる）。人情本の類型論そのものは、本書第三章第一節「人情本の型」で述べたが、ともかく人情本は、一般的に言って、商家を骨格に据えることにより成り立っているようだ。

写本もの人情本は、『江戸紫』以外にも当然ある。その中で刊本化されるものもある。拙稿「人情本の型」に記したように、管見に及んだ中では、『お高半次郎情乃二筋道』（文政五序／架蔵など）は、刊本『婦女今川』前編（＝初・二編＝文政九二世南仙笑楚満人＝為永春水補綴）の底本だし、『お千代三十郎』（国会図書館・架蔵）は、刊本『應喜名久舎』（天保三春水補綴）の底本だし、「ゆかりのいろ」（関西大学図書館中村幸彦文庫など）は、『磯《そ》馴《なれ》草《そう》紙《し》』（文政十一年序刊・岩井条三郎補筆）、『風流脂臙《べに》絞《しぼり》』（天保十一年序刊・鼻山人作）の底本である。これらは他の人情もの写本同様類型に沿って書かれているから、刊本化にあたっては、人物名地名の置き換え等を行えばよかった。一方、『珍説恋の早稲田』は、武家を中心とする実録であったから、人情本化にあたって、上記のごとく新たに商家を類型上の骨格に据えたのである。もちろん原写本でも、江戸時代の小説に一般なのであろう、武家と町人が入り交ったかたちで物語が描かれている。しかし、中心は武家であった。人情本化にあたっては、これを商家中心と、曲がりなりにもしたのである。横瀬三十郎から井筒屋万右衛門への転換である。この男について、少なくとも人物紹介にあたっては、「質両替」という富裕を想像させる職種が記され、「万右衛門は先万右衛門養子にて。未だ二十七歳の男ざかりなり。女房は万右衛門娘にて。」と詳しい。養子であるといった修飾句まで付け加える（ついでにいうならば、人情本で男主人公が養子であるパターンは割合多く、例えば、刊本『春色梅児誉美』の丹次郎も吉原唐琴屋の養子である）。その男が来山に仕える女と関係し……。という説明である。

　ところで、武藤元昭は、鼻山人の人情本に伝奇的な傾向を持つ作品を何点か指摘された（「『花街桜』の趣向―鼻山人の再検討」『人情本の世界』所収）。これらは、刊行を念頭においた草稿のうち、元来読本に使う部分を人情本に利用したことも想起されるが、ともかくもそれら伝奇的部分は、出来上がった作品の中では、商家の世界の上記類型に包みこまれているのである。こういう武家社会譚を人情本の中に取り込むことは当然可能である。一方、『梛の二葉』は完成された原写本があった。もともと、発端には、おみつ出生に絡まる三十郎お喜代の仲があったり、またや主人公男女であるおみつ三次郎に鈴木藤吉の横恋慕するという三角関係を描く、恋愛を中心とする小説であった。これを出板する時、当代のジャンルとしては人情本が安易であり、中本として刊行されたのであろう。実録にしては珍しく『珍説恋の早稲田』なるタイトルを有したことも手伝ったかもしれない。

さて、人情本化するにあたっては、時事雑説を取り除く等だけの刊本化するのみでなく、類型に沿うものにしなくてはならなかった。そして、上述の通り、発端・結末等に商家の世界を持ち込んだのである。しか

〈発端〉

〈結果〉

し、付け焼き刃であった。写本『江戸紫』等に見られる人情本の類型にも、部分的にしか沿うものではない。恋愛のありかたは刊本化されてもそのままである。万右衛門がお花と関係を持つのも人物名を置き換えたに過ぎず、人情本の類型に近づけたものではない。そして筋書き上万右衛門の嫡子である糸三郎とお此は結ばれるが、これとても、原作の名前を変えただけで、この男女に婚約関係があるのでもない（姉弟恋愛譚がそのまま語られる）。糸三郎も一応商家の嫡男だが放蕩せず、三角関係を原話通りで人情本一般の男主人公の浮気ではない。お此に許嫁の苦労が盛り込まれることもない。町家への置き換えは上記の点だけである。かろうじて発端の「ふうふなかよく五年を送りけるが。いまだ一子のなかりけるゆへ。ふうふは是をほいなきことにおもひ。程ちかき比よく塚のほとりなる紫明神へあゆみをはこび。一子をいのりぬること久しかりき。」と記することは、類型への近づけと言えよう。写本『江戸紫』でも冒頭夫婦に子供がないことを悩むということがあり（このことまで記す人情本は、あまりないようだが子宝という点で類型の延長線上だろう）、これを踏まえ、具体的に祈願のことを記し、さらに口絵にまで描く。人情本化を意識した証左であろう。しかしこれとても、先に記した通り、結末では来山の言として心中事件が、萬右衛門夫婦が紫明神に無理に子宝を祈った因果ゆえと唐突な理由付けをもって終わっている。また、最後の一家が栄えたという決まり文句も、結果として跡継ぎがいなくなった夫婦が、事件決着後に子宝を授かるという継ぎ足しの記され方をし「井筒屋繁栄の図」という、類型上の取り繕いとでもいうべき挿絵を小さく付している。このように、すでに小説としての結構が出来上がってしまっている原写本に対し、いわば間に合わせの人情本化とでもいうべき編集なのであった。

この作品、風流な生活を送る隠居のもとで起こった心中事件を、眼目とした恋愛小説としての価値はもちろんあろう。しかし、小説の作りとしては上記の様相を示している。本書は、写本『江戸紫』刊本化の成功後、双鶴堂（序文による。奥付が鶴屋金助ではなく平蔵とある理由は不明）が、再度写本を用いて、人情本出板を計った作品であろう。今回はこのような唐突な商家の世界の付加が行われているような小説が出来上がった。けれども、この実録写本『珍説恋の早稲田』を編集して、刊本の人情本『梛の二葉』を出板するという作業は、かえって、人情本の作り方のわかりやすい事例を残してくれたと考えてよいのであろう。

【注】

（1）本論では国立国会図書館蔵本（→「未刊随筆百種」所収）による。他本として、一にバークレイ三井文庫蔵本（国文学研究資料館マイクロフィルムによる）があり、これは国会本と差異はほとんどない（頭書も同。鈴木白藤の識語も付され、さらに、天保十五年白藤より貸与され転写したこと等ある）。一に学習院本があり、「筆叢」のうちで頭書を記さない（天保十三年写）。

（2）この下巻については、向井信夫に言及がある。「人情本寸見」（『江戸文藝叢話』）。

【付記】本稿を成すにあたり、御教示を受けた新宿区立新宿歴史博物館、ならびに高槻市役所総務部文書課に、また、閲覧を許された学習院大学図書館に感謝します。

第二節　写本『古実今物語』・『当世操車』考

宝暦十一刊清涼軒蘇来作[1]『古実今物語』同人作明和三年刊『当世操車』はロングセラーであった。それについて、人情本などでの利用を端緒に論じてみたい。

一　『当世操車』

まず、利用が顕著である『当世操車』からである。

まず、各巻の梗概[2]を記しておこう。

第一話（便宜的に巻一と巻二をまとめてこう呼ぶ。以下同じ）

巻一：福徳屋富左衛門世悴が事

福徳屋富左衛門一子富之助（十六歳）は吉原で放蕩し、浦賀へ遣わされる。十九歳の折り許されるが、また遊ぶ。今度は大坂の高麗橋の彦兵衛をたよる（茂兵衛と改名）。その後商用で長崎屋甚兵衛に付き長崎に行く。そこでその兄の唐物屋久右衛門の手代となり働きを見せ、娘おみちと婚姻するが、勘当が許され駈落ち。江戸では嫁を取らせようとする。一方、おみちは身をやつし夫の後を追う。

巻二：唐物屋久右衛門娘か事
おみち江戸に来て夫と再会。一方、新たな許嫁が問題になる。その父の武士である石川治武左衛門、おみちを長崎に返す為預かり、娘およしを遣わすという。婚礼で花嫁が実はおみちであったため一同喜ぶ処へ、大坂の長崎屋彦兵衛同道で唐物屋の代理でおみちを取り戻しに来る。石川は我が娘を身代りとして差し出し、めでたし。

第二話（便宜的に巻三をこう呼ぶ。以下同じ）

巻三：浮橋頼母妻女の事
浮橋頼母の妻おいしは、夫の留守に訪ねてきたその親友清嶋丹三郎と偶然が重なり二度も不義の濡衣受けた為、箱根の湯治場に逃れ、男女の関係を厳しく避けて表向き兄弟を装い暮らす。湯治にきた家老が経緯を知り、頼母の後妻になった我が娘お岩に話す。お岩は箱根に越き、おいしの汚名をそそぎおいしを連れ帰り、頼母と再婚させ自らは出家する。

第三話（便宜的に巻四と巻五をまとめてこう呼ぶ。以下同じ）

巻四：物部新蔵娘お弓が事
物部新蔵妻おなると同家中の竹沢権之進密通し、噂は広がる。娘お弓はこれを案じ権之進に恋文を送り、ついに芝居見物を装い駈落ちする。落ち着き先でお弓本心を明かすと権之進驚くが、翌朝お弓を知人に託しその身は出家し諸国修行に出てしまう。さて、お弓武家の奥方に仕える。ある日押し入った盗賊を計略を以って退治し本家の中老に取り立てられる。
巻五：於弓才智を以て出世之事
姫の恋煩い。その相手家老遠藤將監の一子辰十郎が実は殿の子と判り、恋も覚め無事嫁入りする。お弓は、その発明ゆえ辰十郎の妻になる。かつての権之進、いまの問学、噂をきき安心。江戸の寺にいる。ある日、お弓の実母おなる寺参りで問学と出会う。その時母初めて事情をしる。夫婦出家しお弓に対面。お弓は舅夫に経緯を話しめでたし。

以上三話から成り立つ。本作品の受容として、第二話「浮島頼母妻女の事」が、幕末の長編合巻山東京山作弘化三年刊『教草女房気質』初・二編に翻案されていることは、内田保廣によって既に御指摘がある（「「不才」の作家」水野稔編『近世文学論叢』平成七刊所収）。

次に、第一話であるが、これも中本化されている。『お初徳兵衛《はつとくべい》赤名縄奇縁《せきぜうきゑん》　操車彩色染筆《みさほぐるまゆかりのそめふで》』全三冊である。内題下等に署名がないが、序文に「東都塩街の好男子綾丸述」とあり、文亭綾継の弟子綾丸（神保五彌『為永春水の研究』五二頁～参照）の仕事であろう。刊年不明だが、挿絵は鈴木重三のご教示によれば、歌川国直の弟子の一人（例えば、『仮名文章娘節用』の初板本の挿絵を描いた歌川国種など）と思われるので、文政末から天保初年刊行と推定される。主人公を、お初徳兵衛とするなど人名を変えたり、挿絵を、計四図から計十一図（他に口絵計四図）に増やし、当代風にしているが、本文は、ほぼ丸写しの人情本化である。なお、上巻三オまで中本の通常で、半丁あたり八行だが挿絵をはさみ四ウより下巻末まで七行としている。古風な感じを出そうとしたのだろうか。春水系統の作家の仕事であることについてであるが、春水自身にも計画があった。『明烏後正夢』三編初板本（文政六）の奥目録には、「孝行車彩色染筆 楚満人作／英泉画 堺屋國蔵販」とあったり（おおさわまこと「人情本『明烏後正夢』三編初版本」「季刊浮世絵」七十五、昭和五十三年十月掲載の図版参照）、自作『仮名佐話文庫』初輯・第二輯（共に文政七）奥付に「忠孝貞操車《ちうこうみさほくるま》／中本／三冊／楚満人作／英泉画」としたり（初輯は佐藤至子蔵本による）、同年序刊柳魚菴主人（駅亭駒人）著『忠孝／二面鏡』上巻末に、「菊井小七《きくのゐこしち》春情奇談《しゆんしようきだん》／操車引手縁結《みさをくるまつなでのよりいと》／全三冊／

楚満人作／英泉画」とある。これが曲がりなりにも綾丸の手で行われたのだろう。＊架蔵本による。

次に、第三話は、これも幕末の人情本『教草操久留満《をしへくさみさをくるま》』全三編、作者は、内題に「月池　幽篁庵」とある（管見本はいずれも無刊記だが、初・三編序が梅亭金鵞で二編の月池老人の序に「文久のはじめといふとし」とあるから幕末の刊行である。なお、作者「月池　幽篁庵」は久松祐之《すけゆき》であろう。関亭伝笑ではないことは、山本和明が述べられている▼(3)。久松祐之は『国書人名辞典』に年齢不詳ながら、安政三年没（「一説、嘉永元年」は上記人情本序文で否定されるだろう）とされる。また、山東京山の『蜘蛛の糸巻』「賢臣挙げらる」の項によれば、弘化三年五十三歳である。それから時を経た本作品初編序文に、「了得《さすが》幽篁庵の老師」とあったり「月池老人」というのは、現代語の用例と同じく「高齢者」の意味であろう。その古語りの『教草操久留満』なのだろう。この中本は全体の結構を原作により、冒頭おなると竹沢の不義の発端に王子の新瀧参りを写したり、辰十郎を早目に登場させ許嫁お弓と瓜二つの芸者との濡れ場を描く等、当代の風俗を多く補入する（『教草操久留満』は、かえって人名変更が少ない）。＊東京大学総合図書館・天理大学付属図書館・関西大学付属図書館（中村幸彦旧蔵本）・架蔵零本による。

以上、各話全てにリバイバルがあり、『当世操車』は、これらの例をもってしても、長きに渡って享受されていたことが理解されよう。明和年間のこの小説は、それ以降の小説刊行のなか、少なくとも幕末まで命脈を保つロングセラーであった。

なお、本書初印本刊記には、「明和三戌春／八丁掘岡崎町　門田庄兵衛／日本橋通二丁目　竹川藤兵衛／馬喰丁壱丁目横丁　彫工町田平七」とあり、江戸の竹川藤兵衛が門田庄兵衛と合梓し刊行したことがわかる（国立国会図書館蔵本など）。のちに「明和三年」を残しながら、門田と彫工町田の名を削った竹川藤兵衛単独板となる（中村幸彦旧蔵本＝国文学研究資料館マイクロフィルムによる）。そして次に、同刊記ながら「蔵版目録　江戸橋四

日市竹川藤兵衛　同竹川藤助」を付すものがある（時期不明＝北海学園北駕文庫蔵＝国文学研究資料館マイクロフィルムによる）。なお、この目録には「唄童古實今物語」と「當世操車」が並ぶ。

二　『古実今物語』

上記『教草女房気質』で京山が、『当世操車』を翻案した方法については、内田論文に詳述されるが、原作「浮島頼母妻女の事」になかった横島真雁の横恋慕は、同じ清涼井蘇来が書いた『古実今物語』（宝暦十一刊）の第一話中の、横田内記の甥横田伴助が内記の一人娘お村を横恋慕することが利用されていて、同じく同作品の流布を示していよう。

本書の梗概は、辞典類に備わるので簡略に記す（なお、本論では続編については考証しない。続編は浄瑠璃姫・牛若丸等の別話である）。

第一話（便宜的に巻一「松前屋長兵衛が事の始」・二「同末」をこう呼ぶ。以下同じ）

松前長兵衛という義気ある侍が誤って医師を撃ち殺す。老母あるゆえに犯人と名乗れない。かえってその医師の妻に見込まれ娘お民を嫁に貰うが、お民との情交を断り親友に嫁させる。老母の死後名乗ろうとするが親友が代わりに討たれなどする。が、結局長兵衛武勇の功によりめでたし。

第二話（便宜的に巻三「絹屋彦兵衛三人娘の事」をこう呼ぶ。以下同じ）

本郷絹屋には三人の娘と末息子彦太郎がいる。彦太郎熊谷堤で浪人に殺される。その浪人が後に出世して絹屋の娘に横恋慕するが、敵であることが判明し、姉妹三人らがこれを討つ。

第三話（便宜的に巻四「姫君おせんの方の事始」・五「同末」をこう呼ぶ。以下同じ）

北条高時の一族、大仏出羽守息女おせんの方が幕府没落の際、許嫁の夫長崎為春を出羽に尋ね、その隠棲に先婦と語らう。

第一話については上記『教草女房気質』の横恋慕がある。[4]

第二話は文久二年~慶應元年刊の人情本『毬《てまり》唄三人娘』（松亭金水・山々亭有人刊）に使われていることが、『江戸文学辞典』冨山房、昭和十五年刊で暉峻康隆が指摘されている。

なお、第三話についてのリバイバルを筆者は見出していない。

『古実今物語』は、宝暦十一年東都竹川藤兵衛が松尾庄吉合梓で刊行した。安永十年に上記二話をもとに浄瑠璃の「むかし歌今物語」として作られヒットし、その影響で、明和二年に続編が刊行されたり（竹川藤兵衛・喜多久四郎）、明和八年に本屋の名前はそのままに再板され（筑波大学図書館蔵本＝旧大惣本など）、享和二年壬戌九月／再版／江都石渡佐助・天満屋喜平もあり（北海学園大学蔵本＝国文学研究資料館マイクロフイルムによる）、文化元歳甲子七月に上総屋忠助により求板されたりした。[5] なお、『宝暦現来集』（続日本随筆大成別巻6による）巻二十「子供鞠歌の事」に伝える本話は、「文化元年七月涼井《ママ》と云へる老人子供の毬唄の事載せし故書抜留る」とあり、この上総屋求板本によったことがあきらかである。[6] 大阪では、大坂本屋仲間株帳の「板木総目録株帳」寛政頃（「寛政二戌年」の柱刻を持つ用箋）の記述に「河善」（＝筆者注「河喜」の誤だろう）、文化年刊頃（「文化九壬申年改正」の柱刻を持つ用箋）の記述に「河喜」、さらに、後年同じ用箋に「河茂」とあり、すでに寛政年間に河内屋喜兵衛が権利を有し、幕末だろう頃に河内屋茂兵衛が引継ぎと、河内屋系統から供給され続けていた。さらに、第三巻（＝第二話）は後年、十七丁までと、それ以降に二分冊され題簽も作られ「絹ノ始／三ノ上」「絹ノ末／三ノ下」と印刷される（永楽屋東四郎（名古屋・江戸出店）の『大日本國郡全圖』出版広告付の東大国文学研究室本など）。これら出板上の動きでも、ロングセラーであったことが理解される。それは、新刊や当代有名作家作品でもないのに『増補外題鑑』に登載されている事も証である。[7] また、旧下総国葛飾郡鬼越村名主家所蔵の文化年間の蔵書目録兼書籍購入台帳にも本刊本が載り、これも流布を物語る。[8]

また、黄表紙では、「むかし歌今物語」上演以前の安永六年刊『手鞠歌色模様三人娘』清長画（『黄表紙総覧』九九頁）がある。鉄砲打長兵衛（第一話）の息子長次郎と三人娘（二話）の次女おなかを恋仲とするない交ぜである（他に結末、次女おなか・三女おすへを「糸桜本町育」の世界に結びつけることもあり。本書の需要を物語る（他に天明三年刊『仇名草伊達下谷』南陀伽紫蘭作北尾政演画（同四三二頁）も第二話を世界としている）。

三　写本での流布

さて、これら二書は刊本が存在するのに写本が多く存在する。特に『当世操車』はよく目にする。例えば、『国書総目録』の当該項目でも、板本九点に対して写本三点が存する。また、現在の坊間の古書店にもよく見かける。ちなみに筆者も四点蔵する。

以下二書につき、『国書総目録』・『古典籍総合目録』登載本、国文学研究資料館に情報のあるもの及び架蔵本をあげてみよう。

『当世操車』（書名は管見同じ）

『国書総目録』登載本

〇国立国会図書館蔵本（わ―159―97）縦長の大本一冊・本文四十一丁半・半丁あたり十一行二十五字内外　序・目録まできちんと写す能書本だが、巻三＝第二話、欠（目録にはあり）寛政十一己未年二月吉日篠原姓升恒。

○東京大学総合図書館本（E24―86）縦長本一冊・本文三十九丁・半丁あたり八行二十五字内外　物語の書き加えあり。また、第三話のみの写しだが外題に「當世操車　全」とするなど、本話のみとの認識があるようだ。寛政七年　八月下旬写之　裏見返しに「浅井蔵」とある。

○島原公民館蔵本（写116―5）縦長の大本一冊・半丁あたり十二行二十字内外　巻三まで・川村氏　蘇來書名の序文や総目録も写されていて、刊本からの写しの可能性高い。また、表紙に「壱」とあり元々上下冊だった可能性あり。（国文学研究資料館マイクロフィルムによる）

○酒田市図書館光丘文庫本（玄齋78）六十九翁／含弘／寛政四　玄齋文庫のうち（国文学研究資料館日本古典籍総合目録データベースによる・未見）

国文学研究資料館（右の他）

架蔵

○架蔵A　半紙本（やや縦長）一冊・本文五十四丁・半丁あたり十二行二十字内外　簡略な目録・各章タイトルのみ

○架蔵B　半紙本（縦長）一冊・本文二十九丁・半丁あたり十四行三十五字内外　目録なし・各章タイトルのみ・本文おくりこみ　文化四丁卯年八月落合保明

○架蔵C　大本一冊・本文四十八丁・半丁あたり十行二十五字内外　目録なし・罫線入原稿用紙・皇明治拾五壬午第五月下旬　伊藤茂三郎寫当世操車

○架蔵D　半紙本（縦長）一冊・本文二十六丁半・半丁あたり九行二十五字内外　本文は一・二巻のみだが、五巻までの総目録がある板本からの写し

○架蔵E　大本一冊・本文五十二丁・半丁あたり十二行二十五字内外　序文あり　簡略な目録　安永八己亥年八月吉日求之者也　東屋在佐平

○架蔵F　大本一冊（やや縦長）・本文五十三丁・半丁あたり十二行二十五字内外　序文あり　目録なし　寛政三年写

○架蔵G　半紙本一冊・本文三十一丁・半丁あたり十行三十一字内外　合冊也　文政十丁亥皐中旬書寫之　遠城東此木中田住　栗山宣知　行年八拾歳寫　題簽に「三大尾」とあるが、巻き一・二お長兵衛の話。

『古実今物語』の流布は、上述の通り板本上の動き等でも理解される。しかし、本書（本論では宝暦十一刊の五巻三話からなるもののみをさす）も写本での伝幡が多いと思われる。ちなみに、『国書総目録』の当該項目では板本九点に対して写本三点である。

『古実今物語』（書名は特記なき場合同じ）

『国書総目録』登載本

○静嘉堂文庫蔵本（74―20）大本上下二冊保護表紙（外題なく小口に「古實今物語　乾（坤）」とある）。乾巻が『古実今物語』で、保護表紙の中にある元表紙に違う字体で「古実今物語」とある。本文七十六丁、半丁あたり十二行二十二字内外。能書。総目録はないが各章ごとのタイトルはある。なお、坤巻は鎌倉道女敵討・結城二女敵討・石州濱田敵討三巳《ママ》女武勇鑑▼(9)、計九十九丁。なお、この計二冊は田中頼庸旧蔵で、見返しには共に「笠亭仙果旧蔵」と記される。

○東京大学総合図書館蔵本（E24―267）半紙本（縦長）一冊・本文二十八丁・半丁あたり十三行三十五字内外。

三巻中ほどで途絶。

『古典籍総合目録』登載本

○市立弘前図書館蔵本（W913・56―51）半紙本一冊・本文八十一丁・半丁あたり十一行二十字内外。序文あるも作者名を写さず、本文も内題なども適宜写し、話が一話→三話→二話と写される（国文学研究資料館マイクロフィルムによる）。書名「童歌古実今物語」

国文学研究資料館（右の他）

斎藤報恩会蔵本（A―V6）一冊＝実寸不明で、本文五十一丁半、十三字三十字内外。本文おくりこみ。保護表紙に「三種實録記」とあり。外題「古實今物語」。序文はあるが「清涼軒」は無し。裏表紙に「宮城縣陸前國宮城郡仙臺區北二番丁五十四番地／持主／谷津氏」とある如く谷津氏による明治期の写し。

架蔵

○架蔵H　半紙本（やや縦長）一冊・三〜六巻合一冊六十丁・半丁あたり十二行二十二字内外。　明治期に改装され「明治二三」の書加えあり「巻之六」は第二話を二巻としているため。[10]

○架蔵I　小本四冊・本文計百丁・小本匡郭内に半丁あたり七行十五字内外。書名「磯千鳥」。第二話を中本仕立てにしたもの。

○架蔵J　半紙本一冊・本文五十八丁半、半丁あたり十二行二十五字内外。　外題「當世美佐穂（みさほ）車」

以上、二作品の管見写本をあげた。

これら写本には二通りが考えられる。一に、用字は任意としても、目録もそのまま写し（『当世操車』の場合のみ)、序文もそこにある作者名まで記す等の形態を有する。つまりは原本が板本であろうものである。管見では、例えば国会本の『古実今物語』が、巻二の本文は写さないものの、また、島原本の『当世操車』巻三までの上冊と思われるものしか残らないが上記用件をみたす。これをここでは「板本写し」と呼ぶ。[11] 一方そうでないものがある。本文などはそのまま写すが、序はなく目録がある場合でも簡略化される。架蔵の『当世操車』Aなど典型例といえよう。この二通りである。また、なかには弘前本『童歌古実今物語』のごとく、序文はあるものの作者名「清涼軒」を落とし、本文の写しも上記のごとく任意であるように、どちらか不明なものも存在する(なお、管見本すべて挿絵は写されない。この有無は今回おいた)。また、もともと刊本にも作者名は内題下になく、序文に『古実今物語』に「清涼軒」・『当世操車』に「清涼軒蘇来」とあるだけである。これらを端緒として、作者名が放念されたのかもしれない。さらに言えば、二作品が共に清涼軒蘇来の作品であるという認識は、『教草女房気質』を書いた京山ならいざ知らず、一般の写本享受者に無かったのかもしれない。また、特殊な例となるかもしれないが、『古実今物語』の架蔵本には『磯千鳥』と題して小本四冊仕立てのものもある。

これら「板本写し」でないものの中で、注目したいのは東大本『当世操車』寛政七年写である。これら二作品の写本は、後述する通り、いずれにせよ本文はそのまま写すこと多い。しかし、東大本には書き加えがある。この写本は第三話のみを写すものだが、偽の駆落ちをした娘お弓が、本心を明かすと権之進は驚くが、翌朝お弓を知人に託し出家する部分で、本来省筆されているお弓が武家奉公するまでの経緯が書き加えられている。この写本では、知人の息子が悪者で、お弓は女郎屋に売飛ばされること、悪党一味が博奕上の争いから召し捕られ遠島になることが記され、そしてお弓は旗本に身請けされ、ここで武家奉公の本筋に戻るのである。[12] その書きぶりは何かから抜き書きした如くであるが、実録を初めとする写本小説による傳播上当然起こりうる現象である。これなど本作品が写本で流布したことの明らかな証拠である。しかも、書写年記を信じれば、寛政七年に行われているのである。また、静嘉堂文庫本の第一話に「扨翌日より心を付て町々在々を窺ふに四五日を経てそんじ《本のマ、》にそれ成所の医者天狗に」とある（三丁オモテ）。この箇所は刊本では、「そんじょ夫レなる所」とあるから、この「本のマ、」の「本」＝親本とは写本であることがわかる。なお、静嘉堂本坤巻の「鎌倉道女敵討」にも「本のマ、」が何カ所かある。これらからこの二作品は、もはや「板本写し」ではなく、写本ものとして存在していたと言えよう。なお、東大本『古実今物語』が、三巻途中で写すのを止めているのも写本の営為の現れである。

なお、各話が独立することがあることを附け加えておきたい。それは上記の如く、作品すべてではなく、一話のみ写されることもあることだ。例えば、架蔵『磯千鳥』は『古実今物語』の第二話、上記東大本は『当世操車』の第三話である。これなど、中本化など後年のリバイバルが各話独立してなされる、少なくとも一因とはなろう。

四　人情本との接点

さて、これらの筆写形態だが、「板本写し」のものも含め、詰めた字や行つまりは大きくない字で、多い行数で写されることが多い。

例えば、『当世操車』「寛政十一己未年二月吉日」とある国会本は、十一行二十二字内外、架蔵の巻末に「文化十一丁卯年八月」とあるのは、やや縦長の半紙本全二十九丁に、全五巻を収めるが、半丁あたり十四行・一行あたり四十字内外、写年無しの別架蔵本は、半紙本全五十二丁で半丁あたり十二行・一行あたり二十字内外である文化四写の本が、やや詰まったもの、後者が標準的体裁とみてよかろうか。ともかくも、貸本屋による実録写本等ではなく書写者の所持本形態であることは確かである。

また、これらの形態、つまりは、おおよそ半紙本で詰めた行や字数の写し方は、貸本でない実録物を含めた個人蔵写本一般なのではあるが、本書でたびたび述べている『江戸紫』を代表とする写本もの人情本とも同じであることは注目してもよいと思う。

内容面でも接近している。『当世操車』第一話を例に取るとわかりやすい。本話は、跡継ぎが勘当され、遠方で働きをみせ、婚姻し、結局勘当も解かれ、他の女性問題も解決しめでたしというものである。この結構は、『江戸紫』初め写本もの人情本と同じである。▼(13) 同時に、前段部分はすでに元禄期作品にあった。西鶴本『日本永代蔵』でも、巻二の三「才覚を笠に着る大黒」の三人兄弟惣領新六は、勘当の末江戸に下り成功を納めるが、『当世操車』第一話の富の助は、この新六同様、二度の勘当によって当地を離れ遠方で成功すること自体一致する。そのような町人成功譚の一類型に則っているのだろう。その一方で、人情本における許嫁（＝妻とすべき素人）と家督の相続という要素もここには出てきている。▼(14) そのような話が、人情本というジャンルが確立した文政期から為永工房により、注目され曲がりなりにも綾丸序『操車彩色染筆』として、中本リバイバル刊行されたのは当然である。『当世操車』は写本もの人情本と同じような享受があったと考えて良いと思う。つまり、このかたちで刊行される前に、目録類にもいくつか予告されるとおり、春水は本作品を中本化しようとしているのである。これは単に作品内容が人情本に向いているからではあるまい。上記のような、写本での流布が底流にはあったのと考えて良いのではなかろうか。上述の通り『当世操車』は、広く流布し、上記写本に安永八・寛政三・同七・同十一年・文化四・文政十年といった写年が記されている通りである。この点、写本もの人情本が、町人むけの教訓書（及び、教訓書としても十分読まれた本書のような小説）から派生されたことも想起できよう。春水も自らを狂訓亭（教訓亭）主人と呼んでいる。また、本論で取り上げた『教草女房気質』『教草操久留満』といった天保改革後の作品タイトルに「教草」と冠されるのも傍証になろうか。

もう一例、『古実今物語』第二話の例を出そう。本話が『磯千鳥』という刊本を模した小本形態の写本として作られていることは既にのべた。形態的かつ内容的に人情本への近接を物語る例であると考える。さらに、人情本『毬唄三人娘』では、本話の中心である本郷絹屋の一子彦太郎が、上州の取引き先の織屋の集金先を廻り帰る途中熊谷で殺される件に関して、さらなる内容的交錯がある。原話では簡単に記されているのに、この刊本では色々読ませようとしていて、詳しくなっている。二編中巻で、途中「これより話二つに分る」とあり、姉妹たちの話題から彦太郎の話へなるのであるが、彼が家督を継ぎ精を出すことが描かれ、そして親の代から取引のある上州桐生の織元織屋綾右衛門方に商用で滞在する。このように舞台は上州へと移るのである。ここで、彦太郎は娘濃染と馴染み駆け落ちの相談をする。それを食客となっていて濃染に思いを寄せる浪人瀧川小源次が立ち聞く。折りしも、織屋の手代武兵衛が織屋で三百両の穴を空けたので、彦太郎は一人先に江戸へ立つ。小源次は熊谷堤でこれを殺害。桐生に戻り濃染をだまし連れ出す。以下三編になり、濃染は途次別の悪者にかどわかされ廓に売られるというものである。物語末で小源次は原話同様討れる。この点『古実今物語』と同じだが、原作で彦太郎を殺すのは行きずりの悪者であった。また、上述のごとくに、絹屋の息子には取引先の娘を配して、原話では無かった膨らみを見せている。この男女内容は、写本『江戸紫』の影響であろう。男主人公惣次郎は勘当された後、上州の絹問屋に世話になる。ここで当家の娘に慕われるのである。写本『江戸紫』の惣次郎は、娘の風貌が気に入らず、都会的でないこと、同時に自分には許嫁お組がいるゆえ靡かず、かえってこの娘を慕う当家の甥に結び付けてやるというチャリ場となっていて、刊本化された『清談峯初花』（文政二・三刊）[15]まで含め、原則的に改変しない場面である。[16]『てまり唄三人娘』では、この写本『江戸紫』のチャリ場を濡れ場に変えたと筆者は考えるが、写本『江戸紫』と『古実今物語』第二話が見事に交錯しているのである。この点「もうひとつの江戸紫」とでもいうべきで、『古実今物語』が写本でも流布したことの一つの傍証となるのではなかろうか。

また、『毬唄三人娘』は三四編が有人の手になる。有人は写本『江戸紫』に手を加え『春色江戸紫』として刊行したことは知られている。その方法は、文政天保期の写本利用の作品と違い、半ば利用し半ば新しい内容・筋を加えるものであった。それはさておき、前半こそ金水の名で刊行されたものの有人の関わる『毬唄三人娘』（→『古実今物語』第二話）、内田保廣によりその方法が解明かされた『教草女房気質』初編（→『当世操車』第二話、および『古実今物語』第三話）幕末刊『教草操久留満』（→『当世操車』第三話）が、幕末の刊行物であることは、実録写本類が、切付本として刊行されたという天保改革後の出版統制の緩みと期を一にする。それらも写本としての伝播を物語ってはいまいか。

なお、中本化という事から言えば、京山の合巻と違い、文政期の為永工房作品にせよ、幕末の幽篁庵作品にせよ「操車」の文字を入れたり、または、「てまり唄三人娘」とそのままのタイトルをつけたりと、読者が容易に原作を想起出来るようにしている。これは、写本『江戸紫』の刊本化に際して、『清談峯初花』では序に唱い、有人作品では『春色江戸紫』とタイトルの一部とし、内容上もそれぞれ原作をあまり変えないのと同様である。

以上、この二作品は人情本と大変密接な存在であった。写本として存在したことも大きな理由である。

五　写本が存在すること

以上から、これら『古実今物語』『当世操車』が、単なる「板本写し」ではなく、写本ものとしても流布したことが許されるなら、なぜ、出版物が写本で流布したかを少しく考え、今後の展望に変えたい。

まず、単純な視点から考えたい。板本は、実用書は別として、小説類は絵双紙を除き一般に出版部数も少なく、多く貸本で享受されたことは是認されよう。手元に置きたい場合は、写本するのが一般であろう。その需要が多ければ写本は多く残る。例えば、『道中膝栗毛』シリーズは、大部の巻数を、しかも挿絵まで写したものをしばしば目にする。当該二書も当然その要素があろう。逆の例になってしまうが、『古実今物語』は刊本も多く、写本の宝庫矢口丹波文庫には刊本が存在し（但し、六巻本＝首巻欠存五）写本がない。不要だからであろう。一方、

『当世操車』は刊本が多くないのかもしれない。本書は刊記が修されても「明和三年」を残すものしかないようだ。板元の竹川藤兵衛が蔵版目録により日本橋通二丁目から江戸橋四日市に移動したころ（時期不明）までは、印行されたことは確実だが、その後はわからない。また、この書肆は文政二年には同所にいた（『狂歌棟上集』刊記）が、その後は不明である。本書自体『古実今物語』のように、他の本屋に移った形跡もなく、大阪の記録にもない。後々まで新刊書としては存在しなくなったと推定される。写本が多い理由はここにある。これら物理的な点がある。

次の点として、享受のされ方に起因するものがある。ここで実話性の問題を考えたい。実録において本文が変化して行く場合と、そのまま写される場合がある。近時これを小二田誠二は、「流動する本文」と「固定する本文」として整理されている（「実録体小説は小説か――「事実と表現」への試論」『日本文学』二〇〇一・一二）。実録において、「固定する本文」とは、当初は流動していてそれが固定化するのが一般なのである。一方、人情もの写本は、もちろん、原態のようなものはあることは推定されるが、当初から固定した本文のようなかたちで、我々の目の前にあらわれる。本書でたびたび引き合いに出している『江戸紫』は、写本もの人情本の中でも、多くの点数を見る事のできるものであるが、これは役者準え等人物名が変わることがあっても、話自体の改変等で、筆が走ることは少ない。本論で述べてきた『当世操車』『古実今物語』も、先に『当世操車』東大本を変化あるものの例としてあげたが、実はこれは例外で、管見に及ぶ写本は、用字が任意であることや、誤写等を除けばそのまま写すことが多い。もともと刊本で最初から本文が固定している『当世操車』『古実今物語』の写本の多くは、一般の写本より以上に、ほぼそのまま書写されている。本論から述べてきたことから、写本もの小説流布には、出版規制だけではとらえられないものが背景にあることまではいえると思う。書写者は一方で、そのまま引き写すものであることを踏まえる事が大切ではなかろうか。筆者は、そこに実話性という力が働いているのではないかと思う。上記、斎藤報恩会本の外題は「三種實録記」であり、『古実今物語』の三話が、「実録」であると明示して捉えている。実話性（もしくは実話物語）ゆえ、写本のほうが真実味をおびるのかもしれない。そういった意味で、世話物であるため、もともと刊本でありながら、写本で伝わったのかもしれない。単なる「板本写し」ではないのである。実録写本は、たとえ虚構が入ろうとも、基本的に時事雑説ゆえに出版できなかったことは確かである。しかし、時事雑説を含む写本類すべてが出版出来なかったともいえない。例えば、『江戸紫』はじめ写本もの人情本は出版できている。刊本の人情本のなかには、人物名などを挿げ替えたくらいで出版したものがある。具体には、写本『江戸紫』から『清談峯初花』の刊行に、出版規制を回避した補綴があるように思えない。また、写本「珍説恋の早稲田」を『梛の二葉』とし刊行する場合、川上不白の妾を囲う行状など完全に読取りを不可能にしたものでもなかった[17]。この点、人情本と読本とでは、編集態度がちがうのかもしれない[18]。つまり、人情本は刊本でも実話性が高いのである。そして神保五彌が述べられるように、春水は序文等で多く自分の作品を「実録」「実話」と言っている（『為永春水の研究』一三〇頁）。例えば、天保改革時自主規制をしたであろう[19]『眉美の花』の、初編の自序にも「例《いつ》も久しき癖に似たれど實にこの書は奇代の実録むかしにあらで近世《ちかいころ》在りしはなしを聞書せし才女の開運立身記人情本の司というべし」とある。そのもとである写本もの人情本は、さらに実話としての受容があったろう。言うまでもなく、物語はなにもフィクションとしてばかり読まれるのではない。本当にあった話として、読まれもし写されもするのだ。内容的に人情本にちかく、『江戸紫』等が流布しはじめた文化年間以降は、同じく写本もの人情本と考えられたのかもしれない。世話物実話物である『当世操車』『古実今物語』が、写本としても伝わる要因がここにもあると思う。事実『古実今物語』は、先の『宝暦現来集』ごとく実話として捉えられる例がある。

さらに、人情ものでない一般の実録にも当然この実話性がある[20]。そして実録が読本として刊行されても、写しが無くなることもない。今ここで『増補外題鑑』（天保九年刊）の「復仇並忠誠實録の部」の書名（刊本）を挙げ、「大惣目録」（明治初年）の各該当刊本名と、それに相当する実録名をあげよう（数点の写本不明作品がある。また、他の部類にも、例えば、「鎌倉新語」など実録種があるが、今は当該の部だけとした）。なお、それはおおよそ同じ世界を扱っているものの場合もある。つまり、厳密にいえば、該当刊本の底本でない場合でも、受容として同じ世界を扱っていれば、ここでの証明になるからである。加えるに、倉員正江が指摘された一枚摺の『群書諸説写本目録考』・『写本目録考』二編（刊年不明・略号は写本目録[21]）と、『日本小説年表』（明治三十九）より〈維新期の際調査した〉東京の貸本屋の目録より整理したという「寫本軍記實録書目」（略号は「小説年表」）から写本類の名前を拾った。これらにより補いたい。また、明治年間に活版化された初期の集成として「今古実録」をあげた。さらに、参考に明治年間刊行の『帝国文庫』と昭和四・五年刊行の『近世実録全書』からのものをあげた。[22]

次頁の表を御覧いただきたい。このように、並行して行われている。

曲亭馬琴も南総里見八犬傳第九輯下帙中巻第十九簡端贅言で、「然《され》ばとて坊間《まちまち》に写本にて行はるる。軍記復讐録の類なるは。俗《よ》の看官《みるひと》もすさめざるべく。余も素より綴まく欲せず。」（一オ末〜二ウ冒頭）としている。この「贅言」は、全体としては文体論だが、[26]引用部分では、前段にそれら写本を見下しているのに続き、「余も素より綴まく欲せず。」とする。つまり、自分もそういう写本の軍記復讐録を作るナリワイ・流布を十分知っているけれど、それには手を出したくはないと言っている。商品としての写本についての制作や流通についての現状の熟知を、書簡でもない日記でもない自分の代表作上で公言している。

もとより初輯の序文で、（八犬士の名前が）「唯坊間ノ軍記及ヒ槇氏カ字考。僅ニ足ルレ識二其姓名ヲ一」とあり、馬琴が、

小説年表	今古実録	帝国文庫	巻	近世美録全書	巻	備考
義士銘々傳	赤穂精義参考内侍所	＊赤穂復皆全集	35			
赤穂内侍所						
義士傳						
義士無雙記？						
見語大鵬撰	北越美談金沢実記	北越美談時代加賀美	14	加賀騒動	11	注へ ＊23、24
伊達大政録	伊達顕秘録	伊達顕秘録	14	伊達騒動記	10	注へ ＊24
伊達騒動記						
		繪本彦山権現霊験記	45			
柳荒美談	増補柳荒美談	柳荒美談	49	伊賀越敵討	3	
殺生輪轉						
袖錦岸流島		繪本二島英雄記	45	宮本武蔵	7	
宮本佐々木英雄記						
武道小倉袴						
荒川武勇傳						
						不明
						不明
						不明
敵討孝女傳		絵本敵討孝女傳	45			
田宮物語	田宮孝勇録					
田宮物語異本						
金比羅霊験記						
名残廣記	敵討名残広記	実説名画血達磨	49	大川友右衛門	4	
敵討名残廣記						
飯沼實記	飯沼復讐記	繪本箱根山霊応傳	45			
石井明道士	石井明道士			石井常右衛門	3	
敵討合邦ケ辻		繪本合邦辻				
天下茶屋敵討	敵討天下茶屋	天下茶屋敵討真傳記	45			
						不明
敵討孝女傳？	西國巡礼女敵討	西国巡礼八月赤子娘敵討	49			
孝子仇討？						
						不明
後藤強勇傳						注へ ＊24
豪傑功名録						
敵討貞鏡録						注へ ＊25
敵討貞享筆記						

増補外題鑑		大物（板本）	大物（写本〉	写本日録考	
繪本忠臣蔵	7オ	忠臣蔵	赤城忠義録	誠忠武鑑	初稿
			播州赤穂日記	誠忠義士博	〃
			浅野実録などピ	同内侍所	〃
			約 18 点	赤穂記	〃
			＊「義士」の小項あり	義人録	〃
				介右記	〃
繪本雪鏡譚	〃	雪鏡譚	加賀騒動記		
			見語大鶴撰		
繪本金花譚	〃	金花談	伊達厳秘録		
			伊達秘録		
			伊達騒動記		
			仙台萩		
繪本彦山霊験記	7ウ	彦山霊験記	毛谷村六助彦山敵討	敵討彦山利生記	初編
繪本伊賀越	〃	伊賀越孝勇伝	評註殺報輪轉	殺法轉輪	〃
			殺報轉輪	同増補	〃
			伊賀越敵討柳荒業読		
忠孝美善録	〃	忠孝美善録	敵討美善録	美善録	初編
繪本二島英雄記	〃	二島英雄記	袖錦岸流島	兵法手練談	二編
			敵討巌流鴨	佐々木東西二雄	〃
			豪傑雙嶋志	両雄厳流嶋	〃
			同　後編	秀利袖の錦	〃
				豪傑双島志俗	〃
				武道小倉袴	〃
繪本荒川仁勇傳	〃	荒川仁勇伝	荒川武勇傳		
回（繪本）復仇孝勇傳	〃	絵本孝勇譚			
同〈繪本〉誠忠傳	〃	誠忠傳			
同（繪本）則定仁勇傳	〃	則定仁勇傳			
同〈繪本〉白石噺	〃	孝女伝		白石女敵討	二編
繪本金毘羅神霊記	8オ	金毘羅神霊記	金毘羅霊験記	田宮物語	初編
				金毘羅霊験記	〃
繪本浅草霊験記	〃	浅草霊験記			
繪本箱根霊験記	〃	箱根山霊応伝	飯沼始末記		
繪本亀山話	〃	亀山話	亀山復讐記	石井明道志	初編
			石井明道志	亀山敵討	二編
			亀山敵討覚書		
			亀山敵討		
			石井兄弟復讐記		
繪本合邦辻	〃	合邦辻	同（敵討）唱几辻	仝（敵討）合邦の辻	〃
茶店墨江草紙	〃	墨江草紙	天下茶屋敵討真伝記	軍前忠誠録	初編
				天下茶屋敵討	〃
同（繪本）曾稽松の雪	8ウ	松の雪			
西国巡礼幼婦孝義録	〃	幼婦孝義録			
繪本雙忠録	〃	繪本双忠録			
豪傑勲功録	〃	豪傑勲功録	豪傑高名記	後藤名誉傳	初編
				同豪傑傳	〃
繪本顕勇録	〃	顕勇録	敵討貞享筆記	貞享筆記	二編

写本軍記への関心が高かったことは言えるのである。[27]

また、藤沢毅も「『絵本平泉実記』の典拠」（『文教國文学』三十八・三十九合併号＝平成十）で、写本の商業的流通に言及されている。

もちろん、出板に当っては、時事雑説等に対する自主規制が行われたことは先行論考類で明らかである。『増補外題鑑』の記述をみるだけでも、例えば、「繪本伊賀越」に「唐木政右エ門」、「繪本浅草霊験記」に「乙川の血だるま」とあったりする。ついでながら、本書目に『絵本太閤記』が収載されていないことの配慮までなされている。しかし、これらから読本として刊行されても、実録が読まれなくなるのではないことは実証できたと思う。

以上、写本の商品化へと話が及んだが、ここで本論で考察している二作品の写本化についてへと話を戻そう。人情本において『清談峯初花』の刊行後も、写本『江戸紫』は引続き流布している。[28] 写本『古実今物語』『当世操車』の問題は、江戸時代においては、実録小説も含め、あながち出版規制ゆえに写本でしか流布しなかったのでもないようなこと、写本というものが、出版統制の枠外により発達したということだけでは説明できないことを示していよう。すくなくとも、それら常識の「例外」が存在することを示すであろう。人々が合法的な出版物であるこの書を、写本として手元においておくのである。そして当該二書はさらに、もともと刊本であったことは意識されず書写されてゆくのである。

なお、随筆でも、上記『群書諸説写本目録考』同二編には、倉員の言われるとおり「掃聚雑談」「校合雑話」「老媼茶話」といった随筆が載る。随筆は商業ベースに乗り刊行されるものもあるが、写本で行われることもあることは周知であろう。そこには実話性などの要素もあるのだろう。

そこで思い起こされるのが、刊本と写本の優位性の問題である。近世に入り、出版文化が利便性をもたらしたことは確かである。例えば、古典の刊行は古今伝授からの開放などももたらした。これらの長所をもってしてか、現在の文学史・文学研究では、近世当代において、刊本が写本より優位であったと捉えられている感がある。小二田誠二ですら前掲論文で、「書物の流通は板本が中心となり」（第五章　写本と板本）と書いておられる。ところで、季刊『文学』一九九五年・夏号の「〈鼎談〉近世の歌文の世界」（上野洋三・松野陽一・中野三敏）の中で、次のような発言がなされている。

「雅文のほうでは、最も正規なものというのは書かれたものなんですよね。巻子本に書いたのが一番最後のもの。だから、本なんかでは、特に版本中心に考えていらっしゃる書誌学者なんかは、印刷されたものが最後のものだと、手で書かれたものは、その前提でしかないというふうにお考えになっているんだと思いますけれども。それはそれなりに本当なんですけれどもね。雅文の伝統ではそうではないと考えていいんだと思います」（松野）

「印刷されないことが原則なんですね。芭蕉もそうなんですけれども、紀行なんかなかなか印刷されなかったわけですね。古典の紀行文が印刷されるのもわりと遅かったと思うんですけれども、そのへんの感覚が違うわけですね」「歌書そのものは、だいたい「源氏」でも「伊勢」でも写本のほうが貴重なわけですから、版本で読むと馬鹿にされるということが、元禄ぐらいまでは確実にあったはずですけれどもね」（以上、上野）

「秋成の文章というのはああいう読み本なら読本の文体とか、浮世草紙風の文体とか、そういうのといわゆる「藤簍冊子《つづらぶみ》」の文章とはやっぱり違うんですよね、意識が。単純に言えば俗文と雅文とということにもなるでしょうが、刊行されるか写本のままかということとも大きく結びつくでしょうね」（中野）

鼎談から抜粋引用したが、雅文における写本の優位性は理解できると思う。いまここで、実録や人情もの写本およびここで取り上げた写本の『古実今物語』・『当世操車』といった後期写本小説と、上に語られる、雅文とを同一組上に乗せることは無理があり、江戸時代後期の刊本小説と写本小説との優位性について述べることは出来ないし、本論の目的でもない。しかし、少なくも上記の通り、並行して受容されていたことは明らかだと思う。

書目でも、軍記物の一枚摺に「○は写本」と、写本と刊本が相並ぶものもある（鈴木俊幸蔵）。流通の中心がどちらにあるのかも決めつけられないように思う。ただ、事実としては、述べてきたように、少なくとも刊行が許されている『古実今物語』『当世操車』が、実録写本や写本もの人情本のような形態で流布していたことは言えるであろう。近世文学や書籍文化に於ける写本存在の意味を、もう一度考えなくてはなるまい。

本論は、『古実今物語』『当世操車』がロングセラーであったことを、まず人情本や先学の指摘された草双紙でのリバイバルから指摘し、同時に、写本もの人情本に近い形で書写され享受されていたことを述べたつもりである。最後に、近世文学に於ける写本存在の意味を少しく展望した。

最後に記す。『当世操車』第一話は、浪曲「武士の娘」として富士琴路により現代でも語られていた。落語でも五代目三遊亭円生が、「長崎の赤飯」を残している。これは東大落語研究会編の『落語事典』（青蛙房）によると「大阪の人情咄」という。一時、大阪にいた五代目金原亭馬生に習ったものであるが、これにより、明治期大正期の大阪の巷に本話が生きていた証となる。▼(29) 同時にロングセラーであった証である。その基底には、写本という営みがあったのだ。

【注】

（1）樫澤葉子「清涼軒蘇来の著作をめぐって」（『雅俗』四号・平成十一）。

（2）水谷不倒『選択古書解題』（昭和十二）に梗概が載るが、新たにしてみた。

（3）「『幽篁庵』の周辺―伝笑・祐之・京山―」『国文学ノート』二十六号・一九九一、神戸大学「研究ノート」の会。

口絵他に祐之の詠がある。なお、東京大学総合図書館の「全学　総合目録」（一九八六年以前所蔵分）和漢書・著者名のカード（104／参考室にあり）の「幽篁庵」を引くと「關亭伝笑ヲ見ヨ」とあり、それが国書総目録で「幽篁庵」＝「関亭伝笑」としてしまった原因かもしれない。

（4）『教草女房気質』初編が、このように内田保廣指摘の『当世操車』第二話「浮島頼母妻女の事」に、『古実今物語』第一話中の横田伴助の横恋慕がない交ぜられている。これは、人々が既知のストーリーを使い、場面描写などで楽しませる小説作法という、氏のご指摘が益々重要であることがわかる。なお、この京山の二作品享受については氏の今後の御考究が待ち遠しい。

（5）注1の樫澤論文参照。

（6）ちなみに、『嬉遊笑覧』或問附録で本作品のことを、「年號は削りて例の入木と云ことしたれど」というのも文化板などをさすのであろうか。また、幡随院長兵衛を島原一揆で死んだ武士の遺児であるという、現代の講釈でも時折語られる説を紹介しながら、第一話の長兵衛と関係づける。この結びつけは衒学趣味であろうが、ともかくもこの或問附録の記事は本書の流布を物語る。

（7）横山邦治『為永春水編増補外題鑑』和泉書院、昭和六十、解説一六五頁・拙稿「『増補外題鑑』の成立要因（下）―蔵販目録を土台として―」＝『讀本研究』第九輯（平成七）下套二六四頁参照。

（8）池田真由美「下総国葛飾郡鬼越村松澤五兵衛の文化五～一〇年「書籍有物帳」」（『読本研究新集四』参照）。

（9）「鎌倉道女敵討」は、平出鏗二郎『敵討』所載の「第九相模国鎌倉郡小田原伊東春女の敵討」、「結城二女敵討」は、「白石女敵討」の異本、「石州濱田敵討三巴《ママ》女武勇鑑」は、「〈松田報讐〉加賀見山敵討」など鏡山もの。三話とも女性による敵討で『古実今物語』の第二話と傾向が一致する。

（10）刊本の当該巻の二分冊は先にふれた。上冊は「……力なしと。行灯の燈心を」（十七ウ）で終わり、下冊は「取て刀をしごきながら……」（十八オ）と始まる。架蔵写本Hは、それより少し前、刊本の十五丁ウラ四行目にあたる部分、兄弟の再会「別れけりふしぎなる三人の對面也」で、巻三が終わり、中嶋弥源治の話題「不義にして冨貴ハ……」で巻四が始まる。刊本二分冊後の写本であろうか。

(11) 藤澤毅によると同様な意味で「板写本」という用語を使われる(「刊写本について」『鯉城往来』五号・平成十四・十二)。但し、二次的・三次的な転写本には言及されていない。本論では、写した本の原本が板本であろうときのみを「板本写し」と呼ぶ。

(12) この書き加えは、十丁末から二十三丁表までである。通常の本文中に、まず知人を永沢町の笠原藤右衛門とし、権之進が出家したあと、以下「源重郎親藤右衛門を偽り娘を勤奉公に賣る事付り荒井國蔵頼れ似せ侍ニなる事」「荒井國蔵源重郎方にて金子を借る事附り博奕乃場所へ付込寺の喧嘩ニ而召捕る、事」「右三人之者共町奉行所ニ而御吟味に逢ふ事附り源重郎荒井國蔵御吟味之上遠嶋ニ成る事」という章を配し、本論中に記したごとき、男たちの悪事と裁きが記される。その後「お弓を請出盗人を手掛ケ高名之事」という章を起こし、冒頭四行で旗本に請け出されることを記し、後は通常の物語に戻る。

(13) 拙稿「人情本の型」(本書第三章第一節)。

(14) 『当世操車』の三話は、武家社会の操話を主流とするようだ。この巻一・二にしても、新たな許嫁に関し、その父石川武左衛門の人徳が描かれる。本作品全体が武家の倫理感に覆われていることは、作者の問題かもしれない。

(15) 序文に「文政二季己仲秋」とあるのによる。刊記の「文政二卯春發記」とたしかに齟齬がある。棚橋正博は、前編を文政三年刊とされる(『帝京国文』創刊号「人情本論(一)―『清談峯初花』(上)」平成六。以下同二号=平成七、同八号=平成十三、参照)。

(16) この上州でのチャリ場を変えたのは、管見三十六本中では鈴木俊幸の一本「吾妻男恋の浮き橋」のみで、お花と惣次郎の会話が濡れ場風である。ついでに記す。自分の寝所に甥を潜ませ忍んで来たこの娘と結び付けてやった翌朝惣次郎は「この國のお殿様真田幸村より知恵者だあむし」(写本により違う表現もある)と礼をいわれる。前田愛は『春色江戸紫』からの理由であろうか、当地を桐生とされるが、この文言から沼田あたりではなかろうか。真田の兄が当地を領していたこともあるし、また、語尾「むし」は当地の方言である。本書第三章第二節「写本『江戸紫』諸本考」参照。

(17) 拙稿「『珍説恋の早稲田』と『梛の二葉』―実録を底本とした人情本」(本書第五章第一節)。

(18) 読本でも、上方では実録的傾向のものがある。延広眞治「敵討読本三種『現過思廼柵』『絵本復讐千丈松』『敵討飾磨布染』」(『讀本研究』第二輯、昭和六十三)、佐藤悟「読本の検閲」(同六輯、一九九二)。

(19) 拙稿「『風流脂臙絞』の解体と『以登家奈喜』四編」(本書第四章第七節)。

(20) 髙橋圭一『実録研究―筋を通す文学―』特に「文耕著作小考」二、写本と板本参照。

(21) 「『関東血気物語』とその周辺」神保五彌編『江戸文学研究』新典社・平成五年刊所収。

(22) 明治大正年間に隆盛をきわめた講談(そのものおよび速記本)の影響による選の感がある。その変化の意味でも参考に挙げた。

(23) 刊本『繪本雪鏡譚』は、一部鏡山の世界も挿話されるが、その写本類は今回あげなかった。

(24) 本話については、注20髙橋圭一『実録研究―筋を通す文学―』参照。

(25) 菊池庸介「速水春暁斎『実録種』絵本読本小考―『絵本顕勇録』を軸に」(『読本研究新集』三、二〇〇一)

(26) 服部仁「再説、馬琴の文章意識―同時代の諸相、三馬と国学と―」(平成二『曲亭馬琴の文学域』所収＝『讀本研究』四下)。

(27) 濱田啓介「里見八犬伝と里見軍記」(『近世文芸』四十二号・昭和六十)参照。なお、濱田の論の更なる発展に、播本真一「曲亭馬琴旧蔵『房総資料』について―『南総里見八犬伝』との関連を中心に―」(『讀本研究』十下＝平成八)がある。

(28) 注13の拙稿。

（29）富士琴路所演「武士の娘」は、二〇〇二年四月二日木馬亭にて聞いた。その後早々に、『月刊浪曲』編集長の布目英一に問い合わせたところ、富士琴路本人談として、「武士の娘」はあくまで浪曲種であり、落語からではないとのことだそうである。さらに、その後二〇〇三年二月十日琴路氏本人にお話をうかがい、本論に記したこと及び、まだ十代のころ、師匠が舞台で演じているのを要点だけ書き取り（いわゆる「点取り」か）、後は繋げて覚えたということ等を知り得た。落語「長崎の赤飯」の原話が、『当世操車』第一話であることは、延広眞治が『諸芸懇話会会報』第六十九号（昭和六十二・六）で指摘されている。そして、近時刊行された『落語の鑑賞201』延広眞治編二村文人・中込重明著（新書館、二〇〇二年九月五日刊）に落語事典としては初めて記述される。五代目馬生は、諸芸懇話会＋大阪芸能懇話会編『古今東西落語家事典』平凡社、一九八九刊によると、明治三十七年以降、大阪に居付き大正中期に帰京。さらに、保田武広「六代目三遊亭円生演題総まくり」（弘文出版『落語』三号）所載によれば、圓生は早くも、昭和四年二月十七日第二次落語研究会第十一回に掛けている。「長崎の赤飯」が大阪の噺とすると、あるいは、浪花節《フシ》からの移入かも知れない（なお、今回講釈種を見いだすことは出来なかった）。

延広眞治はさらに、同会報次七十号（同年七月）で落語『小烏丸』の原話を『当世操車』第三話とされる。娘お弓が母の密通を案じ相手の権之進と駈落ちし、落ち着き先で、本心を明かす部分が共通であるようだ。これは、『古実今物語』第一話中で、横島真雁の横恋慕のところだけが諸話で利用されているのと同様、話全体ではなく部分利用なのかもしれない。いずれにせよ本作品の流布の証である。

☆武士の娘　梗概

呉服問屋村田屋の息子多三郎は放蕩の末、勘当。伯父の取り持ちで長崎の海鮮問屋伊丹屋へ。働きを見せ娘のおきみと夫婦になる。ところへ父危篤の知らせ。江戸へ。父も回復し勘当も解ける。与力彦坂彦兵衛の娘はなと婚約。ところへ、店先に汚れたなりをした女が来る。伊丹屋娘と名乗るので丁重に扱うものの多三郎は死んだなどとだまして引き取らせようとする。おきみ御徒町で多三郎と再会。湯に入ると元の長崎小町に戻る。父も今度は気に入り、彦坂娘との婚約破棄に動く。彦坂怒る。箱根関所破りの罪で、きみを縄にし連れ去る。彦坂娘はな自害。彦坂はおきみをはなと名乗らせ我が娘として嫁入らせる。めでたし。

【付記】　本論をなすに当たり、閲覧を許され、また、御教示を頂いた、図書館・諸機関・各位に、演芸関係で御教示を頂いた、富士琴路氏・吉沢英明氏・布目英一氏・二村文人氏・中込重明氏に御礼申し上げます。

第三節　『お千代三十郎』

刊本の人情本（このジャンルの作品の呼称を本論では、「人情本」に統一する）の第一作目とされる『清談峯初花』の粉本は、写本『江戸紫』である。[1] 文化年間に成立し、明治十四年の写年を記すものもあるから、この写本は、刊本の人情本が出板されていた同時期に並行して行われていた。写本『江戸紫』同様の写本がいくつかある（拙稿「人情本の型」本書第三章第一節参照）。[2] 今これを、「写本もの人情本」と呼ぶが（同時に上記のような通常刊本を「刊本の人情本」）、本論考ではその一作品である「お千代三十郎」の物語を取り上げ、写本自体としての伝播及び刊本化の問題を考察してみたい。

一　写本『お千代三十郎』

写本『お千代三十郎』は、四点が管見に及ぶ。

一点目は、『京染衣羅《けうそめゆかた》』（読みは序文ふりがなによる）国立国会図書館蔵（請求記号229―22・マイクロフィルム撮影済）である。書誌を略記する。

半紙本二冊（但し、現状は国会図書館の保護表紙による合冊）。青色表紙。

一冊目
○序文二丁（半丁は白紙）○（内題なし）十四丁（巻之一相当分）・「巻之弐」十九丁
＊尾題なし計三十五丁
二冊目
○「京染衣羅巻之壱　後編」二十三丁（巻之一相当分）・「巻之二」九丁・「巻之三」十九丁
＊尾題なし計五十二丁
行・字数＝本文半丁あたり十行二十字余内外（序文七行十五字内外）

二点目は、架蔵本Ａ『八重桜緑の春』
黄色表紙　半紙本一冊六十九丁　十行二十字余内外。内題尾題なし（書名は題簽題による）　序文・章立なし。

三点目は、架蔵本Ｂ『お千代三十郎』
半紙本一冊三十七丁　八行二十字内外。内題なし（書名は書外題による）序文・章立ナシ。途中まで上下二冊本の上巻か。駒次郎お清の逢瀬まで＝『京染衣羅』一冊目二十三丁目まで＝下記梗概参照。

四点目は、架蔵Ｃ本『お千代三十郎花乃江戸本』半紙本一冊六十九丁十一行二十五字内外。内題あり（書名はこれによる）。序文・章立なし。

かつて拙稿「人情本の型」（本書第三章第一節）を『近世文芸』七〇号に執筆した平成十一（一九九九）年七月時には別本である架蔵『八重桜緑の春』のみしか管見に入らなかったが、その後『京染衣羅』を見いだした。この本は比較的しっかりした元本を編集意識をもって写したものと思われること、また、公立の図書館蔵であり閲覧しやすい。これに比べ、架蔵『八重桜緑の春』は、機械的筆写のような部分があり、それによる欠落が少しく生じた本との印象を持つ。よって本論では、『京染衣羅』を写本の底本とし、架蔵本Ａ『八重桜緑の春』を参考本とする（架蔵本B・Cは、国会本と同系統と思われる）。なお、本論は四本の比較自体が目的ではないので、本文の比較は必要に応じて適宜行い指摘するにとどまる。

さて、『京染衣羅』による梗概は次の通りである。

大坂中之嶋の福徳屋萬右衛門と腰元の間に出来た子供が大和国の百姓家に引き取られるが冷遇される。それを江戸本町木綿問屋福徳屋福右衛門の番頭忠兵衛が引き取り、連れ帰る。次第に利発さを発揮し三十郎と名乗る。さて、三十郎が十一歳の時、福右衛門に娘お千代が生まれる。その婿にと上方の本家より駒次郎を迎える。また、妻が他界し、さる御屋敷に勤める女性を後添いを迎え男の子新次郎が誕生する。後妻は実子に家督を継がせたく福右衛門に取り入るので駒次郎は遠ざけられる。同時に二番番頭与八は自分の息子熊治郎をお千代の婿にしたく思い、駒次郎を放蕩に誘いこむ。そして、福右衛門は駒次郎を上方に返すが番頭忠兵衛は自宅に連れ戻しかくまう。福右衛門の死。一方、福徳屋では、後妻の縁でお千代は御屋敷へ上っていたが父の一周忌に宿下がりする（前編巻之一）。駒次郎と番頭孫娘お清との逢瀬、そして二人は結ばれる。三十郎は駒次郎に意見する。一方、お千代は屋敷でお姫様に仕えるが、その御兄君に気に入られ中老松野に口説かれるが従わず宿下がり部屋に引きこもる。そして継母が山伏を使い調伏する事もあり本当に大病になる（前編巻之弐）。

手代三十郎の看病。三十郎はある日、お千代の事を占い師に見て貰うと調伏とわかり、それらを排除する。三十郎はその時また、占い師からは目上の女子に慕われること、実父との対面と子孫長久を予言される。お千代回復するがそのまま病と称し居る。お千代三十郎を恋い慕う。二人の会話。与八は体調を崩し死に至る。お前々から気があった後家が三十郎に言い寄る。お千代の気苦労（後編巻之一）。お千代はふさぐ。お千代三十郎の会話。一同の船遊山へ、向嶋に上がる。両国へ。お清お千代へ入れ知恵をする（後編巻之二）。深川へ。女中一同後家の悪口。お千代は癪と言い、後から駆けつけた三十郎を呼ぶ。お清お千代と主人の娘ゆえためらう三十郎の間を取り持つ。二人は結ばれる。後家怒り上方の本家主人萬右衛門を呼ぶが、かえって三十郎上方本家の実子と判明し二人結ばれめでたし（熊治郎には萬右衛門の孫娘を添わせ、新次郎は別家、後家それに付いて行き改心する）（後編巻之三）。

底本には、序文（「京染衣羅之序」）がある。末尾に「文政八酉年／初春の新作／正里山人作」とある。この「新作」は、飾り言葉、序文自体を含め筆写した時の記述であろう。例えば、最初の三十郎の出自に関し、この本では「本妻ねたみつよき故※生し男子今ハ大和国にてそだてられ」（三丁目ウラ）とあるが、※部分は架蔵B本によれば「…ふかき故【元より家《いへ》の娘なり福右衛門ハいり聟《むこ》にてかやふ成事有てハ大さわぎ故内々金子百両付ていとまを出し遣る所ニ親元へ帰りて産《うみ》おとしたるは玉之やうなる男成壱才之時父母ニもはなれ里ニ遣わしける先方ハ】大和の国にて…」とある（C本も「男子當キのとき父はゝとも相はて里に遣しけり先方は」とあり、ほぼ同内容）。『八重桜緑の春』にもある内容だから、三行約七十字の脱落（あるいは省略）といえよう。書写の際の脱文は、写本ものには必然的なものであるので、一概に良し悪しを論ぜられるものではないが、この例からしても、序文のごとき「新作」ではないと考える。章立ても元来あったものか定かではない。しかし、文政八年初春時に本作品が行われていたことは明らかであろう。

さて、本作品のポイントとして手代譚がある。人情本は、刊本でも同様だが、写本ものではあらかじめ許婚が設定されていて、それに基づいた「商家繁栄譚」とでもいう類型により、話の骨格が作られることが顕著である（前掲拙稿参照）。本作品に見られるような手代の活躍は、浮世草子からあり▼(3)、また、手代と主人娘との恋愛は後述の『応喜名久舎』が、「お菊幸助」を冠するように当代でも明白な一つのパターンであろう。しかし、本作品は人情本であるため、冒頭結末に主人公三十郎が本家主人の落とし子であることを明かし、二人の結ばれ方も、それに沿っているのだと言えよう。他に例を求めるなら、刊本の「おそめ久松新製《しんせい》艶油舗《きやらのあぶらや》」鯉丈・二世楚満人（＝春水）合作（文政八）末尾の文言が揚げられる。同後編「艶競金化粧《つやくらべきんげしやう》」鼻山人作（同十一）で、結局おそめ久松は結ばれるが、この前編の巻末に「是《これ》より久枩は暇《いとま》になりし跡《あと》をしとふて娘《むすめ》のお染行《そめゆく》くをつけこむわるものども。稲村《いなむら》ケ崎《さき》のきなんより久松が兄《あに》久作にたすけられ在所《いなか》へいたることはた久枩がまゝ母のご[く][あ]くひどふ久作が孝心《こうしん》久枩へい丶なづけのおよねが貞節《ていせつ》。止《とゞ》お染久枩祝言《しうげん》油屋相《そう》ぞく子孫はん昌するまでの一談草稿《いちだんさうこう》あれバ引續後編《ひきつゞきこうへん》三冊早々《さうく》出板仕候」と予告する。この筋書きは、久松がお染めと婚姻するまでの人情本での類型例となろう。[4] 手代と娘の恋愛を人情本上で展開すると、このような収拾のつけられ方がするのだ。そして物語自体には、お清駒次郎の濡れ場・お千代の宿下がり風景・御屋敷でのこと・お千代の病と三十郎の誠意・継母の行動・お清がお千代三十郎を取り持つ際の一同の船遊山風景・お千代三十郎の逢瀬、また、お店物としても主人公三十郎の他に番頭忠兵衛の忠義・二番番頭与八の悪事など、いくつもの見せ場を配している。

「お千代三十郎」は、このような特色を持つ写本もの人情本である。そして二度の刊本化が行われている。

二　刊本『重陽嘉言《てうようかげん》応喜名久舎《おきなぐさ》』

『応喜名久舎』（狂訓亭主人補綴歌川国直画　二編六巻　天保三連玉堂加賀屋源助刊[5]）。

まず、梗概を記す。

むかしむかし、鎌倉米町に宝屋満右エ門という大商人がいた。前妻との間にお菊という娘がいて十三歳、弟豊次郎は後添いのお猿《えん》の子である。お菊のためには京方より十六歳の半七を養子に迎えている。後妻は豊次郎に跡を取らせたく、お菊は別家半七は勘当と目論む。また、支配人信兵衛は、六十あまりで呉服店を持ち孫娘お花は十四歳である。二番目の支配人偽助は満右エ門といとこ同士だが悪者である。小道具店を持ち、息子熊次郎は十五歳である。また、幸助という手代は八歳のおり信兵衛が京都八瀬の里から連れてきていて利発、十六歳で元服している。これはさておき、長谷観音境内では十八・九の息子が巴屋という茶屋で古久丁の小松・湯又・櫻川新孝の噂をしている。そこに取り巻きの医者藪井啓庵が来て、櫻川善孝・文亭綾継の噂・江戸節半五郎等の話題となる。息子とは宝屋の養子半七であり養母お猿が放蕩に追い込み、大磯多満屋花紫に馴染んでいるのだ。ついにつけのぼせになるが、信兵衛京都から連れ帰り我が家にかくまう。お猿はお菊をお屋敷奉公へ。信兵衛幸助を呼び店のこと色々言い含める。また、信兵衛幸助は半七お菊を夫婦にしようと言い合わせる（一回）。満右エ門急死。後妻は内心喜び偽助と通じる。しかし、半七などへの二通の遺言状で、少し抑えられる。お菊父の一周忌に宿下がりをする。そのきらびやかなこと、お菊の美しさ、幸助・乳母との会話などとなる。しかし一方では、店が後妻与八に抑えられている。翌日寺参りも済み、「勘三へ芝居見物。桟敷では幸助が真似をすることから粂三の声色龍蝶のことなどの話となる。芝居茶屋は芝翫直筆の扇子を持ってくる（二回＝前編上巻終）。

信兵衛諸々の悩み。お菊は一生奉公したいという。信兵衛は半七の事も気にかける。さて、正月信兵衛は留守で、十六歳になったお花と半七は碁を仲立ちとしての逢瀬（三回）。

お花半七またの逢瀬結ばれる。幸助二人の中に気づき半七と会談。お花半七のまたの逢瀬（四回＝前編中巻終）。

お屋敷では中老岩波がお花の部屋を訪れ、若殿緑之助への色好い返事を聞きに来る。お花言うことを聞かずとうとう宿下がりとなる（朋輩との別れ）。自宅では病気と言い引っ込む。継母死ぬようにと山伏寂寞院に祈祷させることもあり、お花は本当に病となる。三十郎乳母看病（五回）。承前お花の繰言。幸助、易学の去来宅賀に占いを頼む。継母のよこした守りを指摘され、翌日持参する（六回＝初編下巻終）。

偽助寂寞院を訪ねる。寂寞院失敗を告げ後家偽助いずれかにたたりありとして自分も逐電。正月お菊十七。病気ほぼ回復。偽助病となりお猿そちらへ行く。お菊幸助の会話（七回）。偽助の死。使い込みの判明。幸助は後妻お猿を警戒するためお菊の居る奥の間に行かない。お菊は中の間まで出てきて幸助を慕う（八回＝後編上巻終）。

継母幸助に色仕掛け。それを見たお菊の気苦労。忠兵衛の勧めで船遊山。迎島木母寺植木屋でお菊幸助お花三人の会話（九回）。お花の入れ知恵でお菊ら浅川の寮へ。女中一同の酒盛り、後家の悪口などあり。幸助お菊のもとに呼ばれる（十回＝後編中巻終）。

お花取り持ちお菊幸助結ばれる。二人の仲知れ後家大焼餅、兄佐源太と共にゆすり。上方総本家大旦那鎌倉見物に下向。宝屋一党集まる（十一回）。幸助本家の実子と判明。幸助去来先生に将来を告げられたことなど述べる。

二人婚礼一同めでたし（後編下巻終大尾）。

＊この刊本の翻刻はないようである。

本書が写本「お千代三十郎」に基づくことは、後編序に「前日書林連玉堂主人予が草の扉に音信て此の草紙の校合補綴をたのまれし」とあることからもほのめかされている。

本作品は主人公の娘（写本ではお千代）を「お菊」、上方本家よりの養子婿（同駒三郎）を「半七」、手代（同三十郎）を「幸助」、番頭孫娘（同お清）を「お花」とし、お菊幸助・お花半七という連想から結びつく男女をわかりやすくしている。と同時に、二編「口演」に、「二代目富本豊前掾の正本に名酒盛色中汲《なさけざかりいろのなかくみ》といへるハ狂言作者瀬川如皐が述作にて市川門之助瀬川菊之丞の大當お菊幸助の狂言前後これにおよぶものなしとぞ（中略）元稿のよろしきと瀬川如皐の當り狂言の名をもちひし」とある通り、お菊幸助の狂言を連想させ、芝居趣味が明らかである。[6] また、山伏寂寞院は口絵にまで描かれ本文も読ませどころであり、中老岩波の嫌がらせなど具体的になっている。後編下巻に、唐突に登場する武家の出という後妻お猿兄悪源太も同様である。初編序文に、春水の自分の芝居に対する感覚の古さを延べ、当代読者たる娘たちを持ち上げる言辞があるが、全編がわかりやすい芝居趣味にまとめられている。上記演劇的な命名趣向の他に、構成上の補綴面として、初編第一回の場面設定において宝屋満右エ門の家族や一族の構成から説き起こしていることもある。すでにお菊も生まれていて後妻もいて、その後に手代幸助を紹介する。原写本が手代の生い立ちから解き明かし、本家の息子という結末をつけるものの、手代の出世物語ともいえるのに比べ、この中本は宝屋の商家譚という枠組みを、しっかりと据えているのである。

　次に、本書の写本利用を考える上で、天保三年『春色梅兒誉美』と同時刊行された事に意味があると考える。文政十二年の大火事の雌伏期（拙稿「『五三桐山嗣編』考」本書第四章第五節）を経た春水は、『春色梅兒誉美』で当たりを取る。作風が文政期のものと変わってくるのだ。場面描写を多用してくる。『応喜名久舎』も同様である。芝居似顔によるイメージ付けも同じ趣向である。また、実在人物を登場させることや噂で、例えば、第一回長谷観音境内半七らの会話に、櫻川善孝や新孝の名前があがり、男主人公の取り巻きとして、櫻川派の幇間を登場させることも天保期の共通傾向である。近世後期小説の一ジャンルである人情本は、恋愛やファッションやブランド食べ物の楽しみを中心に記述した、文政初年から明治初年まで刊行された中本の小説群だといえようが、[7] 天保期の春水作品は一段と顕著で、二作品にもそれが現れる。また、造本であるが『応喜名久舎』もしっかりしている（早稲田大学文学部本▶図説日本の古典二十四「京伝・一九・春水」一二三頁、ほかに架蔵零本など）。上記文政末から天保初年まで、春水に出板活動はあるものの、簡素な体裁での刊行が多かったようである。それに引き替え、これら二作品は体裁を整えている。そして『春色梅兒誉美』が大嶋屋傳右衛門、本作品が加賀屋源助という共に春水にゆかりの本屋から刊行されている。これら諸要素から春水の二作品は共通点を持つ。違いも当然ある。『春色梅兒誉美』は筋立てが複雑である。それゆえに成功したのかもしれないが、妓楼の養子や、それをとりまく女たちの物語は、人情本に描かれる世界一般から見ると、いささか特殊な作品であると言えなくもない。一方、『応喜名久舎』は、この写本をもとにした安定した筋の運びを二編六巻で収めている。本作品でも玄人の女性は、写本でもあった半七の放蕩の際などに少しく登場するものの、基本的には、商家内での素人恋愛に収められているし、さらに刊本では、男女の逢瀬は前編を中心とするお菊幸助と、後編を中心とするお花半七の素人男女に絞り込まれている。その点、序文に注目することは有効であろう。「新玉の其春毎に成人の娘御方の春ものなれバ入組すじハ好ましからずたゞやすらかに讀やすく」（前編）とある。「娘」という言葉は、後編にもあり決まり文句かもしれず、たしかに『春色梅兒誉美』後編も同様の傾向を示す序であるが、『春色梅兒誉美』全般と比較しても、本文内容が平易なものとなっている。

また、例えば、後編中巻で船遊山を勧める際、幸助が行くと聞くと乗り気になり、身支度に一生懸命となるお菊の様子は写本にはない娘らしさを強調している。春水はこれら二作品を同時に世の中に送った。結果的には『春色梅兒誉美』が有名になるが、二つの傾向による試行と受け取ることもできよう。▼(8)

以上、写本「お千代三十郎」は、天保三年春水の再出発にあたり利用された作品ということからも、一つの価値がある。

『応喜名久舎』は、上記のような補綴刊行であるが、この時期、為永工房では『春濃《しゆんじやう》戀史《れんし》和可村咲』（文政末〜天保二）

という作品を「補・閲補・補綴」刊行している（上記拙稿「『五三桐山嗣編』考」本書第四章第五節参照）。第四編（天保三）は、司馬山人＝曲山人補綴であり、彼は同時期『仮名文章娘節用』を補綴刊行（写本『人情夜の鶴』によるか、拙稿「人情本の型」本書第三章第一節参照）している人物である。[9]『応喜名久舎』もこの時期の一連の補綴刊行作業の一つだととらえられるであろう。上記のごとく、冒頭部を除き、話の進行自体は写本通りであり、本文の丸取りも多くみられる（直接底本にした方が良い本か？）。もちろん、上記のような「補綴」作業による物語の明確化は当然あり、しかも、天保三年時の意気込みが感じられる作品である。単なる補綴刊行の仕事ではない。その要素も含め、『応喜名久舎』は写本により安定した話をもたらしている。

三　写本『八重桜緑の春』の示してくれる点一・二

前述の通り、この写本は、文章の欠落などが多い本である。例えば、この作品は歌の贈答が多いが、『京染衣羅』と照合するに欠落がある。『応喜名久舎』にもある書き付けの詠なども省く。機械的筆写による前後がつながらない欠落も当然ある。また、結末部分の末数丁は、本家主人の登場あたりから本文を端折ることが激しく、書写予定枚数に納めようとしているのか、結末が細部では異なってしまう部分も出て来てしまっている。このような書写上の欠点を有する本だといえよう。ただ、『八重桜緑の春』は、『京染衣羅』前編巻一で省いたと思われる芝居茶屋の様子を写しているので、それを取り上げてみたいと思う。

それはお千世（＝お千代）が、父の一周忌に際し、宿下がりした時の芝居見物である。

以下その部分（九丁ウラ〜十三丁オモテ）を引用する。

扨寺参りもすみ芝居は両座とも見物し明日は弐丁目と言所折ふし大當りにて五六日前ゟ座敷をとらせなくて

は中〳〵座敷はとれない所三十郎平生三座共茶屋方へも金はきれいに遣ひ御出入屋しきの旦那方あるいは付合迄度〳〵行故重《ママ》十郎の名前にて手紙を遣はしけれは茶屋にても大事の旦那故繰合せさしき五六間も打ぬき折ふし少々雨かふりお千世はかこにて茶や迄行其時お千世のなりは紫の鯉たきのこし模様大ふり袖帯は黒鵞絨天金にてうら梅の縫しこきは（九ウ）緋の絞りはなし花笄花かんさ《くりかえし》し《ママ》箱せこは緋ころうへ花いかたの縫とり目かんさしはうら梅のひらうちにてつがりのとめはさんかうしえみつめをほらせ誠にお千世は嵐吉と成駒屋が大ひいきゆへ一しほけふは楽しみにしていたる　茶や者「是は〳〵よふお早くいらしやいましたと言所ゟ三十郎も屋敷の御用向とても仕舞跡ゟ茶やゟ来て　三「お千世さんおはようござい升《ま》したおうはとんたむとふらなくてよかつたね　うは「三十郎さんおまゐがおそい迚さつきから待てお出なさいました　千「三十郎大そふおそかつたねへ　三「もふ三立目が明升か（十オ）すかはらの狂言は面白《おもしろ》こさい升しかしお千世さんは音羽屋の梅王ゟ嵐吉の松王が宜しうございませう　千世「私は誰もようこさい升が嵐吉の松王は格別よふ御さい升　「左様てこさい升成駒屋の源蔵は言に及はぬ忠と情か実にと、ひて様こさい升ト自分も成駒かひいきゆへ大そうにほめ女中衆おめへ方三日つゞけて芝居を見てあんまり浮気に成るめへよ　女「お前さんては有まいし　三「何私か浮気ヲする物か夫はマアい、がお千世さんたま〳〵のお宿下りお気伿になさいましなんたかけんきかないねエ　千「ナアニ誠に面白こさいました（十ウ）三十郎今いわないてもよい事たかね私はとふそ一生御奉公が仕たいからおか、さんの御機嫌のよいときお願ひ申ておくれ　三「夫はとんた事とふして一生御奉公かおさせ申されるものか　千「夫ても私はうちに居にはいやだものヲ　三「夫はこまつた思しめしてこさい升そんなこつちやいけません明日向嶋へ御供ヲ致しますト咄しの折柄芝居も打出し茶屋の物大せい迎ひきて茶やへいると色々酒肴なそ出し爰にて大さはき　「へイ今日は不相替毎度有難う存升三「イヤ親方松王はとうも相かはらすゐらイ物でこさい升ほんに日外《いつぞや》御頼申した物早速御忝　あら吉「イ、ヱモウ（十一オ）是ハ御挨拶誠に不出来にておそれ入申ました　三「親方の源蔵はとふも言ふには及わぬゑら物でこさい升　成駒「へイ有難うこさい升何角御ひいきを持まして有難い仕合でこさい升　三「持合壱寸あけませう段々一座盃も廻り女中共大さはきお千世も元ゟ　成駒と嵐吉かひゐきゆへ誠に〳〵能き保養に成り其時お千世の着替ひは黒の裾もやう是はお千世か望にて京都へ染にやり帯は緋呉絽にて其美しさ真にたとえん方もなく古しへ小町も増りはするともおとるまじ　あら吉「憚存ながら戴升所一ツ献上致し升と盃を出しけれは　千「はい有難と（十一ウ）はつかしそふににつこりと笑ひ愛敬は花をあざむくかんはせに皆〳〵みとれて至りける　千「うはや此お盃をとふ致そふね　う「御返盃遊はせお千世さんお寒かろうと紫こまいの波布を引かけやり夫ゟ御殿の御土産ト嵐吉はしめ皆〳〵に扇子を書せ　三「お千世さんあなたのお持被成てお出なさる扇子をおみせ被成まし　千「ハイト出しやり　三「お屋方是は覚ていなさるかへ　あら吉「ハイ是はとよみ月は露夫から〳〵の光哉エ、日外歌仙にたのまれて書てやりました歌仙は御屋しきへも出升かへ　千「ハイ誠に御上おはしめ御ひいきてこさゐ升日外鳴神と助六お致し（十二オ）ましたが誠に〳〵よかつたねへうは　うは「ハイ誠に親方丸出してござい升ねへ夫ゟ餘り夜も更る迚皆〳〵仕度して　三「嵐吉の太夫さんまた此頃に　成駒あら吉「毎度あり難う御座升さ様なら御機嫌よふト皆〳〵わかれ帰りけり程無我家へ帰り雨もやんでよかつたお千世さん嘸お草臥《くたひれ》なされましたろう皆も大きに御苦労早くやすみなと自分も部屋へ行休明日は船にて向嶋に遊山も済お千世も七日の御いとまゆへ三十郎の深切乳母の世話斗母と与八は表向き斗りしむせつこかし故七日目は機嫌良世話ヲして御殿え上る

この部分の中で、お千世の「一生御奉公が仕たい」云々という悩みこそ、他写本・刊本『応喜名久舎』にもあり、当初より重要なテーマであったのだろう。しかし、この芝居見物茶屋風景自体は、『京染衣羅』にはない。

前編巻之一を「茶やにてのさわき色々あれどもぐた《ママ》〱しけれは是をりやくすなり」として終えている。この茶屋風景は、巻の切ればを有さない架蔵本B・Cも「りやく」している。そういう写本系統があったのだろう。事実、この三本同様「勘三（但し『京染衣羅』・架蔵本Cは勘座と表記）」で見物する刊本『応喜名久舎』も、桟敷風景で上巻・2回を終えている。そして、茶屋が桟敷に芝翫の扇子を持ってくることはあるが茶屋風景自体はない。ところが、写本『情の二筋道』文政五序（拙稿「人情本の型」参照）にも、このような茶屋風景があり、それに基づく刊本の『婦女今川』（当該箇所は前編＝文政九）でも利用されている。写本もの人情本では、芝居見物の際、その大店の娘と役者のやりとりを描く茶屋風景が常套であった、と考えられるのではなかろうか。『八重桜緑の春』（及びその原本系統）の場合は、後からの補入かもしれないが、写本もの人情本では芝居見物を描く場合、役者が茶屋に訪れて娘と歓談する場面が多く描かれることを示していると思われる。

次に、『八重桜緑の春』における嵐吉贔屓に注目しよう。上記引用で、嵐吉三郎と成駒屋（芝翫？）が出てくるが、全編を通し「嵐吉」という言葉が頻出する。例えば、三十郎の役者なぞらえ等である。もともと『京染衣羅』では、悪番頭の与八が「三十郎殿は御屋しき方の御用にて今芝居でいおうなら三津五郎役だからそのむす子の三之助と熊治郎を思召て」（前編十四ウ＝架蔵本B、架蔵本C「成田やの役たから此娘《ママ》はもゝ太《ママ》郎とおもしめしあれ成共」→『八重桜緑の春』になし）と言ったり、上掲『八重桜緑の春』前半の桟敷風景の詳しい表現は、「三十郎「おはつどん三つ五郎は上手だのふ　おはつ「さやふさ音羽やもよふ御さいます」」（同十六オ＝架蔵本B・C前者三津五郎・後者成田や）とあるくらいで、役者なぞらえは少なく、役者名も「三津五郎」（架蔵B・Cでは多く「成田や」）くらいである。一方、『八重桜緑の春』では、『京染衣羅』の駒次郎お清の濡れ場での三十郎の噂（前編巻之弐＝二十オ）に、「あら吉の様たの音羽屋のやうたのと」というなぞらえが加わる。同じく「（三十郎さんハ）扨置成平様の様な男でも」（二十九オ→刊本『応喜名久舎』も「業平さまでも源氏の君でも」）が、「元ら嵐吉の様な男ても」に変わる。また、三十郎についての「中分無いろ男」（＝後巻之二＝二十四ウ）が「丸て嵐吉という男ぶり」となる。管見四本のみの比較で何かをいうのは危険であるが、この変化は、少なくも『八重桜緑の春』（あるいはその親本）の書写者は、嵐吉三郎の贔屓であることは間違いなかろう。そしてこの松王を得意とした嵐吉三郎は三世であろう。江戸には、天保十年から七年間と嘉永三年～安政二年に居た。すなわちこの写本は後年のもので、そこまでの書承が明らかなのである▼[10]。

四　刊本『春色玉襷《しゅんしょくたまだすき》』

『春色玉襷』（山々亭有人補綴など　歌川芳幾画　三編九巻　明治元末～　文鱗堂刊▼[11]）。

梗概は以下。

鎌倉米町福徳屋萬右ヱ門には二十年来子供がいない。妻お貞とそれを案じる会話。番頭忠兵衛が奈良の機場から里親に邪険に扱われる三吉を連れ帰る。三吉十二歳の折、お千代が誕生する。妻お貞の死去。三吉は二十一歳で元服し三十郎と名乗る。お千代に京都本家末子駒三郎十五歳を迎える（一回）。萬右ヱ門通勤番頭与八の勧めにより、梶原家の中老三十二三歳くらいのお牧を後妻にもらう。男子新次郎出生。お牧は新次郎を跡に付けたく与八と語らい、お千代を十四歳の折梶原家へ奉公に出す。また、太兵衛弥七を使い駒次郎を仲の町へ誘わせる。駒次郎は茶屋俵屋を通し岡本楼白綾との初会。白綾は素人時代より駒次郎を知る（二回＝上巻終）。

萬右ヱ門お牧与八、放蕩する駒三郎の処遇を考える。三十郎は忠兵衛が戻ってからと弁護し、恋が窪へと急ぐ（三回）。紙治の一中節の語られる中、駒次郎白綾や三千春の会話。白綾は懐妊し仲の町を出ている。三十郎来て意見（四回＝中巻終）。

家に戻った勘当寸前の駒三郎と三十郎悩む（五回）。橋場の別荘、白綾は子をなしている。綾浪との会話。柳橋大幸来る。続いて三十郎来ると白綾は自害している。三十郎あての遺書を残す（六回＝初編下巻終）。書置きを読む。駒次郎の勘当が許されるために子供はお千代の子にしてくれとの内容（七回）。お千代梶原へ小姓奉公千代次。次男平次景高の恋慕。村尾を使ったり、縁結び・鬼さんこちらの遊びでせまったり、親の出入りを差し止めると脅したりする（八回＝二編上巻終）。

駒次郎は番頭忠兵衛の家に居候。忠兵衛への感謝の念。発句を話題に娘お清との濡れ場（九回）。福徳屋急死。お牧は内心喜ぶ。初七日までお千代七日泊まりの暇が許され宿下がり。お牧与八と内通して悪事を目論む。また三十郎の事で痴話喧嘩をする（十回＝二編中巻終）。

宿下がりの千代次。法事が終わった後での三十郎・乳母との会話（十一回）。木母寺より障子船に乗った三十郎（俳名文花）・駒三郎・美濃派の宗匠碌々庵は言い捨ての連句をしながらの会話をする。宗匠が途中で陸にあがり二人になると、三十郎は駒三郎お清を思い切れと諫言するとお清の懐妊を告げられる（十二回＝二編下編終）。

千代次は乳母お時相手に繰言。御暇許されず。村尾は牧の手紙を便りに、景高に従わなければ福徳屋の扶持を取り上げ出入り止め千代次は勘当と脅す。三十郎来る（十三回）。お時三十郎対面所にて会談し、御暇の出るようと相談。また、お時はお千代の思いを三十郎にほのめかす（十四回＝三編上巻終）。

三十郎、忠兵衛見舞いとして駒次郎との会談。盗み聞いたお清の駒次郎への恨み言。一方、忠兵衛三十郎へ嘆く（十五回）。襖越しにいるお清駒三郎は障子に書置きし、大磯小瀧村へ駆落ち（十六回＝三編中巻終）。

御暇が出て青砥の別荘にいるお千代はお時と三十郎のことを話す。三十郎来る。中巻のお清駒三郎の事を話す。お時はお千代の気持ちを伝える。京都本家大旦那亀右エ門俄の御着きの知らせに三十郎帰る（十七回）。

三十郎帳合多忙。お千代の艶書をお牧手に入れ亀右エ門に見せる。かえってお牧与八の悪事駒三郎を放蕩に陥れたこと太七に白状させる。お牧隠居与八追放。また、三十郎亀右エ門実子と判明。お千代三十郎の婚礼。三十郎は万右ヱ門を名乗らせられる。主命として駒次郎お清を娶せ一同めでたし（三編下巻終大尾）。

＊活字翻刻について　この刊本には二つの翻刻が管見に入った。一に『人情本刊行会叢書』（『鶯塚千代の初声』と併載）、一に江戸軟派全集（『春色江戸紫』と併載）である。本論をお読みいただく上でこれら翻刻でおおよそ差し支えないと考える。▼(12)

本書も写本「お千代三十郎」を補綴したものである。二編序に「名珠も磨かざれば光澤なく。故書も發行せざれば世に知られず。（中略）解けては結ぶ珍説を。蠹魚の窩となすをいとひ。今度梓に刻されし」とほのめかされている。なお、初編序の春の屋幾久の知人が十年ほど、前綴り手箱の底に秘めて置いたというのは空言と考えてよかろう。それはこれまで述べたように、この写本が文政期には存在し、また、『八重桜緑の春』という後年の写本があり、架蔵本Bの後表紙には、後人の書き入れだろうが、「文久二正月吉日」と記されて、『春色玉襷』刊行時くらいまで享受し続けられてきたことが明白だからである。

ただ、本書の「補綴」は、元写本を適宜利用したものである。『応喜名久舎』が、登場人物を芝居の世界のものにすることをはじめとする上記のような編集作業はあるものの、内容は原本に沿うものであるのと違う。これを示すかのように、内題著者名表記が、初編は「補綴」（上中下巻とも以下同じ）、二編は「記」、三編は「著」である。それは『春色江戸紫』の方法と同じで、文政天保期の写本利用の作品の一般と違い、半ば利用し半ば新しい内容・筋を加えるものであった。その目立つ点を物語の進行に従い書き抜いてみよう。

○冒頭福徳屋の大商人ぶりの描写の後すぐに、夫婦が子なきを嘆く会話という型をとっている（『応喜名久舎』

と違い、お千代あとから出生というスタイルでもある）。〇三十郎の生い立ちなし。〇与八の商売は記されず息子もいない＝跡継ぎ対立候補を継母お牧の子新次郎に統一。〇福徳屋の再婚相手梶原家と明確化お千代の奉公先も同様。〇駒次郎の吉原の相方白綾を明確化し、有人の知人で実在の柳橋芸者大幸を登場させなどし、写本から離れた一つの物語を発展させる。〇梶原平次景高の千代次への恋慕の拡大化。〇お清・駒次郎の逢瀬を従来の囲碁から俳諧に変更。〇お千代の宿下がりを葬礼時のみとする。また、芝居見物はじめ梅屋敷散策自体は描かれない。〇山伏祈祷・占いなし（お暇が出てすぐに青砥河岸の寮へ）。〇お千代三十郎の恋の取り持ちは乳母お時。〇与八最後に追放。〇お清駒三郎最後に結ばれる・お千代三十郎物語との交錯度少ない。〇三十郎最後に万右ヱ門と名乗る。

冒頭、子が授からぬことを嘆く夫婦のもとへ、忠兵衛が三十郎を連れてくることをはじめとし、この作品は芝居の場面の連続を重ねたような作りになっていて、天保期春水作品の『応喜名久舎』よりも一段と場面描写が進む。その点有人作品の特徴かもしれない。また、駒三郎と白綾（後述のとおりモデルがあるか）という遊女の間には、子までなすようにしたり、梶原平次の千代次に対する恋慕に、具体的なエピソードをいれたりと、写本の内容をさらに発展させている。それと同時に、独自の内容を添加することがある。その一つに有人の交友関係にある人々の行動や作品の噂を入れることがある。初編上巻で、駒三郎を手代らに吉原へ誘わせる場面、絵合で芳幾、芝居で河竹新七のこと等を話題とすること等がある。これ自体は春水同様の方法だ。それ以上に、物語上の人物として描かれてしまうことがある。注12に記した通り、三編の別板発句は有人に近い人たちと思われるが、そこに柳橋幸吉（＝大幸）が揚がる。この大幸は二編下巻で、橋場の別荘に白綾を見舞う人物として登場し、三十郎と共に白綾の最期を看取る。同じく別板発句に現れる「小稲《こいな》」は、本文中には出ないものの、文久三年以来この当時まで、吉原稲本楼筆頭遊女であり、明治三年刊『新吉原全盛談』娼妓評判記』（八文字屋童愚戯作＝仮名垣魯文）

では、「無類全盛上上品」とされる太夫である。この二人は、有人作の先行人情本『春色恋廼染分解』（万延元序刊～）の口絵にも既に出て、お幸（＝大幸）はやはり本文にも登場する。そして、明治二年、同様に有人に近しく人情本でも口絵などに詠を寄せる、三遊亭圓朝と結婚する。同年刊『春色玉襷』二編口絵見開きに、座敷で噺をする若い噺家がいて（上巻三ウ・四オ）、その裏丁では、芳幾と思われる絵師がそれを影絵にする趣向がある。高崎扇の紋付こそ着ていないが圓朝とおぼしい[13]。このような書き方は、単なる楽屋落を越えて、作品中の有人ワールドを読者に楽しませてしまおうという意図が窺われる。一方、物語中の駒三郎の子まで成し死んでしまう相方、岡本楼白綾は不明である。春水作『応喜名久舎』の大磯多満屋花紫とは玉屋花紫である。天保三年春の「吉原細見」同妓楼の筆頭遊女（天保二年春より筆頭が確認される）であり、実在の有名娼妓を物語上の主人公の相方にすることはすでに行われる。しかし、白綾の物語は上記梗概の如く膨らんでいる。岡本楼は『春色恋廼染分解』に既出。京町一丁目岡本長兵衛であることは明らかである。

ここに、「吉原細見」慶應元年春のみ、岡本長兵衛店に突如「白玉」が筆頭遊女として登場し、後は出ないことがある。白綾の自ら語る素性に「一昨年《おととし》親父《おやじ》も死去《なくなつ》て昨年《きよねん》の春二月《はるふたつき》ばかり伯父《おじ》さんの所《ところ》に居《ゐ》ましたが」（初編上巻末）とあり、吉原に入ってから日が浅いことになっている。初編序文で有人が、本書に筆を加えたのが三年前と言っていて、そのまま信じれば慶應元年のこととなる。これら符合する点もある。白綾の件はあくまで推測の域を出ないが[14]、この事例も含め、作者交遊圏の人物を物語中に活躍させることは、有人の手法の一つを物語る[15]。一方で、内容の削除や変更がある。写本や『応喜名久舎』で読ませどころとなっている芝居見物や山伏祈祷・占いがない。また、与八は最後に追放される。お清駒三郎も、正式には最後に結ばれることになっていて、お千代三十郎物語との交錯度が少ないなど、趣向が幾分変えられている。これらに加えて、構成上の整理が行われていることにも注目したい。これは、同人作『毬唄三人娘』結末の書き方が明瞭である。「五編六回の結局はいと入り組みし場の多く讀むひと煩はしからんとてそが日割を左に記せり」として箇条書きにしてしまう。有人の性格が顕著なのだ。本作品でもお千代の宿下がりした日の晩を記した二編下巻十一回末で、「与八がお牧の部屋を出しハ。これ此時と同刻なり」と、十回との時間の整合性を気に掛けている。他に、お清駒三郎の物語を三編中巻終で、挿絵の詞書きにて了とする手法も同様だ。写本補綴上の具体的な事例としては、福徳屋の死に伴うお千代の宿下りが挙げられる。この宿下りについては、芝居見物などを描いた一周忌の他に、初七日が考えられる。『京染衣羅』では、「福右衛門きう病にて一日一夜わづらひついに此世をさりければお千代なげきかなしみ何にたとへん様もなくなげき暮らしけるまま母はお千代がいては何かにじやま成と又〳〵早く御殿へおひ上げければお千代はせん方なく〳〵御殿へ上りける」とある。かろうじて初七日に宿下がりをしている。架蔵本Bは、「福右衛門急にしょく當りにて一日一夜わづらひついに此世をさりにけるお千代は大きになげき誠に〳〵なきこがれけれ共仕方無月日をおくりし」(十ウ・十一オ)とあるのみである。『八重桜緑の春』も架蔵本B・C同様である(架蔵本Cも同様。但、父の名を萬右ェ門とする)。つまりは初七日の宿下がりが判然としない。それゆえか『応喜名久舎』ではこれに触れず、写本より一周忌の宿下がりの芝居見物などを描いている。『春色玉襷』は、宿下がりを初七日に絞り、このうやむやを整理しているのである。なおかつ、物語半ばの二編中巻においている。写本でも読ませどころであり、『応喜名久舎』でも大いに写された芝居見物を略しているのは、省筆かあるいは初七日ゆえか不明である。しかし、この整理をみても『春色玉襷』が構成を整えようと努めていることが理解できる。

以上、本作品は写本を元とするものの、作者の創作意識が高い。つまり、写本は、素材として中身が取捨選択されているのだ。

幕末の流行か、切付本刊行等にみられる、実録写本の規制緩和とも思われる事例に連動するか、定かでないが、有人は人情本で、『春色江戸紫』の他に『毬歌三人娘』(四・五編＝松亭金水を嗣ぐ)がある。この原本『古実今物語』は元々刊本ながら、写本で流布▼(16)したものであった。その補綴である。この時期有人は、上記の方法は採りつつ、写本再生を多く行っている。この『春色玉襷』もその結果である。但し、登場人物名は、福徳屋萬右ヱ門・三十郎・お千代・駒三郎など、原写本をそのまま用いているので直接の補綴であろう。写本と一致する文言も当然ある。

以上、写本もの人情本『お千代三十郎』は、二度にわたり、それぞれの特性を有しつつ、補綴刊行されている。刊本としての需要が理解される。と同時に、刊本化されても書承が止むものでもなかった。『江戸紫』ほどでないにせよ、少なくも、写本小説としての伝播享受が立証されるだろう。人々は写本を享受した。人情ものにおいても、当然例外ではない。

【注】

（1）前田愛「江戸紫―人情本における素人作者の役割―」（著作集第2巻＝『国語と国文学』昭和三十三・六）。

（2）なお、関西大学図書館中村幸彦文庫には、これら「写本もの人情本」と呼ぶにふさわしいものが数点あるが、そのなかで『ゆかりのいろ』（上下二冊）は、かつて『江戸文学』24（二〇〇一刊）で考察した『風流朧脂絞』の原典である。合わせ報告する＝拙稿「『風流朧脂絞』の解体と『以登家奈喜』四編」（本書第四章第七節参照）。

（3）「宝永・正徳期の町人物浮世草子―「手代物」成立の背景―」杉本和寛『国語と国文学』平成六・四。

（4）実際に刊行された鼻山人による後編とは必ずしも一致しない。継母が悪人ではない・お染は災難に遭わない・結末をお染と久松の本来の許婚およねを双子とし、およねをお染と名乗らせ、お染の本来の婚約者菅野新次郎と結ばせるなど細部は異なる。なお、この予告の箇所は、後の丁子屋板では入木され刊記となる（参照、山杢誠「為永春水年譜稿」三、『東洋大学大学院紀要』（文学研究科）三十一・平成七）。初板の刊記（尾題の次の丁のオモテ）は以下である。「江戸瀧亭主人鯉丈稿本／南仙笑楚満人校合／溪齋主人英泉圖（罫線をはさみ）文政八乙酉春東都書林　田所町鶴屋金助／甚左衛門町柴屋文七／外神田平永町山崎平八／福富町二丁目清水市兵衛」（『人情本事典』参照）。

（5）初編の刊記は以下。

天保三壬辰年春正月新刻

書　江戸馬喰町二丁目　西村屋與八

　大坂心斎橋博労町　河内（屋茂兵）衛

林　江戸下谷長者（町一丁目　加賀屋源助）　＊（　）内は破損を補う。

二又淳蔵本による。筆者管見は、いずれも無刊記であったが、これにより年表類に、従来「天保三年」刊とすることを確認できた。

（6）「名酒盛色中汲」は、寛政五年市村座貢曾我富士着綿の二番目であるが、ここでは、当代の四世門之助五世菊之丞の似顔を用いていると思われる。

（7）内田保廣「江戸っ子の〝いき〟なセンス」（『別冊　太陽』三十五「江戸の粋」昭和五十六・六）、同「江戸後期の視覚記述」（『日本文学』二〇〇二・一〇）。

（8）神保五彌は、『春色梅兒誉美』制作過程上に、複雑な構想が必要なくなったことの例証として、本論で引いた『応喜名久舎』前編序文を引かれるが（『為永春水の研究』一一九頁）、二書を比較すると、本論で述べたとおり『春色梅兒誉美』の方が筋立ては入り組んでいる。

（9）ロングセラー『仮名文章娘節用』も、もともとこのような動向の中での刊行であったのではなかろうか。

（10）『娜真都翳喜』（天保年間刊）四編上巻で、登場人物を早くも嵐吉に準えることがあるが、これは為永春水という玄人作者の所為である。一方、写本上の書き加えは、素人と推定されるから、嵐吉人気が一般化したであろう時期と考えるのは早計であろうか。なお、この写本上描かれる、嵐吉の松王・成駒屋の源蔵の菅原伝授手習鑑の実際は不明。

（11）管見は青山学院大学図書館蔵三編合三冊・同大学武藤研究室蔵三編合三冊・架蔵本などだが、いずれも刊記はなし。初編「明治紀元大呂序」二編「己巳春序」。また、文鱗堂は同じく有人が補綴などする『春色江戸紫』の板元だがそれ以上は不詳。

（12）人情本刊行会叢書本は、同叢書の編集方針一般の通り、原本の仮名表記を漢字に換えすぎるきらいと、二行割書を一行にする事がある。また、同じく編集方針に従う、艶描写のカットは、初編において初会で駒三郎が白綾着物を脱がせられる一行ほど（上巻十四オ＝翻刻二六八～九頁）、二編中巻九巻末尾の濡れ場一行（三五六頁）、三編下巻中程の乳母お時が、三十郎をお千代の布団に上げる一部（四三四頁）である。他に原本では追い込みになっている会話文を改行する。口絵は原本各編見開き二図と半丁だが、主要人物を示す各見開き二図ずつを載せ、挿絵は三編十七回目の一図（お千代が布団の上にいる）のみカットし、他は載せる（模写ではあるが内容はほぼ伝わる）。江戸軟派全集本の本文は、人情本刊行会叢書よりほぼ原本そのままで、例えば、艶描写も上記初編駒三郎白綾初会の一箇所のみを一部伏字化する（伏字は追補表で復活）。一方、口絵挿絵はない。なお、両翻刻とも原本にない句読点を補う。なおこの江戸軟派全集本は三編について、上記刊行会本、四三四頁と同じ翻刻処理がされていて、同編口絵かわりの俳諧（下記）も異板の一部の収載が同じである。三編は、おおよそ人情本刊行会叢書本翻刻を利用したのかもしれない。

なお、『春色玉襷』三編の口絵部分の俳諧について記しておきたい。三編は、通常の序の部分を発句に当てている。「釣艸に斗り風あり夏の月　川肥連　秋花」で始まり、「三日月や屋根と〳〵との間に見る　帰慶」までの二十一句で一丁半、口絵部最終丁裏の半丁に「鶯やしばし聞へぬ咄し聲　梅踊」から「春もまた寒し梅さへ懐手　春の屋」の五句が通常である（青山学院大二本・架蔵二本による。人情本刊行会本翻刻は口絵部分五首は無し。江戸軟派全集は口絵部分「今しがた〜」（加代女）から「三日月や〜」（帰る慶）の末七句欠）。ところが序の部分一丁半に異板が存在する。「黄鳥やけふの泊りも足まかせ　金湊　桃兆」「夜の明るまてハ雪あり梅の花　二世　橋山」「餘りしハ植て遺りたよ薔哉　水木　歌春」「いく千代の松やかわらぬ若緑　宇川　木年人」「三日月や戸口の梅の印笠　坂東百代」「垣一重外や花見の人通り　平泉楼　若緑」「湯のたきる音さへ眠し春の雨　稲本楼　小稲」「きのふけふ出来た渡しや桃の花　柳はし　そめ」「梅咲て田毎は梅と成にけり　同　幸吉」以下「猫呼びに娘の来たり朧月　布袋や　くめ」から「二階から呼ぶや梅見の戻り舟　箱ざき　寿ゝきや」は、翻刻参照の計十五句である（架蔵三編上巻のみの別端本による）。登場人物の幸吉＝大幸をはじめ、有人に近いだろう花柳界を含めた人たちが並ぶ。『春色玉襷』を読み解くヒントになろう。

(13)『粋興奇人伝』（文久三）、「日千両大江戸賑」豊原国周画（慶應四、小稲も同出）等による（「『没後百年三遊亭円朝とその時代展』目録」平成十二・早稲田大学演劇博物館、角川書店版『三遊亭円朝全集』別巻・昭和五十一参照）。

(14) 同二・三年の細見は、不明ながら四年には出ずこの年限りか。逆に、同人作『花暦　封じ文』の橘三郎の相方が七綾で、やはり「綾」のつく遊女を登場させる創作上の事実もある。一方、「吉原細見」上岡本楼で他に「白露」というよびだしが、文久三年ころから慶應四年くらいまで数年みえる事実もある。

(15) 春水の『応喜名久舎』の受容もあったろう。例えば、福徳屋（『応喜名久舎』では宝屋）は同じく鎌倉米町である。また、初編中巻末尾に「か丶る野人《やじん》予《よ》著《あらハ》す処《ところ》の粋書《ちうほん》を閲《けミ》して、江戸前《（え＝欠）どまえ》の色男子《いろをとこ》となれかしと故人狂訓亭《こじんきやうくんてい》ならバ誇《ほこ》りて誌《しる》さん」とあり、これも証左となろうか。また、『応喜名久舎』は、天保十二年末の取り締まりによる書き上げにも上っていて、明治刷とおぼしい後印本も存在する（例えば、早稲田大学総合図書館蔵本）から、後印本をも含め、有人が読む可能性は十分ある。なお、柳亭種彦作『縁結月下菊』（天保十一）が、春水の『応喜名久舎』を踏まえることは、『江戸文学辞典』（冨山房、昭和十五）で暉峻康隆が指摘されている。また、『春色玉襷』では俳諧趣味があり、下巻中編にも、舟中に宗匠と連句を巻く。『縁結月下菊』でも、中巻冒頭に船中の両吟がある。『春色玉襷』の三十郎の俳名「文花」、『縁結月下菊』清十郎の俳名「文里」ということも合わせ、両作品にも受容があると推定できる。これら一連の作品の結びつきも興味のあるところではあるが、ここでは指摘にとどめる。

（16） 拙稿「写本『古実今物語』・『当世操車』考」（本書第五章第二節）。

【付記】写本『京染衣羅』の書名は、前田愛氏のノートより見いだしました。ノートを快く貸与下さった前田峰子氏に感謝します。また、『春色玉襷』に関し、武藤元昭氏・青山学院大学図書館に、吉原細見の閲覧に関し大東急記念文庫に、『応喜名久舎』に関し、二又淳氏に感謝します。

初出一覧

第一章「中本」

第一節「中本について」
『人情本事典』（二〇一〇）冒頭部。ただし、視点を人情本から中本に据え直し改稿した。

第二節「瀧亭鯉丈の『浮世床』」
『近世文学の研究と資料—虚構の空間—』三弥井書店　昭和63年刊

第二章「滑稽本」

第一節「『栗毛後駿足』から『花暦八笑人』へ—江戸周辺の膝栗毛物との関わり」
文学・語学105号　全国大学国語国文学会（昭和60年5月）発行

第二節『花暦八笑人』早印本
書籍文化史17号　中央大学文学部　鈴木俊幸研究室　（平成28年1月）発行

第三節「瀧亭鯉丈—実像とブランド」
国文学解釈と鑑賞59巻8号　特集「近世文学の作家たち」至文堂（平成6年8月）発行

第四節「「鯉水」著『傳労俚談旅寿々女』出板の意味」
鯉城往来4号　広島近世文学会（平成13年12月）発行

第五節「売文者の戯作―桃山人の中本より」
国語と国文学　第85巻5号　特集「近世文学の作家たち」―桃山人の中本より」東京大学国語国文学会
（平成18年5月）発行

第三章　人情本（総論）

第一節「人情本の型」
近世文芸70号　日本近世文学会（平成11年7月）発行

第二節「写本『江戸紫』諸本考」
鯉城往来15号　広島近世文学会（平成24年12月）発行

第四章　人情本の各論（板本）

第一節「春水初期人情本『貞烈竹の節談』考―畠山裁きを中心に」
芸文研究91号1分冊　慶應義塾大学藝文学会（平成18年12月）発行

第二節「文政十三年涌泉堂美濃屋甚三郎板『明烏後正夢』」
鯉城往来13号　広島近世文学会（平成22年12月）発行

第三節「人情本の全国展開―洒落本・中本の出版動向より」
国文学解釈と教材の研究42巻11号　学燈社（平成9年9月）発行

第四節「人情本などで半紙本型の中本が存在する一理由」
書籍文化史6号　中央大学文学部　鈴木俊幸研究室（平成17年1月）発行

第五節「『五三桐山嗣編』考―『契情買虎之巻』二度の人情本化」

國學院雜誌96巻3／4号　國學院大学（平成7年3月）発行＊両号共

第六節「『萩の枝折』と『眉美の花』」

鯉城往来6号　広島近世文学会（平成15年12月）発行

第七節「『風流脂臙絞』の解体と『以登家奈喜』四編」

江戸文学24号　ぺりかん社（平成13年11月）発行

第八節「建久酔故傳」

アジア遊学131　水滸伝の衝撃　勉誠出版（平成22年4月）発行

第九節「『正史實傳いろは文庫』備忘録」

書籍文化史4号　中央大学文学部　鈴木俊幸研究室（平成15年1月）発行

第十節「実在幇間と文学の関わり研究のすすめ」

叢書江戸文学45　二村文人編「原典落語集」月報（平成11年11月）発行

第五章　人情本の各論（写本）

第一節「『珍説恋の早稲田』と『梛の二葉』―実録を底本とした人情本」

読本研究新集第一集　読本研究の会（平成10年）発行

第二節「写本『古実今物語』・『当世操車』考」

読本研究新集第四集　読本研究の会（平成15年）発行

第三節「『お千代三十郎』」

江戸文学29号　ぺりかん社（平成15年11月）発行

あとがき

演芸番組は幼稚園の頃から見ていた。昭和三〇年代のことだ。「お笑いタッグマッチ」、「大正テレビ寄席」、談志師匠司会毒蝮三太夫座布団配りの「笑点」と続く。また、一世代上の本格チャンバラブームの余塵のもと、「とんま天狗」「てなもんや」シリーズ、少し後年の「花山大吉」などお笑いで味付けした時代劇にも親しんでいた。そんな幼少期の下地が江戸時代の滑稽小説を志向させたと思う。

同時に、この手の人間の常として、もの集めの癖があり、崎陽軒のひょうたんまで集めていた。蒐郵（大学では中学生の頃からあこがれていた慶應義塾郵便切手研究会に入部するが、国文に没頭して幽霊部員へ）を経て、成長ののち、当然和本収集へと向かうことになる。その昭和五十五年当時、和本は、もう「揃い」ではなく「端本」で集める時代となっていた。少なくも当時の二〇代の者にとってはそうであった。鯉丈作品を探しにいったら、鯉丈の滑稽本は無く、春水をはじめとする人情本しかなかった。それが、滑稽本でもない、人情本でもない、中本ということになる。古書会館帰りの、ある日の午前十一時のラドリオで、鈴木俊幸氏に、その日の私の戦利品が全部同じ書型、すなわち中本、だと呆れられたこともある。そういえばマンガの世界でいうと、我々はトキワ荘作家の同時代読者（楳図かずお研究家でもある高橋明彦氏のもう少し年長）だが、例えば、赤塚不二夫が「おそ松くん」と「ひみつのアッコちゃん」というように、同じ漫画家が男の子向けマンガと少女漫画を同時に書いているのを体感しているのだ。それも私にとっての「中本研究」のヒントになっている。

さて、神保五彌氏の『為永春水の研究』は、多岐にわたる研究方法と方向を示された名著ということはいうまでもないが、昭和三八年当時の書目、例えば「小説年表」に書名が載るのみで、学生一般には手に取ることが出来ない希少な作品や、氏自身も実物が見いだせない上での人情本考証がなされている部分がある。そこに、私の収集癖は揺さぶられた。ただ、これにより、私の論文の一部が「新発見論文」にとどまってしまい、その先へつながっていないものもあるようだ。この反省はあるものの、本書ではそのまま載せたものもある。『人情本事典』刊行により、滑稽本も含めた中本研究の陥り易いこの欠点は、だいぶ改善されたと思うが、心しなくてはなるまい。例えば、武藤元昭氏が盛んに行われている洒落本とのアプローチなど、作品論へのつながりなど、その先が論じられなくてはならないのであろう。中本研究には未見の書の新発見は、まだまだ行われざるを得ない部分、論証しなくてはならない部分もあるにもせよである。

自分の本が出せたなら引用しようと思っていた序文がある。

徒然《つれ〴〵》なるま丶。硯《すゞり》にむかひとは木実《ほんとう》の作者《さくしや》の言 葉《おつしやること》にして。小子《わたくしども》のいふ言葉《ことばに》あらず。素《もと》より繁多《せわしき》。活業《なりはひ》の片手間《かたてま》に。やつて見《み》たいがわるい癖《くせ》。どふして。味能《うまく》ゆくものかと。獨嘆息《ひとりたんそく》する。机《つくへ》のほとりに草稿《たねほん》を追《せつゝ》く。書肆《ふみや》も来《きた》らず。足《あし》を連木《すりこぎ》にするといふ。板元《はんもと》の小僧《こぞう》は見《み》たこともなし。我《われ》から足《あし》を擂粉木《すりこぎ》にすり。恥《はぢ》を恥《はぢ》じとも思《おも》はずして。屡《しば〴〵》 書房《しよぼう》を訪《とむら》へば。向《あつち》で唯今《たゞいま》留守《るす》と答《こた》ふ。南無三《なむさん》。帰《かへつ》た風俗《ふう》をして。今日《けふ》はなんでも居催促《ゐざいそく》と天水桶《てんすいおけ》の陰《かげ》にひそめば。主人《あるじ》もう帰《かへ》つた歟《か》。と帳場《てうば》に坐《すは》る。しめこの兎《うさぎ》と飛《とび》だして。扨此間《さてこのあひだ》から。お頼《たのみ》みでもなんでもねへ。こふいふ趣向《しゆこう》が出来《でき》たから。何卒《どふぞ》彫《ほつ》てくださいと。云《いは》れて今年《ことし》は刻《ほる》ものが。大部《たいぶ》つかへて。居《をり》まする。まだ二年後《にねんご》もなりますと。まづ種本《たねほん》を手《て》に取《とり》あぐる。そこへ付《つけ》こむおまけには。画工《ぐわこう》の催促《さいそく》。

主人《しゆじん》を労《ろう》せず。厥人《はんぎや》のどふだ〳〵番州《ばんとう》をも。走《はし》らせまい。不残《みんな》此方《こつち》で歩行《あるき》ます。まだ其《その》うへに筆畊《ひつこう》は。もちだしますと負《まけ》られて。すんならやつて見《み》せうとの。返事《へんじ》を聞《きく》とそのまゝに。とつて返《かへ》せし。我家《わがや》のかど。余言《なんにも》もいわず。聲《こゑ》はりあげ荊妻《にようぼう》よろこべ。愚作《ぐさく》は本屋《ほんや》が彫《ほつ》たはヤイと。既《すで》に其日《そのひ》の。ことをもて序《じよ》とす。

『春廿三夜待』初編（文化九）のものであるが、岡山鳥が深川六間堀の堺屋國蔵の店先を行ったり来たりする姿が目に浮かぶ。もちろんこれは、通常の序の本屋が作家等へ家に押しかけ原稿を催促するという定型の逆をいったというパロディであるが、山鳥の意気込みがうかがわれる。拙書は下記の通りの経緯で刊行され、実際に猿楽町界隈をうろついてはいないのだが、今現在の私の笠間書院への緊張感を表しているので記させていただいた。

大学では指導教授の檜谷昭彦先生、和本に厳しい目を光らせて下さった関場武先生はじめ、研究室の先輩同輩後輩にお世話になった。また、三十年以上も共に、中本を考えてきた山杢誠氏や、小学校・中学校の先輩でもある髙木元氏はじめ、本書各論文付記や、本文に名前をあげさせていただいた方々始め、研究の際お世話になった皆さま方に学恩を蒙り、ここまで研究を続けることが出来ている。中本というか戯作研究に限っても、戸越の国文学研究資料館では、本田康雄先生がよくお話を聞かせて下さったり、興津要先生が抜き刷りのお返事にこの手のものは続かないから続けて下さいとあったり、これには、三十年余たった今も本当に続いている人間が少ないと実感している次第である。本当に支えられていることに恩義を感じている。特に、このところ誰にでもある家常茶飯にかまけて怠っていたところもあり、蔵書の一部は紙魚の棲家と変じてしまったこともあるゆえ、余計感じるのである。

本書は十数年ほど前、笠間書院に内田保廣氏が一度持ちかけられ、このたび『人情本事典』の続編が計画されるなか、大高洋司氏のお薦めにより刊行となった。いわば二度目の清書とでも言おうか。笠間書院の橋本孝編集長と大久保康雄氏には手取足取りで御礼申し上げます。還暦（丙申）を迎えての上梓は誠に有り難い。

丙申年極月二十九日

鈴木圭一

本書は、独立行政法人日本学術振興会平成二十八年度科学研究費助成事業（研究成果公開促進費）の交付を受けて出版するものである。

●著者紹介

鈴木圭一（すずき　けいいち）

1956（昭和31）年東京都目黒区生まれ。目黒区立緑ケ丘小学校・目黒区立第十一中学校・牛込の成城高等学校を経て、慶應義塾大学文学部・同大学院文学研究科修士課程修了。現在県立川崎北高等学校教諭。

著書
『人情本事典』（共著、2010年、笠間書院）
編書
『圓朝全集』（共編、第８巻・別巻１担当＝2014・2015年、岩波書店）他

中《ちゅう》本《ほん》研《けん》究《きゅう》――滑稽本と人情本を捉える

2017年2月25日　初版第1刷発行

著者　鈴木圭一

装幀　笠間書院装丁室
発行者　池田圭子
発行所　有限会社 笠間書院
東京都千代田区猿楽町2-2-3
NSビル302　〒101-0064
電話　03（3295）1331
fax　03（3294）0996

NDC分類：913.54

ISBN978-4-305-70831-1
乱丁・落丁本はお取り替えいたします。
出版目録は上記住所までご請求ください。
http://kasamashoin.jp/

印刷／製本：モリモト印刷

人名索引

＊本文中から、当代の作者・書肆・作中人物・現代の研究者などを五十音順に配列したものである（原則として、注・図表・書誌事項・翻刻・本文中の引用文などからは採っていない）。
＊本文中で、姓のみ・名のみであがるものも、姓名で記載に併せた。その際「←」で導いた。（例）為永春水←春水
＊本文中では旧漢字・新漢字が併用されている場合があるが、索引では原則として新漢字で統一した。

【あ行】

【か行】

【さ行】

【た行】

【な行】

【は行】

【ま行】

【や行】

【ら行】

【わ行】

書名索引

＊本文中から、当代の作品名・書籍関係書・作中人物・現代の研究書・論文などを五十音順に配列したものである（原則として、注・図表・書誌事項・翻刻・本文中の引用文などからは採っていない）。
＊書名で本文中で略称が用いられているものも、通常名称の記載に併せた。
＊何種類かある「日本小説年表」は索引上ではこの名称で統一した。
＊本文中では旧漢字・新漢字が併用されている場合があるが、索引では原則として新漢字で統一した。

【あ行】

【か行】

【さ行】

【た行】

【な行】

【は行】

【ま行】

【や行】

【ら行】

【わ行】

用語索引

＊本文中から、文学史用語を中心とした語句を五十音順に配列したものである（注・図表・書誌事項・翻刻・本文中の引用文などからは採っていない）。
＊「滑稽本」「人情本」は頻繁に出てくるので索引から除いた。

【あ行】

【か行】

【さ行】

【た行】

【な行】

【は行】

【や行】

【ら行】